Carol O'Connell

Née en 1947, Carol O'Connell a étudié l'art en Californie et en Arizona avant de s'installer à New York. Après *Meurtres à Gramercy Park* (1995), et *L'homme qui mentait aux femmes* (1996), son troisième roman, *L'assassin n'aime pas la critique* (1998), a fait de Kathy Mallory, cette si étrange héroïne, une incontournable personnalité de la littérature policière. *Les larmes de l'ange* (1999), *L'appât invisible* (2000), et *L'école du crime* (inédit, 2003) ont déjà rencontré un succès considérable aux États-Unis.

L'APPÂT INVISIBLE

DU MÊME AUTEUR
CHEZ POCKET

MEURTRES À GRAMERCY PARK
L'HOMME QUI MENTAIT AUX FEMMES
L'ASSASSIN N'AIME PAS LA CRITIQUE
LES LARMES DE L'ANGE
L'ÉCOLE DU CRIME

CAROL O'CONNELL

L'APPÂT INVISIBLE

JC LATTÈS

Titre de l'édition originale
JUDAS CHILD

Traduit de l'anglais par Sylvie Schneiter.

Le Code de la propriété intellectuelle n'autorisant, aux termes de l'article L. 122-5, 2° et 3° a, d'une part, que les « copies ou reproductions strictement réservées à l'usage privé du copiste et non destinées à une utilisation collective » et, d'autre part, que les analyses et les courtes citations dans un but d'exemple et d'illustration, « toute représentation ou reproduction intégrale ou partielle faite sans le consentement de l'auteur ou de ses ayants droit ou ayants cause est illicite » (art. L. 22-4). Cette représentation ou reproduction, par quelque procédé que ce soit, constituerait donc une contrefaçon sanctionnée par les articles L. 335-2 et suivants du Code de la propriété intellectuelle.

© by Carol O'Connell, 1998
© 2000, éditions Jean-Claude Lattès, pour la traduction française
ISBN : 2-266-09586-2

Ce livre est dédié à la mémoire de Michael Abney, photographe de talent de l'Arizona — grand ami de ma jeunesse estudiantine. Nous avons bu bien des bières ensemble, et je lui ai livré quelques secrets de l'âme féminine. En revanche, ce qu'il m'a confié des hommes tient de la fanfaronnade, car on ne rencontre pas souvent de prince en ce bas monde. Il me manque.

Prologue

Deux rubans d'herbe luisante, encore verte, si avancé que fût déjà décembre, bordaient l'allée. Au croisement de cette ancienne voie privée empierrée et de la route nationale, les rangées de pins qui l'encadraient s'interrompaient. Elle ne figurait sur aucune carte, néanmoins les gens de la ville l'appelaient l'allée des arbres de Noël.

À l'ouest, dissimulée derrière un talus de conifères, une forêt déroulait son brun tapis de feuilles mortes. Elle n'était plus que ramures dépouillées. L'homme dansait d'un pied sur l'autre, écrabouillant sous les semelles de ses chaussures la carcasse desséchée d'un moineau sans yeux. Il faisait un froid aigre. Là où les pins élancés protégeaient la forêt du vent, des lambeaux de brouillard s'accrochaient au sol. À proximité, les hautes branches d'un chêne disparaissaient dans la brume tandis que des spectres de bouleaux et d'ormes se profilaient en arrière-plan.

L'homme consulta sa montre d'un coup d'œil.

À *tout moment.*

Il écarta ses doigts, puis serra les poings. L'air était immobile. Le coup de vent qui s'engouffra dans l'allée des arbres de Noël ne fit pas tressaillir les feuilles diaphanes ni l'édredon de nuages.

L'homme tirait une grande fierté de l'art avec lequel il s'entendait à choisir l'heure et le lieu. Une petite fille, toute seule, n'allait pas tarder à apparaître sur son vélo — comme tous les samedis. Elle n'aurait pas peur parce que les pavés de l'allée, le gazon bien tondu, la majesté des sapins tranchaient tant avec l'atmosphère de la forêt qu'ils auraient pu être l'œuvre d'un monde meilleur, où l'existence d'un homme tel que celui-ci aurait été inconcevable.

1

Juchée sur sa bicyclette mauve, elle ralentit, et, faisant volte-face, le dévisagea de ses grands yeux marron avec un méchant sourire.

Au moment précis où le garçon freinait de toutes ses forces, sa roue avant branla. Alors, l'enfant se résigna à être projeté par-dessus le guidon — c'est tout juste s'il ne resta pas suspendu en l'air — avant d'atterrir brutalement sur la route. Juste châtiment, souffrance auxquels il s'attendait.

Pourquoi lui infligeait-elle toutes ces avanies ?

Bien que Sadie Green n'eût jamais posé la main sur lui sauf lors des cours de danse, un jour, à l'école, elle l'avait fait trébucher sur le palier du deuxième étage. S'il avait dégringolé l'escalier, s'éraflant la tête, c'était parce qu'à sa vue, il avait oublié la science, enfin, la loi de gravité universelle. Une fraction de seconde durant, il s'était imaginé capable de planer sans avoir à en payer le prix.

Assis en tailleur près de son vélo échoué sur le sol gelé, David Shore ôta son gant déchiré pour enlever les gravillons incrustés dans sa main. Quant à Sadie, elle décrivait de grands cercles nonchalants sur la route avec sa bicyclette. À en croire le large sourire qu'arborait la petite fille, elle s'amusait beaucoup. Comme il retirait un éclat de pierre, une gouttelette rouge perla sur l'écorchure. David leva les yeux vers Sadie.

Combien de sang te faut-il, Sadie ?

Même à cette distance de plusieurs mètres, il voyait tressauter sa myriade de taches de rousseur au rythme du rire qui la secouait. Tandis qu'accélérant, elle contournait un taillis d'arbustes avant de s'engouffrer dans l'allée des arbres de Noël, il entendit encore le ricanement de la démente qu'elle était. À nouveau sur son vélo, il s'était remis à rouler, lorsque le rire cessa subitement. Non qu'il se fût estompé dans le lointain ; David eut le sentiment qu'on l'avait étouffé.

Pour la première fois, il s'arrêta au pied de l'allée. D'habitude, tous les samedis, il continuait de pédaler sous prétexte qu'il avait à faire, plus loin, sur la route. Le petit garçon scruta le terrain désert qui s'allongeait entre les deux rangées de conifères.

Où était passée Sadie ? Elle ne pouvait pas avoir parcouru l'allée aussi vite : une ligne droite jusqu'à la maison de Gwen Hubble.

Un pied par terre, David se balançait sur son vélo. Il n'avait aucune envie de s'aventurer dans le sous-bois derrière les pins, de crainte de la découvrir sur le sol, tordue de douleur et soutenant de ses mains des entrailles sanguinolentes.

Elle lui avait déjà fait ce coup-là.

Sadie n'avait pas besoin de se donner tant de mal pour l'effrayer. Si elle avait su à quel point l'idée de lui adresser la parole le terrorisait, plus encore que de la poursuivre le samedi après-midi !

David s'avança en roulant dans l'allée. À mi-chemin toutefois, il s'arrêta devant l'imposante demeure blanche, de style géorgien, protégée par d'impressionnantes grilles de fer forgé, qu'habitait Gwen Hubble. La silhouette d'un gardien en train de lire un journal se découpait à la fenêtre de la loge. Cela dit, il aurait aussi bien pu être sur la lune, David parlait rarement aux gens — aux filles notamment. Une angoisse proche de l'hystérie paralysait ses cordes vocales à chaque fois qu'il s'y risquait.

Tendant l'oreille vers le talus de pins, le petit garçon perçut une succession de bruits étouffés qui s'échappait de l'autre côté des bois. Sadie, naturellement — cherchant à l'appâter. Pour peu qu'elle eût trimballé des tripes de cochon du laboratoire de biologie, elle n'avait aucune envie que ce fût en vain.

Qu'à cela ne tienne, il jouerait à l'abruti, si ça lui faisait plaisir.

Descendu de son vélo, il le poussa entre les rangs serrés de conifères. L'une des branches hérissées d'épines lui égratigna le visage. Encore un sacrifice sanglant. Puis, immobile au milieu de la forêt, il contempla les arbres, roidis, privés de feuilles, dont les formes indistinctes noyées dans la brume s'estompaient à l'horizon.

Oh ! oui, la contrée, digne de Sadie, occupait une place de choix en matière d'épouvante. Quelle que fût sa cachette, elle devait boire du petit-lait.

Les muscles tendus, David ne bougeait pas. D'un instant à l'autre, Sadie allait surgir d'un tronc de chêne en brandissant, peut-être, une nouvelle arme pour lui jouer un autre tour qui le laisserait pantelant, déchiré entre la terreur et le ravissement.

Il croisa deux petits animaux. Un chat gris, faisant craquer feuilles et branches mortes, poursuivait un écureuil. Ce bruit n'avait rien de commun avec celui entendu dans l'allée. Prêtant l'oreille, David guetta un son féminin émis par une créature âgée de dix ans et presque humaine. Comme il s'enfonçait dans le sous-bois avec son vélo, il aperçut un éclat mauve et métallique.

Le mauve était la couleur de Sadie, qui portait même des baskets assorties au violet de sa parka.

La bicyclette était en partie camouflée par un sac de jute couvert de boue, se confondant avec les feuilles. Sadie, sans doute pressée, avait décidé qu'elle se frayerait plus vite un chemin à travers les bois à pied. David devina sans mal sa direction. Voilà pourquoi elle n'avait pas continué jusqu'à chez Gwen. Si elles avaient rendez-vous au hangar à bateaux, Sadie allait au-devant de problèmes. Depuis la dernière fois que le père de Gwen leur avait interdit de s'amuser ensemble, les deux petites filles n'y avaient plus mis les pieds.

Persuadé que Sadie ne projetait pas d'embuscade, David, détendu, prit son temps pour contourner les troncs d'arbres, les branches cassées, poussant toujours son vélo. À l'orée du bois, la pelouse du collège Sainte-Ursule s'offrit à son regard. L'herbe dévalait jusqu'au lac — miroir d'eau calme reflétant le gris du ciel hivernal. Rochers et feuillages masquaient la rive proche. Posant sa bicyclette, il s'approcha du hangar à bateaux. À présent, il voyait une partie de l'appontement, qui, longeant l'autre côté du bâtiment, s'avançait profondément vers l'intérieur du lac. Des générations d'enfants aux pieds nus en avaient usé les planches.

Sainte-Ursule était un très ancien collège. Au cours du siècle dernier, les élèves avaient laissé leur empreinte partout. Ainsi, sur la pente partant du lac, on discernait les traces des garçons et des filles qui avaient piétiné l'herbe en s'écartant du sentier. Cette façon de faire donnait une idée de ce pensionnat, destiné à des enfants pas très normaux, que d'aucuns qualifiaient de phénomènes.

Au son d'une porte qu'on fermait, David recula. Puis un aboiement, un seul, résonna dans le hangar.

Gwen avait-elle emmené son chien avec elle cette fois ? Elle ne l'avait jamais fait auparavant.

De crainte d'alerter le chien, David ne prit pas son poste habituel sous la fenêtre. Revenant sur ses pas, il s'assit par terre dans le sous-bois, à l'abri des arbustes, et décida d'attendre la sortie de Sadie afin de la suivre jusqu'à chez elle.

Le chien recommença à aboyer, longuement, avant de s'interrompre tout aussi brusquement que Sadie avait cessé de rire dans l'allée — comme si on l'y avait forcé. Pendant l'heure qui suivit, cela se renouvela à trois reprises.

Que faisaient Gwen et Sadie à cet animal ?

Entendant un bruit derrière lui, il se dissimula derrière l'énorme tronc d'un chêne centenaire : une petite fille blonde courait à travers bois. Gwen ?

Mais comment était-ce possible ?

Gwen exhalait des bouffées d'haleine blanche tout en tricotant des jambes pour accélérer l'allure. Telle une locomotive, la petite fille en jean, au cou entouré d'une écharpe rouge qui flottait au vent, courait en zigzag pour éviter les arbres. Les lacets dénoués de ses baskets pulvérisaient les feuilles diaphanes, et les craquements secs des brindilles résonnaient au même rythme que les battements de son cœur.

Il était bizarre, le message qu'elle avait trouvé sur son bip : « Urgent — au hangar à bateaux — n'en parle à personne. » Mais c'était digne de Sadie, la reine du suspense.

À la lisière de la forêt, Gwen franchit un rideau d'arbres à l'écorce tachetée. Elle avait le visage écarlate, couvert d'égratignures, et ses chaussettes de laine tire-bouchonnaient autour de ses chevilles. Le souffle court entrecoupé de larmes d'épuisement, elle avait l'impression à chacune de ses foulées sur le sol gelé que ses tibias volaient en éclats. Son épaisse natte blonde battant le dos de sa parka rouge, elle fit le tour du vieux hangar.

Une fois arrivée sur l'appontement, Gwen, qui se dirigeait vers la porte, ralentit le pas. Sur les planches, il y avait une grosse pierre entourée d'éclats de bois vermoulu, d'un cadenas rouillé, d'un fermoir encrassé. Peut-être le gardien avait-il changé la serrure depuis que Sadie en avait déchiffré la combinaison.

Ou peut-être que non.

Par rapport aux méthodes habituelles de Sadie, ce casse grossier était un progrès. *Pas de doute.* Gwen apprécia : c'était vraiment effrayant.

Poussant la porte, elle entra dans l'obscurité.

Pas de bougies ?

La petite fille rassembla ses forces pour faire face à l'assaut. Sadie la guettait-elle derrière la porte ?

Non, pas cette fois.

Un flot de lumière pénétrait par l'ouverture derrière elle. Ajustant sa vue, Gwen distingua une petite silhouette à la tête couronnée de cheveux châtain clair qu'elle connaissait bien, et une veste mauve. Sadie gisait au milieu de la pièce. Après le grand numéro du cadenas forcé, elle s'attendait à une trouvaille plus imaginative. Agenouillée près de son amie, elle la secoua : « Hé ! je ne marche pas. Lève-toi. »

L'enfant allongée ne réagit pas. Levant les yeux, Gwen remarqua qu'on avait aussi brisé le cadenas de la cabine téléphonique du hangar.

« Sadie, c'est pas drôle. Sadie ? »

David se releva et sauta sur ses pieds qui s'étaient ankylosés pendant qu'il restait caché dans les buissons. Maintenant que la circulation revenait, il avait des fourmis dans les orteils. Il faisait plus froid. Il remonta le col de son manteau pour se protéger d'une brusque rafale de vent soufflant sur le lac.

Si elle avait eu l'intention de rentrer chez elle avant la nuit, Sadie serait sortie depuis longtemps. Enhardi par la curiosité, David s'avança en terrain découvert.

Il n'avait pas entendu aboyer le chien depuis un bon bout de temps. Si Gwen n'avait pas emmené le sien, d'où venait-il ?

David s'approcha du hangar pour mieux les espionner. La fenêtre donnant sur la rive était un bon moyen. Il colla une oreille sur le bois rugueux des volets, mais ni aboiements, ni gloussements ne s'en échappaient. Rien.

La pelouse et les arbres se fondaient dans une même grisaille, tandis que le ciel s'assombrissait. Contournant la baraque, le petit garçon monta sur l'appontement. Dressé sur la pointe des pieds, il demeura ainsi un moment à hésiter. Pour peu qu'elles le surprennent en train d'épier, quel prétexte trouver ?

Ah, vraiment ! Comme si les mots lui venaient facilement. Eh bien, il n'avait pas besoin d'inventer un bobard. En tant qu'interne au collège, il avait le droit d'être ici. Les filles, elles, n'étaient que des externes, des citadines quoi.

David estima que l'heure du dîner approchait. Bientôt la responsable de son groupe apparaîtrait à la porte du cottage pour l'appeler à la manière des vraies mères du coin. Pourtant, il ne pouvait pas encore s'en aller. Il devait savoir ce qui se passait là-dedans, même s'il soupçonnait que tout ça n'était qu'un nouveau piège de Sadie destiné à lui faire une peur mortelle. C'est alors qu'il avisa le cadenas et le fermoir sur le quai, à côté de la porte.

Voilà qui était bizarre.

Sadie n'avait pas l'habitude de mijoter des coups aussi élaborés. Elle privilégiait toujours l'effet immédiat. Un climat de terreur lentement instauré, et maintenant cette violation de propriété privée. C'était trop subtil.

Il poussa la porte. Bien qu'il fît noir à l'intérieur hormis le rai filtrant par l'entrebâillement, il s'aperçut tout de suite que le hangar était désert. Les filles n'avaient pourtant pas pu le prendre de vitesse. Jamais de la vie.

David s'enfonça dans les ténèbres. Guidé par ses souvenirs, il parvint sans encombre près des canoës bâchés, d'un bateau à voile et de piles de boîtes. Il sentit la présence de ses deux camarades qui flottait encore dans l'air. Humant l'odeur de renfermé, il pou-

17

vait distinguer l'odeur du lac de celle des poils de chien ainsi que des parfums de chewing-gum à la menthe et de talc laissés dans le sillage des filles.

Brusquement, le petit garçon pencha la tête de côté. *Qu'est-ce que c'était que ça ?*

Un frisson glacé d'épouvante remonta le long de sa colonne vertébrale. La chose revenait, ombre furtive parmi les ombres, course précipitée de petites pattes raclant le sol. C'était un rat. Une part de lui en avait conscience, mais il se refusait à l'admettre. Bien qu'il doive autant sa bourse d'études à une purulente morsure de rat qu'au niveau de son QI, la vermine lui faisait horreur. Il était inconcevable que les rats l'aient suivi jusqu'ici. Non, ils n'avaient pas bougé de la maison de sa famille adoptive qu'il avait vue pour la dernière fois le jour où une assistante sociale l'avait embarqué à l'hôpital. Les rats avaient disparu de la surface du globe. Il refusait de croire en leur existence.

Le vent fit claquer la porte derrière lui ; l'univers de David fut plongé dans l'obscurité. Il retint son souffle pendant qu'il traversait la grande pièce. Se cognant contre une caisse, il finit par trouver une poignée de porte. L'instant d'après, le petit garçon s'y cramponnait tout en s'agitant au-dessus d'une eau glacée. Il s'était trompé de porte et avait raté les petites marches menant à la cale du bateau à voile. Au-delà de celle-ci, il y en avait une autre plus grande et ouverte, qui laissait entrer la dernière clarté du jour.

Se balançant de tout son poids, David s'efforça de repousser la porte dans son châssis. Comme il pédalait dans le vide, ses pieds trouvèrent appui sur une échelle et il grimpa pour retourner dans le hangar. Grâce à la faible lueur de la cale, il sortit sans encombre. Une fois sur les solides planches de l'appontement, il gagna l'extrémité de la baraque pour jeter un œil aux portes donnant sur le lac. Il n'y avait pas d'autre issue que l'eau.

Elles l'avaient devancé ainsi, en ramant à l'abri des rochers et des fourrés du rivage. Il lui suffisait de compter les canoës pour voir s'il en manquait un. Sauf qu'il ne retournerait pas à l'intérieur — pas pour tout l'or du monde.

Il se rendit au bout de l'appontement dont les pilotis enjambaient l'eau. Le vent couvrait la surface du lac de plumes blanches, tandis que les vagues léchaient les piliers sur lesquels elles venaient se briser. Aucun bateau en vue près du rivage. David se tourna vers l'imposant bâtiment de brique rouge qui, tel un patriarche majestueux et autoritaire, se dressait sur cinq étages au sommet de la colline. Les deux derniers étaient constitués de rangées de lucarnes encastrées dans des bardeaux noirs. La maisonnette qu'il habitait se trouvait à gauche du bâtiment principal, en retrait dans les bois. Mort de froid et de faim, il brûlait d'envie d'y rentrer.

Surtout que les filles devaient être chez elles maintenant. C'était presque l'heure du dîner. Rebroussant chemin, il se mit en quête du vélo de Sadie. Aucune chance qu'elle l'ait abandonné.

S'il retrouva le sac de jute, la bicyclette avait disparu. En tout cas, elles ne s'étaient pas noyées.

Bien sûr que non, imbécile.

Sans doute étaient-elles en train d'avaler un dîner bien chaud chez Gwen.

Le rideau de pins une fois franchi, il s'engagea dans l'allée des arbres de Noël, près de la route nationale. Et là, à l'arrêt de bus, il découvrit le vélo de Sadie appuyé contre un panneau indicateur. Cela n'avait pas de sens, rien n'en avait. D'abord un canoë, à présent un bus ? On était si près du dîner, pourquoi auraient-elles pris le bus ? Qu'est-ce que c'était que ce nouveau tour ?

David glissa un regard vers la maison de Gwen au bout de la longue allée pavée. Une à une, les lumières s'allumaient. On eût dit que prise de panique, en proie à une terreur absolue du noir, une personne courait de pièce en pièce pour les éclairer.

La bicyclette mauve gisait au travers de la palissade démantelée de Mlle Fowler. Laquelle, plantée sur la pelouse, grelottait dans le manteau qu'elle avait enfilé sur sa chemise de nuit à cette heure indue : deux heures du matin. Les sourcils froncés, elle contemplait les planches disjointes de sa barrière tandis que trois hommes donnaient de la voix dans un concert infernal. Celui qui vociférait le plus, un agent de police en uniforme, fut pris d'une excitation puérile lorsqu'il parvint à émettre un *do* des plus aigus. Et, cessant de s'agonir d'injures, les deux autres le dévisagèrent avec quelque chose qui ressemblait à du respect — Mlle Fowler fit de même. C'est que ce jeune flic était l'un des rares Américains capables de chanter les notes les plus difficiles de l'hymne national.

L'agent de police avait séparé les belligérants et les tenait chacun par le bras. Son sang-froid retrouvé, il les admonesta : « Et maintenant, du calme, les gars, sinon je vais vous dresser des PV.

— Des PV ! » La voix de Mlle Fowler fit l'effet d'un coup de feu. À l'unisson, les trois têtes se tournèrent pour dévisager le petit bout de femme autoritaire aux pieds chaussés de pantoufles en peluche rose. Ce n'était pas pour rien qu'elle avait passé quarante ans de sa vie à terroriser des enfants.

« Les PV, je m'en balance, monsieur l'agent. Moi, ce qui m'intéresse, c'est qu'on les arrête. » Et son regard passa d'un coupable à l'autre. « À moins que l'un de vous ne me dédommage séance tenante des dégâts causés à ma palissade. Est-ce que je me fais bien comprendre ? » Puis elle se retourna vers le jeune agent de police : celui-là n'avait certainement commencé à se raser que la semaine précédente, et encore il n'avait chopé que quelques poils avec son rasoir.

« C'est de sa faute ! » s'écria le plus petit des prisonniers, le doigt tendu vers son adversaire, qui, se libérant de la poigne de l'agent de police, s'élança sur le trottoir. L'agent courut à toutes jambes derrière lui et l'attrapa à bras-le-corps. D'une main ferme, Mlle Fowler s'empara du bras de l'autre, au cas où il songerait lui aussi à prendre la clé des champs. Alors, elle avisa une voiture familière qui roulait au ralenti devant eux. Pour mieux voir la scène, le conducteur avait ouvert l'une des vitres embuées.

C'était Rouge Kendall, sans uniforme. À l'évidence, il sortait de la taverne de Dame située au bout de la rue. Sans doute n'avait-il aucune intention d'intervenir, n'aspirant qu'au lit douillet qui l'attendait chez lui et à un long sommeil réparateur.

Eh bien, Mlle Fowler veilla à l'en empêcher.

Elle l'interpella : « Rouge, il vaudrait mieux t'arrêter ! » Le ton de sa voix suffisait à suggérer qu'elle pouvait toujours faire de la vie de Rouge un enfer pavé d'interminables leçons de piano, bien qu'il ne fût plus son élève depuis l'âge de neuf ans.

Comme pris en faute, le jeune homme freina : les vieilles habitudes ont la peau dure. De tout temps, il avait montré politesse et déférence à l'égard de ses aînés. Au moment où il garait sa voiture le long du trottoir, l'autre agent de police ramenait ses prisonniers en face de la barrière endommagée. D'un geste, il indiqua à Rouge : « Je me débrouille. »

Ce n'était pas l'avis de Mlle Fowler. Elle posa un regard dur sur Rouge, qui lui sourit en haussant les épaules. De ses yeux noisette, cachés sous une longue frange de cheveux auburn, il prit la mesure des dégâts. Malgré son mètre quatre-vingts et des poussières, Rouge n'avait pas tellement changé depuis l'époque où il était son plus mauvais élève. On retrouvait chez l'homme les traits de l'enfant — hormis le regard, infiniment trop désenchanté pour un jeune homme de vingt-cinq ans, pensa Mlle Fowler —, une entorse à la loi naturelle, enfin presque.

21

Ma foi, les élèves de Sainte-Ursule avaient toujours été plus ou moins bizarres.

Tandis que l'autre agent de police feuilletait son carnet, Rouge examina la bicyclette mauve : « Lequel des deux la montait, Phil ?

— Ne te mêle pas de ça ! » rétorqua son collègue, bombant le torse comme la grenouille qui voulait se faire passer pour un bœuf. Puis il s'adressa aux deux types : « Je vais vous dresser un procès-verbal pour voie de fait sur... »

Encore cette histoire de PV ?

« C'était celui-là, je l'ai vu tomber du vélo », déclara Mlle Fowler en désignant le plus grand des hommes.

Des clochards dans son genre, elle en avait souvent croisé. Dépenaillé, pas rasé, il avait l'odeur d'un homme en mal de caleçon de rechange. Aussi espérait-elle faire endosser la faute au petit qui avait l'air solvable et plus en mesure de s'acquitter des frais de réparation de sa barrière.

Rouge s'adressa à l'homme en uniforme : « C'est un vélo de fille, Phil. Un engin de course dernier cri, d'environ trois cents à quatre cents dollars. » Il se retourna vers l'homme pas rasé, puant, en haillons : « Alors, qu'est-ce qui cloche ? »

Phil apostropha le type qui se débattait : « Ce vélo, tu l'as volé ! » On eût dit qu'il venait d'avoir une révélation.

Le clochard réussit à se libérer une fois de plus. Sans Rouge, il aurait réussi à décamper. D'un croc-en-jambe nonchalant, celui-ci l'étala par terre.

À califourchon sur le voleur, le jeune policier lui passait les menottes en répétant : « Rouge, je peux me débrouiller tout seul. »

Aimable, malgré la rebuffade, Rouge fit observer : « Le vélo ne tiendra pas dans ton coffre, sauf si tu vires l'attirail de déviation de la circulation.

— Quoi ? » s'exclama le jeune agent.

Mlle Fowler regarda l'arrière de la voiture de police. On voyait dépasser du coffre fermé par un fil de fer glissé dans la serrure le bois bleu d'une barricade et les pointes orange des triangles servant à détourner la circulation sur les lieux des accidents.

« Phil, aucun problème, c'est à toi que revient cette belle prise. Sauf que pour l'instant tu dois trimballer deux pochards éméchés avec un vélo en prime. Et que fais-tu de ton témoin ? Mlle Fowler ne conduit pas. »

Les yeux fixés sur sa voiture de police, Phil se débattait avec le problème du nombre de personnes qu'il pouvait embarquer. Déconfit, il hocha la tête.

Cinq minutes après, Rouge éloigna sa voiture du trottoir. On avait collé le vélo mauve sur la banquette arrière. Assise à la place du passager, Mlle Fowler, qui asticotait le jeune homme à propos du clignotant, estima qu'il le prenait plutôt bien. « Oui, madame », se contentait-il de proférer à chaque fois qu'elle lui suggérait de l'allumer. Aussi lui décocha-t-elle un de ses rares sourires. Rouge sortait de l'ordinaire, et s'il passait beaucoup trop de temps à la taverne de Dame, ce n'en était pas moins un type bien.

Rouge vira à gauche, dans l'allée du commissariat. Il suivait l'unique voiture de police de Makers Village. Autrefois, la ville pouvait se vanter d'en posséder deux. Mais la seconde avait disparu pour de bon, l'été dernier, dans le garage de Green. D'après certains, on aurait pu la récupérer. Ce n'était pas l'avis de tout le monde. Le maire avait fini par trancher en prétendant que le véhicule était monté rejoindre Jésus au ciel. Mlle Fowler soupçonnait le maire d'avoir lui aussi la dalle en pente.

Une fois au parking du commissariat — celui de la bibliothèque en fait —, il leur fut difficile de ne pas voir les projecteurs aveuglants d'une escouade de photographes, l'armada de camionnettes arborant d'énormes logos de journaux télévisés sur leurs portières. Tandis qu'elle sortait de la voiture, Mlle Fow-

23

ler remarqua aussi deux véhicules de la police de l'État de New York, une longue limousine noire ainsi que deux motos livrées à elles-mêmes.

Mlle Fowler fut la première en haut des marches. Elle tint la porte ouverte pour laisser Rouge transporter le vélo à l'intérieur. À peine plus grand que son petit salon, le bureau de réception grouillait de monde. À n'en pas douter, cela contrevenait aux règlements contre l'incendie. Avant que la porte ne se referme, un hurlement de femme retentit : « La bicyclette ! »

Voilà qu'une silhouette corpulente s'approchait d'eux. Vêtue d'une informe robe bleue, la femme, aussi insignifiante par la taille que par les traits — jusqu'au gris de ses cheveux mous —, se remit à hurler : « C'est la bicyclette de ma fille ! » Aussitôt, un photographe aveugla Rouge avec son flash, tandis qu'un autre type, armé d'un micro, fonçait sur lui.

Quelle histoire pour un vol de bicyclette !

À moins qu'il ne s'agisse de quelque chose de plus grave. À l'évidence, la femme avait pleuré. Maintenant, elle caressait le vélo mauve de son enfant. Ma foi, cette femme avait tout l'air d'une mère, enfin d'une vraie, de celles qui restent au foyer. Mlle Fowler connaissait bien cette race. Avec ses bras dodus, sa poitrine généreuse, elle avait de quoi consoler trois enfants en même temps les mauvais jours, et sa taille épaissie témoignait de la qualité de sa cuisine. D'ailleurs, c'était une terreur de mère qui défigurait le visage de cette femme, dont la voix frisait la stridence de trois sirènes à incendie.

Comme Mlle Fowler exprimait son appréciation de la maternité traditionnelle à coups de hochements de tête, une autre femme apparut. Mince, en tailleur élégant, celle-ci avait des cheveux blond cendré relevés, aux reflets suspects. Elle ne criait pas. On aurait dit une incarnation de la maîtrise de soi et de l'énergie.

J'ai l'impression de la connaître.

Si cette blonde avait la beauté classique d'une

vedette de la télé, c'est d'une voix aigre qu'elle fit observer : « Eh bien, au moins il y a quelqu'un de réveillé dans ce poste de police, qui mérite son salaire. » Puis, se tournant vers les prisonniers, elle les inspecta l'un après l'autre comme si elle cherchait lequel avaler tout cru.

Mlle Fowler, se rappelant avoir vu une photo récente de cette femme dans le journal du dimanche, eut une moue de dégoût. Il s'agissait de Marsha Hubble, séparée de son mari, Peter Hubble, vivant en reclus dans la propriété que sa famille possédait depuis 1875. Ah ! oui, elle était aussi vice-gouverneur de l'État de New York.

Puis, à la vue des yeux agrandis de terreur de Mme Hubble, Mlle Fowler comprit qu'elle avait sur-estimé le sang-froid de cette femme qui hurlait en silence — comme une folle. Une mère, aussi.

2

En fin d'après-midi, Rouge Kendall, son interminable tour de garde terminé, était juché sur un tabouret dans la taverne de Dame. Les yeux rouges et douloureux, il n'avait pas vu son lit depuis la veille au matin. La découverte du vélo mauve l'avait empêché de cuver son vin de la nuit.

Sur l'écran d'un poste de télévision fixé en haut du mur, derrière le bar, des photos des enfants disparues apparaissaient en un pastiche de vidéo amateur et de clichés figés. Dieu merci, le barman avait éteint le son. Des portraits muets, on passa à un reportage sur le garçon qui avait repéré le vélo abandonné de Sadie Green à l'arrêt de bus. Le jeune David Shore avait confirmé la version du voleur de bicyclette. La caméra cadra ce dernier, embarqué par les gendarmes, le visage enfoui sous sa veste pour le dissimuler aux journalistes.

Au plan suivant, la caméra fit un zoom sur le petit garçon de dix ans, sortant du bâtiment avec sa tutrice, Mme Hofstra, une femme élancée, aux cheveux gris fer. Grand pour son âge, beau, distingué, l'enfant avait tout pour avoir confiance en lui. Or, pendant l'interrogatoire de la police, le timide David n'avait pas proféré un seul mot qui ne fût chuchoté à l'oreille de Mme Hofstra et retransmis par elle, d'une voix forte.

À présent, l'écran montra un événement dont

Rouge, posté à l'intérieur du bâtiment, n'avait pas été témoin. Manteaux battant au vent d'hiver, telles des ailes de corbeaux, les reporters cernaient le petit garçon et hurlaient leurs questions en brandissant des micros sous le nez de l'enfant. Et David, ses yeux bleus élargis de frayeur, levait les mains pour repousser l'assaut. Enfin, sa tutrice, l'entourant d'un bras protecteur, le conduisait à la voiture qui attendait. Rouge n'entendit pas ce que Mme Hofstra disait aux reporters ; il espéra qu'elle les remettait vertement à leur place.

La caméra refit un plan de la porte du commissariat. Le vice-gouverneur, Marsha Hubble, se tenait en haut des marches. Blonde, imposante dans un manteau de cuir noir, elle n'était pas aussi jolie que sa fille Gwen, mais les hommes la remarquaient. Les deux agents du FBI qui avaient interrogé David l'encadraient. Ils avaient beau être plus grands qu'elle, on ne pouvait se méprendre sur la personne détenant le pouvoir. Le vice-gouverneur brandissait un poing, et Rouge devina sans peine l'objet du débat. La bicyclette trouvée à l'arrêt de bus corroborait l'hypothèse de la fugue. Or, le vice-gouverneur en avait une autre qui impliquait non seulement un déploiement massif d'agents fédéraux, de gendarmes, mais des routes bloquées et une chasse à l'homme menée dans trois États, à la poursuite du ravisseur. Marsha Hubble avait le visage rouge de colère.

Fervent admirateur de l'ambition féroce de cette femme à poigne, Rouge savait qu'elle ferait n'importe quoi pour récupérer sa fille, sans se soucier de passer pour une garce de premier ordre aux yeux de ses électeurs.

Rouge leva son verre en direction de l'écran : *Vas-y, Marsha, fonce.*

On montra ensuite la mère de Sadie. Évidemment, Becca Green, avec son manteau de lainage, son visage ingrat et poupin, était bien plus susceptible d'éveiller la compassion. La caméra fit un gros plan sur la pauvre femme en larmes. Cramponnée au micro, elle suppliait tout le monde de l'aider à retrouver sa petite fille.

Heureusement qu'on avait coupé le son. Ces mots, Rouge aurait souhaité ne jamais les réentendre. Il y a quinze ans, sa mère avait prononcé les mêmes en public — vaine tentative pour sauver la vie de sa sœur.

À la pensée de Susan, il y eut comme une vibration dans la glace, de l'autre côté du bar en acajou. Il aperçut les yeux noisette de sa sœur jumelle jetant des coups d'œil derrière une rangée de bouteilles.

Imbécile. Bien sûr, il s'agissait de ses yeux, pas de ceux de Susan — ce n'était qu'un reflet, rien de plus. Il n'empêche qu'il alla s'installer sur un tabouret à l'écart, loin du miroir. Entre Rouge et le mur de bois sombre derrière lui, une pyramide de verres à vin renvoyait un kaléidoscope d'images déformées de son visage livide. Dans les ballons de chaque verre, ses cheveux courts s'allongeaient. Et lorsque Rouge, pivotant sur son siège, fouilla la pièce du regard, vingt petites filles aux cheveux auburn mi-longs tournèrent la tête en même temps que lui.

La plupart des tables étaient vides. Deux femmes, l'une blonde, l'autre encore plus blonde, assises près de la fenêtre, s'amusèrent à chercher son regard, levant les yeux, puis baissant le rideau de leurs cils enduits de mascara.

Mais il y en avait une autre qui l'intéressait davantage, bien qu'elle n'eût pas encore de visage. Au rythme d'une lente musique de rock diffusée par le juke-box, elle traversait la salle en balançant les hanches. Ses cheveux châtains, lisses, lui frôlaient les épaules et dessinaient une ligne droite sur le blanc cassé de sa blouse en soie. Elle portait une longue jupe noire, arrivant à quelques centimètres d'une paire de chaussures à talons aiguilles.

Dans les verres à vin, les figures de Susan eurent

un hochement de tête approbateur : Rouge adorait les talons.

La femme qui prit place à une table proche de lui ne lui révéla que la courbe de sa joue gauche. Rien de plus. La fente de sa jupe s'écarta sur une longue jambe, un genou, l'ombre d'une cuisse.

Merci, mon Dieu.

De surcroît, la jeune femme était jambes nues — aucun voile de nylon teinté ne s'interposait entre Rouge et la blancheur de cette peau —, une fête pour les yeux en plein hiver. Une des chaussures qui pendillait au bout du pied finit par tomber, dévoilant des orteils sans vernis.

Ma foi, il n'y a pas à hésiter.

Rouge décida de céder sans opposer l'habituel semblant de résistance. Elle n'avait qu'à venir à lui quand ça lui chanterait.

Lorsqu'elle se retourna pour le dévisager, il ne put lui dérober son regard. Deux choses le fascinaient : l'extrême beauté, et la laideur telle celle qu'arborait le visage auquel il faisait face. Cette femme montrait, sans la cacher, une cicatrice en dents de scie couturant sa joue droite d'une ligne comme rouge de fureur qui lui retroussait le coin des lèvres et la contraignait à un perpétuel demi-sourire.

Percevant sa réaction, elle releva l'autre côté de sa bouche. Elle avait des yeux gris pâle, écartés, et d'épais sourcils très foncés qui se rejoignaient presque au-dessus du seul trait parfait dont elle fût dotée : un petit nez aquilin.

La jeune femme se leva avec grâce pour s'approcher du bar.

« Bonjour, Vanité, l'aborda-t-elle en se glissant sur le tabouret à côté du sien.

— Pardon ?

— Eh bien, vous êtes sûrement vaniteux, non ? Un bel homme comme vous ne peut qu'être conscient de sa beauté », ajouta-t-elle, penchée vers lui.

Elle avait une voix douce qui lui plut, mais des yeux déroutants. De l'ombre à paupières savamment appliquée les faisait paraître encore plus écartés. On eût dit que, logés de chaque côté de sa tête, ils avaient une vision périphérique et embrassaient toute la pièce. Sauf qu'en ce moment elle les fixait sur lui. C'était aussi envoûtant que déconcertant.

Quand elle parlait, sa cicatrice s'étirait avant de se contracter. La jeune femme s'approcha davantage de lui, l'obligeant à ne regarder que ses yeux où il découvrit une pointe d'humour.

« Comme cela doit être réconfortant de s'aimer, de ne jamais connaître la peur d'être rejeté. On a beau être lâche par exemple, qui s'en soucie ? » Elle se redressa sur son tabouret, ne relevant qu'un coin des lèvres.

Ne sachant tout d'abord quel côté de sa bouche croire, il finit par conclure qu'à coup sûr elle se moquait de lui. « Je vous offre un verre ? »

La jeune femme répondit d'un hochement de tête. Une formalité. Un dû pour elle. Ainsi la cicatrice n'avait guère influencé l'essence de la relation homme-femme — l'homme restait celui qui invitait.

« La même chose que vous. » Et, mettant le verre de Rouge sous son nez, elle le flaira : « Du mauvais whisky noyé dans de l'eau du robinet. »

Décidément, elle devenait de plus en plus intéressante. Il fit signe au barman en lui montrant son verre, puis la femme à côté de lui. Tout en attendant qu'on la serve, il ne tenta pas une fois de détourner les yeux de sa cicatrice. Quant à elle, indifférente, elle souriait, le laissant faire. On eût dit qu'elle lui offrait, pour rien, le spectacle de sa nudité.

Cette femme savait se maquiller. La peau qui dépassait le col officier de sa blouse rayonnait d'une belle couleur de fond de teint. En revanche, elle n'avait rien fait pour atténuer la mutilation de son visage — bien au contraire. Elle avait enduit sa bouche tordue d'un rouge provocant de voiture de pompiers. Rouge la trouva d'autant plus attirante.

Les yeux rivés sur sa cicatrice, il lui demanda : « Comment vous l'êtes-vous faite ? »

Haussant les sourcils, elle partit d'un petit rire de gorge qui égrena sa surprise. Voilà qu'elle le traitait avec la condescendance d'une femme confrontée à un petit enfant, à un chien ou à un homme. « La vilaine blessure que vous avez à l'annulaire, vous vous l'êtes faite à neuf ans, n'est-ce pas ? » Elle lui effleura le dos de la main : « Vous avez eu un accident de patin à glace lors d'une sortie avec la chorale d'enfants. Rassurez-vous, je n'en toucherai mot à personne. Cela vous appartient. »

Or, Rouge portait une lourde chevalière en or, héritage de son père, qui cachait la cicatrice : « On se rencontre pour la première fois, comment...

— En êtes-vous sûr, Rouge ? Moi, je me souviens de vous. » Tout en buvant à petites gorgées, elle le fit un peu lanterner avant de poursuivre : « Votre départ a brisé bien des cœurs. Avez-vous préféré le prytanée militaire au collège Sainte-Ursule ? »

Elle ne pouvait pas avoir fréquenté le collège. Rouge secoua la tête : « Je me souviendrais de vous.

— Je ne le crois pas », fit-elle d'un ton suggérant qu'elle n'attendait pas grand-chose du presque simplet qu'il était.

Les femmes avaient le chic pour ça.

« Vous ne l'avez jamais vue », dit-elle en touchant la blessure de sa joue droite, avant de se tourner vers le poste de télévision, lui dérobant profil et cicatrice.

Comme la photo de Rouge s'encadrait dans l'écran lumineux du téléviseur placé au-dessus du bar, la jeune femme lui fit face, lui mettant à nouveau la cicatrice sous les yeux : « Alors, vous êtes ce policier d'élite qui a élucidé le cas de la bicyclette mauve. »

Y avait-il de la dérision dans sa voix ? Sans aucun doute.

« Non, c'èst un autre flic. » Peut-être était-il en train de tomber amoureux. L'impression persisterait-elle le temps d'une autre tournée ? « Je n'ai fait que me pointer à temps pour rapporter le vélo au commissariat.

— Une coïncidence ? Vous étiez juste au bon endroit au bon moment ? »

Rouge haussa les épaules. Le hasard n'y était pour rien. Quand il rentrait de la taverne de Dame chez lui, tous les soirs, il ne manquait jamais de jeter un œil sur la maison de son ancien professeur de piano, située dans la rue principale. Il ne pouvait se déplacer dans Makers Village sans passer devant.

« Eh bien, Rouge, il me semble que les caméras vous préfèrent aux autres. Ah ! vous revoilà. » Elle montra l'écran du doigt. « J'ai vu cette séquence ce matin. Vous vous tirez à merveille de la consigne du silence à observer envers et contre tout. »

Ouais, il n'était pas loin de tomber amoureux du profil droit.

« Tout de même, quelle coïncidence. C'est un ravisseur qui a tué votre sœur, et maintenant vous en attrapez un. »

Rouge eut un mouvement de recul. On eût dit qu'elle lui pointait un pistolet sous le nez. « Ce type n'est pas un ravisseur, c'est un voleur de bicyclette. Et les enfants ont fait une fugue. » Du moins était-ce la version que les services de police réservaient à la presse. Qui était cette femme ?

« La mère de Gwen n'a pas l'air de cet avis », lança-t-elle, désignant un plan du vice-gouverneur qui descendait l'escalier en toisant le porte-parole de la police judiciaire. « D'ailleurs, votre sœur aussi, on l'a enlevée juste avant les vacances de Noël, quelques mois après qu'on vous eut expédié au prytanée militaire. »

Le jeune homme se tourna vers la pyramide de verres à vin qui lui renvoya une vingtaine d'images de Susan, sous le choc.

« L'homme qui a assassiné ma sœur est en prison. Vous êtes journaliste ? » Les enquêteurs de la police judiciaire avaient recommandé aux flics du village de ne rien raconter à la presse.

« En outre, les trois petites filles étaient des élèves de la même école privée. » Elle vida son verre.

Arrêtez, je vous en prie.

« Il n'y a aucun rapport entre ma sœur et ces fugueuses. Vous êtes... ?

— Non, je ne suis pas journaliste. » Levant un sourcil, elle tendit son verre au barman pour qu'il la resserve. C'est le regard fixé sur la télévision qu'elle déclara :

« Mais je lis assidûment les journaux. Ces deux petites filles ont le même âge qu'avait Susan.

— Comment vous appelez-vous ?

— Ça ne vous dirait rien, Rouge. J'étais en CM2 lorsque nous avons déménagé. » La photo de Gwen Hubble s'étalait sur l'écran. « La famille de cette enfant est aussi riche que l'était la vôtre.

— Vous êtes avec les fédéraux ?

— Et votre sœur aussi était jolie. Tout comme Gwen — une petite princesse. Une coïncidence de plus, et nous aurions les éléments d'un sacré miracle. » À présent, elle lui faisait face : « Non, je ne suis pas du FBI. Je passe tout bonnement des vacances chez mon oncle. Un vieux monsieur intéressant, fervent athée. Sa seule conception religieuse est la conviction croissante que le hasard n'existe pas. Avez-vous la certitude que le prêtre soit le meurtrier de votre sœur ? »

Elle lui lâcha cette dernière bombe comme en y ayant pensé après coup.

« Oui, c'est cette ordure. » Rouge proféra cette affirmation sans acrimonie, aussi sèchement que si la nouvelle était engrangée dans sa mémoire, au même titre que le tableau des poids et mesures. Il préférait le terme d'ordure à celui de prêtre, voilà tout.

« Il n'y a que des preuves indirectes de sa culpabilité », fit observer la jeune femme. On l'aurait crue en train de se demander s'il allait pleuvoir ou neiger. « On n'a jamais trouvé l'argent de la rançon.

— C'est bien lui qui l'a tuée. » Rouge réitéra ce constat d'une chose de la vie — de la mort — d'une voix calme. « Bon, qui êtes-vous ? »

La jeune femme se borna à le regarder d'un air très déçu, comme s'il laissait vraiment à désirer. « Il faut que j'aille aux toilettes. »

Tandis qu'elle se dirigeait vers le fond du bar, Rouge la suivit des yeux. Un peu désarçonnées, les petites Susan des verres à vin bougeaient lentement la tête d'un côté à l'autre. Comment pouvait-il avoir rencontré cette femme et ne pas s'en souvenir ? Tout en l'attendant, il s'amusa à faire revenir les images de toutes ses camarades de classe. Elle n'en faisait pas partie.

On l'avait mis au prytanée militaire pour le séparer de sa sœur.

L'expérience n'avait pas duré longtemps. À la mort de Susan, il était retourné au collège Sainte-Ursule, retrouvant les mêmes visages qui l'avaient accompagné au fil des ans. On lui avait fait réintégrer l'école dans l'espoir qu'un entourage connu le consolerait, l'aiderait à surmonter le choc du décès de sa sœur.

Au bout de vingt minutes, Rouge guettait toujours le retour de la jeune femme.

Bon, c'était de l'intelligence, ça ?

Refusant de croire qu'il s'était fait plaquer, il s'attarda le temps de siffler un dernier verre.

C'était encore plus idiot.

Ayant posé l'argent sur le comptoir, Rouge sortit. Au cours des dernières heures, le ciel s'était assombri. Les lampions multicolores accrochés aux branches dénudées des arbres le long du trottoir clignotaient. Décorations tapageuses et cadeaux de prix s'amoncelaient dans les vitrines de tous les magasins. Les façades du village n'avaient pas changé depuis le début du siècle. Certes, ces vacances avaient quelque chose de différent : deux enfants de la ville avaient disparu — sauf que le commerce ne s'arrête jamais. Des bouchons de voitures bloquaient la rue tandis que la foule des clients de Noël, chargée de volumineux paquets, galopait avec détermination d'une boutique à l'autre.

Rouge Kendall était le seul à ne pas bouger. Même s'il savait la brunette volatilisée depuis longtemps, il examinait tous les visages de brunes à cheveux longs qui le croisaient.

Imbécile.

Il prit la décision de rentrer chez lui et de ne plus adresser la parole à aucune femme. Sa mère prenait toujours son parti, il ne la mettait donc pas dans ce camp.

Depuis la découverte du cadavre de sa fille, un 25 décembre, quinze ans plus tôt, Ellen Kendall n'avait plus mis d'arbre de Noël chez elle. Ce soir, elle regardait à la télévision les deux mères des enfants disparues, folles de douleur, en poursuivant un monologue qui prenait le pas sur les propos du présentateur :

Joyeux Noël, mesdames, il vous reste six jours jusqu'à l'ultime cadeau. Une simple petite offrande venue tout droit des enfers pour gâcher vos vacances à tout jamais : un petit corps sans vie, tout froid, un pour chacune de vous.

Ellen avait des médicaments qui auraient pu chasser ses idées noires, mais elle n'en supportait plus les effets secondaires : la sensation de s'enliser dans un marécage associée à la lutte à soutenir pour arriver à penser ne fût-ce qu'au menu du dîner.

Quand elle éteignit la télévision, l'écran sombre lui renvoya l'image d'une femme maigre, bien charpentée, mourant d'envie de boire un coup. La mère de Rouge savait que dans un vrai miroir, avec ses cheveux où le gris triomphait du châtain, elle ferait dix ans de plus que ses cinquante-six ans. Ellen le devait à l'alcool, banni de chez elle à présent.

Cette idée ne lui était pas venue toute seule au demeurant. À seize ans à peine, Rouge avait embarqué toutes les bouteilles. Il s'exerçait alors à son rôle de chef de famille, trois bonnes années avant la mort de son père.

Quelle prescience ! Mais il s'était révélé exceptionnel à n'importe quel âge.

Entendant une voiture contourner le rond-point, Ellen alla à la fenêtre et écarta les rideaux. La vieille Volvo s'immobilisa devant la maison. Si le moteur ne tournait plus, Rouge ne manifestait aucune intention de sortir. Assis derrière le volant, il contemplait les pignons du toit. Regardait-il les fenêtres de la chambre de sa sœur ? Même s'ils ne l'évoquaient jamais, la petite morte était toujours plus présente à l'approche de Noël. Une sorte de trinité dominait cette période : mère, fils et le spectre de Susan.

Ellen Kendall avait passé sa matinée à se remémorer l'attente interminable d'une demande de rançon pour sa fille. Quant à son après-midi, elle l'avait consumé à imaginer le petit cadavre de Susan, privé de vie et jeté sur ce talus de neige. En ce moment précis, elle revivait les funérailles.

Le jour de l'enterrement de sa sœur, Rouge avait observé un silence tel qu'Ellen avait admiré la trempe de son petit homme. À tout juste dix ans, il faisait déjà preuve d'un tel calme, d'un tel sang-froid ! Puis elle avait remarqué l'étrange angle que le petit garçon faisait avec son bras. Elle revoyait tout — la petite main en cornet, les doigts entourant une autre main, inexistante. Et, tandis qu'on descendait le cercueil de sa sœur en terre, il s'était tourné vers le vide à côté de lui. Pour la première fois de la journée, il avait eu le visage bouleversé. Et Ellen avait compris que son petit garçon s'attendait à une présence à côté de lui, dotée de ses yeux, de ses cheveux. Pris de vertige, il s'était penché. Son père n'eût-il pas tendu le bras pour arracher le seul enfant qui leur restait à la tombe béante, qu'il se serait effondré sur le cercueil.

Revenant au présent, Ellen jeta un regard par la fenêtre : son fils n'avait pas bougé.

Joyeux Noël à toi, Rouge. Songerais-tu au meurtre ?

Il se pouvait que, l'esprit occupé par des pensées plus terre à terre, Rouge fût en train de réfléchir aux moyens de payer les impôts fonciers, d'assurer l'entretien de cette énorme maison, mille fois trop grande pour eux deux. Certes, ils avaient fermé les étages supérieurs pour économiser de l'électricité, mais les frais ne restaient pas moins élevés. Un jour qu'elle avait suggéré de déménager dans une maison plus petite, Rouge s'était mis en rogne. Depuis, un silence cruel s'était installé. Ellen savait le mal que se donnait son fils pour la faire vivre ici. Alors qu'elle ne supportait les journées passées au milieu de ses affreux souvenirs que pour lui. Ainsi, ils se faisaient l'un l'autre le cadeau empoisonné de leur endurance douloureuse — chacun animé des meilleures intentions du monde.

Ils avaient vendu la collection d'objets d'art et la plupart des meubles anciens. D'ailleurs, elle préférait la maison comme ça, moins encombrée. Le traitement psychiatrique, la greffe du cœur du père de Rouge, la rançon, les honoraires du détective avaient grevé la fortune accumulée par des générations de magnats de la presse de la famille de son mari.

Ellen prêta l'oreille. La porte d'entrée s'ouvrit, se referma, puis les pas de son fils résonnèrent sur les dalles de marbre. Le vestibule, d'une taille insensée, consommait une quantité monstrueuse de chauffage. Lorsque Ellen avait proposé de le condamner et d'utiliser la porte de service, son fils avait protesté, refusant de camper dans leur propre maison.

Quand Rouge était-il devenu le chef de famille ?

Il y avait très longtemps.

Tout comme elle, son mari en avait fait un petit homme avant qu'il n'en eût l'âge — une cruauté involontaire. Incapables d'apporter la moindre consolation à leur enfant survivant, ils n'avaient su que passer dans sa chambre, vivre le quotidien comme des robots, et proférer machinalement des « Bonjour », « Bonsoir ».

« Salut, maman. »

Comme elle regardait Rouge entrer dans le petit salon, un jeu de lumière lui donna l'impression que son ombre, telle une créature autonome, marchait à côté de lui.

« Bonsoir, chéri. » Son accueil n'était-il pas trop gai ? N'avait-il pas quelque chose de contraint, d'artificiel ? Si. « Le dîner peut être prêt dans vingt minutes.

— Parfait », dit-il en l'embrassant sur la joue.

Et ce petit geste n'était-il pas un peu trop désinvolte ? Rouge n'avait-il pas l'air plus égaré qu'à l'accoutumée ?

Ellen perçut la souffrance de son fils, ou quelque chose qui y ressemblait. Une maladie ? Elle eut une impulsion, quelque vestige du temps où elle était la mère de deux enfants pleins de vie. Levant la main, elle s'apprêtait à lui toucher le front pour vérifier sa fièvre, lorsqu'il se détourna.

Rouge traversa le vestibule avant de grimper le majestueux escalier menant aux étages inhabités. Ellen le suivit jusqu'à la rampe. Incrédule, elle le vit s'arrêter sur le palier et arracher les bourrelets de la porte de Susan.

Gwen Hubble, pas vraiment sortie du sommeil, luttait pour reprendre conscience. Elle essaya de se lever, puis se laissa retomber sur le lit de camp, à bout de forces, comme si son corps était constitué d'une substance autrement lourde qu'un squelette de petite fille de dix ans. Elle s'accorda un moment de répit, reprenant des forces pour renouveler sa tentative.

Une fois les idées éclaircies, ce fut chose aisée de se redresser.

On avait à nouveau posé un plateau sur la petite table à côté du lit de camp. La dernière fois, il y avait un verre de jus d'orange et un œuf. *C'était insuffisant.* À présent, elle avait sous les yeux une demi-tasse de cacao et un *minuscule* petit pain. *Ce n'était pas assez.*

Avec une obstination morose, elle fixa la lueur marbrant la céramique des carreaux. L'endroit était aussi spacieux que la salle de bains principale de son père. La baignoire, une antiquité également, avait quatre pattes de lion en guise de pieds. Le cabinet lui parut très loin, d'autant que la veilleuse ne luisait que d'un maigre éclat sur la porcelaine de la cuvette.

L'envie d'uriner l'emportait sur sa faim. Repoussant les couvertures, Gwen toucha de son pied nu une surface de laine rêche.

Où étaient ses chaussettes ?

Le premier jour, il ne lui avait manqué que sa parka rouge. Le lendemain — ce matin ? — ses chaussures avaient joué les filles de l'air. Portant la main à la chaîne autour de son cou, elle la referma sur l'amulette que Sadie Green lui avait offerte, un porte-bonheur incrusté d'une image de l'œil qui voyait tout. Bon, elle l'avait toujours. Ah ! mais sa natte s'était défaite au cours de la nuit.

Est-ce qu'il fait nuit ?

Comme elle se levait trop vite, la tête lui tourna. Alors, elle recommença avec lenteur, et, les jambes flageolantes, marcha vers le W-C. Arrivée à proximité de la porte, elle essaya la poignée sans plus d'espoir de la voir s'ouvrir que la dernière fois.

Que signifie tout ceci ?

Laissant filer cette pensée trop pénible pour s'y

arrêter, elle se mit machinalement à relever le couvercle du cabinet, à déchirer le papier du rouleau dont elle disposa avec soin des carrés sur le bord du siège en bois — rituel immuable qu'elle observait dans les toilettes inconnues. Enfin, elle tira la chasse d'eau.

Ses yeux ajustés à la maigre lumière, elle vit mieux les détails de la pièce. La dernière fois, elle n'avait pas remarqué l'absence de miroir au-dessus du lavabo. En revanche, elle se rappelait l'énorme meuble poussé contre le mur du fond. Une armoire dans une salle de bains ?

Tiens, un bac à linge — ça, c'était nouveau pour elle, non ? La petite fille l'examina de près. Comme ceux qu'il y avait chez elle, il s'encastrait dans le mur et on pouvait le tirer. Mais on en avait enroulé la poignée d'un tour de chaîne, de deux le porte-serviettes fixé à côté de lui. Une chaîne cadenassée.

Pourquoi ? Qu'est-ce qu'il y a dans ce bac à linge ? À peine s'était-elle posé la question qu'elle la chassa de son esprit.

Elle avait une faim de loup.

Retournant à l'étroit lit de camp, elle baissa les yeux sur le plateau posé sur la table. Ce matin, sitôt l'œuf avalé, elle s'était endormie. Du moins croyait-elle que c'était ce matin, pour peu qu'elle puisse se fier à l'œuf et au jus de fruits comme à un menu de petit déjeuner. Concentrée sur la portion congrue de son dîner, elle chercha à établir une relation de cause à effet entre nourriture et sommeil. Puis sa pensée dériva vers sa meilleure amie. Où se trouvait Sadie, et comment allait-elle ?

Gwen mangea le minuscule petit pain. C'était insuffisant. Son estomac criait famine. Quel effort surhumain de s'accrocher à une idée ! Les yeux rivés sur la tasse de cacao, elle établit une fois encore un rapport entre nourriture et sommeil. Nourriture ou boisson ? Elle alla vider le cacao dans le lavabo où elle fit couler de l'eau pour nettoyer les taches sombres qui avaient giclé.

En revenant vers le lit de camp, Gwen se retrouva face au bac à linge et à sa chaîne cadenassée. Elle s'en approcha, à pas très lents, encore somnolente. Ça faisait le même effet que la grippe, à moins qu'elle n'eût la cervelle bourrée d'ouate. L'enfant accorda une valeur égale aux deux hypothèses. Lorsqu'elle toucha la poignée du bac à linge, ses jambes se dérobèrent sous elle. La petite fille tomba à genoux.

Elle s'était donc trompée : ce n'était pas le cacao qui l'endormait. Gwen s'enfouit le visage dans la laine rêche du petit tapis ovale. Bien qu'allongée par terre, elle eut un moment de panique causé par une sensation de chute, associé à l'idée que les carreaux n'étaient peut-être pas solides, que les lois de l'univers ne s'appliquaient plus à elle.

La petite fille ferma les yeux.

Tard dans la nuit le jour de la mort de sa fille, il y a tant d'années, Ellen Kendall était entrée dans la chambre de Rouge. Elle y avait trouvé son petit garçon roulé en une sorte de boule hérissée de mèches de cheveux auburn, de doigts minuscules et de jambes de pyjama. Ouvrant brusquement les yeux, il avait aussitôt étendu les bras et les jambes. On eût dit qu'il se dépliait pour offrir la cible facile de sa poitrine à ce qui s'avançait vers lui dans les ténèbres. Se rendant compte qu'il n'y avait que sa mère saisie d'effroi sur le pas de la porte, la déception avait envahi son visage. Et Ellen avait compris que son fils de dix ans n'aspirait qu'à mourir pour rejoindre sa sœur sous terre. Aussi l'avait-elle confié dès le lendemain à un psychiatre, persuadée de son incapacité à garder Rouge en vie. Quel bien avait-elle fait à Susan ?

Puis elle avait sombré dans l'alcool, et pas de main morte. Ellen n'était pas devenue pocharde en un jour.

À présent, au terme d'années d'abstinence, elle se

tenait au seuil de la chambre de Susan, quelque peu méduсée par le ravage du temps. En quinze ans, la peinture, brillante naguère, avait pris une teinte rose pâle apaisante.

Rouge était assis en tailleur sur un tapis poussiéreux dont les fils multicolores avaient pâli. Des housses d'un blanc spectral protégeaient les meubles, tandis qu'une pellicule grise recouvrait le moindre pouce des lattes du parquet. Il fouillait dans un gros carton contenant les affaires de Susan.

Sans mot dire, Ellen se faufila dans la chambre. Plongé dans un annuaire du collège Sainte-Ursule, son fils ne fit pas attention à elle.

Pourquoi s'infligeait-il cela, et à elle ?

Malgré les larmes qui lui montaient aux yeux, c'est d'une voix étonnamment normale qu'elle proposa : « Tu as besoin d'un coup de main ? Qu'est-ce que tu cherches, quelque chose sur... ?

— Ce soir, j'ai rencontré une femme qui nous connaissait quand on avait neuf ou dix ans. Son nom m'est sorti de l'esprit, alors j'ai pensé qu'il pourrait y avoir une photo là-dedans », lui répondit Rouge, mettant le livre de côté avant d'en ouvrir un autre.

Ellen s'inquiéta. Après la mort de sa sœur, pendant plus d'un an, Rouge s'exprimait avec des phrases truffées de *on* ou de *nous*. Voilà que ces mots revenaient le hanter.

« Rouge, cette femme, tu peux la décrire ? »

Il tira un autre volume de la pile des annuaires du collège. Tous dataient d'une époque antérieure à l'assassinat de Susan. « Elle a des yeux très écartés et une... » Soudain, d'un geste brusque, il referma l'un des livres : « Impossible qu'elle y soit, je suis sûr qu'elle ne fréquentait pas Sainte-Ursule. » Repoussant les annuaires, il se fourra les mains dans les cheveux.

Ellen s'agenouilla près de lui sur le tapis. « Est-ce que tu sais quelque chose sur sa famille ? Sur le travail de son père, sur sa mère ?

— Non, fit-il, levant les bras au ciel, dépité. Elle a dit que sa famille avait quitté la ville quand elle était en CM2. » Il frappa le sol du poing, la pile de livres s'écroula.

Bien sûr, il n'avait pas fermé l'œil depuis hier matin. Mais il y avait, outre sa fatigue, une frustration qui permit à Ellen d'évaluer la quantité d'alcool ingurgitée. Rouge ne parlait sur ce ton que lorsque ses pensées manquaient de clarté. À l'ordinaire, il raisonnait deux fois plus vite qu'elle, et mieux. D'ailleurs ses haltes à la taverne n'avaient peut-être pas d'autre objet que de mettre un bémol à la belle mécanique de son cerveau.

« Au moins tu sais qu'elle n'allait pas à Sainte-Ursule. C'est déjà quelque chose. » En tant que journaliste dans sa jeunesse, elle avait traqué des gens avec à peine plus d'éléments. Ainsi, l'enfant avait déménagé alors qu'elle était en CM2. Il y aurait sûrement des photos de groupe dans les archives de l'unique école élémentaire de la ville. Ah ! ça, mais c'est qu'elle en possédait, des photos !

Tendant le bras, Ellen ouvrit le tiroir le plus bas du bureau de Susan. Elle posa la main sur l'album de sa fille. « Rouge ? Cette femme que tu as rencontrée... Peut-être faisait-elle partie de la chorale qui rassemblait les élèves des deux écoles. » Ellen se mit à feuilleter les pages à la recherche de clichés des sorties annuelles de la chorale.

« La chorale, c'est juste. Elle se rappelait ma cicatrice. » Frôlant les épaules de sa mère, Rouge désigna une grande photo : « Celle-ci, on l'a prise l'année où je me suis coupé le doigt ?

— Coupé ? Mais tu te l'es presque amputé, Rouge », fit Ellen avant de se pencher sur trois rangs d'enfants, à genoux et debout, patins à glace à la main, souriant pour la photo. Montrant une petite fille au premier rang, elle commenta : « Celle-ci, c'est Meg Tomlin, la fille du capitaine des pompiers, qui s'est

43

installée à Cooperstown après son mariage, il y a trois ans. Et celle-là, c'est Jane Adler. Elle était à Sainte-Ursule, tu t'en souviens ? Une fois diplômée du Massachusetts Institute of Technology, elle est partie travailler pour une entreprise à Tokyo. »

Débordant de curiosité maintenant, Rouge la dévisageait. Ellen comprit. Rouge n'en revenait pas qu'une recluse dans son genre fût si bien renseignée.

« Ma foi, mon petit, même si la famille ne possède plus de journaux, je continue à en lire. Tu serais étonné de ce que je sais.

— Tu as encore accès à tes anciennes sources de renseignements ?

— Oh ! bien sûr. » En outre, tous les anciens amis revenaient vers elle. Il est vrai que l'enlèvement de sa fille et le récent rapt de deux autres enfants de Sainte-Ursule avaient des points communs. Pourtant, aucune allusion à Susan ne figurait dans les journaux ni dans les reportages à la télé. Une discrétion qui ne ferait pas long feu si l'on découvrait la mort des petites filles le matin de Noël.

Ayant cessé de s'absorber dans l'album, son fils la couvait des yeux :

« Maman, quelles informations as-tu sur le vice-gouverneur ?

— Marsha Hubble ? Elle a une longue lignée d'hommes politiques derrière elle. Toutefois, bien qu'elle soit proche d'un sénateur lié à la mafia, je suis convaincue de son intégrité.

— Et ce fantoche de gouverneur ?

— Soi-disant fantoche, mon chéri. Ça fait un an qu'il tente de se débarrasser de Hubble. Mon avis, c'est qu'elle ne joue pas le jeu des souscripteurs louches qui financent le gros de la campagne. »

Perdu en lui-même, Rouge baissa la tête vers l'album. Le sentant absent une fois de plus, Ellen montra une enfant dans le rang du milieu de la photo : « Regarde, cette petite fille a des yeux écartés, mais je ne sais absolument pas qui c'est. Merde, c'est bien la peine de crâner. »

Ellen retourna la photo pour lire les noms des enfants. Il en manquait un sur la liste écrite de sa main. La petite fille aux yeux écartés était la seule de la chorale dont elle n'arrivait pas à se souvenir. « Rouge, je suis navrée, mais elle m'est sortie de la tête.

— Elle a une cicatrice. Ici. » Rouge se dessina une ligne en dents de scie le long de la joue droite. « Tu ne te souviens pas d'enfants victimes d'accidents ?

— Non. Cela ne m'aurait pas échappé. » D'une chiquenaude, elle tourna la page. « Bon, on ne te voit pas sur cette photo prise après ton départ au prytanée. Tiens, la revoilà, juste derrière Susan, tu vois ? Elle n'a aucune cicatrice sur le visage. Elle a dû avoir son accident après avoir quitté la ville. »

Mais son fils dérivait, voguant sur une mer connue qui tenait si bien dans un verre de whisky. Ellen en percevait l'odeur, le goût presque. En tout cas, elle était la dernière placée pour lui faire la leçon à ce sujet. C'est uniquement après que son fils, encore adolescent, l'eut découverte ivre morte sur le sol de la salle de bains — suprême humiliation — qu'elle avait cessé de boire.

« Rouge, tu as dit qu'elle avait quitté la ville quand elle était en CM2 ? »

Les yeux fixés sur la page, Rouge hocha la tête.

« Les écoles sont fermées pendant les vacances de Noël, mais il reste l'église. Peut-être le père Domina a-t-il gardé les vieux cahiers de présence. Ça vaut la peine de tenter le coup. Je peux t'aider, demain matin ? » Pour attirer son attention, elle lui ébouriffa les cheveux.

« Impossible. Je suis de garde, demain matin. » Rouge se leva. Tout en époussetant son jean, il fouilla du regard les titres des livres alignés sur l'étagère près du lit : « On m'envoie enquêter en civil. Qu'est-il arrivé au journal intime de Susan ?

— La police l'a emporté. Je ne sais pas si elle l'a jamais rendu. Si tu veux, on pourrait vérifier dans les autres caisses du grenier ? » Ellen se remit à regarder la photo de la chorale. « C'est bizarre que je n'arrive pas à situer cette petite fille. »

Mais ce n'était pas si étonnant : hormis ses yeux, l'enfant n'avait rien d'exceptionnel. Moyenne en tout, elle n'était même pas la plus petite ni la plus quelconque.

Rouge retira la housse du bureau : sur le buvard d'un rouge passé apparut un bracelet d'argent, le dernier cadeau d'anniversaire que Susan avait reçu de son père. Rouge le ramassa. « D'après papa, elle l'avait perdu, non ? »

Perdu ? Sans doute devraient-ils parler davantage de la mort de Susan. Qu'avait-il encore compris de travers pendant cette période où son père s'enfermait dans son bureau, et sa mère se noyait dans une bouteille sept jours sur sept ? À moins que le bracelet n'eût été perdu — et non volé — et retrouvé plus tard — et non saisi en tant que pièce à conviction.

« Les derniers mois de sa vie, ta sœur n'arrêtait pas d'oublier des trucs aux répétitions de la chorale. » Ce qui avait d'ailleurs paru bizarre à Ellen, car ses enfants avaient toujours pris grand soin de leurs affaires. À l'époque, elle avait mis le changement de comportement de sa fille sur le compte de la séparation des jumeaux.

Parfois, au cœur de la nuit, Ellen se livrait au jeu morbide du « si ». Et si, résistant à son mari, elle avait laissé les enfants dans la même école ? Dans ce cas, Rouge aurait été avec sa sœur le jour de son enlèvement, les jumeaux ne recherchaient la compagnie ni la conversation de personne, ne se quittaient pas d'une semelle. Susan serait-elle toujours en vie, ou auraient-ils péri tous les deux ?

Elle contempla le bracelet d'argent que Rouge lui glissait dans la main. Quand l'avait-elle vu pour la dernière fois ? Au procès ? Oui, c'était une pièce à conviction. La police avait dû le rendre à son mari. L'image de Bradly Kendall se faufilant dans cette chambre pour remettre le minuscule bijou sur le bureau de sa fille lui traversa l'esprit. Il se peut qu'assis sur le lit, il ait éclaté en sanglots, le cœur brisé par la petitesse du bracelet.

Ellen referma la main sur le minuscule cercle d'argent : « La police assure l'avoir trouvé dans la chambre du prêtre.

— Tu veux dire dans la chambre de Paul Marie », rectifia Rouge sans trahir aucune émotion. Vu le caractère fermé de son fils, c'était déjà une remontrance. Elle avait oublié combien il était exaspéré lorsqu'elle qualifiait de prêtre le meurtrier de sa sœur.

Pourtant, elle associait toujours Paul Marie à des ornements d'église, soutane et col. L'ultime vision qu'elle avait de lui était celle d'un jeune homme d'à peine une vingtaine d'années officiant avec un vieux prêtre pendant la communion. Il avait encore un visage lisse, dénué de caractère ou de personnalité. Si certains le trouvaient très beau, il ne se distinguait par rien d'autre. Un être insignifiant dont les sermons manquaient d'inspiration, et qui faisait un maître de chapelle tout juste convenable.

Sauf que les enfants l'adoraient.

Ellen leva les mains pour cacher son visage embrasé. On aurait dit qu'elle avait exprimé cette pensée à voix haute — qu'elle venait de proférer une blague obscène dans une église.

3

« Elle me plaît. » L'air sincère, il formula ce compliment, examinant la cicatrice en dents de scie et le rouge sanglant de la bouche tordue.

Dans les souvenirs d'Ali, le prêtre était grand, mais frêle, presque fragile. À l'époque, les vêtements noirs qu'il portait faisaient ressortir la pâleur de son beau visage éthéré, couronné d'une chevelure sombre. Pour la petite fille de dix ans qu'elle était, les grands yeux marron et lumineux que le jeune Paul Marie baissait sur elle étaient ceux du portrait de Lord Byron figurant à la page cornée de son recueil de poésie.

Quinze ans plus tard, l'homme entravé qui se tenait de l'autre côté de la table était tout en muscles. Les épaules larges distendaient les coutures de sa chemise de coton bleu. Il avait un visage dur. Loin de l'amoindrir, les chaînes de ses mains et de ses pieds accentuaient l'impression de puissance qui émanait de lui — seules les menottes le retenaient. Il remplissait la pièce de sa présence.

Lorsqu'il la regarda, Ali Cray eut le sentiment d'être plaquée au mur. Envolés les yeux de poète. *Bonsoir, Byron.*

Bien qu'elle en connût chaque ligne par cœur, la jeune femme baissa la tête sur son calepin, avant de lancer un regard vers les tatouages faits en prison qui lui constellaient les mains : pratique universelle parmi les détenus qui tuaient le temps en se criblant la peau de coups d'épingles noircies d'encre. Il y avait un *S* sur sa main droite et un *E* sur sa main gauche, calligraphiés dans un style d'enluminure.

Elle leva les yeux vers son visage, son petit sourire :

« Les lettres signifient : *mangeur de péché*[1], euphémisme pour suceur de pénis. À l'époque où j'étais incarcéré avec les autres prisonniers, c'est une chose qu'on m'a très souvent forcé à faire.

— Les délinquants sexuels sont pourtant isolés dans cette prison, affirma-t-elle, comme le prenant en flagrant délit de mensonge.

— Une erreur d'écriture, si l'on en croit le directeur. On a trafiqué mon dossier. »

Invraisemblable. Ali savait qu'il aurait fallu user de beaucoup d'influence, ou investir des sommes folles pour une méprise de cette ampleur. Il est vrai que le père de Susan en aurait eu les moyens. De son vivant, Bradly Kendall avait toutes les relations nécessaires dans le monde politique, et de l'argent. « Mais votre avocat aurait...

— Il n'a jamais cru en mon innocence. C'est pour cela que ce petit salaud s'est fait tirer l'oreille pendant deux ans avant d'agir. » Paul Marie haussa les épaules comme si cette trahison, flagrante, lui importait peu. « Il n'ignorait pas ce que j'endurais. Je crois que cela correspondait à son sens primitif de la justice.

— À ce que je sais, vous n'avez pas perdu la confiance de l'Église. On ne vous a pas défroqué. »

Le prisonnier se pencha en avant, Ali en arrière.

« L'Église manque de prêtres. On ne me relèvera pas de mes vœux pour le meurtre d'une petite fille. Si je prônais le contrôle des naissances, ce ne serait pas pareil. »

À nouveau, Ali baissa les yeux sur son carnet où

---

1. En anglais *sin eater*, d'où le *S* et le *E*. *(N.d.T.)*

elle écrivit rapidement une note en bas de page. Elle ne les releva pas pour lui demander : « Avez-vous continué à exercer votre ministère ?

— Oui, au cours des deux premières années. J'ai entendu des confessions et administré le sacrement de pénitence. »

Le ton de Paul Marie n'avait plus rien de doux. La jeune femme ne se sentait pas de taille à supporter longtemps ce phénomène de substitution. On eût dit une mort à petit feu.

De cette voix inconnue, il poursuivit : « Un homme s'était fait un point d'honneur de dire "Père, pardonne-moi", à chaque fois qu'on me violait. Un jour, je l'ai rossé avec un tuyau de plomb. À ce moment-là, je lui ai pardonné. Comme je lui avais mis le cerveau en bouillie, il a oublié pour quelle faute. J'ai gardé les sacrements, bien que, en matière de pénitence, il m'ait fallu improviser. Un *Je vous salue Marie* pour un nez cassé. Un *Notre Père* pour des testicules bousillés. »

Il ne restait rien de son ancien maître de chapelle.

« J'aurais préféré qu'on me laisse avec les autres détenus. Dans ce quartier, je n'entends que les confessions de la vermine. Les pervers m'avouent tout, même ce qu'ils cachent à leur avocat.

— Il leur arrive d'évoquer ce qui s'est passé dans le coin ? Les deux petites filles ?

— Parfois. Toutefois, ce qu'ils préfèrent, c'est raconter leurs crimes contre des femmes et des enfants. À l'extinction des lumières, ils se couchent sur leur lit et se confessent dans le noir en se branlant. Le couloir finit par empester le sperme. » Il s'écarta de la table. « Mais il est inutile que vous écoutiez cela. La confession n'est pas le privilège du sacerdoce, mais son enfer.

— Père, vous ne vous souvenez sûrement pas de moi. J'étais...

— Je me rappelle que la semaine avant mon arrestation, tu n'es pas venue à la chorale. » Calé sur sa chaise, il l'observa avec plus d'attention, détaillant ses cheveux, ses vêtements, sa cicatrice. « Aux dires du père Domina, ta famille a quitté la ville. »

Ainsi, quelques personnes au moins avaient remarqué son existence, la place qu'elle occupait dans l'univers. L'espace d'un instant, elle en fut médusée. « Mes parents ne m'ont jamais parlé de la mort de Susan Kendall. » Le meurtre, elle l'avait appris à dix-huit ans.

Un silence, lourd, tomba entre eux. Par la fenêtre, des bruits venant de la cour envahirent la pièce : voix d'hommes, rythme d'un ballon rebondissant sur le mur extérieur. Elle capta le bourdonnement de lourdes machines. La buanderie de la prison ne devait pas se trouver bien loin, elle voyait la vapeur qui s'en échappait flotter devant les barreaux de la fenêtre.

Enfin, il ouvrit la bouche : « Je m'inquiétais à ton sujet, Sally : je ne connaissais pas d'enfant aspirant à ce point au destin de passe-muraille. »

Ali comprit son impression. Petite fille, elle n'avait eu ni beauté ni charme, n'était ni grande ni petite, et ne trouvait sa voix qu'en chantant avec la chorale.

« Je m'appelle Ali maintenant », lui rappela-t-elle. Le portefeuille contenant ses papiers d'identité, où son nom modifié était suivi de la mention de son doctorat, n'avait pas bougé de la table. Vu l'enfant falote qu'elle avait été, Ali se demanda si ce diplôme supérieur n'intriguait pas le prêtre.

Il eut un hochement de tête approbateur : « Ali te va mieux. Si je me souviens bien, tu courais le risque de mener une vie médiocre. Je suis content que tu y aies échappé. »

Un bref instant, le maître de chapelle de son enfance resurgit. De ses yeux pénétrants, le père Paul sondait avec délicatesse les points sensibles, l'interrogeait silencieusement sur sa blessure, tout comme autrefois. À présent, il percevait quelque chose de différent sur sa physionomie. S'était-elle involontairement trahie ? Quoi que ce fût, le prêtre en fut ébranlé. Avec un mouvement de recul, il baissa les yeux. À temps pour éviter de se dévoiler.

Ce matin-là, un gendarme occupait le bureau d'accueil, à la place du brigadier de la police municipale qui, d'ordinaire, lisait son journal et buvait son café derrière la fenêtre.

Rouge trouvait que le chef Croft s'était montré beau joueur en cédant le commissariat aux inspecteurs de la police judiciaire. Enfin, Charlie Croft s'était de tout temps prétendu capable de diriger les six policiers du village depuis une cabine téléphonique ! Le petit bureau du chef était situé à l'étage supérieur. Quant à l'autre pièce, elle servait aux réunions mensuelles du conseil municipal. Pour le moment, le plafond résonnait du piétinement de multiples paires de chaussures. Privé du tohu-bohu, de l'agitation frénétique de la veille, le rez-de-chaussée avait un côté presque lugubre. À la réception, un homme assis sur une chaise en plastique portait un badge de journaliste sur le revers de son veston.

Où étaient donc passés les autres reporters ?

Épinglant sa nouvelle plaque d'identification sur sa veste, Rouge signa le registre du gendarme. Puis, grimpant un étage, il ouvrit une porte donnant sur une vaste pièce bourdonnant du brouhaha ininterrompu de conversations entrecoupées de sonneries de téléphone. Agents du FBI et inspecteurs de la police judiciaire étaient installés à des tables et sur des chaises piquées à la bibliothèque voisine. Ils prenaient les dépositions de civils, tandis que des policiers en uniforme traînaient des rames de papier d'un bout de la pièce à l'autre. Une radio portative crachait parasites et borborygmes provenant de voitures de police en patrouille.

Le bâtiment avait gardé sa hauteur de plafond, mais

52

de longs tubes de néon gâchaient ce dernier vestige d'une époque révolue. Sous le prétexte de rendre les murs moins rustiques, plus esthétiques en somme, on avait peint les briques apparentes d'un vert que le chef Croft qualifiait de « caca d'oie », le peintre d'« essence de saule ». Les gens de la police judiciaire avaient divisé l'espace en cubes avec des cloisons capitonnées, et les ordinateurs, disposés partout, venaient rappeler que le monde avait changé en une nuit.

Rouge fut étonné de voir Marge Jonas à son bureau. La secrétaire était la seule à avoir survécu à l'invasion de la police judiciaire. Ce matin, elle était blond platine. Marge possédait des perruques de toutes les couleurs, hormis le gris fer de ses cheveux.

Il l'aurait bien saluée, mais la secrétaire était plongée dans un manuel technique. À entendre ses obscénités, il comprit qu'elle cherchait la faille du dernier ordinateur afin de s'en prendre au nouveau système installé par le détachement spécial. Les trois bourrelets de graisse de son menton tremblotaient au rythme des mouvements alternés de sa tête : vers le bas, pour regarder le manuel, vers le haut, pour déchiffrer les gribouillis affichés sur l'écran allumé.

La secrétaire interpella Rouge qui passait devant elle : « Pas si vite, Rouge Kendall ! » Il fallait que Marge fût exaspérée pour lui donner son nom complet.

S'arrêtant pile, il se tourna vers elle : « Salut, Marge. »

Un doigt boudiné glissé entre les pages du manuel, elle se pencha au-dessus du bureau pour examiner ses jambes. « Quand je t'ai dit de venir en civil, ça signifiait en *costume*. C'est ton jean de réunions dominicales ? Remarque, il reste un peu de bleu.

— C'est tout ce que j'ai trouvé. » La veste en tweed de son défunt père lui allait à merveille, en revanche sa mère n'avait rien pu faire avec le panta-

53

lon du vieil homme, aux jambes trop courtes — d'au moins cinq centimètres — pour Rouge.

« T'as besoin d'aide. » Marge déplia la masse imposante de ses cent dix kilos, tendant la main pour qu'il s'approche.

« Viens par ici, mon chou. Laisse-moi t'arranger ça. » De ses doigts agiles, elle défit le nœud de cravate, négligé, sous le col de sa chemise. « Il n'est pas question que le commissaire Costello sache que tu n'as jamais mis de cravate de ta vie. »

Ce n'était pas loin de la vérité. Il allait toujours travailler en uniforme et passait le reste du temps en jean. Aussi resta-t-il devant la chaise de Marge, docile et obéissant, tandis qu'elle lui nouait correctement la cravate en soie de son père. La veste en daim doublée de mouton qu'il avait jetée sur son épaule lui appartenait mais, achetée à l'époque de ses études, elle était plutôt élimée et lustrée.

Marge recula pour admirer son œuvre. « Bon, maintenant tu ressembles à un inspecteur de la police judiciaire.

— Hé ! je suis venu me présenter pour une enquête en civil.

— Ne me contredis pas, mon chou. J'ai tapé ton communiqué de presse ce matin.

— Mon quoi ? »

Marge lui fit un clin d'œil d'avertissement, tout en indiquant de la tête le bureau privé que le chef de la police judiciaire s'était approprié. Depuis dix ans, tout le monde à Makers Village connaissait l'homme planté devant la porte. Le commissaire Costello, qui avait une résidence d'été sur le lac, fréquentait les magasins et les restaurants toute l'année. Beaucoup d'habitants du village en étaient venus à le considérer du coin, comme l'un des leurs, même s'ils le trouvaient quelque peu distant. Ces dix dernières années, le commissaire n'avait pas mis les pieds au poste de police — il le dirigeait maintenant.

Costello s'avançait vers eux, de mauvaise humeur. Il ne ressemblait pas à l'idée qu'on pouvait se faire d'un patron de la PJ. Peut-être avait-il atteint le mètre soixante dans ses meilleurs jours, mais à force de se tenir voûté, il avait perdu quelques centimètres à l'âge mûr. Aussi fluet que réservé, on l'aurait mieux vu dans des bureaux de l'administration.

Pourtant, il haranguait ses troupes dans un langage truculent à la manière ouvrière, truffé de grossièretés, d'images savoureuses qui formaient un contraste surprenant avec son apparence et son nœud papillon. On racontait du reste que lors d'entretiens confidentiels, il vous castrait un bonhomme baraqué en moins de dix mots.

Rouge se demandait si c'était naturel ou travaillé.

Le commissaire Costello flanqua sur le bureau de la secrétaire un journal qui claqua comme un coup de fusil. Marge sursauta. Pas Rouge. Il découvrait une photo de lui à l'âge de cinq ans, en uniforme de baseball de l'équipe junior des Yankees. Le gros titre affichait : « Un héros bien de chez nous ». Sur une autre photo, on le voyait en train de porter la bicyclette de Sadie Green.

Voilà que Costello brandissait le procès-verbal de l'arrestation signé par Phil Chapel. « Pourquoi n'est-ce pas vous qui l'avez rédigé, Kendall ? » Il y avait comme une menace voilée dans ses paroles.

« C'est Phil Chapel qui a procédé à l'arrestation. J'ai simplement porté le vélo. »

Costello secoua la tête : « Mlle Fowler a clairement exposé aux reporters qui avait fait quoi et pourquoi. » Le ton menaçant n'avait plus rien de vague. « Kendall, je déteste ça, vraiment. Dorénavant, vous me ferez vos rapports directement et vous êtes prié de me signaler tous vos faits et gestes. Tenez, commencez par refaire, correctement, le compte rendu de l'arrestation. Ensuite, j'ai à vous parler. »

Une fois claquée la porte du bureau, Marge posa

une main sur l'épaule de Rouge. « Ce n'est pas aussi terrible que tu le crois, fit-elle en ouvrant l'agenda des rendez-vous. Regarde. Je t'ai inscrit pour un entretien d'embauche. Il veut te voir pour ça. Il est question de te détacher à la police judiciaire, une promotion. » Empêchant Rouge de l'interrompre, elle poursuivit : « Peu importe que tu n'aies jamais rempli un formulaire de candidature. Il ne serait pas sur son bureau s'il ne l'avait pas demandé. Alors, tu vas être un tout jeune inspecteur de la police judiciaire. On est d'accord ? »

Elle lui tendit une liasse de papiers. « Voici ton procès-verbal. J'ai piqué les renseignements dans l'interview de Mlle Fowler. Tu n'as qu'à le signer et attendre dix minutes avant de le lui remettre. Si tu ne fais pas semblant de l'avoir tapé toi-même, tu vas encore le mettre hors de lui.

— Merci, Marge.

— Est-ce que je peux faire autre chose pour toi ?

— Je dois retrouver une femme.

— Je ne suis pas facile, Rouge. C'est qu'il faut me séduire. Je veux recevoir des fleurs.

— Elle est grande, brune...

— Je peux être brune, mais je suis mieux en blonde.

— L'agent de police du bureau d'accueil m'a dit qu'elle était ici hier. Or, son nom ne figure pas sur le registre. Elle a une cicatrice à la joue droite qui descend jusqu'à sa bouche. On dirait qu'elle sourit en permanence d'un côté.

— Je l'ai vue. Mon Dieu, elle en a tourné des têtes ! Je ne sais pas ce qui a fait le plus sensation : son visage ou sa jupe, fendue jusqu'au... » Marge secoua la tête d'un air goguenard.

« Où puis-je la trouver ?

— Tu la verras demain à la réunion. » Marge regarda l'agenda de rendez-vous. « À dix heures, elle donne une conférence au détachement spécial. Réfléchis bien, Rouge. D'après mon expérience, les filles bien portent des collants. »

« Alors, que penses-tu de notre Ali ? » Le prisonnier s'adressait à l'ombre de lui-même, tapie sous son lit. Assis par terre, il s'adossait au mur frais et puisait une immense paix dans la contemplation de ce pan d'obscurité.

C'était insensé de prendre une ombre pour un être sensible. À moins que les petits enfants ne détiennent une vérité lorsqu'ils soupçonnent leur lit d'abriter des entités. Tous les enfants savent bien qu'ils ne sont pas seuls dans le noir — Paul Marie aussi, maintenant.

L'ombre comprenait des choses au sujet des enfants, des petites filles notamment. Sous le lit, l'entité s'imbibait de la culpabilité des détenus des cellules voisines, et des informations qu'ils détenaient. Lors de leurs confessions, elle restait éveillée pour que le prêtre puisse trouver le sommeil au cours de ces interminables nuits, bruissantes d'atrocités.

Au début de son incarcération, alors qu'il subissait les assauts des violeurs, l'ombre avait exprimé du chagrin pour lui, de la miséricorde à leur égard. Puis, une fois étoffé, Paul Marie avait presque battu à mort un assaillant. Et l'ombre avait absorbé les coups de l'homme molesté, pris sa souffrance à son compte. Ainsi, le prêtre avait pu lui réduire le visage, les membres en bouillie à coups de poing et de tuyau, sans éprouver de remords ni de compassion.

En échange des services rendus, le prisonnier donnait refuge à la chose sous le lit. Parfois, il la soupçonnait d'être une divinité déchue, quelque peu défraîchie, en quête de rédemption. Eh bien, en tant qu'âme substitut du prêtre, elle n'avait pas la vie facile ! Paul Marie se doutait qu'il avait perdu la tête, à moins qu'il n'eût trouvé la foi. L'une des deux hypothèses devait être la bonne.

Mais laquelle ?

C'était sans importance. Il ne réintégrerait pas la chose en lui, elle pouvait mourir sous le lit, pour ce que ça lui faisait. Pourtant, le prêtre ne cherchait pas à lui nuire, et n'avait pas tenté de la tuer. Il lui aurait suffi de soulever le matelas et de l'exposer à la lumière du plafonnier.

Paul Marie baissa la tête, en prélude à une conversation avec la chose obscure. « Tu as faim ? Que préférerais-tu que je te jette en pâture : un os, ou une petite fille ? »

Il se releva et fit un tour complet de l'austère cellule de trois mètres sur trois, laissant sa main traîner sur le mur nu, puis sur les barreaux.

Ainsi, deux autres enfants ont disparu.

Son hallucination s'était-elle enrichie d'un nouvel élément ? Il entendait vibrionner des mouches alors qu'il n'y en avait aucune. *Non, il ne s'agissait pas du battement d'ailes d'un ange, mais du seul bourdonnement de gros insectes noirs, n'est-ce pas ?* Qui sait, une tumeur au cerveau ? Il en aurait été ravi. C'est ça. Peut-être les mouches se trouvaient-elles en lui ?

Voilà qu'une mouche lui volait sous le nez, qu'une autre le frôlait. Le prêtre eut un mouvement de révulsion.

Après un nouveau tour de cellule, il s'immobilisa devant le lit et s'agenouilla pour parler à l'ombre de façon plus intime. « Au sujet de ces petites filles, tu sais comment tout ça va finir, hein ? »

Les mouches ne bourdonnaient plus. Elles s'en étaient allées, l'abandonnant au profond silence où se nichait la vraie folie. À présent, le prêtre entendait marteler son cœur, puis d'autres battements se superposèrent. Légers, ils bondissaient, sautillaient d'épouvante — le cœur fou d'un enfant.

Le commissaire Costello était le seul à être conscient de la présence de David Shore. Le petit bonhomme n'était pas simplement intimidé ou nerveux, mais la proie d'une frayeur manifeste. C'est tout juste s'il ne s'agrippait pas au mur, pour se dérober au va-et-vient des pas lourds dans la grande pièce bruyante, bondée de grandes personnes. Par une fente dans les stores baissés de la fenêtre de son bureau, Costello observait le jeune garçon. L'enfant avait l'air captivé par le flic aux cheveux roux, assis juste devant son bureau.

Seule la fascination qu'exerçait sur lui le policier Rouge Kendall retenait au sol le timide enfant, dressé sur les pointes de ses baskets, prêt à s'envoler. David, qui prit le risque de s'écarter du mur à petits pas comptés, réveilla chez le commissaire le souvenir de sa première interminable équipée à travers une salle de bal — où il s'était acheminé vers le refus, inéluctable, qu'on opposerait à son invitation à danser.

L'enfant s'immobilisa devant le jeune flic plongé dans une liasse de papiers. David se mordit la lèvre inférieure. Indécis, il avançait une basket tout en reculant l'autre. Il tenait une carte de base-ball serrée dans sa petite main. Le commissaire Costello dut loucher pour entrevoir le logo des Yankees de New York et un portrait de Rouge avec son gant de lanceur.

Ma foi, une carte sans grande valeur, vu que le lanceur s'était planté dès sa première saison dans l'équipe junior.

Le jeune flic leva les yeux, surpris de voir David près de lui. Et encore plus d'avoir sous le nez une photo de lui en joueur de base-ball avec la vie devant lui.

Costello retint son souffle.

Kendall, je t'en prie, ne laisse pas filer cette occasion.

Jusqu'à présent, le jeune élève du collège Sainte-Ursule n'avait parlé à personne en dehors de Mme Hofstra, sa tutrice. David avait d'autres choses à dire, pour peu qu'il s'exprimât lui-même, le commissaire en était convaincu.

Kendall prit la carte que lui tendait le petit garçon. Pendant qu'il cherchait un stylo dans ses poches, David disparut parmi les uniformes de gendarmes, d'inspecteurs de la police judiciaire et de fédéraux. Ce fut si rapide que le flic ne s'en aperçut pas. Il avait baissé la tête pour signer l'autographe demandé par son fan.

Costello fit la grimace. La nouvelle recrue avait raté le coche.

Quand Rouge Kendall releva la tête, il ne vit que la place vide laissée par David.

Trop tard. Le commissaire ouvrit la porte de son bureau : « Par ici, Kendall. »

Le jeune officier entra sans appréhension, du moins de celle que Costello eût pu percevoir d'emblée. Il est vrai qu'il se retrouvait seul avec le jeune homme pour la première fois. Aux yeux de la police de New York, Kendall n'existait pas, car il venait de passer quatre ans à végéter dans une bourgade dotée d'une seule voiture de police. Sans le dossier ouvert sur son bureau, Costello n'aurait rien su de lui.

Bien que le commissaire ne fût installé dans ce comté que depuis dix ans, tous les habitants connaissaient le nom de Paul Marie, le meurtrier d'enfant. Au fil des ans, on avait en revanche un peu oublié la victime, Susan Kendall. Quant à son frère, il avait sombré dans l'anonymat. Costello n'avait pas fait le rapprochement entre ce petit flic de village et l'ancienne grande famille de magnats de la presse, avant de consulter son dossier la veille au soir.

Lorsque Rouge Kendall s'assit dans le fauteuil en face de son bureau, le commissaire se sentit mal à l'aise. Si le jeune homme qui se trouvait devant lui semblait personnifier la jeunesse, il avait un comportement d'homme mûr et un regard venu du fond des âges. Certes, la souffrance l'expliquait — le meurtre

60

d'une sœur ravage un être. En revanche, l'agent de police ne se distinguait par rien d'exceptionnel. Le commissaire en conclut aussitôt qu'il n'avait pas l'étoffe pour intégrer la police judiciaire, ni comme inspecteur ni comme gendarme.

Costello examina le dossier, constitué à la hâte, étalé sur son bureau, bien trop épais pour un flic de ce médiocre acabit : « Tout ça, c'est à ton sujet, jeune homme. » Il tapota le classeur : « En découvrant que tu payais des impôts fonciers pour une maison de quinze pièces, ces connards de la police des polices ont fait tout un foin. Tu comprends, ils ne savent pas que dans ce bled, même les petits Blancs sans le sou ont de belles baraques. Du coup, celui qui a passé tes sources de revenus au crible est persuadé qu'une salle des ventes de Manhattan s'occupe de tout ce que t'as cambriolé. »

Costello froissa les feuilles en boule. « Ce sont des fouille-merde qu'on détache dans ce service pour les empêcher de faire mumuse avec leur arme et de se tirer dans les pattes. » Il mit de côté le gros du dossier. « À ce que je sais, tu es né dans cette maison. T'as dû brader une partie de l'héritage pour t'acquitter des impôts et en assurer l'entretien, j'imagine ? »

Rouge Kendall acquiesça d'un signe de tête.

« Bon, on fait l'impasse sur les conneries de la police des polices — à l'exception de ceci, fit Costello, brandissant deux pages. Ils ont pris la déposition du barman de la taverne de Dame. Aussi ai-je appris que tu picolais beaucoup trop, et seul par-dessus le marché. »

La nouvelle recrue ne broncha pas. À l'évidence, il s'en fichait de passer pour un poivrot aux yeux de son commissaire. À moins que ce témoignage aussi ne soit du pipeau. Costello le fourra dans la pile bidon au bord de son bureau.

« Et maintenant, quoi d'autre, Kendall ? Le reste de ta vie tient sur une page, une demi-page peut-être.

61

Enfant, tu t'es taillé d'un prytanée militaire au bout de quatre mois. Comme tu jouais correctement au base-ball dans ton lycée privé, les Yankees t'ont recruté lors d'un premier essai. Tu as pourtant préféré continuer tes études à Princetown que tu as quitté à dix-neuf ans. Puis tu es retourné t'enrôler dans l'équipe des Yankees pour une jolie somme. Et tu t'es planté une fois de plus. Un des entraîneurs de l'équipe des bleus qui se souvient de toi assure que tu avais du talent, mais que tu ne t'es jamais donné à fond. Tu es passé à côté de toutes les occasions d'en boucher un coin au manager. Ton entraîneur se demande même pourquoi tu as tenté le coup. »

Sur ces mots, Costello se carra dans son fauteuil et attendit. Rouge ne s'empressa pas de combler le silence d'excuses ni de justifications.

Alors le commissaire livra ses conjectures : « J'imagine que tu cherchais de l'argent. Ton paternel a laissé un beau tas de dettes, n'est-ce pas ? Ce contrat avec prime était ta seule chance de gagner beaucoup de fric. J'ai raison ? »

Le jeune policier se contenta de le regarder, sans exprimer de révolte au demeurant. Que Costello eût vu juste, il n'en avait cure.

« Kendall, je ne crois pas que ce nouveau job te passionnera davantage — tu n'as pas l'étoffe d'un bon enquêteur. Tu es un homme de vingt-cinq ans qui ne sait pas ce qu'il voudra faire quand il sera grand. À mon avis, tu ne tiendras pas un mois.

— Alors, pourquoi suis-je ici ? » Sa question n'avait rien de sarcastique. Kendall était curieux, tout bonnement.

Le commissaire, qui feuilletait le dossier de candidature établi par la PJ, était arrivé à la dernière page — un formulaire de demande de détachement de la police de Makers Village. *Pas de signature ?* Apparemment, personne ne s'était soucié de connaître les

62

souhaits du jeune flic. *Bon, qui est-ce qui m'a foutu ce bordel ?* Il mit le tout de côté.

« Bonne question, Kendall. Tu es ici parce que ça nous a donné une bonne image que tu rapportes le vélo de la gamine. » C'était la vérité, du moins en partie. « Grâce à toi, on a une longueur d'avance sur les fédéraux, et on a sauvé la mise. » Dieu, quel plaisir il en avait éprouvé ! « Et puis, tu peux m'être utile pendant un petit bout de temps. »

Toujours à l'affût d'une réaction, le commissaire en fut pour ses frais. N'ayant aucune idée de ce que le jeune homme pensait, il avait l'étrange impression d'être manipulé par ce silence persistant.

Costello revint au mince curriculum vitae. « Ainsi, tu as fréquenté le collège Sainte-Ursule. Parfait. Marge Jonas t'a pris rendez-vous avec le principal. Après ton entretien avec lui, je veux que tu fasses ami-ami avec David Shore. Je crois que le gosse nous cache quelque chose — rien d'important sans doute. Il se peut qu'il soit débile, tout bêtement. Abandonné à l'âge de trois ans dans un grand magasin, David a vécu dans des familles adoptives jusqu'à six ans. On n'en sait pas plus sur lui. Vois ce que tu peux ajouter. »

Par ces mots, il congédiait Kendall, lui intimant l'ordre de se mettre au boulot. Le jeune homme le prit néanmoins au pied de la lettre :

« David n'a rien d'un débile mental. Puisqu'il ne vient pas d'une famille riche, il a une bourse qui prend complètement en charge ses frais de scolarité. Donc, il a un QI qui bat tous les records. Pour les élèves payants, la note éliminatoire est moins élevée, mais les boursiers sont d'un niveau qui frise le génie. »

Comme il brandissait la carte du petit garçon, Costello réussit à déchiffrer la fausse prophétie : « La star de demain », qui y était imprimée.

Kendall la glissa dans la poche de sa veste. « En plus, David est tellement fou de base-ball qu'il conserve depuis cinq ans la carte d'un joueur qui n'a jamais décollé. Il a beau être incapable d'aligner trois mots à voix haute pour un inconnu, il parle à Mary Hofstra. Par conséquent, il...

— Mary ? Vous connaissez sa tutrice ?

— Je me souviens d'elle, et je ne crois pas qu'elle m'ait oublié. Ce n'est pas parce qu'il ne peut pas communiquer que David se dérobe, mais parce qu'il refuse d'avouer ce qu'*elles* ont fait, ces filles, ou un acte dont *il* a honte. »

Hochant la tête, Costello se cala profondément dans son fauteuil. *Ainsi, ce flic pensait. Et alors ?* On n'avait jamais douté des capacités intellectuelles de Kendall, c'était sa carrière qui lui nuisait.

« D'accord, soyez le nouveau meilleur ami de David. Trouvez-moi de quoi alimenter une affaire de fugue. Des questions ?

— Vous avez divulgué la théorie de la fugue à la presse *avant* que je ne rapporte le vélo de Sadie Green. Pourquoi ? » Ce n'était pas une accusation, mais une constatation neutre.

« Le père de Gwen Hubble est un fanatique de la sécurité. Pitoyable, non ? Le pauvre type a installé un système d'alarme des plus élaborés pour empêcher le croquemitaine d'entrer. Il ne lui est jamais venu à l'esprit que pour garder une gamine à l'*intérieur,* c'était inefficace. Nous avons trouvé des empreintes de Gwen sur les numéros du code qui actionne l'alarme de la porte. Elle s'est faufilée dehors pour rejoindre sa petite copine Sadie, et elles ont quitté la ville en bus.

— Vous avez eu le temps d'interroger tous les chauffeurs qui font ce trajet ?

— Bravo, jeune homme. On a fait chou blanc. Intéressant, hein ? »

L'instant d'après, Costello se demanda quand — à quel moment précis — Rouge était devenu celui qui menait l'interrogatoire.

« Ainsi, je suis le seul à travailler sur l'hypothèse de la fugue. En fait vous êtes persuadé qu'on les a enlevées. »

Costello sourit. À l'évidence, Kendall savait se situer. Pendant que les véritables inspecteurs de la police judiciaire travaillaient sur l'affaire, il lui faudrait recueillir les faits mineurs, les éléments disparates, veiller sur le détachement spécial et, surtout, servir d'appeau à la presse.

Rouge Kendall se leva. « Vous ne croyez pas sérieusement qu'une petite fille de dix ans a rejoint en secret ce pervers — comme un amant. Pour vous, c'était un type qui savait que Gwen verrait Sadie ce jour-là. En revanche, vous ignorez s'il s'agit d'un parent, d'un ami de la famille, ou de quelqu'un qui la traquait. »

D'accord, Kendall était retors, il avait l'étoffe. Il n'empêche que la question de son ardeur à l'ouvrage restait posée.

Tournant le dos, le jeune flic s'avança vers la porte : « Vous croyez que David Shore cache un fait — une chose importante qu'il aurait vue. » Tirant la poignée, il ajouta : « Êtes-vous certain de ne pas préférer qu'un véritable inspecteur apprivoise le gosse ? » Après avoir franchi la porte, c'est d'une voix assourdie qu'il lança : « Oh ! désolé. Vous avez sans doute déjà essayé — sans succès. »

Costello soupira. Au fond, on surestimait peut-être l'ardeur.

Alors, dites-moi, docteur Mortimer Cray, qu'est-ce qui fait pousser votre jardin ? De coupables secrets, des tombes d'enfants alignées côte à côte.

Il faisait une chaleur humide dans la serre, lourde des parfums de plantes en train d'éclore et d'une odeur d'humus. Le petit moteur d'un système de vaporisation ronflait, et la bêche qui raclait le sol, heurtait un pot de terre, faisait un bruit métallique grinçant. À l'extérieur, sur le verre des parois, il y avait encore des feuilles accrochées aux hybrides les plus résistants, cependant que le plafond bas du ciel gris se faisait menaçant. Avec la première neige, la nature risquait de tuer son jardin.

Toujours à contempler la mort ces jours-ci. Pour Mortimer Cray, la date de sa mort, la façon dont elle surviendrait n'avaient pas plus de secrets que les heures et les caractéristiques de ses rendez-vous.

Sa main droite, sillonnée de veines épaisses, constellée de taches brunes, laissa tomber l'outil et commença à trembler — un effet secondaire dû à l'interruption de son nouveau traitement, enfin il le pensait. Néanmoins, il connaissait trop bien le sens du tremblement pour se duper longtemps.

À soixante-neuf ans, le psychiatre à moitié à la retraite ne traitait plus que les patients à l'esprit vraiment dangereux. Au demeurant la pensée de la mort ne le quittait pas. En outre, il était ulcéré que ce Dieu du catéchisme qu'il avait rejeté dans l'enfance lui gâchât ses derniers jours — en revenant le hanter avec un tel courroux. Des atrocités s'étaient mises à germer sans répit dans son cerveau.

Depuis la disparition des petites filles, il avait tendance à repousser l'heure d'aller se coucher. Il s'endormait tout habillé sur le bureau de son atelier, se réveillait à des heures incongrues. Toutes ses habitudes de stricte discipline se relâchaient. Il n'avait d'autre emploi du temps que celui que les domestiques prévoyaient pour lui. Si on servait toujours ses repas à la même heure, c'était un homme ni rasé ni lavé qui les prenait. Et il se mettait à chaque fois à table avec une lueur dans les yeux qui empêchait Dodd, son valet, de le regarder en face.

Aujourd'hui Ali, sa nièce, donnait un petit cocktail. Alors, pour l'occasion, il avait autorisé Dodd à le raser et à lui enfiler une chemise propre. Il fallait bien être présentable. D'ailleurs, grâce à son valet, on avait remis son complet à sa taille. Il n'en finissait pas de maigrir. Aussi était-il parvenu à faire mince, non plus décharné par la maladie.

Le gravier de l'allée crissa sous un poids qui roulait lentement. Tout en s'essuyant la main à son tablier, il rechaussa ses lunettes à monture dorée pour voir de plus près la Porsche noire qui se garait à côté de sa vieille Mercedes de collection. À l'abri d'un camouflage de plantes grimpantes et d'une mosaïque de fleurs, Mortimer regarda par la baie vitrée le dégingandé docteur Myles Penny se déplier du siège du passager.

Bien qu'Ali n'eût invité que William, il était évident que Myles l'accompagnerait. Les frères Penny partageaient une maison, prenaient leurs repas ensemble et exerçaient la médecine dans la même clinique.

Myles fit quelques pas vers la serre. Avec ses cheveux d'un blanc immaculé, sa mauvaise façon de se tenir, le médecin généraliste faisait dix ans de plus que ses cinquante-huit ans. Comme il n'avait jamais appris à s'asseoir quand il portait un costume, son pantalon avait des poches aux genoux, sa veste plissait à la taille.

Le frère aîné, le docteur William Penny, s'extirpa du volant de sa voiture de sport. Quant à lui, aucun fil d'argent ne striait son épaisse chevelure châtaine. On l'avait débarrassé de ses bajoues, de ses rides les plus profondes, en revanche on lui avait massacré le nez, qui faisait penser à une erreur d'élevage canin tant il était retroussé. Du coup, William avait une tête burlesque de vieux petit garçon, ressemblant à un chien. Malgré cela, le chirurgien cardio-vasculaire se mira, l'air avantageux, dans les vitres de la serre. Apparemment, il n'en souffrait pas.

Abandonnant son refuge de plantes, Mortimer s'approcha de la cloison de la verrière pour faire signe à ses invités. Debout près de son frère ratatiné, William — on ne l'appelait jamais Bill ni Will —,

67

d'un geste élégant et plein d'onction, lui rendit son salut.

Mortimer appuya sur le bouton de l'interphone.

« Oui, Monsieur, répondit Dodd de sa voix d'automate.

— Prévenez ma nièce de l'arrivée de nos invités. »

Le toit de verre incliné offrait une vue partielle sur les quatre étages du corps de bâtiment, façade de stuc et poutres en bois, attenant à la serre. Dans cette dernière, immense, même selon des normes commerciales, on avait aménagé un coin intime pour y installer table et fauteuils.

« Alors, Ali a réussi son doctorat. » Sans cérémonie, Myles Penny se servit du vin avant d'incliner le carafon vers les verres de Mortimer et de William qu'il remplit. « Je parie que tu ne t'imaginais pas qu'à vingt-cinq ans elle aurait poussé ses études aussi loin.

— En fait, elle a terminé sa thèse à vingt-trois ans. » Il est vrai que Mortimer Cray n'aurait jamais cru sa nièce capable de passer un diplôme d'études supérieures.

William, qui sirotait son vin, eut le hochement de tête approbateur d'un amateur au palais susceptible de distinguer un mauvais bourgogne d'un grand cru. « Tu dois être très fier d'elle, Mortimer. »

Stupéfait eût été le mot juste. Mortimer se rappelait Alice petite fille, à peine présente, tant elle était tranquille, falote, dénuée de traits distinctifs.

« Est-ce qu'elle a fait quelque chose pour sa cicatrice ?

— Non, Myles. » *Et elle n'en a pas fini avec cette damnée mutilation.*

« Je connais un chirurgien esthétique à Manhattan — un bon, intervint William. Une fois qu'il aura fait son boulot, un peu de maquillage suffira à dissimuler les dernières traces. »

Mortimer secoua la tête, non pas à cause de la piètre

réclame que faisait le nez de William pour un chirurgien esthétique. Il savait bien que sa nièce ne renoncerait jamais à sa cicatrice. La perverse jeune femme savait qu'elle était mille fois plus intéressante ainsi. « Je ne crois pas qu'Ali vous ait invités pour avoir une adresse.

— Elle ne s'inquiète pas pour ton cœur, au moins ?

— Non, mais c'est tout de même d'une consultation d'un certain genre qu'il s'agit. Navré, je sais que tu es officiellement en vacances. » Car, pour William, son temps libre était sacré. Les malades pouvaient tomber comme des mouches, ce n'est pas pour autant qu'il aurait modifié ses projets de congé.

« Je ne connais rien au domaine d'Ali, la pédophilie. » William, qui regardait la porte au fond de la pièce, leva la main en signe de bienvenue : « Eh bien, bonjour, jeune fille. »

Tandis qu'Ali Cray parcourait, lentement, le couloir encombré d'orchidées, Mortimer remarqua qu'elle portait une jupe sans fente. Par égard pour le distingué William, à n'en pas douter. Pourtant, il y avait une telle liberté sensuelle dans le naturel avec lequel Ali mouvait ses bras, balançait les hanches ! Comme elle était altière, alors qu'enfant elle rasait les murs avec les yeux modestement baissés d'une petite bonne sœur.

« Ali, tu es superbe ! » la complimenta courtoisement William en lui avançant un fauteuil. « L'université te réussit. Toutes mes félicitations tardives pour ton doctorat. Bravo. »

Myles leva son verre de vin : « Je me joins à lui, Ali. Mais, dis-moi, pourquoi n'es-tu pas allée à Sainte-Ursule quand tu étais petite ? Tu en étais sûrement capable. D'autant que ton oncle ici présent ne se serait pas fait prier pour financer les monstrueux frais de scolarité, j'en suis convaincu.

— Les parents d'Ali ne l'auraient jamais accepté »,

s'empressa d'affirmer Mortimer, sans donner le temps à Ali de reconnaître son échec à l'examen d'entrée.

À la lumière du chemin si rapidement parcouru, le psychiatre se demandait parfois si elle n'avait pas fait exprès d'avoir de mauvaises notes au test d'aptitude intellectuelle. Dans sa petite enfance, Ali évitait de se faire remarquer. Mais c'était avant que, défigurée, elle ne fût devenue le point de mire chaque fois qu'elle entrait dans une pièce. Flairant un secret moins reluisant dans la réussite universitaire d'Ali, il la soupçonnait d'avoir travaillé davantage que les étudiants plus doués — afin d'être à la hauteur de la cicatrice.

Sa nièce contredisait sa connaissance de l'âme humaine, défiait l'entendement. La mutilation de son visage aurait dû la broyer. Jamais on n'aurait pu imaginer qu'Ali s'épanouisse ainsi.

« Mademoiselle, puis-je me permettre... » William servit à la jeune femme un verre de vin. « Comme je le disais à Mortimer, je ne vois pas en quoi je peux t'être utile. Tu en connais plus que quiconque dans la région sur la pédophilie. Ce n'est pas mon rayon ; je ne m'y intéresse même pas en amateur.

— N'empêche qu'il y a quinze ans, en tant que médecin légiste du comté, tu as travaillé sur le cadavre d'une victime, non ? Susan Kendall... »

Penché vers elle, William prit un ton complice, efféminé presque : « Voyons, pourquoi exhumer l'horrible affaire de la petite Kendall ?

— Je me suis demandé pourquoi tu n'avais pas fait d'expertise médico-légale.

— Ma foi, on l'a tuée en lui brisant la nuque. C'était l'évidence même. J'ai fait une déposition...

— Pas de recherche de viol ?

— Non ! » Le visage de William s'empourpra violemment. « Ali, c'était superflu. On a inculpé le prêtre de meurtre, pas d'agression sexuelle.

— Un an après le meurtre, tu as publié un article sur les anomalies génétiques.

— La génétique ? » s'étonna Mortimer. C'était à mille lieues des centres d'intérêt du chirurgien. La plupart des articles de William Penny traitaient de procédures, d'équipements et de produits chimiques mis au point pour le cœur. Sauf qu'une publication dans un autre domaine correspondait si bien à la haute idée qu'il se faisait de lui-même : un humaniste de la médecine moderne.

Ali poursuivit : « C'était l'autopsie de la petite fille. Son jumeau, un vrai, lui a survécu. C'est un garçon — un cas sur un milliard.

— Un vrai ? » Mortimer renversa des gouttes de vin sur la nappe blanche. « Ali, tu ne parles pas de jumeaux monozygotes ? » Quand elle acquiesça, il s'adressa à William : « De sexe différent ? C'est possible ?

— Voilà le problème des psy, déclara Myles Penny à Ali avec un clin d'œil. Ils ne se tiennent pas au courant de la littérature médicale. » Puis il sourit à son hôte : « Tu es complètement largué. On a constaté le premier cas dans les années 60. »

Le psychiatre frotta la tache, qui s'étala. « Un hermaphrodite peut-être ? Les testicules ne sont jamais descendus ?

— Non, Mortimer, une véritable fille, dit Myles, malgré les signes de son frère destinés à lui clouer le bec. Susan Kendall avait seulement des organes génitaux féminins. Bien sûr, ses ovaires n'étaient que des pelotes de fibres. »

Les lèvres pincées, réduites à un fil, William se tassa dans son fauteuil tout en foudroyant son frère d'un regard noir.

Au sourire d'Ali, Mortimer se rendit compte qu'elle lui tirait les vers du nez. N'importe quel médecin aurait veillé à dissimuler l'identité de son patient, à changer l'âge de la petite fille ainsi que la date de l'autopsie.

« Merci du fond du cœur, Myles, jeta William.

71

Espèce d'imbécile. Ali, il ne faut pas divulguer ces informations.

— J'ai lu ton rapport d'autopsie. Il n'y a aucune allusion à des anomalies d'organes, pas plus qu'au phénomène monozygote. As-tu fait l'impasse dessus pour publier le premier ?

— Bien sûr que non ! » s'écria William, l'air consterné par cette insinuation.

Du point de vue de Mortimer, ce n'était pas obligatoirement faux. « Mais William n'était sans doute pas le premier à écrire un article sur les jumeaux Kendall.

— Que si ! Il n'y avait que moi, s'offusqua William. L'obstétricien des jumeaux n'a jamais envisagé cette possibilité. Il les a sans doute mis au monde dans des placentas distincts — ça arrive. N'importe quel médecin *ordinaire* aurait présumé qu'il s'agissait de faux jumeaux. »

Mortimer devança Ali, prête à décocher une nouvelle flèche à William : « Donc, hormis les organes génitaux, les jumeaux étaient exactement pareils ?

— Pas tout à fait. » Aux anges, William adopta le style du conférencier. « La différence entre les chromosomes aurait augmenté au fil de leur croissance. Il n'empêche qu'ils se ressemblaient bien davantage que des faux jumeaux. »

Une fois de plus Mortimer coupa la parole à Ali qui s'apprêtait à la prendre : « Et le frère ? Est-ce qu'il a eu des problèmes ?

— De santé ? Non. Tout ce qu'il y a de normal. C'était le garçon que Susan aurait dû devenir — sans incident chimique dans l'utérus. Il paraît que le zygote ne se scinde que lorsqu'il repère une anomalie dont il cherche à se débarrasser... »

Ali fit tinter sa fourchette sur un verre. Geste un tantinet maladroit, estima Mortimer — efficace au demeurant. « On pourrait revenir au rapport d'autopsie ?

— C'est avant tout par compassion envers la famille que j'ai gardé les éléments les plus bizarres par-devers moi », déclara William.

Ali ne semblait pas convaincue. « Le père était un homme puissant, influent.

— Ça n'a jamais joué », la réprimanda le chirurgien.

Mortimer trouva qu'il la remettait à sa place avec raison. Il y avait une différence entre recevoir des pots-de-vin et le délit, somme toute mineur, de se prendre au sérieux associé à la hâte cruelle de se faire publier. Buvant son vin à petites gorgées sans le goûter vraiment, il prêta à peine l'oreille à William.

« Pourquoi aurais-je fait des jumeaux Kendall une histoire à sensation pour presse à scandale ?

— Tu n'avais pas besoin d'une autopsie complète, fit observer Ali. Une recherche de viol aurait pu innocenter Paul Marie. Un prélèvement d'ADN...

— On ne faisait pas d'expertise d'ADN à l'époque. Ça n'était pas considéré comme une preuve. En plus, c'était le sperme d'un sujet non sécréteur ; pourquoi se soucier de garder... » William venait de se trahir. Il ferma lentement la bouche.

Myles reprit la conversation. « Ali, on ne peut pas classer le sang d'un sujet non sécréteur. D'ailleurs, le prêtre l'était également. Son avocat a tout suivi. Si on laissait de côté le viol, cela nuisait moins à la réputation du clergé.

— Tout s'est fait au grand jour. » William avait retrouvé son sang-froid. « On n'a rien caché.

— Sauf qu'il ne subsiste aucune preuve de l'autopsie, n'est-ce pas ? » Le silence qui tomba répondit à la question d'Ali.

Encerclant le col du carafon de vin d'une main fine, Mortimer se demandait s'il arriverait à en verser sans trembler. « On a trouvé des empreintes de doigts de Paul Marie sur le bracelet de la petite fille. C'est plutôt accablant. »

Ali dévisagea son oncle.

« Pas obligatoirement. Susan cachait des objets sous les coussins des bancs des stalles. Je crois que c'était un prétexte pour revenir à l'église après la répétition. Comme toutes les filles de la chorale, elle avait probablement un béguin pour le prêtre. Il avait les plus beaux yeux du monde. »

Mortimer brûlait d'envie de se resservir un verre de vin, quitte à dépasser la dose prescrite. Sauf que le cristal du récipient était si fin, il suffisait que sa main tremblât...

Ce fut Myles Penny qui s'empara du carafon, le tenant négligemment comme en otage, cependant qu'il cherchait Mortimer des yeux. Mais le psychiatre regardait avec obstination son verre vide. De guerre lasse, Myles le remplit presque à ras bord.

« Je veux bien croire que la petite fille ait été amoureuse du prêtre. » William était à nouveau sur la défensive. « Ali, c'est toi la spécialiste. La pédophilie est une maladie de la séduction, non ?

— Parfois. » Quoique s'adressant à William, elle scrutait son oncle. « C'est à sens unique, néanmoins. La brutalité révolte l'enfant. N'est-ce pas vrai, oncle Mortimer ? »

À quoi jouait sa nièce, se demanda ce dernier, et quel était le sens de ses sous-entendus ? Il choisit ses mots avec soin : « Il arrive aux enfants d'adopter une attitude de séduction, innocemment le plus souvent. Enfin, on peut s'interroger sur la conscience qu'a l'enfant de son comportement.

— Peut-être que tes patients influencent tes raisonnements, oncle Mortimer. Un malade en particulier ? »

Mortimer ne releva pas la question et but son vin, saisi d'une soif dévorante. « William a raison. Le prêtre a eu un procès équitable. »

William rapprocha son fauteuil de celui d'Ali. « J'espère que tu n'es pas en train de t'embarquer dans une mission extravagante. Tu ne cherches pas à faire sortir cette bête fauve de prison, hein ?

— À mon sens, la bête fauve n'a jamais été sous les verrous », répondit Ali.

Deux gouttes vermillon s'échappèrent du verre de Mortimer, maculant le tissu blanc. Pris d'un frisson de terreur, il les contempla. On aurait dit qu'elles avaient coulé de son corps et qu'il offrait le spectacle indécent d'une mort en public.

« Le monstre est toujours dehors ; il continue à commettre des meurtres, constata Ali avec un accent de colère. J'ai des données sur de nombreux enfants. Ça arrive toujours avant les vacances. » Voilà qu'elle scrutait les taches de vin sur la nappe blanche, comme si elles lui faisaient penser à quelque chose. « Oncle Mortimer ? Demain matin, je dois faire une conférence au détachement spécial. Tu as une théorie en ce qui concerne les petites filles disparues ? »

Comme le psychiatre se bornait à secouer la tête, elle poursuivit : « Non ? Eh bien, à mon avis ce pédophile n'a pas de casier judiciaire. Il est beaucoup trop malin et bien informé pour se laisser attraper.

— La plupart d'entre eux ne sont jamais arrêtés. Même ceux qui n'ont pas inventé la poudre s'en tirent pendant des années — pour toujours. » Mortimer se remémora soudain que c'était l'idée maîtresse de la thèse de doctorat d'Ali. Elle n'allait pas l'oublier. Le préparait-elle à...

« C'est vrai, approuva-t-elle. Mais le dépravé en question sort de l'ordinaire. Il y a chez lui un sadisme indéniable qui dépasse les victimes. En plus, il ne s'attaque pas aux enfants les plus vulnérables — encore une exception à la règle. Il fait dans la provocation, enlève des petites filles en plein jour. Je crois qu'il aime le risque, à moins qu'il ne s'agisse d'autre chose. Oncle Mortimer, à ton avis, n'en est-il pas au point de supplier qu'on l'arrête ? Ça ne te rappelle

pas quelqu'un du coin ? Peut-être que professionnellement...

— Ali, tu as trop de jugeote pour m'interroger sur
mes patients.

— Donc, tu soignes un pédophile.

— Parce que tu t'imagines que je vais tomber dans
le panneau, répliqua Mortimer, adressant un sourire
d'excuse à William qui, lui, s'était laissé avoir comme
un bleu.

— Ma foi, elle a bien deviné. » Myles se tourna
vers Ali. « Alors, ton type est un sadique qui ne rate
pas une occasion de torturer ? Tu imagines l'effet de
ses aveux sur un psychiatre. Quel plaisir pour un
sadique !

— Un prêtre serait plus fiable, fit observer Mortimer. Il est des circonstances où la loi oblige un psychiatre à témoigner. »

Myles fit un signe de dénégation : « Seul un psychiatre serait capable d'apprécier les faits. »

Mortimer garda le silence. Il n'avait pas envie de
s'engager plus loin avec Myles, le plus intelligent des
frères en dépit de sa carrière moins brillante. Encore
une preuve que le monde perdait la raison : le succès
des médiocres, l'échec des êtres d'exception. Ainsi,
promis à un brillant avenir, le fils Kendall croupissait
dans un boulot de policier. Tandis qu'Ali, au lieu
d'être documentaliste, se retrouvait professeur d'université. Quant à ce damné prêtre, il aurait dû vieillir
sans sortir de l'ombre. Mortimer se demanda s'il
n'allait pas passer le restant de ses jours à écrire sur
le chambardement de l'univers, le recul de la raison
et l'extinction de tout progrès logique.

Et puis, où était passé l'hiver ? Le psychiatre parcourut du regard les plantes vertes qui se profilaient
derrière la cloison de verre. Il aurait dû y avoir
soixante centimètres de neige dans son jardin. Qu'est-
ce qu'il lui prenait, à Dame Nature, d'avoir tant de
retard ? Et qu'est-ce qui clochait encore ?

76

Myles relança la conversation languissante. « Si tu étais le confesseur d'un assassin, Mortimer, tu protégerais ce salaud ? »

Les yeux rivés sur les dernières gouttes de vin de son verre, Mortimer ne répondit pas. Le médecin hochait la tête d'un air narquois.

À l'arrivée de Dodd, ils n'échangeaient plus que des banalités. Tandis que le domestique débarrassait la table, Ali raccompagna William à sa voiture et Myles Penny s'attarda un peu avec son hôte près de la verrière.

La lie de son bourgogne, la tache rouge maculant la manchette de sa chemise blanche, obnubilait Mortimer. Comme s'il venait de la remarquer, Myles désigna la goutte :

« À quoi te fait-elle penser, Mortimer ? »

Le psychiatre détourna les yeux de la tache et de l'homme qui le coinçait — de beaucoup trop près. Mortimer avait le sentiment que Myles, grand observateur, épiait le moindre de ses gestes, peut-être même ses pensées.

« Moi, je sais pourquoi tu ne le diras jamais. » Il y avait dans le ton de Myles une sorte d'interrogation timide. « Non par trouille de tout perdre en trahissant un malade, mais par orgueil, n'est-ce pas ? Il y va de ton éthique, de la rigidité des règles de toute ta vie. Le cœur, c'est le domaine de mon frère, mais à mon avis, tu pratiques la religion d'un homme qui risque l'infarctus à tout moment. »

Rien n'indiqua que Mortimer avait entendu les propos de Myles, qui, au demeurant, avait raison sur toute la ligne. D'ailleurs, depuis qu'il avait cessé de prendre son traitement, le psychiatre pouvait prévoir, à peu de chose près, la date de son ultime attaque.

Rouge gara sa vieille Volvo devant la principale entrée du collège Sainte-Ursule. La façade de l'immense établissement rouge brique en imposait davantage encore que la vue sur le lac. Les quatre piliers soutenant le portique lui donnaient une allure de temple, tandis que la coupole de verre et de bois qui coiffait les bardeaux noirs correspondait sans doute à l'idée que se faisait l'architecte d'un couvre-chef de cérémonie. Heureusement que figurines d'anges de Noël, flocons de neige et cloches en papier d'argent collés aux fenêtres du premier étage donnaient une touche de gaieté à l'édifice.

Rouge consulta sa montre. Il était quinze minutes en avance pour son rendez-vous avec Eliot Caruthers, le directeur de l'école.

Contournant l'un des côtés du bâtiment, il emprunta le chemin de gravillons menant à la maison qu'occupaient Mme Hofstra et son boursier d'élève. Cette semaine, les autres maisonnettes étaient désertées. Tous les enfants ayant une vraie famille étaient partis pour les vacances. Bien que l'on soit au tout début de l'après-midi, le ciel, couvert, était déjà sombre. La fenêtre de la maison rayonnait de l'éclat chaleureux des lampes et lampions multicolores d'un arbre de Noël. Emmitouflé dans une parka gonflée par une superposition de chandails, David se tenait sur le perron. D'une main gantée, il effleurait la poignée de la porte.

« David ! »

Comme surpris en train de la voler, le petit garçon s'empressa d'ôter sa main de la poignée. Bouche bée, il regarda le policier.

« Je suis désolé, fit Rouge en s'approchant. Je ne voulais pas te faire peur. » Puis il sortit la carte de base-ball de sa poche. « J'ai pensé que tu aimerais la récupérer. »

La main tendue, David accepta la carte dont il admira le nouvel autographe.

« Alors, tu aimes le base-ball ? » Une question idiote, mais comment aborder cet enfant ?

Les yeux toujours baissés sur la carte, David fit signe que oui.

« À quelle place joues-tu ? » Ah ! voilà qu'ils avaient un problème : il fallait parler pour répondre à la question. Mais David le regardait. C'était un progrès.

La porte s'ouvrit. Mme Hofstra se tenait dans un rectangle de lumière accueillante : « Eh bien, Rouge Kendall. Quelle bonne surprise ! »

À sa voix et à son sourire, Rouge sut qu'elle était ravie mais pas étonnée. Du temps de sa scolarité, il vivait chez lui avec ses parents. Les tutrices ne s'occupaient que des pensionnaires. Néanmoins, au fil des ans, ces femmes étaient devenues plus que de simples connaissances. Lorsque, à la mort de Susan, sa mère s'était claquemurée dans la solitude de sa chambre, il avait pleuré sa jumelle dans le giron de Mme Hofstra pendant des heures. Toutes les tutrices l'avaient du reste traité avec bonté, elles sentaient à quel moment le consoler, à quel autre le laisser tranquille, tout en l'abreuvant d'innombrables tasses d'infusion à la menthe mélangée de miel. La moindre table de cuisine de ces maisons lui était familière. Aujourd'hui encore, une odeur de menthe réveillait en lui des souvenirs d'amour et de chagrin.

« Bonjour, madame Hofstra. Je viens de demander à David à quelle place il joue dans son équipe de base-ball. »

Les mains en cornet, David chuchota à l'oreille de la tutrice penchée vers lui. Elle sourit à Rouge « Il veut être lanceur — comme toi.

— Veut ? » Rouge reposa la question à David : « À quelle place joues-tu ? »

Ce fut une fois de plus sa tutrice qui répondit : « Aucune. Il joue tout seul en ce moment et fait des prouesses à la batte. La vieille machine avec laquelle tu t'entraînais n'a pas bougé du gymnase. »

Entrant à reculons dans la maison, David ne lâcha

pas Rouge des yeux jusqu'au moment où il disparut derrière la robe de Mme Hofstra.

« Il fait frisquet, hein ? Rouge, viens donc prendre une tasse de thé. » Mme Hofstra tourna la tête, regardant David grimper l'escalier avant d'ajouter à voix basse : « Surtout, ne te décourage pas. Il ne m'a adressé la parole qu'au bout d'un mois. J'espère que tu vas persévérer. » D'une légère pression de la main sur son bras, elle l'attira à l'intérieur. « Bon, ne te tracasse pas pour ton rendez-vous avec Eliot Caruthers, je suis au courant. Je vais le prévenir que tu es avec moi. »

Se rappelant le pouvoir des tutrices, Rouge était sûr que le directeur ferait preuve d'une infinie patience. Elles avaient toujours le dernier mot à propos de l'éducation des élèves — internes ou externes. Se trouvait-on dans les petits papiers de cette femme, notamment, et on échappait à bien des punitions. Le corps enseignant s'en remettait toujours à Mme Hofstra, artiste consommée en matière de soins maternels.

Une fois assis à la table de la cuisine, il remarqua que rien n'avait changé — sauf les marques des boîtes de céréales. Il se pouvait que la bouilloire de cuivre sur la cuisinière fût toujours la même, et il se représenta la flamme qui brûlait dessous comme éternelle. Des tisanes aux noms de fruits et d'essences remplissaient les étagères du placard — c'était avec ses ingrédients secrets que Mme Hofstra pansait toutes les plaies. De sa main fine, elle effleura les récipients en fer-blanc, on eût dit qu'elle lisait leur contenu du bout des doigts.

Elle lui tournait le dos quand il lui demanda : « Qu'est-ce qui ne va pas chez David ?

— Il est très timide, dit-elle sans se retourner.

— C'est plus grave que ça.

— S'il te faut le jargon médical, Rouge, on qualifie cela de mutisme sélectif.

— Ce qui signifie...

— Qu'il est d'une extrême timidité. » Elle ouvrit la boîte qu'elle venait de choisir sur l'étagère. « Une psychiatre lui a prescrit un traitement à base de médicaments. Mais l'idée de droguer un petit garçon ne me plaisant pas, j'ai obtenu que M. Caruthers la vire. »

Le sifflement de la bouilloire la ramena à la cuisinière. « Pour l'heure, David et moi travaillons à l'ancienne manière. Je l'encourage à parler, je le récompense même pour ça, sans jamais insister. Pour peu qu'il se sente menacé, il se replie et sa thérapie stagne. » Regardant Rouge par-dessus son épaule, elle eut un doux sourire tandis qu'elle versait de l'eau bouillante dans les tasses. « Par conséquent, si tu as quelque chose de ce genre en tête, mon cher, ne compte pas sur moi. »

Malgré l'extrême courtoisie du ton, la menace sous-entendue plana entre eux. Même adulte, Rouge n'avait aucune intention de prendre une tutrice par le mauvais côté. Renouant avec la tactique de son enfance, il préféra s'assurer son concours : « Comment l'amener à s'ouvrir à moi, alors ?

— Ne t'inquiète pas, Rouge. Je t'aiderai. Il a très envie de te parler. C'est moi qui l'ai conduit au commissariat ce matin. À ce qu'il semble, ta rencontre avec lui n'a rien donné. »

Dans un silence amène, ils passèrent les minutes suivantes à goûter la paix de la petite maison en laissant infuser leurs sachets. Avant même d'avoir senti le parfum qui s'exhalait de sa tasse, Rouge devina qu'il s'agissait d'un breuvage à la menthe plein de miel.

« David progresse, lui confia Mme Hofstra. Il regarde les gens, maintenant, discute avec la plupart des garçons qui sont en pension chez moi. En revanche, il n'adresse la parole à aucun de ses professeurs et, en classe, il n'ouvre pas la bouche. Mais il y a de l'espoir, il semble très désireux de te parler,

81

mon cher. » Ça avait l'air de lui faire plaisir. « Cela va prendre du temps — la patience compte plus que tout.

— Du temps, je n'en ai pas, madame Hofstra. Vous connaissez un raccourci ? »

Alors, penchée vers lui, elle le dévisagea. Peut-être cherchait-elle ce qui avait changé par rapport à l'enfant qu'elle avait connu. « Il y a un moyen. » Au sourire qui se dessina sur ses lèvres, il conclut qu'elle ne l'avait pas trouvé changé — il était toujours son Rouge.

« C'est une question de confiance, mon petit. Il faut que tu t'imagines être à la place de David et instaures un climat rassurant pour lui. Maintenant, écoute-moi bien. » Mme Hofstra posa une main chaude, mais d'une légèreté de plume, d'une sécheresse de papier pelure, sur celle de Rouge. « Il suffit que tu risques une approche directe pour qu'il se replie sur lui-même. Dans ce cas tu n'arriveras jamais à l'atteindre. Tu n'obtiendras rien. »

Rouge ne s'étonna guère que le directeur se souvienne si bien de lui. Les jumeaux laissent toujours une impression durable, d'autant plus si l'un d'eux est victime d'un assassinat.

« Alors, Rouge, comment ça s'est passé pour toi ? »

Ainsi, il avait droit à « Rouge », non à « monsieur l'agent » ni à aucun titre réservé aux adultes. Lui, bien entendu, allait donner du « monsieur » au vieil homme. Il est des choses immuables.

Eliot Caruthers était toujours le même Père Noël impénétrable en costume trois pièces. Et, comme son double mythique, on eût cru son visage barbu éternel plutôt que marqué par l'âge. Certes, ses cheveux n'étaient plus gris mais d'un blanc neigeux, sans avoir perdu pour autant leur côté fouillis, hérissés qu'ils étaient de crayons. D'ailleurs, M. Caruthers, se rappelant soudain l'un d'eux fiché derrière l'oreille, l'enleva pour tapoter la table en priant Rouge de répondre. Entre eux, c'était toujours l'école. Le directeur venait de l'interroger, il attendait une réaction.

Comment ça s'est passé pour moi ?

Eh bien, au point mort en grande partie — depuis la disparition de Susan —, et il était à bout de forces. « Oh ! très bien, monsieur Caruthers. Et pour vous ? » Dans l'espoir de lui faire comprendre que le temps d'un policier était compté, Rouge consulta sa montre. Puis il entra dans le vif du sujet :

« Que pouvez-vous me dire sur Gwen Hubble ?

— Rien de plus que ce qu'il y a dans son dossier. » L'attitude de M. Caruthers signifiait que Rouge ne l'avait pas offusqué par sa brusquerie. En fait, il ne l'avait pas relevée.

« Alors, Gwen n'a rien d'exceptionnel ? »

Ouvrant l'épais classeur relié, posé sur le sous-main de son bureau, le directeur regarda une photo en couleurs sur papier glacé, agrafée aux papiers. « C'est sûrement la plus jolie petite fille que j'aie jamais vue. Parfois, je pense que la beauté suffit. Des facultés intellectuelles chez un bel enfant, c'est presque de l'ostentation. Tu ne trouves pas ? »

Il l'invitait à changer de registre. L'ayant perçu, Rouge choisit de ne pas en tenir compte : « Vous êtes en train de me dire qu'hormis son beau visage, Gwen Hubble ne sort pas de l'ordinaire ?

— Nous n'avons pas d'élèves médiocres ici. » Le directeur eut un infime mouvement d'impatience envers son ancien élève. « Tu as oublié ton examen d'entrée ?

— Bon, vous n'avez pas envie de collaborer, c'est ça ?

— Sous certaines conditions, j'ai tout à fait l'intention d'échanger des confidences avec toi », répliqua le directeur avec un sourire.

Autrement dit, rien ne doit sortir de cette pièce. Rouge continua de fixer l'homme en silence.

M. Caruthers approuva la manœuvre. Le visage fendu d'un sourire plus large encore, il proposa : « Je peux mettre à ta disposition des éléments intéressants. »

Bon, d'accord, je marche. « Et moi, en quoi puis-je vous être utile, monsieur ? »

Le vieux monsieur eut un imperceptible mouvement de tête. Le marché était conclu. « J'ai un cadeau pour toi : l'un de nos professeurs. » Il sortit un autre classeur d'un tiroir de son bureau. « Bien qu'il ne soit sans doute pas l'homme que tu recherches — il n'aime que les petits garçons —, je veux que tu l'embarques une fois que nous en aurons terminé. Il te suffit de l'exhiber devant quelques journalistes. Débrouille-toi pour faire quelques gaffes, fais allusion devant eux au site Internet NAMBLA. Tu sais ce que signifient ces initiales ?

— Ce sont des adultes qui cherchent à rencontrer des petits garçons.

— C'est presque ça.

— Vous avez une preuve ?

— Non, mon garçon. Si j'en avais, je n'aurais pas besoin de toi. L'enquête approfondie que j'ai menée sur lui n'a rien donné d'autre que de brillantes références. Ça arrive souvent qu'une école refile le problème à une autre. Faute de preuve permettant l'accusation, on préfère éviter le procès. Il en va de même pour Sainte-Ursule. »

Il poussa le compte rendu sur son bureau. Agrafée aux feuilles, il y avait la photo d'un homme au teint terreux et aux traits mous.

« Sainte-Ursule n'a cependant pas l'intention d'expédier Gerald Beckerman ailleurs. Bien sûr, j'aimerais le voir sous les verrous. Si tu n'y réussis pas, je suis décidé à une exécution publique.

— Ne serait-il pas plus simple de le virer ?

— Mais loin d'être aussi satisfaisant. Sans compter que Beckerman bénéficie de solides appuis au conseil d'administration. Je crois qu'une fois la presse aux trousses de ce minable détraqué sexuel, on ne le protégera plus. »

Rouge parcourut les premières lignes du résumé.

« Tu remarqueras qu'il a trente-huit ans. On ne manifeste pas ce genre d'intérêt monstrueux envers les enfants si tard dans la vie.

— Et vous considérez qu'il a dû laisser des traces quelque part.

— Rouge, je suis sûr que tu les trouveras. Ensuite, tu ne manqueras pas de dire à l'avocat de Beckerman que tu as découvert la pédophilie de son client dans le cadre de ton enquête sur le rapt. »

Ainsi, le directeur non plus ne gobait pas la version de la fugue.

« Monsieur, comment l'avez-vous appris, pour ce type ? »

Pris d'hésitation, Caruthers se demandait peut-être jusqu'à quel point se fier à son ancien élève. D'une voix moins assurée, il poursuivit : « Je n'aimerais pas qu'on engage des poursuites contre le collège pour atteinte à sa vie privée. Bon, je suis prêt à reconnaître avoir lu son courrier électronique. On nous a installé un logiciel permettant toutes les indiscrétions en même temps que le réseau informatique. Les choses ont un petit peu changé depuis ton départ, Rouge. Tous les élèves, même les bouts de chou de cinq ans, ont leur ordinateur. Nous surveillons les forums des enfants sur Internet. L'un des intérêts de ce mode de communication, c'est que les gens ont tendance à écrire comme ils parlent. Le style formel disparaît. Taper un dialogue en temps réel n'équivaut pas à écrire une lettre. Dans l'un des forums, on est tombé sur un pédophile qui écrit comme Gerald Beckerman parle. On pourrait dire que j'ai reconnu sa voix — j'en ai eu la chair de poule.

— Si vous ne trouvez rien sur lui, qu'est-ce qui vous fait croire que j'y arriverai ?

— Je sais que tu en es capable, Rouge. Je te connais mieux que ta mère. » D'un geste désinvolte, le directeur chassa ces paroles inquiétantes. « Bon, que puis-je faire pour toi ? Tu n'as qu'à demander. »

Rouge se tourna vers la fenêtre à battants proche de son fauteuil. Une petite silhouette mobile retint son attention. Descendant la pente herbeuse, David se dirigeait vers le lac. « Si je comprends bien, David a une bourse.

— Les bruits qui courent en ville me sont parvenus aux oreilles. Les gens croient qu'on nous vend les enfants boursiers pour nos expériences scientifiques. C'est la vérité, bien entendu. »

Rouge sourit, bien que les plaisanteries de M. Caruthers ne soient jamais faciles à repérer. Les yeux toujours fixés sur la fenêtre, il regardait David s'approcher du hangar à bateaux. Le petit garçon disparut derrière un bouquet de conifères qui masquait l'extrémité du ponton ainsi que le bâtiment, hormis le toit et la partie la plus excentrée.

« Sadie Green aussi a une bourse. Mais c'est une exception. Ses parents lui sont assez attachés, alors nous n'avons jamais eu l'idée de leur faire une offre », ajouta le directeur.

Le sourire de Rouge s'estompa. David était réapparu. Les arbres ne le cachaient plus, et le petit garçon avançait lentement vers l'extrémité de l'appontement qui enjambait le lac. Puis, s'arrêtant, il fit demi-tour et observa le hangar.

« En fait, on va cueillir nos boursiers dans leurs familles d'adoption. On recherche les parents qui les ont abandonnés pour leur donner de l'argent. Nos avocats obtiennent la garde complète de...

— Un instant, l'interrompit Rouge, tout ouïe à présent. Reprenez depuis le début. Vraiment, vous faites ça ? Vous achetez les boursiers ?

— Absolument. Même si, en théorie, les responsables de groupe sont les tutrices légales. Il n'est pas

86

question de risquer que les parents naturels, pauvres, viennent perturber l'avenir de l'élève. »

Et les enfants dans tout ça ? M. Caruthers s'imaginait-il que leurs parents ne leur manquaient pas, que...

« Le collège n'est tout de même pas un de ces affreux orphelinats impersonnels, Rouge. Il y a une tutrice affectée au soin d'un seul enfant tout au long de l'année. C'est un environnement des plus stables », conclut le directeur qui lisait dans les pensées.

Rouge s'en retourna à sa fenêtre. David avait à nouveau disparu — le bout du ponton était désert. Le petit garçon resurgit de l'autre côté du groupe de pins. Comme au garde-à-vous, il contempla le hangar, avant de se retourner brusquement du côté de l'école. David se trouvait trop loin pour que Rouge distinguât le point qu'il ne quittait pas des yeux, mais il éprouva un sentiment de communion, troublant.

Sans se détourner de la fenêtre, Rouge demanda : « David fait partie des surdoués, n'est-ce pas ? Vous comptez en faire un petit scientifique ?

— Ce n'est pas dans nos habitudes, Rouge. Nous ne nous immisçons pas dans les ambitions des enfants. L'avons-nous fait pour Susan ou pour toi ? Non, bien sûr que non. Cela irait à l'encontre de nos intérêts. Nous nous occupons de pronostics. » M. Caruthers pivota dans son fauteuil pour jeter un regard par la fenêtre. Ensemble, ils virent l'enfant remonter la colline vers l'école.

Rouge sortit un calepin et son stylo. « Pour David, qu'est-ce que vous prédisez ?

— Je crois qu'il a un avenir dans le base-ball. Ça le passionne et il en a les aptitudes physiques. Ce n'est pas ce que nous avions auguré pour toi, Rouge. Même si la ruine est venue brouiller les cartes, notre prédiction initiale va finir par se réaliser, à mon avis. »

M. Caruthers fit face à son visiteur. Il y avait une vague déception dans ses yeux ; il est vrai que l'augure ne semblait pas émouvoir Rouge. D'un ton plus impersonnel, le directeur reprit son récit. « Plus tard dans la vie, David se lancera dans une deuxième voie : la physique. À cause de ses dons intellectuels. »

Voilà que le petit garçon se tenait sur la pelouse, sous la fenêtre. Rouge regarda le lac qui s'étalait au-delà de l'enfant. La petite scène qui venait de se dérouler le laissait songeur. David se mit aussi à contempler le lac en hochant la tête.

Il se passait quelque chose. David leva son petit visage vers la fenêtre. Leurs yeux se rencontrèrent ; Rouge ne prêtait plus qu'une attention distraite au directeur de l'école.

Qu'est-ce que je ne comprends pas, David ?

« L'étude des personnalités nous fournit des éléments passionnants, poursuivit le directeur. Très tôt, du reste. Ainsi, lorsque ta sœur et toi aviez huit ans, on était déjà sûr que vous étiez destinés à une carrière juridique exceptionnelle. »

David partit vers la maison. Baissant les yeux sur son carnet, Rouge esquissa un croquis rudimentaire du ponton et du hangar.

De son ton monotone, M. Caruthers continuait : « Pour ta part, héritier d'une lignée séculaire d'universitaires distingués, tu n'en avais pas moins une manière très personnelle de traiter les informations. Ton avenir nous a toujours beaucoup intéressés.

— L'argent de mon père aussi. » Rouge dessina un signe entre le groupe de sapins et le hangar.

« Les frais élevés de scolarité incitent un élève de milieu aisé à exploiter à fond son potentiel. Sans cet éperon, il risquerait de ne pas atteindre l'objectif fixé. Nos statistiques en pâtiraient.

— C'est ce qui s'est passé pour moi, non ?

— Vraiment, Rouge ? Dommage que tu aies dû quitter Princeton. Rien de plus légitime toutefois, avec la mort de ton père, les dettes de ta famille, les problèmes de santé de ta mère. Bon, l'année de baseball, on peut la considérer en quelque sorte comme une extravagance passionnante. À mon sens, le plus intéressant c'est que tu te sois enrôlé dans la police. D'autant qu'avec ta récente promotion au rang d'inspecteur de la PJ, tu as l'air d'avoir trouvé ta vocation. Tu es fait pour ce boulot — littéralement. »

Rouge s'agita dans son fauteuil. Le sentiment qu'il avait d'être percé à jour lui déplaisait fortement. Bien que le directeur persistât à jouer le personnage du Père Noël, il dévoilait un double plutôt obscur.

« Tu es étonné, Rouge ? Tu croyais qu'on se désintéressait de toi. Au contraire, nous ne cessons de rassembler des éléments à ton sujet.

— J'ai besoin d'en savoir plus long sur les petites filles. Sont-elles capables de damner le pion à un adulte normal ? » Rouge ouvrit une page blanche de son carnet.

« Non, ne compte pas là-dessus. En dépit de son QI très élevé — proche du tien —, Gwen manque d'imagination, elle n'est pas douée pour les subterfuges. » Le directeur tria les feuilles de son dossier. « Si j'en crois un large éventail de portraits psychologiques, une situation effrayante ne peut que glacer cette petite fille, physiquement et psychiquement. Elle a peu de chances de retrouver le chemin de sa maison par ses propres moyens.

— Et Sadie Green ?

— Ah ! rien à voir. Un jour, Sadie a monté un bateau où l'infirmière de l'école et un gendarme se sont laissé prendre : la mise en scène de sa mort, une flèche fichée en pleine poitrine.

— C'était donc elle ? » Cela remontait à trois semaines. Rouge se rappela le retour de deux flics au commissariat à la fin de leur patrouille : l'un écroulé de rire, l'autre rouge d'humiliation. D'ailleurs, le chef Croft se payait encore la tête du pauvre bleu qui avait appelé le panier à salade. Évidemment, le plus jeune agent de police du comté avait été à mille lieues de se douter que l'enfant ne s'était planté en pleine poitrine qu'un bâton enduit de sauce tomate — du moins, tant que la petite fille ne s'était pas relevée d'un bond pour s'enfuir à toutes jambes en éclatant de rire. Billy Poor avait juré que l'enfant n'avait pas cligné des yeux une seule fois. Or, pour lui, c'était à ce signe qu'on reconnaissait un cadavre.

Rouge dessina une flèche en haut de la page blanche de son calepin.

« Sadie est-elle bonne élève ?

— La pire au monde. Elle rêvasse en classe, ne rend jamais ses devoirs à temps. C'est une petite fille à l'imagination macabre qui adore le sang et la violence. Il n'empêche que nous serions bien contents de la récupérer.

— Sadie aurait-elle pu manigancer la disparition ? Elle paraît avoir une...

— Ce n'est pas son genre, malgré la mauvaise influence qu'elle exerce sur Gwen Hubble. Non, à mon sens, il faut trop de subtilité pour simuler un enlèvement. Sadie ne cherche que le spectaculaire — les scènes de mort. Je crois qu'elle a besoin de la gratification immédiate que lui procure le fait de flanquer la trouille aux gens. »

Le terme de « trouille » ne figurait pas dans le vocabulaire de M. Caruthers. Peut-être que Sadie avait également une mauvaise influence sur lui.

« Quel est son degré d'intelligence ?

— À mon avis, nous sommes à égalité. Elle me bat une fois sur deux quand on s'accroche à propos d'un problème de discipline.

— Vous m'avez dit qu'elle avait une bourse ? Ça la met au niveau de David, du point de vue intelligence, non ?

— Oh ! non, elle en est loin. Sadie a réussi à être défrayée de la scolarité grâce à une bande dessinée. » M. Caruthers prit un autre dossier posé sur le coin de son bureau. Il tendit à Rouge un cahier d'amateur. À l'intérieur, il y avait des dessins coloriés au crayon assortis de bulles, où l'on avait soigneusement écrit de petits textes. « J'espère que tu as l'estomac bien accroché. C'est atroce. Elle l'a faite à l'âge de sept ans. »

Rouge feuilleta les pages couvertes d'horribles dessins aux couleurs vives. Les personnages de l'étrange bande dessinée rivalisaient d'idées assez intéressantes sur la manière de se tuer les uns les autres, en s'infligeant un maximum de blessures.

« Je n'ai aucune idée de ce qui se passe dans la tête de cette petite fille. Il n'existe aucun test à ce sujet », commenta M. Caruthers.

Rouge rendit le cahier, fermé, au directeur. « Vous êtes en train de me dire que c'était là son examen d'entrée ? »

Caruthers secoua la tête. « Non, Sadie l'a raté. Malgré son intelligence, elle était au-dessous de la note éliminatoire, il lui manquait plusieurs points. Même si ses parents avaient pu payer sa scolarité, nous ne l'aurions pas admise. Sa mère, une femme qui accepte mal les refus, m'a harcelé pour obtenir un rendez-vous.

— Mme Green vous a convaincu de...

— Non. Bien que je me sois attendu à une scène, Mme Green s'est montrée plus fine mouche que moi. Entrant dans mon bureau sans même dire bonjour, elle a planté Sadie devant mon pupitre et m'a tendu la bande dessinée. Elle est sortie en oubliant d'emmener sa fille. Une femme intéressante. »

Il posa brusquement la main sur son bureau. « Page après page, j'ai lu ce machin dont l'horreur sanguinaire dépasse l'imagination. Puis j'ai regardé Sadie. Elle avait un sourire indéfinissable — je t'assure qu'on aurait cru qu'elle me mettait au défi de l'accepter dans l'école. » M. Caruthers reprit la bande dessinée, la maniant avec grand soin, presque avec tendresse. « Trois ans ont passé. Sadie continue à prendre des gens dans ses filets — cet "état de grâce" ne va toutefois pas durer. »

La pièce n'avait pas de fenêtre. Elle se doutait bien que c'était bizarre, mais l'idée s'envola alors qu'elle fixait le plateau.

Jamais assez de nourriture.

À son réveil, Gwen avait cette fois trouvé du cacao accompagné d'un petit pain beurré. Comme elle n'avait rien eu depuis l'œuf et le jus de fruits, un autre jour devait s'être écoulé.

Combien de jours, maintenant ? Trois ?

Le repas précédent, elle avait eu l'intention de le jeter au cabinet, sachant qu'on avait dû le saupoudrer de la potion somnifère. Même si elle avait toujours mélangé les médicaments de son chien à l'eau de son bol, Gwen avait éliminé l'hypothèse des liquides empoisonnés après avoir bu le jus de fruits matinal sans ressentir d'effets. Elle n'avait cependant pas pu s'empêcher de manger l'œuf empoisonné du petit déjeuner. Avec les idées plus claires, elle aurait mis moins de temps à élucider la question. En effet, il y avait l'eau du robinet à boire, l'attrait de la nourriture était infiniment plus irrésistible.

Renforcée dans sa détermination, elle émietta le petit pain de son dîner pour éviter de boucher le cabinet. Elle avait l'estomac noué de crampes de faim, tandis qu'une nouvelle vague de nausée l'assaillait.

À la faible lueur de la veilleuse, Gwen s'activa. Il ne faisait pas assez clair pour qu'elle voie bien, et c'est au toucher qu'elle détecta le cœur tendre, comme humide, du petit pain. Peut-être avait-on injecté le somnifère au cœur du pain.

Quelle faim !

Elle fit un essai et posa un petit bout de croûte sur sa langue. Le goût n'ayant rien d'inhabituel, elle l'avala.

Au fond, peut-être n'allait-elle pas être obligée de balancer tout le petit pain.

Enlevant la mie suspecte, la petite fille la posa sur le bord de l'assiette tout en déchiquetant le reste pour faire durer son minuscule repas. Gwen mangea une miette en examinant le bac à linge encastré dans le mur ainsi que ses chaînes. Elle se leva, marcha sur le tapis, et alla tirer sur la porte du bac qui s'entrouvrit. Mais il faisait trop sombre pour voir ce qu'il y avait dedans, et elle ne réussit pas à introduire sa main dans la fente, trop étroite. Elle retourna s'asseoir sur le lit de camp, sans lâcher des yeux la chaîne cadenassée passée entre la poignée du bac et le porte-serviettes.

Tandis qu'elle tentait de se remémorer un élément important à propos du cadenas, son regard dériva vers la grosse armoire, si déplacée dans cette salle de bains. Gwen chercha à retrouver le fil des pensées qui avaient tourné autour de cet énorme meuble. Mais, comme pour un rêve, plus elle s'escrimait, plus le souvenir se perdait dans les recoins sombres et confus de son esprit.

Elle avala une autre petite bouchée.

À présent, elle s'avançait à pas lents sur le tapis ; parvenue au carrelage, elle tendit les mains vers l'armoire. Les portes étaient fermées à clé. Gwen s'interrogea sur ce qui était rangé dedans — ou caché.

Ça y est !

Il aurait dû y avoir une fenêtre dans cette pièce qui n'était ni une penderie, ni un débarras. D'autant que la maison n'avait pas de bouche d'aération électrique comme celle de Sadie qui était moderne. À la hauteur du plafond, aux joints du carrelage, elle devina qu'il s'agissait d'une vieille demeure comme la sienne dont les innombrables salles de bains étaient toutes percées d'une fenêtre.

Ayant glissé sa petite main entre le dos de l'armoire et le mur, elle toucha du bout des doigts le cadre de bois, puis un rebord de fenêtre. De toutes ses forces, elle poussa le meuble qui ne bougea pas d'un pouce. Retournant au plateau posé sur la table, elle mangea quelques miettes pour se reconstituer.

Oh ! mais quelle imbécile ! Elle avait besoin d'un outil qui fasse levier, pas de muscles.

Elle ramassa ce qui restait du petit pain, tout en cherchant dans la pièce un objet susceptible de lui servir de pied-de-biche. Eh bien, les pieds et les lattes du lit : voilà une mine de leviers ! Soudain, la plateau retint son regard. À présent, elle voyait mieux. Trop bien.

Elle avait avalé tout le petit pain, dont le centre, humide, dangereux.

Oh ! Gwen, espèce d'idiote ! De triple idiote !

Un flot de larmes lui inonda le visage, tandis que ses jambes se dérobaient sous elle et qu'elle s'effondrait sur le sol. Ses yeux se fermaient. Il lui vint soudain à l'esprit qu'on devait affamer Sadie de la même manière, en mélangeant des somnifères aux œufs et aux petits pains de sa meilleure amie.

La petite fille porta la main à l'amulette gravée de l'œil magique qui voyait tout. Le cadeau de Sadie — une consolation au cœur des ténèbres.

Elle avait disparu.

Pour résister, lutter contre le sommeil, Gwen se redressa. Les mains étalées sur le sol, elle explora du bout des doigts les bords du tapis ainsi que le mastic entre les carreaux.

Le porte-bonheur n'était nulle part. Gwen avait perdu son œil. Introuvable, l'amulette.

Elle avait l'impression d'avoir un corps en plomb. Étendue de tout son long, elle appuya sa joue ronde et tendre contre le dur carrelage.

D'abord, elle le chuchota comme une interrogation, puis, au prix d'un énorme effort, elle souleva la tête et hurla : « Sadie ! Où es-tu ? »

Revenus en force dans la soirée, les journalistes s'agglutinaient sur le petit escalier en pierre menant au commissariat. La plupart mangeaient des sandwichs accompagnés d'un café. Certains luttaient contre l'air glacé de la nuit en tapant du pied.

Ouvrant la portière du passager, Rouge aida sans ménagement le cadeau que lui avait offert M. Caruthers à sortir. L'air abasourdi, bouche bée, Gerald Beckerman se laissa tirer de son siège. Sous le prétexte de questions à lui poser au sujet des élèves disparues, on avait poliment attiré le professeur d'anglais dans la voiture. Pendant le trajet jusqu'au poste de police, Beckerman avait discuté à bâtons rompus. Maintenant qu'on le traitait comme un criminel, il en adopta aussitôt le comportement. Les yeux remplis d'épouvante, il essaya de se dégager de la poigne de fer de Rouge.

Il y eut un journaliste qui leva le nez. Du coup, les autres tournèrent la tête comme un seul homme vers le flic et son prisonnier. Lentement, hommes et femmes se mirent à descendre l'escalier. Ceux qui avaient de l'avance traversèrent le parking pour rejoindre Rouge et le professeur qu'ils encerclèrent.

Une fois la foule des gens des médias regroupée autour d'eux en masse compacte, Rouge fit la déclaration attendue : « Ce n'est que pour aider la police dans son enquête que Gerald Beckerman est ici. Aucun rapport entre sa présence et les liens qu'il entretiendrait avec le site NAMBLA. »

L'un des journalistes prit l'initiative : « Vous voulez dire qu'il ne s'intéresse qu'aux petits garçons ? »

Le premier sang était versé.

Deux autres réussirent une manœuvre d'encerclement : « Hé ! Beckerman, c'est vrai ? Ou t'es à voile et à vapeur ?

Puis la meute fondit sur le pauvre type. Ils jouaient des coudes, se bousculaient les uns les autres. C'était à qui évincerait l'autre tandis que, vociférant leurs questions, ils assaillaient Beckerman de tous les côtés jusqu'à l'acculer à la voiture. Il n'y avait plus d'échappatoire, nulle part où s'enfuir.

À proximité de la bagarre, Rouge regarda l'homme s'effondrer, au sens propre et au figuré. Beckerman glissa le long de la Volvo, la tête entre les épaules cependant qu'il s'écroulait. Brassant l'air de ses bras, il tenta de repousser les appareils photos avec ses mains.

Derrière lui, Rouge entendit un journaliste s'adresser à Marge en lui donnant du « docteur ». Ainsi, la secrétaire venait de se faire passer pour la psychologue affiliée au poste de police. Tout bien considéré, cela correspondait à son boulot. Comme il regardait par-dessus son épaule, Rouge vit Marge arranger des mèches blondes de sa perruque dans le reflet d'un gros objectif.

Le journaliste lui demandait : « Ce n'est pas le même flic qui a chopé le mec avec le vélo mauve ?

— Si. » Marge fit un clin d'œil à Rouge. « Il est aussi bon qu'il en a l'air. Une vraie graine de star, vous ne trouvez pas ?

— Ça fait donc deux suspects en deux jours pour la police judiciaire. Docteur Jonas, en quoi le FBI a-t-il apporté sa contribution ?

— En rien. Cela étant, les agents sont des amours ! Ils nous ont offert des beignets hier et aujourd'hui. »

En haut des marches, le commissaire Costello, l'air sévère, mains dans les poches, observait le carnage du parking. Aussitôt, une femme armée d'un micro, accompagnée d'un photographe, se précipita sur lui. Une fois de plus, ce fut un journaliste qui annonça l'arrestation à laquelle avait procédé l'inspecteur novice.

Le grand sourire du commissaire était la dernière chose à laquelle Rouge s'attendait.

4

À Sainte-Ursule, le train-train des boursiers restés pour les vacances de Noël était chamboulé. À force de passer au crible de leurs conversations les mensonges lénifiants des adultes au sujet de leurs « camarades disparues », ils avaient fini par en dégager la vérité.

On avait enlevé les petites filles, interrompu leur vie — mais du côté des garçons, celle-ci continuait. Aussi, au mépris du nouveau règlement interdisant de sortir du complexe de l'école, deux élèves avaient-ils, en vue de mener à bien Dieu sait quelle expérience à l'insu de tous, traversé le lac. Pour ce faire, ils avaient emprunté un canoë sans demander à un adulte de les accompagner — autre règle non respectée.

Il s'agissait de deux garçons, l'un blond, l'autre brun. Cette différence mise à part, c'était bonnet blanc et blanc bonnet. Dès le petit déjeuner avalé, ils avaient filé. Comme il était à prévoir, ils se retrouvèrent dans le pétrin à peine une demi-heure après avoir accosté sur la rive opposée.

Rongés de culpabilité, ils avaient le sentiment d'une catastrophe imminente, et, par-dessus le marché, des chaussettes et des souliers trempés. Comme ils n'avaient pas tiré le bateau assez loin sur la plage rocailleuse, les remous constants du lac l'avaient remis à flot. Impuissants, ils le regardèrent glisser sur

97

l'eau et disparaître derrière un éperon rocheux, puis ils se retournèrent vers l'édifice. S'ils ne lui avaient rien trouvé d'extraordinaire à leur arrivée, il leur paraissait sinistre à présent. Ils avaient l'impression qu'une maladie en avait écaillé la peinture et que l'obscurité des fenêtres aux rideaux tirés provenait, indiscutablement, de quelque secrète mystification. Fuyant le vent froid et coupant qui soufflait du lac, ils se réfugièrent du côté de l'édifice noyé dans l'ombre.

Et là, ils examinèrent de plus près la fenêtre qu'ils venaient de casser, d'où s'échappait une odeur fétide. Les enfants furent pris de haut-le-cœur ; saucisses et œufs du matin leur remontèrent à la gorge, comme un avant-goût de ce qui leur pendait au nez. Il suffisait d'attendre que les grandes personnes découvrent leur expérience scientifique : la chose avait plus de puissance, de rapidité et — qualité suprême — tonnait mille fois plus qu'un pistolet d'enfant.

« Cette fois-ci on est bons. » Comme si on les avait déjà pris sur le fait, Jesse cacha le pistolet derrière son dos. « Qu'on l'avoue ou pas, il l'apprendra. Quelquefois, j'ai le sentiment que M. Caruthers est au courant de nos projets avant qu'on ne les réalise. »

Mark lui donna un léger coup de poing sur le bras.

« Tu sais pourquoi, espèce de crétin ? Ce matin, quand il a dit bonjour, t'as piqué un énorme fard. Tu crois pas que ça l'a mis au parfum ? »

Ils levèrent les yeux sur l'établissement rouge brique perché au sommet de la colline, de l'autre côté du lac. Le vieux monsieur n'était-il pas justement en train de les observer ? Les années passées à Sainte-Ursule leur avaient fait oublier la liberté sans frein des enfants livrés à eux-mêmes. Ils s'étaient accoutumés à l'œil toujours vigilant des tutrices, ainsi qu'au profond intérêt que leurs activités, licites ou pas, éveillaient chez le corps enseignant.

Ils se retournèrent vers la vitre brisée. Un rideau

recouvrait la brèche, et aucun des garçons ne voulait aller voir ce que l'étoffe dissimulait.

« C'est quoi, cette odeur ? » Jesse trouvait qu'elle évoquait celle des vieillards — notamment de sa grand-mère qui croupissait dans une maison de retraite de l'État.

Mark, qui venait de la ville, d'un dédale de trous à rats où des milliers de portes anonymes s'alignaient le long d'une trentaine de couloirs, savait parfaitement à quoi s'en tenir : « La mort sent comme ça.

— Oh, nom de Dieu ! On a tué quelqu'un, s'écria Jesse, laissant tomber l'arme.

— Mais non, connard ! Elle remonte pas à hier. » Une pestilence analogue filtrait sous les portes de l'immeuble de son enfance. Autant d'appels nauséabonds envoyés aux croque-morts par des macchabées attendant d'être découverts. Mark chercha une comparaison plus évocatrice pour son camarade d'origine rurale : « C'est comme quelque chose qu'on aurait écrasé sur la route — depuis des jours et des jours. »

La réunion n'était destinée qu'aux membres du détachement spécial. Pourtant, le nombre de journalistes et d'hommes politiques dépassait celui des agents du FBI ou des inspecteurs de la PJ, et ils s'époumonaient bien davantage. La présence d'agents en armes ne calmait absolument pas la frénésie exacerbée des équipes de télévision et de reporters. Une cohue s'agglutina autour de Rouge Kendall, tandis qu'il reculait vers le mur du bureau de réception, au rez-de-chaussée.

À l'apparition du commissaire Costello au pied de l'escalier, la meute se dirigea vers lui, scindant provisoirement la mer mugissante de têtes branlantes et d'appareils photo. Personne n'était surpris de voir la haute taille du sénateur Berman, d'une lividité de cadavre, ni d'entendre sa voix nasillarde. À la moindre occasion d'être pris en photo au chevet de la souf-

france, on était sûr de trouver le politicien le plus corrompu de l'État. Quoiqu'il ne se rendît jamais utile,
il donnait pourtant l'illusion de prendre les choses en
main. Sauf que, pour l'heure, les photographes, amoureux de Costello, lui tournaient le dos. En l'absence
d'objectifs braqués sur lui, c'est avec un visage éteint
que Berman s'achemina vers la porte. Les yeux vides,
d'un brun sans éclat, il n'avait pas l'air de remarquer
la bousculade autour de lui.

À quelques mètres se dressait l'ignoble silhouette
familière d'un ancien inspecteur de la police judiciaire. Emmitouflé dans un gros manteau d'hiver, il
dégageait l'odeur persistante d'une eau de Cologne
écœurante — un souvenir d'enfance pour Rouge.
Néanmoins, la première fois qu'il avait vu cet homme,
il s'inondait d'une lotion meilleur marché. Au point
qu'à dix ans, Rouge s'était demandé si ce n'était pas
pour masquer d'autres effluves dont il avait une intui-
tion, forte et tenace. Tout en dégarnissant son crâne
chauve, luisant de sueur, d'une toque de fourrure,
l'ancien inspecteur fit lentement demi-tour. Ses yeux
injectés de sang vinrent compléter le tableau du gros
bébé ridé qui buvait trop.

Rouge s'esquiva prestement avant que le regard
d'Oz Almo ne croisât le sien. Alors qu'il s'apprêtait
à monter l'escalier pour se rendre dans la salle du
détachement spécial, Marge Jonas, accoutrée d'une
robe de lainage d'un rouge incendiaire, s'interposa.
Ses multiples mentons tremblotèrent tandis que,
consternée, elle secouait la tête.

« Ôte-moi d'un doute, mon chou. Tu portes pas la
même tenue qu'hier, tout de même ?

— J'ai changé de chemise et de slip, rien que pour
te faire plaisir, fit-il avec un sourire rayonnant.

— Oh, le monstre ! » Baissant le rideau de ses faux
cils, elle lui flanqua une tasse brûlante dans la main.
À l'évidence, il y avait trois sucres dans son café noir,

100

comme à chaque fois que Marge voulait lui faire une importante suggestion.

Oz Almo, qui le regardait à présent, lui fit un signe amical de la main. Rouge n'avait plus d'échappatoire : Marge lui enserrait le bras d'une main de fer. « J'ai vu ta feuille d'augmentation de salaire, mon chéri. Tu peux te permettre une autre veste de sport, d'accord ? Peut-être un pantalon et même une nouvelle cravate, hein ? »

Bien que Rouge eût perdu Almo de vue, l'odeur de son eau de Cologne arrivait jusqu'à lui. Une lourde main s'abattit sur son épaule.

« Rouge, mon garçon », lança Almo. On eût dit des amis de toujours ; c'était faux. « Bon sang, comment vas-tu ? On ne s'est vraiment pas assez vus ces derniers temps.

— Almo. » Sèchement, Rouge hocha la tête en direction du petit homme plus âgé. Pourtant sa mère l'avait initié aux bonnes manières, et, d'ordinaire, il traitait une personne de soixante-cinq ans avec respect.

Almo attrapa la main de Rouge qu'il emprisonna entre ses paumes moites. « C'est formidable de te revoir, mon garçon. Hé ! Marge, comment tu vas ?

— Bonjour, Almo. » Froissée, Marge avait les narines délicatement dilatées. Abandonnant bien vite les deux hommes, elle se fondit dans la foule qui se referma derrière elle, telle une porte.

Ayant dégagé sa main de celles d'Almo, Rouge l'essuya à sa veste, comme s'il venait de toucher quelque chose de sale. C'était le cas.

Sans paraître avoir relevé l'affront, le vieil homme grimaça un sourire, tout en dents jaunes : « Il faut que tu passes chez moi un de ces jours. Tu n'as jamais vu ma maison sur le lac, n'est-ce pas ? Si tu venais dîner ce soir ? »

Sans réagir, Rouge le dévisagea. Le vieil homme se décomposa, puis il retrouva son sourire. « À propos, j'ai appris ta nomination à la PJ. Mes félicitations. Moi, je n'ai pas réussi à l'être avant la quarantaine. Dis donc, tu peux me faire entrer à la conférence ? demanda-t-il, indiquant la porte à deux battants au bout du vestibule.

— Pourquoi ?

— J'ai envie de rester dans le coup, mon garçon. Vraiment, le boulot me manque. »

Vu la qualité de son manteau, Rouge conclut que le métier de détective privé était autrement lucratif. C'était surprenant, du reste, au regard du peu d'importance de la ville.

« Dis donc, tu fais des prouesses, Rouge. Hier soir, à la télé, je t'ai vu ramener ce salaud de prof. Oh ! et le voleur de bicyclette — voilà qui était foutrement extraordinaire. Comment t'as fait pour mettre si vite la main sur le vélo de la gosse ?

— Un coup de bol — comme pour toi, quand t'as trouvé le corps de ma sœur. »

Almo resta bouche bée.

« Voyons, c'est pas une façon de parler. Ton vieux père ne serait pas content. Tu sais, depuis sa mort, je te considère comme...

— Dégage, Oz ! » La voix, métallique, du commissaire Costello résonna dans le brouhaha. Il avait presque rejoint Rouge, lorsque, du pas furtif d'un voleur, le vieil homme disparut dans la foule. Le commissaire se tourna vers Rouge :

« Kendall, je vous autorise à sécher la conférence.

— Je fais partie du détachement spécial. Oz l'a lu dans le journal ce matin, ça doit être vrai. »

Costello choisit d'ignorer le léger sarcasme. D'un signe de tête, il indiqua l'escalier menant à la salle de réunion : « Les murs sont couverts de photos d'affaires classées d'anciens crimes, de tas de petites filles mortes.

— Et alors ? »

Âgé d'une cinquantaine d'années, Howard Chainy, le médecin légiste du comté, était un homme de taille moyenne. Entretenue avec soin, sa moustache contrastait avec la broussaille de ses sourcils qui évoquait une haie mal taillée. Comme il ne voulait pas se séparer de ses chaussures éculées qu'il adorait, on avait l'impression qu'il avait volé son pardessus de bonne coupe ainsi que son feutre mou. Ayant prévu une partie de jeu de paume, Chainy portait une tenue de sport sous son manteau. Tracassé à l'idée de laisser passer l'heure de réservation de son terrain, il consulta sa montre.

Jusqu'à quel point l'affaire était-elle compliquée ?

Le docteur Chainy sortit de sa voiture, à temps pour trancher un différend qui s'était élevé à propos de la possession d'un cadavre. Les portes en métal gris du fourgon de la morgue du comté, garé au bord du lac, étaient ouvertes, prêtes à l'accueillir. Enveloppé d'un suaire noir, le corps gisait sur un brancard à roulettes à quelques mètres de là.

Tout en examinant les notes griffonnées à la hâte par son assistant, le docteur salua d'un geste le directeur de Sainte-Ursule. Puis il jeta un coup d'œil aux dénommés Mark et Jesse. L'air inquiet, les deux garçons attendaient. De toute évidence, Caruthers remettait sa semonce à plus tard, à l'entretien qu'il aurait dans l'intimité de son bureau avec les deux chenapans. Petit trait de sadisme commun à tous les parents et tuteurs dignes de ce nom. Aussi les gosses avaient-ils tout le loisir de gamberger sur les sanctions qu'on leur infligerait pour avoir eu une carabine à air comprimé en leur possession et cassé une vitre. La punition, c'était pour plus tard — il leur fallait d'abord subir le supplice de l'anticipation.

Le médecin légiste posa le regard sur le petit groupe. À côté du corbillard, tout de noir vêtus, les deux employés du dépôt mortuaire de Makers Village se disputaient vivement avec l'agent de la police municipale, Phil Chapel, qui revendiquait le cadavre à cor et à cri.

Pourquoi ce jeune flic tenait-il tant à ce corps ? Le docteur Chainy n'en avait aucune idée.

Le chef de la police municipale restait à l'écart. Malgré ses cheveux gris, son visage las creusé de plus en plus de rides, Croft avait des yeux bleus étincelants de jeunesse et de gaieté. L'entrepreneur des pompes funèbres était exaspéré. Phil Chapel blêmissait. Son collègue en tenue contemplait le défilé des nuages et faisait semblant de ne pas le connaître. Quant à Charlie Croft, il observait la scène d'un œil de spectateur, visiblement amusé.

Indiquant Phil Chapel d'un signe de tête, le docteur Chainy accrocha le regard du chef de la police : « J'imagine que c'est lui qui a fait venir mon corbillard ?

— Comment as-tu deviné ? s'enquit le chef Croft avec un sourire.

— Oh ! par hasard. »

Ces dernières années, les pompes funèbres étaient passées aux mains d'un imbécile qui grimait les cadavres, leur donnant la physionomie de touristes en vacances, l'hiver, sous les tropiques. Quoique trépassés, les heureux clients arboraient des expressions illustrant des clichés de cartes postales : « C'est merveilleux, on regrette que vous ne soyez pas là. » En comparaison, il fallait reconnaître que l'agent Chapel n'était pas complètement idiot. Il avait juste un peu perdu la boule aujourd'hui.

Le médecin consulta à nouveau sa montre — il avait encore le temps d'être à l'heure pour sa partie de jeu de paume. Du doigt, il montra le suaire à fermeture Éclair du brancard : « Si j'en crois mon assistant, c'est une mort naturelle.

— Je l'espère bien. La vieille dame avait environ quatre-vingt-dix ans. Jettes-y un œil toi-même.

— Non, Charlie, sans façon. D'après ce que j'ai compris, son médecin traitant l'a auscultée il y a quelques jours.

— T'as une fois de plus raison, toubib. J'ai trouvé un tube de médicaments au nom du docteur Penny, dont j'ai appelé le cabinet. Son infirmière s'est un peu énervée parce qu'elle avait déjà fourni le renseignement aux pompes funèbres. »

Chapel et l'entrepreneur des pompes funèbres se livraient à un duel de doigts tendus. Du coup, l'autre flic en uniforme s'éloigna du brancard, refusant sans doute d'être du côté du vainqueur d'une compétition pour un macchabée.

Un jeune homme raisonnable.

Le docteur Chainy s'adressa à nouveau au chef, cantonné dans la neutralité : « Alors, qu'est-ce que je fiche ici, Charlie ? Son médecin traitant peut signer le certificat de décès.

— Tu sais, Phil s'emballe quelquefois. Un pan de plafond s'est écroulé dans la chambre de la vieille dame. Phil subodore quelque chose de louche. Ça lui plairait de découvrir le trou gigantesque laissé par une balle. »

Lançant un autre regard à la carabine à air comprimé que tenait Eliot Caruthers, le docteur Chainy secoua la tête. « Aucune trace dans le corps ? Jusqu'à preuve du contraire, on a toujours une mort naturelle ?

— Ouais, ton petit gars a vu juste. M'est avis qu'elle est décédée dans son sommeil parce qu'elle avait l'air très sereine quand on l'a trouvée. À propos, le docteur Penny ne devrait pas tarder.

— Bon, Charlie, tu as bien regardé la *soi-disant* trace de balle dans le plafond ?

— Ouais, c'est un beau merdier. Je présume qu'un gros canon de l'armée aurait pu arriver à ça. En tout cas, le tireur visait comme un pied. Il a raté la vieille dame d'au moins deux kilomètres. Son lit était franchement de l'autre côté de...

— Et en l'*absence* de canon ?

— Tu nous prives de tout le plaisir, Howard. Ma foi, des trombes d'eau coulaient par le trou. J'ai dû fermer le tuyau d'alimentation du cabinet à l'étage supérieur. Ça puait. Avant d'éclater, c'est sûrement resté bouché un certain temps. Le plafond s'est effondré sans doute à cause de ça. À moins qu'un boulet de canon n'ait fait sauter la conduite. Phil a senti qu'il y avait une odeur de poudre mêlée aux relents putrides du corps et des toilettes. Pas moi. Dis donc, et si tu passais ton nez dans la porte pour me donner un avis de professionnel...

— La thèse du tuyau percé me convient. » Le docteur héla le jeune gendarme toujours en train de se quereller avec le fossoyeur. « Phil, tu vas devoir leur abandonner ce maudit cadavre. »

Les hommes en noir s'avançaient vers le brancard, mais, les mains serrées autour des barres de chrome, l'agent ne lâchait pas prise.

Le commissaire Croft fit un pas en avant, hurlant : « Ils y tiennent plus que toi à ce macchabée, Phil. Allez, sois beau joueur. » Il ajouta à l'adresse du médecin : « Je n'aime pas refroidir l'enthousiasme de Phil. »

Déconfit, le jeune gardien de la paix recula tandis que les croque-morts, s'emparant du brancard, le faisaient rouler vers le corbillard noir.

Ils avaient besoin d'un certificat de décès pour embarquer le corps. À contrecœur, le médecin légiste tira un bloc de formulaires de sa serviette, résigné à rater sa partie. Le médecin traitant de la vieille dame n'allait probablement pas se pointer à temps pour s'en occuper.

« Charlie, tu as la déposition des petits garçons ?

— Tu veux parler du gang du blond et du brun ? »

Réprimant un sourire, le docteur Chainy rejoignit Eliot Caruthers et Mark et Jesse. « Allez, rassurez-vous, les gosses. En fait, c'est une bonne chose que vous l'ayez trouvée ! Elle était très vieille, cette dame. En plus, elle n'avait sans doute pas de famille dans le coin pour s'occuper d'elle. »

Il lança un coup d'œil au pistolet artisanal qu'Eliot Caruthers tenait dans la main — copie conforme d'un jouet en plastique, des plus rudimentaires. « Alors, voici l'arme. En y mettant du plomb, j'imagine qu'on arrive à foutre une grosse mouche en l'air. J'en avais un comme ça quand j'étais petit. »

Mark et Jesse levèrent vers lui des yeux sceptiques. Non, ils ne le croyaient pas. Rien n'arrivait à la cheville du leur.

Ma foi, estima-t-il, les gosses ne s'imaginent jamais les adultes jeunes. Il déclara à Caruthers : « Eliot, tu peux les ramener à l'école. À propos, tu as combien d'enfants avec toi pour les vacances ?

— Onze », répondit le principal de l'école, impassible. Cherchant vainement à évaluer ce qu'ils risquaient, les gamins l'épiaient à la dérobée.

« À ta place, je les garderais auprès de moi jusqu'à ce qu'on découvre ce qui est arrivé aux filles.

— Merci, Howard, j'y compte bien. » Il serra la main du médecin légiste. Tandis qu'il escortait les deux jeunes élèves vers la Rolls-Royce — une pièce de musée —, il fit volte-face : « Oh ! Howard, on ne va pas parler de cet incident dans la...

— ... presse ? Non, si cela dépend de moi. » L'école réservée aux gosses de riches ou aux surdoués suscitait déjà bien assez de rumeurs. Inutile d'apporter de l'eau au moulin des gens du bourg toujours prêts à considérer ces enfants comme dangereux. Il regarda le directeur qui faisait monter les gosses dans la voiture et prenait le chemin de terre qui desservait les maisons situées au bord du lac.

Haussant les épaules, Charlie Croft bougonna : « Les gosses ! »

Par ce terme, il résumait la cacophonie absurde,

grossière du monde aussi bien que ce macchabée qui lui était tombé sur les bras.

Des crachotements de moteur accompagnés d'un nuage de poussière annoncèrent l'arrivée d'une voiture, un break qui se gara à côté du corbillard. D'un air vaguement irrité, Myles Penny ouvrit la portière, révélant des cheveux en bataille et une barbe qu'il n'avait pas encore rasée ce matin.

« Hé ! Myles, désolé pour ta malade, l'interpella Charlie Croft.

— C'est la patiente de William, pas la mienne. Mais il est en congé cette semaine. » Myles claqua la portière un tantinet plus fort que nécessaire. « Tu connais William et ses satanées vacances. »

Parfaitement. Le chirurgien n'avait, au demeurant, pas quitté la ville. Le docteur Chainy l'avait vu rôder autour du bureau de tabac qui possédait des réserves de sa marque de prédilection. À Dieu ne plaise que le décès d'un malade n'empiète sur le temps libre de cet homme !

Après avoir ouvert le suaire, Myles Penny baissa les yeux sur le visage blanc ivoire de la vieille dame. « Ouais, elle est bel et bien décédée. » Fusillant le médecin légiste du regard, il ajouta : « Dis-moi, Howard, tes assistants m'ont dérangé uniquement pour avoir un deuxième avis médical ? Elle a combien de nuances, la Camarde ? On est *tout à fait,* ou *vraiment,* ou *complètement* mort...

— J'ai cru comprendre qu'on lui avait fait un bilan complet il y a quatre jours ? C'est vrai, Myles ?

— Trois ou quatre jours. William voulait l'hospitaliser pour lui ouvrir la poitrine, une fois de plus. Eh bien, la vieille dame lui a dit de se fourrer son hôpital où je pense. Texto. »

Ce fut au tour du docteur Chainy d'être en rogne.

« L'enfant de pute, il *savait* qu'elle allait mal, et il ne s'est même pas soucié de vérifier...

— Du calme, Howard. » Myles flatta l'épaule du

médecin légiste de la main pour lui rappeler sa tension élevée. « Elle ne vivait pas toute seule ici. Une fille venait tous les jours lui faire la cuisine et le ménage. Bon sang, son nom m'est sorti de l'esprit, constata-t-il en grattant son menton pas rasé.

— Dans ce cas, on perd du temps. Tiens, Myles. Occupe-toi donc des papiers. » Le docteur Chainy arracha un formulaire de certificat de décès de son bloc.

Myles Penny prit l'imprimé en fronçant les sourcils.

« Suis-je censé te remercier pour ça, Howard ?

— Je t'en prie. Sais-tu si cette famille avait un notaire ?

— Nenni. » Étalant la feuille de papier sur le capot de son break, Myles se mit à remplir les blancs. « William doit être au courant. La vieille était sa patiente depuis une dizaine d'années. » Puis il regarda la vitre cassée et secoua la tête : « Sales gosses. C'était quoi, une pierre ? Mon infirmière a dit...

— Oh ! encore heureux que les garçons soient tombés sur elle. » Après cette remarque ne répondant pas à la question, le docteur Chainy se tourna vers Croft : « Je crois préférable d'éviter de mentionner les gosses dans le rapport de police. Personne ne va engager de poursuites pour cette fenêtre. À propos, il faut interroger cette fille et trouver pourquoi elle n'a pas signalé le décès. »

Croft acquiesça d'un signe de tête :

« Je vais mettre Phil dessus. À ton avis, la fille a embarqué des objets de valeur ?

— Bon, est-ce que j'ai dit ça ? » Un crime, ça compliquerait les choses. Il se pencherait sur la question plus tard. Pour l'heure, il avait sa partie de jeu de paume qui l'attendait. « Au fond, Myles et toi devriez aller regarder s'il y a des signes flagrants de vol. » Pour l'amour du ciel, n'en trouvez aucun. Il était si content de ce répit, du vide inhabituel de sa morgue.

Pour peu que ce fût un vol, le cadavre de la vieille dame atterrirait sur sa table de dissection.

Myles leva le nez des paperasses : « Et comme tu es accablé de travail, tu imagines que mes malades n'ont qu'à attendre que je m'acquitte de la corvée.

— Merci, Myles. Par la même occasion, tu pourrais demander à quelqu'un de clouer des planches sur la fenêtre.

— Naturellement. Pendant que tu y es, pourquoi est-ce que je ne ferais pas la vaisselle qui traîne dans l'évier ? »

Howard Chainy lui assena une tape sur l'épaule : « T'es un chic type, Myles. »

Rouge Kendall reconnut à peine quelques visages du contingent FBI. Au cours des dernières vingt-quatre heures, d'autres agents avaient débarqué en ville. Ils représentaient quasiment la moitié de cette assemblée de plus de cinquante personnes.

Au fond de la pièce, des hommes et des femmes secouaient la cendre de leurs cigarettes, exhalant des nuages de fumée bleue par une fenêtre ouverte. Des inspecteurs de la police judiciaire s'étaient juchés sur les tables et les bureaux poussés contre les murs. Debout, par petits groupes, la plupart des agents fédéraux discutaient entre eux. Les autres s'étaient assis dans les rangées de chaises pliantes alignées devant un lutrin en métal noir qui ressemblait, à s'y méprendre, au pupitre à musique de l'école primaire du coin. Il y avait plus d'hommes que de femmes — au moins six pour une. Hormis Rouge, aucun n'avait moins de trente-cinq ans, et beaucoup dix ans de plus.

Le seul à peu près de son âge était le gendarme en uniforme posté à la porte pour interdire l'accès à ceux qui n'étaient pas invités. Passant devant les chaises, Rouge alla se mettre près de la fenêtre du mur du fond. Le dos tourné à l'assemblée, il parcourut du regard l'étendue inoccupée contiguë au commissariat.

Il n'y avait plus d'herbe sur le terrain de base-ball, jadis propriété de la fédération sportive de Makers Village. Flics et pompiers y avaient consacré du temps à transmettre à des générations de gosses l'art du jeu américain par excellence. À présent, une clôture hostile l'entourait tandis qu'un monceau de briques et de matériaux de construction s'entassait dans un coin. Au printemps, le vieux terrain de base-ball serait transformé en garde-meubles — nouvelle source de revenus pour la ville. Rouge trouvait que la municipalité avait conclu un marché de dupes.

Quand il se retourna, la carcasse massive de Buddy Sorrel, un inspecteur de haut rang de la PJ, masquait une partie du mur d'en face. Au-dessus de la brosse poivre et sel de Sorrel, Rouge entrevit un montage de photos en couleurs d'enfants morts fixé au mur, ainsi que des clichés noir et blanc de coupures de journaux. On avait disposé cinq agrandissements de ces photos sur des chevalets. Le commissaire Costello lui cachait la première. Rouge distingua une mèche de cheveux auburn, un bout de peau blanche — Susan ?

Bien entendu.

Deux hommes passèrent devant lui. Lorsqu'il put revoir le chevalet, la photo de sa sœur avait disparu et le capitaine Costello se tenait devant le lutrin.

« Mesdames et messieurs. » Le commissaire embrassa la pièce d'un seul regard. Toutes les têtes se tournèrent vers lui. On posa les tasses à café sur les genoux, les conversations s'interrompirent. « D'abord, je voudrais faire le point sur l'affaire. Veuillez vous reporter au plan des trajets du bus. »

Tout le monde, sauf Rouge, sortit une feuille de papier quadrillée de traits rouges et bleus.

« L'un des gendarmes a trouvé le duvet d'un enfant près de l'autoroute. » Costello désigna de son crayon un point situé en haut à droite du plan qu'il leur montrait. « Notez la sortie pour Herkimer. Ce n'est pas très loin de l'arrêt de bus qui se trouve près de chez les Hubble. Il peut toujours s'agir d'une fugue. Nous n'abandonnons pas cette hypothèse. Je n'ai pas envie de découvrir que ces deux gosses sont mortes de froid pendant qu'on guettait une demande de rançon. » Tout en disant cela, il fixa Rouge avant de laisser ses yeux errer sur les têtes.

« La parka que nous avons trouvée, mauve, correspond à la description des vêtements que portait Sadie. Elle est en piteux état. D'après les techniciens, on dirait qu'un chien l'a déchiquetée. Nous attendons que la mère de Sadie vienne l'identifier. »

Le commissaire se tourna vers un groupe d'hommes et de femmes, debout près du mur percé de fenêtres. « La deuxième piste, c'est la rançon, dont l'agent secret Arnie Pyle nous parlera. »

Les agents fédéraux se déployèrent le long des fenêtres pour s'écarter d'un homme installé sur un grand rebord, jambes pendantes. D'une quarantaine d'années, il ne correspondait pas à l'idée que se faisait Rouge d'un agent du FBI. Pyle manquait de désinvolture, et il était plus du genre filiforme que musclé comme ses collègues. Même les femmes donnaient l'impression d'être mieux charpentées. En revanche, ses grands yeux marron retinrent toute l'attention de Rouge. Il les avait déjà vus, bien que ce fût le seul trait familier de ce visage émacié.

La porte s'ouvrit. Le gendarme laissa passer la femme que Rouge avait rencontrée à la taverne de Dame — celle qui ne souriait qu'avec la moitié de son visage. Manifestement soulagé de la voir, le commissaire Costello ajouta :

« Voici notre premier intervenant, le docteur Ali Cray. »

Tous les yeux se posèrent sur le rouge vif de la bouche tordue de cette femme aux cheveux noirs, moulée dans une jupe longue. Quand elle leur fit face, le silence tomba. Puis on entendit des apartés à voix basse, tandis que les hommes réunis au fond de la pièce chuchotaient des commentaires où l'on distinguait le mot *affreux*.

« Le docteur Ali Cray rejoint le détachement spécial à titre bénévole. Elle va nous conseiller en tant que psychologue affiliée au médecin légiste, spécialiste de pédophilie. C'est la troisième piste que nous explorerons. » D'un signe de tête, il invita la jeune femme à s'approcher et recula vers le mur tapissé de photos.

Ali Cray traversa la grande salle. À chaque pas, la fente de sa jupe, qui s'ouvrait et se refermait, révélait un éclat de peau blanche. Les hommes ne regardaient plus son visage défiguré. Elle se planta derrière le lutrin dont le pied était trop fin pour dissimuler la jupe. Malgré les rideaux tirés, les hommes gardèrent leurs yeux fixés sur la fente.

Personne ne fit entendre de bruit, murmure, ou raclement de gorge. La jeune femme avait pris possession de la pièce. Comme elle semblait vulnérable pourtant, égarée parmi cette escouade de fonctionnaires chargés de faire respecter la loi. Premier point en sa défaveur : Ali Cray n'était pas l'un des leurs. Sa cicatrice était le deuxième, car elle la situait au bas de l'échelle des valeurs masculines. Enfin, les femmes, inspecteurs ou agents fédéraux, ne lui pardonneraient pas de sitôt l'apparition brève mais ô combien déplacée de cette jambe nue — un crime.

Rouge la trouva soudain bien courageuse de s'offrir ainsi en pâture aux critiques les plus sévères, avec sa cicatrice et sa jupe fendue.

« Bonjour, commença-t-elle, bien droite entre les deux gigantesques portraits d'enfants posés sur les chevalets. Hier soir sur Internet j'ai consulté un forum de pédophiles qui discutaient de l'éthique à observer quand on violente un enfant — comment déterminer le consentement sexuel tacite chez un gosse de cinq ans. Voyez-vous, quand un petit bout pleure en hurlant son refus, ils croient qu'il dit *oui*. Il est à noter qu'ils en parlent comme si c'était un objet. »

L'inspecteur Buddy Sorrel, qui changea de position, ne masquait plus le lutrin. Aussi Rouge put-il parcourir des yeux les photos des chevalets. Deux des petites filles, violemment tabassées, avaient été abandonnées ensuite car elles avaient des traces du passage des charognards sur le corps. En revanche, deux autres cadavres étaient en si parfait état qu'on eût dit qu'elles venaient de poser devant l'objectif.

« Tous les violeurs d'enfants sont persuadés que n'importe qui tentant le coup une fois les comprendrait. Ils ne se considèrent pas comme fondamentalement différents de nous. À certains égards, ils n'ont pas tort. Alors, oubliez vos idées préconçues. Il se peut qu'il soit assis à côté de vous ou que vous le connaissiez depuis dix ans. »

Rouge contemplait le chevalet débarrassé du portrait de Susan. Il combla le vide avec une photo imaginaire, inspirée par les conversations des grandes personnes quand il avait dix ans. Les bras collés au corps, sa sœur gisait dans la neige, les yeux grands ouverts fixés sur le ciel — une allégorie de blancheur — ; des gouttes de givre étincelaient dans sa chevelure fauve. Et il voyait les agents de police rassemblés autour de son petit corps en train de la regarder.

Susan.

« On attrape un nombre infime de violeurs d'enfants. » Ali Cray se rappelait à lui. « Ils le savent très bien. Il est rare qu'ils soient pris et poursuivis en justice. Quand on réussit à les arrêter, seul un sur cinq passe une journée en prison. »

L'inspecteur Buddy Sorrel se déplaça. Ainsi, Rouge eut une vue dégagée sur Ali Cray, qui, à son tour, découvrit le visage du jeune homme dans la foule. Peut-être n'avait-elle pas lu les journaux du matin, car elle tressaillit.

D'une voix un peu moins assurée, elle poursuivit :

« Il est impossible de faire entrer les comportements humains dans des cases. Ils sont d'une infinie variété. Néanmoins, je peux vous indiquer dans quelles grandes catégories on classe ces prédateurs. En premier lieu : le violeur occasionnel, un opportuniste qu'on appelle parfois pédophile en régression. Il a à son actif une moyenne de quatre-vingts agressions perpétrées sur une quarantaine d'enfants. Mais il ne les préfère pas vraiment aux femmes. Il se peut que la gamine soit plus à sa portée — rien de plus. Ce n'est pas un malade. Il est simplement dépourvu de la moralité dont Dieu a doté les cafards. En tout cas, ce n'est pas celui que vous cherchez. »

Voilà qu'elle regardait Arnie Pyle, l'agent du FBI. Une fois encore, elle fut déconcertée. Rouge se demanda si elle reconnaissait les grands yeux tristes de Pyle. L'agent lui fit signe avec un léger sourire. Ces deux-là s'étaient déjà rencontrés.

« Le groupe suivant comprend les pédophiles proprement dits, dont certains sont tellement introvertis qu'ils ne concrétisent jamais leurs fantasmes. Même extraverti, ce type de séducteur n'enlève pas les enfants. Il leur arrive d'être en contact avec des jeunes du fait de leur boulot. Dans leur cas, on décompte une moyenne de trois cent cinquante agressions sexuelles sur cent cinquante victimes. S'il fait énormément de mal, il leur laisse la vie. »

Puis, sans se tourner, Ali désigna d'un geste les photos des chevalets.

« Celui que vous recherchez est un sadique, un ravisseur d'enfants — un tueur en série, résolu à assassiner sa proie dès qu'il l'a enlevée. Pour éliminer sans pitié le seul témoin de son crime, ou par respect d'une espèce de rituel. C'est celui qu'on rencontre le plus rarement et qui fait le moins de victimes. »

Elle se tut un tantinet trop longtemps pour les flics débordés de cette assemblée.

« Avez-vous... » Se rappelant soudain les instructions reçues, un membre de la police judiciaire du premier rang leva nerveusement la main. Ali lui fit signe de poser sa question :

« Avez-vous un portrait plus détaillé de ce type ? Quelque chose d'utile ?

— On ne peut pas se fier aux profils psychologiques. Dans les cas précédents, on a vu aussi bien des épaves à moitié débiles que des chercheurs en aérospatiale. La plupart sont célibataires, mais ce n'est pas systématique. En fait, c'est la mise en scène de ses meurtres qui fournit les éléments utiles sur l'individu. Votre homme est sans doute de race blanche, ses victimes aussi en général. Il a une prédilection sexuelle pour les petites filles de dix ans. À mon sens, il en tue depuis quinze ans. »

Ali et le commissaire Costello échangèrent à ce moment-là un regard de connivence.

Revenant à son public, elle précisa : « Le commissaire Costello tient à ce que vous sachiez qu'il ne s'agit que d'une thèse. Toutefois, si elle est juste, je peux, en m'inspirant de crimes antérieurs, vous en dire plus sur cet homme en particulier. Il ne fait pas partie des débiles — les défis, il adore. Ses principales cibles sont des petites filles de familles très fortunées. Et il réussit à déjouer tous les systèmes de sécurité que les parents ont imaginés pour les protéger. »

Un autre inspecteur leva brusquement la main.

« La fille des Hubble est pourtant partie seule de chez elle. On a trouvé ses empreintes sur le...

— Je sais. Il attire ses proies en se servant de leur meilleure amie. Il suit un scénario très complexe qui m'a permis de l'associer aux rapts antérieurs. À la fin de la réunion, je vous distribuerai des résumés des autres affaires. La liste des enfants est longue. On en a trouvé certaines mortes. D'autres ont disparu à jamais. Les meilleures amies de ses cibles principales viennent d'ordinaire de milieux aisés, mais jamais de familles très riches. Moins protégées, elles sont plus vulnérables. Au début... »

La jeune femme se tourna vers le chevalet où l'on avait mis le portrait de Susan. Le trouvant vide, elle eut l'air de revoir son discours, de chercher ses mots. D'un geste, elle désigna la photo d'une fillette rouée de coups du chevalet suivant. « Au début, il jetait le corps de l'amie de l'enfant qui était sa cible. On a trouvé les cadavres de ces petites filles à proximité de l'endroit où elles avaient été tuées. Celle-ci, il l'a balancée dans un fossé d'irrigation. Regardez le désordre de ses membres. Elle a le corps couvert des traces de coups reçus avant de mourir, mais il ne l'a pas violée. L'enfant lui a servi d'appât. »

Elle se dirigea vers la photo suivante, montrant une enfant qu'on eût dit endormie — intacte. « Celle-ci, sa victime principale, il l'a abandonnée dehors, sur une autoroute très fréquentée, afin que les parents la découvrent vite. »

Croisant le regard de Rouge, c'est presque d'un air d'excuse qu'Ali poursuivit : « La première fillette — l'appât —, il l'a tuée le jour même de l'enlèvement. L'autre, la petite fille riche, est restée en vie jusqu'au matin de la découverte de son corps. Ce scénario, qu'il a reproduit avec les deux enfants que vous voyez sur votre droite, souligne son sadisme. L'enfant est morte le jour de Noël. »

Les hochements de quelques têtes grisonnantes dans l'assistance firent comprendre à Rouge que certains faisaient le lien avec le rapt d'une fillette de dix ans aux cheveux auburn, dénommée Susan Kendall qu'on avait aussi découverte un jour de Noël. Les plus vieux inspecteurs ne l'associaient que maintenant au jeune flic du même nom, aux cheveux de la même couleur. Fouillant la salle du regard, ils le repérèrent et cherchèrent sur son visage une ressemblance avec Susan — elle crevait les yeux. Aussi médusés que mal à l'aise, ils détournèrent le regard.

117

« Depuis que les tribunaux ont reconnu la légiti-
mité des tests ADN, l'homme a cessé d'abandonner
les cadavres. Voilà qui est intéressant. Je crois qu'il
s'inquiète des possibilités qu'offrent les expertises
médico-légales. Son scénario n'est pas figé, il
l'adapte, il l'améliore. En outre, ce changement, c'est
du gâteau pour lui. On classe les gosses qu'on ne
retrouve pas comme des fugueuses, et on renonce à
rechercher un meurtrier. Pour le reste, le scénario n'a
pas changé. Les enfants sont toujours enlevées par
deux, il y a toujours... »

Ali fit signe à un inspecteur assis au milieu des
rangs qui levait la main.

« Pour un psychopathe, il a un sens de l'organisa-
tion remarquable, fit-il observer d'un ton sceptique,
méfiant.

— Il n'est pas fou. Ne le sous-estimez pas. D'émi-
nents psychiatres en arrivent même à substituer *mal*
à *maladie* dans leurs diagnostics. C'est un homme normal qui a un boulot, des relations sociales. Je suis persuadée qu'il distingue le bien du mal, puisqu'il prend
des mesures pour ne pas être arrêté. Et je crois qu'il
est d'ici. »

La jeune femme se plaça à côté d'une carte des trois
États de la région, fixée sur un chevalet. « Presque
toutes les petites filles viennent des États voisins, mais
leurs photos ont paru dans les revues nationales et
dans les principaux journaux. Il n'en va pas de même
dans le cas de Gwen Hubble. Elle faisait partie de son
entourage — il la voyait de chez lui. »

On n'avait pas non plus publié les photos de Rouge
et de sa sœur. Les jumeaux Kendall étaient des enfants
très protégés. Rouge était persuadé que la jeune
femme ne l'ignorait pas.

« En outre, ces drapeaux rouges indiquent les maisons des enfants ayant habité de l'autre côté de la
frontière de l'État. Chacune à une journée de voiture
d'ici. Pour l'aller et retour, un réservoir d'essence

acheté sur place suffit amplement. Ainsi, il évite d'effectuer des dépenses avec sa carte de crédit, d'intriguer un pompiste qui ne le connaît pas ou de laisser sa signature sur le registre d'un motel. Il n'est qu'un conducteur parmi d'autres. Comme je l'ai précisé, les corps sont désormais introuvables. À mon avis, il les enterre tous ensemble — une fosse commune dans un lieu sûr. Ce qui confirmerait l'idée qu'il possède une propriété. »

Une autre main se leva dans la foule :

« Pour les autres affaires, on a fait appel aux fédéraux ?

— Oui. » D'un geste, Ali désigna les chevalets. « Dans le cas de ces deux enlèvements, on les a appelés après la découverte des corps. » Elle montra le premier portrait sur la gauche. « Pour celui-ci, le FBI a estimé que c'était l'enfant battue la principale victime à cause de la violence des coups — elle en est morte. Moi, je crois qu'il s'en est servi d'appât pour attirer l'autre et qu'il a dû la torturer pour l'obliger à obéir. »

Ce fut une femme cette fois qui interrogea Ali :

« À quelle fréquence ont lieu les agressions ?

— Il s'écoule parfois quelques années entre les incidents. Il ne faut pas beaucoup de temps pour repérer une école privée fréquentée par des enfants de familles riches, il suffit de regarder les journaux. En revanche, c'est une autre paire de manches de trouver l'appât adéquat — une amie proche moins entourée, venant d'une famille moins aisée, sans stabilité professionnelle. C'est primordial à ses yeux — tout doit coller. D'ailleurs, la minutie de son plan a permis de l'identifier. Les mêmes éléments essentiels figurent dans toutes mes synthèses. »

Les yeux fixés sur les feuilles du lutrin, Ali ne regardait personne.

« Enfin, le rapt de tous les enfants s'est produit le jour de la fermeture des écoles pour les vacances. La famille baisse un peu la garde — le moment idéal.

Bien que sadique, il va patienter pour Gwen Hubble. C'est un investissement à ses yeux. Il la laissera en vie jusqu'au matin de Noël.

— Gwen ? » Une femme du FBI se leva, sans attendre qu'on l'en prie. « Et l'autre petite fille alors ?

— Sadie Green est morte. » Le ton d'Ali Cray sous-entendait que tout le monde devait l'avoir compris. « C'est le scénario. Sans doute a-t-il tué la petite une heure après l'avoir enlevée. »

Un silence de mort se fit dans la salle. L'assemblée frissonnait. Les jeunes secouaient la tête d'un côté à l'autre, refusant de se rendre à l'évidence, tandis que les participants plus âgés opinaient du bonnet, signifiant : *Mais oui, bien sûr, elle est morte. Ça se tient.*

Tout en s'écartant du lutrin, Ali Cray croisa le regard de l'agent secret Arnie Pyle pour un bref échange, lourd de sens. Rouge en conclut que leur relation dépassait le cadre des affaires criminelles.

Le maigre agent Pyle s'approcha du lutrin, d'un air presque suffisant. Ses vêtements bien coupés lui donnaient une allure de souteneur élégant. Comme pour se démarquer davantage de ces clones du FBI, il desserra son nœud de cravate, qui bâilla au-dessous du bouton ouvert de son col. Quittant le groupe d'agents fédéraux, il donna l'impression de rejoindre les rangs des inspecteurs, tandis qu'il gratifiait les gendarmes d'un signe de tête entendu assorti d'un rictus viril. Et ils rendirent son sourire à cet homme selon leur cœur, à ce flic d'entre les flics. Avant même de prendre place derrière le lutrin, Pyle était l'un des leurs. Menée de main de maître, la supercherie éveilla la méfiance de Rouge.

Pyle s'adressa à eux sans notes. Il ne faisait pas un discours à des inconnus, il s'entretenait avec de vieux copains — qu'il rencontrait pour la première fois de sa vie.

« Le docteur Cray n'a retenu que les faits susceptibles d'étayer son point de vue. Or, les statistiques des fugues pour l'ensemble du pays sont atterrantes, vous le savez. Par an, chaque jour, il y a plus de quatre-vingt-dix mille gosses sur les routes, n'est-ce pas ? » À son expression, il était évident que l'assemblée considérait la thèse de la jeune femme comme un tissu de conneries.

La salle hocha la tête. Alors, Rouge s'aperçut que tous en convenaient déjà — Ali, c'était une civile, une étrangère, un amateur.

« Une vue d'ensemble de cent cas pris au hasard permet toujours de mettre les statistiques au service de schémas inexistants. »

À en juger par la physionomie des autres enquêteurs, Rouge comprit qu'Ali avait perdu la partie. Il n'avait pas fallu plus de temps à l'agent du FBI pour l'éliminer.

L'agent Pyle se tourna et montra la photo d'une enfant, à droite, sur l'un des derniers chevalets. « Cette petite fille s'appelle Sarah. Le docteur Cray n'y a pas fait allusion, mais il y a eu une demande de rançon. » L'inflexion de sa voix signifiait qu'il le lui reprochait. Mais son ton frisait le zèle apostolique lorsqu'il assena : « Le salaud qui a envoyé cette demande de rançon, nous l'avons *arrêté, fait condamner.* » Le sous-entendu n'était pas difficile à saisir : *Grâce à Dieu et au FBI, frères et sœurs.*

Il y eut des applaudissements sporadiques, vite étouffés, les participants se rendant compte qu'il ne s'agissait pas d'une réunion pour le renouveau de la foi. On avait néanmoins l'impression d'assister à une espèce de concours où Pyle s'efforçait de faire mieux que son adversaire — bien qu'il fût le seul en lice. Ali n'était plus qu'un observateur passif. Si Rouge déchiffrait quelque chose sur son visage, c'était de la déception à l'égard de Pyle, non de l'animosité.

Étrange.

« Je ne vais pas évoquer les affaires dont nous ne

nous sommes pas occupés. Certaines gamines avaient peut-être de bonnes raisons de s'enfuir : mauvais traitements à la maison, coups, incestes sont monnaie courante. Quant aux statistiques sur le groupe d'enfants de dix ans du docteur Cray, parfois on les voit se multiplier dans une même région sans que cela signifie quoi que ce soit. D'autant que ces trois États ont une densité de population très élevée. »

Décidément ce type protégeait ses arrières ou prenait une revanche, songea Rouge. Il y avait quelque chose de personnel dans la façon dont Pyle attaquait la thèse d'Ali.

« Je ne crois pas qu'il s'agisse d'un pédophile. Il y a une cohérence tendant à prouver que le mobile du crime, c'est l'argent. D'ailleurs, l'absence de photos de Gwen Hubble le prouve. Le rapt de Sadie Green est une bavure, une entorse involontaire au projet d'enlèvement de Gwen pour obtenir une rançon. L'assassin était au bon endroit, mais il s'est trompé de gosse. Le docteur et moi ne sommes du même avis que sur un point : la mort de Sadie Green. Sadie est une erreur...

— Je vous ai entendu ! »

Tous les yeux se tournèrent vers la porte, où la mère de Sadie Green bousculait un gendarme. Le commissaire fit signe à ce dernier de reculer. Et elle entra en serrant étroitement son manteau de drap marron, comme frissonnant de froid. Costello s'empressa de la rejoindre pour dérober à ses yeux les photos épinglées au mur.

« Madame Green ? La parka mauve appartient-elle à votre fille ?

— Oui, c'est à Sadie ! » hurla-t-elle au commissaire, mais les yeux fixés sur l'agent du FBI campé derrière le lutrin. Un doigt accusateur pointé sur Pyle, elle s'écria : « Non, elle n'est *pas* morte. » Puis, serrant le poing : « En plus, on ne peut pas la considérer comme une faute, une *erreur !* » D'une voix assourdie, non que sa colère fût tombée — mais elle était épuisée —, Mme Green ajouta : « C'est une petite fille, et je veux qu'elle revienne. » Enfin, elle regarda le poing rageur qu'elle tenait toujours levé, avec surprise.

« Oh ! je suis désolée. » Elle laissa tomber une main inerte. Quatre agents fédéraux s'avançaient, deux par deux, pour dissimuler les chevalets et l'empêcher de voir les gigantesques photos de cadavres d'enfants.

« Je suis vraiment désolée, leur dit-elle. Ne m'en veuillez pas, je vous en prie. » Souriante, elle chercha de quoi se rassurer sur les visages des hommes et des femmes qui l'entouraient.

Rouge souffrait pour elle. Au prix de quel effort surhumain avait-elle réussi à sourire ? D'ailleurs, ses épaules se voûtaient, comme si de revêtir son visage d'une expression amicale la vidait de ses forces.

« Vous m'avez dit que si quelque chose d'important me revenait en mémoire... Eh bien, c'est le cas », fit-elle, tournée vers le commissaire.

Costello voulut lui donner le bras, elle le repoussa. Avec un sursaut d'énergie, elle gagna le milieu de la salle, comme un danseur frôlant les marques à la craie délimitant une scène. « Avant tout, je tiens à vous remercier, les gars, d'avoir rappliqué le jour où ma fille a fait son coup de la flèche en plein cœur. Sadie s'en souvient encore comme du meilleur jour de sa vie. » Le visage fendu d'un sourire, elle minaudait sous les yeux des spectateurs.

Perdu dans la foule, Rouge ne vit pas ce qui se passa ensuite. La pauvre femme trébucha, à moins que le choc d'avoir reconnu la parka mauve de sa fille ne lui eût coupé les jambes. En tout cas, Mme Green s'effondra. Sautant sur leurs pieds, les flics se précipitèrent à son secours, les bras tendus.

« Non, ne m'aidez pas. Je ne veux pas vous déranger. » Avec un grand et franc sourire, elle haussa les épaules : « Ce n'est pas mon fort de tomber sur les fesses. »

Agenouillé auprès d'elle, le commissaire Costello n'osait pas la toucher bien qu'il en brûlât d'envie. On aurait dit un père surveillant les premiers pas de son petit. Ayant retrouvé l'usage de ses jambes, Becca Green se releva lentement.

D'une voix incroyable de douceur, il lui demanda : « Madame Green, vous avez déclaré vous souvenir de quelque chose.

— Oui, c'est important. » Elle farfouilla dans son sac. « Ma Sadie est une artiste. » Voilà, elle avait trouvé. « Regardez ! Voici l'œil de Sadie. »

Horrifiés, les agents et les enquêteurs virent Mme Green brandir un œil sanguinolent planté au bout d'une fourchette. Personne ne bougea. Personne ne respira.

« Elle en a plein d'autres. Mais celui-ci, c'est le bon. Sadie le réserve pour les grandes occasions. Quand on a des invités à dîner qui ne la connaissent pas vraiment, elle le cache au creux de la main, comme ça. » Le truc fit un petit bruit de succion quand Mme Green le retira de la fourchette.

Bien que ce fût à l'évidence un œil en caoutchouc, un membre chevronné de la PJ en frissonna au point de renverser une tasse de café sur ses genoux sans remarquer les taches qui s'étalaient. Il était fasciné.

Après avoir dissimulé le faux œil au creux de sa paume, Becca Green couvrit de la même main son propre œil bleu. « Ensuite, elle pique la fourchette entre ses doigts, comme ceci. »

Malgré sa répugnance, Rouge n'arrivait pas à ne pas regarder la pauvre femme.

« Et voilà », fit Becca qu'on aurait cru atteinte de demi-cécité avant qu'elle ne découvre son œil. Retirant la fourchette, elle la brandit pour que tous voient l'œil fiché sur les dents en argent. « *Ça*, c'est du spectacle. »

Baissant le bras, Becca contempla le truc sanglant, tout gluant.

« Bien sûr, vous n'avez pas l'effet complet », expliqua-t-elle avec une sorte de désinvolture. « Sadie, elle, se fourre l'œil dans la bouche et le mâche — son morceau de bravoure. Moi, j'en suis incapable. Vous savez, je me fixe des bornes. »

Un agent assis au fond de la salle donna le signal d'une hilarité nerveuse qui se propagea. Becca Green fit chorus de son rire enjoué. Puis elle se remit à fouiller dans son sac d'horreurs.

« Quelle gosse, hein ? »

Cette fois, Becca tira une petite gargouille rouge qu'elle mit sous le nez de l'agent Pyle, qui, ayant abandonné le lutrin, se tenait près d'elle. Elle la jeta à ses pieds. Bondissant sur ses pattes arrière, le petit monstre sautillait, plein de vie.

« Voilà ce dont je me souviens. » Puis, dévisageant les visages anxieux des spectateurs, elle les fit taire d'un geste. « Maintenant, écoutez-moi. »

Tous se concentrèrent tellement que l'air, comme chargé d'électricité, vibrait d'une tension palpable.

« Ma gosse a passé sa vie à se préparer à une rencontre avec le croque-mitaine. Elle est vivante ! Vous m'entendez ? Mais c'est une toute petite fille ! Il faut vite la retrouver pour la ramener à la maison. »

Arnie Pyle hochait la tête, la fixant de ses grands yeux sombres pleins d'une tristesse et d'une compassion qu'il exprimait sans effort, à cause de leur forme. C'était génétique, rien de plus.

« Vous allez garder ça ! » Becca Green montra le jouet aux pieds de l'agent. « Un souvenir de Sadie — pour ne pas l'oublier. Ne renoncez pas à ma fille. Tant que je ne verrai pas son corps, je ne la croirai pas morte. Et encore, il faudra que je la pique avec une épingle pour m'en assurer. » La mère de Sadie se remit à rire. Ici et là, on lui fit écho comme s'il s'agissait d'une toux nerveuse, contagieuse.

On frôlait la catastrophe : Becca Green s'approchait de la toile de fond des petites photos clouées au mur. Autant d'images de fillettes aux yeux, aux corps ravagés par les intempéries et les bêtes. Jouant des coudes, Rouge se fraya un passage dans la foule. « Madame Green. » Avec douceur, il la prit par les épaules pour l'empêcher de se retourner vers le mur.

« Laissez-moi téléphonez à votre mari. Il viendra...

— Non, pas encore, je vous en prie. » S'écartant de lui d'un pas sautillant, elle retourna au milieu de la scène. « Vous devez voir Sadie telle qu'elle est vraiment. Ce n'est pas un petit être inachevé. Je jure devant Dieu que vous allez adorer cette gamine ! »

À ce moment-là, de peur que la mère ne fît volte-face et ne découvre l'horrible tableau de corps décomposés d'enfants, le commissaire Costello entreprit de le saccager. Aussitôt, les inspecteurs se jetèrent à quatre pattes pour ramasser les bouts de photos et les dérober à sa vue. Certains pleuraient tandis que le rire perçant de Becca Green fusait. Quiconque serait entré dans la salle aurait cru la mère de Sadie aussi bien que les flics en proie à une crise de folie.

5

Rouge Kendall vérifia dans le rétroviseur. Il fut intrigué de ne voir personne aux trousses de sa vieille Volvo beige. Les équipes de journalistes se comportaient beaucoup trop bien ce matin.

Effondrée contre la portière, Becca Green regardait trottoirs, devantures de magasins défiler par la fenêtre. La pauvre femme s'efforçait de retenir ses larmes. Rouge pensa que c'était par égard pour lui. Elle venait de dépenser toute son énergie à jouer cette scène pour s'attirer les bonnes grâces de la police. À combien de reprises avait-elle présenté des excuses pour des transgressions fantasmatiques à l'étrange assemblée de gens en armes ?

« Madame Green ?

— Je suis navrée. Vous m'avez posé une question au sujet du petit garçon — l'ombre de Sadie ? » Becca esquissa un pauvre sourire. « Ma fille l'appelle David l'extraterrestre, parce qu'il n'ouvre jamais la bouche : ni pour parler, ni pour manger. » Son sourire devint plus naturel. « Dès qu'il aperçoit Sadie à la cantine, il renverse son déjeuner, pique un fard et file sans mot dire. »

Rouge acquiesça. Il reconnaissait les symptômes, le commissaire Costello avait peut-être mal interprété l'anxiété de David. Sans doute le petit garçon ne cachait-il rien d'autre que son sentiment amoureux.

« Alors, David n'adresse jamais la parole à votre fille ? Ils ne partagent pas de secrets, rien de ce genre ? »

Becca Green secoua la tête. « Pour un enfant aussi timide que David, Sadie n'est pas des plus accessibles. Il y a un an à peu près, le conseiller d'orientation a sommé Sadie d'arrêter de le torturer. Deux jours après, la tutrice de David rappliquait chez moi.

— Mary Hofstra ?

— En personne. Elle s'est invitée à prendre une tasse de thé. Ma foi, chez nous, on boit du café. Alors, la voilà qui sort de son sac une petite boîte en fer-blanc. Tout ce que je sais, c'est qu'on s'est retrouvées à la cuisine à boire sa mixture — pas mauvaise du reste quoiqu'un peu trop sucrée. Maintenant, j'en achète pour Sadie. Quoi qu'il en soit, après s'être excusée de la semonce du conseiller, elle m'a raconté que David était déprimé parce que Sadie l'évitait. Il était persuadé qu'elle le détestait. En fait, Mme Hofstra *voulait* que je pousse ma fille à l'asticoter. Pour peu que Sadie promette de ne pas forcer le petit garçon à parler, elle pouvait le torturer autant que ça lui chantait — tel était le contrat. Vous savez, Sadie n'a inventé le coup de la flèche que pour David, et, pour la première fois de sa vie, il a hurlé de toutes ses forces.

— Pourquoi Sadie fait-elle ce genre de choses ?

— Oh ! je ne sais pas. Vous devez croire que ce sont des stratagèmes pour attirer l'attention, hein ? »

Rouge sourit à ce léger sarcasme. « En tout cas, elle en a eu à revendre le jour où les flics ont rappliqué pour le coup de la flèche.

— Oh ! elle a même berné l'infirmière de l'école. Tout de même, c'était un trait de génie de se couvrir le cœur de la flèche. Comme ça personne n'a pu vérifier les battements. »

Rouge se gara le long du trottoir, au bout de l'impasse d'où l'on avait une vue panoramique sur le lac. Malgré l'ancienneté des édifices — plus de quarante ans — on persistait à baptiser « nouvel ensemble immobilier » cette rue élégante, bordée de charmantes maisons, de pelouses et de beaux arbres. Le jeune homme ne s'attendait pas à ce que des propriétaires de stations-service habitent une demeure XVIIIe, en brique grise.

Mme Green le comprit à son expression : « C'est une grange, lui expliqua-t-elle d'un air contrit tandis qu'ils remontaient le chemin dallé. Vous n'avez pas idée du temps qu'il faut pour la récurer. Harry aimerait que je prenne une femme de ménage, mais c'est presque mon seul exercice. En plus, ça me ferait tout drôle qu'une autre que moi touche à mes affaires. Vous voyez ce que je veux dire.

— Tout à fait », mentit-il. Jusqu'à la fin de son adolescence, une escouade de servantes avait fait cuisine, lessive et courses pour sa famille restreinte. En outre, après la mort de sa sœur, une secrétaire particulière s'était occupée des condoléances.

Ouvrant la porte, Mme Green le fit entrer. Il pénétra dans une atmosphère surchauffée où flottait l'odeur riche et fruitée d'un parquet récemment ciré. Il lui emboîta le pas pour traverser un vaste vestibule et entrer dans une grande pièce, chaleureuse, grâce aux reliures en cuir des livres, aux motifs variés du tapis d'Orient, à la couleur miel des murs. Il y avait de beaux meubles confortables, mais très chers. L'une des toiles accrochées aux murs avait appartenu à la famille de Rouge qui la reconnut.

Il n'appréciait les œuvres d'art qu'il possédait qu'en fonction de leur valeur marchande. D'ailleurs, il les avait vendues l'une après l'autre. Voilà qu'il contemplait un tableau familier d'Arthur Dove. Cette petite toile d'un artiste mineur avait néanmoins rapporté des mille et des cents lors de sa vente aux enchères. Puis il s'arrêta devant les photos encadrées dont le mur suivant était couvert. Toutes représentaient des personnages célèbres, elles étaient prises par des photographes de renom. L'une d'elles était le portrait de Georgia O'Keeffe immortalisée par Stieglitz.

« Qui est collectionneur dans la famille ?

— Mon mari. » Tournant lentement sur elle-même, Becca Green embrassa la pièce du regard comme si elle la découvrait avec l'œil d'un étranger. « Ça ne colle pas avec le métier de pompiste et de mécanicien, hein ? Du temps de nos études, Harry rêvait de devenir un artiste famélique — un photographe. Mais, à la mort de son oncle, il a hérité d'une chaîne de stations-service avec un gros paquet de fric. Il a dû renoncer à son rêve. La vie a de ses cruautés », plaisanta-t-elle.

Rouge garda son sérieux. Pour lui l'ironie ne faisait pas vraiment bon ménage avec la cruauté. Aucune des photos de la pièce n'était l'œuvre de Harry Green.

Quel silence dans la maison ! Alors qu'il s'attendait à ce qu'un agent fédéral campe dans le salon avec son matériel de surveillance téléphonique. Qui filtrait les coups de fil des dingues ? Où s'étaient volatilisées les meutes de journalistes qui avaient envahi les auberges ? Pourquoi laissait-on ces gens livrés à eux-mêmes ?

« On a mis votre téléphone sur écoute, n'est-ce pas ?

— Oui, j'ai signé les formulaires. Le FBI est venu installer du matériel au sous-sol. J'espère qu'ils n'en ont pas trop marre. Tout ce mal pour un téléphone qui ne sonne jamais », fit observer Becca d'une voix éteinte en gagnant d'un pas lent la cage d'escalier.

« Oh ! les gens des médias vont mettre plusieurs jours à dégoter votre numéro sur liste rouge. Je vous garantis qu'après, il n'arrêtera pas de sonner. » Rouge lui proposa cette explication de la même façon qu'il aurait fait un faux compliment à une fille laide au cours de danse.

Comment avait-on semé les journalistes ? La pelouse aurait dû grouiller d'équipes de photographes.

Mme Green se dirigeait vers l'escalier. « Vous voulez visiter ? Cela ne prendra que quelques minutes. Les autres flics n'ont pas mis plus de temps. La chambre de Sadie est de ce côté. »

Elle monta devant lui et le précéda dans un couloir tapissé de photographies d'un autre siècle : portraits de familles, de femmes corsetées de dentelles, d'hommes aux cols empesés. Mme Green l'attendait sur le pas d'une porte où toute prétention à la courtoisie, au bon ton était abandonnée. On y avait placardé l'abominable affiche d'un vieux film d'horreur : *La Monstrueuse Parade.*

Rouge se tourna vers la femme, apparemment si normale, à côté de lui. Elle ouvrit la porte :

« Vous espériez voir le poster des *Quatre Filles du docteur March* ? Ou de *Blanche-Neige* peut-être ? »

Elle le fit entrer. Rouge s'avança, découvrant un montage criard de masques de Halloween, de faux vomi et de flacons remplis de liquide couleur sang. Des monstres le regardaient du haut de leurs cadres suspendus aux murs. Seule la cloison au-dessus du lit de Sadie était épargnée et tapissée d'une collection de rubans de championnat.

« Elle les a gagnés en gymnastique », expliqua la mère de Sadie.

Rouge trouva étrange que sa voix ne vibre pas de fierté. « Votre fille doit être une athlète de premier ordre.

— Je n'en sais rien, répliqua-t-elle, sincèrement dubitative. Parfois, je considère ces rubans bleus comme les effets secondaires du courage. Il faut la voir aux barres parallèles. Elle décolle, vole dans les airs sans baisser les yeux. Quand elle traverse une pièce en faisant roues et pirouettes en arrière, on dirait une tornade. Je n'arrête pas d'avoir peur qu'elle se rompe le cou. Son père adore ça. Il assiste à la moindre compétition. Quant à moi, je ne peux plus le supporter. »

Rouge s'approcha d'un autre mur où un incroyable assortiment d'insectes aux pattes immenses s'accumulait sur un tableau, tandis qu'une demi-douzaine de faux globes oculaires, nichés dans les alvéoles d'une boîte d'œufs ouverte sur le pupitre, le couvaient de leur regard. Examinant l'étagère dont les cassettes de films d'horreur des années 30 ou 40 avaient presque un charme désuet, il repéra quelques classiques pour enfants.

Sur celle que sortit Becca Green, on avait superposé l'étiquette : *Heidi*, scénario original de Richard Hugues, sur une autre. Becca la décolla pour montrer à Rouge le véritable titre :

« *Les Gobeurs d'yeux des enfers* ?

— C'est pour moi qu'elle l'a modifié. Ma Sadie est compatissante.

— Vous lui permettez de regarder ces horreurs ?

— Lui permettre ? Sadie est une personne accomplie. C'est ainsi qu'elle est venue au monde — tout droit sortie de l'œuf. » Becca Green avait retrouvé le sourire, elle était fière. « Vous en avez assez vu ? »

On aurait dit qu'elle mettait Rouge au défi d'oser jeter un regard dans la pénombre du cagibi ou, pour peu qu'il en eût les tripes, un coup d'œil sous le lit.

« Ça va, je me suis fait une idée. » Sur ses talons, il sortit de la chambre et redescendit l'escalier, toujours tracassé par le silence qui régnait dans la maison. « Madame Green, avez-vous eu maille à partir avec les journalistes ?

— Bien au contraire », lança-t-elle tout en allant tirer les rideaux vert pâle de la fenêtre du salon où ils venaient d'entrer. « Vous voyez ce type qui roupille dans une voiture de l'autre côté de la rue ? Il fait partie de l'équipe. Si Harry et moi, pris de folie, nous mettions à gambader nus comme des vers autour de la pelouse, il faudrait qu'il prévienne les autres. À ce qu'il m'a raconté, ils se la coulent douce, eux, chez les Hubble dans une salle de presse avec une batterie de téléphones, alcool et bouffe à volonté. »

D'un mouvement des épaules, elle se débarrassa de son manteau et le balança sur le canapé avant de se poster à la fenêtre — petite femme boulotte qui se coupait sans doute les cheveux elle-même. Voyant que derrière les pointes en étaient irrégulières, Rouge fut ému. Il aurait bien aimé le lui dire.

« Ce petit mec me fait de la peine, ajouta-t-elle, désignant le journaliste assoupi dans la voiture. Il rate les conférences de presse, les communiqués du FBI, tout quoi. Après le déjeuner, peut-être que je me ferai violence et irai lui exhiber mes seins sous le nez. Rien qu'une seconde pour l'exciter un peu. Qu'en pensez-vous ?

— Que c'est drôlement dommage que vous soyez mariée ! »

Le sourire aux lèvres, elle se tourna vers lui.

« Vil menteur ! Enfin, les types dans votre genre, ça me plaît. »

Rouge entendit la porte d'entrer s'ouvrir, se refermer, tandis qu'une voix grave et virile appelait dans le couloir : « Becca ?

— Par ici, Harry », hurla-t-elle. Baissant le ton, elle l'avertit : « N'en demandez pas trop à mon mari, d'accord ? »

Un homme baraqué s'encadra dans l'embrasure de la porte. Des mèches châtain clair, ébouriffées, effleuraient le col de son très chic blouson d'aviateur. Il portait une écharpe sûrement tricotée maison qui traînait par terre pour ainsi dire, comme si Becca Green considérait la chaleur proportionnelle à la longueur. Rouge trouva que l'absurde cache-nez suffisait à prouver la profondeur de son amour envers son mari. Et ça en disait long qu'il le mît.

L'homme braquait de sombres yeux vides droit devant lui. On eût dit un fantôme hantant les pièces qu'il traversait sans voir personne. Foulant le tapis d'un pas lent, il se dirigea du côté de sa femme.

« Ne va pas te faire des idées, Harry. On ne s'est pas déshabillés. »

À la vue du grand policier qui se tenait dans son salon, l'homme se réveilla. Revenant à la vie, il adressa un vague sourire à sa femme dont il caressa tendrement les cheveux. Après un signe de tête à Rouge, ses yeux se voilèrent à nouveau, et il reprit son errance dans une autre pièce.

Becca tira une feuille d'une liasse posée sur le manteau de la cheminée qu'elle tendit à Rouge. « Harry a fait ce prospectus. Il a passé des heures à feuilleter nos albums pour trouver une bonne photo des enfants avant de la coller pour la faire photocopier. Il l'avait prise en colonie de vacances, lors d'une journée réservée aux parents. »

Rouge avait sous les yeux la photo noir et blanc des petites filles qui, assises sur un banc, se passaient le bras autour de la taille. Gwen posait la tête sur l'épaule de Sadie. Chacune, perdue dans ses pensées, regardait dans une direction différente. En arrière-plan, leurs ombres s'étiraient sur l'herbe. La caméra avait fixé une accalmie à la fin d'une journée agitée — les enfants exténuées étaient contentes d'être ensemble. Il y avait quelques mots écrits en gros traits gras de marqueur : S'IL VOUS PLAÎT.

Rouge fut bouleversé à un point qu'il ne s'expliqua pas. C'était une œuvre d'art. Lui, qui n'en connaissait que la valeur marchande, n'avait pas les mots.

Il la rendit à Becca.

« Non, gardez-la, j'en ai des centaines. Ce matin, Harry a voulu les afficher dans les magasins de la ville, mais on avait déjà placardé les vitrines d'exemplaires officiels. » Becca lui montra une autre feuille où figurait un montage sur papier glacé de luxe. « Pas mal, hein ? La mère de Gwen les a fait tirer chez un vrai photographe. »

Eh bien, la mère de Gwen se fourrait le doigt dans l'œil, jusqu'au coude.

Il y avait trop d'indications : la taille, le poids des petites ainsi que tous leurs signes distinctifs — assez d'éléments pour multiplier les appels de malades mentaux. Au cœur de la nuit, une voix chuchotante parlerait aux Green du grain de beauté que Sadie avait à l'épaule. Ensuite, le pervers passerait à des évocations qui laisseraient les parents fous de douleur. En plus, Rouge trouvait ces épreuves mauvaises : ces instantanés de face et de profil faisaient penser à des photos d'identité judiciaire de petites criminelles.

Pliant le prospectus de Harry Green, Rouge le mit dans la poche intérieure de sa veste. « Je préfère celle de votre mari. Puis-je en prendre d'autres ?

— Vous venez de faire mon bonheur pour la journée — celui de Harry par la même occasion. Prenez tout le lot. »

Lorsqu'il quitta la maison des Green, Rouge, stupéfait, trouva Ali Cray assise à l'avant de sa vieille Volvo. Il n'y avait aucune autre voiture qui aurait pu être la sienne. Hormis celle de location du journaliste de l'équipe, les autres véhicules étaient garés dans des allées privées.

Avait-elle l'intention de poursuivre la conversation entamée à la taverne de Dame ?

Il ouvrit la portière. Sans un mot ni un regard lui indiquant qu'elle n'avait rien à faire là, il se glissa derrière le volant et posa le paquet de prospectus sur le tableau de bord. Ali prit le premier de la pile.

« Voilà qui fend le cœur », déclara-t-elle en guise de bonjour.

« L'œuvre du père de Sadie. » Tout en mettant la clé de contact, Rouge balaya du regard les calmes pelouses du cul-de-sac. Jouets et vélos abandonnés jonchaient les gazons de presque toutes les maisons. On n'entendait pas de bruit de Rollerblades, ni de pas de course sur les trottoirs. Aucun hurlement ne fusait, ni aucune invective ou cri perçant exprimant joie ou indignation. Aujourd'hui, garçons, filles et leur chahut étaient calfeutrés à l'intérieur. Peut-être les voisins craignaient-ils que l'étalage ostentatoire de leur précieuse progéniture n'insultât les Green.

Rouge se demanda si Becca Green s'en était rendu compte.

Bien entendu.

« Mon Dieu, mais c'est excellent. » Ali Cray admirait toujours le prospectus de Harry Green. « Vous savez, il ne les destinait pas au public ; c'était adressé au pervers. Il suffit d'en afficher en assez grand nombre pour que le monstre les voie chaque jour. Dommage qu'il n'ait pas le cœur d'un être humain. Pour la petite Green de toute façon, c'est trop tard.

— Je n'en suis pas si sûr. » Présumant qu'elle avait l'intention de rester un moment avec lui, Rouge démarra. « Peut-être que vous êtes la seule à avoir renoncé à Sadie.

— Eh bien, la mère de Sadie a réussi son coup de relations publiques avec le détachement spécial. Elle qui affirmait que vous alliez tous adorer sa fille, elle a réussi avec vous. Sauf que la petite fille est morte depuis longtemps, Rouge. Croyez-moi.

— Je ne peux pas », proféra-t-il avec un sourire.

Ali se pencha, lui effleurant la manche. Il comprit qu'elle le mettait en garde. Et, pour le protéger, elle déclara d'un ton très grave mais gentil : « Rouge, ne tombez pas amoureux de cette gamine. Elle est morte. »

Voitures et camionnettes encombraient l'allée des arbres de Noël, tandis que beaucoup d'autres véhicules étaient garés autour du rond-point. Rouge salua d'un geste le gendarme posté devant le portail. Derrière les barreaux de fer forgé ouvragé, un type retenait un chien en laisse. Du coup, Rouge prit aussitôt en grippe l'homme entre deux âges, aux cheveux blonds clairsemés, aux petits yeux fureteurs, doté d'une bouche, tendre, de jeune fille.

John Stuben ? Oui, c'était ce nom-là. Les maîtres-chiens de la police de New York s'étaient procuré deux bêtes dans son chenil. À en croire les journaux, les molosses, dressés à l'attaque, outrepassaient les ordres et déchiquetaient le moindre bout de chair à leur portée. Depuis, le chenil avait fait faillite et l'État de New York n'avait toujours pas fini de régler ses frais de procès, quatre ans après les incidents. Stuben travaillait apparemment dans la propriété des Hubble maintenant. À n'en pas douter, c'était son riche patron — un homme de grande taille — qui lui avait donné la veste bien coupée et de bonne qualité dans laquelle il nageait.

Il se pouvait que Peter Hubble, fanatique de la sécurité, eût engagé l'homme à cause de sa mauvaise réputation, non malgré elle. Jusqu'à présent, personne n'avait réussi à se tirer sain et sauf d'une altercation avec un animal dressé par John Stuben.

Rouge et Ali durent à nouveau montrer patte blanche à la porte. Après avoir vérifié le nom d'Ali sur une liste, un agent du FBI leur indiqua la salle de bal prévue pour la conférence de presse du vice-gouverneur. Ils s'avancèrent sur le sol de marbre d'une longue galerie aux boiseries tapissées de toiles inestimables, avant de passer devant une pièce où deux femmes en jean bourraient un photocopieur de feuilles — des bénévoles, estima Rouge. À la porte suivante, il reconnut le type du FBI au nœud de cravate défait, qui, assis sur un canapé, parlait dans le micro de son casque à écouteurs. Une débauche de matériel de surveillance téléphonique couvrait la table basse. Un autre agent, une femme, travaillait sur son portable. Tous, bénévoles comme agents, avaient l'air crevé de gens au terme d'une nuit blanche. Dans une autre pièce, Rouge repéra des journalistes. La cacophonie des sonneries de téléphone, le tintement de verres, l'odeur d'alcool, de nourriture et de tabac — ces indices suffisaient.

Presque arrivés au bout de la galerie, ils se rapprochaient de l'événement majeur : la conférence de presse du gouverneur. La rumeur de mille et une conversations enflait. Deux portes en bois ornées de belles sculptures s'ouvraient sur la superbe salle de bal, à moitié remplie de chaises pliantes. On avait dressé une estrade de fortune contre le mur du fond. Sous l'éclat de rampes stroboscopiques, des photographes tournaient en rond, tandis que des projecteurs montés sur pied dardaient des rayons éblouissants. La salle fourmillait de techniciens et de journalistes.

Un groupe d'hommes en costume sombre se tenait sur l'un des côtés de l'estrade. Tous affublés d'écouteurs, ils balayaient sans arrêt la pièce des yeux, errant d'un visage à l'autre. Rouge et sa compagne se retrouvèrent sous les feux de leur regard. Le jeune homme s'arrêta à la porte et tendit sa plaque d'identification à un gendarme qui adressa un signe de tête aux gardes du corps. Lesquels se remirent à l'ouvrage, tournant lentement la tête à gauche puis à droite, avec une régularité de danseuses de revue de music-hall. Debout sur le podium, le gouverneur, derrière un nid de micros, était encadré par les silhouettes plus imposantes du sénateur Berman et du vice-gouverneur — mieux connue en tant que mère de Gwen. Les maquilleurs allaient de l'un à l'autre, enduisant les visages de ces vedettes de la politique de poudre et de rouge à lèvres.

Rouge se tourna vers Ali : « Pourquoi ne restez-vous pas là pour le spectacle ? Moi, je vais chercher Peter Hubble. »

La jeune femme acquiesça. Le jeune homme rebroussa chemin. Le gendarme de garde à la porte lui indiqua l'étroit couloir menant à l'arrière de la maison, où l'on avait vu Peter Hubble pour la dernière fois.

Le corridor donnait sur une vaste pièce très chaleureuse, aux murs de briques apparentes, meublé en merisier. Le flot de lumière qui entrait par une rangée de grandes fenêtres faisait étinceler le cuivre d'un jeu de casseroles accrochées à un égouttoir rond surplombant un énorme billot. Vêtue d'un jean, une femme assurait la permanence d'une fontaine à café tandis que sa collègue disposait des gobelets en carton sur un plateau.

Corpulente et costaude dans son uniforme blanc, une autre femme semblait monter la garde auprès du père de Gwen. Ce dernier, assis à la table, reposait sa tête aux yeux clos sur ses bras. Il avait repoussé son assiette sans l'avoir touchée.

Comme Rouge s'approchait de l'homme assoupi, la femme vêtue de blanc s'interposa. Il devina être un intrus dans cette pièce — domaine de cette cuisinière ou femme de charge. Tout dans son visage et dans son attitude claironnait : *Arrière, tant qu'il est encore temps, jeune homme.*

« Hé ! Rouge. »

Faisant volte-face, il reconnut un gendarme qui passait prendre un café au commissariat une fois par semaine.

« Alors, comment ça se passe ?

— C'est la merde. » Rouge désigna Peter Hubble d'un signe de tête. « Je parie que le mec n'a pas dormi la nuit dernière.

— Il sort tous les soirs.

— Pour quoi faire ?

— C'est ce que voulait savoir le commissaire Costello. Du coup, on l'a filé deux ou trois fois, avec un collègue. Il roule des heures durant sur des petites routes à la recherche de sa gamine. Si c'est pas malheureux, tout de même ! »

Peter Hubble leva la tête, émergeant du sommeil, les yeux hagards.

À la vue de Rouge, du gendarme, un immense espoir se peignit sur son visage. D'un haussement d'épaules, Rouge lui fit comprendre qu'il n'y avait rien de nouveau. Peter Hubble reposa sa tête sur la table. Le visage caché, il ne faisait aucun bruit, mais le mouvement de ses épaules, sa respiration saccadée indiquaient qu'il pleurait.

La femme en blanc qui veillait sur Hubble ne sourcilla pas. Ce n'était pas la première fois qu'elle le voyait dans cet état. En revanche, les policiers reculèrent de quelques pas avant de quitter la pièce d'un air gêné.

Arnie Pyle se planta carrément devant la jeune psychologue, l'empêchant de s'avancer vers l'estrade du fond de salle. L'espace d'un instant, il crut qu'elle allait le contourner — à moins qu'elle ne lui marche dessus. L'agent s'amusa à imaginer son dos criblé de piqûres de talons aiguilles. Il est des cicatrices plus romanesques que d'autres.

« Bonjour, Ali. Sans rancune ?

— Arnie, répondit-elle d'une voix légère, presque suave. Si t'avais des couilles, je te les écraserais d'un bon coup de pied.

— Mais tu les as vues, Ali. Tu connais même le goût de ma bite. »

Ali prit une expression narquoise, prétendant fouiller dans sa mémoire. « Ah ! oui, c'est vrai. Un machin tout rabougri, horriblement déformé, hein ? Tu ne crois pas qu'un bon chirurgien...

— Tu peux parler. » Et, comme s'ils étaient toujours amants, il lui effleura le visage, suivant du doigt les dents de scie de sa cicatrice. Un geste si familier qu'Ali ne songea pas à le repousser aussitôt.

Il jeta un regard aux portes de la salle de bal : Rouge Kendall était parti. « Ce flic avec qui t'es cul et chemise — celui aux cheveux roux... Je me demande la tête qu'il ferait s'il était au courant de l'histoire de ta cicatrice.

— Parce que toi tu la connais ?

— Ça valait la peine de tenter le coup, fit-il avec un grand sourire.

— Qu'est-ce que tu fabriques ici, Arnie ? On t'a rétrogradé du détachement spécial pour te coller sur le grand banditisme ?

— Le vice-gouverneur fait appel à tous les grands couteaux pour retrouver sa fille. À l'époque où je travaillais sur la disparition de gamins, j'étais le meilleur. Tu devrais t'en souvenir. »

Sauf qu'elle se remémorait surtout l'alcool qu'il descendait pendant et après ses heures de service. Lorsqu'on avait affecté Pyle à une mission où il n'était plus obligé de pleurer avec les parents des enfants morts, son alcoolisme avait diminué de façon spectaculaire. Mais à peine dessoûlé, il s'était aperçu qu'Ali avait filé depuis belle lurette alors qu'il était trop hébété pour l'en empêcher.

« T'as trouvé mes dossiers intéressants, Ali ? J'ai remarqué quelques chiffres à moi dans les polycopiés que tu as distribués. Et te voilà en train de faire ami-ami avec ce flic de la police judiciaire. Tu en es toujours à magouiller pour tes statistiques ? »

Oh, quel coup bas ! En plus, il se torturait les méninges pour en trouver un autre — mieux ajusté, plus méchant.

« Tu me traques à nouveau, Arnie ?

— Disons que tu occupes toujours mes pensées. Ça ne cessera jamais. »

Elle regardait par-dessus l'épaule d'Arnie.

Du coup, il pivota pour se trouver face à l'estrade. « Eh bien, voilà l'enfant chéri du sénateur Berman, ce cher gouverneur. » L'homme politique le plus éminent de l'État de New York se tenait derrière le podium, tripotant ses notes. Ce petit bonhomme avait

141

les sourcils dessinés de telle sorte qu'il avait l'air terrorisé en permanence — une erreur de la nature sans rapport avec la proximité de son seigneur et maître : le sénateur Berman.

« Ali, regarde à droite. Tu vois le vieux type qui monte les marches ? » Il lui montra le dos d'un homme élégant, aux cheveux argentés, tenant une canne en bois de rose sculptée. « Tu te rappelles Julian, non ? »

Ali se haussa pour jeter un œil au-dessus des têtes des journalistes.

— Julian Garret ?

— Ouais. Maintenant, regarde bien. »

Julian Garret tendit un verre d'eau au sénateur Berman qui le but au moment où le gouverneur se lançait dans son préliminaire. Une réaction en chaîne de reniflements, de gloussements étouffés se propagea dans la masse compacte des corps, bien que le gouverneur n'eût rien dit de drôle. Le sénateur s'empressa de rendre le gobelet à Julian Garret tout en scrutant la mer de journalistes hilares. Il ne trouvait pas ça drôle.

Voilà que Julian Garret se dirigeait vers eux à grandes enjambées, balançant solennellement cette canne en bois de rose que certains considéraient, avec raison, comme une affectation. Le journaliste, qui avait l'expression posée d'un vieux monsieur distingué, ressembla soudain à un petit garçon à cheveux gris quand il lança un sourire éclatant à Ali Cray. Il tendit à Arnie une paume tournée vers le ciel, de crainte qu'il ne prenne son geste pour une poignée de main.

« Tu me dois de l'argent.

— J'étais sûr que tu ne le ferais pas, Julian », déclara l'agent du FBI en lui donnant un billet de vingt dollars.

En aparté, le vieil homme expliqua à Ali : « Arnie

était persuadé que le gouverneur serait incapable de proférer un mot si...

— ... si le sénateur était en train de boire. » Ali hocha la tête avec une petite grimace à cette blague de mauvais goût. « Mais toi, tu savais que le gouverneur a un don de ventriloque exceptionnel. » Ali donna le bras au journaliste, enchanté. C'était l'un de ses plus fervents admirateurs. « Alors, Julian, comment se fait-il qu'un chroniqueur politique s'intéresse à un kidnapping ?

— Au point de vue politique, il ne se passe pas grand-chose cette semaine, mon ange. Même si je peux compter sur les bourdes du sénateur chaque fois qu'il se montre en public. Oh ! je cherche quelques potins pour ma chronique, rien de plus.

— Tu ne restes que la journée ?

— Ma foi, Ali, c'était mon intention. » Garret jeta un coup d'œil à Arnie. « Mais les choses prennent une tournure un peu plus intéressante. Il se peut que je reste en ville un moment. Appelle-moi, on se fera une bouffe. » Julian lui tendit une carte de l'auberge de Makers Village.

« Au revoir, Julian. » Sans accorder un regard à Arnie Pyle, elle se dirigea vers les portes imposantes où le jeune flic aux cheveux roux discutait avec Marsha Hubble.

En connaisseur, à même d'apprécier la beauté d'un dos, le journaliste regarda Ali battre en retraite. « À ce que je vois, tu n'es toujours pas dans les petits papiers de la dame. Eh bien, tant mieux pour Ali. Elle peut espérer mieux. Au fait, qu'est-ce que toi, tu fabriques ici ? T'espères que cet idiot sur scène va, par mégarde, avouer qu'il a partie prenante avec les intérêts de la mafia ?

— Ce n'est pas impossible. Sauf que je n'avais aucune idée de la venue de ces crétins.

— Oh ! c'est bon.

— D'accord, mais que ça reste entre nous, Julian.

« — Pourquoi pas ?

— C'est la mère de la môme qui les a invités — les plus grands partisans de la peine de mort du pays. M'est avis que Mme Hubble pense que l'assassin n'est pas assez motivé pour tuer sa fille.

— Tu ne peux pas la contrôler ?

— Non, Julian. Aujourd'hui ce sont les amateurs qui mènent la danse.

— Où se situe la mafia dans tout ça ?

— Nulle part. Je suis ici pour retrouver la môme.

— Bien entendu. » Vu son ton aimable, les mensonges abjects ne semblaient pas incommoder le journaliste — propos badins à ses yeux, préludes à de plus ignobles actions, à de plus croustillantes histoires. « Arnie, laisse-moi deviner. Si je tombe juste, j'ai l'exclusivité. D'accord ?

— Marché conclu.

— Il est de notoriété publique que le torchon brûle entre cette dame et Berman. Il a beau avoir sommé le gouverneur de s'en débarrasser, elle s'accroche. Compte tenu de la corruption de cet État et de la perversité des rouages de la politique, sa carrière devrait être foutue. À l'évidence, elle a un atout dans son jeu — peut-être une étroite association avec le financement de la campagne par la mafia ?

— Alors, tu t'imagines que le rapt est un coup de la mafia ? Lâche-moi les baskets, mon vieux.

— C'est trop risqué, Arnie ? Ou trop spectaculaire ? Pour toi, l'important, c'est ce que Marsha pense. De jour en jour, elle flanche un peu plus à force de pleurer sa fille, et à cause de la pression, extrême. Toi qui ne la quittes pas d'une semelle, tu laisses échapper des allusions, tu lui chuchotes à l'oreille. Du coup, la mafia sera gravée au fer rouge en elle le jour où sa fille sera retrouvée, morte. Comme c'est toujours le cas, hein, Arnie ? Tu comptes dessus, non ? Alors, tu n'auras plus qu'à te pencher sur le cadavre de l'enfant en demandant poliment à la mère si elle souhaite se venger en tant que témoin à charge.

— Oh là là, Julian ! Tu dois penser que je suis un ignoble fils de pute.

— Par conséquent, fait pour ce boulot. J'attends un coup de fil quand tu auras réussi ton coup. »

Rouge brandit le poster sur papier glacé que Marsha Hubble avait conçu. « Madame, il y a beaucoup trop d'informations dessus. Tenez, regardez celui-ci. » Il lui tendit le prospectus que Becca Green lui avait donné. « C'est le père de Sadie qui l'a fait. »

Le vice-gouverneur le contempla un moment, puis sourit. « Vous avez tout à fait raison. C'est mieux — en fait, c'est magnifique. Harry Green est un sacré poète. En outre, il a trouvé le mot juste pour la légende. »

Auprès du vice-gouverneur, une petite femme nerveuse vêtue d'un strict tailleur gris attendait la suite, stylo en main. Marsha Hubble posa les feuilles de papier sur le bloc-notes de son assistante, comme si cette dernière était une table douée de raison.

« Envoie-moi quelqu'un en tirer mille. À trois heures, je veux que le moindre prospectus soit remplacé. »

La petite femme nerveuse branlait encore du chef tel un jouet mécanique tandis qu'elle se précipitait dans le couloir, avant de disparaître dans une pièce attenante.

Marsha Hubble revint à Rouge : « Il y a quelque chose d'autre ? »

Prêt à une discussion serrée, le jeune homme se rendit compte que le vice-gouverneur avait la naïveté du grand public. Dupe de la presse, elle le considérait comme l'enfant prodige de la gendarmerie.

« Oui, madame. J'aimerais voir la chambre de Gwen. Je sais bien qu'on l'a déjà...

— Naturellement. » Bien qu'elle parlât à Rouge,

145

elle avait les yeux rivés sur Ali qui venait de les rejoindre au pied de la cage d'escalier.

« Je suis désolé. C'est... commença Rouge.

— Ali Cray, madame Hubble. Veuillez m'excuser de ne pas m'adresser à vous comme il faut...

— Appelez-moi Marsha. Je sais qui vous êtes, docteur Cray. Mais je ne m'attendais pas à quelqu'un de votre âge. Si jeune et déjà un doctorat en poche. »

À en juger par son expression, Marsha Hubble n'en éprouvait pas la moindre déception. Elle faisait visiblement grand cas des enfants prodiges. Rouge ne fut pas étonné qu'elle n'eût pas l'air de remarquer la cicatrice d'Ali. Apparemment, le vice-gouverneur parvenait à occulter la présence d'autrui, tel ce type du FBI, qui, debout à côté d'elle, attendait poliment son tour pour prendre la parole.

« La chambre de Gwen est de ce côté », dit-elle en escortant Rouge et Ali dans l'escalier. L'homme, en rade, resta là tout seul comme un imbécile.

« Docteur Cray, est-ce vous qui établissez ces fascinants profils de criminels ? Vous arrivez vraiment à déduire la couleur des yeux du salaud des circonstances du crime ?

— Non, madame. Pas de boule de cristal.

— Pas comme les fédéraux, vous voulez dire ; tant mieux. »

Ainsi, les béni-oui-oui de fédéraux avaient déçu la dame. Au bout de combien de temps perdrait-elle ses illusions sur Ali et sur lui ?

Comme Mme Hubble s'approchait des dernières marches, elle en rata une. Rouge lui prit le bras pour l'empêcher de tomber. Effarée, elle croisa son regard — elle était si proche qu'il sentit son souffle lui effleurer la joue.

« Quelle maladroite je fais. Merci. »

Ce moment sans défense, d'intimité presque, où il l'avait surprise lui rappela sa mère aux premiers jours de la disparition de Susan — elle avait les mêmes

146

yeux qui hurlaient. Il s'était trompé. Loin d'être aveugle aux personnes de son entourage, Marsha Hubble était simplement très concentrée. Pour elle, c'était le seul moyen de supporter, sans perdre la raison, la seconde, la minute à venir.

Ayant retrouvé son sourire d'animal politique, Marsha les escorta à travers le palier du second étage, jusqu'à une grande pièce d'angle inondée de lumière. Des posters encadrés de groupes de rocks, des photos de chiens tapissaient les murs de la chambre de Gwen Hubble.

Il y avait un caniche noir, allongé sur la courte-pointe d'un lit à baldaquin, la tête affublée d'un nœud bleu clair et — suprême humiliation — la fourrure taillée en bouclettes traditionnelles. Marsha Hubble n'eut pas de mal à déchiffrer le mépris qu'éprouvait Rouge pour ces chiens-chiens à mémère.

« Ne vous arrêtez pas à l'apparence, Rouge. Puis-je vous appeler Rouge ? Il est très intelligent. Tenez, regardez. » Elle claqua des doigts : le chien dressa la tête. « Harpo, apporte-moi l'anglais. »

Sautant du lit, le chien courut dans la chambre vers deux cahiers de couleur vive posés à plat sur le bureau d'où ils dépassaient de quelques centimètres. Le chien s'empara du cahier vert qu'il rapporta à la mère de Gwen. Une étiquette avec la mention « cours d'anglais » était collée au milieu de la couverture.

« Bon chien. Maintenant, Harpo, apporte-moi la géographie. »

Le chien revint vers elle, le cahier jaune entre les dents.

« Il ne connaît que deux matières. Ma fille ne le laisse pas mordre le cahier de sciences naturelles. Gwen adore la science. Elle veut être biologiste. »

Une voix d'homme résonna dans le couloir : « On est censé donner une sucrerie à Harpo quand il fait un tour. »

John Stuben se tenait sur le pas de la porte. Il se

147

dirigea vers le chevet du lit, et prit dans un pot en céramique un petit gâteau en forme d'os qu'il lança au caniche.

L'homme semblait connaître beaucoup trop bien cette chambre de petite fille, nota Rouge.

Tandis que la mère de Gwen et Ali retournaient dans le couloir, elles croisèrent l'agent Arnie Pyle. Adossé au chambranle avec désinvolture, il observait John Stuben. « Vous avez aidé la petite fille à dresser son chien ?

— Ouais, je lui ai donné des tuyaux. » Il y avait de l'exaspération dans la voix de Stuben. On lui avait déjà fait subir des heures d'interrogatoire, et il en voulait apparemment autant au FBI qu'à la police.

« Ça doit prendre un temps fou d'apprendre ce genre de numéro à un animal, fit observer Pyle.

— Pas si on sait s'y prendre. » La question, qui touchait son domaine professionnel, calma Stuben. « Il a suffi de vingt minutes pour dresser Harpo à aller chercher des cahiers. Gwen est vraiment douée avec les chiens. Elle lui a appris un tas de...

— *Elle* lui a appris. D'après les autres domestiques... » Pyle sortit un calepin qu'il fit semblant de feuilleter. « Ouais. Voilà, c'est ici. Ils m'ont dit que vous passiez beaucoup, *beaucoup* de temps avec Gwen. Pendant toutes ces heures, vous ne vous occupiez pas que de dresser le caniche.

— La gosse aime me regarder travailler avec les chiens de garde. Et alors ? » Stuben cherchait vainement à afficher l'attitude bourrue et virile d'un macho, la moue de sa bouche de jeune fille la récusait trop.

Pyle, qui griffonnait sur son carnet, lui demanda sans lever les yeux : « Ça fait partie de votre boulot de lui donner des tuyaux ? À moins que vous ne le fassiez en secret ?

— Sur mon temps libre. Gwen, je l'aime bien.

— Je n'en doute pas. » Avec un lent sourire, Pyle releva les paupières. « Jusqu'à quel *point* l'aimez-

148

vous, Stuben ? C'est une bien jolie petite fille. Elle vous fait bander ? »

Stuben se précipita sur l'agent fédéral, l'air décidé à le cogner. Pyle, comme peu concerné par l'homme qui se ruait sur lui, ne bougea pas. Le maître-chien s'arrêta pile devant sa cible : l'agent du FBI, inébranlable, imperturbable, recula de quelques pas.

Stuben venait de révéler à l'agent tout ce que ce dernier cherchait à savoir. Au hochement de tête d'Arnie Pyle, Rouge devina sa conclusion.

Donc, John Stuben n'a aucun courage physique — en tout cas pas avec les hommes. Peut-être qu'avec une petite fille de dix ans... ?

Rouge, lui, ne pensait pas la même chose. John Stuben avait déjà tout perdu. Les procès avaient dévoré ses économies ; on avait fermé son chenil. Il n'était plus jeune. Quelle que soit la satisfaction de flanquer une dérouillée à un agent fédéral, ça lui coûterait cher. Il y laisserait sa chemise, et devrait repartir à zéro une fois de plus.

Il n'était pas impossible que cet homme fût, tout simplement, las.

Une odeur d'antiseptique supplantant celle, terreuse, de la mort régnait dans la pièce. Sur une table en inox poussée contre le mur du fond gisait un cadavre dépouillé de la moitié de son crâne. Howard Chainy, le médecin légiste du comté, l'avait méticuleusement scié avec ses outils de menuisier. Toutefois, l'attention de Rouge était attirée par ce que le docteur tenait à la main.

Le médecin légiste, l'air de bonne humeur, brandit un fungus noir, d'une consistance ferme, ressemblant beaucoup à un grand champignon déformé. « Tu sais, ça ne me dégoûte pas, Rouge, sans compter que c'est plus frais que la moyenne de la clientèle. On pourrait presque dire qu'il embaume. » Il le mit sur un petit plateau en fer posé sur son bureau, avant de s'asseoir pour choisir un assortiment de scalpels. Après en avoir découpé un morceau, il le plaça sur une lame au-dessous du microscope et regarda dans la lunette un petit moment. « Ma foi, je vois bouger quelques bestioles ; il y en a des tas de mortes. Peut-être que cela permettra de déterminer l'heure et la température. Mais je suis incapable d'avancer quoi que ce soit à propos des particules de terre.

— Nous n'en avons pas besoin. On a expédié les échantillons à un spécialiste de l'université.

— Il n'y a pas de botaniste dans le corps enseignant ?

— Le commissaire dit qu'il fait venir un homme du coin. Il ne veut pas de fuites dans la presse à ce sujet.

— Il me l'a répété — à *trois* reprises. » Chainy ajusta ses lentilles tout en scrutant la lunette. « Ne serait-ce pas plus simple de tout confier au FBI ? Ils ont le meilleur laboratoire médico-légal du monde — tout sur place.

— L'affaire n'est pas encore à eux », claironna le commissaire Costello qui, sans crier gare, s'avançait derrière eux.

Le docteur Chainy sursauta. « Nom de Dieu, Leonard. Préviens. Alors, j'apprends que tu joues au chat et à la souris avec les fédéraux, fit-il observer, à nouveau penché sur son microscope.

— Je ne les ai pas invités à la fête, que je sache. » Costello remit une liasse de fax à Rouge. « Ce sont les résultats des analyses de l'université. La terre dans la doublure... »

Il s'interrompit en voyant la porte s'ouvrir. Un vieil homme chenu, le nez chaussé de lunettes cerclées d'or, escorté par un agent en uniforme, apparut. Lorsque Costello congédia ce dernier, le vieil homme à cheveux blancs hésita sur le seuil. Rouge fut très ému de reconnaître le docteur Mortimer Cray. Le psychiatre reclus ne se montrait plus souvent en ville, et ils ne s'étaient pas rencontrés depuis des années. Le vieil homme avait énormément changé. Quoique toujours élégant, il se nourrissait sûrement mal ainsi qu'en témoignait sa maigreur. Rouge se souvenait d'un homme à l'allure nettement plus décidée. Pour l'heure, il se déplaçait furtivement, comme un voleur, flairant le vent.

« Docteur Cray ? » Costello s'approcha de lui.

Le psychiatre hocha la tête tandis que le commissaire l'accueillait, la main tendue. Mortimer Cray la serra avec précaution, comme s'il craignait qu'une arme n'y fût dissimulée.

« Je suis le commissaire Costello. Et voici Rouge Kendall, l'un de mes inspecteurs. »

Le vieil homme fit signe à Rouge comme s'il le rencontrait pour la première fois. Costello poursuivit : « Merci d'être venu si promptement. Docteur Cray, j'ai un problème. Vous êtes psychiatre, n'est-ce pas ? Vous savez donc garder un secret. »

Le docteur Cray ne blêmissait-il pas ? Mais si. Sur ses gardes à présent, il regarda un visage après l'autre dans l'espoir d'y découvrir un indice. Rouge se rendit compte que la mimique n'avait pas échappé à son patron, qui la trouvait intéressante.

Le commissaire changea un peu d'attitude ; les yeux plissés, il sourit franchement : « C'est au sujet de la disparition des petites filles, monsieur. Je crois que vous pouvez nous aider. »

Costello avait fait mouche. Mortimer laissait pendre ses bras inertes le long du corps, mais ses mains, qu'il n'arrêtait pas de fermer et d'ouvrir, rappelaient des poissons échoués sur une grève. De surcroît, il faisait l'effet d'être à un cheveu de perdre contenance.

Quelles que soient les circonstances, la police traumatisait un peu les gens, Rouge le savait. Peut-être ne s'agissait-il de rien d'autre. D'ordinaire, toutefois, les riches avaient toujours un avocat sous le coude et n'étaient jamais aussi déroutés que les pauvres. Voilà

151

que cet homme se raidissait. Rassemblait-il ses forces pour affronter un coup ?

Costello tendit le sac en plastique contenant les restes du champignon noir couvert de terre. « Nous avons trouvé ça dans la doublure déchirée de la parka d'une des mômes. D'après votre nièce, vous êtes un botaniste qui se cache. »

Troublé, le docteur Cray fixa le sac. Se demandant s'il ne retenait pas son souffle, Rouge conclut que l'histoire du champignon le prenait au dépourvu.

« Que pouvez-vous nous en dire, monsieur ? » Et, levant le sac, le regard étincelant, le commissaire eut un sourire aussi déplacé que déconcertant.

Le médecin légiste délaissa alors son microscope pour lever les yeux au ciel. « Non mais, où va le monde, Leonard ? Non seulement tu me fais faire l'autopsie d'un champignon, mais tu veux qu'un psychiatre l'analyse.

— En fait, c'est un macrofungus, constata Mortimer, examinant le sac à travers ses épais verres à double foyer. Une truffe. » L'homme était-il soulagé ? En tout cas, il se détendit comme s'il avait été la proie d'une rigidité cadavérique prématurée. Il était moins crispé.

« J'ai besoin d'en connaître la provenance. » Le ton ambigu de Costello suggérait que la truffe aurait pu venir de chez le psychiatre.

« Puis-je la goûter ? » Sans relever l'insinuation, Mortimer Cray scrutait le champignon. « On dirait un Diamant Noir, on trouve cette espèce en Chine. Son goût me permettrait d'en déterminer l'origine. »

Costello fit un signe de tête à Chainy. Le médecin légiste découpa un petit bout de truffe qu'il tendit au psychiatre : « C'est parfait. Me voilà livreur de plats tout préparés maintenant. »

Mortimer Cray posa la lamelle sur sa langue. Il la dégusta comme s'il s'agissait d'une hostie. « Il s'agit d'un véritable Diamant Noir. *Tuber melanosporin.* Il y en a en France, dans le Quercy et dans le Périgord. En Ombrie aussi...

— Et dans le coin, y a-t-il des gens qui les cultivent ?

— Une culture à but commercial ? Ici ? C'est peu probable, commissaire. Ce sont des champignons sauvages. Ils ne poussent qu'au voisinage de...

— Ah, vraiment ? » Le commissaire Costello prit les fax des mains de Rouge. « Dans ce rapport, on affirme qu'il y a de l'engrais dans la terre récupérée sur la truffe. Du reste, on en a un autre échantillon dans la doublure de la parka. »

Le docteur Cray n'eut pas l'air d'une personne surprise en flagrant délit de mensonge. « Dans des États dont le sol et le climat sont plus appropriés — le Texas, l'Oregon, l'État de Washington —, il y a des expériences en cours. Mais pas ici. En plus, ce sont des coups d'essai — rien sur une échelle commerciale. »

Costello se tourna vers le médecin légiste. « On a trouvé la parka de la petite tôt ce matin. La nuit dernière, le thermomètre est tombé au-dessous de zéro. Bon, ce truc était dans la doublure. Tu peux me dire s'il a gelé ?

— Oh ! merde, Leonard. Je n'ai pas besoin d'un microscope pour voir qu'il n'a jamais gelé. Il a encore une fermeté de champignon frais. T'en as déjà vu un gelé ? C'est visqueux et marron, répliqua un peu vertement le docteur Chainy.

— Je partage cet avis. » Ramassant le sac du spécimen, Mortimer Cray palpa la truffe à travers le plastique. « Très ferme, très fraîche. En plus, regardez cette marbrure. Avec le gel, elle aurait disparu. »

Costello s'approcha de Mortimer. À la façon dont le commissaire le coinçait, Rouge comprit que le petit jeu n'était pas terminé. « Bon, comment procède-t-on pour faire pousser des truffes à l'intérieur ? » La question n'avait rien de courtois, il exigeait une réponse.

153

« Impossible. » Le psychiatre s'écarta de Costello, rechaussant ses lunettes aux montures constellées de gouttes de sueur qui n'arrêtaient pas de glisser sur son nez. « À moins de planter un arbre dans une maison. Il est indispensable qu'il y ait symbiose entre...

— Vous voyez ce rapport ? » Agitant les fax, Costello haussa le ton, devenant presque agressif. « On y mentionne une flopée de bactéries qui prospèrent à haute température. Par conséquent, la truffe était dans une serre, en tout cas dans un lieu clos. Quant à la rubrique de conneries classées "exclusivité de la région", j'en ai une longue liste. Il y a gros à parier que la parka de la gosse n'est pas allée à l'ouest du Mississippi. Si l'on y ajoute l'engrais, cela prouve qu'il y a une fabrique de truffes dans le coin.

— C'est peu plausible », fit observer le psychiatre, moins péremptoire, sur la défensive. « Les truffes ne poussent que sur les racines des chênes. On ne doit planter l'arbre que dans ce but. Et la relation symbiotique entre racine et truffe met sept ans à se développer.

— On l'a cultivée à l'intérieur, affirma le commissaire.

— À cause des bactéries et de l'engrais ? Non. Le scénario le plus probable, c'est qu'on a laissé tomber cette truffe dans une serre ou dans une plante en pot. Vous pourriez vérifier auprès d'importateurs de champignons et... »

Costello récupéra le sac en plastique — une pièce à conviction —, qu'il fourra sous le nez du psychiatre. « Quand on va l'envoyer au laboratoire du FBI, je leur dirai d'approfondir la thèse de la serre. La vôtre est extraordinaire, n'est-ce pas, monsieur ? Si l'on en croit votre nièce, elle est mieux équipée que celles des professionnels. »

Voilà qui résonnait comme une accusation.

« Je vous garantis que je ne cultive pas de truffes dans...

154

— Oh ! l'ai-je laissé entendre ? Vous m'en voyez navré. »

L'excuse du commissaire sonnait faux. Rouge était persuadé qu'il l'avait fait exprès.

« Je veux savoir si vous avez des contacts avec des gens qui font ce genre de choses. Est-ce que quelqu'un a tenté l'expérience de culture de truffes en milieu clos dans la région ?

— Seulement des souches d'Amérique du Nord. Elles sont infectes. Personne n'aurait envie d'en goûter une. De toute façon, des expériences sur le Diamant Noir resteraient confidentielles — inaccessibles au public.

— Ainsi, ça se passe quelque part.

— Je n'ai entendu parler que d'une tentative en serre. Le champignon, produit sans la racine de chêne, avait l'ADN d'une truffe mais pas la saveur. Je vous garantis que celle-ci n'a pas poussé à l'intérieur. Elle a le goût indiscutable d'un Diamant Noir. De toute évidence, elle a poussé en symbiose avec des racines de chêne. » Ayant retrouvé son autorité, le docteur assena avec une nuance d'indignation : « Or, un chêne ne pousse pas dans une maison. »

Ayant décidé qu'il perdait son temps sur son microscope, le docteur Chainy écarta son siège du bureau. « Ma foi, chez moi il y a un patio au beau milieu de la maison, et une lucarne percée à seize mètres de haut. Si ça me chantait, je pourrais y planter un arbre. »

Mortimer Cray secoua la tête comme si Howard Chainy était un malade mental. « Les racines démoliraient les fondations de votre maison. En outre, il faut sept ans pour obtenir une truffe. Même un plafond de seize mètres de haut ne suffirait pas à un chêne au terme de sa croissance. Savez-vous quelle taille peut atteindre cet arbre ? »

Costello s'adressa à Rouge : « Qu'on aille me chercher des photos au bureau de l'inspecteur des impôts.

155

Il se peut qu'on déniche des vues aériennes de patios. »

Puis il revint à Mortimer Cray : « Docteur, si l'un de vos malades gravement atteint avait un patio chez lui, me le diriez-vous ? »

Le commissaire laissa à sa remarque le temps de faire son chemin. Elle n'en eut pas plus d'effet sur Mortimer Cray, qui réagit par un non informulé.

Alors, la voix de Costello prit une inflexion méprisante. « À quelle profondeur pousse une truffe, docteur Cray ? »

Le vieux monsieur contempla le champignon trouvé dans la parka d'une petite fille, venant visiblement de comprendre que Costello lui demandait de déterminer la profondeur d'une tombe d'enfant.

« Quinze à vingt centimètres en dessous de la surface. »

Une tombe bien peu profonde.

La voix du commissaire changea d'intonation, et c'est avec une nuance de diplomatie qu'il lui déclara : « Eh bien, monsieur, merci de votre visite. » L'air de le congédier, il lui tourna le dos pour parler à Rouge : « À propos, j'ai le dossier sur le pervers de l'école. Même s'il est tard, je veux le revoir avec toi avant ton départ. »

Rouge remarqua une raideur dans la nuque de Mortimer Cray, qui diminua tandis qu'il dressait l'oreille. Le commissaire se garda néanmoins de satisfaire sa curiosité en abordant le sujet plus avant. Se retournant vers le docteur Cray, il affecta d'être surpris de le voir encore là. En lui tendant la main, il répéta : « Merci encore, monsieur. Voulez-vous que j'appelle quelqu'un pour vous raccompagner chez...

— Je trouverai mon chemin, merci. » Le psychiatre gagna le couloir avec une réticence manifeste.

Par la porte ouverte, Costello s'écria : « Au fait, docteur Cray ? La situation de ces petites filles est très grave. Alors, vous n'allez pas le prévenir, ce fumier, hein ? »

Mortimer fit volte-face pour regarder fixement le commissaire, avant que la porte ne se ferme et ne dérobe son visage aux regards.

Il y avait très peu d'allées et venues au PC des gendarmes. Les inspecteurs de confiance s'étaient lancés à la recherche des importateurs de truffes et de champignons, tandis que les autres perquisitionnaient dans les sites mis au jour par les photos aériennes. Costello avait posté deux hommes chez le psychiatre, chargés de relever les noms de ses visiteurs. Deux juges avaient rejeté sa requête de mise sur écoute de la ligne de Mortimer en lui interdisant de violer le secret confidentiel des consultations téléphoniques entre le médecin et ses patients.

Debout devant la porte ouverte de son bureau personnel, le commissaire parcourait du regard les chaises et ordinateurs éteints de la grande salle. Seul l'écran de Marge Jonas était éclairé d'une lumière bleutée. Celle-ci, en train de taper sur son clavier, leva les yeux et le gratifia d'un sourire — une récompense parce qu'il traitait gentiment son chouchou. Assis près de la fenêtre du bureau, Rouge Kendall était plongé dans le dossier de Gerald Beckerman, le professeur du collège Sainte-Ursule.

Retourné dans son bureau, Costello, éreinté, s'affala dans un fauteuil en cuir, bien capitonné. Il sortit un sac de papier marron du dernier tiroir de son pupitre, et y prit une bouteille qu'il venait d'acheter, ainsi que deux petits gobelets en carton. Fallait-il offrir un verre à Rouge ou se fier au rapport sur son intempérance à la taverne de Dame ? Il n'en savait trop rien. Cette bouteille de whisky était davantage un instrument d'expérience que de convivialité.

Le novice, qui ne se fit pas prier et ne protesta pas, n'en eut pas pour autant l'attitude du poivrot en

157

manque à la fin d'une longue journée de boulot. Acceptant le gobelet, il but une petite gorgée du liquide ambré, millésimé, comme si c'était de l'eau.

La commissaire en conclut que le jeune homme buvait par goût et non par besoin pathologique. Il comprenait bien l'effet anesthésiant de l'alcool.

« Je vais te faire gagner du temps. » Costello interrompit Rouge dans sa lecture. « Beckerman n'a pas de casier judiciaire aux États-Unis. En revanche, les Canadiens ont deux mots à lui dire. » Le commissaire se pencha, tapotant le dossier que Rouge était en train de lire. « Jette un œil sur la dernière page. Ce petit malin s'adonnait à son vice de salaud dans une colonie de vacances de l'autre côté de la frontière. En général, la brigade des mœurs n'enquête pas à l'extérieur du pays. Voilà pourquoi l'école n'a rien à son sujet. »

Rouge parcourut la dernière feuille.

« Un diplômé d'une des huit meilleures universités du pays, de famille aisée, qui fait le moniteur dans une colonie de vacances pour un salaire de misère. Pourquoi n'ont-ils pas...

— Quand il a postulé pour le boulot, il a eu l'astuce de ne pas s'en vanter. Comme ça, il n'a mis la puce à l'oreille de personne. C'était une petite colonie familiale — pas d'enquête — et on l'a payé en liquide. Les gens ignoraient même qu'il était américain. »

Rouge posa les feuilles au bord du bureau. « Beckerman ne s'intéresse qu'aux petits garçons. Ça ne nous aide pas beaucoup.

— Eh bien, les petits garçons, c'est de l'histoire ancienne pour lui. On le garde au chaud pour les Canadiens. La procédure d'extradition est en cours. Du bon boulot, jeune homme. À propos, t'as une idée pour la truffe ?

— Si l'on recherche un passionné de truffes qui

s'intéresse aux champignons, pourquoi ne pas en toucher un mot aux gendarmes et à la police municipale ?

— Je veux le secret absolu, Rouge.

— Mais les flics et les gendarmes connaissent le coin, les gens.

— Pour peu que le type apprenne qu'on se rapproche de lui — c'en est fini des gamines. Pas un mot aux policiers.

— Commissaire, l'une des petites est déjà morte. Vous savez que cette parka était ensevelie sous terre. On a bel et bien enterré la môme. Alors, la piste de la fugue, je peux la laisser tomber.

— Non. Tu dois rester dans la ligne que je t'ai indiquée, ne serait-ce que pour donner le change. Tant que l'on recherchera des fugueuses, je n'aurai pas de problèmes avec les propriétaires du coin. Tandis que si la presse apprend qu'on enquête sur un meurtre, les locataires de maisons d'été risquent de résilier leur contrat. Dans ce cas, il me faudra des présomptions et des mandats de perquisition spécifiques. Tu vois le tableau, jeune homme ? Donc, tu ne sors pas de ton rôle, sinon je te renvoie à ton uniforme. Des questions ?

— Si vous voulez me rétrograder...

— C'est bon, j'ai menti. » Se carrant dans son fauteuil, Costello observa attentivement le jeune flic. « Ça n'arrivera pas, Rouge. Je n'ignore pas à quel point cette affectation est pénible pour toi — deux petites filles du même âge que ta sœur. À la découverte du corps de Susan, tu as dû mourir. Et voilà que tu revis tout cela. » Le commissaire se doutait bien de la souffrance du jeune homme. « Officiellement, je dois te laisser sur la piste de la fugue aussi longtemps que les journalistes aiment ta bouille. Quant à ce que tu déniches en sous-main — c'est à moi que tu dois en rendre compte. Si tu as besoin d'aide, si tu as des questions, n'hésite pas, je suis là pour ça. »

Rouge vida son gobelet d'un trait. Il l'écrabouilla

tout en se penchant comme pour une confidence. Avant qu'il n'ait ouvert la bouche, il était tacitement convenu que cela devait rester entre eux.

« Je sais que la photo de Susan figurait dans la conférence d'Ali, qui estime qu'il y a un lien entre les rapts. Or, vous l'avez enlevée du chevalet.

— Pour moi ça n'avait aucun sens. Cela ne correspondait pas au programme et aurait troublé les...

— Selon elle, ce salaud est souple, versatile. Et si ce n'était pas Paul Marie l'assassin de ma sœur ?

— Le prêtre ? Oh ! pour l'amour du... » Costello se couvrit le visage d'une main, puis la laissa retomber. Lentement, il secoua la tête de droite à gauche. Lorsqu'il parla, ce fut un murmure. « Non. »

Avec cette unique syllabe, il conseillait à Rouge de renoncer à l'idée. Ce mot prononcé avec une infinie bonté plana entre eux, comme une mise en garde contre la tentation de rouvrir d'anciennes blessures, dont il recommencerait à saigner et à mourir.

Au bord du lac, les fenêtres de toutes les maisons étaient plongées dans l'obscurité tandis que le ciel, dégagé, était rempli d'étoiles. Il n'y avait pas d'arbres sur ce versant de la colline, et les rafales de vent soufflaient librement sur les rochers. En un froissement, une spirale de feuilles mortes souleva un tourbillon de poussière qui lui encercla les jambes.

Comme s'il entrait dans une véritable propriété, Rouge Kendall ferma le portail en fer forgé derrière lui. Il connaissait les légendes de tous les monuments jalonnant le chemin, depuis l'entrée du cimetière jusqu'à la tombe de sa sœur. La date 1805 était inscrite sur la pierre dressée au coin de la concession familiale, à côté de laquelle reposaient les ancêtres du postier.

Parmi les longues épitaphes, les volutes et les anges qui ornaient les blocs de marbre, la pierre tombale de sa sœur s'élevait, à part, austère dans sa blancheur immaculée. On n'y avait gravé que son nom ainsi que les dates de sa naissance et de son assassinat. L'absence d'hommage posthume ou de vers en étonnait plus d'un. Mais, après la découverte de Susan, ses parents n'avaient plus rien à ajouter. Et ils n'étaient pas sortis de leur silence.

C'était la première fois que Rouge venait au cimetière sans fleurs.

Du temps où il suivait une thérapie avec le docteur Mortimer qui tentait de l'aider à faire son deuil, ce dernier avait arpenté sa serre avec lui pour l'initier au langage des fleurs. Cet art des anciens Persans donnait un sens aux formes et aux essences florales. Aussi, à la fin de nombreuses séances, apportait-il au cimetière des œillets blancs — message enfantin de son amour fervent. Au printemps, c'étaient des jacinthes qu'il déposait en témoignage de fidélité. Certes, il parlait à Susan, mais ils ne seraient plus jamais qu'à moitié vivants. Les jumeaux n'étaient pas séparés ; pour toujours, Rouge resterait déchiré entre deux mondes : celui-ci et le souterrain.

Rouge leva les yeux vers le ciel sombre. Au lieu d'étoiles, il vit un pan de ciel bleu pâle entouré d'un cortège funèbre de gens vêtus de noir. Et puis une première pelletée de poussière — la sienne confondue à celle de Susan — leur vola dans les yeux.

Il baissa la tête vers le monument tout simple comme pour y découvrir une trace oubliée qui lui aurait échappé, après tout ce temps. Et ce fut le cas. Quelqu'un l'avait devancé — récemment. Accroupi au pied de la pierre, il ramassa deux fleurs, message anonyme de formes et de couleurs. La jacinthe pourpre représentait le chagrin, l'œillet la honte.

Qui te les a offertes, Susan ?

Ce n'est pas notre mère ; elle ne met plus les pieds ici.

Malgré leurs tiges découpées en biais, par un fleuriste aurait-on dit, les fleurs pouvaient provenir d'une serre. Rouge était persuadé que la personne qui les avait déposées savait quelque chose sur la mort de sa sœur. Il ne s'agissait pas uniquement d'une conscience coupable, car l'offrande évoquait aussi la complicité.

Fulminant à présent, il chercha des couronnes ou des bouquets d'enterrements récents sur les pierres tombales. Il arracha les feuilles de la rose rouge qu'il finit par dérober et rapporter sur la tombe de Susan, n'y laissant que les épines. Dans l'art poétique persan, cela signifiait au visiteur de sa sœur : *Vous avez tout à craindre.*

À trois heures du matin, il n'y avait que deux voitures dans l'avenue du lac. Il faisait un froid glacial. Le gaz sortait des pots d'échappement de la Bentley ainsi que de la Ford qui arrivait en sens inverse. La rencontre, fortuite, surprit autant un conducteur que l'autre.

Plutôt que de se croiser en continuant chacun sa route, ils s'arrêtèrent. À l'unisson, les conducteurs nettoyèrent la buée de leur pare-brise, y dessinant un cercle de la taille d'un visage. Puis, pétrifiés, sans un mot, ils échangèrent un long regard avant de repartir — le père de Gwen vers l'ouest, celui de Sadie à l'est. Ils roulaient lentement, car rien n'est plus aisé que de rater un enfant dans la nuit.

Dressé sur ses pattes arrière, le chien s'étranglait à chaque fois qu'il s'élançait en avant. Il était attaché à une chaîne. L'homme souriait de ses gémissements, de ses plaintes, de ses aboiements, sachant que l'odeur de la viande inaccessible rendait l'animal fou de rage.

À la lueur sinistre des lampes d'une cave, l'homme creusait un rectangle peu profond. Avec un bruit sourd, les mottes de terre tombaient sur le sol près d'un deuxième trou. Dans cet air chaud, saturé d'humidité, la terre était facile à bêcher. Appuyé sur sa pelle, l'homme s'arrêta pour regarder son travail : deux minuscules tombes, côte à côte, l'une pleine, l'autre vide — plus pour longtemps.

6

Inspecteurs et agents sortaient leur dîner de sacs en papier, mangeaient des plats tout préparés ou passés au micro-ondes. Cannettes de soda, gobelets à café jonchaient le PC de l'équipe. Une cannette atterrit dans la corbeille à papier métallique derrière la chaise d'Ali Cray, qui sauta au plafond. Balayant la pièce du regard, elle aperçut l'agresseur à trois bureaux d'elle. Tout en continuant à avaler son repas disposé sur un plateau en plastique, l'agent du FBI qui avait lancé le projectile de loin lui adressa un sourire d'excuse.

Seul un flic n'avait pas faim ce soir. Par la faute d'Ali qui le savait bien. Elle lui avait remis le compte rendu du procès du père Paul Marie. Installé à un pupitre dans un coin de la salle, Rouge s'efforçait de lire une liasse de cinq centimètres d'épaisseur avec la solennité d'un bon élève. Il était si absorbé qu'il ne remarqua pas M. Frund, le documentaliste-médium.

Ali, elle, observait le petit homme en costume gris tout juste débarqué du Connecticut. Debout à quelques mètres d'elle, il était en grande conversation avec le commissaire Costello. Martin Frund avait de grands yeux larmoyants, encore grossis par des verres très épais. Tour à tour, il tapait le sol de ses chaussures, puis exécutait une petite danse de claquettes. On aurait dit que le plancher lui brûlait les pieds. Comme le commissaire Costello l'y invitait d'un geste insistant, le petit homme prit place sur une chaise au milieu de la pièce sans pour autant cesser de se balancer d'un pied sur l'autre. Bien que sa voix crispée fût à peine audible, Ali saisit l'essentiel de ce qu'il disait à Costello. Frund prétendait être un nouveau venu dans l'art de la divination.

Deux types du FBI vinrent s'asseoir au bord d'un bureau où ils posèrent leur dîner, tout près d'Ali.

« C'est une perte de temps, fit observer le plus jeune en plantant sa fourchette dans un bol en plastique plein d'une salade qui lui plaisait manifestement beaucoup plus que le documentaliste-médium.

— Ça dépend, s'il sait des choses qu'il devrait ignorer », répondit Buddy Sorrel, un inspecteur principal aux cheveux gris fer coupés en brosse.

Il portait un complet. Pourtant, Ali se le représentait toujours en uniforme d'officier de l'armée, sans doute à cause de ses chaussures astiquées et des plis impeccables de son pantalon qui contrastaient avec sa veste froissée. Pour l'heure, il examinait son sandwich, dont il avait enlevé la tranche du dessus, d'un air soupçonneux. Ali ne lui connaissait d'ailleurs pas d'autre expression, comme si les nombreuses années passées dans la police avaient haussé ses sourcils gris à tout jamais. Bon, pour un représentant de l'ordre, ce n'était pas un mal. On se sentait toujours un peu déstabilisé avec lui, et certain qu'il ne croyait pas un traître mot de ce qu'on lui racontait.

« À ton avis, il s'y prend comment, l'assassin, Buddy ? lui demanda son compagnon qui avait une trentaine d'années, et l'air perplexe. Comment est-ce qu'on maîtrise un enfant ? Moi, je n'ai aucune autorité sur mon gamin de cinq ans à qui je ne donnerai plus de bain dorénavant ; j'ai prévenu ma femme.

— Ma foi, un gosse mouillé ça vous glisse toujours entre les pattes », constata Sorrel avec philosophie, mordant dans son sandwich.

Une voix assourdie parvint aux oreilles d'Ali. « Je n'ai jamais parlé de mes visions à personne. Mais cette fois je savais qu'il me fallait venir — pour le bien des enfants. » Avec humilité, M. Frund se confondait en excuses.

« Toute aide est la bienvenue, monsieur Frund. » Le commissaire Costello était d'une grande amabilité aujourd'hui — ce n'était pas dans ses habitudes. À l'instar de Sorrel, il faisait habituellement preuve d'une profonde méfiance à l'égard de toute chose. Or, presque charmant, il rayonnait de chaleur humaine et de bienveillance.

« C'est *Martin* Frund, n'est-ce pas ? Vos amis vous appellent Marty ?

— Heu, non, monsieur. Martin, tout simplement. »

Costello posa la main sur les épaules du documentaliste : « Êtes-vous marié, Martin ? Avez-vous des enfants ?

— Non, monsieur, ni femme ni enfants. » Martin piqua un fard ; Ali devina qu'il n'avait pas eu beaucoup de chance auprès des femmes.

Et auprès des petites filles ?

Costello se posait-il la même question ? Il arrivait aux assassins de s'insinuer dans les enquêtes de la police. Certains allaient jusqu'à rejoindre les équipes lancées à la recherche des victimes. D'après l'expérience d'Ali, au demeurant, les médiums avaient d'autres emplois du temps.

En vue de la représentation de ce soir, Martin Frund s'était habillé d'un complet flambant neuf, mal coupé, et d'une chemise blanche dont le col, qui dépassait de sa veste, révélait le pli des magasins de vente au rabais. En revanche, ses chaussures, il ne venait pas de les acheter. Lorsqu'il croisa les jambes, il montra une semelle usée jusqu'à la corde et un talon quasiment inexistant.

Peut-être le petit homme était-il alléché par les sommes que la presse à sensation faisait miroiter, ou

166

tenaillé par un besoin de notoriété. À moins que, dupe de son rêve, Frund ne crût sincèrement en ses dons et ne fût la proie d'un désir incoercible de se sentir élu. Pour Ali la vie de Frund — passé, présent et avenir — se révélait dans le papillotement de ses yeux de myope, le tapotement de son pied et cette semelle qu'il exhibait.

Les hommes et les femmes dispersés dans la salle jetaient des coups d'œil furtifs au petit documentaliste qu'ils jaugeaient entre les bouchées de leur repas. Ils mastiquaient tout en l'observant.

Une lueur d'aversion traversa le regard de Buddy Sorrel. Ce n'était pas la première fois qu'il voyait des hommes de cet acabit dans les cas de disparition d'enfants. Fous d'inquiétude, les parents ne demandaient alors qu'à ajouter foi aux mensonges d'un charlatan, susceptibles de les aider à endurer l'attente.

Si ce n'est que la mère de Sadie Green ne semblait pas avoir perdu la tête. En revanche, les deux pères étaient en état de catalepsie. Cherchant la mère de Gwen dans la foule, Ali la repéra près du mur du fond. Elle se tenait à l'écart et croisait les bras en signe de désapprobation. Cette femme n'avait vraiment pas l'étoffe d'une adepte, elle ne croyait qu'en elle-même et qu'en la politique, conclut Ali. Assis tranquillement près d'une rangée de hautes fenêtres, son ex-mari, Peter Hubble, levait le visage vers le ciel, guettant peut-être de bons présages dans la course des nuages. À côté de lui, Harry Green examinait une carte sur laquelle il dessinait de temps à autre des traits avec un marqueur rouge.

Buddy Sorrel, penché sur un calepin, écrivait d'un geste vif, saccadé, mots et bribes de phrases en désordre qu'Ali déchiffra sans peine : eau, arbres, lignes téléphoniques, câbles électriques, lettres au hasard, chiffres, homme seul, voiture quelconque, route ambiguë, violet et autres informations glanées dans les prospectus. Puis, reposant son stylo, Sorrel sortit un petit magnétophone.

Elle avait donc bien deviné. La voyance n'avait pas de secrets pour l'homme de la PJ.

« Attention, tout le monde », s'écria le commissaire Costello.

Hormis Rouge, tous les représentants de l'ordre tendirent l'oreille. « Allons, il est temps de commencer la représentation, monsieur Frund, ou Martin ? Veuillez s'il vous plaît nous parler de vos visions. » Après ce rappel à l'ordre, le commissaire battit en retraite et alla se poster à la porte, les bras croisés, bloquant la seule issue de la pièce.

« Peut-on me donner quelque chose appartenant à l'une des petites filles ? demanda Frund au commissaire avec un pauvre sourire d'excuse. Ça m'aiderait à me concentrer. »

Buddy Sorrel croisa le regard de Becca Green en train de fouiller dans son sac. D'un signe de tête, il la mit en garde. Du coup, sans rien sortir, elle le referma d'un geste brusque. Sorrel tendit le bras pour prendre une enveloppe kraft sur son bureau. Sans daigner se lever, il la balança au petit homme qui ne réussit pas à l'attraper. Il se mit à genoux pour la récupérer.

« C'est à l'une des gamines », aboya Sorrel. M. Frund tressaillit. « Ne brisez pas le cachet de la pièce à conviction. » C'était un ordre.

Frund épousseta la jambe de son pantalon avant de retourner à sa chaise. L'enveloppe serrée contre son torse, il leva les yeux vers les spots éblouissants du plafond et enleva ses lunettes aux verres d'une telle épaisseur qu'on se demandait si, sans elles, il n'était pas complètement aveugle, songea Ali.

« Je ne vois qu'une enfant. Elle a des cheveux courts, châtain clair. »

Becca Green se pencha. Gwen avait de longs che-

168

veux blonds, il s'agissait sûrement d'une vision de Sadie.

« Je vois un nom — du moins en partie —, pas celui de l'enfant. La seule chose distincte, c'est la lettre *S*. » Frund se leva. « La lettre *S*. » Et il s'interrompit, aux aguets.

Bien que Buddy Sorrel fût assis de l'autre côté de la pièce, il imposa silence à Becca d'un geste pour l'empêcher de fournir des renseignements à l'homme. Ensuite, il se pencha sur sa liste. Ali le vit cocher d'une croix la note à propos de lettres de l'alphabet.

Frund se leva. Dressé sur la pointe des pieds, il resta figé ainsi, mettant l'assistance mal à l'aise. « La lettre *S* », répéta-t-il. À l'évidence, c'était une invite. Frund se tourna vers la mère à qui il lança un appel muet, un regard suppliant afin d'obtenir les lettres qui manquaient. Mais Becca ne lâchait pas Sorrel du regard.

Le petit médium se laissa retomber sur son siège. Prenant de profondes inspirations, il rechaussa ses lunettes, appelant derechef Becca Green à la rescousse. Cette fois, il la fixa jusqu'à ce qu'elle tournât son visage vers le sien. « Je vois une autre lettre. » Frund louchait, on aurait dit l'image prête à se volatiliser. Levant une main au-dessus de sa tête, il ouvrit et referma les doigts, comme voulant extraire le sens de l'espace. « La lettre, c'est *B*. »

Becca Green garda le silence.

Le médium regarda par terre, à côté de sa chaise. « Il y a quelque chose qui rampe à proximité — de très noir —, une ombre dans... » Une terreur fugace se peignit sur son visage avant de s'estomper. Les yeux étincelants, il poursuivit d'une voix affermie : « Je sens la terre, une odeur d'humidité. »

Il se releva avec une grâce dont Ali ne l'aurait pas cru capable. Derrière Frund, la toile de fond spectaculaire de nuages blancs voguant dans un ciel bleu nuit apparaissait par la rangée des fenêtres. De l'autre côté de la rue, un réverbère s'alluma et se réfléchit dans les verres de ses lunettes. L'espace d'un instant, on eût dit ses yeux irradiés de l'intérieur.

Ali avisa Becca Green. Regardant fixement Frund, elle ne tenait plus compte de Sorrel.

« Il y a un homme pas loin ; elle en a conscience. » Frund se mit à mouliner des mains avec frénésie. Tourné vers la gauche, les yeux baissés, il se concentrait sur une vision intermédiaire. « Elle a les yeux fermés — elle ne bouge pas.

— Elle fait la morte, s'exclama Becca Green avec ferveur. Bravo, ma chérie ! » Incapable de se contenir plus longtemps, elle se leva pour s'approcher sur la pointe des pieds du grand cercle de chaises et de bureaux qui entourait le médium.

À petits pas, Frund allait et venait comme s'il avait perdu son chemin dans le cercle. Puis, brusquement, il s'immobilisa. Becca l'imita.

« Ça y est, maintenant je vois ! » La main tendue, il ne montrait rien ni personne du doigt, hormis le mur vide au-dessus d'un meuble de rangement.

« Là, je vois l'eau. Il fait si noir. » Il s'était remis à loucher. « Un lac peut-être. » Du bout des doigts, il effleura l'air. « Je sens l'humidité. »

Sorrel cocha plusieurs noms de sa liste.

Comme capable de voir par la fenêtre du médium, Becca Green ne quittait pas le mur des yeux. La pièce vibrait de tension, tandis que Frund reprenait son va-et-vient. À la lisière du cercle, la mère de Sadie régla son pas sur le sien — quatre à gauche, quatre à droite.

Lorsque Frund s'arrêta à nouveau, la mère se figea. Les yeux clos, il rejeta la tête en arrière et dessina du doigt une ligne courbe dans l'espace. : « Il y a une route transversale sans panneau indicateur. » Il se cacha le visage, peut-être pour éviter de voir le bâillement d'un inspecteur installé à un bureau proche de lui. « Et il y a des câbles dans le ciel, un édifice —

il est possible que ce soit une maison. L'odeur de l'eau est très puissante. » Il finit par s'affaler sur son siège, l'air d'être en proie à une douleur soudaine, épuisé.

Becca Green prit place à côté de lui, au bord d'une chaise. On l'eût crue en train de guetter le coup de pistolet du départ d'une course, prête à s'élancer sur-le-champ. Sorrel, lui, écrivait encore dans son carnet.

« La petite fille pleure. Elle veut sa maman — elle en a terriblement besoin. » Recroquevillé sur lui-même, Frund rapetissait.

Il prenait la taille d'un enfant.

Voilà qu'Ali entendait un bruit de sanglot étouffé sortir de sa gorge — des pleurs d'enfant.

Espèce de fils de pute.

Ali tourna vite les yeux vers la mère pour évaluer l'effet. Quelle innommable cruauté ! Becca serrait le plastron de sa robe de la main droite, son cœur battait à tout rompre sous l'étoffe. Avec une profonde compassion, Ali sentit la gorge de Becca se nouer. Quelque chose sourdait en elle et la détruisait silencieusement, à petit feu.

Frund transpirait. Ali remarqua des taches humides de doigts sur l'enveloppe.

« La petite fille est très faible. »

Espèce de salopard, elle est morte.

« Je vois autre chose. Je n'arrive pas à distinguer la couleur. Cela pourrait... » Frustré, il agita une main en redressant la tête — Mme Green aussi. Elle quitta sa chaise au moment où Frund se mettait debout. Sur la pointe des pieds, elle tendit les bras tandis que Frund levait la main de plus en plus haut. « La couleur — elle s'est effacée, maintenant. Trop d'arbres. »

Personne ne s'empressa de prendre des notes : le comté rassemblait une trop grande variété d'essences. Seul Sorrel fit courir son crayon. À son insu, Becca Green jeta un œil sur la page de son calepin, remarquant avec horreur le nouveau mot qu'il cochait sur sa liste. À l'exception de la couleur préférée de Sadie, l'inspecteur de la PJ avait jusqu'à présent prévu la plupart des éléments décrits par le médium.

Dévastée, Becca Green releva les yeux et se retourna vers Frund qui se crut peut-être l'artisan de l'effondrement de la pauvre femme.

« La couleur — ça pourrait être bleu pastel comme le sweat-shirt de ma fille ?

— Oui, je la vois à présent. Elle porte un vêtement bleu clair. »

Bleu ? Pas violet ? Évidemment, le premier lot de dépliants n'était pas encore arrivé au Connecticut où vivait M. Frund. Il est vrai qu'ils n'étaient apparus dans les vitrines que depuis quelques heures. *Horrible gaffe, petit mec !*

Un peu calmée, Mme Green s'enquit d'une voix tremblante de larmes contenues : « Ces lettres auxquelles vous avez fait allusion. *S* et *B* ? Vous pouvez les faire revenir ? C'est possible ? »

Voilà qui sembla plaire à Frund. Enfin, on coopérait avec lui. Il la récompensa d'un grand sourire. « Oui, quelquefois.

— Ce n'est peut-être pas le nom d'une personne ; ça pourrait désigner — une chose ?

— Absolument. Ce n'est pas une personne, c'est une chose — quelque chose... » Les yeux bien fermés, très concentré, il attendit qu'elle terminât sa phrase.

« Quelque chose de chaud, de moite », proposa-t-elle, secourable.

Avec enthousiasme, Frund hocha la tête. « J'en ai la sensation très nette. » Il se couvrit le visage d'une main. « Maintenant, c'est plus clair, plus comme...

— Des sornettes ? Des balivernes ? De la merde, oui ! »

Frund laissa retomber sa main. Bouche bée, il dévisagea la mère en colère, comprenant qu'il avait fait fausse route, qu'il était trop tard pour retrouver le moment où il s'était emmêlé les pédales. Le petit homme parcourut l'assistance du regard en quête de visages amicaux.

Il n'en trouva pas.

D'un pas terriblement décidé, Becca Green s'avança vers le médium et se dressa, menaçante, au-dessus de lui. L'inspecteur Sorrel commença à se lever, la croyant sans doute sur le point de frapper Frund, en mal d'un coup de main.

Tous les autres, hommes et femmes, restèrent immobiles, sans ciller, envoûtés par cette petite mère grassouillette qui dominait Frund. Penchée sur lui, elle l'obligea à la regarder. Il tressaillit. Il y avait si peu de bruit dans la pièce que ce qu'elle lui chuchota n'échappa à personne : « Minable, ce tour ! »

La mère de Sadie gagna la porte dans un silence de mort. Plus un visage n'affichait de l'indifférence à l'égard du petit homme planté au milieu du cercle. Ils avaient fait un sort au contenu des sacs en papier et des plateaux en plastique. Tous dirigèrent leurs regards sur lui.

Laissant la porte entrebâillée, Ali suivit la mère éperdue dans l'autre pièce et la rejoignit dans la cage d'escalier. La jeune femme s'assit sur la première marche, passant le bras autour des épaules de Mme Green. Ce n'était que justice et charité de la mettre en garde contre tout espoir, de l'avertir de ce qui l'attendait. Becca vivait pour le moment où la police découvrirait Sadie, sans imaginer qu'ils puissent lui ramener le cadavre de son enfant. Or, elle devait l'envisager. Il fallait l'y préparer. Cela étant, comment aborder le sujet ?

Sadie est en paix. Elle ne souffre plus et n'a plus peur. Elle s'en est allée depuis longtemps — des jours et des jours. Ali, la gorge sèche, perdit sa voix. Distance professionnelle et défenses l'abandonnèrent. Avec un franc sourire, Becca Green la dévisageait, désarmée face aux bonnes intentions d'Ali — cette atroce bonté consistant à dire la vérité.

« Je sais, je sais, affirma Mme Green. Vous croyez que par désespoir je suis prête à gober n'importe quoi. Bien sûr que c'est dingue d'écouter ces conneries, mais il faut tout essayer, non ? »

Par la porte ouverte, Ali vit Sorrel se diriger vers le médium démasqué toujours planté au milieu de la pièce. Comme l'inspecteur souriait, Frund lui rendit son sourire, prenant visiblement l'expression pour une marque de sympathie.

Il avait tort.

Becca poursuivait : « Eh bien, je n'ai pas complètement perdu mon temps. Comme ça, ils n'oublieront pas Sadie, hein ? »

Ali comprit alors le véritable objectif de la séance. Grâce à Arnie Pyle, Becca était obsédée par l'idée fixe qu'on considérait la disparition de sa fille comme le raté d'un plan plus large. Aussi s'était-elle servie du seul moyen à sa portée : le coup de fil d'un charlatan qu'elle avait manipulé ainsi que tous les membres de l'assemblée jusqu'à rendre flics et agents du FBI fous, leur déchirer le cœur. La perspective avait changé du tout au tout. *Quelle intelligence chez cette femme désespérée !*

Les gens se levaient, cependant que Costello emmenait Marsha Hubble et les pères dans son bureau.

Ali revint à Becca Green. Derrière les yeux de cette mère, il y avait un esprit à l'œuvre. Loin de se déliter, elle évaluait ses pertes d'un ton pratique, déroutant.

« Ce sont des petites filles, il fait froid dehors. Il faut tout tenter. »

Ali regarda le gros des agents du FBI quitter la pièce, aussi peu désireux d'assister à la suite des événements que de l'empêcher. Les inspecteurs qui restaient encerclèrent Frund. Certains tombaient la veste. Plus personne ne souriait. Assis sur sa chaise, le médium amorça un mouvement de retraite, agitant frénétiquement les jambes. C'est tout juste si les pieds

174

de la chaise frémirent. Frund ouvrit la bouche, tandis qu'une sirène se mettait à hurler.

Pivotant sur son siège, Rouge ne prêtait aucune attention à ce qui se passait quasiment sous son nez. Il contemplait par les fenêtres la masse gris perle des nuages qui s'amoncelaient, annonçant la première neige de l'hiver. L'ancien compte rendu du procès de Paul Marie était ouvert sur son pupitre ; Rouge se demandait comment l'accusation avait réussi à obtenir la condamnation.

« C'était une vision. » Frund articula ces mots d'une voix hystérique, perçante, résonnant au milieu de la pièce. Les hommes qui le dominaient de toute leur taille firent pleuvoir leurs questions comme des boulets.

« Personne t'a jamais traité de taupe ? » l'interrogea Sorrel, pendant qu'un autre le harcelait au sujet des petites filles. « Elles vivent encore ? Où sont-elles ?

— J'ai eu une *vision,* répéta le petit homme, en larmes à présent. J'ai vu les petites filles dans...

— Dans *votre* vision. D'accord. » Sorrel avait un ton parfaitement acerbe. Puis les voix s'assourdirent, se faisant lourdes de menaces.

Lorsque Rouge ramena sa chaise face au bureau, les flics dérobaient Martin Frund à sa vue. Il baissa les yeux sur le compte rendu du procès de l'ancien assassinat. Le volume croissant des plaintes que chevrotait le petit médium ne le troublait pas le moins du monde. Il entendit à peine la chute d'une chaise, suivie de sanglots étouffés.

Rouge lut attentivement la liste des pièces à conviction, insérée à la fin du procès-verbal. Seul le bracelet en argent pouvait être retenu contre Paul Marie. À la barre des témoins, l'enquêteur de la police judiciaire, Oz Almo, avait soutenu qu'on l'avait découvert dans la chambre du prêtre. Paul Marie le reconnaissait, mais il affirmait l'avoir déposé dans la boîte des objets trouvés de la paroisse.

Le père Domina, unique témoin de la défense, n'avait qu'un vague souvenir du « cercle d'argent brillant » parmi les autres articles plus ordinaires. Et le procureur de la République ne s'était pas privé de saper la crédibilité du vieux prêtre par des attaques indirectes sur les défaillances de sa vue ou de sa mémoire. En revanche, rien ne réussit à ébranler la foi en l'innocence du jeune prêtre du père Domina.

Comprenant enfin la raison de la présence du père Domina à l'église bien au-delà de l'âge de la retraite, Rouge songea que le frêle vieillard s'accrochait sans doute à la vie dans l'espoir d'un miracle : les aveux d'un assassin, afin que Paul Marie lui succède à la tête de la paroisse.

Rouge parcourut le témoignage d'une jeune femme, Jane Norris, prétendant avoir été violentée, à l'âge de quinze ans, par Paul Marie. Dans son contre-interrogatoire mollement mené, l'avocat de la défense avait révélé, presque fortuitement, que Paul Marie avait quatorze ans à l'époque de cette relation qui s'était terminée, au bout de quatre ans, par une rupture de fiançailles.

Levant les yeux de la page, Rouge vit Sorrel rendre son manteau à Martin Frund. S'imaginant qu'on lui jouait un tour, le médium laissa son regard errer d'un visage à l'autre. Puis il marcha sur les pans de son manteau jeté sur son bras, se cogna la tête contre le mur tandis qu'il se dirigeait vers la porte.

Bien. Rouge reprit sa lecture sans que le bruit des pas de Frund dévalant l'escalier ne le trouble.

Il consulta la page suivante où il y avait le résumé des rapports de police sur les dépositions du même témoin. Grâce à un thérapeute exalté, Jane avait exhumé d'anciens souvenirs d'inceste et autres agressions sexuelles qu'agents de police, professeurs, médecins et même un chauffeur du bus lui avaient fait subir. Rares étaient ceux qu'elle n'accusait pas de viol. Par une note en bas de page, Rouge apprit que le procureur de la République avait lu ce procès-verbal, avant de faire venir le témoin bidon à la barre. Enfin, le bouquet : on l'avait communiqué à l'avocat de la défense qui n'en avait pas moins signé l'accusé de réception des rapports de police.

En outre, on n'avait pas fait appel pour l'accusé. Dieu sait pourtant si des criminels avaient échappé à la prison en dépit de témoignages à charge plus accablants et sans qu'on ait accumulé autant de vices de procédure.

Quant aux indices que Susan s'était débattue dans la neige devant l'église, ils étaient encore moins fiables. Elle était venue à la répétition de la chorale quelques heures plus tôt. Or, l'avocat n'avait pas contesté la vague description d'empreintes de pas d'adultes et d'enfant dont il n'y avait aucun cliché. Encore une preuve tronquée, songea Rouge.

Le jeune homme referma le dossier. Rien n'y prouvait l'innocence de Paul Marie ni sa culpabilité.

Ouvrant le tiroir de son bureau, il fut surpris d'y voir rouler une vieille balle de base-ball portant sa signature. Elle ne s'y trouvait pas il y a vingt minutes quand il était allé aux toilettes.

Même avant de jeter un œil par la fenêtre, il savait ce qu'il apercevrait sur le parking. Le petit visage blafard flottait dans le crépuscule qui s'épaississait en ce début de soirée. L'enfant frottait ses moufles rouges et tapait des pieds pour se réchauffer. Depuis combien de temps David attendait-il patiemment qu'on le remarque ?

Rouge regarda l'autographe de la balle, qui ne pouvait dater que d'une année. David était-il un visage parmi d'autres dans la foule rassemblée après un match de cet été-là ? Le jeune homme se rappelait seulement la centaine de mains minuscules tendant des cartes ou des balles ou des bouts de papier pour que leur héros les signe. Soudain, un certain jour lui revint en mémoire. Il avait repéré Mary Hofstra dominant de toute sa taille la meute de petits fans qui se bousculaient à la porte. Croyant qu'elle était venue le voir jouer, l'encourager, il lui avait fait signe. Mais, une fois les autographes signés, les enfants satisfaits, elle s'était volatilisée. Il en déduisit à présent qu'elle avait accompagné David, le petit garçon passionné de baseball.

Ainsi, ils s'étaient déjà rencontrés — quelques secondes, le temps de gribouiller sa signature sur la balle de ce garçonnet de cinq, six ans tout au plus.

Mary Hofstra lui avait recommandé d'instaurer un climat de confiance pour délivrer le petit garçon de sa timidité. Il n'avait rien fait. Et, n'en pouvant plus d'attendre, David, au prix d'un effort considérable, tentait de surmonter sa peur d'adresser la parole à un adulte, un flic de surcroît.

Il n'y avait pas de voitures de civils aux premières places du parking. Où était passée Mary Hofstra ?

Le téléphone sonna. Sans quitter David des yeux, il prit le combiné. « Kendall à l'appareil.

— Hé, Rouge ? » Le gendarme avait une voix accablée. « T'as un coup de fil du collège Sainte-Ursule. C'est une dame — une certaine Mme Hofstra, tu la prends ?

— Bien sûr, passe-la-moi. » Mme Hofstra lisait-elle dans ses pensées, même à cette distance ?

« Rouge ?

— Oui, madame. » L'arôme de l'infusion à la menthe l'obséda soudain, comme si les fils téléphoniques le transportaient jusqu'à lui.

« David est avec toi ?

— Oui, madame, il est ici. Je le raccompagnerai chez lui.

— Merci, Rouge. » À peine Mary Hofstra eut-elle raccroché que l'association du parfum à la menthe se dissipa.

Débloquant l'espagnolette, il se pencha dans le froid. « Hé, David ? » Le petit garçon leva une main gantée de rouge, tandis que son haleine striait de blanc l'air glacé de la nuit. « Attends-moi là, d'accord ? Mme Hofstra veut que je te ramène à l'école. J'arrive dans cinq minutes. »

Rouge ferma la fenêtre avant d'enfiler sa veste et de fourrer la balle de base-ball dans sa poche. Au lieu de passer par le vestibule, il gagna le parking par l'escalier de service menant au sous-sol. D'une chiquenaude, il effleura le bouton près de la porte. La lumière ricocha sur la rangée de nouveaux casiers métalliques que le détachement spécial avait installé pour son matériel. On avait poussé contre le mur du fond le vieux meuble en bois vert, bloqué par des piles de cartons au logo du département de la police new-yorkaise. Il se hâta de dégager le meuble. Les portes grincèrent sur leurs gonds avant de s'ouvrir sur un assortiment de gants, de battes d'autrefois, propriété de l'association sportive de Makers Village. Maintenant que l'on avait vendu le terrain de base-ball à un garde-meubles, se servirait-on jamais de ces équipements ?

Rouge sortit une batte — vieille, mais de belle facture —, la seule chose qui lui appartenait dans ce meuble, un souvenir de son passage dans l'équipe junior des Yankees. D'une main, il la soupesa, vérifiant le poids de cette vraie batte de professionnel comme seule la fabrique de Louisville en produisait.

« Hé, mon grand ! » Une voix familière s'éleva dans son dos.

Rouge se tourna et se trouva nez à nez avec Buddy Sorrel. L'inspecteur principal lorgnait sa batte plutôt incongrue en plein hiver. « Et si je tenais à savoir ce que tu as l'intention d'en faire, Kendall ?

— Jouer. » En guise de preuve, Rouge tira la balle de sa poche.

« Ouais, cause toujours. Tu sais, je n'y ai pas joué

depuis mon enfance. » À ce vieux souvenir, Sorrel esquissa un sourire, avant de retrouver un air morose. « Bon, Kendall, tu connais la règle. Si tu flanques une raclée à un journaliste, tu le frappes aux endroits invisibles — sans témoins. Pigé ? »

Personne d'autre ne posa de questions à Rouge. Il sortit du commissariat, armé de son équipement de base-ball.

David n'avait pas quitté sa place, à la limite de la flaque de lumière d'un réverbère. Son petit visage blême se détachait du noir de son bonnet de ski et du bleu nuit de son anorak. Les yeux ronds, il contempla la batte et le gant.

Tirant la balle de sa poche, Rouge la lança. David l'attrapa au vol pour la relancer. Ils avaient entamé leur conversation.

Cette fois, malgré sa faim associée à l'attrait quasi irrésistible de la nourriture disposée sur le plateau, Gwen ne toucha à rien. Jetant cacao et petit gâteau dans le cabinet, elle tira la chasse sans prendre la peine d'émietter le pain, car la tentation d'avaler une miette, puis une autre serait trop forte. Le cœur étreint de regret, elle regarda le précieux repas tourbillonner puis se volatiliser dans la cuvette.

Complètement hébétée, elle tourna lentement sur elle-même. Après avoir passé en revue la grande salle de bains, elle finit par poser les yeux sur le bac à linge encastré dans le mur. Tandis qu'elle s'avançait dans sa direction, la petite fille trébucha. Une fois par terre, elle continua le chemin à quatre pattes.

Pourquoi mettre un cadenas et une chaîne sur un bac à linge ? Pour peu qu'elle réfléchisse à la même chose deux minutes de suite, Gwen était persuadée de trouver la solution. Elle colla l'oreille contre le métal du bac en retenant son souffle. Pas un bruit, rien de vivant ne s'y trouvait — et quelque chose à l'agonie ? Sadie ? Le bac avait une taille suffisante pour une petite fille de dix ans.

L'enfant martela le métal : « Sadie ! » hurla-t-elle, avant de se couvrir la bouche des mains, soudain effrayée par le son de sa voix. Mais de quoi n'avait-elle pas peur ? Gwen se remit à tambouriner sur le bac, de frustration cette fois. L'effet de la drogue, elle en éprouvait de la gratitude à présent — au moins ne courait-elle pas dans la pièce en poussant des cris et en moulinant des bras comme une oie.

Gwen s'accrocha à la chaîne du bac pour se relever doucement. Plus solide sur ses jambes, elle se mit à faire le tour de la pièce à pas lents, pour s'éclaircir les idées, dissiper la brume de la drogue. Regardant à nouveau le bac, elle se concentra sur la couleur bleu vif et le chrome du cadenas. Il ressemblait à celui que Sainte-Ursule avait donné à tous les écoliers qui possédaient un vélo.

En septembre, il y avait eu une épidémie de vols de bicyclettes, dont internes comme externes avaient été victimes. On pouvait enregistrer un code personnel sur ces cadenas haut de gamme. Le jour de leur distribution, les professeurs avaient recommandé à chaque élève d'y entrer la combinaison de leur date de naissance, afin de ne pas risquer de l'oublier. Gwen avait scrupuleusement obéi. Mais ce cadenas ne lui appartenait pas. Le sien était chez elle, accroché à la chaîne de vélo dans son sac à dos.

Celui de Sadie ?

Elle composa le jour, le mois et l'année de la naissance de Sadie — sans succès.

Brusquement, Gwen releva la tête. Comme au garde-à-vous, elle oublia de respirer : on faisait glisser un meuble lourd dans la pièce contiguë.

Elle retourna se fourrer sous les draps du lit de camp. Les muscles contractés, les articulations paralysées, le corps pétrifié en un bloc de terreur. Cependant qu'elle regardait l'énorme armoire en essayant de se rappeler quelque chose d'important, sa peur se dissipa un instant. Le meuble n'allait pas dans cette pièce où il manquait un élément qui aurait dû s'y trouver.

De l'autre côté de la porte de la salle de bains, elle entendait le raclement du bois sur le plancher. On éloignait quelque chose de massif.

Il était impossible d'accéder au terrain de base-ball clôturé et dont la porte était verrouillée. Rouge fit signe à David de le rejoindre dans la section du parking réservé aux habitués de la bibliothèque. C'était l'heure du dîner, il n'y avait personne sur l'asphalte strié de lignes jaunes des créneaux de stationnement.

Rouge donna la batte à David. L'instant d'après, la première balle s'envola. David balança la batte qui émit un craquement sonore. La balle, haute et longue, vogua jusqu'au fond du parking. Après un rebond sur une berline noire, elle roula sur le porte-skis fixé sur le toit d'un break.

Le policier Billy Poor, qui s'apprêtait à ouvrir la portière de sa voiture, interrompit son geste pour regarder la balle. Tout d'abord, il n'en crut pas ses yeux, n'importe quel abruti savait qu'on en voyait seulement l'été. À la vue de Rouge et du petit garçon à la batte, le policier Poor eut un grand sourire.

« Hé ! les gars, vous êtes dangereux. Vous avez sacrément besoin d'un joueur de champ. » Et le flic municipal entama un jeu à trois avec eux. Au bout de quelques minutes à peine, un gendarme en tenue se mit de la partie. Ensuite, cravate dénouée, bras chargés de gants de base-ball pour tout le monde, un inspecteur de la police judiciaire accourut. Enfin, Phil Chapel, un flic du village, se pointa derrière David qui lui céda gentiment sa place à la batte.

Inspecteurs, gendarmes, agents de police du cru en uniforme bleu sortirent alors en force, tandis que d'autres descendaient les marches du commissariat.

Rouge vit leurs visages rayonner sous le lampadaire. Au terme de leur journée de service, ces hommes étaient au bout du rouleau, accablés à la perspective des heures supplémentaires. Voilà qu'ils renaissaient. C'en était fini du mois de décembre, on se retrouvait en plein été avec un temps sec et chaud ; il ne faisait plus nuit mais jour. Redevenus des enfants, tous tendaient leurs gants vers la longue courbe d'une balle en vol — poésie balistique, défi à la loi de la pesanteur.

Muni de pinces coupantes, Buddy Sorrel apparut à la porte de la clôture, et bientôt les bouts de chaînes brisés pendillaient. En file indienne, les joueurs pénétrèrent dans le vieux terrain de base-ball par la porte maintenant grande ouverte.

Sur le trottoir, les gens, interrompant leurs courses de Noël, s'attroupèrent pour les regarder par les interstices de la clôture. Des projecteurs assurant la sécurité d'un tas de matériaux éclairaient le terrain.

Il y avait des flics sur le champ, tandis qu'un autre était à la batte. Le visage abrité par un masque d'attrapeur, Buddy Sorrel rampa derrière le carré défensif. David n'arrêtait pas d'envoyer des balles à toute vitesse, mettant un batteur après l'autre hors jeu. Alors, un gendarme toujours en uniforme envoya une balle longue dans le champ gauche, et courut aux bases, chaussé de ses brodequins d'ordonnance, le visage fendu d'un sourire triomphant.

Rouge était à la batte, lorsque, laissant parents et courses de Noël en plan, les enfants affluèrent par la brèche. Ceux qui n'avaient pas vu la porte ouverte grimpèrent sur la clôture le long du trottoir. Garçons et filles, se laissant tomber, atterrirent brutalement. Certains se précipitèrent vers le carré défensif pour prendre leur tour à la batte, d'autres se bousculèrent dans le champ.

Tout en rigolant, les flics derrière les bases donnèrent chacun leur gant à un gosse. Puis ils reculèrent, se mêlant aux spectateurs qui s'attroupaient de plus en plus nombreux sur le trottoir et encourageaient les joueurs.

Un nouvel attrapeur, beaucoup plus petit que Sorrel, au visage criblé de taches de rousseur, renvoya la balle à David dans l'enclos des lanceurs. Il rata son coup de beaucoup. David n'eut qu'à faire un pas de côté, à tendre le bras pour l'attraper sans effort apparent. On aurait dit qu'il avait téléguidé la balle afin qu'elle arrive juste dans son gant — un tour de magie presque. Des flocons tombèrent dans les yeux du petit garçon qui levait la tête vers ce mirage d'un ciel d'été.

Le trottoir résonna de hourras et de sifflements, tandis qu'un autre gamin, dépassant toutes les bases, dérapa dans le carré défensif et se retrouva sur les fesses. On déplaça les voitures, phares allumés, dans la partie du parking proche de la clôture. On y voyait comme en plein jour, cependant qu'un tourbillon de gros flocons duveteux dansait comme une pluie de confettis blancs.

Sur toutes les bases, un enfant prêt à s'élancer n'attendait que le coup suivant. Rouge tendit la batte à une petite brune, coiffée d'un béret rouge, aux yeux d'un bleu à vous damner un homme. Et, la regardant se ramasser comme un vieux pour prendre la batte, c'est tout juste s'il ne s'attendit pas à ce qu'elle crachât sa chique du coin de sa bouche. David était en deuxième base quand elle passa la balle dans le champ droit. D'un bond, David se rua en troisième base, tandis que la petite fille, dont le béret s'envola, se glissait en première. David dérapa dans la troisième, la petite se faufila dans la seconde. Comme la balle revenait en volant vers l'enclos des lanceurs, David atterrit sur le carré défensif. La foule des spectateurs rassemblée sur le trottoir s'époumona.

Devant David abasourdi, la petite fille sans béret rouge se jeta sur le sol derrière lui, ayant volé une base de plus, alors qu'elle n'avait aucune chance. Sautant sur ses jambes, elle lui passa les bras autour du cou et l'étreignit dans un élan de joie.

David avait les yeux étincelants, un sourire niais, un visage écarlate — symptômes on ne peut plus normaux pour un garçon dans les bras d'une fille.

Dans ses récents souvenirs, Gwen n'avait jamais été aussi bien réveillée. La porte s'ouvrit avec un cliquetis de serrure qui résonna comme un coup de feu dans la nuit. Par la fente, infime, de ses yeux, elle vit se découper une énorme silhouette noire dans le rayon phosphorescent que projetait la pièce contiguë. Gwen ferma les paupières. La lumière se dilata en une tache rose sur les fines membranes.

Malgré la peur, son esprit fonctionnait. C'était d'ailleurs la seule partie de sa personne encore alerte. Elle tentait de se dissocier de son corps pris au piège, en se posant de nouvelles questions. La porte de la salle de bains était verrouillée, elle le savait puisqu'elle venait d'entendre la clé entrer dans la gorge de la serrure. Mais quelque chose de lourd bloquait la seule issue. On l'avait poussé loin de la porte — elle avait perçu le bruit. *Pourquoi ?* Le verrou était sûrement...

La porte se referma. Dissipée la lueur rouge derrière ses paupières, à présent sa cécité était absolue. En revanche, elle avait une ouïe terrifiante d'acuité. La chose s'avançait vers le lit de camp. Bien qu'elle marchât sur deux jambes comme un être humain, l'impression qu'il s'agissait d'un insecte s'imposa.

La chose s'installa sur la chaise près du lit de camp, Gwen se raidit. Sous le poids lourd, l'osier tressé se tendit en gémissant.

Il régnait un silence absolu.

La chose écoutait-elle aussi ? Savait-elle qu'on respirait différemment en dormant ? En tout cas Sadie, qui avait étudié à fond l'art de feindre le sommeil dans les films d'horreur, elle, ne l'ignorait pas.

Gwen laissa échapper un souffle long, laborieux. En faisait-elle trop ? Non. La créature sur la chaise eut l'air de s'en contenter, car on l'entendait respirer maintenant. Et il y eut des mouvements. Gwen eut le sentiment que l'énorme insecte se contorsionnait, sortait des antennes — grandissait dans l'obscurité. La chose haletait, s'excitait. Quand elle frôla ses cheveux, la petite fille, pétrifiée, fut incapable de hurler. Il lui fallut lutter pour retrouver le souffle.

La chaise se rapprocha du lit. Des relents de sueur, d'haleine avinée parvinrent aux narines de Gwen qui eut l'impression qu'on la frôlait. Une chose, colossale, se dressait devant son visage. Qu'est-ce que ça faisait avec ses mains ? Peut-être que ça allait les lui poser sur les yeux. Si ça la retouchait, allait-elle crier cette fois ? Voilà que ça se rapprochait. Gwen s'y attendait. Comme si elle voyait à travers sa peau qui la picotait et se couvrait de chair de poule.

Était-ce ce que ressentait David lorsque M. Beckerman lui caressait la figure ou lui passait la main dans les cheveux ? L'image des gros doigts d'araignée du professeur sur son camarade lui vint à l'esprit. David éprouvait-il cette nausée, cette sensation de souillure, ce désir de prendre des bains à la chaîne ? M. Beckerman ne posait des yeux horrifiants que sur les garçons, sur David essentiellement. C'est tout juste s'il avait conscience de l'existence des filles. Donc, la chose au chevet du lit n'était pas le professeur ; pourtant elle lui était apparentée. Peut-être que tous les insectes se ressemblent dans le noir.

Gwen s'obligea à détendre chaque muscle de son corps trop tendu, trop rigide, pour éviter que la chose ne se rendît compte qu'elle était réveillée et terrorisée — au cas où elle l'eût touchée.

Une main aux doigts pareils à des pattes d'araignée lui caressa le visage, rampa dans ses cheveux. La petite fille s'étrangla de dégoût. Au contact des doigts sur les coins les plus sensibles de ses lèvres, Gwen comprit qu'ils étaient gantés de caoutchouc. À présent, la chose coinçait l'enfant, se penchait sur elle. Gwen sentit le souffle d'une haleine fétide sur son visage.

Alors, une sonnerie de bip fit entendre sa tonalité sourde mais insistante. Les doigts en caoutchouc abandonnèrent ses lèvres. La petite fille entendit le froissement de vêtements où la chose fouillait pour arrêter le bruit.

Une fois de plus, l'osier gémit, mais de soulagement : la chose se levait. Une sorte d'humidité poisseuse suintait à présent dans la pièce imprégnée de la puanteur émanant d'une entité répugnante, ignoble.

Le gigantesque insecte la quittait, se dirigeant d'un pas rapide vers la porte. De crainte qu'il ne fît volteface et ne la surprenne en train de regarder, Gwen garda les paupières bien closes.

La porte se referma. Elle ouvrit les yeux sur la faible lueur de la veilleuse. Un reflet étincela sur le métal du cadenas du bac à linge, comme pour la narguer.

Rouge contemplait le ciel par la fenêtre. La lune était cachée, mais une étoile surgissait, çà et là, du lacis de nuages qui se clairsemait. La pluie fine qui avait remplacé la neige légère diluait toutes les traces de l'hiver, réduisant à néant l'espoir qu'avait chaque enfant de couronner la partie de base-ball par une bataille endiablée de boules de neige.

Le fast-food résonnait des commandes de hamburgers, de frites, de milk-shakes au chocolat que les flics et les gosses hurlaient. La soirée promettait d'être aussi joyeuse et riche en fanfaronnades que celles qui succédaient aux matchs en été. Cela risquait d'être la dernière. Au premier jour du printemps, on allait cimenter le terrain de base-ball.

Debout près de la caisse, David rigolait d'une blague que lui chuchotait à l'oreille un petit garçon du coin. Ce soir, cet enfant trop tranquille ressemblait aux autres, faisait partie de la bande. Rouge n'avait aucune envie de gâcher ça. Il alla le chercher dans la foule qui faisait la queue au comptoir pour l'emmener à une table, à l'autre bout de la pièce. David eut l'air soulagé de se séparer des autres enfants. Aucun d'eux ne s'était encore rendu compte qu'il était trop timide pour s'exprimer et pas tout à fait normal, pas vraiment l'un d'eux.

Tandis qu'ils mangeaient leurs hamburgers, Rouge, respectant les consignes de Mary Hosftra de ne pas forcer David à parler, fit la conversation de façon à ce que l'enfant puisse lui répondre par signes de tête. Il venait de lui demander si les frites de la cantine de Sainte-Ursule valaient celles du fast-food, quand il entendit : « C'est au hangar à bateaux qu'on les a kidnappées. » Et, baissant timidement la tête, David ajouta : « Gwen et Sadie.

— Comment le sais-tu ? » *Oh ! le con.* Rouge rectifia sa question pour la rendre plus anodine. « Tu en es sûr ? »

Écarlate, David acquiesça. Ils frôlaient le secret que David n'arrivait pas à avouer, fût-ce à Mary Hofstra.

« Tu les as vues dans le hangar ?

— Oui. »

Un mot de plus. Ils progressaient.

« Tu as vu l'homme qui les a enlevées ? »

David secoua la tête. « N'empêche qu'il devait y être pendant tout le temps où je... » Les mots lui restèrent dans la gorge. Le petit garçon avait l'air si malheureux qu'on l'eût cru en train d'assister à la fin du monde telle qu'il se la représentait.

Enfin, David reprit la parole, déversant un déluge de mots à toute vitesse. Avant que les pleurs ne prennent de l'ampleur, Rouge l'emmitoufla dans son anorak et le fit sortir par la porte.

Le petit garçon garda le silence pendant qu'ils quittaient le parking. En cours de route, il devint plus loquace et s'exprima dans un débit précipité, par à-coups, sans que Rouge ne l'y invitât. Il semblait bien mal en point, le petit bonhomme ! Peut-être s'était-il plus bourré de cheese-burgers que les autres. À moins que sa confession ne l'ait rendu malade. Ce jour-là, il avait suivi et épié les filles, il en convenait. Pour l'heure, Rouge était surtout tracassé par le chien en train d'aboyer évoqué par David. Il l'associait à la parka en lambeaux de Sadie.

« Je croyais que vous alliez me trouver bizarre. » David baissa les yeux sur ses mains étroitement jointes. « D'ailleurs, je le suis.

— Les autres gamins ne sont pas de cet avis. Et je te garantis qu'ils s'y entendent à reconnaître le talent. Quant à suivre les filles ? C'est ce que tu es censé faire, David. T'es un mec — c'est ton boulot dans la vie. »

La déclaration fit sourire David. Peut-être qu'il n'était pas anormal au fond puisque rien n'était plus banal que de s'intéresser aux nanas.

« Bon, David, t'as une idée à propos du chien qui aboyait ?

— En tout cas ce n'était pas le caniche de Gwen. Harpo ne l'accompagne jamais quand elle va au hangar à bateaux. Ni celui de Sadie, puisque Mme Green ne veut pas qu'elle en ait un.

— Sadie t'a dit ça ? »

David détourna le visage, regardant par le pare-brise les phares d'un véhicule qui avait soudain surgi. La voiture les croisa, puis, au virage, ses feux arrière disparurent. De nouveau en sécurité dans le noir, il poursuivit : « Je l'ai entendue en parler à Gwen quand j'écoutais à la fenêtre du hangar. Mais c'était une autre fois. »

Parvenu dans l'allée du collège, Rouge roula jusqu'au parking situé derrière le bâtiment. « Alors, les filles avaient l'habitude de s'y rencontrer ?

— Ouais. Gwen allait retrouver Sadie au hangar les

jours où son père lui interdisait de jouer avec elle. »
David sortit de la voiture et rejoignit Rouge au bord
de la grande pelouse d'où l'on avait une vue impre-
nable sur le lac.

« C'était comme une épreuve — ça n'arrivait que
le samedi. Alors, j'ai pensé que M. Hubble était une
fois de plus furieux contre Sadie. »

Ils descendirent la pente, projetant leurs ombres au
clair de lune tout en se dirigeant vers le hangar plongé
dans l'obscurité. Un groupe de jeunes conifères le dissimulait, hormis le toit et une partie de la jetée. Une
fois les arbres dépassés, le bâtiment apparut. David,
à la traîne, marchait soudain comme un bébé. Rouge
l'attendit, et fut surpris de l'expression terrorisée du
petit garçon lorsqu'il le rattrapa.

En cette heure, l'édifice séculaire avait quelque
chose de menaçant. Les volets clos de son unique
fenêtre ressemblaient à un œil fermé. Vu de profil, ses
lignes ne paraissaient pas réelles ni droites. Il y avait
comme de l'affectation dans la déclivité des murs et
le creux de l'arête du toit délabré. Pour Rouge, cependant, la récente appréhension de David qui s'accroissait à chaque pas avait une autre cause.

Rouge balaya le lac du regard. Si David avait raison, il était possible que le ravisseur se trouve dans
l'une des maisons au bord de l'eau. Avec des jumelles,
n'importe qui aurait pu remarquer les allées et venues
des deux fillettes. Sauf que gendarmes et agents de
police municipaux avaient passé les maisons du bord
du lac au peigne fin.

Il se retourna pour jeter un œil sur la partie visible
du collège qui dominait le bosquet de jeunes conifères. Après tout, il se pouvait que Beckerman ne fût
pas le seul pédophile du corps enseignant. Les écoles
étaient un aimant pour ces tarés.

Tandis qu'ils montaient sur les planches de la jetée,
David le tira par la manche. « Moi, je crois qu'ils sont
partis dans l'un des canoës. Ils n'avaient pas d'autre

moyen de m'éviter. » Il désigna un groupe de rochers dispersés le long de la rive : « S'ils ont mis le canoë à l'eau par la porte de la cale donnant sur le lac, les rochers l'ont caché.

— On va aller le vérifier. » Rouge ouvrit la porte étroite du côté du ponton. « On ne la ferme jamais ?

— Si, monsieur, toujours. Il y avait un cadenas dessus. On l'a forcé. C'est ici que je l'ai trouvé avec son fermoir, à côté d'une pierre. » David montra les planches lisses proches du seuil.

« Sadie sait comment l'ouvrir, parce qu'elle a fait de la lèche au gardien — des jours durant, elle a harcelé le vieux type jusqu'à ce qu'il lui donne la combinaison. C'est pour ça que j'ai compris que c'était quelqu'un d'autre. »

Rouge braqua sa torche sur le châssis de la porte. On venait d'y redonner des coups d'une peinture blanche, plus brillante. On avait colmaté de mastic de longues fissures dans le bois, et enlevé les débris. Personne au collège n'avait pourtant signalé de cambriolage.

Entrant dans le bâtiment, Rouge trouva l'interrupteur fixé dans le mur, sagement hors de portée des enfants. Il remarqua le voilier et les canoës dans des bers en bois — au complet. Pieds solidement arrimés au ponton, David resta en arrière. Même éclairé, l'endroit l'effrayait.

« Quand j'ai vu la bicyclette à l'arrêt du bus, j'ai pensé qu'elles essayaient de me semer. » Mains dans les poches de son anorak, le petit garçon examinait ses chaussures. « Ce jour-là, rien n'avait de sens. Tant que je ne l'ai pas vu à la télé, c'était irréel. Vous voyez ce que je veux dire ? C'est à ce moment-là que j'ai parlé du vélo à Mme Hofstra. »

Rouge comprit. La plupart des gens croyaient davantage ce que leur montrait la télé que ce qu'ils avaient sous les yeux. Il avait fallu que David vît les événements représentés comme une histoire, avant d'arriver à mettre bout à bout ce dont il avait été témoin.

Le petit garçon hésitait sur le pas de la porte, toujours peu désireux d'entrer dans le hangar. « D'abord, j'ai cru qu'elles s'étaient enfuies — à cause de la bicyclette à l'arrêt de bus. Mais pourquoi Sadie aurait-elle rebroussé chemin pour retirer son vélo d'une bonne cachette et le laisser dans un endroit découvert ? Vous voyez ? Ça ne colle pas. En plus, le chien m'a toujours tracassé. Quand la police est venue fouiller l'école — le hangar aussi —, je me suis dit que ce n'était pas la peine de leur raconter. Je me trompais. Je suis vraiment désolé. »

Longeant le quai, Rouge se rendit tout au bout du bâtiment. Voilà qu'il regardait les portes de la cale donnant sur le lac. « Donc, tu imagines qu'il les a emmenées en canoë à la nuit tombée ? Pas de bruit, personne aux environs. Après, il a dû revenir chercher le vélo pour le déposer à l'arrêt de bus ? »

Debout à côté de Rouge, David acquiesçait. « Lorsque j'ai fini par comprendre... » Enfonçant davantage les mains dans ses poches, il détourna le visage. « J'étais là quand ça leur est arrivé — tout le temps. » Il s'effondra sur les planches en secouant la tête de droite à gauche. « Je regrette tellement. »

Rouge comprit la honte qu'éprouvait David Shore — comme si le petit garçon avait pu concevoir ce que l'homme faisait à Sadie et à Gwen, comme s'il avait pu l'en empêcher. David était malade de culpabilité.

Ainsi, ils avaient plus de choses en commun que le base-ball.

Susan, gisant face contre terre dans la neige, si glacée. Pour Rouge, le plus insoutenable c'était la mort solitaire de sa sœur. Si seulement il l'avait accompagnée ce jour-là — il serait mort *pour* elle ou *avec* elle. Il n'avait alors aspiré qu'à sombrer dans le sommeil, dans la mort, dans l'oubli de la douleur. Il avait souhaité ne plus jamais ouvrir les yeux sur une nouvelle journée de remords provoqués par le péché, inexpiable, d'être toujours en vie. *Susan, ma Susan.*

À l'époque, il avait l'âge de David.

Rouge s'agenouilla à côté du petit garçon que Mme Green avait décrit comme l'ombre de Sadie. David passa les bras autour du cou de Rouge. Et ils se consolèrent l'un l'autre dans la nuit en se berçant, tendrement, comme des petits enfants en quête de réconfort.

Pensant s'être trompée, Gwen renouvela sa tentative, sans plus de succès.

Elle en conçut un étrange soulagement. Au fond, elle n'était plus si sûre de son envie de regarder à l'intérieur du bac à linge. Laissant le problème de côté, elle explora l'intervalle entre l'armoire et le mur. Après avoir lentement tendu la main dans l'obscurité, elle la retira aussitôt, les doigts couverts de toile d'araignée. Une bouchée du dîner de l'araignée gigotait encore. Gwen s'essuya la main à une jambe de son jean.

La dernière fois, elle était trop sonnée pour se laisser décourager par une bouillie d'insectes. Gwen replongea la main dans l'ouverture, et toucha le bois du meuble. Tâtonnant à l'aveuglette du bout des doigts, elle trouva l'appui du bas de la fenêtre.

La petite fille cala son épaule contre l'armoire qui refusa de bouger. Elle revint vers le lit de camp dont elle retira les draps pour dénuder les lattes gainées de toile fixées aux montants. Elle le retourna. D'un œil critique, elle examina les minces lattes enfilés dans les ourlets, avant d'appuyer le pied sur une longue planche et de retirer une petite latte. Les clous enfoncés dans le bois vermoulu cédèrent. Gwen enleva la toile, emporta le bout de bois à l'armoire pour l'introduire dans l'interstice. À peine l'eut-elle actionné comme un levier qu'il se cassa en deux. La petite fille s'écroula, les yeux fixés sur l'écharde plantée dans sa main. Qu'une aussi bonne idée ne marche pas dans la vraie vie avec des matériaux solides la plongeait dans un abîme de perplexité.

Du coup, elle démonta les autres lattes qu'elle libéra de leur enveloppe en tissu. Mettant bout à bout les deux plus longues, elle en fit un pied-de-biche et le glissa dans la brèche. Lorsqu'elle tira sur son outil de fortune, le meuble se déplaça un peu.

« Oh, Gwen, espèce d'idiote ! » murmura-t-elle. Il était plus facile de pousser que de tirer. Elle s'y employa en s'adossant au mur. L'armoire bougea de quelques centimètres. Elle recommença en pesant de tout son poids — peine perdue pour cette fois.

Eh bien, ce n'est ni rationnel, ni cohérent. On avait changé les lois qui régissaient le monde des objets. Tandis qu'épuisée, elle marquait une pause, son regard fut une fois de plus attiré par le bac à linge. Détournant les yeux, elle concentra son énergie sur les lattes. En vain. Pour récupérer avant la prochaine tentative, Gwen s'assit par terre. Bien qu'elle ne regardât pas le bac, il l'appelait pour ainsi dire, la mettait au défi de résoudre un autre problème de logique : pourquoi verrouiller un bac à linge ? Plutôt que de s'y atteler, elle revint à celui des objets inamovibles — et elle le résolut.

La petite fille regardait les fissures des carreaux dont les joints craquelés étaient sillonnés de flaques, de rigoles. Les pieds en bois s'étaient coincés dans de grandes brèches laissées par les bouts de carreaux cassés. Elle mit les lattes de son pied-de-biche improvisé sous l'armoire. De toutes ses forces, elle la souleva pour la faire reculer suffisamment, afin que le petit tapis glisse sous les pieds de devant. Une douleur lui vrilla soudain l'épaule au point qu'elle se demanda si elle ne s'était pas déchiré un muscle. À cette idée, son père l'avait fait exempter de cours de gymnastique pendant un mois. Quant à Gwen, elle n'avait pas demandé mieux que de rester assise dans le gymnase à contempler Sadie s'entraîner aux barres parallèles.

Sadie, où es-tu ?

La petite fille se reposa à nouveau, respirant profondément, fuyant le bac des yeux. La réponse au puzzle était dans sa tête, elle le savait. Bien sûr, c'était le cadenas de Sadie. Pour peu que la fenêtre soit le moyen de s'enfuir, partirait-elle en ignorant ce qui s'y trouvait ? Et si cela équivalait à l'abandon de sa meilleure amie ?

Laissant tomber ces pénibles questions, Gwen se remit au travail. Maintenant que l'armoire faisait un angle important avec le mur, il y avait la place de se tenir entre le fond et la fenêtre. Elle appuya son visage contre la vitre, fraîche. Il y avait des arbres partout ; la lune nimbait les chênes et les branches nues des bouleaux d'un éclat argenté, tandis que les pins s'arrondissaient. En revanche, ni lumière électrique, ni toit, ni chapeau de cheminée n'apparaissaient à l'horizon : si elle criait, personne ne l'entendrait — à supposer qu'elle eût osé faire du bruit !

À en juger par la taille de l'avenue, le sol se trouvait très loin. La prochaine étape de son plan lui vint machinalement à l'esprit — l'intrigue d'un navet. D'ailleurs, son père ne cessait de lui seriner que ces films lui gâtaient l'esprit. Si seulement il la voyait maintenant.

Il aurait une attaque.

Sadie, elle, serait fière.

Qu'est-ce qu'il y a dans le bac à linge ?

Gwen repoussa cette idée noire, avant de ramasser un des draps qu'elle essaya de déchirer au milieu pour confectionner une longue corde. Vu sa faiblesse, elle n'y arriva pas et le traîna jusqu'au clou qui saillait d'une des lattes inutilisées du lit. Ayant réussi à y faire un trou, elle le lacéra en deux. Une fois les lambeaux réunis, elle attacha un bout à l'un des pieds de l'armoire par un double nœud.

En ouvrant la fenêtre, Gwen s'aperçut que la réalité opposait une fin de non-recevoir à son nouveau projet d'évasion. Le froid la scandalisa. Grelottante, elle poussa le tas de draps au-dessus du rebord, et, sortant la tête par la fenêtre, elle les regarda se dérouler le long de la façade de la maison. Le tissu qui tombait dépassa deux fenêtres noyées dans l'obscurité. Quelle distance séparait le bout de la corde de la cour ? Une fenêtre ?

La petite fille se pencha sur le rebord, plongeant le regard jusqu'au sol, avant de le fixer sur une poubelle et un petit sentier baignant dans le clair de lune. En bas, les objets se télescopaient, rapetissaient et s'éloignaient. La cour tournoyait. Le sol se déroba sous ses pieds et une vague de nausée lui souleva le cœur. Le souffle lui manqua — une panique subite bloquait ses poumons. Les yeux fermés, elle recula à l'intérieur et claqua la fenêtre.

Plaquée contre le plâtre du mur solide, inébranlable, Gwen respirait à grandes goulées. Roulant des yeux, haletante, elle comparait la terreur de s'enfuir à celle de rester. Quand bien même elle se forcerait à enjamber ce rebord de fenêtre, que se passerait-il si elle lâchait le drap ? Et si le tissu se déchirait ? Elle tomberait et se briserait en mille morceaux sur le sol dur. Même si elle tenait le coup jusqu'au bout de la corde, elle risquait encore de se casser une jambe — il faudrait faire un immense saut pour atterrir. L'idée de la douleur lui était insupportable, sans oublier la température polaire. Pieds nus, elle n'irait pas loin. Dieu qu'elle haïssait le froid !

Complètement collée au mur, elle y étalait ses membres, ses doigts. On aurait pu la prendre pour une couche de peinture revêtant le plâtre. Avec effort, elle se retourna lentement vers la fenêtre — son unique porte de sortie. La nuit n'était pas éternelle. La grisaille ne tarderait pas à éclaircir le ciel. Bientôt le gigantesque insecte reviendrait la voir avec le jus d'orange et l'œuf disposés sur un plateau. Il fourrerait ses doigts de caoutchouc dans ses cheveux, sur son visage, et, cette fois, elle serait affreusement réveillée. Rien qu'à l'imaginer, elle hurlait déjà dans sa tête.

Il n'y avait qu'une issue.

Sadie, elle, en serait capable. Elle grimperait sur le rebord de la fenêtre sans craindre la brutalité de l'atterrissage. Au cours de gym, Sadie volait.

Pas Gwen.

Un million, un milliard d'années ne suffiraient pas à lui insuffler le courage d'enfourcher cette fenêtre et de se laisser tomber. À chaque fois qu'elle l'imaginait, le sol s'éloignait. Elle était trop lâche, ne fût-ce que pour jeter un nouveau coup d'œil par la vitre.

La petite fille s'écarta de la fenêtre, en se glissant le long du mur. Elle écoutait les battements de son cœur, qui, de plus en plus sonores et précipités, scandaient le temps à un rythme frénétique. Il ferait bientôt jour. Il lui fallait décamper, mais comment ? Gwen ferma les yeux. Soudain, elle se vit dévaler en chute libre devant les fenêtres noires, tandis que, tourbillonnant en spirales, le sol se précipitait, inexorable, à sa rencontre.

L'enfant ouvrit les yeux qu'elle fixa sur les chaînes du bac à linge. Il lui faisait moins peur. Calmée, elle réfléchit posément à la devinette non résolue qui lui revenait à l'esprit. Évidemment, docile, elle avait suivi les consignes de ses aînés et réglé son cadenas sur sa date de naissance.

Mais depuis quand sa meilleure amie respectait-elle les instructions ?

Quel était le nombre préféré de Sadie ? Treize ? Il n'y avait pas assez de touches. Et si elle ajoutait le chiffre six pour vendredi ? *Vendredi 13,* c'était un de leurs titres de films préférés. De fil en aiguille, elle se rappela un autre de leurs films de prédilection, dont l'intrigue tournait autour des métamorphoses d'un démon.

« Et vous le reconnaîtrez à ce signe », chuchota Gwen, qui, penchée sur le cadenas, déplaça le cadran à droite, à gauche, puis à nouveau à droite pour le dernier chiffre. Enfin, le cadenas s'ouvrit dans le creux de sa main au 666, le signe de la bête.

Ô combien d'actualité !

À minuit, le hangar à bateaux grouillait d'activité. Des rangs serrés d'agents de la police municipale et de gendarmes, épaule contre épaule pour ainsi dire, arpentaient le terrain, les yeux rivés sur le sol. Outre l'éclat aveuglant de grands projecteurs fixés sur des tiges métalliques, on voyait les faisceaux de lampes torches qui ratissaient l'herbe au bord de l'eau. Plus en amont sur la rive du lac, une autre équipe passait la plage de rochers au peigne fin.

Rouge se tenait sur l'appontement, juste devant la porte. Certes, il y avait des jours qu'on avait fouillé la vieille baraque. Sauf qu'alors, les gendarmes cherchaient deux petites filles disparues, non des indices de meurtre disséminés dans une poussière volatile. Il nota qu'on avait forcé un deuxième cadenas, celui de la cabine téléphonique. Lors de sa première visite, il ne l'avait pas plus remarqué que la personne ayant réparé le châssis de la porte et nettoyé le cadenas.

Se servant de lampes et de poussière noire, les techniciens du FBI scrutaient tous les pores des surfaces de bois du bâtiment, ouvraient même de vieux pots de peinture inutilisés depuis des lustres. Debout sur le pas de la porte, l'un d'eux fourrait avec une pince fine un morceau de rayonne dans un sac en plastique.

Buddy Sorrel et Arnie Pyle rejoignirent Rouge sur la jetée.

« Beau boulot — pour un flic en culottes courtes »,

railla l'agent Pyle en parcourant des yeux le théâtre du crime.

Sorrel donna une tape dans le dos de Rouge. « Kendall, je crois que tu as trouvé ta voie. Le gosse, il t'a dit quoi d'autre ?

— Il m'a parlé d'un chien enfermé là-dedans, n'appartenant ni à Gwen ni à Sadie. En fait, il l'a entendu aboyer — sans le voir.

— Eh bien, on sait au moins que le fumier a un chien. »

Marchant d'un pas nonchalant sur les planches lisses du ponton, le commissaire Costello s'avança vers eux, les yeux fixés sur l'étui déchiqueté du petit appareil électronique rangé dans le sac de pièces à conviction que Pyle tenait à la main. « Un bip ? Et haut de gamme avec ça ? C'est une tache de sang ?

— Sans doute, répondit Pyle. Malgré l'absence d'empreintes, on pense que c'est à l'assassin.

— En tout cas, il n'appartient à aucune des gamines, dit Costello. D'après les parents, elles n'en ont jamais eu. Dommage que Gwen n'ait pas porté le sac à dos où Peter Hubble avait cousu un petit micro le jour de son enlèvement. »

Puis le commissaire brandit un petit carnet d'adresses couvert d'un tissu mauve, trempé. « Un gendarme l'a trouvé dans les rochers sur le rivage. On dirait qu'il a passé un petit moment dans l'eau. » Il le tendit à Rouge : « Rouge, toi qui nous as emmenés ici, qu'en penses-tu ? »

Rouge examina la couverture mauve du petit carnet. Aucun doute, c'était bien à Sadie. Les lettres de l'index qu'il feuilleta étaient les seules que l'eau n'avait pas effacées. Sinon, tout ce qui était écrit sur les pages s'était dilué en pâtés d'encre violette.

« Voilà qui confirme la thèse d'Ali Cray. Sadie n'est pas une erreur — le monstre a eu besoin d'elle pour entrer en contact avec Gwen. Il a voulu forcer Sadie à appeler Gwen, mais la petite a refusé.

199

— Qu'est-ce qui te fait penser ça ? » Incrédule, Arnie Pyle baissa les yeux sur le carnet.

« Il manque la page du H. Tu sais, Sadie ne l'aurait jamais arrachée. C'était la plus précieuse de son calepin, puisqu'il y avait le numéro de téléphone de sa meilleure amie. Même si elle le connaissait par cœur, mieux que le sien. C'est *lui*, le satyre, qui l'a déchirée. Du reste, ça colle avec le cadenas forcé de la cabine téléphonique. Il *devait* le consulter pour trouver le numéro de Gwen que Sadie refusait de lui donner. Je me demande s'il l'a tuée à cause de ça. »

Bien sûr.

Les hommes gardèrent leurs yeux fixés sur le carnet mauve, puis les en détournèrent, fuyant des images insoutenables. Qu'une petite fille ait pu résister à cet homme était inimaginable, inconcevable. De même que l'idée des sévices qu'elle avait dû subir. Pourtant, personne ne contredit la thèse. Frappé de mutisme et d'horreur, les quatre hommes, armés, versaient des larmes silencieuses en hommage à la fillette — morte, à n'en pas douter.

Ali Cray avait eu raison sur toute la ligne.

Costello prit le sac contenant le bip cassé des mains de Pyle.

« Peut-être qu'on a laissé échapper quelque chose. » On l'eût dit en train de soupeser ce spécimen de technologie de pointe.

« Après tout, il est possible qu'un fou de technologie tel que Peter Hubble ait posé un compteur sur sa ligne de téléphone.

— Qu'il l'ait mise sur écoute ? » Rouge crut avoir mal compris. « Mais n'avez-vous pas...

— Non, un compteur, intervint Sorrel. Les écoutes, c'est la première question que j'ai posée. Hubble a nié, mais je ne sais trop s'il faut le croire. »

Il est vrai que Sorrel se méfiait de tout le monde.

« Quoi qu'il en soit, un compteur vaudrait mieux que rien du tout. On n'a pas le contenu des conversations, mais il enregistre les communications locales, les heures, les numéros », fit observer Costello avant de dire à Sorrel : « Buddy, vérifie-moi ça. »

Au son d'une voix, furieuse, de femme, les hommes se retournèrent vers le rivage et virent Marsha Hubble qui tentait de déborder le cordon de gendarmes postés à la périphérie de la scène du crime délimitée par des cordons jaunes.

Costello posa la main sur l'épaule de Rouge : « Tu es chargé des relations avec la famille. Veux-tu t'occuper du vice-gouverneur ? Je crois qu'elle t'aime bien. »

Sans broncher, Rouge observa Marsha Hubble, vêtue d'un blazer trop léger sur son pyjama, et dont les pieds nus flottaient dans des sabots. Rien ne la protégeait de l'air nocturne, glacé. À quels étranges choix la terreur poussait les êtres !

« Non ? » Prenant le silence de Rouge pour de la réticence, Costello s'adressa à son inspecteur principal. « C'est bon, Sorrel, viens avec moi. »

Les deux hommes se dirigèrent vers le rivage. D'un pas traînant, Rouge et Pyle les suivirent. La mère de Gwen, qui venait de rompre le cordon jaune, le franchissait à présent à la vitesse d'un coureur de marathon. Telle une harpie, elle fonçait sur le commissaire Costello, le menaçant du doigt comme s'il s'agissait d'un pistolet.

« J'ai entendu parler de la partie de base-ball ! Ils ont pris du bon temps ce soir, vos gars ? » hurla-t-elle.

Costello lui posa la main sur le bras.

« Si vous veniez simplement avec...

— Je ne vais nulle part ! » Marsha Hubble écarta la main du commissaire. « J'ai vu cette partie de merde à la télé. Comme tout le monde. Espèces de salauds, qu'est-ce que vous foutez à jouer à des jeux de gamins demeurés alors que Gwen n'est pas retrouvée, et que Dieu seul...

— Ni Sadie », l'interrompit le commissaire, lui

rappelant sans ménagement que *deux* enfants avaient disparu. « C'est cette putain de partie de base-ball qui nous a mis sur la voie de la scène du crime, madame. »

Voilà qui lui cloua le bec. Le commissaire s'empressa de poursuivre avant qu'elle ne recouvre ses esprits. « Madame, vous avez voulu prendre en main la foutaise des relations publiques. Tant mieux, je m'en bats l'œil de l'opinion de la presse. D'autant qu'avec ma retraite assurée maintenant, je me fiche aussi de ce que vous pensez pouvoir faire à ma carrière. C'était le prochain couplet, n'est-ce pas ? La menace ? »

Le sourire de Costello n'avait rien d'aimable. D'un grand geste, il désigna les représentants de l'ordre qui se trouvaient là. « Le moindre de ces flics fait des heures sup. Croyez-vous qu'en faisant peser une menace sur leur boulot vous leur donneriez du cœur à l'ouvrage ? »

Rouge n'interpréta pas le mouvement de retraite qu'esquissa le vice-gouverneur comme un recul. Les yeux plissés, la dame dansait sur place tel un boxeur cherchant à gagner du temps. Puis, fulminant d'un regain de colère, elle eut un sursaut d'énergie pour une nouvelle manche contre Costello, le seul ennemi identifié. « Il faut bien s'occuper de la presse. Vous n'avez certainement pas... »

Elle se tut lorsque Costello leva le sac en plastique contenant le bip cassé.

« Madame Hubble, est-ce que vous reconnaissez ceci ? C'est une marque ancienne qui coûte les yeux de la tête.

— Il n'appartient pas à ma fille. Celui de Gwen a un étui en cuir marron. »

Costello se tourna vers Sorrel : « Buddy ? »

Sorrel feuilletait les premières pages de son carnet. « Le jour de la disparition de la môme, j'ai demandé à Peter Hubble si la petite avait un bip. Il m'a répondu non. » Sorrel fourra la feuille griffonnée de notes sous le nez de Costello afin qu'il le voie écrit noir sur blanc.

Le commissaire repoussa le carnet. « Qu'en est-il de l'autre gamine ?

— Harry Green m'a fait la même réponse. Sadie n'en a jamais eu non plus. D'ailleurs, la mère de la petite était là quand je discutais avec son mari. *Pas de bip.* »

Alors, Marsha Hubble s'interposa : « Sadie aussi en possède un, dans un étui noir comme celui-ci. Je les ai donnés aux gosses pour qu'elles puissent rester en contact quand Peter les empêchait de jouer ensemble. Peter n'arrêtait pas de mettre Sadie à l'épreuve. C'était... »

Costello leva une main pour lui couper la parole. « Y a-t-il une raison pour que vous ne nous ayez pas mis au courant ?

— Personne ne me l'a demandé. Je ne pensais pas — je suis désolée. Je les leur ai offerts l'an dernier. Du reste, j'ai versé un gros acompte et je n'ai pas encore reçu la première facture. Je vous jure que c'est un oubli de ma part — il y avait tant à faire...

— Buddy, laisse tomber la surveillance du téléphone et vérifie le service des bips. » Puis, d'une voix qui n'avait plus rien de tranchant, il s'adressa au vice-gouverneur : « Quelqu'un d'autre avait accès aux codes des bips, au numéro du service ? Peut-être les avez-vous inscrits sur un agenda ou un carnet d'adresses ? Un membre de votre personnel aurait pu...

— Non. C'était pour elles uniquement. Personne d'autre n'y avait accès. »

Après avoir gribouillé une note à la hâte, Sorrel se débarrassa de son pardessus d'un mouvement des épaules. « Par conséquent, si Gwen recevait un message sur son bip, elle présumait qu'il venait de Sadie. Madame Hubble, je crois que nous devrions repartir à zéro. Vous avez peut-être oublié d'autres éléments. » Voilà qu'il lui mettait son manteau sur les épaules. « Parfois, il se passe des semaines avant que des détails ne reviennent à l'esprit des gens. » Ôtant son écharpe, Sorrel la noua autour du cou de Marsha Hubble avec une surprenante délicatesse. Ce fut cette dernière attention, ce petit geste de galanterie esquissé par une nuit glacée, interminable, qui brisa la pauvre femme.

On entendit à peine le merci qu'elle souffla. Emmitouflée dans le manteau de Sorrel, Marsha Hubble faisait beaucoup plus petite. Sans protester, elle laissa l'inspecteur lui passer un de ses énormes bras autour des épaules, puis l'aider à gravir la pente menant au parking. Au bout de quelques pas, elle s'immobilisa. Sorrel laissa tomber son bras, tandis qu'elle faisait volte-face pour regarder le hangar illuminé, le cordon jaune de la scène du crime. À sa bouche béante, Rouge conclut qu'elle avait enfin mis les choses bout à bout. Gwen ne s'était pas laissé prendre au piège par une voix inconnue de grande personne, mais par un message électronique sur son bip — cadeau secret de sa mère. Elle leva une main blanche vers sa bouche.

Pour étouffer un hurlement ?

Sorrel lui entoura les épaules plus étroitement. À l'évidence, il la soutint, la porta presque jusqu'au sommet de la colline.

Costello se pencha vers Rouge : « Reste dans les parages encore un petit moment. Vérifie l'histoire du cadenas sur la porte de hangar que t'a racontée le gosse, et déniche celui qui a tout nettoyé. » D'un mouvement de tête, il désigna le directeur de l'école planté près de la scène du crime : « Cuisine-le, ce vieux salaud. Il nous cache quelque chose. »

La fourgonnette des techniciens s'ébranla tandis que les voitures des gendarmes se préparaient à retourner au commissariat. Toutes les preuves recueillies, étiquetées, se trouvaient dans des sacs. Enfin, les lumières s'éteignirent, une à une, à mesure qu'on les débranchait des batteries avant de les charger dans un camion. Au bout de vingt minutes, il ne restait même plus un agent de police pour surveiller ce qui demeurait sur place. Seul vestige de l'animation nocturne, le cordon jaune étiré d'arbre en arbre, tendu entre le hangar et la jetée, flottait au vent.

M. Caruthers s'était volatilisé.

« Rouge ? »

La voix venait de l'arrière de la vieille Volvo beige, où le jeune homme distingua l'ombre du petit garçon.

« Tu devrais être au lit. Il est tard.

— J'ai oublié de te dire quelque chose. » David se releva, fouillant du regard les alentours. Une fois sûr qu'ils étaient bien seuls, il quitta sa cachette. « Mme Hofstra me l'a rappelé. Parce qu'elle l'a entendu aussi.

— Entendu quoi ?

— Un coup de feu. Sur le lac, ou peut-être de l'autre côté. Je ne sais pas trop. Comme ça s'est passé plusieurs jours après, je ne pensais pas que c'était important.

— C'est bien, David. Je suis content que tu m'en aies parlé. Tu es certain que c'était un coup de feu ?

— Mme Hofstra l'est. Elle croit que c'est peut-être encore des braconniers dans la forêt. En tout cas elle a prévenu M. Caruthers. Lui, il sait qui c'est. Il lui a dit qu'il s'en occuperait.

— Merci. Bon, retourne dans ton lit et dors, d'accord ? » Rouge suivit des yeux David, jusqu'à ce que le petit garçon fût à l'abri, derrière la porte de la maisonnette de Mme Hofstra.

Alors, il se tourna du côté du bâtiment principal où ne brillait qu'une fenêtre. La silhouette replète d'Eliot Caruthers se découpait sur un fond de lumière vive. Il salua de la main Rouge qui traversait la pelouse sans quitter la fenêtre des yeux. Le directeur s'éloigna de la lampe.

Rouge s'apprêtait à sonner à la porte de service, mais, se ravisant, il essaya la poignée. La porte n'était pas fermée. Il en fut irrité, car ce n'était pas un oubli. On avait évidemment prévu sa venue ; M. Caruthers s'attendait à un rapport. À croire que l'école ne finissait jamais.

Eh bien, les choses allaient changer, cette fois.

Après avoir foulé le moelleux tapis du vestibule, il grimpa l'imposant escalier si familier et longea le couloir. Il ne fut pas étonné de trouver la porte du bureau du directeur ouverte également. Bien installé derrière un pupitre, M. Caruthers était dans son élément. Les boiseries, les éditions originales de livres, les œuvres d'art l'entouraient comme autant de signes de richesse et de pouvoir. Avec un sourire chaleureux, il accueillit le jeune homme — son collaborateur. Le buste de Voltaire qui trônait dans un coin sombre avait la même expression d'arrogance et de suffisance. Caruthers indiqua le siège de bois devant son pupitre, donnant au jeune homme la permission de s'asseoir.

Rouge déclina son invitation. Debout près du pupitre, il toisait le directeur. Cette position lui donnait un avantage auquel il tenait. « Il y a eu un cambriolage au hangar à bateaux. Vous avez sûrement fait réparer le chambranle de la porte. Aviez-vous l'intention d'en toucher un mot ?

— Ça fait seulement deux jours que je suis au courant pour le cadenas forcé. Un secret de Polichinelle d'ailleurs. Le gardien...

— Et le coup de feu sur le lac ? David l'a entendu, Mme Hofstra de même. Je me demande bien quand vous alliez me parler de ce détail mineur ?

— Cela n'a aucun rapport, Rouge. Nous avons des problèmes avec les braconniers depuis belle lurette. Tu sais qu'il y a des cerfs dans cette forêt. »

Rouge baissa les yeux sur le fauteuil vide. Il le tira

du côté du bureau où se tenait M. Caruthers, et s'assit tout près du vieil homme. « J'ai la nuit devant moi. »

Les voilà qui se défiaient du regard — âpre joute, susceptible de dégénérer en un concours de pisse —, tradition séculaire servant aux hommes, aux garçons, aux chiens, à déterminer qui est le plus fort. Au bout de dix secondes, M. Caruthers eut un haussement d'épaules, signe de capitulation en quelque sorte, avant de sortir un pistolet en plastique noir du premier tiroir de son bureau : « Un peu rudimentaire, Rouge, non ? On ne peut pas le qualifier d'arme fatale. Je n'en reviens pas que les garçons aient cassé un carreau avec ça. Le commissaire Croft n'a d'ailleurs pas jugé utile de mentionner l'incident.

— À moins que vous le lui ayez demandé.

— Rien qu'une farce de gamins de douze ans. Je crains que ce ne soit une impasse pour toi. » M. Caruthers baissa les yeux sur le pistolet. « Je doute fort que ce truc fasse beaucoup de bruit. Cela ne correspond sans doute pas à ce qu'a entendu Mme Hofstra. En tout cas, je te garantis n'avoir découvert aucun autre pistolet. Touches-en un mot au chef de la police municipale ainsi qu'au médecin légiste — ils te le confirmeront. Deux petits garçons avec un pistolet factice. Il n'y a pas de quoi fouetter un chat. Alors que dès qu'une rumeur se met à circuler dans une petite ville... » D'un large geste, il évoqua la vision d'horreur de villageois se lançant à l'assaut du château, torches enflammées à la main.

« Où s'est passé cet *incident,* et qu'est-ce qu'un médecin légiste fabriquait dans les parages ?

— Juste de l'autre côté du lac. Dans une ancienne demeure où vivait une vieille femme morte il y a quelques jours pendant son sommeil. Pas de quoi se mettre martel en tête non plus. Aussi, en cassant ce carreau, les garçons ont-ils aidé la police municipale. Ils ont découvert le corps. Le docteur Chainy les en a même remerciés.

— Comment les gamins ont traversé le lac ? En canoë ?

— Oui.

— On a brisé le cadenas du hangar avec une pierre. Mais vous le savez déjà. Vous l'avez vu près de la porte, n'est-ce pas, monsieur Caruthers ?

— Je ne vois pas le rapport avec ton enquête. Tu sais ce que c'est que des garçons, rien que...

— Rien que des gamins qui jouent — avec des armes. » Rouge baissa les yeux sur le morceau de plastique noir posé sur le sous-main du bureau.

« On ne peut guère appeler ça une arme — un jouet plutôt, que deux gamins ont fabriqué pendant leurs loisirs. » M. Caruthers s'était remis à sourire, comme amusé.

« Bien sûr. » Rouge prit le pistolet. C'est vrai qu'il ressemblait à un jouet rudimentaire — à l'exception du canon —, trop grand pour des balles normales, encore plus pour du plomb. On n'avait entendu qu'un coup sur le lac ; or, le barillet rudimentaire pouvait en contenir deux. Rouge regarda l'imposant buste en marbre de Voltaire, juché sur son socle dans le coin de la pièce. « À votre avis, le plomb devrait simplement rebondir sur la plupart des surfaces, hein ?

— Ma foi, je sais que ça peut casser un carreau, de près. Les gamins en ont fait la démonstration. »

Rouge ajusta soigneusement sa cible avant d'appuyer sur la gâchette : la tête de Voltaire vola en éclats. Assourdi par le coup de feu, il n'entendit pas le raclement du fauteuil que M. Caruthers reculait ni le bruit sourd du meuble se renversant sur le tapis, tandis que le directeur se levait d'un bond, l'air affolé.

La sonnerie du téléphone posé sur le bureau remplaça le carillon, allant s'affaiblissant, qui transperçait les oreilles de Rouge. Tous les boutons d'appel clignotaient ; un par responsable de groupe. On voulait sans doute savoir si une bombe venait d'exploser. Car, en matière de bruit, les vrais pistolets étaient loin d'égaler ce jouet.

M. Caruthers effleura un bouton pour imposer silence au téléphone. Son sang-froid retrouvé, il releva le fauteuil. « Comme j'y ai déjà fait allusion, il n'y a pas d'écoliers normaux ici. Tu sais ce que les fuites provoqueraient.

— Ouais, absolument. » Rouge remit le pistolet sur le sous-main. Il disparut promptement dans le premier tiroir du directeur. Un autre marché venait d'être conclu.

« Je ne peux m'empêcher de me demander ce que vous me cachez d'autre. » Et Rouge posa ses pieds sur le bureau. Grossièreté sans précédent qui risquait fort de scandaliser bien davantage M. Caruthers que la destruction du Voltaire. Aucun son ne sortit de la bouche ouverte du directeur.

Rouge parcourut lentement du regard les débris du buste de marbre.

« Peut-être protégez-vous quelqu'un ? Une personne qui connaissait les petites filles — ou seulement Gwen. Une ravissante petite fille — ainsi que vous l'avez souligné l'autre jour.

— Suis-je un suspect ?

— Si nous parlions de la séance de tir dans la maison de l'autre côté du lac ? Je veux le moindre détail. Du reste, je pourrais interroger les gamins, sauf que vous l'avez déjà fait.

— Je remarque que tu te focalises sur Gwen Hubble. Ça ne se tient que si tu privilégies l'hypothèse de la rançon. Or, tu sembles convaincu qu'il s'agit d'un pédophile. Rouge, pour peu que je sois du genre à tomber amoureux d'une enfant, ce serait de Sadie Green — une extraordinaire petite bonne femme. Tu ne... » Caruthers, qui avait fini par apprendre à déchiffrer le visage de Rouge, tressaillit. « Elle est morte, n'est-ce pas ? »

Rouge ne broncha pas, M. Caruthers baissa les paupières. Il avait compris.

« Rien ne vous échappe de ce qui se passe ici — rien. » Rouge ôta ses pieds du bureau. Ils avaient rempli leur mission. « Le cambriolage du hangar a eu lieu le jour de l'enlèvement des petites filles. *Avant* que les gamins ne tirent sur la fenêtre.

— Je t'assure que je n'en savais rien. Moi, je présumais qu'ils l'avaient fait en prenant le canoë.

— Présumais ? Ils vous ont raconté une autre histoire ?

— Ils m'ont affirmé avoir trouvé le canoë échoué en bas sur le rivage, près d'une voie d'accès. D'ailleurs, tu la connais. C'est celle qui mène aux fondations de la maison ravagée par un incendie il y a des lustres. Je t'assure que je croyais que les gamins racontaient des bobards pour échapper à une punition plus sévère. Il faut que tu comprennes pourquoi je devais garder l'incident du coup de feu pour moi. »

Le directeur se tut, mal à l'aise. Voilà qu'il perdait à nouveau contenance, s'apercevant que Rouge se refusait à comprendre et à pardonner. Caruthers plongea les yeux dans ceux du jeune homme qu'il trouva inquiétants. Il l'avait dit lui-même : le collège Sainte-Ursule n'accueillait pas d'enfants quelconques — et Rouge en venait.

La chaîne du bac à linge glissa sur les carreaux en cliquetant. Effrayée à l'idée de bouger, Gwen retint son souffle et tendit l'oreille. Comme elle ne percevait aucun bruit de pas précipités ni de meubles glissés derrière la porte de la salle de bains, elle osa respirer.

Gwen, espèce d'idiote, se réprimanda-t-elle. Ça faisait une éternité qu'elle avait entendu la voiture s'éloigner et le vrombissement du moteur s'atténuer. Le type devait se trouver à mille lieues d'ici. Enfin, elle ne se hasarda pas à hurler pour autant. Au contraire, elle s'attela à la tâche en silence.

Une fois le bac ouvert, elle plongea son bras aussi loin que possible dans le goulet d'ombre. Elle tomba sur des serviettes roulées en bouchon au fond — rien d'autre.

Alors pourquoi le fermer à clé ?

Les questions s'enchaînèrent parce qu'elle réfléchissait mieux. Pourquoi l'affamer ? Pourquoi l'emprisonner dans une petite pièce ? À quoi jouait l'insecte ? À moins que ce ne soit un tour de passe-passe de magicien pour détourner son attention. Le bac fût-il resté son point de mire, qu'elle n'eût pas exploré le reste de la salle de bains, et la fenêtre — la porte de sortie — lui aurait échappé.

Gwen alla au bout de son idée, avec un sourire, le premier depuis des lustres, tandis qu'elle envisageait les nouvelles possibilités que le bac offrait.

Voilà l'issue.

Gwen retourna à la fenêtre. Pour que son projet aboutisse, il lui fallait l'ouvrir encore une fois. Un air froid lui mordit le visage, tandis que des bourrasques de vent glacé s'engouffraient derrière elle. Frissonnante, la petite fille fit demi-tour, et, pieds nus, marcha vers le mur.

Le plus risqué, c'était le cadenas. Sauf qu'à son avis, l'insecte géant ignorait la combinaison de Sadie. Il s'en fichait sans doute de le déverrouiller à nouveau ; l'important pour lui c'était qu'on n'arrive pas à ouvrir le bac.

Elle donna du mou à la chaîne qui reliait le porte-serviettes au bac. Une fois lovée à l'intérieur, elle aurait besoin de plus d'espace pour tendre le bras et fermer le cadenas. Si le type la croyait enfuie par la fenêtre, il irait la chercher dehors. Peut-être oublierait-il de barricader la porte de la salle de bains. Alors, elle ouvrirait le cadenas et décamperait.

Un bon plan.

Gwen s'introduisit dans le goulet d'ombre. Tendant le bras vers la fente, elle ferma le cadenas. Puis elle bascula le poids de son corps pour ramener le bac dans le mur.

Le monde perdit la raison. Les serviettes roulées au fond du bac se dérobèrent sous Gwen qui dégringolait. Ses doigts tâtonnants ne trouvèrent pas de prise sur le métal des parois qui s'étiraient. Le tas de serviettes dévalait sous ses pieds, et elle n'en finissait pas de glisser dans l'obscurité profonde des étages de la maison.

Les serviettes s'enroulèrent autour de ses jambes, ralentissant sa chute tandis que les parois métalliques du bac s'inclinaient en une pente abrupte. Elle avait les pieds à l'air libre. Enfin, elle ne tombait plus. Gwen avait atterri dans une vaste corbeille en osier où ce linge de toilette qu'elle avait pris pour le fond du bac faisait coussinet.

Il flottait une odeur de détergent et d'eau de Javel dans l'endroit pauvrement éclairé. En se levant, elle vit la faible lueur des veilleuses d'une chaudière brûlante. Il faisait encore plus sombre que dans la pièce là-haut, mais elle réussit à s'orienter vaguement. Le mur était percé d'une petite fenêtre, tout en haut, au-dessus d'une machine à laver. Tuyaux et canalisations sillonnaient le plafond. Ainsi, elle avait atterri dans la buanderie.

Et maintenant que faire ?

C'est tout juste si elle n'entendit pas Sadie lui crier la dernière réplique d'un horrible film de maison hantée : *Fiche le camp !*

Gwen se hissa sur la machine à laver, mais la fenêtre était hors d'atteinte. Elle descendit et se retrouva sur le sol en ciment. Où était la porte ? Il faisait trop noir pour se repérer dans la pièce, elle continua son exploration à tâtons, laissant traîner sa main le long du mur. La petite fille trouva une poignée de porte, elle la tourna.

On n'avait pas mis le verrou.

Les ténèbres régnaient au-delà de la porte. Elle se risqua à avancer son pied nu d'un centimètre et sentit la dureté du bois. Au pas suivant, elle glissa. Ce fut une nouvelle culbute pendant laquelle Gwen trouva le temps de s'indigner — en principe les escaliers des sous-sols montaient. Elle n'avait pas tiré de leçons de sa toute récente expérience de chute dans les étages d'une maison. Il y avait comme de l'injustice à dévaler les marches d'un sous-sol.

Gwen réussit à se freiner en s'accrochant au bois. Elle s'en sortit avec quelques contusions à la tête et au bras qu'elle avait violemment cogné contre la marche. Tout en reprenant sa respiration, elle s'aperçut qu'un mince rai de lumière trouait l'obscurité. Le faible cliquetis qui résonna en haut de l'escalier la rendit malade. Avant qu'elle ne rampe en haut des marches pour essayer la poignée, la porte serait refermée.

De son petit poing, Gwen tambourina sur le panneau de bois. Il s'agissait sûrement d'une porte à fermeture automatique, reliée à une pompe hydraulique. D'après son père qui avait fait le tour de toutes les serrures du monde destinées aux propriétaires inquiets, le sous-sol était l'endroit le moins sûr, le plus vulnérable. Il y avait donc installé une porte de ce genre qui déjouait la négligence des domestiques.

Bon, et maintenant que faire ?

Elle n'avait d'autre issue que de redescendre. L'escalier devait mener quelque part. Un jour, son père avait parlé de faire creuser une cave pour que ses casiers de bouteilles soient plus au frais, une fois davantage enfouis sous terre. Effleurant le mur du bout des doigts, Gwen descendit pas à pas, complètement aveugle maintenant — guidée uniquement par ses mains et ses pieds. En bas des marches, elle découvrit une autre poignée. Il lui fut difficile de pousser la porte, blindée.

Il y avait de la lumière, bien que vague et loin-taine. On eût dit que sa source brillait à une grande distance.

Cette fois-ci, elle ne prit pas de risques et retint la poignée tandis qu'elle avançait prudemment un pied. Malgré la terre qu'elle sentit sous ses orteils, Gwen savait être toujours à l'intérieur. L'air, une soupe chaude et âcre, avait la même odeur de terreau mouillé, de fumier que la serre du jardinier. Il faisait une telle humidité qu'elle aurait presque pu toucher les gouttes qui se condensaient devant son visage.

Gwen distinguait des formes dressées près d'elle, sans en croire ses yeux néanmoins.

Une fois encore les lois de l'univers se trouvaient bafouées. Elle s'était attendue à pénétrer dans une pièce froide, au plafond bas, analogue à celle que son père avait conçue pour la cave à vin. Alors que l'espace s'étirait en longueur et en hauteur. Quant à la lumière, elle jaillissait d'un immense local qui se profilait derrière une forêt d'arbres en pleine matu-rité.

Elle dénombra quatre gros troncs. Mais enfin, qu'est-ce que ça signifiait, des arbres dans une mai-son ?

La petite fille balaya du regard l'écorce rugueuse et les lourdes feuilles d'un chêne. Les vestiges de l'ancien plafond, sectionné pour donner de la place aux arbres, paraissaient à travers les frondaisons. L'un des quatre chênes, mort à l'évidence, tendait les moi-gnons dénudés de ses branches cruellement amputées vers le haut plafond noir. À présent, Gwen voyait mieux — un enchevêtrement de tuyaux et de...

Soudain une gerbe lumineuse fusa, brillante, vio-lente et douloureuse. Les rayons de mille soleils élec-triques embrasèrent le plafond. Laissant malgré elle échapper un petit cri, Gwen se dépêcha de se bou-cher les yeux. Puis elle ajusta sa vue petit à petit, à travers les fentes de ses doigts écartés.

Les quatre arbres avaient une énorme circonférence. Son sens des proportions lui indiqua que malgré les deux étages de haut du plafond ils auraient dû s'élever bien davantage. L'environnement artificiel — un jour de soleil et de chaleur en plein mois de décembre — les tordait et les déformait complètement.

Qu'est-ce que c'était que ce bruit ?

Gwen n'était pas seule. Une fois de plus, elle avait les muscles ankylosés. Une main cramponnée à la poignée de la porte, les genoux bloqués, elle était pétrifiée. Bien qu'encore sensible à la vive lumière, elle se forçait à regarder le chien difforme qui se dirigeait vers elle.

Encore une erreur de la nature que cette bête ! Il penchait sa tête démesurée de mastiff vers le sol, comme s'il n'avait pas la force de la redresser. Ses oreilles pointues de doberman étaient couchées, tandis qu'il lui montrait les crocs de sa gueule aplatie de pit-bull. Il avait un pelage noir couvert de boue, et, dernier outrage aux canons de l'esthétique, une queue tordue. Gwen devina qu'il se l'était cassée et qu'on ne l'avait jamais bien soignée.

D'un pas lent, raide, la bête s'avançait vers elle sans faire aucun bruit. Ce n'était pas un de ces chiens de compagnie qui aboient à la vue du premier chat coiffé, mais plutôt un molosse dans le genre de ceux que M. Stuben dressait à s'approcher furtivement de leurs proies. Choisissant la patte avant droite, il frôla le sol pour la relever presque aussitôt.

Elle le fixait dans les yeux, sachant pourtant que c'était contre-indiqué. M. Stuben lui avait appris à ne jamais provoquer du regard un animal hostile. Gwen aurait dû baisser les paupières et se mettre de profil — la bonne position —, mais ses pieds refusaient de lui obéir. Paralysée, elle ne le quittait pas des yeux.

Maintenant que le chien avait perdu l'avantage de la surprise, il aboya en s'élançant sur elle. Il y avait quelque chose qui n'allait pas du tout chez cet animal. Prêt à l'attaque, sa frénésie aurait dû le faire accélérer en dépit de sa patte blessée ; il aurait dû courir, bondir.

Le chien s'était rapproché. Dressé sur les pattes arrière, il se précipita sur elle, pattes avant tendues, et la fit tomber. Mais, entravé par sa chaîne, il resta au-dessus d'elle. La tête de Gwen alla cogner contre la porte blindée dont elle lâcha la poignée ; ses jambes fléchirent. La petite fille s'effondra sur le sol.

L'épais panneau se referma.

Le pied droit de Gwen dans la gueule, le molosse la tirait dans la sphère de sa chaîne. Il le libéra, le temps de planter ses crocs dans le mollet gauche de Gwen. Avec cette meilleure prise, il la traîna un peu plus loin.

Elle ne se rendit pas tout de suite compte que le hurlement perçant sortait de sa bouche.

Le chien la relâcha. Le visage à moitié enseveli sous les feuilles et la terre, la petite fille vit un mince bâton planté dans son pelage. Tournée du côté de l'assaillant, la bête s'efforçait de mordre le bout de bois. C'est alors que Gwen entendit le martèlement d'une course précipitée, derrière celui des pattes du chien et le cliquetis de sa chaîne qu'il tirait en s'élançant dans une autre direction.

Gwen pleurait de douleur. Les larmes qui lui inondaient le visage lui brouillaient la vue. Capable de bouger à présent, elle releva la tête pour s'essuyer les yeux. Et elle discerna la forme confuse du molosse aux trousses de quelque proie blanche, lumineuse, qui faisait voler feuilles et poussière juste devant ses crocs. Au bout de sa chaîne, le molosse s'arrêta net, gueulant de frustration.

Gwen se releva prudemment. Elle tremblait de tous ses membres, tandis que ses genoux menaçaient de l'abandonner. Puis les frissons cessèrent, son corps se raidit à nouveau — le chien faisait demi-tour.

Tête baissée jusqu'à terre, il revenait en prenant

légèrement appui sur sa patte abîmée, et encore plus lentement.

Cet animal allait très mal. Elle *pouvait* lui échapper — pour peu qu'elle arrive à remuer. D'ailleurs, elle n'avait même pas à courir. La chaîne du molosse n'atteignait pas le mur. Il lui suffisait de reculer de quelques pas. Sauf que ses genoux étaient à nouveau bloqués, ses muscles contractés au point de l'empêcher de fermer les yeux sur ce qui allait lui arriver. Pour couronner le tout, elle ne respirait plus. Il ne restait que son cœur en vie, dont les battements de plus en plus rapides scandaient le coup de sang et la vague de terreur qui l'envahissaient.

La bête était à deux pas.

Les yeux noyés de larmes, Gwen fut à peine capable de distinguer l'assaut final. Derrière l'animal qui fonçait sur elle, une silhouette blanche, floue, aux pieds nus, en culotte et T-shirt, se précipitait.

Impossible !

Sadie Green réussit le bond de son existence : elle sauta au-dessus du molosse, vola dans l'espace et catapulta Gwen contre le mur.

Sadie !

Si la chaîne n'était pas assez longue pour que les crocs du chien l'atteignent, Gwen sentit l'haleine chaude, les gouttes de bave et l'odeur fétide de sa gueule. Sadie la serrait étroitement dans ses bras, tandis qu'ensemble elles tombaient par terre. Blotties l'une contre l'autre, elles se plaquèrent contre la pierre rêche du mur. Gwen, haletante, avait la poitrine en feu. Le chien aboya, mordant l'air à quelques centimètres de leurs visages. Sadie, elle, eut un rire triomphant.

7

Son cerveau, engourdi, s'embrouillait de nouveau. L'effet des médicaments ne s'était sans doute pas encore dissipé.

« Quoi ?

— J'ai dit que ça ne servait à rien. » Sadie dénoua doucement ses doigts agrippés à la poignée. « Impossible de l'ouvrir de ce côté, elle a gelé. »

Hochant la tête, Gwen annonça, comme si cela avait un rapport avec les poignées de porte : « J'ai perdu mon œil.

— Non, c'est pas vrai. » Inquiète, Sadie attrapa son amie par les épaules et lui scruta le visage. « Tu vas bien — t'as l'air en pleine forme...

— L'amulette que tu m'as donnée — celle avec l'œil qui voit tout. Je l'ai perdue. »

Sadie eut un grand sourire de soulagement. « Aucune importance, je t'en offrirai une autre. Je sais où on en trouve à la pelle.

— T'es pas furieuse ?

— Contre toi ? Jamais. »

Gwen flottait. La loi de la pesanteur ne la reliait plus à la terre, et, ballon au bout d'une ficelle que manœuvrait Sadie, elle dérivait dans les feuilles mortes qui jonchaient le sol. Avec détachement, elle évalua les dégâts tandis qu'elles s'écartaient de la porte en prenant soin de rester tout près du mur. On eût dit que l'accroc de sa jambe de pantalon, zébrée de filets de sang provoqués par une morsure de chien, ne lui appartenait pas. Elle trébucha. Sadie lui entoura la taille de son bras pour la soutenir, et elles continuèrent à cheminer le long du bois de quatre chênes. Voyant son dernier espoir de dîner lui échapper, la bête poussa un ultime et faible hurlement.

« C'est incroyable le saut que t'as fait ! Le chien aurait pu te tuer, tu sais. J'ai vu l'un de ceux de M. Stuben déchiqueter un mannequin en lambeaux.

— Aucune chance. Il est en train de mourir de faim — il s'affaiblit de jour en jour. » Sadie en était manifestement ravie. « Demain, à la même heure, tu pourrais le terrasser du revers de la main. »

Sadie avait un visage si livide que ses taches de rousseur s'estompaient. Ainsi, la lumière éblouissante, le ciel intra-muros n'étaient pas de bons substituts. Gwen examina les quatre chênes. Un seul était mort, mais les survivants n'avaient pas la taille d'un arbre au terme de sa croissance. Vu l'épaisseur de leur tronc, ils étaient vieux, tordus et à moitié trop petits néanmoins : des nains d'à peine six mètres de haut.

Les petites filles passèrent devant cinq rondins entourés de lanières de cuir, abrités des lampes du plafond par les feuilles des arbres dont l'écorce bourgeonnait de champignons. Gwen reconnut des *shitake* japonais — les préférés de sa mère —, mais ni les couleurs ni les formes de ceux d'à côté. Près du mur, on avait empilé trois autres tas de billes de bois, rigoureusement identiques. Bien que la consistance charnue, gélatineuse des lilas qui fleurissaient sur le dernier évoquât quelque organe animal, Gwen conclut qu'il s'agissait d'une autre variété de champignons.

Levant la tête, elle aperçut des pans du plafond illuminé à travers les frondaisons. Au-dessus d'un enchevêtrement de tuyaux, des grappes d'ampoules normales pendaient. Il y en avait tant, un millier peut-être, qu'on les aurait crues surgies du plâtre. D'autres, carrées ou hexagonales — des formes que Gwen n'avait jamais vues —, étaient vissées sur des lampes arrimées à des tiges qui saillaient de cavités. On avait fixé des tubes de néon longs ou ronds à des appareillages plus importants. Enfin, là où le plafond, affaissé, perdait la moitié de sa hauteur, des guirlandes de lampions d'arbres de Noël pendillaient en bordure du ciel électrique. Le tout composait un éblouissant assortiment de toutes les sortes d'ampoules et d'appareillages électriques du monde.

Gwen fit la grimace. Comme l'effet du choc se dissipait, la morsure du chien se rappela à elle. La douleur la frappa comme un coup de poignard. Elle baissa la tête pour dissimuler ses larmes à Sadie.

« Alors, pendant tout ce temps, t'étais ici avec cet animal ?

— Ouais. J'ai fini par l'avoir, ce chien dont j'ai toujours eu envie. Le hic, c'est qu'il veuille me bouffer.

— Qu'est-ce que tu as mangé ?

— Des champignons, et j'en ai ras le bol. »

Elles arrivèrent à la hauteur du dernier lot de rondins : amas de branches tordues et noueuses, très différentes des autres. Gwen les identifia comme les moignons du chêne mort. De mystérieux champignons de toute beauté s'y étaient développés. Ils ressemblaient à de gros pétales d'un rose vif, fondus les uns aux autres.

Cependant qu'elles avançaient vers une sorte de longue cave à voûte basse et aux parois inégales, un bourdonnement se fit entendre et devint de plus en plus sonore. Un encorbellement de bois la protégeait de l'éclat solaire du plafond de la forêt. Une ampoule brillait au-dessus de la porte encastrée dans la seule partie lisse du mur. De faibles lueurs émanaient d'une enfilade de tables en acier, étroites, chacune surmontée d'étagères métalliques. On avait étalé des lits de paille et des fungus phosphorescents sur les deux premiers rayonnages, tandis que les billes de bois empilées dans les autres avaient les côtés hérissés de champignons. Certains étaient pareils à des boutons gris, d'autres à de grandes ombrelles orange vif ou vert tendre.

Il ne faisait pas aussi chaud dans la cave humide que dans la forêt derrière elles. On aurait dit un coin d'ombre estivale en plein hiver, et, à chaque pas, l'univers se parait d'étrangeté. Gwen oublia sa douleur lorsqu'elles passèrent devant une étagère de rondins où l'on voyait de gracieux parasols pourpres, ainsi qu'une variété semblable à des vers sculptés qui se rejoignaient en un dôme agité de vibrations. Un groupe, jaune vif, à la structure de nids d'abeilles arrondis, faisait face à de grosses crêpes d'un marron ocré disposées à l'autre bout du rayon. Les derniers fruits des billes de la rangée, des coupes couleur crème doublées de chair rose, évoquaient des bouches béantes d'oisillons attendant la becquée. Quoique la botanique fût sa matière préférée, Gwen n'aurait jamais imaginé qu'il y eût une telle diversité de champignons de par le monde, et dans une telle gamme de coloris.

Les sous-vêtements blancs de Sadie lui sautèrent soudain aux yeux : « Où sont tes fringues ?

— Il fait trop chaud pour être habillé. Je les ai planquées. »

C'est vrai qu'il faisait une chaleur torride — poisseuse. L'air suintait. Regardant au-dessus de la plus proche étagère de billes de bois, elle y vit un amas de tubes ainsi qu'un ajutage. Un jet d'eau lui aspergea le visage d'une petite pluie fine. Baissant les yeux, elle remarqua qu'un petit moteur ronronnait sur la table où l'on avait posé l'étagère, du genre de celui qui filtrait l'eau des aquariums du laboratoire de biologie à l'école. Comme les autres, il devait alimenter les brumisateurs des plantes.

221

Sadie la conduisit le long de cette large allée centrale.

« T'as faim ?

— Mon Dieu, oui ! »

S'arrêtant à la dernière table de la rangée, Sadie cueillit des champignons de l'espèce qu'on trouve au supermarché, sur l'étagère du milieu.

« Il ne faut prendre que ceux qui sont à l'arrière des billes de bois. Surtout, n'oublie pas. »

Gwen acquiesça tandis qu'elle prenait des champignons dans la main de Sadie et se les fourrait dans la bouche en essayant de les manger tous en même temps.

« Mais... tu meurs de faim ! » Sadie releva l'ourlet du tricot de Gwen, en fit une poche qu'elle remplit de champignons.

« Comment m'as-tu trouvée ? » Elle attendit patiemment pendant que Gwen mâchait puis avalait.

« En glissant sur un toboggan, à partir du bac à linge d'une salle de bains située à l'étage, où je suis enfermée depuis des jours.

— Dans une salle de bains ? » Sadie s'avança vers la porte rudimentaire, vermoulue, percée dans un mur blanchi à la chaux. Elle l'ouvrit pour lui montrer un cabinet de toilette envahi de toiles d'araignées. Des tuyaux rouillés couvraient le mur du fond de la petite pièce au sol de terre battue. Il y régnait l'odeur nauséabonde de plomberie en mauvais état. « Ta salle de bains, elle était aussi chouette que celle-ci ?

— Mieux et plus grande — suffisamment pour y mettre un lit de camp, une chaise et cette énorme...

— Un lit et une chaise ? Eh bien, ça règle la question. C'est toi qu'il préfère. »

Sa jambe recommençant à lui faire mal, Gwen se courba sur la table au bout de la rangée pour dissimuler son visage, feignant d'observer une étagère par en dessous. À la vue des minuscules ampoules fixées

222

derrière une latte, elle conclut qu'il fallait moins de lumière aux champignons qu'aux chênes.

La douleur se calma. Gwen se redressa et parcourut du regard les tables alignées de part et d'autre de l'allée. Sous chaque étagère, il y avait de petits chariots en bois montés sur roues. Certains contenaient de grands sacs en plastique à rustines blanches, d'où partaient des tubes. L'un était bourré d'une sorte de tissu noir, poreux — une matière vivante sûrement puisqu'elle était striée de moisissure verte. Deux autres sacs étaient remplis de la même terre que le sol. Un autre encore, plein de sciure, était recouvert d'une étoffe mauve : le sweat-shirt et le jean de Sadie.

« C'est quand j'allais chez toi qu'il m'a fait tomber de mon vélo. Et toi, comment il t'a attrapée ?

— Sadie, tu te rappelles pas ? Tu m'as dit de te retrouver au hangar. »

Sadie secoua la tête.

« Ce jour-là, je ne t'ai pas vue. D'ailleurs, je n'étais même pas arrivée près de chez toi au moment où...

— Tu as laissé un message sur mon bip : "Urgent — au hangar à bateaux — n'en parle à personne."

— Jamais de la vie. Je ne t'en ai pas envoyé. Mais je crois qu'il a mentionné quelque chose comme ça. Je ne suis pas sûre. Mon Dieu, il a une façon de chuchoter qui donne la chair de poule — quand il ne crie pas après le chien. Maudit cabot ! Il m'a traînée dans tout le hangar et il a déchiré ma parka. Ma mère va me tuer lorsqu'elle la verra. Après, je me suis cogné la tête sur un truc et je me suis réveillée ici. »

Gwen aperçut une autre pièce au bout de l'allée, où Sadie l'entraîna et alluma l'interrupteur. D'une blancheur immaculée, elle avait un sol en ciment qui glaça ses pieds nus. Sur le plafond près du mur du fond, une bouche d'aération ventilait une brise fraîche dont le ronronnement couvrait le bruit du moteur d'à côté. Il y faisait sec ; sans doute dix degrés de moins. Il y avait un évier en inox qui étincelait autant que des bouteilles rangées dans des placards à vitrine accrochées au mur. Sur un plan de travail en formica, des casiers d'éprouvettes et une flopée de boîtes de Petri s'alignaient à côté d'une collection de cahiers reliés. Sur chaque couverture de cuir, on avait inscrit des dates d'une écriture surannée. La première date remontait à trente ans. Un de ces journaux intimes, ouvert, était si près du bord qu'il risquait de tomber à tout moment. Machinalement, Gwen tendit le bras pour le pousser.

« N'y touche pas ! » Sadie, dont la voix avait vibré d'une panique inaccoutumée, se reprit presque aussitôt. « Il faut qu'on laisse tout dans l'état où on l'a trouvé. »

Gwen intégra la nouvelle règle du jeu sans poser de questions. La douleur lancinante de sa jambe détourna son attention, puis la faim l'emporta. Elle prit d'autres champignons dans la poche de son tricot qu'elle se fourra dans la bouche.

Sur le comptoir, un tas de boîtes de Petri côtoyait le cahier ouvert. Dans l'une, sans couvercle, une substance en putréfaction était envahie de moisissure noire. Gwen avala un autre champignon. À mesure que la faim se résorbait, la douleur s'intensifiait.

« T'as soif ? »

Gwen fit signe que oui tandis qu'elle s'asseyait sur une chaise à roulettes en métal. Après avoir rempli d'eau du robinet un bocal en verre, Sadie le posa sur le plan de travail. Gwen but à grandes gorgées.

« C'est ici qu'il range les affaires de ménage. » Sadie, qui fouillait dans le placard en dessous de l'évier, en sortit un rouleau de gaze épaisse, quelques serviettes en papier ainsi qu'une bouteille de savon liquide. À genoux sur le sol devant Gwen, elle élargit l'accroc de la jambe du jean et nettoya le sang de la plaie avec une serviette qu'elle avait passée sous l'eau.

Le savon piquait. Gwen se mordit la lèvre, grinça

224

des dents avant de serrer les poings. Essuyant ses yeux, pleins de larmes une fois de plus, elle aperçut une fiole par terre, que le placard dissimulait presque complètement. Elle était ouverte et des comprimés blancs s'étaient éparpillés. « C'est de l'aspirine ? »

Sadie se pencha pour lire l'étiquette : « Tylenol avec de la codéine.

— Notre jardinier en prend pour son arthrite. Donne-m'en — ma jambe me fait mal.

— On ne peut pas y toucher ; il ne faut rien changer de place. » Se relevant, Sadie ouvrit le tiroir proche du siège de Gwen. « Il y en a d'autres là-dedans. S'il manque quelques comprimés, je ne crois pas qu'il le remarquera — à condition qu'on remette les flacons exactement où on les a trouvés. » Et elle déchiffra les étiquettes de l'assortiment : « Motrin, Advil, Somatuline...

— Donne-m'en un de chaque.

— Impossible. Il y a une posologie. Pour la plupart, on prescrit un comprimé toutes les quatre heures.

— Depuis quand tu respectes les consignes ? Je ne veux plus avoir mal maintenant. »

Elles transigèrent à un comprimé de trois flacons différents. Sadie les rangea en prenant soin que les étiquettes soient visibles de la même façon qu'avant de les avoir touchés. Puis, s'agenouillant à nouveau, elle observa, fascinée, les marques et les marbrures empourprées de la blessure de Gwen. « C'est déjà gonflé. Ça va vite. Tu te rappelles, l'énorme moustique du musée d'histoire naturelle ? »

Gwen hocha la tête. Le spécimen monstrueux de son souvenir ne cessait d'enfler jusqu'à prendre les proportions de la chose qui était venue la voir dans la salle de bains là-haut. Comme elle haïssait le moustique du musée !

« Génial. Le plus gros insecte que j'aie jamais vu. Il était énorme », s'exclama Sadie, qui, penchée sur la plaie, examinait le liquide rosâtre suintant des trous profonds. « Si je ne savais pas ce que c'était, je penserais que c'est une morsure de l'insecte. »

Avec une grande délicatesse, Sadie rinça le savon de la plaie, avant de la sécher. Se bornant à tapoter autour des marques, elle ne cessait de scruter le visage de Gwen pour voir si elle la faisait souffrir. Les traces de morsure disparurent sous le pansement de gaze blanche, attaché par un nœud, tandis que Gwen s'absorbait dans la lecture d'une liste de bizarres achats, épinglée sur un tableau au-dessus de l'évier. Sur le papier jauni, on avait noté à l'encre, délavée à présent : « Sacs de ciment pour terminer le revêtement de la pièce aux plantes » ainsi que « Toile pour serre à tendre sur les murs ». Sur une autre ligne, on lisait : « Maudits insectes ». Toutefois, il n'y avait aucune allusion à un produit susceptible de résoudre le problème.

Comme Gwen finissait de manger le dernier champignon, les médicaments commencèrent à faire de l'effet. Elle avait encore des élancements, mais nettement moins douloureux. La petite fille ouvrit un autre placard où elle découvrit un balluchon de tissu mauve :

« C'est pas ton sac à dos ?

— Si, mais mon bip s'est volatilisé. » Ayant refermé la porte, Sadie se mit à nettoyer le sol avec une serviette en papier, et un soin inhabituel. « Il a piqué mon carnet d'adresses aussi.

— Alors, c'est comme ça qu'il a trouvé le numéro et le code. »

La douleur oubliée, Gwen, prise de vertige, tira le tiroir à comprimés. À l'évidence, les somnifères venaient de là. Et la boîte ouverte de gants de caoutchouc qu'elle vit au fond dissipait le mystère des doigts du monstre. Levant les yeux, elle aperçut, derrière la vitre d'un placard au-dessus de sa tête, un vieux microscope, copie du modèle désuet qu'on venait de remplacer à l'école. Sur l'étagère supérieure, il y avait des rangées de bocaux étiquetés : eau oxygénée et alcool, levure et sphaigne. De la gélose de malt ? On avait aligné contre le mur un régiment de bouteilles fermées par des bouchons, pleines d'une substance noire. D'autres étaient remplies de sciure.

« On dirait le laboratoire de biologie de l'école, non ? » Sadie traversa la pièce pour ouvrir la porte d'un grand buffet. Elle lui montra un récipient cylindrique en métal avec un thermostat sur un côté : une énorme cocotte-minute qui allait de pair avec les boîtes de Petri. Ces cultures ressemblaient à celles dont Gwen s'était occupée en cours de travaux pratiques.

« Après tout peut-être que c'est vrai ce qu'on raconte sur Sainte-Ursule, dit Sadie avec un grand sourire. On nous a vendues comme cobayes d'étranges expériences scientifiques. » Debout dans l'embrasure de la porte, elle balaya du regard les billes de bois fertiles et les rangées d'étagères posées sur les tables. « Enlevées par un peuple de champignons. »

Voilà que Gwen se sentait aspirée par une de ces histoires d'épouvante dont Sadie avait le secret. C'était si familier que, oubliant un moment la réalité de l'horreur, elle sourit à Sadie, conteuse accomplie. La somnolence couronnait l'atmosphère, typique, de ces nuits où elle dormait avec sa meilleure amie.

« Ouais. » Sadie retourna jeter un œil à la boîte de Petri ouverte sur le plan de travail. « Y a pas à dire, c'est bizarre comme science. » Elle montra à Gwen l'étiquette d'un paquet qu'elle lut à voix haute, un sourire un brin sardonique aux lèvres : « Matériel de reproduction.

— Hum. » Gwen déchiffra les noms des bouteilles du placard vitré, qui correspondaient à des produits chimiques complexes. Dans un bocal, il y avait une poudre verte : un engrais puissant. Le jardinier des Hubble s'était servi du même pour ranimer un arbre en train de périr. Manifestement, ça n'avait pas sauvé le chêne mutilé de la forêt souterraine. Le vieux jardinier la considérait comme « la potion du dernier recours ». Quelques granules non dilués avaient suffi à tuer l'un des chiens de garde de M. Stuben. Le jardinier avait failli en perdre son boulot. D'ailleurs, M. Stuben restait persuadé que l'empoisonnement était délibéré. Gwen se refusait toutefois à croire le jardinier si cruel, car le chien était mort dans d'horribles souffrances. Le produit chimique, corrosif, lui avait brûlé la langue et la gueule.

Baissant les yeux, Gwen se concentra sur les lignes griffonnées sur une page du journal. Elle avait sommeil. Les derniers mots d'une phrase écrite d'une main tremblante, interrompue au milieu, se brouillèrent sous ses yeux.

« On a dû le déranger pendant qu'il inoculait les cultures de champignons. » Gwen posa les yeux sur une boîte en plastique repoussée au fond du plan de travail. Elle en ôta le couvercle et vit un amas de moisissures noires, marbrées, enduites de terre. Elle la flaira et reconnut l'odeur. « Tu sais ce que c'est, Sadie ? Des truffes.

— Eh ben, c'est moche, hein ?

— Une truffe est...

— Un fungus souterrain. Tu crois que je roupille pendant tous les cours ? fit Sadie.

— Les truffes viennent d'Europe et coûtent les yeux de la tête. Même mon papa les trouve trop chères.

— Vraiment ? » Sadie en prit une dans la boîte, qu'elle lava dans l'évier. « Au fond elles ne sont pas si affreuses que ça. Regarde celle-ci, par exemple. » Elle fourra le champignon sous le nez de Gwen. « On dirait un adorable oisillon, non ? »

Gwen dodelina du chef, si assoupie qu'elle faillit tomber de son siège à roulettes. Elle contempla la truffe nichée dans la paume de Sadie. Au fond, l'excroissance coiffant le champignon évoquait un bec, et le reste des plumes repliées. Bouche bée, elle vit Sadie y mordre en rigolant.

« Pas mauvais. » Sadie tendit la boîte. « Tu veux essayer ? »

Gwen sourit.

« Ça ne me dit rien. Sais-tu que les rongeurs parsèment les spores des truffes de leurs excréments ?

— Des rongeurs ? De la merde de rat ? » Sadie cracha la truffe dans l'évier. Très contente d'elle, Gwen n'en revenait pas d'avoir enfin damné le pion à son maître.

Une fois sa bouche rincée, Sadie lança un coup d'œil à l'horloge fixée au mur. « On doit faire très attention. » Tirant un chiffon du placard encastré sous l'évier, elle se mit à frotter toutes les taches de sang qui maculaient le revêtement blanc du ciment. « Il revient deux fois par jour. Pour peu qu'il découvre un truc dérangé, il saura que je respire encore.

— Parce qu'il te croit morte ?

— Il en est persuadé. » Sadie roula le chiffon sale qu'elle planqua derrière la réserve de boîtes et de conserves sous l'évier. « Il m'a enterrée vivante.

— C'est ça ! » Grâce aux comprimés, Gwen était complètement étourdie. Seule sa politesse enracinée l'empêcha d'éclater de rire.

« Je te jure, insista Sadie, blessée de son scepticisme. Et je n'avais pas mes yeux dans la poche quand il jetait de la terre dans ma tombe. » Elle alla ouvrir un autre placard d'où elle extirpa un volumineux sac à ordures vert. « Tu veux voir de quoi il a l'air ? » La petite fille sortit des ballots d'étoffe noire du sac qu'elle avait ouvert : un pull tricoté, le revers en laine d'une jambe de pantalon, l'orteil d'un grand soulier. Fouillant au fond, elle exhuma un morceau de feutre noir — une cagoule de ski. À peine les eut-elle enfilés sur sa tête qu'elle fut métamorphosée.

Tirée de sa somnolence, Gwen fixa le masque d'un regard exorbité. Voici donc la chose qui s'asseyait au

229

chevet de son lit de camp dans la salle de bains. Les yeux — des meurtrières — étaient couronnés par des points à crevés blancs, dessinant comme des sourcils haussés de fureur. On avait cousu la bouche de fil blanc pour donner l'illusion de crocs triangulaires qui se chevauchaient. Sadie lui montrait le visage du monstre.

« Qu'est-ce que t'en penses ? » Le tissu étouffait la voix, méconnaissable, à peine audible, de Sadie.

« Enlève-le ! Je t'en prie, enlève-le !

— D'accord, d'accord. » Sadie se dépêcha d'ôter le masque qu'elle remit dans le sac. « Il va falloir se cacher bientôt. Une fois ta fuite découverte, il te cherchera et mettra tout sens dessus dessous ici.

— Il va croire que je suis dehors. J'ai attaché les draps bout à bout et je les ai laissés pendre à la fenêtre de la salle de bains.

— Bonne idée. Ça ne l'empêchera pas de revenir ici et de fouiller la maison de fond en comble. *Moi*, c'est ce que je ferais. De toute façon, le bruit de la voiture nous avertira de son arrivée. On doit trouver une cachette. »

Sortant de la pièce blanche, stérile, elles revinrent dans la grande salle des champignons où bourdonnaient les petits moteurs. N'importe quel chariot rangé sous les étagères ferait l'affaire.

Le chien se remit à aboyer. Gwen se tourna vers les arbres, domaine de la bête enchaînée. « S'il le lâche, il n'y aura plus *aucun* endroit où se cacher.

— Il en existe un idéal. » Après l'avoir entraînée au milieu des tables qui encadraient l'allée, Sadie tira un chariot rempli de terre. Du doigt, elle désigna un trou sombre, rectangulaire creusé entre les traces du chariot, entouré de part et d'autre de gravats dont le reste était entassé dans le chariot. « C'est là. Il n'a pas fini de le combler. Son bip a sonné, et il a fichu le camp. En tout cas, il m'a enterrée ici.

— Tu blagues ?

— Voici ma tombe. Je te l'ai *dit,* il m'a enterrée vivante », répéta Sadie, le sourire aux lèvres.

Gwen se boucha les oreilles.

« C'est pas vrai.

— Bon sang, et comment qu'il l'a fait !

— Arrête, c'est pas drôle.

— Il m'a crue morte. » Sadie découvrit les oreilles de Gwen. « Non, écoute-moi. Je lui ai joué un de mes meilleurs tours : il faut réussir à garder les yeux ouverts. »

Gwen se serra les bras en secouant la tête. « Non », regardant malgré elle la fosse qui avait effectivement l'air d'une petite tombe.

Alors, Sadie attrapa ses vêtements raidis de boue dans le chariot poussé sous la table d'à côté — une preuve supplémentaire. « Je dois les mettre. Il m'a enterrée tout habillée. » Elle passa la tête dans son sweat-shirt mauve. « Tu sais, j'y ai beaucoup réfléchi. Pour mieux simuler la mort, il suffit de garder les yeux ouverts. Bien sûr, c'est difficile de ne pas les cligner. Mais, si je les avais fermés, il aurait écouté les battements de mon cœur. »

Sadie enfila son jean mauve, remonta la fermeture Éclair. « Oh ! et l'autre trouvaille, c'est que je me suis complètement raidie. Il est venu vérifier un peu plus tard, juste à temps pour que la rigidité cadavérique se soit installée. C'était parfait. J'étais allongée à dix mètres sous terre, sans ma parka. T'imagines, Gwen ? Le froid ? La rigidité ? » Sadie se vautra dans le trou, les bras croisés sur la poitrine, dans la meilleure tradition des cadavres de films d'horreur. Les yeux ouverts, elle fixa le plafond. « Tu vois ? Morte ? C'est chouette, non ? » fit Sadie avec un grand sourire.

Médusée, Gwen n'arrivait pas à réaliser que Sadie était couchée dans sa propre tombe.

« Si le chien l'emmène ici, il croira que la bête veut terminer ce qu'il a commencé dans le hangar. » Se redressant, Sadie creusa un peu plus le trou. « Voici la meilleure cachette — la seule.

— Je ne veux pas y aller.

— Eh bien, si, Gwen. Il n'y a pas d'autre moyen. »

Un bruit de moteur leur parvint aux oreilles. Encore faible, il se rapprochait néanmoins. Sadie se précipita dans la chambre stérile en criant à Gwen : « Entre dans le trou. J'ai oublié de remettre le sac dans le placard. Il faut que je le range, sinon il découvrira le pot aux roses. »

Après avoir rampé sous la table, Gwen s'étendit à contrecœur dans le trou en imitant Sadie. Elle avait les paupières lourdes qui se fermaient lentement. Tandis qu'elle se croisait les bras sur la poitrine, elle se demanda si ce n'était pas le moment de réciter une prière, si ça ne l'aiderait pas.

« Me voilà couchée pour mon dernier repos », murmura-t-elle.

Le moteur vrombit au-dessus de sa tête. Où était Sadie ? La question — interrogation somnolente — l'effleura sans la paniquer. La prochaine fois, elle ferait mieux de ne prendre que deux comprimés.

« Je confie mon âme au Seigneur. » Puis une meilleure prière lui revint en mémoire. Tirée du folklore, elle était sûrement plus efficace. Encore un cadeau de sa meilleure amie que ce moyen magique de dissiper les cauchemars d'une petite fille terrifiée en permanence — avant la thérapie de choc des films d'horreur à visionner. « Seigneur, délivre-nous des vampires, des fantômes, des bêtes à longues pattes et de tout ce qui hante les ténèbres. »

Gwen entendit un martèlement de pieds nus qui se rapprochait. Une fois dans la tombe, Sadie remit de la terre autour d'elles. « Il n'a pas eu le temps d'en jeter beaucoup. Ça ne va pas être trop pénible. Il en faut juste assez pour faire comme si je n'avais pas bougé d'ici, d'accord ? » Elle remonta la chemise de son amie sur son visage.

« Pour éviter que tu aies les yeux et la bouche pleins de terre. »

Bien que n'entendant aucun bruit de pas, Gwen savait l'homme dans la maison. Sentant sa présence, elle le suivit en esprit dans la salle de bains à l'étage, et imagina sa fureur à la vue de la fenêtre ouverte, des draps, de toutes les preuves de son évasion.

Vilaine fille. Oh ! il est tellement furieux. Le voilà qui descendait l'escalier quatre à quatre pour aller chercher dehors. Peut-être croyait-il qu'arrivée au bout de la corde de draps, elle avait fait ce saut sur le sol. Bien sûr, il ne connaissait pas l'étendue de sa lâcheté.

Méchante fille.

Gwen ferma les yeux, cramponnée à Sadie qui levait le bras pour ramener le chariot au-dessus de la fosse — couvercle sur roues de leur cercueil. Gwen, qui avait à nouveau le vertige, respira profondément. Prise d'une irrésistible envie de dormir, elle était complètement détendue. Quelque chose remua soudain dans la terre sous son dos, elle ouvrit brusquement les yeux. Le sol grouillait d'une vermine qui s'infiltrait dans ses habits, rampait sur elle. Gwen faillit hurler. Au paroxysme de la terreur, elle donna un coup de pied involontaire avant de sombrer dans le sommeil. Alors, les battements précipités de son cœur prirent le rythme calme de ceux d'une enfant épuisée.

Enlevant ses lunettes, Ellen Kendall se frotta les yeux. La première lueur du jour éclairait le dossier relié du compte rendu du procès, posé au milieu de la table de la cuisine. Elle regarda par la fenêtre. Attroupés autour de la poubelle dans la cour, des merles braillards battaient des ailes en poussant des cris stridents. Un frêle étourneau se posa sur le rebord de la fenêtre qu'il macula du gras de ses pattes luisantes.

Sale bestiole.

Elle agita la main vers la vitre pour le chasser. Le charognard se borna à tendre le cou en lui lançant un regard furibond, intrépide, sans tenir compte des avertissements.

Ma foi, qu'espérer d'un oiseau trop idiot pour émigrer au sud pendant l'hiver ?

Ellen baissa les yeux sur le procès-verbal. Il faisait encore nuit, quand, l'épais dossier refermé, elle s'était réfugiée dans la chaleur de la couette de son lit. Sauf qu'une force irrésistible avait dissipé son dernier espoir de sommeil, la ramenant gelée, pieds nus dans la cuisine pour finir sa lecture. À présent, elle avait mal aux yeux et la tête farcie d'idées bizarres.

Et si le prêtre était innocent ?

Ellen n'avait pas vu Paul Marie depuis le jour où le jury l'avait reconnu coupable du meurtre de sa fille. Hormis son col blanc de prêtre, il était habillé de noir.

L'étourneau s'envola.

Ellen se tourna vers son fils. Adossé au châssis de la porte, Rouge sirotait son café. Il portait un jean ainsi qu'une chemise de son père, à fines rayures. Une cravate rouge, dénouée, pendait autour de son cou, et un sourire désabusé flottait sur ses lèvres. Ellen admira son beau garçon dont elle enviait la jeunesse. Les visages jeunes, inaltérables, ne devraient jamais se creuser ni s'affaisser. Ah ! mais Rouge n'avait-il pas bien dormi ? Peut-être qu'il lui adressait un sourire d'excuse pour lui avoir fichu sa nuit en l'air.

Ellen tapota ses lunettes contre ses dents. « Tu as raison. L'avocat de la défense était véreux. » Elle se mit à feuilleter le dossier. « Tout est là, mon petit. Un étudiant en première année de droit s'en serait mieux sorti au tribunal. Dommage que l'avocat du prêtre soit mort. Tu aurais pu lui passer un savon à cause du reçu des rapports de police sur le témoin bidon.

— Quelqu'un l'a donc acheté. »

Elle fit signe que oui. Toutefois, il ne s'agissait pas de n'importe qui. « Ton père est le suspect le plus plausible de la manœuvre. Il était obsédé par l'idée de démasquer le prêtre. Néanmoins, ce sont les journaux de la famille qui l'ont vraiment condamné — les trois. Le fiasco du tribunal n'était qu'une formalité. »

En dépit des doses de calmants administrées par les médecins à l'époque, de l'alcool ingurgité pour se soigner, Ellen avait cependant perçu quelque chose de la farce qui se jouait à travers le voile du Valium et le brouillard du whisky. Dans ses souvenirs, une campagne de dénigrement du clergé avait battu son plein cette année-là.

« Tu veux que je cherche des traces de dessous-de-table ? » Autrefois, elle aurait foncé sans poser la question. Mais elle n'était plus dans le coup, ni journaliste. En outre, elle était la veuve de son principal suspect.

Debout près du plan de travail, Rouge se resservit une tasse de café. Il rapporta la cafetière sur la table. « Les arrangements financiers entre papa et Oz Almo m'intéressent davantage.

— Désolée, mon petit. On m'a laissée en dehors. Tout ce que je sais, c'est que ton père a donné une énorme somme pour la rançon. » Au demeurant, son fils était bien plus au courant des moindres détails des affaires de Bradly Kendall. À dix-neuf ans, Rouge avait réglé la succession, fait le nécessaire pour sauver la maison et leur éviter la faillite. Bien que sobre à l'époque, elle ne lui avait pas été d'un grand secours.

Rouge inclina la cafetière et remplit la tasse de sa mère d'un filet odorant de café noir. Ellen sourit de cette marque d'attention de son fils qui l'avait si souvent fait machinalement. Cela lui rappela l'époque où son ivresse lui interdisait de servir des boissons chaudes. Il lui arrivait de se demander à quoi ressemblait la nostalgie dans des familles normales.

« Je connais le montant de la rançon, fit observer

Rouge. Mais il manquait beaucoup plus dans le portefeuille de valeurs, sans compter les biens fonciers, hypothéqués au maximum. À la mort de papa, je n'ai pas trouvé d'explication à la moitié des dépenses.

— Alors, tu t'imagines qu'il donnait du fric à Almo Oz ? Des pots-de-vin pour l'avocat ? Possible.

— Quelles que fussent les intentions de papa, il payait en liquide — il n'y aucune trace. Il n'y a pas de meilleur intermédiaire qu'Almo pour les dessous-de-table.

— Mon Dieu, cet affreux petit salopard me dégoûte ! Ton père lui faisait pourtant confiance du temps où il était de la police. Il est vrai qu'il faisait un témoin à charge génial. Bien entendu, si l'avocat de la défense travaillait pour l'accusation...

— Pourquoi le clergé n'a-t-il pas procuré à Paul Marie un avocat intègre ? »

Ellen ne releva pas l'antinomie entre les termes. « Le prêtre a viré celui qu'il lui avait dégoté — le meilleur requin qu'on puisse acheter. » Ellen souleva le classeur, sous lequel il y avait le sinistre album de coupures de presse jaunies se rapportant à l'assassinat de leur fille constitué par son mari. « Le premier avocat voulait plaider coupable, mais le père Marie n'arrêtait pas de clamer son innocence. » Elle griffonna des notes à la hâte sur un bloc.

« Je peux retracer une partie de l'historique des finances d'Oz à partir de son compte. C'est déjà un début. Le reste, ce n'est pas impossible que je l'obtienne par une femme qui travaille dans une banque de Manhattan. Elle me doit une fleur. Les banques barbotent toutes dans le même bocal de poissons rouges.

— Et tu pourrais jeter un œil sur les clients d'Almo de ces quinze dernières années. Il m'a l'air d'être plein aux as — élégant, propriétaire d'une belle baraque. Je me demande si ce fric vient des affaires qu'il traite...

— Ou de rançons ? » Ellen se rendit compte que Rouge ne s'était pas privé de l'envisager. « Considère que c'est fait. » Ellen comprenait que son fils avait besoin d'une aide extérieure. La police de l'État n'apprécierait guère qu'un inspecteur tout frais émoulu enquête sur un ancien de la PJ. « Je vais me mettre à appeler mes contacts dès aujourd'hui. Autre chose ?

— Oui. Ali Cray croit qu'on a trafiqué le dossier de Paul Marie pour le mettre avec les autres détenus. Compte tenu de la nature de son crime, cela frise la tentative d'homicide. Voilà l'une des explications à l'argent qui manque. Si Oz Almo a dû soudoyer la prison...

— Non, mon petit. Si on envisage la thèse d'un complot, ça ne tient pas la route. En plus, c'est faire preuve d'une certaine naïveté envers notre système pénal vérolé.

— Cette prison pratique une politique de ségrégation pour les délinquants sexuels. J'ai vérifié.

— D'après toi, cela apporte de l'eau au moulin d'Ali Cray ? Rouge, fais attention. Ta mère va faire ton éducation. Il est fréquent que les gens soient paumés. Alors, méfie-toi des déductions logiques. Non, je vais l'exprimer autrement : les raisonnements, assieds-toi dessus. Colle aux faits. Agis en temps réel, sois en prise avec la réalité. Ne te laisse embarquer dans aucune thèse de complot.

— Si elle a raison, il se peut que le prêtre...

— Oublie les nobles et justes causes. La justice n'existe pas. Tu veux la vérité ? Dans ce cas tu ne peux te permettre d'adhérer à la cause de personne. Pas plus à celle du prêtre qu'à la tienne. »

Rouge donna un léger coup au classeur. « On a la preuve qu'Oz était un flic corrompu. Ce bracelet...

— Non, mon petit. J'ai une piste pour une *possibilité* de dessous-de-table. Attendons qu'elle soit vérifiée. Est-ce une preuve qu'il a fabriqué une pièce à conviction ? Non. Admettons qu'il l'ait fait. Et alors ? C'est une vieille pratique chez les flics — encore une fois, ça ne tient pas la route. Quand j'étais journaliste à Chicago, les flics avaient des pièces à conviction de *rechange* dans leurs foutues voitures — de la drogue en général.

— Le bracelet en argent...

— ... était à Susan. Ton père le lui a offert pour son dernier anniversaire. Et elle le portait ce jour-là. Ton père ne l'a pas donné à Oz pour qu'il le cache. Les faits sont là. » Ellen feuilleta le compte rendu. « Le prêtre n'a pas eu droit à un procès équitable, mais rien là-dedans ne prouve son innocence — ce n'est donc pas un fait. Ne touche pas à Oz jusqu'à ce que tu aies quelque chose de concret.

— Et si je l'interrogeais — seul ?

— Non. C'est une mauvaise idée. N'écoute ni ton cœur, ni tes entrailles, mon petit. Les deux macèrent dans de la testostérone. Écoute ta mère.

— Je n'ai pas l'intention de le frapper, je veux simplement...

— Rouge ? Prends note. » Elle brandit le classeur comme une pièce à conviction. « Tu ne peux te fier ni aux flics ni aux tribunaux. » Elle lui mit les coupures de journaux sous le nez : deuxième pièce à conviction. « Comme il est impossible de croire les journaux, si tu ne fais pas confiance à ta mère — à qui d'autre ? »

Ellen eut enfin le sentiment qu'ils étaient arrivés à un accord. Le sourire aux lèvres, Rouge s'adossa à sa chaise tout en terminant son café.

Ils formaient une équipe.

Depuis combien d'années ne s'était-elle sentie aussi proche de son fils ? Ellen se rendit soudain compte qu'elle faisait du révisionnisme. Du vivant de sa fille, elle avait confié les jumeaux à d'autres femmes sans s'occuper d'eux. Ils se suffisaient si bien à eux-mêmes qu'ils ne souhaitaient la compagnie de personne. Puis, après la mort de Susan, la culpabilité d'avoir été une mauvaise mère l'avait submergée. Et elle ne s'était pas améliorée. Buvant comme un trou, elle avait complètement oublié son petit garçon au moment où il avait le plus besoin d'elle. Rouge avait-il eu peur des « Bonjour » et « Bonsoir » qu'elle lui bredouillait ? À dix ans, qu'avait-il éprouvé à la vue de sa mère sombrant dans un sommeil hébété, bien avant qu'il ne fût l'heure d'aller se coucher pour lui ?

Mais on lui donnait une deuxième chance. Il fallait à son enfant rescapé une source cachée de renseignements, l'aide d'un envahisseur crapuleux, d'un saboteur de vies privées comprenant l'ignoble fonctionnement du rebut du genre humain.

Le sentiment maternel ressemblait donc à cela.

Un bruit de verre cassé réveilla Gwen. La chose les avait rejointes au sous-sol — elle fouillait la pièce blanche, à deux pas de leur cachette. Gwen entendait les aboiements entrecoupés du chien ; elle percevait des pas dans l'allée des tables aux champignons. Au-dessus, Sadie lui envoyait, frénétiquement, des mottes de terre. Très énervé à présent, le chien aboya plus fort et elle l'imagina en train de tirer sur sa laisse tandis qu'ils se rapprochaient. Les aboiements se muèrent en couinements étranglés. Le chien soufflait bruyamment, grognait.

Gwen écouta les pas de l'homme, les halètements du chien. Lorsqu'il donna un coup de pied au chariot, elle tressaillit — son tricot glissa sous son menton, et la terre lui tomba dans les yeux, la bouche. Elle avait des haut-le-cœur. Il faisait rouler le chariot. Elle ferma les yeux pour éviter la terre qui tombait du sweat-shirt de Sadie. Puis le chariot fut violemment repoussé à sa place, sous la table. Le chien eut un aboiement qui s'interrompit brusquement. Un jappement de douleur lui succéda.

« Stupide animal », gronda la voix chuchotante.

La chose avait vu ce à quoi il s'attendait — l'enfant morte allongée dans sa tombe, rigide, les yeux grands ouverts sur la maigre lueur qui vacillait sous la table.

Voilà que le halètement du chien perdait de son intensité, de même que les pas de l'homme retournant au fond de la cave. La porte claqua. Le silence retomba.

Sadie roula sur le côté. Gwen, qui voulut s'asseoir, se cogna la tête contre le bois du chariot tout en recrachant la terre. La douleur de sa jambe était revenue, plus intense. « Il me faut des médicaments, d'autres comprimés. » Sadie l'empêcha de sortir.

« Pas encore. Il n'est pas parti. La voiture est toujours ici. Attends le bruit du moteur.

— Sadie, j'ai besoin de médicaments. Je ne peux pas...

— Reste ici. Je vais les chercher. » Sadie se hissa hors de la tombe et rampa entre les roues du chariot.

Gwen était seule dans le noir. La lumière qui passait sous le chariot éclairait sa plaie. La chair boursouflée débordait du pansement. L'infection s'étendait au-delà de la blessure. Étirant la jambe pour mieux la voir, elle défit le nœud de la gaze.

La peur la terrassa.

Autour des traces de morsure, la couleur de la peau avait viré du rouge vif au brun foncé. Lorsqu'elle effleura les petits trous laissés par les dents du chien, elle eut l'impression de s'empaler sur une broche portée au rouge. Inconsciente du retour de Sadie, la petite fille poussa un long hurlement. Sadie lui fourra les comprimés dans la bouche et les lui fit avaler avec de l'eau du bocal.

En silence, elles attendirent que la douleur s'atténue. Gwen vit un scarabée sortir en rampant de la manche de son tricot. Prise d'un frisson de dégoût, elle le chassa d'une tape.

« Couche-toi jusqu'à ce qu'on entende la voiture partir, lui dit Sadie.

— Je ne peux pas. À cause de la vermine. » Gwen se couvrit le visage de ses mains sales. « Je ne sais pas ce qui m'arrive. Avant, je m'en fichais. Tu te souviens de nos jeux, des courses d'insectes ? »

La petite fille était en larmes.

« On avait huit ans. » Sadie caressa les cheveux de son amie en souriant. « C'étaient toujours les tiens qui gagnaient.

— Sauf que maintenant je ne supporte pas d'en avoir dans mes habits. Qu'est-ce qui m'arrive ?

— Tu es en train de devenir une femme. » La résignation du ton de Sadie impliquait que c'était le destin, qu'on ne pouvait rien y faire.

« Et cet *homme*, Sadie. C'est la même sensation, comme le gros spécimen de moustique du musée — un énorme insecte.

— *La Mouche.*

— Le premier film de 1958 ? Ou la nouvelle version de 1986 ? » Machinalement, Gwen avait embrayé sur leur jeu habituel, axé sur le cinéma. Un conditionnement de longue date. Depuis des années, les recherches pour répondre aux questions de Sadie sur les films d'horreur avaient pris le pas sur ses devoirs.

« Il me plaît, ce surnom, on va l'appeler : la Mouche. »

À présent, dernière manifestation de son étrange odyssée, Gwen entendit la pluie crépiter sur les feuilles des arbres. Jetant un regard à travers les roues du chariot, elle tendit le cou pour apercevoir le plafond d'ampoules, derrière la cave des cultures de champignons. De grosses gouttes tombaient des tuyaux qui sillonnaient le ciel électrique.

Il pleuvait dans la maison.

« Vous admettez avoir toujours été un peu obsédé par l'idée d'un enlèvement ? » Malgré la tristesse des yeux marron que Pyle posait sur Peter Hubble, Rouge trouva qu'il n'y avait pas plus de solidarité que de compassion dans son attitude.

Peter Hubble se contenta d'acquiescer, avant de pencher la tête pour exprimer un : « Et alors ? » On eût dit que tous les pères américains cousaient des émetteurs dans la doublure des sacs à dos de leur enfant, trempaient d'encre les doigts de leur petite fille, afin qu'elle laisse ses empreintes digitales sur le carré réglementaire d'une fiche destinée à cet effet. Sans compter que tous les parents du monde conservaient un échantillon de sang congelé dans le réfrigérateur, en cas de besoin, pour une expertise d'ADN par exemple.

Le paquet de fiches qui atterrit alors sur la table de conférence rassemblait les empreintes de pied de Gwen, prises tous les ans depuis sa naissance — boucles, fragiles volutes, représentant ses orteils, la plante de ses pieds, si minuscules qu'elles vous brisaient infiniment plus le cœur que des photos. Aucun de ces hommes installés autour de la longue table n'allait y jeter plus d'un regard.

Trois agents fédéraux étaient assis du côté de Pyle, tandis que Rouge et Buddy Sorrel encadraient Peter Hubble. L'inspecteur principal, qui n'avait pratiquement pas ouvert la bouche, prenait des notes de temps à autre. Adossé nonchalamment à la porte, un autre membre de la police judiciaire ne révélait en rien ce qu'il captait de la conversation.

Une heure avant, dans le bureau de Costello, l'agent secret Pyle s'était expliqué sans équivoque : avec la demande de rançon portant le cachet de la poste d'un autre État, l'enquête revenait aux fédéraux. Face au sourire énigmatique par lequel le commissaire avait réagi, Rouge se demandait si Pyle ignorait certains éléments de la demande de rançon. On n'avait toujours pas prévenu les parents, car le FBI s'était tapé la corvée de trier le courrier des Hubble. Quand comptait-on avertir les familles et de quelle façon ? Encore une question que se posait Rouge.

Pyle, la bouche réduite à un fil, pianotait sur la table avec son crayon. « Monsieur, votre ex-femme aurait-elle pu enlever Gwen ?

— Marsha ? » Peter Hubble prenait visiblement l'agent du FBI pour un cinglé. « Non, bien sûr que non. » Avec un regard furieux, il se leva de la table. « Pyle, vous n'êtes même pas fichu de vérifier vos sources. Ma femme et moi sommes séparés, pas divorcés. Tout ça ne rime à rien. Pourquoi perdre votre temps au lieu de chercher Gwen ? Au moins, laissez-moi partir et...

— Vous n'irez nulle part. Si vous voulez un avocat, je peux arranger ça. Mais quoi qu'il advienne, vous parlerez. »

Peter Hubble se laissa tomber sur son siège, levant les yeux au plafond comme pour demander : *Quoi encore ?* Rouge trouvait quelque chose de kafkaïen à cet entretien avec un père anéanti. N'importe quel connard était capable de voir la souffrance de cet homme.

« Votre femme s'est battue contre vous pour la garde de Gwen, fit observer Pyle, d'une voix sèche et tranchante.

— Il y a deux ans de cela. Marsha et moi avons résolu ce problème. » Peter Hubble parlait au plafond.

« Monsieur, vous prenez un tas de précautions pour la sécurité de votre fille. Vous croyez votre femme capable d'enlever Gwen, n'est-ce pas ? » Si Pyle observait les formes, le ton n'y était pas.

« Je suis un homme riche », répliqua Peter Hubble, calmé maintenant, à moins que ce ne fût de la lassitude. « Cela devrait vous suffire comme raison. » *Même à un imbécile dans votre genre,* était-il sous-entendu.

Sorrel sourit sans lever le yeux de son carnet. Troublé, Rouge aurait aimé croiser son regard. Personne dans la pièce, fût-ce Pyle, n'imaginait que Marsha Hubble eût enlevé sa fille. Du reste, au moment de sa disparition, elle se trouvait à Albany — point de mire d'une équipe de huit personnes, furibardes d'avoir perdu leur week-end. L'agent du FBI savait bien que la police vérifiait toujours les alibis des parents qui n'avaient pas la garde d'un enfant. Alors que cherchait-il en orientant l'interrogatoire dans ce sens ?

Arnie Pyle prit un dossier que lui passait son voisin avec moult simagrées. Il mit un temps fou à l'ouvrir et le feuilleta pour en extraire un document portant l'en-tête en gras d'un tribunal pour enfants. « L'an dernier, votre femme vous a accusé de maltraiter votre fille. Est-ce que vous la frappiez ?

— Non ! s'indigna Peter Hubble, à nouveau debout. Pourquoi déformez-vous les choses, Pyle ? Ma femme parlait de mauvais traitements psychologiques. Vous connaissez la différence. D'après elle, je la protège à l'excès. » Hubble se pencha sur la table, où il posa les deux mains. Il avait moins l'air d'une victime désormais que d'un homme prêt à flanquer un type par terre. Rouge se demanda si un flic allait l'en empêcher, et décida que non. Toutefois un procès pour agression compliquerait la vie de Hubble, pour peu que Pyle lui en intente un.

Rouge se leva, posant doucement la main sur l'épaule de Hubble. Bien que légère, la pression suffit pour que l'homme se redresse sur sa chaise. « Votre femme est dans la politique, monsieur, j'imagine qu'elle fait feu de tout bois. Mais je ne sais pas de quelles informations disposent les fédéraux. Pourriez-vous me parler de l'accusation de mauvais traitements ? »

Hubble parut mieux réagir à la voix raisonnable de Rouge.

« Marsha m'a poursuivi en justice pour forcer la décision. Elle a laissé tomber quand j'ai permis à

Gwen d'aller en colonie de vacances avec Sadie Green. Moi, je projetais d'emmener ma fille dans les îles grecques. Ma femme trouvait apparemment qu'un été avec Sadie Green serait plus instructif. Avec raison sans nul doute. Gwen cite maintenant dans le texte les dialogues de films d'horreur et est grossière plus souvent qu'à son tour.

— À ce que je comprends, vous n'avez pas une très bonne opinion de Sadie Green, fit observer Rouge, réprimant un sourire.

— Non, et de tout temps. » Sa physionomie s'adoucit. « Mais je l'ai toujours beaucoup aimée. Si vous la connaissiez, vous éprouveriez la même chose », acheva-t-il d'une voix éteinte.

Hubble était vulnérable à l'extrême. Rouge, qui sentit venir le coup bas de Pyle, voulut l'en empêcher d'un signe. Ce dernier reprit néanmoins la parole, d'un ton toujours aussi rogue : « On a trouvé les empreintes de doigts de votre fille sur le bouton du système d'alarme. Gwen l'a coupé pour filer à l'anglaise par la porte de service. À part votre femme, qui aurait pu l'appeler parmi des amis de la famille ou ses camarades ?

— Il n'y a que Sadie. Elle est la seule au monde à avoir plus d'influence sur ma fille que moi. »

Le visage empreint de soupçon, Arnie Pyle se pencha. « Nous savons que ce n'est pas Sadie. Quelqu'un d'autre ? Entre le cabinet du gouverneur et les partisans du sénateur Berman, Mme Hubble a beaucoup d'ennemis. »

Hubble secoua la tête — plus par surprise face à cette extrapolation tirée par les cheveux qu'en signe de dénégation.

« Vous avez la réputation de vivre en reclus. En revanche, votre femme a une vie sociale intense. Pourriez-vous nous donner une liste de gens qui...

— Encore une perte de temps. » Peter Hubble écarta sa chaise de la table, permettant à Rouge de voir Sorrel dont il croisa enfin le regard. Sorrel hocha la tête. Les deux hommes ne se faisaient plus d'illusions sur l'objectif de l'entretien : mission de commando dans l'arène politique sans aucun rapport avec les enfants. Sorrel fit signe qu'il était d'accord avec Peter Hubble.

« Je cherche les noms de vos proches, de quelqu'un qui connaît votre gamine. » Arnie Pyle posa brutalement les deux mains à plat sur la table. « Nous avons appris que Gwen avait l'habitude d'échapper à sa nounou et de se faufiler dehors.

— Première nouvelle, vous en savez plus que moi. » À l'évidence, il ne croyait pas Arnie Pyle.

Rouge intervint : « C'est vrai, monsieur Hubble. Le petit garçon — celui qui a repéré la bicyclette de Sadie à l'arrêt du bus — nous l'a confirmé. D'après lui, Gwen filait pour retrouver son amie au hangar à bateaux quand vous leur interdisiez de s'amuser ensemble.

— Je n'en avais aucune idée. » Peter Hubble avait un air sidéré, et un peu bébête. Même Pyle ne pouvait douter que l'homme aux mille cadenas, au matériel de surveillance dernier cri ignorait tout de la vie secrète de sa fille.

Sans tenir compte des signes de Pyle le sommant de ne pas insister, Rouge se pencha vers Peter Hubble. « La dernière fois que David Shore m'a parlé...

— David vous a réellement parlé ? » Incrédule, Peter Hubble se cala sur sa chaise tout en assimilant cette nouvelle information. Un pli sardonique se creusa à la commissure de ses lèvres — trace d'humour. « À huit ans, Sadie m'a raconté que David avait eu la langue coupée à sa naissance. À son avis, c'était à cause de quelque étrange rite religieux. Elle le croyait protestant — enfin peut-être. »

Et le père de Gwen tout comme les inspecteurs ou les agents autour de la table ne purent réprimer un sourire.

La pluie aberrante ne tombait plus dans la maison. L'homme était de retour. Le chien poussa un nouveau cri de douleur. La grosse porte métallique claqua. Les petites filles restèrent sous terre jusqu'à ce que le bruit de la voiture, qu'elles avaient entendu démarrer, s'affaiblît.

Repoussant le chariot, Sadie sortit du trou et courut au bout de l'allée des étagères. « Regarde. » Elle montrait du doigt les arbres sous lesquels le chien s'était vautré, immobile. À côté de l'animal enchaîné, prostré sur le sol, il y avait un ballot d'étoffe rouge dans un sac en plastique.

« Gwen, c'est ta parka, n'est-ce pas ?

— Il a dû aller me chercher dehors. Voilà pourquoi il a emmené le chien et la parka imprégnée de mon odeur. Sans doute croit-il tous les chiens capables de flairer une trace. Il se goure. D'après M. Stuben, il faut un temps fou pour dresser un chien à ça. »

Le chien roula sur le flanc en gémissant.

Gwen examinait les sacs entassés dans un autre chariot. L'un avait une étiquette de biscuits pour chiens. L'autre portait une marque connue d'aliments déshydratés qui, mélangés à de l'eau, donnaient quelque chose d'analogue à de la viande en sauce. Fouillant plus profondément, elle exhuma la même boîte que celle dont elle nourrissait Harpo, son caniche. Aux dires de M. Stuben, on ne trouvait rien de mieux sur le marché.

Le chien se remit debout. Il avançait en se cognant les pattes, de la démarche chancelante d'un animal sans forces et gravement blessé. Il s'arrêta juste avant d'atteindre le bout de la longe — à force de s'étrangler, il avait appris sa leçon.

« N'aie pas peur, la chaîne n'arrive pas aussi loin », la rassura Sadie.

Or, le chien n'effrayait plus Gwen, sans que les médicaments y soient pour quelque chose. La bête fauve qui aboyait devant elle était le seul élément familier de cet univers si insolite de champignons inconnus, de grands chênes estropiés, où il pleuvait à l'intérieur, où des soleils électriques brillaient — où rôdait un monstre.

Le chien, elle le comprenait.

Ils ne se haïssaient pas. Gwen n'en voulait pas au molosse de l'avoir mordue. Cela n'avait rien à voir avec elle, en tant que personne. Un animal mourant de faim cherchait sa nourriture n'importe où. Au fond, le comportement du chien, tout ce qu'il y a de normal, était prévisible, contrairement au reste du monde. Elle avait l'idée bizarre qu'une amitié pourrait naître entre eux. Vu son attaque silencieuse, on l'avait dressé professionnellement, peut-être comme chien policier. Il n'avait aboyé qu'une fois avant d'être tabassé. Pour Gwen cela révélait l'étendue de sa frayeur.

Sans aucun doute. Il avait flairé la terreur de Gwen, sachant d'instinct que tout animal effrayé devenait dangereux. En outre, sa blessure la rendait deux fois plus menaçante pour le chien. En cet instant précis, où, babines retroussées, il se mettait à gronder, il était terrorisé. L'animal avait mal, peur pour sa vie, mais ce n'était pas un lâche. M. Stuben lui aurait trouvé du cœur.

D'après le maître-chien, on avait beaucoup à apprendre des animaux — surtout en matière de distinction entre lâcheté et peur. En cours de dressage, M. Stuben exploitait la dualité du chien, partagé entre sa crainte des hommes et son amour pour eux. Il ne le battait jamais. Pour peu que le chien se sentît menacé par la cruauté, son cœur l'emporterait sur sa peur et il se retournerait contre son maître. Gwen fixa l'animal dont elle finit par attraper le regard paniqué.

Oui, à l'évidence, il ne s'agissait plus que de survie. Mais Gwen avait Sadie de son côté ; le chien était seul.

Gwen était une petite fille de dix ans que tout ter-

248

rifiait hormis cet animal en train de gronder, prêt à l'attaquer, qui représentait la seule passerelle vers un univers qu'elle fût en mesure de comprendre et de maîtriser.

« On pourrait faire quelque chose avec le chien.

— Je m'y prépare. » Sadie s'empara d'une longue lame fixée à un manche rond dans un chariot plein d'outils — élément d'une paire de cisailles de jardinier. « Ce n'est pas encore assez aiguisé. » Elle s'approcha du mur et frotta le métal sur une pierre rugueuse, affûtant la lame avec soin, amour.

« T'as aucune chance de t'en servir. En une seconde il t'aura sauté à la gorge. Tu ne préférerais pas que le chien soit ton ami ?

— Gwen, il aimerait mieux que je sois son dîner.

— T'as toujours voulu en avoir un.

— Je n'ai pas envie de perdre ma main en le caressant.

— Tu sais, il a l'air vachement faible. Tu veux lui donner à manger ?

— T'as pas entendu ? » Sadie regarda son amie de toujours comme si elle perdait la boule. « Ce cabot, je le hais. En plus, t'as vu ce qu'il t'a fait ! »

Gwen posa un regard étrangement détaché sur le pansement de sa jambe. N'ayant cette fois avalé que deux comprimés, elle avait les idées claires et la souffrance restait à distance. Sa jambe pesait davantage, comme si on lui avait introduit un petit objet lourd dans le muscle du mollet. Ce n'était pas douloureux néanmoins. Elle considérait sa jambe comme quelque greffe étrangère à son corps.

Elle revint au problème du chien. « Sadie, comme dirait M. Caruthers : abordons la question sous un angle logique. Est-ce que cela n'aurait pas plus de sens d'apprivoiser le chien ?

— Oh ! sûrement. N'empêche que je vais le tuer.

— Tu sais comment il s'appelle ?

— La Mouche ne lui donne jamais de nom ni beaucoup à manger, d'ailleurs. Je parie que le chien n'a rien bouffé aujourd'hui. » La lame, qu'elle continuait d'aiguiser sur la pierre avec une indéniable satisfaction, crissa. « Ça va être facile comme bonjour. »

Gwen remarqua alors un bol en fer-blanc qui luisait au pied de l'arbre le plus proche. « Il n'y a pas d'eau dans la gamelle du chien.

— Il boit celle qui pleut des tuyaux du plafond. »

La gamelle était trop proche du tronc dont l'épais feuillage empêchait l'eau de s'accumuler. « À mon avis, le type veut en faire un chien méchant. M. Stuben dit qu'un animal mourant de faim et de soif est un bon chien de garde parce qu'il voue une haine mortelle au monde entier. On n'a qu'à commencer par lui donner à boire. » Prenant le balai, Gwen se mit à quatre pattes.

— Je t'ai dit que j'allais... » Sadie cessa d'affûter. « Qu'est-ce que tu fiches ? »

Gwen tendit le balai pour atteindre le bol du chien. « Qu'est-ce que tu crois ? » L'animal, qui s'était mis à l'observer, se ramassait sur lui-même, prêt à bondir, tandis qu'avec le manche du balai elle faisait glisser le bol en arc de cercle et l'éloignait du tronc.

« Gwen, recule ! Ne... »

Au moment où Gwen attrapait la gamelle, le chien s'élança. Sadie la tira en arrière par les talons. Gwen avait sous-estimé la longueur de la chaîne. C'est tout juste si les mâchoires du chien ne lui frôlaient pas les pieds quand Sadie laissa tomber ses talons sur le bon côté de l'invisible ligne de démarcation. Gwen, qui n'avait pas lâché le bol, éprouvait malgré tout une grande fierté.

Sadie s'assit sur les talons à côté d'elle. « Moi, je pense que t'es ivre à cause des comprimés.

— Défoncée. L'alcool *soûle,* la drogue *défonce* », la corrigea Gwen en s'interrogeant néanmoins sur le rôle des médicaments dans son courage inopiné.

Sadie prit le bol des mains de son amie. « Ce ridicule bout de fer-blanc a failli te coûter la main, mais toi, tu veux lui donner à boire ?

— C'est comme une torture de ne pas le faire.

— Et si le sale mec s'aperçoit que la gamelle du chien est pleine ? T'as envie que la Mouche sache qu'on est ici ?

— Et ça alors ? » s'écria Gwen, désignant la lame aiguisée que Sadie avait posée par terre. « Quand il trouvera le chien avec ce truc en plein cœur — tu crois pas qu'il se doutera de quelque chose ? À moins que tu n'aies l'intention de faire une mise en scène de suicide ? »

Très calme, Sadie se releva, la gamelle dans les mains. Le visage renfrogné, elle tourna le dos à Gwen et marcha dans l'allée entre les tables couvertes de champignons.

« Tu vas où ?

— Chercher ta maudite eau dans l'évier. »

Gwen la rattrapa en boitillant. « Je suis désolée. » C'était faux.

La petite fille tirait une certaine fierté d'avoir surmonté sa lâcheté. Elle resta près de l'évier pendant que Sadie remplissait le bol.

« L'homme, il s'adresse au chien, lui donne des ordres ?

— Il emploie des mots indiens. Quand il veut lancer le chien contre moi, il crie : "Geronimo", et "Sitting Bull", pour le rappeler. » Tenant la gamelle pleine d'eau, Sadie se tourna vers la porte. La langue entre les dents, elle s'appliquait à ne rien renverser.

Lentement, elles retournèrent à la lisière de la petite forêt. Gwen prit au passage une poignée de biscuits dans le chariot alors que Sadie posait la gamelle au bord du cercle magique, limite de la chaîne du chien, avant de la pousser avec le manche à balai. Oreilles dressées, museau tendu, le molosse s'approcha furtivement.

Gwen inventoria les trois sortes de crocs féroces,

définissant l'arbre généalogique agressif du bâtard. « Tiens, prends-en un. » Elle tendit un biscuit à Sadie. « Jette-le-lui.

— Tu veux qu'il reprenne des forces ? T'es braque ?

— Bon, ne lui en jette que la moitié. »

Le chien avait vidé la gamelle en aspirant l'eau pour ainsi dire. Redressant la tête, il avait les oreilles couchées, signe d'un regain de soupçon. Sadie cassa un petit gâteau en deux et le lui lança. Il fondit sur le morceau qu'il goba. À peine la tête relevée, il laissa échapper du fond de la gorge un cri presque humain signifiant : *Encore, s'il vous plaît.*

« Lève l'autre moitié pour qu'il la voie. Crie *Sitting Bull,* dit Gwen.

— Sitting Bull ! »

Après avoir un peu reculé, le chien s'assit, les muscles contractés, dévorant des yeux le petit bout de gâteau que Sadie avait à la main.

« Lance-le-lui. »

Sadie obéit. Le chien attrapa le biscuit en l'air et referma ses mâchoires. Malgré le bourdonnement mécanique des petits moteurs derrière elles, les petites filles entendaient les dents pointues grincer, mastiquer.

« Bien visé. On va recommencer avec un autre biscuit. Il faut se cantonner à ce qu'il y a de simple : travailler le tour qu'il connaît déjà. L'essentiel c'est que tu lui donnes les ordres.

— Pourquoi moi ? T'es la spécialiste. T'as dressé Harpo à...

— Tu feras un bien meilleur loup Alpha — le chef de la meute. »

Sadie ignorait la peur et n'avait pas de blessure. Contrairement à sa meilleure amie, le chien avait perçu la lâcheté de Gwen, incapable de donner des ordres à cet animal qu'elle respectait déjà trop. « Dorénavant, il ne va plus s'occuper que de sauver sa peau. Sauf que même les loups obéissent.

« — Au loup Alpha.

— Exactement. » Une fois qu'il serait son chien, Sadie n'éprouverait plus le désir de le tuer. En un rien de temps, Sadie aurait eu l'idée de se livrer à des expériences avec la nourriture du chien et les produits chimiques de la pièce blanche. Or, la poudre verte était un poison mortel, il suffisait de la respirer pour s'en rendre compte.

« Celui qui le nourrit doit le commander. Bon, puisque Geronimo est le mot pour le lancer à l'assaut, trouvons-lui quelque chose à attaquer.

— J'ai ce qu'il faut. » Sadie se précipita dans l'allée des tables de champignons, puis disparut dans la pièce blanche. Au bout d'une minute, elle revint à pas lents, brandissant la cagoule noire. « Ça te va ? » La petite fille s'arrêta pour prendre des sacs en plastique dans un chariot dont elle bourra la cagoule tout en marchant. Laquelle était ronde comme une tête d'être humain quand Sadie la tendit à Gwen.

Gwen la lança au milieu du cercle du molosse. « Crie maintenant...

— Je sais. Geronimo ! »

S'abattant sur la cagoule, le chien y planta les dents et la secoua jusqu'à ce que Gwen chuchote le contre-ordre. Sadie hurla : « Sitting Bull ! »

Le chien interrompit son assaut ; Sadie s'apprêta à casser un biscuit.

« Non, protesta Gwen. Envoie-lui un biscuit entier. Après quoi, tu dois le féliciter. M. Stuben dit que c'est très important. »

À contrecœur, Sadie lui en balança un, bien qu'elle n'eût aucune envie de le complimenter.

« Sadie, vas-y, murmura Gwen.

— Bon chien.

— Plus fort. Comme si tu le *pensais,* Sadie.

— T'es vraiment un bon chien. »

Elles passèrent l'heure suivante à faire des incursions dans le sac à biscuits.

« Le chien ne grogne plus, je crois qu'il t'aime bien, Sadie. Tu ne trouves pas qu'il a un regard amical ? C'est chouette, non ? »

La petite fille n'eut pas l'air convaincue. « Geronimo ! Ouais, vise-moi comme il déchire cette tête. Quel bon chien ! » Souriante, Gwen observa l'animal qui prenait la tête de tissu noir entre ses crocs. S'acharnant sur le feutre, il le mettait en lambeaux. « À l'heure qu'il est nos parents sont sans doute fous d'inquiétude.

— Pas les miens, ma mère est enceinte », déclara Sadie, qui jeta un biscuit au chien sans entrain. Cela ne l'amusait déjà plus de souffler le chaud et le froid sur cet animal. « En ce moment, il y a des chances pour que le psy de l'école soit en train de raconter aux parents que j'ai fait une fugue — pour exprimer mon besoin d'attention. » Sadie connaissait sans conteste le jargon. On l'avait expédiée chez le conseiller d'orientation assez souvent pour ça.

« Quel imbécile, ce docteur Moffit. Mais les parents croient dur comme fer à ces conneries.

— Geronimo ! Gwen, ça fait un bout de temps que je veux te toucher un mot sur ta façon de parler.

— *Ma* façon de parler ?

— Sitting Bull ! » Sadie lança un autre petit gâteau, pas loin. En effet, elles s'étaient rapprochées et se tenaient à quelques centimètres à peine de l'animal. « Si tu dis encore une fois "connerie" à ton père, il ne me permettra plus de venir dormir chez toi. Moi, je ne prononce jamais ce mot devant *mes* parents.

— Connerie, connerie, connerie.

— Merde, merde, merde », chantonna Sadie sur le registre plus aigu de la deuxième mesure de *Jingle Bells*.

— Connerie, connerie, connerie », reprit Gwen en chœur.

Et elles s'accordèrent pour clamer : « Merde, chiasse », en finale.

Tout en applaudissant, Gwen réussit à perdre l'équilibre ; bien qu'assise, elle bascula en arrière comme une quille percutée par une boule. Sadie avait sans doute raison à propos des comprimés : elle devait être défoncée. Au moins n'avait-elle pas mal — elle ne supportait pas la douleur. Un trop grand sourire flottait sur les lèvres de la fillette quand elle se rassit en tailleur. « Allez, maintenant on fait *Silent Night*. Me-r-r-de... »

Sadie leva une main pour l'interrompre. « C'est un titre de film. Tu t'en souviens ? Je te l'ai enregistré l'an dernier.

— *Nuit de silence, nuit mortelle,* 1984 ? Le père Noël assassin contre la religieuse démoniaque ?

— Ouais », acquiesça Sadie avant de se lancer dans une assez bonne imitation de M. Caruthers, la meilleure incarnation de père Noël qui fût, gonflant le ventre et baissant le ton : « Quel enseignement tirons-nous de ce film, Gwen ?

— De ne jamais faire confiance à une bonne sœur ?

— Tu brûles, chuchota Sadie comme si le chien risquait d'entendre. Il y avait deux monstres dans ce film, tu t'en souviens ? »

L'animal enchaîné se mit à aboyer.

« David vous a dit ça ? David l'extraterrestre ? » Pour la première fois de l'entretien, le père de Sadie sourit.

« Un étrange petit bonhomme, n'est-ce pas monsieur Green ? fit observer Arnie Pyle.

— Pour sûr, mais les gosses sont les êtres les plus bizarres que je connaisse. À propos, appelez-moi Harry.

— Vous connaissez beaucoup de petits enfants, monsieur Green ?

— Naturellement, répondit-il, affable, sans relever la grossière insinuation. Dès que Sadie a été assez grande pour tenir une batte, je me suis mis à entraîner une équipe de base-ball pour tout-petits. Toutefois, c'est en gym que ma gamine fait des prouesses. »

Rouge prit Pyle de vitesse et demanda gentiment : « Vous ignoriez donc tout de ces rendez-vous au hangar à bateaux ?

— Je n'avais aucune idée que cette absurde mise à l'épreuve était toujours en vigueur. C'est un drôle d'oiseau que Peter Hubble. Je ne sais pas pourquoi il veut les séparer. Les films qu'elles regardaient ne lui plaisaient pas beaucoup, mais je croyais qu'il avait dépassé...

— Quels films ? » s'enquit Pyle. Il n'était pas au courant du rapport détaillé de Rouge sur les goûts de Sadie.

« Le samedi, je conduisais les gosses à Milltown. Il y a une petite salle de cinéma dans George Street. » M. Green se tourna vers Rouge, un autochtone. « Vous connaissez sûrement. Il y a des millions de gamins qui font la queue pour ces vieux films d'horreur. Vous y avez déjà mis les pieds ? »

Arnie Pyle se pencha, cherchant à attirer l'attention du père de Sadie. « Vous laissiez les petites filles aller voir des films d'épouvante ? » On eût dit qu'il suggérait que ce grand type au sourire triste se baladait à poil.

« Oh ! ces films n'ont rien d'abominable. » Harry Green n'avait pas du tout l'air offensé. « Ils sont même marrants. En tout cas les enfants rigolent. Il arrive qu'on voie les ourlets du costume du monstre, les fils de fer, les rouages. Mais Peter Hubble a interdit l'accès de cette salle à Gwen. Du coup, les gosses enregistrent les vieux films sur la télé câblée et les regardent sur le magnétoscope. Ça ne semble pas gêner Peter. Allez comprendre. »

Arnie Pyle se leva pour signifier la fin de l'entretien. Il n'y avait rien à tirer de ce grand bonhomme débonnaire qui se refusait à relever les insultes. Un agent le raccompagna.

Buddy Sorrel fit de même. D'un signe, il indiqua à Rouge de le rejoindre dans la pièce d'à côté. « Du beau boulot. Bon, t'es tout seul maintenant. » Sorrel eut un sourire contraint. « Tu vas y retourner et tenir bon avec les fédéraux. Le commissaire ne veut pas qu'on ait un rôle dans l'interview de Mme Hubble. Cette fois, tu joues le jeu de Pyle. Je me fiche de ce qu'il fera à la dame. T'en mêle pas — laisse les choses lui revenir à la gueule, pas à la nôtre. Pigé ? »

Cinq sur cinq. On lui attribuait la fonction de mouchard du commissaire Costello. Rien de plus. Rouge lança un regard par la porte ouverte. Le visage détourné, un technicien installait un détecteur de mensonges sur la longue table. Pyle n'eut pas l'air ravi de voir revenir Rouge. Tournant le dos, l'agent se mit à examiner l'appareil.

« Pourquoi un détecteur de mensonges ? » Rouge regarda le technicien régler ses cadrans. « Les parents y sont déjà passés — les quatre. »

Sans changer de position, Pyle répondit : « Eh bien, Mme Hubble va devoir le subir à nouveau.

— Pourquoi elle et pas les autres ?

— Parce qu'il y a des questions que vous ne lui avez pas posées, les gars. » L'agent du FBI étudiait avec attention les lignes courbes, noires, que dessinaient trois aiguilles sur le papier sortant de l'appareil. « Par-dessus le marché elle fait de la politique, non ? Le mensonge fait partie de son métier. » Toujours le dos tourné, il ajouta en indiquant la porte d'un geste vague : « Cela marche mieux quand il n'y pas trop de monde. Alors, si ça ne t'ennuie pas, mon garçon. »

Rouge s'installa à la table. L'agent sourit : « Très bien. » Puis il ordonna au gendarme posté à la porte : « Amène-la.

— Prie-la d'entrer », lança Rouge au même homme.

Il avait marqué un point ; Pyle l'admit d'un hochement de tête.

« C'est moi qui mène l'interrogatoire, cette fois, d'accord ?

— Bien entendu. Mais si elle te casse en deux, ne compte pas sur moi pour lui tirer dessus.

— Oh ! à mon avis, t'irais jusqu'à l'aider à s'enfuir au volant de sa voiture. Mon garçon, t'as trouvé ta vocation — défenseur de la veuve et de l'orphelin.

— Si on concluait un marché tous les deux ? T'arrêtes de m'appeler *mon garçon,* et moi je ne te traite pas d'*enfoiré.*

— Mais... c'est son nom ! » proféra un homme aux cheveux argentés sur le pas de la porte.

Pris de court, Rouge ne tendit pas aussitôt la main à ce vieil ami de famille. Ils ne s'étaient pas rencontrés depuis des années alors que Julian Garret était un habitué à la table des Kendall jadis. Pourtant, le célèbre journaliste effleura le jeune homme d'un regard dénué de toute lueur de reconnaissance, et, sans tenir compte de la main de Rouge, lui tourna le dos.

Julian, tu ne me connais pas ?

« Tire-toi de là, et tout de suite ! » jeta Arnie Pyle au journaliste.

Pourquoi cette hâte à vouloir se débarrasser de cet homme ? se demanda Rouge. Sûrement pas pour protéger le vice-gouverneur de la presse — les journalistes avaient le loisir de l'importuner vingt-quatre heures sur vingt-quatre.

Traitant par le mépris l'impolitesse notoire, Julian Garret sourit à Rouge. « La mère d'Arnie est responsable de ses mauvaises manières. Il est arrivé un événement tragique pendant sa jeunesse. » Le vieux monsieur s'assit sur le bord d'un pupitre.

« Fiche le camp », répéta Pyle.

Feignant de l'ignorer, Garret ne s'adressait qu'à Rouge, le considérant toujours comme un inconnu. « C'est arrivé un jour, après l'école. Le petit Arnie ne fut même pas averti par un jappement — pauvre enfant —, avant que sa mère ne s'élance de la porte d'entrée pour le mordre. » Puis Julian affecta de porter un grand intérêt à la manucure de ses ongles. « On m'a dit que Mme Pyle prenait également bus et voitures en chasse. Oui, je vois, vous vous demandez comment je...

— Déguerpis, Julian. Je ne plaisante pas. »

Il y avait une menace dans ce ton, comme l'allusion à un pacte. Avec un chroniqueur politique ? Et si le célèbre journaliste ne se bornait pas à couvrir la conférence de presse d'un sénateur très en vue, ayant le gouverneur dans sa poche et de prétendues relations avec la mafia — le terme de « prétendues » n'avait d'ailleurs pas figuré dans les propos de la mère de Rouge.

Garret sourit. Après un vague signe de tête en guise d'adieu, il gagna l'autre pièce, balançant sa canne avec son panache légendaire.

Une fois la porte fermée, Rouge, très désinvolte, constata : « D'où vient mon impression que ton intérêt envers Marsha Hubble n'a rien à voir avec la disparition de sa fille ? C'est qui, la cible ? Le sénateur Berman ? »

Une expression de surprise se peignit sur le visage d'Arnie Pyle. Rouge comprit qu'il avait été gravement sous-estimé. Enfin, les yeux de l'agent révélaient qu'il changeait d'avis. Les magouilles politiques prenaient donc le pas sur l'enlèvement des petites filles. Ce type du FBI avait le cœur assez sec pour ça. *Un peu, mon petit,* comme aurait dit sa mère.

Ils gardèrent un silence gêné les minutes suivantes, jusqu'à ce qu'on fasse entrer la mère de Gwen. Il n'y eut pas d'échange de politesses ; Arnie ne la salua même pas. Affront dont la mère de Gwen ne parut pas se formaliser. Les yeux rivés sur l'appareil, elle comprenait bien ce que cela signifiait. Pyle ne fit aucune attention à Marsha Hubble, pendant que le jeune technicien fixait les fils sur elle. D'abord incrédule, elle eut l'air de se résigner.

Pyle s'écarta. Aussi Rouge eut-il enfin le jeune technicien du détecteur de mensonges dans son champ de vision : un tout jeune homme avec une mèche sur le front, un nez constellé de taches de rousseur. Le FBI ne manquait pourtant pas de personnel expérimenté. Voilà qui mit la puce à l'oreille de Rouge — et si le test n'était que pour la galerie ?

Après les questions d'usage du technicien, Pyle se campa au-dessus de Marsha, dans une attitude quasi menaçante. Comme il l'avait bardée de fils électriques, elle se doutait de l'assaut qu'il lui préparait. Les poings serrés, Marsha se redressa en se ramassant pour affronter la première salve.

« Vous n'avez aucune idée de ce qui est arrivé aux enfants.

— Non.

— Mais vous refusez toujours l'hypothèse de la fugue ?

— Cela ne correspond pas au caractère de ma fille. »

Le jeune technicien se pencha : « Madame, pourriez-vous s'il vous plaît ne répondre que oui ou non ?

— Ferme-la », jappa-t-elle sans quitter Pyle des yeux.

Le jeune homme la boucla, baissa son visage poupin de paysan soudain écarlate tout en vérifiant l'oscillation des aiguilles et le papier millimétré.

L'agent Pyle se posta derrière la chaise, posant les mains sur le dossier. « Aux dires de votre mari, Sadie a une mauvaise influence sur Gwen. »

Le technicien intervint, timidement : « Monsieur, si vous pouviez structurer vos questions...

— Te mêle pas de ça ! » L'agent du FBI leva la main, comme s'il voulait rattraper ses paroles. Le prétexte du test au détecteur de mensonges ne tenait plus debout — c'était clair comme de l'eau de roche pour

260

la dame. Rouge aurait souhaité qu'Arnie Pyle vît la lueur inquiétante qui s'alluma dans les yeux de Marsha Hubble.

L'agent laissa courir ses mains sur les côtés de la chaise. Bien que sentant sûrement ses doigts lui effleurer les vêtements, elle n'en laissa rien voir.

La fascination de Rouge s'accroissait de seconde en seconde. Pyle n'avait pas l'air de comprendre que c'était fichu. La voix sourde et égale, il s'enferrait : « Votre mari est un homme tourmenté.

— Et sans aucun humour. Sadie considère que c'est lui la mauvaise influence. J'ai tendance à partager son avis. » Marsha commençait à s'irriter.

« Je crois que d'autres gens inquiètent votre mari, des ennemis qui...

— L'inquiétude est un mode de vie pour Peter. Mon avocat n'eût pas été plus brillant que le sien qu'il aurait enchâssé Gwen dans un écrin de velours. » Marsha s'exprimait d'un ton plus haut, plus ferme.

« Madame, vous avez de puissants ennemis. Il a raison de se faire du souci.

— Bon sang, qu'est-ce que vous cherchez, Pyle ? » La dame ne jouait plus.

Quittant sa place derrière la chaise, il mit la main sur la table et considéra Marsha Hubble avec un léger mépris, sans tenir compte de la colère qui empourprait le visage de cette dernière.

Grave erreur, Pyle.

L'expérience avait appris à Rouge qu'il valait toujours mieux garder un œil sur le détonateur, afin d'être prêt à reculer avant que l'explosion ne vous arrache les couilles. Les femmes naissent avec de la dynamite sur elles — ainsi que de multiples boîtes d'allumettes pour mettre le feu aux mèches.

« Moi, je crois que vous connaissez les ravisseurs.

— Et j'ai tout organisé, c'est ça ? Espèce de couillon. À votre avis, qu'est-ce que j'ai fait de l'autre gamine ? »

Pyle ne perçut pas la crispation de la voix de Marsha. Une femme ne prévient pas quand elle s'apprête à frotter ses allumettes. Calé dans le siège à côté d'elle, l'agent, trop sûr de lui, se croisa les mains derrière la tête. « Madame, vous avez fait...

— Espèce de petit salopard, vous vous croyez si malin que vous inventez n'importe quoi. »

Une odeur de soufre et de fumée chatouilla les narines de Rouge.

« Bon », fit Pyle, avec une telle impudence qu'il l'exaspéra davantage encore — nouvelle erreur. « Parlons un peu de vos ennemis. Le sénateur Berman voulait vous virer de la liste du gouverneur. Or, vous avez réussi à y rester pour une autre élection. Quelles ficelles avez-vous tirées ? Vous devez avoir envisagé la mafia comme une possibilité...

— Je connais vos antécédents, Pyle. Enfin, depuis que vous avez cessé de travailler pour la protection de l'enfance. » Voilà que, d'une manière très posée, elle arrachait les fils du détecteur de mensonges, l'un après l'autre. « D'après ce que j'ai compris, vous avez bénéficié d'une recommandation pour votre boulot auprès des familles de la mafia de New York. » Le dernier fil enlevé, la dame, libre, se leva. « Vous êtes prêt à vous servir de ma petite fille pour monter une affaire de mafia contre Berman. »

Rouge lui trouva une voix infiniment trop calme lorsqu'elle se pencha sur Pyle, qui ne cilla pas. Il lui manquait le minimum de bon sens pour s'éloigner d'elle avant...

« Espèce de fils de pute ! » Elle balança son poing fermé dans l'œil droit de l'agent. Le coup porta suffisamment pour faire basculer Arnie Pyle dont la tête cogna le mur, lorsque sa chaise se renversa.

D'abord abasourdi, le technicien du détecteur se mit ensuite à sourire comme un gamin : « Bien visé, madame ! »

Quand Arnie se releva, la dame avait disparu. Il se

passa la main derrière la tête. « Elle se conduit comme une garce, mais c'est qu'elle a une sacrée paire de couilles. Je suis très gêné.

— Et tellement suffisant. » Becca Green se tenait sur le seuil de la pièce où elle entra, le commissaire Costello sur les talons. « Je ne sais pas ce que vous avez fait à la mère de Gwen. Si vous recommencez, j'espère qu'elle vous flanquera une dégelée. » Elle s'approcha de lui en le menaçant du doigt.

Pyle recula d'un pas. Il était en train d'acquérir une certaine dose de respect envers les mères. « Je ne suis pas son ennemi, madame Green.

— Bon sang, évidemment que vous ne l'êtes pas. Vous n'êtes qu'un truc qu'elle a cogné dans le noir. Bon, vous me parlez de la demande de rançon *maintenant,* ou je l'appelle pour qu'elle en termine avec vous. »

Arnie Pyle fouillait dans sa veste : « J'allais le faire quand...

— Ça suffit, arrêtez vos conneries. Donnez-la-moi. »

À peine avait-il sorti la feuille pliée qu'elle la lui arracha, en lut le gribouillage et leva les yeux sur le commissaire Costello.

« Vous avez raison, c'est un faux. Sadie ne met jamais de sous-vêtements mauves. » Froissant en boule la feuille, elle la tint délicatement entre le pouce et l'index avant de la remettre dans la poche de poitrine de la veste de Pyle, dont elle tapota le renflement : « Malgré tout, j'ai une certaine autorité sur ma fille. Tout n'est pas mauve dans sa vie. » Avec un sourire faussement compatissant, Becca ajouta : « M'est avis que vous venez d'être rétrogradé », puis elle se tourna vers Costello : « N'est-ce pas ? »

Le commissaire Costello, qui souriait, reprit son sérieux quand Marsha Hubble réapparut.

« Trouvez-moi une voiture pour me ramener à la maison. *Immédiatement.* »

Si elle s'était adressée à une compagnie de taxis, elle aurait pris un ton plus aimable, pensa Rouge. Le commissaire ne s'en formalisa pas. « Un instant, madame Hubble. Il y a quelque chose dont je veux discuter avec...

— Je n'ai pas le temps. Je dois donner une interview à la presse, et il y a des groupes de gens qui m'attendent pour...

— Il n'en est pas question. Je suis désolé, mais le QG de la presse chez vous, c'est terminé. Je le ferme. Dorénavant, les médias passeront par mon bureau.

— Vous n'avez pas à me dire ce...

— Eh bien, si, j'en ai le pouvoir — si vous entravez le cours de l'affaire. Et c'est le cas.

— C'est ridicule. Vous ne savez pas vous y prendre avec les médias. Moi, si. »

Le commissaire Costello se tourna vers Mme Green :

« Êtes-vous de cet avis, madame ?

— Je n'en ai aucune idée. On ne m'a pas invitée au QG de la presse qui a pris ses quartiers chez Marsha, n'est-ce pas ? »

Marsha Hubble posa la main sur l'épaule de Becca Green avec un sourire un rien trop condescendant, au goût de Rouge. « Becca, je comprends combien c'est une épreuve pour vous. C'est pour cela que j'ai conclu ce marché avec les journalistes. Je les reçois n'importe quand et ils ont libre accès aux informations du FBI — à condition de ne pas vous importuner. Je ne voulais pas que ces chacals vous harcèlent de coups de fil jour et nuit, Harry et vous. »

Peut-être doutait-elle aussi des capacités de la mère de Sadie à traiter avec les journalistes. Rouge remarqua de quels yeux furieux Costello la regardait continuer son numéro, un sourire éclatant aux lèvres tandis qu'elle posait sur Mme Green un regard rayonnant de bonté. Marsha Hubble n'aurait pu s'exprimer avec plus de sollicitude.

264

« Je m'occupe de tout. Vous pouvez compter sur moi pour... »

Fermant doucement la bouche, elle fixa alors son mari d'un air narquois. Peter Hubble était assis sur un banc en face de la porte, à côté du père de Sadie Green. Les deux hommes étudiaient une carte surlignée de traits de crayon et de stylo.

« Qu'est-ce qu'ils font ?

— Ils organisent leur journée, rétorqua platement Becca Green. Vous n'étiez pas au courant ? Ils sillonnent les routes à la recherche des gosses. Avant, ils roulaient la nuit, mais je les ai persuadés qu'ils verraient mieux sous le soleil. L'expérience m'a appris que les hommes passent à côté de ce genre de détails. Ils ont besoin de conseils.

— Et vous ? » La voix de Marsha Hubble sonna juste tandis qu'elle entourait du bras les épaules de Mme Green. « Comment vous la passez, la journée ?

— Moi ? Oh ! tôt le matin, je leur prépare des sandwichs pour la route, de peur qu'ils n'oublient de manger si je ne m'en occupe pas. Les hommes sont des enfants. Après quoi, je fais le petit déjeuner. J'aime qu'ils partent le ventre plein. Puis, des heures durant, j'attends une sonnerie de téléphone. Il reste muet, mais on ne sait jamais. Au crépuscule, je commence à leur cuisiner un bon dîner. Le reste du temps je pleure pour les enfants. Quelquefois pour leurs pères. C'est beaucoup de travail, ça remplit ma journée. »

Le vice-gouverneur laissa tomber son bras sur le côté. « Je l'ignorais... » Puis, d'un ton monocorde de poupée mécanique : « Oh ! mon Dieu, non. »

— Vous ne croyez pas que les larmes puissent toucher Dieu ? » Becca Green parut peser le pour et le contre. « Ma foi, vous avez peut-être raison. Mais il faut tout tenter — pleurer est un moyen. »

Le vice-gouverneur ne se tenait plus si droite. Rouge se fit du souci, tant elle avait l'air vidée, sur le point de tomber à genoux. C'était la fin des hostilités. Un filet de mascara noir marbrait le masque impeccable de son maquillage.

« Voilà, c'est ça l'idée. » Mme Green la prit dans ses bras, la serrant contre elle. Et Marsha posa sa tête blonde sur l'épaule de Becca. « Si les pleurs ne donnent rien, on essaiera autre chose », murmura la mère de Sadie.

Assise par terre, suffisamment loin du cercle du molosse, Gwen était entourée de petites piles de journaux intimes. Les ramures d'un chêne l'abritaient de la lumière éblouissante. Elle ramassait l'un après l'autre les journaux intimes classés par ordre chronologique qu'elle feuilletait en vérifiant les notices d'entretien du premier jour de chaque mois. À présent, elle comprenait pourquoi le thermostat de cave marquait vingt-cinq degrés, bien que les radiateurs fixés au mur du fond ne fussent pas chauds.

« Sadie, les tuyaux ne servent pas à arroser les arbres — il y a un système d'irrigation souterrain pour ça. La pluie fait baisser la température de la pièce — trop élevée à cause de toutes ces ampoules. Mais les chênes ont besoin d'une quantité de lumière astronomique. C'est pour ça qu'elle a installé...

— *Elle* ? La Mouche n'est pas une femme. Tu l'as vu, tu l'as entendu. »

Cassant un biscuit en deux, Sadie hurla : « Sitting Bull ! » À peine le chien se fut-il éloigné de la tête en feutre bourrée de plastique qu'elle le lui envoya. Puis elle toucha le front de Gwen : « T'as un peu de fièvre. Alors, qu'est-ce que c'est que cette histoire de *elle* ?

— Bon, je ne suis pas persuadée que ce soit une femme. C'est qu'une impression. N'empêche que ce n'est pas la même personne qui écrit ces journaux intimes. »

Sadie eut l'air sceptique.

« C'est la façon dont elle traite le chien. » Gwen ramassa un autre cahier qu'elle ouvrit à une page cornée. « Ici, poursuivit-elle en montrant les lignes. Elle l'a acheté à un chenil en faillite. En plus, il a un excellent flair et déterre ses truffes. »

Gwen parcourut un autre journal, sautant les observations sur des expériences de nouvelles cultures jusqu'à ce qu'elle tombe sur une page cornée. « Écoute ça. "Avec le temps, j'ai appris au chien, qui était très méchant, à être gentil. À présent, il me lèche la main cent fois par jour et ne me lâche pas d'une semelle." » Fermant le cahier, elle désigna le chariot bourré de nourriture pour chien.

« Toutes ces boîtes, tous ces sacs coûtent fort cher. Cette personne ne maltraite pas les animaux. C'est quelqu'un *d'autre*.

— Son double peut-être — *Dr Jekyll et Mr Hyde.*

— Conrad Veidt, 1920. » De toutes les versions, c'était leur film préféré, à cause de Bela Lugosi, l'acteur hongrois qui interprétait le rôle du valet de chambre. « Non, impossible. Je crois qu'il s'agit de deux personnes différentes.

— T'as trouvé quelque chose sur la serrure ? demanda Sadie en haussant les épaules avant de se tourner vers le chien : Geronimo !

— Pas encore. » Gwen haussa le ton pour dominer les grognements du chien. « En revanche, le mystère de l'absence d'échelle est dissipé. Entre l'étage du dessus et le plafond, il y a un espace où l'on peut se glisser. Elle remplace les ampoules de là, à environ un mètre du premier étage.

— Sitting Bull ! » Sadie lança un autre biscuit. « Voilà pourquoi on n'entend pas le type entrer dans la maison. » Se détournant du chien, elle s'accroupit par terre à côté d'un tas de vêtements noirs.

« Tout à fait. Ça lui fait vraiment mal de ramper là-haut pour remplacer les ampoules. Elle a de l'arthrite — d'où tous ces médicaments. N'empêche

267

qu'elle continue à y aller à quatre pattes. » Gwen pencha la tête pour lire : « Pliée en deux de souffrance, je n'en tiens pas compte par amour pour les champignons. »

Sadie délaissa pour un temps son projet. Elle voulait donner l'aspect d'un torse à un grand chandail noir en le bourrant de revues déchirées, de sacs plastique. Pour l'heure, elle agita un demi-biscuit et hurla : « Geronimo ! » Une fois de plus le chien se rua sur la cagoule si semblable à une tête d'homme.

« Ne le laisse pas la mordre plus longtemps. Il va la fiche en l'air. » Le chien avait déjà déchiqueté des points en forme de crocs. Une partie de la bouche en feutre pendillait. Chaque biscuit le rendait plus combatif, le galvanisait.

« Génial », approuva Sadie avec un sourire en le voyant s'acharner avec frénésie sur sa proie. « Sitting Bull ! » Le chien recula, s'assit, les yeux fixés sur la main de Sadie — source de toute nourriture.

Gwen mordit dans un champignon *shitake,* cueilli sur les rondins empilés près du mur. Malgré son envie de goûter aux beaux champignons qui poussaient sur le tas voisin, elle hésitait — par respect. D'après le journal, elle avait bien deviné : les bûches noueuses venaient de l'arbre aux moignons qui avait d'ailleurs un nom de personne.

Sadie noua les fils de l'ourlet décousu du chandail aux boucles de la ceinture du pantalon déjà fourré. À présent, elle étendait le corps décapité sur le sol. « Qu'est-ce que t'en penses ?

— Pas mal, mais il te faut ses chaussures. » Gwen glissa le pouce dans le livre pour marquer la page avant de le refermer. « Ce sont les souliers qui sentent le plus fort. Tu pourrais les attacher aux jambes du pantalon avec les lacets.

— Dommage vraiment que Mark ne soit pas là. Je te parie qu'il aurait fabriqué de la poudre avec les produits chimiques de la chambre stérile. On n'aurait plus qu'à faire sauter la porte. »

Sadie se pencha à nouveau sur le torse. « Tu crois que Mark et Jesse sont arrivés à faire marcher le pistolet ?

— Impossible. » Gwen se remit à lire. Ayant trouvé un fil directeur, elle cherchait la même date dans tous les cahiers.

« Jesse était complètement idiot de coder les modèles de pistolet sur Internet. C'est comme s'il avait mis un drapeau sur le dossier informatique pour M. Caruthers, qui leur a pourtant acheté le programme.

— Ils sont stupides, ces garçons. » Sadie avait réussi à attacher les chaussures au pantalon. Il ne lui restait plus qu'à fixer la tête, à laquelle le chien semblait s'intéresser encore plus qu'elle. Bien assis dans sa position de Sitting Bull, il fixait l'objet noir et rond en bavant. « Mais, imagine qu'ils fassent vraiment marcher le pistolet ?

— Impossible, ils arrêtent pas de frimer. Débrouille-toi pour que le chien garde cette position un moment. Je veux voir combien de temps il tiendra », dit Gwen tout en remarquant la répétition de dates dans chaque journal intime.

Les yeux de Sadie passaient du chien à la tête, puis revenaient sur l'animal qui la convoitait de toutes ses forces.

Toujours en quête d'une référence à la serrure, Gwen ouvrit un autre cahier : « Je pense que ce que racontent les garçons, c'est du vent.

— Pas moi. Ils font vraiment tourner M. Caruthers en bourrique.

— Jalouse ?

— Ouais.

— Ça y est. » Gwen leva les yeux du journal. « Je sais ce qui cloche avec la porte. Comme le métal était trop épais pour une serrure normale, elle en a fait faire une spéciale qui s'est cassée au bout de vingt ans. La poignée extérieure ouvre le verrou, alors que celle qui est à l'intérieur ne tourne plus du tout — c'est fondu. À chaque fois qu'elle travaille ici, elle cale la porte contre le mur avec un bloc de béton. Comme la porte est en angle, elle se ferme automatiquement.

— Pourquoi n'a-t-elle pas fait réparer la serrure ? » Sadie inspectait une poignée de biscuits, envisageant un troc — les biscuits contre la tête.

Après quelques minutes de lecture, Gwen déclara : « Elle n'avait aucune envie d'appeler un serrurier. Écoute : "Il suffirait qu'un imbécile aille parler de mes chênes en ville pour qu'on m'embarque."

— Reconnais qu'il faut être cinglé pour faire pousser des arbres dans une maison.

— Elle avait besoin de racines pour ses truffes. Elle voulait un échantillon de tous les champignons du... Attends. » Gwen feuilleta un autre cahier où elle cherchait une date : « Ici. Elle l'a écrit à la mort de l'un des arbres : "Au début, je ne travaillais que pour ma collection de fungus. Alors que ce sont les arbres qui m'importent maintenant. Je ne dois pas en perdre d'autre. Il est si difficile de se faire de nouveaux amis quand on est vieux." Elle se reproche la mort de son arbre, et le pleure comme si c'était un être humain.

— Eh bien, qu'est-ce qu'elle nous veut ? Et la Mouche, qui c'est ?

— Peut-être un parent ou assimilé. Sauf que cette femme ignore sans doute que nous sommes ici.

— Comment tu le sais ? » Sadie s'étant détournée du chien, il s'approcha un tout petit peu de la tête.

« Elle n'est même pas dans la maison. » Gwen posa la main sur la pile de journaux intimes posés par terre près d'elle. « Il y a un cahier par année. Elle s'interrompt le même jour tous les ans. J'ai vérifié les dates dans tous les journaux où elle recommence à écrire neuf jours après, très précisément. Donc, elle sera de retour le lendemain de Noël. Pour peu qu'on tienne le coup jusque-là, on ne sera pas obligées de nous servir du chien. »

Sadie lança à nouveau un regard à l'animal, qui cessa aussitôt de se glisser vers la cagoule. On aurait dit qu'il avait honte de s'être laissé surprendre, pensa Gwen. Sadie se détourna — le chien rampa derechef, malgré les yeux de Gwen toujours posés sur lui. L'animal se fichait de ce qu'elle pensait de lui, car, même de loin, la petite fille n'avait rien à voir avec le loup Alpha.

« Tu ne crois pas que le chien y arrivera, hein ?

— Si. Il en a envie. Quand on était sous terre, je sais que l'homme lui a fait mal, et... répondit Gwen.

— La Mouche. Appelle-le *la Mouche* », la corrigea Sadie avec douceur mais fermeté. La distinction entre être humain et insecte était primordiale à ses yeux — signifiant davantage qu'un titre de film. À sa manière, Sadie avait déjà vaincu l'homme, l'insecte, la Mouche.

« Entendu. À mon arrivée, le chien boitait déjà. La Mouche le maltraite sans doute beaucoup. À force de torturer un animal, il se retourne contre vous.

— Alors, ce chien, on le dresse à faire ce dont il a vraiment envie.

— Oui. Je crois que cet homme — désolée — *la Mouche* ne connaît rien aux animaux. Le chien, il est à la dame qui tient le journal, pas à lui.

— Pourquoi penses-tu qu'elle n'est pas dans le coup ? Pour ce que tu en sais...

— Elle n'est pas assez méchante — même pas du tout. Tu vois l'arbre mort là-bas ? » Gwen désigna le chêne dénudé aux branches cruellement coupées. « Elle se sent coupable de ne pas avoir réussi à le garder en vie. Tiens, regarde le cahier qu'elle a commencé quand il est mort. » Gwen l'ouvrit à la page écornée. « Elle dit qu'elle est en deuil. À tous les arbres, elle a donné les noms de personnes qu'elle aimait. L'arbre mort s'appelait Samuel. C'était un soldat, je crois. Il est mort à la guerre. »

Sadie fit face au chien qui s'était rapproché de la tête en feutre noir. Il avait encore abandonné sa position de Sitting Bull. Il trichait. Un regard fâché du loup Alpha le fit reculer de quelques pas. « Elle a donné le nom d'un soldat décédé à un arbre ? Dans ma famille, on baptise les enfants du nom de défunts. Mais un arbre ?

— Hum. Elle s'en est occupée pendant plus de vingt ans. » Gwen fit courir le doigt sur une page jusqu'à la ligne qu'elle cherchait. « À la mort de l'arbre, elle a écrit : "Je dois avoir une prédisposition pour le chagrin. Il m'avait dit partir à la guerre pour moi. Voilà qu'on a de nouveau tué Samuel. Mon amour, il faut me pardonner deux fois." »

Gwen fut la première à se rendre compte du silence. Les brumisateurs des plantes n'aspergeaient plus les tables aux champignons de fines gouttelettes. Les pompes à eau ne ronronnaient et ne haletaient pas davantage. L'éblouissant plafond s'éteignit, tandis que les ampoules des tables cessaient de clignoter sous les étagères.

« Ça arrive tous les soirs, fit observer Sadie.

— Mais les lumières — la chaleur ? » L'effet des comprimés s'estompait. Tandis que la douleur reprenait possession d'elle, Gwen entendit la peur vibrer dans sa voix.

« Ne t'inquiète pas. À la chute de la température, la chaudière se remettra en marche. Dans un moment, les radiateurs grinceront. »

Pour l'heure, il régnait un silence de mort. La seule tache de clarté venait d'une ampoule fixée au-dessus de la porte de la pièce blanche. L'humidité de l'air la nimbait d'un halo de lumière, on eût dit qu'elle n'était rattachée à rien — un disque en suspension, une lune électrique.

Serrées l'une contre l'autre dans les ténèbres, les petites filles écoutèrent le chien déchiqueter la tête.

8

Mortimer Cray signa le document par lequel il reconnaissait sa vie sans valeur au cas où les détenus le prendraient en otage. Aussi n'y aurait-il pas négociations pour le sauver et s'engageait-il, en son nom et en celui de ses héritiers, à ne pas tenir rigueur ni à poursuivre en justice l'État de New York pour sa mutilation ou son décès. Enfin, il déposa ses clés sur un plateau en plastique, car elles risquaient de servir d'arme — du moins aux yeux de l'administration pénitentiaire.

Le psychiatre écarta les bras et étendit les jambes. Après avoir procédé à une fouille au corps, l'homme en uniforme noir se déclara satisfait : le docteur ne cachait pas d'objet de contrebande. Au bout du compte, Mortimer Cray passa dans la longue pièce où le prisonnier, menottes aux mains et aux pieds, l'attendait assis derrière une table poussée contre le mur opposé.

Le gardien, posté devant la porte, était assez loin pour ne pas entendre une conversation à voix normale. Bien que ce ne fût pas l'intimité qu'eût souhaité le psychiatre, il s'en contenterait. Les téléphones de la salle commune ne lui inspiraient pas confiance, et il ne tenait pas à ce qu'une vitre les sépare.

Tout en s'approchant du prisonnier, Mortimer ajusta ses lunettes et faillit dire au gardien qu'il ne s'agissait pas de la bonne personne. Ce malabar n'était pas Paul Marie. L'homme qu'il voulait voir était frêle de carrure, fragile presque. Le malabar releva la tête : Mortimer aperçut ses grands yeux sombres, liquides — si beaux —, seul trait exceptionnel du prêtre jadis.

À peine installé en face du prisonnier, le psychiatre eut l'impression que celui-ci prenait du volume. Le docteur cligna des yeux sans que l'illusion se dissipe pour autant. Les épaules de l'homme s'étoffaient, tandis que ses bras épais se musclaient. Voilà que les chaînes perdaient de l'importance. Jetant un rapide coup d'œil derrière lui, Mortimer vit que le garde, plongé dans son journal, ne remarquait pas cette métamorphose terrifiante.

Le médecin conclut que son hallucination provenait de la tension croissante de ces derniers jours — de toutes ces longues années d'angoisse.

« Monsieur Marie », commença-t-il, faisant exprès de ne pas s'adresser à lui de la bonne manière. Indifférent au fait d'être privé de son titre, le détenu ne le reprit pas, considérant sans doute ne plus en être digne.

« Je ne crois pas que vous vous souveniez de moi, monsieur. » Mortimer n'arrivait pas à quitter les yeux pénétrants et inquisiteurs du prisonnier, qui, visiblement, le jaugeaient. Aussi quand Paul Marie s'adossa à sa chaise et que ses chaînes se remirent en place, le médecin se demanda-t-il quel était le résultat de cet examen.

« Je suis psychiatre. J'étais...

— Vous êtes l'oncle d'Ali. » Il avait beau s'exprimer sur un ton d'exquise courtoisie, ses chaînes cliquetaient au moindre mouvement. Était-ce un avertissement censé lui rappeler qu'ils se trouvaient dans un lieu où la politesse n'avait plus cours ? « Du temps où j'étais prêtre de la paroisse, vous n'assistiez jamais aux offices. Mais depuis lors, vous n'avez cessé d'envoyer des chèques plus que généreux au père Domina. »

La dernière phrase frisait le sarcasme, si léger au demeurant que Mortimer n'en fut pas certain. Qu'est-ce qu'un prêtre pouvait extrapoler à partir des dîmes ?

« J'ai lu le rapport de votre dernière audience, monsieur Marie. Vous n'avez manifesté aucun remords pour le crime. J'imagine que c'est la raison pour laquelle on vous a refusé la liberté conditionnelle. Vous n'avez jamais reconnu...

— Les faux aveux vont à l'encontre de ma religion. »

Le psychiatre eut la chair de poule. Il tourna la tête. Il n'y avait personne à côté de lui ni derrière. Toujours assis à la porte, le gardien était à moitié caché derrière les pages déployées de son journal.

Ces derniers temps, Mortimer avait parfois le sentiment d'une présence toute proche de lui. Et, à plusieurs reprises, il avait vu des ombres se refléter dans le miroir quand il se rasait. Au point de se demander s'il était bien seul dans sa salle de bains. Une fois de plus, le psychiatre fit son propre diagnostic : il n'était jamais seul, la mort rôdait à proximité — de plus en plus d'ailleurs, maintenant qu'il ne prenait plus ses médicaments. Symptômes et réactions bizarres étaient à prévoir — un cœur en folie, des extrasystoles. Sans compter ce souffle qui lui jouait des tours. Il tenta de se rappeler à quoi ressemblait sa respiration quelques secondes plus tôt — ni trop superficielle, ni trop profonde. Bien que le gardien n'écoutât pas la conversation, Mortimer baissa la voix : « Il vous serait possible d'obtenir un nouveau procès. J'ai certaines... »

S'était-il trahi ? Paul Marie secouait la tête d'un côté à l'autre comme si le psychiatre avait déjà indiqué le prix du miracle.

Il n'en est pas question, disaient les yeux du prêtre.

Le médecin se mit à respirer de façon de plus en plus méthodique — en profondeur et doucement. Son cœur ne s'en accéléra pas moins, sans tenir compte du nombre restreint de battements qu'il avait à sa disposition qu'une peur irrationnelle utilisait n'importe comment. Il se mit à livrer une course virtuelle avec son cœur imprudent afin d'en terminer avec cette affaire, avant le coup ultime, la fin de la partie. « D'abord, j'aimerais que nous discutions d'une autre question — père Marie —, strictement confidentielle, vous me comprenez ? »

Il lui avait redonné son titre. C'était révélateur. Paul Marie en fut offensé ; il suffisait de voir son visage. L'homme se doutait-il qu'il s'agissait d'un prélude au rituel religieux ?

« Docteur Cray, est-ce que cela concerne la disparition des petites filles ? » Paul Marie se croisa les bras, énormes, sur la poitrine. « Je suis las d'absorber des péchés. Ce n'est plus mon métier. » Puis, après un coup d'œil au gardien, il haussa le ton. « Je raconterai tous vos propos à cet homme. »

Le gardien leva les yeux de son journal ; Mortimer comprit que le prêtre mentait, qu'il respectait les sacrements et le ferait toujours. Le père Marie se bornait à condamner son visiteur à des aveux publics, se refusant à lui accorder le secret du confessionnal, immoral, dans son cas.

« Mon père, j'ai quelque chose à vous dire. Je suis un homme gravement malade. Il ne me reste pas beaucoup de temps...

— Mais vous voulez davantage que l'absolution, n'est-ce pas ? »

Mortimer sentit le flux de son sang entre les battements ralentis de son cœur. Il manquait d'air et ne trouvait plus son souffle — la peur. En corps et en esprit, il capitulait devant le prêtre, apparemment meilleur que lui dans l'art de déchiffrer les âmes.

D'une voix assourdie, moins officielle, Paul Marie poursuivit : « Les hommes pieux croient aux flammes de l'enfer. Docteur Cray, votre sueur me donne à penser que vous avez le sentiment de ne pas en être loin — comme tout vrai croyant. » Penché sur la table, il se rapprocha autant du vieil homme que le lui permettaient ses entraves. « Où sont les enfants, espèce de salaud ? »

Le psychiatre redressa son corps squelettique. Les os frêles de ses articulations se raidirent soudain. Un *non* se dessina sur ses lèvres — c'était plus de la stupéfaction qu'une dénégation. Quel aruspice capable de lire la hantise du feu de l'enfer, la culpabilité exsudant des pores d'un pécheur que ce prêtre ! Bien que le père Marie ne l'eût pas touché, Mortimer se retrouva coincé sur sa chaise. Tandis que le prêtre se levait dans un cliquetis de chaînes, Mortimer eut le sentiment qu'il prenait à nouveau du volume.

À présent, le gardien les surveillait. Debout lui aussi, il s'avançait. D'un signe de la main, Mortimer l'arrêta. Après un moment d'hésitation, le gardien se réinstalla sur son siège tout en couvant le prisonnier d'un regard circonspect.

Le détenu ne se départissait pas de son calme. Aux yeux de Mortimer toutefois, il continuait de grandir et d'accumuler de l'énergie. Le père Marie serait bientôt un géant.

Quant à lui, il était réduit à néant.

« Je n'ai pas gardé de vous le souvenir d'un homme pieux, docteur Cray. Avez-vous retrouvé la foi ? Recherchez-vous Son pardon ? À moins que vous ne cherchiez à vous débarrasser de votre fardeau ?

— Votre avis ?

— Je vous le donne tout de suite. En aucun cas je ne confierai ces petites filles à Dieu. À l'évidence Il ne sait pas s'en occuper. »

Menteur.

« Mon père, pardonnez-moi parce que j'ai péché. Cela fait quarante...

— Assez ! » Les mains enchaînées se levèrent pour se baisser dès l'éclat de colère dissipé. « Les enfants se meurent, docteur Cray. Il vous faut en parler à quelqu'un, hein ? » Le visage du prêtre prit une expression rusée. « Je vois croître la tension. Vous serrez les poings, vous avez les phalanges blanches, une veine qui palpite à la tempe — et vous transpirez de plus en plus. Est-ce la proximité du feu ? »

Mortimer recommença à prononcer les mots magiques : « Mon père, pardonnez-moi parce que j'ai...

— Jamais.

— Parce que j'ai péché.

— Puissiez-vous rôtir en enfer ! »

Le père tendit la main vers Mortimer. Quittant derechef son siège, le gardien se mit en mouvement en froissant le journal qu'il serrait entre ses mains.

« Je préférerais vous tuer que d'entendre votre confession. » Comme le prêtre laissait tomber ses mains sur la table, les chaînes cliquetèrent sur le bois. Puis, tel un homme parfaitement raisonnable, il ajouta : « Mais je m'en garderai bien. »

Le gardien s'immobilisa, couvrant le prisonnier d'un regard ébahi. Ma parole, le prêtre effrayait-il cet homme aussi ? Peut-être que ce n'était pas une illusion...

« Vous n'en avez cure, de mourir, n'est-ce pas, docteur Cray ? Un doux et long sommeil. Et si c'était le dernier instant de l'existence, étiré à jamais, que l'éternité — la peur, la culpabilité à tout jamais ? Et cette douleur physique que vous éprouvez en ce moment ? Votre cœur vous tourmente, monsieur ? »

Le prêtre suivait des yeux la main que Mortimer avançait vers l'organe qui lui martelait la poitrine de battements fous et désordonnés.

« La main gantée de velours de la Mort ? C'est l'idée que vous vous en faites ? Eh bien, moi, je vois un poing armé d'instruments de torture qui vous sont destinés. » Prenant appui sur la table, Paul Marie se penchait, menaçant.

Le gardien s'approchait d'eux. Il lâcha son journal qui tomba par terre en bruissant légèrement.

« Ça ne vous attire pas ? Alors, que vous reste-t-il, *Mortimer* ? » Le prêtre avait éructé le nom de baptême qui lui était le plus familier. « De continuer à vivre, conscient que des enfants meurent dans d'horribles souffrances. En êtes-vous capable ? » Paul Marie se redressa de toute sa taille. « Naturellement. Où ai-je la tête ? Combien de fois ? » Le prêtre brandit un doigt accusateur sous le visage du vieillard — vers son cœur. « Combien d'enfants ? » Le père Marie, qui mesurait trois mètres aux yeux de Mortimer, tapa la table de ses mains enchaînées, rugissant : « Dites-moi où sont ces enfants ! »

Mortimer sentit le sang lui monter au visage, tandis que le muscle de son cœur se contractait comme s'il avait un poing dans la poitrine. Voilà que ses yeux se remettaient à lui jouer des tours. Des étoiles blanches étincelèrent dans son champ de vision, suivies de boules d'un feu rouge, incandescent, puis de lacs noirs. Sa crise d'hystérie culmina à la vue d'une ombre longeant furtivement le mur illuminé derrière la table, qui n'était ni celle du gardien ni celle du prêtre.

Un chuintement lui siffla soudain dans les oreilles — de plus en plus fort. Il fixa Paul Marie. Aussi opiniâtre qu'un bourdonnement d'insecte, le bruit l'assourdissait. Il perdait la tête. La raison et la logique l'abandonnaient sous l'effet de la terreur, de la panique. Né à l'intérieur de lui, le ronflement s'intensifia tandis que le prêtre levait les poings comme s'il présidait à cette démence, l'orchestrait.

Mortimer se mit sur ses pieds en trébuchant. Se cognant contre la table, il frappa les mains que le garde tendait vers lui. L'ombre le cernait, l'engloutissait alors qu'il se précipitait vers la porte.

Elle était verrouillée. Non ! Non ! Non !

Il martela le métal de ses poings. Le bourdonnement d'une myriade d'insectes ailés étouffa la voix du gardien à l'air inquiet qui cherchait à tâtons le bouton de l'interphone. Mortimer sentit ses jambes se dérober sous lui. Renonçant à lutter, il s'effondra et ses yeux se fermèrent au moment où sa joue terreuse, décharnée, heurta le sol dur. L'image du prêtre baissant la main fut la dernière à lui traverser l'esprit. Le vrombissement s'arrêta. Les ténèbres envahirent *Sa Majesté des Mouches*.

Sadie prit le journal intime de la main inerte de Gwen et le posa sur la pile, à côté du mur de la pièce blanche. « Tu n'aurais pas dû veiller si tard. » Levant les yeux sur l'ampoule fixée au-dessus de la porte, elle s'aperçut qu'elle était grillée. « Dès qu'on entendra sa voiture, il faudra se dépêcher de bouger.

— Je suis désolée. » Gwen s'était endormie adossée au mur sous la seule source de lumière. Tous ses muscles la tiraient, mais la douleur qu'elle avait à la jambe s'était dissociée, se manifestant à l'improviste par des élancements répétés. Sadie ne lui concéda qu'un comprimé. Elle le prit avec le pot d'eau. Une fois le calmant englouti, Gwen regarda son amie, qui, en équilibre sur la chaise à roulettes de la pièce blanche, changeait l'ampoule.

« Tu ne m'as donné qu'un comprimé, Sadie.

— Attendons un moment, peut-être que ça suffit ? » Descendue de la chaise, Sadie désigna le tronc du chêne le plus proche. « Comment la dame du journal appelle celui-ci ?

— Elvira. C'est le nom d'un bébé tué avant sa naissance. Elvira n'a jamais eu de tombe. Eh bien maintenant, elle a un chêne. Je trouve ça gentil.

— Ah ouais ? Et le pauvre arbre de Samuel alors ? » Sadie parcourut du regard le tas de bûches noueuses qui s'élevait près d'elle — moignons d'un chêne défunt, homonyme d'un soldat. « À la mort de Samuel, tout ce qu'elle a trouvé à faire, c'est de lui couper les branches pour produire plus de champignons. Quelle gentillesse !

— Sadie, il me faut un autre comprimé.

— Donne-lui le temps de faire de l'effet, tu veux bien ? »

Or, c'était le temps qui angoissait Gwen. L'idée de la douleur lui était intolérable ; sa jambe la faisait souffrir de manière lancinante. En se relevant, elle sentit le poids mort à l'endroit de la morsure, au milieu du tibia. Il y avait quelque chose qui n'allait pas du tout dans son corps. Cette pensée la hantait, en dépit de son ardeur à nier que la gangrène fît partie d'elle. « Après la mort, il se passe quoi, à ton avis ?

— Après l'enterrement ? On s'en fiche. L'important, ce sont les obsèques. » Traînant la patte, Gwen suivit Sadie qui fit rouler la chaise pour retourner dans la pièce blanche. « Si c'est un flic, on joue de la cornemuse en son honneur, on enveloppe son cercueil d'un drapeau qu'on replie et remet à sa mère, avant la mise en terre. C'est vachement chouette. » Sadie jeta un regard à l'ampoule grillée qu'elle avait à la main. « Sauf que maintenant qu'on m'a enterrée vivante, il n'y aura rien de prévu pour moi. » Elle lança l'ampoule sur le mur. Laquelle explosa et retomba telle une averse de minuscules bris de verre tandis que la douille argentée atterrissait dans un coin de la pièce.

Sadie ne se souciait plus de remettre chaque chose à sa place.

« Mais après l'enterrement, que se passe-t-il, Sadie ?

— Les asticots te bouffent. »

Le chien se rappela à elles en aboyant. Elles se précipitèrent hors de la pièce et le trouvèrent assis sous un arbre, à proximité du corps en chiffon bourré de plastique.

« Depuis combien de temps est-il dans cette position ? »

281

Sadie tendit le cou pour regarder l'heure à la pendule fixée au mur derrière elle.

« Un quart d'heure — nouveau record.

— Donne-lui l'ordre d'attaquer et lance-lui un autre biscuit.

— Geronimo ! » hurla Sadie. Le chien se rua sur le corps en chiffon qu'il se mit à ronger. Puis il arracha une chaussure tout en secouant le mannequin d'un côté à l'autre.

« Rappelle-le avant qu'il ne le bousille.

— Je croyais que c'était ça l'idée. Sitting Bull ! »

Reculant jusqu'au tronc d'arbre, le molosse s'assit, guettant son petit gâteau. Sadie le lui lança. Il bondit en l'air et referma les mâchoires. « Bon chien ! Alors, t'as trouvé le nom du chien dans ce que tu as lu hier soir ?

— Il n'en a pas. » Gwen avait épluché toutes les pages, cherchant des mots clés faisant allusion au chien. « À la fermeture du chenil, les animaux ont été vendus aux enchères. Aucun papier d'identification — de toute façon, un bâtard n'en a jamais.

— La dame du journal, elle ne lui a jamais donné de nom ? Il fallait bien qu'elle l'appelle d'une manière ou d'une autre.

— Elle n'écrit sur lui que comme "mon ami, le chien". Tu n'as qu'à l'appeler comme tu veux. *Bête assoiffée de sang,* qu'est-ce que t'en penses ?

— *La Nuit de la bête assoiffée de sang,* Ross Sturling, 1958. Ça ne va pas. Il a eu un nom ce cabot, je ne peux pas le changer. »

Gwen eut du mal à suivre Sadie qui n'avait eu aucun problème pour affubler le type d'un sobriquet d'insecte. Enfin, cela donnait la mesure du respect accru qu'elle éprouvait envers le chien. Sadie faisait écho à la dame du journal. Elle non plus ne s'était pas sentie le droit de le baptiser.

Sadie lança au chien un autre biscuit qu'il ne méritait pas. « Il est aussi prêt que possible.

— Non, pas encore. » *Jamais de la vie.* « On doit être sûres qu'il n'obéit qu'à toi. » Maintenant que Sadie désirait moins trucider le chien, peut-être s'en sortiraient-ils ensemble — pour peu qu'ils tiennent le coup jusqu'au retour de la dame du journal. « Demain ou après-demain. »

Sadie se tourna vers elle. On eût dit que son petit visage livide hurlait : *Quoi ? T'es maboule ?*

Gwen balaya du regard les débris du mannequin en lambeaux. Des sacs en plastique étaient sortis du pantalon et du chandail. Il fallait mettre de l'ordre dans cette pagaille. Comment récupérer ce qui restait à l'intérieur du cercle, accessible à la chaîne du chien ? Quelle erreur ce serait de lui faire confiance et de se mettre à sa portée ! Et d'abord où était l'homme — la Mouche ? Pourquoi n'était-il pas encore revenu ? « La Mouche doit devenir dingue à force de se demander où je suis. Il s'imagine peut-être que je suis allée à la police, à moins qu'il ne se soit sauvé ? »

Sadie secoua très lentement la tête pour lui signifier : *Non, ne te berce pas d'illusions de ce genre,* avant d'ajouter à voix haute : « Ton pansement est dégoûtant, il faudrait le changer. » Elle mit sa main fraîche sur le front de Gwen. « En plus, ta fièvre monte.

— J'ai besoin d'un autre comprimé. Ma jambe me fait vraiment mal, tu sais. » Non, pas vraiment, elle n'avait que des élancements. Sauf que la douleur n'allait pas tarder à revenir en force.

Parcourant l'allée des tables et des étagères, les petites filles se dirigèrent vers la précieuse réserve de flacons pharmaceutiques de la pièce blanche. Sadie, qui avait lambiné exprès, rattrapa son amie : « Tu boites plus bas.

— Je me suis sans doute claqué un muscle. Tu te rappelles quand ça t'est arrivé en gym ? T'as boité pendant des jours. »

Sadie la devança et ouvrit le tiroir à médicaments.

« Sûrement qu'il y a des millions de drogues là-dedans. » Elle choisit un flacon dont elle examina l'étiquette. « Pas celui-ci. Je crois qu'il t'a empêchée de dormir. »

Gwen l'imita. « Pourquoi ne pas essayer celui-ci ? »

Avec douceur, Sadie le lui ôta des mains et le remit en place. « Non, il est périmé. L'étiquette est complètement jaunie.

— Tiens, regarde, il y en a un plus récent. C'est la même chose.

— Non. » Sadie l'empêcha de le prendre. « Lis l'étiquette en *entier* : "Un comprimé au coucher." Ça doit endormir. Ce n'est pas le moment. » Sadie finit par en retenir un qui lui paraissait convenir. Elle tendit à Gwen le comprimé et le pot d'eau qu'elle venait de remplir.

Au moment où Sadie tournait le dos, Gwen fit glisser un autre comprimé du flacon. Elle surprit le regard de son amie dans le reflet de la glace d'un placard. Il ne brillait pas de colère. Silencieuse, l'air absent, Sadie tripotait les flacons.

« Est-ce qu'il y a un nom sur une des étiquettes ? » Gwen vida le pot d'eau. Elle avait tout le temps soif. « Le nom de ma mère est inscrit sur les médicaments qu'elle prend contre ses migraines. »

Sadie ramassa un flacon après l'autre. « Sur la plupart, on lit : "Échantillon, cet article n'est pas à vendre." Ah ! il y deux noms sur celui-ci. E. Vickers — c'est sans doute la dame du journal.

— Et l'autre ?

— Dr W. Penny.

— Ça me dit quelque chose. *William* Penny. Elle en parle dans son journal. »

Sadie remit les flacons de médicaments dans le tiroir sans se soucier de les replacer comme elle les avait trouvés. Elle n'avait plus peur qu'on les découvre. Car Sadie avait l'intention de se servir du chien *aujourd'hui*.

Mais Gwen était persuadée de leur échec. Aux yeux du chien, l'homme était plus grand, plus effrayant — un loup Alpha supérieur. Après avoir découvert ce qu'elles avaient fait, tout ce désordre, le type serait fou de rage.

Sadie s'agenouilla par terre devant Gwen et défit la gaze du pansement, exposant la morsure à la lumière. Un pus jaune, verdâtre, suintait des perforations qui n'avaient pas cicatrisé. La peau couleur de bronze avait foncé tandis que la jambe avait enflé. « Ça pue », s'exclama Sadie, courbée sur la plaie.

Refusant de voir, Gwen détourna les yeux. « E. Vickers. Je me demande à quoi correspond le E ?

— On doit se tailler d'ici. Tu vas de plus en plus mal. T'as besoin d'un docteur. »

Gwen prit le flacon de comprimés dans le tiroir et regarda le nom écrit sur l'étiquette. « Dr Penny. Mlle Vickers écrit beaucoup à son sujet.

— Gwen, écoute-moi. Ta jambe...

— Le docteur Penny est son cardiologue. Il passe très souvent chez Mlle Vickers, mais elle pense qu'il vient voir Rita, sa femme de ménage. Elle les entend chuchoter sans arrêt. Rita aussi est en congé. Ils seront tous rentrés dans quelques jours.

— N'y compte pas. On doit filer — dès que possible. Le chien est prêt. » Sadie lui savonnait très doucement la jambe.

Comme un coup de poignard, la douleur transperça l'écran des médicaments. Gwen se mordit la lèvre jusqu'à ce qu'elle se dissipe. « Chaque année, ils partent en vacances en même temps : Mlle Vickers, Rita et William le Dandy — c'est comme ça qu'on le surnomme derrière son dos. » Un autre coup de poignard. Gwen fixa le flacon qu'elle serrait entre ses mains, voulant à tout prix que la douleur s'arrête avant de s'effondrer, d'avouer son incommensurable lâcheté et ce qu'elle lui coûtait.

Sadie l'avait certainement percée à jour. Elle savait

mettre les choses bout à bout, non ? Il ne fallait pas être grand clerc pour imaginer la longueur de deux draps déchirés, et à quelle distance du sol ils devaient pendre. Or, Sadie n'avait jamais demandé à Gwen la raison pour laquelle elle ne s'était pas sauvée par la fenêtre de la salle de bains. Sadie au cœur vaillant avait tellement le sens de l'amitié qu'elle ne pouvait révéler ce sordide secret — même à elle-même.

Le type serait fou de rage en les trouvant !

Gwen contempla le tube de comprimés. Combien en fallait-il pour que la panique se dissipe ? Sadie lui arracha le tube des mains. « Pourquoi t'as fait ça ? »

Sadie avait-elle l'air effrayée ? Oui. Gwen se rappela soudain les trois comprimés déjà absorbés. Ah, bien sûr ! En tout cas, elle n'avait plus mal. Rien d'autre ne comptait.

Du point de vue de Rouge, avec son costume sombre en beau tissu, le docteur Lorimer faisait penser à un riche entrepreneur de pompes funèbres. Lorsque le cardiologue recula du lit où gisait Mortimer Cray, il évalua la taille de son patient de ses yeux sombres. On eût dit qu'il se demandait si le corps entrerait dans un cercueil.

L'élégance funèbre de Lorimer contrastait avec la blouse blanche et froissée de Myles Penny, ses chaussettes dépareillées, son pantalon flottant. Debout au pied du lit, le docteur Penny observait les lignes irrégulières des feuilles que dévidait un appareil. Le ton dédaigneux avec lequel le médecin généraliste parlait à son patient suggérait que ce dernier lui faisait perdre son temps. « Ta vieille pompe n'est pas en plus mauvais état que lors de la dernière auscultation de William. Je ne crois pas qu'on doive t'ouvrir la poitrine aujourd'hui. » Il désigna le cardiologue. « Tu vois ? Le docteur Lorimer range ses affaires. Il rentre chez lui. »

Le docteur Penny s'adressa alors au commissaire

286

Costello ainsi qu'à Rouge. « J'en oublie tout savoir-vivre, les gars. Je vous présente Ed Lorimer, qui remplace mon frère cette semaine. »

Lorimer se contenta de faire un signe de tête aux deux officiers de police tout en fermant sa sacoche, avant de gagner la porte. Une fois que l'élégant docteur eut quitté la pièce, le commissaire Costello se tourna vers Myles Penny. « J'aimerais procéder à l'interrogatoire en privé, si tu...

— Il n'en est pas question, répliqua le docteur, les sourcils froncés. Mortimer a beau ne pas avoir besoin d'opération, il n'est pas sorti de l'auberge pour autant. Vous avez trouvé sa nièce ?

— Ouais. Un des types du FBI l'a dénichée, il la ramène en ce moment. »

Dans son lit, le malade, immobile, n'en suivait pas moins la conversation des yeux. Son visage décharné avait presque la blancheur des draps, et Rouge lui trouvait une expression bien épouvantée. Certes l'infarctus l'expliquait. À moins que le psychiatre n'eût une autre raison d'avoir peur. La présence du commissaire Costello n'avait rien de réconfortant : lors de leur dernière rencontre, le commissaire l'avait presque accusé de complicité dans le meurtre d'un enfant.

« Je te promets que nous serons brefs. Mais je crois qu'il serait plus enclin à... insista Costello.

— Non. » Myles Penny s'installa dans un fauteuil près de la porte. Il fit un signe à Costello : « Bon, vas-y, fais ton boulot, ne t'occupe pas de moi. » Le médecin ouvrit une revue ; la discussion était close.

Rouge s'adossa au mur. Le commissaire Costello approcha un fauteuil du lit du malade. Mortimer Cray fixait le plafond sans manifester aucun signe de conscience.

« Docteur Cray, nous croyons que vous pourriez nous fournir des renseignements utiles. »

Pas de réaction. Seuls les bruits mécaniques de

l'appareil au chevet du lit et le froissement des pages de la revue du docteur Penny brisaient le silence.

Costello patienta quelques instants avant de rapprocher son siège dont les jambes raclèrent sur le plancher. Il n'y avait plus moyen de l'ignorer, sauf si le malade était sourd comme un pot. Vu son air crispé, ce n'était pas le cas.

« Docteur Cray, le prêtre a-t-il été l'un de vos patients ? »

Pour la première fois, Mortimer Cray tourna la tête et posa les yeux sur son interlocuteur. « Il m'est impossible de répondre à cette question, vous le comprenez sûrement.

— Non, je ne comprends plus rien à rien, docteur Cray. » Trop bruyant cette fois, Costello avait manifesté son émotion avec rapidité. Le commissaire commençait-il à être touché par l'affaire ou jouait-il la comédie ? s'interrogea Rouge. D'une voix normale, Costello continua : « Aidez-moi. Pourquoi refuser de me donner ce petit tuyau de merde ? »

Pour Rouge, le code déontologique du psychiatre n'avait rien de mystérieux. Le docteur Cray ne permettrait pas à la police de coincer un de ses patients. Même par élimination. Fût-ce en désignant quelqu'un à qui sa situation de prisonnier fournirait un alibi. Il ne lèverait pas le petit doigt.

« Si c'est la question du secret professionnel, nous avons le pouvoir de vous obliger à collaborer avec nous. »

Un souffle s'échappa des lèvres crevassées du docteur Cray — une esquisse de ricanement ? Le vieillard à l'agonie se sentait peut-être au-dessus des lois et ne croyait ni aux prouesses de la science médicale ni aux moniteurs cardiaques.

Le commissaire sortit son portefeuille et présenta les photos de deux petits garçons.

Après un coup d'œil lancé sur les clichés, Mortimer Cray détourna les yeux.

« Mes petits-enfants. Auparavant, je ne cessais de montrer leurs photos à la terre entière. » Il remit le portefeuille dans sa poche. « J'y ai renoncé. Mes inspecteurs aussi, d'ailleurs. Voyez-vous, on commence tous à se mettre dans la peau des pervers. Votre nièce a expliqué que beaucoup de gosses mouraient parce que des monstres tombaient amoureux de leurs photos publiées dans des revues ou des journaux. »

L'air d'un animal pris au piège, le docteur Cray contemplait le plafond — il y avait trop de blanc dans les yeux.

« On n'a jamais vu de photos de Gwen. Et j'ai du mal à imaginer les parents en train d'exhiber des instantanés à des inconnus. La mère n'a même pas un portrait de sa fille sur son bureau. Bien sûr, Mme Hubble, qui vit sous les yeux du public, se rend compte qu'il existe des regards déments, des bouches qui bavent. Mais le pervers n'a pas eu besoin de photo. Il vit ici même, en ville, n'est-ce pas, docteur ? »

Mortimer Cray regardait Myles Penny, toujours plongé dans les pages du *New England Journal of Medecine* — aucune aide à attendre de ce côté-là.

La porte s'ouvrit, laissant le passage à Ali Cray qui parut soulagée à la vue de son oncle. L'agent Arnie Pyle lui emboîtait le pas, arborant un œil au beurre noir — souvenir de l'interrogatoire de Marsha Hubble.

Concentré sur Mortimer, Costello ne montra pas qu'il était conscient de l'arrivée de nouveaux visiteurs. « Nous avons pris les dépositions de Paul Marie et du gardien de prison. Il était vraiment en colère, le prêtre, hein ? Je suis au courant de ce qui a déclenché son courroux. Il vaudrait mieux que vous fassiez votre propre déposition. »

Mortimer Cray ne quitta pas le plafond des yeux. Costello lui frôla l'oreille. « Nous sommes à la veille de Noël. Si votre nièce a raison — et elle a vu juste pour des tas de choses —, l'une des gamines vit encore. Elle mourra le matin de Noël. C'est le schéma, non ? »

Ali eut une réaction à laquelle Rouge ne s'attendait pas. Au bout de quelques secondes de silence, elle s'approcha du lit : « Réponds-lui », tout en observant le vieil homme avec un visage inexpressif. « Ce pervers est l'un de tes patients, j'en suis persuadée. »

Une fois de plus, le psychiatre tourna les yeux vers son médecin, Myles Penny, qui ferma sa revue médicale et la posa sur une table basse. « Si c'est le cas, Ali, tu perds ton temps. Il ne dénoncera jamais un patient. Tu le sais bien. »

Le généraliste se leva, bousculant Ali comme si c'était un meuble. Il se pencha pour examiner chacun des yeux de Mortimer Cray à la lampe de poche. « La religion de Mortimer, c'est de respecter la déontologie. N'est-ce pas, vieux salopard ? » Il y avait presque de la tendresse dans cette insulte. « Il ne révélera jamais le nom d'un de ses malades. N'ai-je pas raison, Mortimer ? »

Le vieillard fit signe que oui, avant d'écarquiller les yeux. Il venait de confirmer l'accusation de sa nièce. Il s'était fait avoir par son propre médecin. Le patient enfonça sa tête dans les oreillers. À son expression, Rouge devina le *Oh ! merde* qu'il ne prononça pas.

Myles Penny semblait satisfait de sa ruse. Costello aussi. Quant à Rouge, il n'arrivait pas à évaluer l'état d'esprit d'Ali, toujours impassible. Enfin, il s'aperçut qu'elle se dominait. Mais la jeune femme n'allait pas tarder à craquer — ses yeux la trahissaient.

Elle se pencha sur le lit : « Renonce, oncle Mortimer. Un nom, un endroit, quelque chose. » Ali colla presque son visage à celui de son oncle. Rouge n'avait jamais vu de femme capable, comme elle, de donner au murmure la force d'un hurlement. « Je sais que Gwen Hubble est vivante. C'est le schéma. Il reste de l'espoir pour une petite fille. »

Myles Penny secoua la tête pour dire : *Ça ne sert à rien,* tout en allant consulter le tableau attaché aux barreaux de fer du lit. « C'est une sacrée perte de temps, Ali. Une centaine de petites filles pourraient crever sans qu'il déclare quoi que ce soit. »

Ali Cray fusilla son oncle du regard. La tension montait entre ces deux personnes. Mortimer Cray, s'attendant à un esclandre, rentrait ses frêles épaules pour s'y préparer. Il régnait un silence absolu dans la pièce. D'un doigt crochu, le vieil homme tapota la couverture. Peut-être cherchait-il à s'accorder à l'horloge intérieure qui marquait l'écoulement des secondes. Le vieillard ferma les yeux pour se protéger de ce qui risquait de lui arriver.

L'agent Pyle, muet, regardait Ali avec une sorte de tendresse même lorsqu'elle leva la main pour frapper l'homme désarmé allongé sur le lit.

« Ali ! » Myles Penny laissa tomber le tableau qui se balança sur sa chaîne.

Ali laissa retomber son bras. Rouge perçut un mélange de frustration et de chagrin dans son geste.

Costello, lui, se leva d'un bond. Repoussant son siège contre le mur, il fit mine de s'en aller avant de se retourner vers l'homme alité : « Encore une petite question, monsieur. Pourquoi êtes-vous allé voir le prêtre aujourd'hui ? Dites-moi seulement si le prêtre était l'un de vos patients ? »

Mortimer ouvrit les paupières, pas la bouche.

« Non, il ne l'était pas, intervint Ali. Le père Marie n'a suivi aucune sorte de thérapie.

— Même depuis qu'il est prisonnier ? Je croyais que c'était obligatoire pour les pervers, fit observer Costello, dubitatif.

— Non, il faut se porter volontaire. D'après le directeur, le père Marie n'a jamais participé à rien. »

Le commissaire n'était pas convaincu. « N'est-ce pas bizarre ? Cela compte pourtant aux yeux du juge chargé de l'application des peines.

— C'est vrai. La plupart des détenus en font pour cette raison — sauf le père Marie. » Ali baissa les yeux sur Mortimer. « J'ai interrogé le prêtre. Il a une piètre opinion des psychiatres, qu'il considère comme des fats, des escrocs qui jettent de la poudre aux yeux. » S'adressant à Costello, elle conclut : « Aucune chance qu'il soit allé voir mon oncle. Ne voyez-vous pas que c'est sûrement l'inverse ? »

Voilà qui changeait la donne de fond en comble. Costello revint au chevet du lit. « Le prêtre a affirmé que vous connaissiez l'identité de l'assassin. Alors...

— Il ne vous a rien dit. » Mortimer Cray leva les yeux sur le commissaire, l'ébauche d'un sourire amer aux lèvres.

« Vous en doutez. Pourquoi ? Parce que c'était un prêtre ? s'enquit Costello, incrédule.

— Il l'est toujours, affirma Mortimer, calmement, mais avec conviction. Vous venez de l'appeler ainsi, commissaire. Le prêtre a gardé le silence.

— Vous avez raison. C'est le gardien qui m'a déclaré que vous pourriez nous indiquer où sont les petites filles. »

Revenant sur ses pas, Ali Cray se pencha sur son oncle. « Le père Marie est ton confesseur ? »

Le vieil homme se détourna, fuyant son regard.

Sans douceur, elle lui prit le visage, le contraignant à la regarder : « Est-ce que je me trompe, oncle Mortimer ? Tu voulais que le prêtre rompe ses vœux pour ne pas rompre les tiens ? » Rouge fut frappé de la profondeur des empreintes de doigts d'Ali sur la peau parcheminée du visage de son oncle. « Tu n'y es pas allé pour des motifs religieux — non, pas toi, l'athée professionnel. Parle-moi !

— Ça suffit ! » Myles Penny frôla la jeune femme. « Ali, ne tire pas trop sur la corde, sinon je te flanque à la porte. »

Ali n'eut pas l'air de l'avoir entendu. Elle n'en laissa pas moins sa main tomber sur l'oreiller, près de la tête de Mortimer Cray. « Tu t'es confessé au prêtre ? Lui as-tu révélé l'identité du meurtrier ? » Elle eut un geste de menace, plutôt inquiétant pour un vieillard cardiaque. « Oncle Mortimer, de quel genre de trophée l'assassin a-t-il dépouillé Gwen Hubble ? Il t'en a parlé ou est-ce qu'il attend toujours la mort de l'enfant pour le faire ? » Elle le prit par les épaules, comme pour lui faire cracher une réponse à force de le secouer. « Gwen n'a que dix ans ! »

L'épouvante emplit les yeux agrandis d'incrédulité de Mortimer. Secouant la tête de droite à gauche, il essaya de se dégager de l'étreinte de sa nièce.

Fidèle à sa promesse, Myles Penny attrapa Ali. Sans ménagement, il l'écarta du lit. Elle ne lui résista pas quand il l'emmena à la porte et la poussa dans le couloir. En silence, il fit signe aux autres de la suivre.

Le dernier à quitter la chambre, Rouge refermait la porte tandis que le docteur Penny remplissait une seringue. C'est alors qu'il l'entendit proférer : « L'angoisse te tuera, Mortimer. » Le patient émit un faible gémissement que Rouge estima être un assentiment.

« Ne me prends pas pour un con, s'il te plaît ! Je suis au courant de l'histoire des gamins avec leur pistolet. » L'inspecteur Sorrel brandissait un rapport de la police locale au-dessus de la tête du médecin légiste. « J'en suis à me demander qui a fait pression sur toi, toubib.

— Quoi ? Allons, Buddy, ne dis pas n'importe quoi. » Le docteur Chainy écarta son siège du bureau, remontant ses lunettes, comme pour mieux suivre le raisonnement de l'homme de la PJ.

« Si j'en crois le chef de la police municipale, tu lui aurais recommandé de ne pas mentionner l'incident des gosses et du pistolet dans son rapport.

— Le *pistolet ?* Nom de Dieu, Buddy, c'était qu'une carabine à air comprimé, un jouet. Les gamins ont cassé le carreau et trouvé un cadavre — de trois jours. Un point c'est tout. » Il se replongea dans les paperasses accumulées sur son bureau.

« Alors, pourquoi l'as-tu caché ?

— Les gens de cette ville adorent cancaner sur Sainte-Ursule. Il suffirait de l'éventer pour que ce jouet absurde prenne les proportions d'une mitrailleuse avant la fin de la semaine.

— Si j'arrivais à combler les trous, tu m'éviterais d'aller voir la baraque. »

N'en croyant pas ses oreilles, Chainy s'écria : « Tu ne vas tout de même pas continuer à perdre ton temps avec ces foutaises ! »

C'était précisément l'intention de l'inspecteur Sorrel — incarnation du marine à la retraite. Du reste, sa femme lui confiait toujours le lit à faire. Sa tâche terminée, on aurait pu jouer aux billes sur les couvertures. Tissu froissé, fils sur un couvre-lit, négligences dans un rapport de police — autant de bêtes noires pour lui. Des questions sans réponse le rendaient fou et faisaient de lui un policier hors pair. Il battait la campagne pour éclaircir la moindre inconséquence.

Eh oui, un sacré homme d'ordre que l'inspecteur ! Il était furibard. L'incident n'avait peut-être aucun rapport avec l'affaire en cours, d'autant que le chef de la police locale et deux flics avaient fouillé de fond en comble la maison. N'empêche qu'il y manquait des éléments. « Qui a eu l'idée de modifier le rapport ? Toi ou le dir...

— Moi. T'es content ? »

Absolument pas.

Un sourire presque sardonique aux lèvres, Howard Chainy haussa le ton : « Alors, ça se passe comment la grande chasse aux *truffes,* Buddy ? »

L'assistant du médecin leva les yeux de la table voisine où il travaillait. Malgré sa promesse de ne pas aborder la question des truffes, Chainy frisait le chantage. Le médecin légiste, pivotant sur son tabouret, fit face au jeune homme en blouse. « Hastings ? As-tu déjà entendu parler d'une autopsie effectuée sur un champignon de merde ? » La menace était flagrante.

Après avoir poussé les battants de la porte du laboratoire, Sorrel se précipita comme un ouragan dans le couloir menant au parking. Il franchit une succession de portes qui se refermèrent avec une lenteur exaspérante. Enfin, au parking, la portière de sa voiture fournit à sa colère l'exutoire dont il avait été privé en sortant du bâtiment.

Tout au long de la matinée, il n'avait eu que des sujets d'irritation. Un inspecteur de la PJ, affecté à la supervision de la main courante de la police locale, ne s'était pas inquiété de l'absence suspecte de détails sur l'incident en question. Le chef de la police locale, bien trop blasé, n'avait pas jugé bon de compléter des éléments qu'il n'avait, d'ailleurs, pas fini de recueillir. De quoi s'énerver davantage. Et voilà que le médecin légiste, censé être de son bord par rapport à la loi, lui cachait quelque chose, le *menaçait* — ce salopard.

Le trajet jusqu'au commissariat ne calma pas Sorrel. Il allait au-devant d'une autre négligence. La défunte propriétaire avait une femme de ménage que personne ne s'était soucié d'interroger. Aux dires de Croft, Phil Chapel, un flic du village, membre de l'équipe ayant fouillé la maison, avait été chargé de localiser cette personne, de découvrir la raison de son silence quant au décès. « Les voisins disent qu'elle est en vacances », était-il écrit en une ligne mal tapée sur le rapport. On ignorait même son nom. Par-dessus le marché, le flic avait fait trois coquilles en une phrase — de quoi en vouloir au petit con avant même de l'avoir vu.

Du téléphone de sa voiture, Sorrel appela le gendarme posté au bureau d'accueil du commissariat. Ce dernier l'assura de l'arrivée imminente des flics en

295

patrouille : on ne laisserait pas filer Chapel tant que l'inspecteur principal de la PJ ne l'aurait pas cuisiné.

Quinze minutes après, Sorrel s'installait à son bureau, au premier étage du quartier général improvisé. L'endroit était désert. Tout le monde avait une mission, et la secrétaire avait abandonné son poste.

Au garde-à-vous, l'officier Phil Chapel, très jeune, avait un air d'enfant coupable. Conscient d'avoir fait une bourde, il n'avait aucun indice propre à lui indiquer laquelle.

« Alors, qu'en est-il de cette femme de ménage ? » aboya Sorrel. Chapel tressaillit.

« Une bonne à tout faire plutôt, monsieur. Elle faisait la cuisine et...

— Où est sa déposition ?

— Elle ne sera pas de retour en ville avant le lendemain de Noël, monsieur.

— T'as pas voulu perturber ses vacances. Comme c'est gentil à toi ! Tu ne connais même pas son nom, hein ?

— Oh ! non, monsieur. Les voisins de la rive ouest ne l'ont pas mentionné. Cette femme n'a rien piqué dans la maison, alors je n'ai...

— Et le décès de la vieille dame ? Et sa famille ? » Sorrel brandit la feuille incomplète du rapport. « On l'a avertie ? Il n'y a rien là-dedans à ce sujet.

— Je croyais que le chef allait s'en occuper, monsieur.

— Charlie Croft dit qu'il t'en a chargé.

— C'est vrai, monsieur. Sauf que son médecin traitant est en vacances. Alors, voyez-vous, monsieur, sans...

— Peu importe, Chapel. Revenons à la femme de ménage. Crois-tu que les voisins sachent où la joindre ?

— Non, monsieur. Elle prend ses congés en même temps que la vieille dame aux champignons. Mais elle ne dit jamais où...

— La vieille *quoi* ?

— La défunte, monsieur, susurra Chapel, croyant avoir manqué de respect en lui donnant son sobriquet.

— Tu as dit la dame aux *champignons*.

— La maison est bourrée de champignons, monsieur — des sculptures miniatures, des dessins et plein de livres avec des champignons sur la couverture.

— Fiston, est-ce que t'en as vu un de comestible ?

— Non, monsieur, pas l'ombre d'un. »

« Comment as-tu pu laisser mon oncle rentrer chez lui ?

— Ah, voilà que cela te concerne ! » Myles Penny parlait du bout des lèvres, sans lever les yeux de son bureau où il faisait courir son crayon sur les pages de son carnet de rendez-vous. « Je n'ai pas pris la décision de le renvoyer chez lui, Mortimer l'a demandé lui-même. » Repoussant des feuilles sur le côté, il tapota le sous-main de son crayon pour indiquer qu'il avait des choses urgentes à faire et qu'Ali Cray devait sortir de son cabinet — séance tenante.

— Myles, il vient d'avoir une attaque.

— Ma foi, non. Ton oncle a eu une énorme crise de panique. Tout concorde — les problèmes de vue, le bourdonnement, la douleur à la poitrine. Il est tombé dans les pommes faute d'arriver à reprendre son souffle sans doute. » Il eut un haussement d'épaules qui voulait dire : *Ça te suffit ?*

« Quand je l'ai vu, il avait l'air à un cheveu de la mort.

— Eh bien, ce n'est pas le cas. » Ali comprenait l'énervement de Myles. Après sa scène dans la chambre du malade, son inquiétude sonnait faux. Le médecin était fin psychologue.

« À la fin de la discussion avec le docteur Lorimer, j'ai eu un deuxième avis — celui de ton oncle. Le vieux Mortimer a diagnostiqué ses symptômes. Il n'y a personne en ville de plus qualifié que lui. Pour peu qu'il suive le traitement prescrit par William, il lui reste un bon bout de temps à vivre. » La lueur qui traversa son regard signifiait : *Mais c'est le cadet de tes soucis.*

« Peux-tu joindre William ?

— Je ne sais même pas où le chercher, Ali. Écoute, le docteur Lorimer est un type bien. Il remplace toujours William auprès de ses patients cardiaques et il n'en a pas encore perdu un. Fais-moi confiance, le diagnostic est correct. Il sera mille fois mieux chez lui — si tu es chic et ne préviens pas les flics. Tu ne le crois tout de même pas impliqué là-dedans, n'est-ce pas ?

— Je ne sais que penser, mentit-elle. Je suis désolée de mon attitude. » Un bobard de plus.

« Ali, si je peux faire quelque chose d'autre pour toi...

— Le service de William n'a pas un numéro où l'on puisse le joindre ?

— J'aimerais bien. C'est infernal à chaque fois que William quitte la ville. Tous ses maudits malades connaissent le jour de son départ ; alors, les tordus, ils se mettent à appeler pour le moindre bobo imaginable. Bon, je viens de te dire que Lorimer est un bon...

— Je te crois. En fait, je pensais à autre chose. Il est possible que tu puisses m'aider. La dernière fois, j'ai oublié de poser une question à William...

— Au sujet de Susan Kendall ?

— Oui. Bien sûr, ça remonte à loin, mais quand il a remplacé Howard Chainy...

— Pourquoi un éminent chirurgien a-t-il fait le boulot d'un médecin légiste, est-ce ta question ? Il devait renvoyer l'ascenseur à Howard, Ali. Ils se connaissent depuis des années.

— Non, je réfléchissais au test des jumeaux monozygotes. Il lui fallait des prélèvements de sang de chaque enfant pour le prouver, non ? Les parents ont-ils consenti...

— Mon frère ne leur a évidemment pas demandé s'il pouvait pomper le sang du seul enfant qui leur restait.

— Alors, comment s'est-il débrouillé ?

— Aucune idée. À moins qu'il n'ait gardé des prélèvements de l'hiver précédent. William avait recousu le doigt de Rouge, après un accident. Bon, quand ça ? Si je me souviens bien, le gamin avait neuf ans.

— J'étais là. Il a fait une chute sur la glace, et un patineur lui est passé sur la main.

— Eh bien, le prêtre l'a emmené aussi sec ici, en voiture. Il a beau être pervers, c'est un brillant individu qui s'est bien gardé d'attendre nos abrutis d'ambulanciers même pas fichus de se repérer en ville. Le gamin avait le doigt presque sectionné. Mais William est un excellent chirurgien quelle que soit la partie du corps dont il s'occupe. En fait, c'était le seul médecin à cent kilomètres à la ronde capable d'effectuer une opération aussi délicate. La main — un organe sacrément complexe — pose de grands problèmes en chirurgie. Il n'empêche que le gamin a retrouvé l'usage de tous ses doigts. Du beau boulot.

— Est-ce que Susan a accompagné son frère ?

— Tu plaisantes ? On n'a pas réussi à séparer les jumeaux. Du coup William a eu l'idée de laisser Susan assister à l'opération. Oh ! je sais bien qu'il passe pour un connard m'as-tu-vu ; il n'en est pas moins sensible à la souffrance. Comme il projetait d'opérer à chaud sous anesthésie locale, il a pensé que la présence de sa jumelle apaiserait son frère.

— À ton avis, William s'est douté qu'ils étaient monozygotes à ce moment-là ?

— Je suis persuadé qu'ils ont piqué sa curiosité. Hormis la coupe de cheveux, les enfants Kendall étaient identiques. Des jumeaux, j'en ai vu pas mal, mais jamais comme ces deux-là. Le plus extraordinaire, c'est que Susan souffrait, elle aussi, et montrait des signes de commotion. Rien à voir avec ces foutaises psychosomatiques, elle sentait la douleur. On a préparé Rouge pour l'opération, je lui ai fait son anesthésie. Comme l'infirmière lui enfilait une blouse et lui mettait un masque, Susan n'a pas vu l'aiguille. Eh bien, l'anesthésie lui a fait de l'effet. On aurait cru soigner un enfant à deux corps. »

Rouge avait-il senti dans sa chair la mort de sa sœur ? Avait-il souffert au moment où on lui avait rompu le cou ? Le petit garçon avait-il fait l'expérience de la mort par emphatie ? Autant de questions que se posait Ali.

Myles se leva, avec l'intention manifeste de la jeter dehors. Le charme n'avait jamais été son fort. Ali le salua d'un geste vague, avant de quitter la chambre.

Bien qu'elle eût recommandé à Arnie de ne pas l'attendre, il était assis dans la salle de réception de la clinique, à moitié dissimulé par les feuilles d'un palmier en pot. Il cachait son œil au beurre noir derrière les pages étalées d'un journal, pour échapper aux questions des malades et des visiteurs. Arnie ne s'était pas expliqué sur sa blessure. Comprenant que son orgueil de mâle en avait pris un coup, Ali avait eu le tact de ne pas aborder le sujet. Pourtant, lorsqu'elle le vit émerger des feuilles de palmier, elle fut à nouveau saisie de surprise.

Quelque chose clochait vraiment.

L'autre jour, le sourire narquois correspondait tant à ses sarcasmes qu'elle n'y avait pas prêté attention. Mais le même rictus lui tordait à nouveau la bouche. Après ces années de séparation, Ali n'arrivait plus à se souvenir s'il avait toujours souri ainsi. Une idée troublante lui traversa l'esprit. Et si cette manie lui était venue au cours de leur vie commune, comme si cette bouche déformée résultait de leur association, d'une contamination en quelque sorte ?

Le sourire s'évanouit rapidement. Peut-être était-il

gêné d'avoir été surpris en proie à une authentique émotion ? Les mains dans les poches de son pantalon, l'agent se campa au milieu de la pièce. « Tu vas me raconter ta discussion avec le docteur Penny ? Je partage tout avec toi.

— Bien entendu. » La jeune femme se préparait à passer devant lui, mais il lui barra le passage. « D'accord, Arnie. C'était une consultation.

— À propos de ta cicatrice ? Parfait. Alors, ce n'est pas héréditaire ? Mais plutôt comme si on t'avait retiré une gigantesque verrue ? Je pense à nos gosses, Ali. Enfin, on pourrait en adopter.

— Ouais, je trouve ça génial des bébés soûls en train de tituber dans toute la maison, de dégueuler sur le tapis. »

Y avait-il de l'amertume dans son propos ? Ali l'espérait.

Le demi-sourire était de retour. « Je nettoyais ton tapis, Ali — à quatre pattes. Tu as tendance à oublier ces petites choses. »

Il s'avança vers Ali, qui recula. Ils n'en finissaient pas de danser le même étrange pas de deux. « C'est vrai, Arnie. D'ailleurs la fois où tu as vomi sur mes chaussures, tu m'en as racheté une nouvelle paire. » Puis, envoyant au diable toute délicatesse, Ali désigna du doigt l'œil poché. « Comment tu t'es fait ça ?

— Oh, comme d'habitude, fit-il en écartant le sujet d'un geste.

— Une *femme* ?

— Sauf qu'elle n'avait pas ton talent, Ali, et que je n'ai jamais été amoureux d'elle. Rien qu'un coup, une petite brutalité en passant. » Il alluma une cigarette. « Bon, faisons une trêve. Tu as quelque chose de solide au sujet de ce pervers scrofuleux ?

— Arnie, tu enfreins la loi. Nous sommes dans un bâtiment public.

— Alors, qu'as-tu appris ? Accouche, sinon je fais des volutes avec ma fumée — ici même, sur-le-champ. Et je pourrais aller jusqu'à commettre la folie de laisser tomber de la cendre sur le tapis.

— Tu n'es pas d'accord avec ma thèse pourtant. Tu l'as assez claironné dans une salle bondée de flics et de fédéraux. Pourquoi ne pas te renseigner auprès de l'équipe de Virginie ?

— Tu sais bien que je ne laisse pas les sorciers fourrer leur nez dans mon boulot. Au cas où t'as quelque chose sur ce timbré, je veux être au courant, sinon j'irai tailler une bavette avec ton cher vieux tonton. À ton avis, il le traite, ce fumier de pervers ? demanda Arnie, à nouveau le sourire aux lèvres.

— C'est un *sadique*. Garde ça en tête. » Ali n'arrivait pas à détacher les yeux de la bouche d'Arnie. « Ça l'éclate de confier le carnage à un psychiatre — la pulsion lui procure une gratification instantanée. *Je t'en prie, Anzie, arrête de sourire.* Ainsi, le cercle des victimes s'étend au-delà de l'enfant et de sa famille, et il fait durer le plaisir tant que ça lui chante — le paradis en somme.

— Alors, notre assassin torture le psy, lequel n'a d'autre recours que de se soulager auprès d'un prêtre.

— Tout à fait. » *Ou d'un autre psychiatre.* Ali s'étonna soudain que son oncle n'y ait pas songé. Enfin, il était exclu d'en chercher la cause avec Arnie. « Enfin, même s'il va voir un psy, le pervers n'est pas cinglé, il est brillant et sadique — comme toi.

— Merci. Pour peu que tu aies raison à propos des autres affaires, tu dois piger que ce type est complètement à la masse.

— Détrompe-moi, Arnie. Tu le crois dérangé parce qu'il fantasme sur une petite princesse. Alors, toi, t'es cinglé parce que tu te masturbes en rêvant qu'un mannequin exceptionnel te supplie de la baiser ?

— À ton sens, il est plus réaliste, c'est tout ?

— Il s'agit de pouvoir. » Elle évita de lever les yeux sur lui, les gardant fixés sur sa cigarette. « Voilà pourquoi il préfère une petite cible. Il exerce un pouvoir absolu sur un enfant. Toi, dans ton fantasme, tu éprouves une reconnaissance éperdue envers la déesse. Lui, dans le sien, il est dieu.

— Bon, c'est un tordu qui a toute sa raison. Alors, que penses-tu de la peine de mort *maintenant,* Ali ?

— Je n'ai pas changé d'avis.

— Oh ! arrête ton cirque. Tu souhaites la mort du monstre autant que moi.

— Les Russes ont alourdi les peines pour pédophilie. Résultat : les monstres tuent les gosses beaucoup plus souvent. Tu peux toujours me traiter d'idiote, Arnie, mais, à mon avis, les parents préfèrent récupérer leurs enfants en vie. »

Arnie sentit alors une présence pas loin d'eux. Quelqu'un écoutait tranquillement leur conversation, attendant avec politesse qu'ils la terminent : Rouge Kendall, dont la sœur n'était pas revenue vivante. Il salua Ali d'un signe de tête. « La préposée du bureau d'accueil m'a dit que votre oncle avait l'autorisation de quitter la clinique. » Il faisait exprès d'ignorer Arnie Pyle.

Qu'avait donc fait Arnie pour se mettre cet homme à dos ?

« Est-ce que vous pourriez le garder pour vous un moment, Rouge ? Le docteur Penny pense que mon oncle n'est pas en état de subir un nouvel interrogatoire.

— Bien sûr, aucun problème. Vous avez une minute ? Je voudrais vous parler d'autre chose. » Tout en s'adressant à elle, le jeune inspecteur dévisageait l'homme du FBI. Jouant l'imbécile, ce dernier se gardait bien de faire mine de les laisser tranquilles.

Rouge, lui, eut la courtoisie de n'exprimer ce qu'il pensait : *trou du cul* que par un jeu de physionomie, refusant de participer au jeu préféré d'Arnie — le combat de chiens. Puis le jeune flic se tourna vers Ali : « Quand nous étions dans la chambre d'hôpital de votre oncle, vous avez évoqué les trophées que pre-

303

nait le pervers. Or, ils ne figurent pas dans le résumé que vous nous avez remis.

— Costello n'avait pas envie que l'information soit divulguée et imprimée en cinquante exemplaires.

— Vous avez une liste ? »

Ali hocha la tête. Glissant son bras sous le sien, elle l'entraîna au fond de la pièce, à l'abri des oreilles indiscrètes. Et, jetant un regard par-dessus son épaule à Arnie, elle lui ordonna : *Ne bouge pas.*

« Notre homme ne prend que de minuscules objets, Rouge. Une fois, c'était une bague. Il manquait un insigne en forme de fleur à une autre petite fille. Ou encore une médaille pieuse, une chaîne en or, fine, avec une perle. Toujours quelque chose de délicat.

— Alors, un bijou de ce genre ne collerait pas ? » Rouge sortit de sa poche un cercle d'argent qu'il lui tendit. « On s'est servi de cette pièce à conviction pour confondre le prêtre ; il appartenait à ma sœur. »

Ali prit le bijou et le retourna dans sa main. Si le cercle était très petit, le bracelet, large et plat, pesait lourd dans sa main. « Ce n'est pas impossible. Toutefois, il n'a jamais piqué quelque chose d'aussi important. Enfin, si elle ne portait rien d'autre sur elle, mais vous...

— Je sais. J'ai lu la liste des effets personnels de Susan. Il aurait dû s'emparer de la médaille pieuse qu'elle avait autour du cou plutôt que du bracelet, n'est-ce pas ? »

Ali fit signe que oui. Aucun d'eux n'ignorait que l'on avait trouvé la médaille sur le cadavre de Susan.

« Il y a autre chose. Lors de mon départ pour le prytanée militaire, j'avais offert à Susan un bracelet de cheville. Elle le mettait tous les jours sous ses chaussettes pour que personne ne le remarque. En tout cas, elle me l'écrivait. C'était une chaîne fine, très fragile, avec un petit pendentif ovale en or.

— Eh bien, voilà le trophée. Pour peu que vous le retrouviez, vous serez sur la piste de son assassin.

— En fait vous n'en avez même pas besoin », intervint Arnie. Il s'était faufilé dans leur coin.

Ali foudroya l'agent du regard : *Vilain garçon !*

« Il a raison, Rouge. Il vous suffit de mettre la main sur l'homme sachant qu'elle en portait un. À moins qu'elle n'en ait parlé à un membre de la famille ou...

— Même mes parents l'ignoraient. C'était entre nous. »

Ali imagina la chaîne fragile autour de la mince cheville d'une petite fille de dix ans — minuscule secret caché sous une chaussette blanche, cadeau offert avec une ferveur d'enfant par son jumeau. Et l'image de l'assassin, la sortant toutes les nuits pour revivre le viol, le meurtre lui traversa l'esprit. Peut-être se masturbait-il en la serrant.

Une fois sa voiture garée dans la voie d'accès, Buddy Sorrel descendit l'avenue vers la maison du lac, à l'affût de traces de champignons. D'après les photos aériennes du contrôleur des impôts, il n'y avait pas d'atrium dans cette propriété. L'inspecteur de la PJ avait le sentiment de perdre son temps comme un imbécile, mais le commissaire l'avait affecté aux champignons, et, dorénavant, tout ce qui les concernait faisait partie de son domaine.

Peut-être vaudrait-il la peine d'appeler des renforts à la rescousse pour fouiller les bois, car les arbres risquaient de masquer les petites cahutes des éleveurs sur les photos aériennes.

Non, mauvaise idée. Le commissaire n'apprécierait pas qu'il révèle la piste à l'un des gradés en uniforme. Fût-ce avec une centaine de gendarmes, il ne dénicherait d'ailleurs pas de truffes. Loin d'être à fleur de sol, ce type de champignons, qui se développe sous terre, pouvait côtoyer un cadavre de petite fille. Les chênes abondaient dans ce chemin privé, et ce botaniste amateur de docteur Mortimer Cray prétendait que les racines de ces arbres étaient vitales pour les truffes. Est-ce qu'un chien les flairerait ? Ma foi, ceux du corps des maîtres-chiens repéraient bien les explosifs — pourquoi pas des truffes ?

À quoi allait-il aboutir ici ? À rien sans doute. Les preuves de la présence de deux gamines n'auraient sûrement pas échappé aux trois flics municipaux qui avaient fouillé la maison. Il n'empêche qu'il fallait compléter le puzzle.

Après avoir contourné un groupe de conifères, il eut une vue sur la maison construite au petit bonheur, ensemble tentaculaire de murs de bois accolés à d'autres en brique — le tout relié aux pierres non taillées d'une bâtisse de quatre étages. S'attardant près des arbres, il observa le quatrième étage. Un pan de tissu blanc accroché à l'espagnolette d'une fenêtre close ondulait sous la brise. On eût dit une railleuse métaphore en trois dimensions de l'ignoble et intolérable pièce qui manquait au puzzle.

Buddy Sorrel remonta le sentier pavé conduisant à la porte de service. On avait posé des scellés sur le châssis. Après un examen plus approfondi, il devina que l'on avait décollé et recollé à plusieurs reprises la bande adhésive.

Cela pouvait tout à fait être des gosses. Dans sa jeunesse, en tant qu'îlotier, il avait passé d'innombrables nuits à débusquer des adolescents dans des endroits insensés.

Tendant le bras vers le rebord, au-dessus de la porte, il y trouva la clé laissée par le chef de la police municipale. Croft n'était toutefois pas sûr d'avoir pris la peine de la fermer. D'après lui, certains vieux habitants de Makers Village ne possédaient même pas de clés pour leurs serrures fin XIXe — d'origine.

Une fois la bande arrachée, Sorrel essaya la poignée. La porte s'ouvrit facilement. Il s'avança dans la cuisine qui aurait dû se trouver de l'autre côté de la maison : d'ordinaire, les portes de service donnaient sur le lac. Parcourant du regard la poussière accumulée sur les piles de livres de cuisine posées au milieu de la table, il remarqua l'horloge en forme de champignon vénéneux du mur. Dommage que Costello ait caché cet élément aux gendarmes, Sorrel se serait bien payé le luxe d'en mettre un sur ce coup bidon.

L'inspecteur se dirigea vers l'escalier, attentif aux changements d'orientation, tandis qu'il grimpait la partie en colimaçon vers le quatrième étage. À peine entré dans la chambre située à ce palier, il vit que quelque chose n'allait pas dans le plan de la maison. Ma foi, compte tenu de l'architecture peu soignée de la baraque, des multiples rajouts, beaucoup de choses clochaient. Il était surtout tracassé par l'absence de fenêtre là où il s'attendait à en trouver une. Reculant au fond du couloir, il se guida sur la fenêtre percée dans ce dernier. Bizarre. Il retourna dans la chambre. Il n'y avait de fenêtre que sur un des murs.

Puis il remarqua qu'à côté d'une grande armoire, il y avait un rectangle de couleur plus vive sur le papier mural. Les coins arrondis de l'armoire en délimitaient la surface nettement plus claire. On venait donc de la changer de place. Il essaya de glisser sa main dans l'interstice étroit entre le mur et le bois. En vain. Sorrel eut l'idée de la faire glisser un côté en la basculant sur ses pieds de devant. Elle se renversa sur le plancher. C'est alors qu'il crut entendre un moteur de voiture dominant le fracas. Mais la porte qu'il venait d'apercevoir derrière l'armoire l'absorbait complètement.

Lorsqu'il tenta de tourner la poignée, elle ne s'ouvrit pas. Tiens, tiens — son intérêt envers la vieille baraque s'en trouva décuplé. Cette porte était verrouillée, tandis que n'importe quel clochard pouvait entrer par celle du rez-de-chaussée. Vu la solidité du panneau en bois, il n'avait aucune envie de se casser le pied à essayer de le défoncer. Il peina pour éloigner la lourde armoire renversée de son chemin. Une fois qu'il eut assez d'espace pour remuer,

307

il s'acharna de toutes ses forces sur le cadenas métallique. Le mécanisme, ancien, céda facilement. La porte s'ouvrit sur une grande salle de bains où se dressait une autre armoire qu'on avait écartée d'une fenêtre. Des draps attachés pendillaient de son rebord — un bout pris dans l'espagnolette et l'autre noué autour d'un pied de l'armoire. Puis il découvrit les débris d'un lit de camp dont la toile était en bouchon, les lattes en mille morceaux.

Ayant l'impression que le plancher craquait quelque part, au-delà de cette pièce, il s'immobilisa. Il l'entendit à nouveau, quelque chose bougeait à l'étage inférieur, à moins que ce ne fût dans l'escalier ? Prêtant l'oreille quelques secondes, il ne perçut plus aucun bruit.

Ma foi, les vieilles maisons ont des carcasses vermoulues. La brise la plus légère fait craquer leurs jointures. L'étanchéité n'est pas le propre de ces centenaires, ouvertes à tous vents. Il décida qu'il s'agissait d'une rafale.

Alors qu'il s'apprêtait à prendre son portable pour appeler les gendarmes, il eut le regard attiré par quelque chose de différent. S'agenouillant près du lit de camp démantelé, Sorrel ramassa une longue mèche blonde de cheveux d'enfant sur la toile. Il la tint à la lumière — quelle délicatesse, comme elle brillait !

La mèche d'or fut la dernière vision qu'il eut de ce monde. Le coup assené sur sa nuque avait été rapide et sûr.

Depuis qu'elles avaient entendu le moteur de la voiture s'arrêter devant la maison, des minutes s'étaient écoulées. Gwen, qui portait la pile de journaux, se déplaçait d'un pas lent et maladroit.

« Sadie, aide-moi. » Elle déposa son fardeau sur le comptoir avant de sortir de la pièce blanche en boitant et de se diriger vers les arbres. « Il faut qu'on remette tout en place. S'il voit cette pagaille... » Gwen s'interrompit, consternée. À l'intérieur du cercle de la chaîne du chien, le sol était jonché de bouts de tête et de torse du mannequin. Il ne restait qu'un amas informe du corps en chiffon.

Où était passée Sadie ?

Gwen se mit à genoux et s'étira de tout son long. Couchée à plat ventre, elle approcha le manche à balai de la tête. Bien que le chien n'eût pas quitté sa position de Sitting Bull, elle n'avait aucune confiance en lui. Une fois la tête attrapée, elle scruta le torse, hors de sa portée, réfléchissant aux moyens de le récupérer. « Oh, et la garniture ! » s'exclama-t-elle à la vue des sacs en plastique éparpillés par terre.

« On manque de temps pour ranger, fit Sadie, surgissant à côté d'elle. De toute façon, ça n'a plus d'importance. Dès que la Mouche franchira la porte, on lancera le chien sur lui.

— Non, le chien n'est pas prêt. »

En tout cas, il attendait son biscuit. Sadie le lui jeta. Bondissant en l'air, il le saisit à une vitesse foudroyante, avec une adresse surprenante. Après quoi, il retourna au galop à la limite de sa chaîne, avide de jouer une nouvelle fois à Geronimo et à Sitting Bull.

« Le chien est tout ce qu'il y a de prêt. Il faut le faire maintenant, t'as besoin d'un docteur. »

Gwen serra la tête en feutre qu'elle tenait dans sa main. « Non, c'est trop tôt. On n'y arrivera pas. » Elle se laissa lentement tomber par terre, et, assise en tailleur, garda les yeux rivés au plafond jusqu'à ce que la lumière l'aveugle.

Sadie s'accroupit près d'elle. « Pourquoi il descend pas ? » À son tour, elle scrutait le plafond. « Qu'est-ce que tu crois qu'il fabrique là-haut ?

— Je n'ai pas l'impression qu'il soit dans la maison. » Gwen se serra étroitement les bras.

« La voiture n'a pourtant pas démarré. »

Comment expliquer à Sadie qu'elle ne sentait la

309

présence de l'homme nulle part. Il était ailleurs, elle en était persuadée. Comme ça, elles avaient plus de temps pour ranger. « Le chien a besoin... »

Sadie posa les mains sur les épaules de Gwen.

« Regarde-moi. Tu n'en as pas envie. C'est toi qui n'es pas prête ; tu ne le seras jamais. T'attends toujours que quelqu'un vienne nous chercher.

— D'accord, tu as raison ! Et tu sais pourquoi ? Parce qu'on ne va pas y arriver. On n'est pas au cinéma. C'est la réalité ! Il ne s'agit pas de la Mouche, mais d'un homme en chair et en os. Tu ne pourras pas le tuer, ni même lui faire mal. Tu ne réussiras qu'à lui révéler notre présence. » S'emparant du bras de son amie, Gwen l'implorait à présent : « Il sera tellement fou de rage, Sadie. On doit patienter tant que...

— Impossible d'attendre plus longtemps ; la blessure de ta jambe ne cesse d'empirer. »

Gwen se tassa, remonta ses genoux en se bouchant les oreilles. Elle reniait la peau noirâtre de sa jambe qui dégageait une odeur pestilentielle. La petite fille ferma les yeux jusqu'au moment où elle sentit Sadie lui caresser les cheveux, l'apaiser.

« D'accord, on va tout remettre en place. » Sadie se leva, puis enjamba la limite invisible du cercle. Surveillant le chien du coin de l'œil, elle tendit le manche à balai et commença à ramener, tout doucement, le torse de son côté.

À la dérobée, le chien s'avança vers elle en baissant la tête. Déconcertée, Sadie n'eut d'autre choix que de ne pas détourner le regard tout en reculant à pas lents.

« Ne le fixe pas dans les yeux ! » Attentive à ne pas laisser la panique résonner dans sa voix, Gwen rampa en direction du bord du cercle, évitant tout mouvement brusque susceptible d'alerter la bête. « Il prend ça pour une provocation. Mets-toi de côté, regarde-moi. »

Trop tard. Une lueur s'alluma dans les yeux de

l'animal, résurgence de ruse primitive. Ses muscles se contractèrent, se crispèrent, et il s'envola. Sadie tendit le manche à balai. Le chien s'arrêta net. Une fois le bout de bois entre ses crocs, il s'acharna dessus tout en le traînant en arrière avec Sadie en remorque. Alors, elle l'abandonna avant de retourner ventre à terre à la limite du cercle, précédant à peine le chien qui refermait la gueule.

Hors de portée de la bête, Sadie l'observa en train de tirer sur sa chaîne. Il voulait l'attraper. Elle tremblait de tous ses membres.

Lentement, Gwen se mit debout. En larmes, elle hurla : « Tu vois ? Tu fais n'importe quoi ! » Mais sa jambe blessée fléchit. Elle s'effondra sur le sol en terre battue, où elle resta allongée en le martelant du poing. « Tu ne vois pas que ça ne peut pas marcher ? Le chien refuse d'obéir. Il se précipitera sur le type, sans même lui donner le temps de caler la porte. Et dès que l'homme aura compris ce qu'on a fait... » D'un ton assourdi, vibrant de colère, de frustration, Gwen ajouta : « Il nous fera vraiment mal, Sadie. C'est complètement idiot de croire qu'on réussira. »

On aurait dit que Sadie venait de recevoir une gifle de sa meilleure amie. Livide, le regard blessé, elle balbutia : « Je suis désolée », avant de conclure d'une toute petite voix, dans un murmure : « Je fais de mon mieux. »

Paul Marie, qui ne participait pas à la célébration des offices de Noël dans la chapelle de la prison, contemplait les murs gris du puits d'aérage par la fenêtre.

Ce soir-là, son visiteur le plus assidu avait fait preuve d'un humour involontaire. À la fin de l'heure qu'ils venaient de passer ensemble, le père Domina lui avait souhaité un très joyeux Noël, une heureuse et prospère année. Sans percevoir l'ironie de l'éclat de rire du prisonnier, le brave vieillard s'était même réjoui des larmes qui coulaient sur le visage de l'homme hilare.

Jadis, Jane Norris lui rendait aussi régulièrement visite. Bien que le temps eût dénaturé leur ancien amour, il ne s'était pas tout à fait éteint — du moins pas à tous les niveaux. Le corps de la jeune femme, pas son âme, hantait encore les rêves du prêtre.

Lors de son procès, elle avait considéré comme son devoir de chrétienne de raconter au tribunal les moindres détails de leurs accouplements d'adolescents — le nombre précis de pénétrations et non le nombre de fois où ils avaient fait l'amour. Au cours de sa déposition sous serment, Jane avait trouvé essentiel d'avoir été la première femme qu'il ait pénétrée.

Pendant dix ans, elle était venue, fidèlement, pieusement, le voir à la prison. Le temps de la visite, elle priait à haute voix pour l'âme de Paul qu'elle massacrait à coups de paroles de pardon proférées sèchement pour tous leurs ébats. Ne s'étant jamais mariée, n'ayant jamais eu d'autre amant, elle s'était muée au fil du temps en bonne sœur folle à lier, consacrée à la rédemption du prêtre.

Il y a cinq ans, elle avait mis fin à ses jours. Parfois, Paul Marie se demandait s'il ne s'agissait pas d'un acte sensé accompli lors d'un éclair de lucidité — le seul en dix ans. Il se pouvait que vers la fin de sa vie, contrairement au père Domina, Jane en soit venue à percevoir l'ironie de l'histoire — avant de se mettre la tête dans ce four.

D'autres personnes l'avait remplacée au parloir. Des policiers surtout, désireux de clore de vieilles affaires d'homicides, analogues à la sienne. Et tous les deux ans, un agent du FBI, jamais le même, venait bavarder une heure avec lui. Il repartait bredouille. Le prêtre ne souffrait pas de solitude, loin de là.

D'ailleurs, il avait même un compagnon en ce moment. L'ombre tapie sous son lit, omniprésente, lui rappelait la précarité de son équilibre mental. Ce soir-là, le prêtre renonça à la lutte, et l'appela de son vrai nom — démence. À présent, il l'acceptait tout en méprisant cette entité avilie, tellement sous le charme qu'elle acceptait de coucher sur le sol de sa cellule pour être près de lui.

L'ombre avait pardonné à Mortimer Cray.

Quant au prêtre — c'était exclu.

L'ombre sous le lit n'en était pas convaincue — il émanait d'elle comme une espérance.

Au loin, les cloches de trois églises carillonnaient Noël. Planté au milieu des fleurs de sa serre, Mortimer aperçut un jeune arbre fruitier qu'avait produit une de ses semences. Il avait des feuilles charnues qui lui donnaient une forme presque féminine, on eût dit l'essence du sablier de Dame Nature, la divinité qu'il préférait.

Détournant le regard de l'arbuste, il se recueillit pour écouter le Dieu de l'Ancien Testament, nettement plus insistant, être irascible qui ne cessait de perdre les défis qu'il lançait au diable et de s'en venger sur ses fidèles. Le pauvre Job avait eu la malchance d'avoir été créé dans la mauvaise moitié de la Bible.

Mortimer baissa les yeux sur ses mains tremblantes. Il aurait dû mourir depuis des lustres. L'ultime sadisme, c'était de l'avoir laissé en vie. L'image du pistolet rangé dans le premier tiroir de sa table de nuit lui vint à l'esprit. Il leva le doigt vers sa tempe. Mais, reprenant de plus belle, le tremblement interrompit son geste. Il était bien trop lâche pour appuyer sur la gâchette.

Percevant soudain un mouvement dans la serre, le psychiatre tendit l'oreille. Dans la cour, un jeune homme, dont le visage lisse ressemblait comme deux gouttes d'eau à celui de Susan Kendall, le dévisageait. Mortimer fit valser une plante de la table en reculant. Le pot vola en mille morceaux, il n'en resta pas moins fasciné par le jeune policier qui se profilait derrière la verrière.

Rouge Kendall avait été son plus jeune patient, celui à qui il attribuait le retour de ses émotions longtemps en sommeil. Durant tout le long processus d'assistance au travail de deuil, le petit garçon, qui pleurait avec les yeux de Susan, avait torturé sans le savoir son docteur dont il atteignait la fibre sensible, l'obligeant à compatir à sa douleur d'enfant.

Apparemment le jeune Rouge avait perdu non seulement sa sœur, mais sa santé mentale. Au lendemain de la mort de cette dernière, le petit garçon avait exprimé à son docteur sa crainte qu'il n'y ait pas assez de place dans le petit cercueil de sa sœur pour qu'elle pût y grandir. Plutôt que de lui démontrer le côté irrationnel de cette idée, Mortimer était intervenu auprès des parents afin qu'ils mettent Susan dans un cercueil d'adulte. À l'époque, il s'était imaginé qu'ils trouveraient sa requête absurde, mais ils l'avaient commandé sans protester dans l'espoir d'apaiser l'angoisse de leur fils.

Lors de l'enterrement, la vue de cette minuscule enfant perdue dans le satin blanc de l'immense catafalque avait épouvanté Mortimer qui regretta d'être intervenu — une erreur tragique. Après avoir murmuré des excuses au cadavre, l'espace d'un instant, il avait eu l'impression que la petite morte s'était dédoublée : deux enfants reposaient côte à côte. Il s'était frotté les yeux, attribuant son trouble à la tension. À moins que ce ne fût un aperçu des désirs obscurs du jumeau survivant — l'usage auquel il destinait le cercueil. L'idée de suicide hantait-elle le garçonnet ?

Une fois dissipée la vision défectueuse, Susan rétablie dans sa solitude, il avait cherché son frère partout et l'avait trouvé à côté du cortège funèbre. D'un air grave et soupçonneux, Rouge le dévisageait comme s'il venait de le percevoir de la perspective du cercueil — celle de Susan.

Espèce de vieil abruti. La personne derrière la verrière n'était pas un enfant, mais un adulte accompli.
Rouge, qui cherchait quelque chose dans son manteau,
révéla le pistolet dans son étui d'épaule.

Oui. Allons-y. Qu'on en finisse, et vite.

Sauf que le jeune policier ne brandit pas d'arme
derrière la vitre, mais une photo noir et blanc de deux
petites filles enlacées qu'il fixa sur la vitre avec des
bouts de ruban adhésif.

Mortimer avait vu ces posters partout en ville ;
pourtant il mit une éternité à déchiffrer le seul mot
écrit sous la photo : S'IL VOUS PLAÎT.

Lorsqu'il releva les yeux, Rouge avait disparu.

Dans la lumière tamisée de la taverne de Dame,
Rouge appela le barman d'un geste avant de désigner
son compagnon, Arnie Pyle, en mal d'un autre verre.

L'agent du FBI lui présentait encore des excuses
pour son ignorance. « Je te jure que je n'avais aucune
idée que ta sœur avait été victime d'un enlèvement.
Je n'ai jamais rien vu sur son cas.

— La police de l'État a mis la main sur le tueur
par ses propres moyens et très vite. Il n'y avait aucune
raison de faire appel au FBI.

— Tu m'en fais un autre petit, dit l'agent au barman qui attendait. Mais vraiment petit cette fois,
d'accord ? Du bourbon noyé d'eau : voilà mon idée
de l'abstinence. »

En posant le verre sur le comptoir, le barman
annonça qu'on l'avait réglé, désignant un homme aux
cheveux argentés installé à l'autre bout du bar. Après
avoir levé le sien en guise de salut, Julian Garret le
vida et s'apprêta à partir. Manifestement soulagé de
le voir s'avancer vers la porte, l'homme du FBI fit
pivoter son tabouret face à Rouge : « Alors, marché
conclu ? Dorénavant on échange nos tuyaux. »

Ils trinquèrent pour sceller un pacte auquel Rouge
n'avait pas donné son accord.

« Parfait. » Pyle avala une bonne gorgée. « Je sais déjà ce que tu as appris de Caruthers à propos de l'ancienne voie d'accès qui va du hangar à bateaux jusqu'au rivage. J'ai entendu dire que les techniciens de la PJ y ont relevé quelques bandes de roulement de pneus. »

Peu désireux de s'étendre, Rouge hocha la tête.

« Alors tu t'imagines que l'assassin y a planqué sa bagnole. Beau boulot. Bon, voilà le marché. Tu me fournis ces bandes de roulement, et le labo du FBI te dira où le meurtrier achète ses pneus — sans perdre de temps. Personne n'arrive à la cheville de nos gars.

— Non, ça ne te servirait à rien », sourit Rouge, feignant la timidité. Il fut convaincant. L'agent se redressa sur son tabouret, se préparant à la discussion. Rouge leva une main pour l'interrompre. « On n'a que des fragments de bandes de roulement. Peut-être dix ou douze et quelques empreintes de semelles.

— On peut en tirer des tas de choses, mon garçon. Le labo te dira...

— Arnie, je connais déjà l'origine de la plupart. La route mène aux fondations d'une maison incendiée qui sert de repaire à une bande d'ados. Ils y boivent de la bière, fument un peu d'herbe.

— Nos gars en tireraient sûrement quelque chose. Ça pourrait correspondre à ce qu'on a découvert dans le hangar. Une fois qu'on aura chopé l'assassin, on mettra sa voiture près du théâtre du crime. Marché conclu ? »

D'un haussement d'épaules, Rouge manifesta ses réticences et son ennui — un effort en moins. « D'accord, Arnie, je te donnerai les bandes de roulement. » En outre, cela résolvait le problème de Costello qui cherchait à coller les fédéraux sur une corvée d'expertise médico-légale sans qu'ils exigent de rétribution. « C'est ma tournée. » Rouge fit tourner un doigt sur son verre. Il n'avait pas encore touché le premier whisky, commandé vingt minutes auparavant.

316

« T'as l'air de connaître très bien Julian Garret ; il te fournit des tuyaux ?

— Absolument pas, mais on a bien picolé ensemble, répondit Pyle, souriant au-dessus de son verre. Si c'est ce qui t'inquiète, Julian n'apprendra rien de moi. Pas de fuites.

— Non, ça ne me tracasse pas. C'est un chroniqueur politique, sa présense ici n'a rien à voir avec l'enlèvement. Et la tienne ? »

Arnie Pyle regarda au fond de son verre comme si son prochain coup était écrit sur les glaçons. Au bout du compte, il fixa Rouge avec un sourire peut-être sincère.

« Compliments, mon garçon. C'est vrai, Julian Garret croit que je ne m'intéresse qu'à Mme Hubble pour en faire un témoin à charge contre le sénateur Berman. En fait, je pense qu'elle pourrait établir la relation entre cet infâme petit rat de sénateur et le fric de la mafia. Julian a donc presque raison. Mais j'ai de meilleures pistes à Washington. N'était Ali Cray, le voyage n'aurait pas valu le coup.

— Comment as-tu appris qu'elle était à Makers Village ?

— Je sais toujours où se trouve Ali. » L'agent but son bourbon sans avoir l'air de remarquer que le verre de Rouge restait plein.

« Ali t'a-t-elle déjà dit que tu lui rappelais quelqu'un ?

— Non. Pourquoi cette question ? Tu la connaissais ?

— Petite fille, elle habitait Makers Village. Tu l'ignorais ?

— Jusqu'à ce que Costello me demande de l'emmener à l'hôpital, j'ignorais même qu'elle avait un oncle. Tous les documents que j'ai trouvés sur Ali venaient du Middle West. Alors tu la connaissais enfant ?

— Quand j'avais neuf ans, on faisait tous les deux

partie de la chorale. L'année suivante, on m'a expédié dans un prytanée militaire, et la famille d'Ali a quitté la ville. Rien de plus. Maintenant, à ton tour de raconter.

— Mon histoire avec Ali ? » Pyle vida son verre. « Lorsque je l'ai rencontrée, je travaillais sur une affaire à Boston. À l'époque, je m'occupais à plein temps d'enfants disparus — j'étais le meilleur. N'empêche que la connaissance qu'a Ali des pédophiles dépasse celle que ces monstres ont d'eux-mêmes. J'ai essayé de la recruter pour le FBI. Elle a refusé. »

Levant un doigt, l'agent commanda une autre tournée au barman.

« Bon, Rouge, tu disais tout à l'heure que je lui rappelais quelqu'un. Qui ça pourrait être ?

— Ton visage a quelque chose de familier. As-tu déjà chanté dans la chorale d'une église ?

— Rien que dans les rêves de ma mère. » C'est tout juste si le verre qu'on apporta à Pyle effleura le bar avant de se retrouver dans sa main.

« Il m'a semblé que tu n'aimais pas beaucoup Ali.

— Rien de plus faux. » L'agent posa son verre au milieu de la serviette en papier avec la précision du poivrot qui affecte la sobriété.

« Je serai amoureux d'Ali jusqu'à la fin de mes jours.

— Tu l'exprimes d'une bien étrange manière. »

Les yeux fixés sur le verre, intact, de Rouge, Pyle faisait peut-être le compte de ceux qu'il avait descendus car il mit du temps à répondre.

« Ma foi, je ne suis pas un mec sentimental, du genre New Age.

— Elle t'a largué, n'est-ce pas ?

— T'as tout bon. » Pyle repoussa son verre.

« Parce qu'elle est frigide ou gouine ? »

Pyle eut un grand sourire. « À cause de la cicatrice. Il me fallait à tout prix savoir comment elle se l'était faite. Et elle refusait de m'en parler — raison de plus pour m'entêter. C'est devenu une obsession. J'ai rendu cette femme dingue — je ne la lâchais pas. Je l'ai poussée à s'enfuir — c'est de ma faute. Mais je n'ai jamais réussi à oublier Ali. Je la suivais partout. Elle aurait pu me faire inculper pour ça, mais elle s'est abstenue. Une fois, j'ai passé la nuit à tambouriner à la porte de son appartement, fou furieux tant j'avais bu, à hurler de douleur. Le lendemain matin, je me suis réveillé dans le couloir devant sa porte enveloppé dans une couverture qu'Ali avait bordée quand j'avais tourné de l'œil. Je n'ai jamais rencontré personne aussi sensible à la souffrance qu'elle.

— Tu n'as toujours pas résolu le mystère de la cicatrice.

— Non, mais je n'arrête pas d'y penser. » Pyle fixait son verre. Peut-être avait-il les idées assez claires maintenant pour se rendre compte que, dans cette relation de donnant-donnant, c'était lui qui se confiait. « Et toi, Rouge, tu sais comment ça lui est arrivé ? T'as une idée ?

— Aucune. Désolé.

— Est-ce que tu vas au moins me dire pourquoi tu es passé chez Mortimer ? » Il y avait une nuance de soupçon dans la voix de Pyle. « C'est vrai, tu t'es pas incrusté.

— Je voulais lui demander quelque chose au sujet de Paul Marie. Puis j'ai pensé qu'il valait mieux aller en discuter avec lui demain à la prison.

— Avec le prêtre ? Bon, je vais t'éviter un trajet en bagnole, mon garçon. J'ai entendu parler de Paul Marie pour la première fois lors de la petite scène à l'hôpital. Quand j'ai interrogé Costello, il m'a raconté que c'était un meurtrier d'enfants à qui l'on venait de refuser une mise en liberté conditionnelle. Bon, ce monstre ne sortira sans doute jamais de prison, mais tant qu'il s'imagine avoir une chance de gagner à sa cause le juge d'application des peines, il ne collaborera pas. J'ai vécu ça des cent...

— Sauf que Costello à oublié de mentionner que le prêtre a failli tuer Mortimer — enfin d'après le gardien de prison. Paul Marie a des éléments concrets. S'il est prêt à échanger des tuyaux contre sa mise en liberté conditionnelle...

— Voilà qui change tout. Ça t'embête si je t'accompagne ?

— Pas du tout. Bien sûr, viens. » Comme la visite à la prison occupait la dernière place dans sa liste, Rouge glissa de son tabouret. « Il faut que je me sauve, ma mère m'a préparé un dîner. Je passe te prendre à ton hôtel, à huit heures demain matin ?

— Huit heures tapantes. Avant de filer, je voudrais que tu réfléchisses à une proposition, mon garçon. Si tu reprenais des études, je te ferais embaucher au Bureau sans problème. T'es doué pour...

— Je ne crois pas, Arnie. Merci tout de même.

— Tu comptes sur des offres plus alléchantes ? Rouge, tu es très intelligent. C'est du gâchis de rester dans une ville miniature qui n'a qu'une voiture de police et qu'un seul feu rouge.

— Mais quatre voitures de pompier. On a tout ce qu'il faut pour les incendies, ici. S'il en éclate un, on sera prêt.

— Écoute, pour l'amour du ciel, il n'y a même pas un Chinois qui vende des plats à emporter dans ce bled.

— Ce n'est pas la peine. » Rouge se pencha sur le zinc pour prendre un sachet de sucre dans un bol. Il parcourut des yeux le petit texte écrit derrière, avant de le tendre à Pyle.

Sans avoir besoin d'ouvrir un beignet à horoscope chinois, l'agent lut : *Il suffit à l'imbécile de s'obstiner dans sa folie pour acquérir la sagesse.*

Les mains levées, Arnie Pyle admit sa défaite, se

bornant à ergoter que l'auteur de la citation était William Blake et non quelque Chinois.

« Bon, fit Gwen. Imagine qu'on arrive à lui faire garder la position de Sitting Bull assez longtemps. Si on réussit, le chien va déchiqueter l'homme...

— La Mouche.

— Il va déchiqueter la Mouche en lambeaux. Il tuera le...

— Très bien. La mort de la Mouche est notre objectif.

— Non, Sadie. Tu n'analyses jamais une question à fond. » Gwen se couvrit la bouche. « Oh, je suis désolée. Je suis une telle...

— Ça suffit. » De crainte qu'elle ne se remette à pleurer, Sadie enlaça Gwen. Au cours de la crise de larmes d'une demi-heure qui venait de s'écouler, Sadie la têtue avait refusé ses excuses ; il était exclu qu'elle les accepte maintenant. À ses yeux, sa meilleure amie n'avait jamais tort.

« D'accord. » D'un geste, Gwen lui indiqua qu'elle avait retrouvé la maîtrise de ses émotions. « Après tout, c'était peut-être un accident. Et s'il n'avait pas vraiment eu l'intention de te tuer, il t'a crue morte, n'est-ce pas ? Tu t'es débrouillée pour ça. Tu ne sais pas ce que...

— Ça fait un temps fou. » Sadie s'avança jusqu'au bord du cercle du chien pour mieux voir la porte. « C'est impossible qu'il soit resté dehors aussi longtemps. Il est sûrement dans la maison. Pourquoi est-ce qu'il ne descend pas ici ?

— Il a déjà fouillé le sous-sol avec le chien. Il peut ne jamais revenir. » Bien qu'elle ne se fît plus d'illusions, il était important pour Gwen de continuer à le dire, à le penser afin d'éviter que d'horribles images lui passent par la tête. À son retour, le type serait tellement furieux quand il verrait tout le...

321

« Ben alors, qu'est-ce qu'il fiche ? Pourquoi n'a-t-il pas pris la voiture ?

— Il est peut-être rentré chez lui à pied. » Quand, lui échappant des mains, les journaux lui effleurèrent la jambe et réveillèrent la sensation de poids mort dans son mollet, Gwen tressaillit. Elle avait l'impression que des monstres minuscules remuaient dans sa chair, sortaient les griffes de leurs petites pattes pour l'attaquer de l'intérieur. Mais ce n'étaient que de faibles mouvements ; cette fois ils mettaient un bémol au leitmotiv d'élancements et de picotements. La petite fille apprenait la relativité de la douleur — ce chant de l'enfer. La drogue infiltrée dans son système nerveux força les monstres à s'endormir à nouveau. Gwen se toucha la jambe. À sa demande ils frémirent et chantèrent. Chaque trou était une bouche qui hurlait dans ses terminaisons nerveuses.

En outre, elle arrivait à contrôler autre chose dans cet étrange univers.

« Tu souffres, hein ? » Sadie s'assit par terre, à côté d'elle.

Gwen secoua la tête. « T'avais raison pour les médicaments. Ils m'engourdissent. » Or, si Sadie avait l'intention de mettre son plan à exécution, il faudrait un minutage rigoureux. Il fallait que l'homme franchisse la porte et cale le bloc de béton avant que Sadie ne lance l'ordre de Geronimo. Tout dépendait de la synchronisation.

« Ta jambe te fait très mal maintenant, non ?

— Ça va. » C'était faux. Il n'empêche que l'anticipation de la souffrance était pire que sa réalité. « C'est pas si terrible. » Ne raisonnait-elle pas mieux ? Si. Elle était capable de dresser la liste des erreurs possibles, de toutes les occasions de catastrophe. Sa peur s'intensifiait, elle avait des élancements dans la jambe et la douleur, insistante, psalmodiait sans répit sa mélopée. « Je vais très bien.

— Bien sûr. » Sadie l'incrédule se précipita au pas

de course dans l'allée, disparut dans la pièce blanche d'où elle revint avec un flacon ainsi qu'un pot d'eau. « Tiens, tu as le droit d'en prendre toutes les trois heures. Il s'est écoulé à peu près ce laps de temps.

— Rien qu'un, alors.

— À ton avis, je lui lance un autre biscuit ?

— Non. Il doit avoir faim pendant un petit moment. Ça pourrait m'aider à le faire rester dans sa position. » Gwen posa le pot près de la pile de journaux. « On est la veille de Noël, n'est-ce pas ? Il est possible qu'il ne revienne pas, on pourrait...

— La meilleure réplique du film *Le Père Noël assassin,* c'est : "Il n'y a pas de nuit plus effrayante dans l'année que la veille de Noël." » Avec un sourire timide, Sadie serra le bras de sa meilleure amie. « Je sais qu'on n'est pas au cinéma, que tu n'as pas envie qu'on le fasse, mais on ne peut pas attendre plus longtemps.

— Mlle Vickers revient le lendemain de Noël. » Si seulement elle arrivait à convaincre Sadie de prendre patience, de se cacher et d'attendre. Gwen n'arrivait pas encore à accepter l'idée de ce qu'elles projetaient de faire à la Mouche — non — à l'homme en chair et en os. Il allait lui faire mal quand...

— Alors, elle sera bientôt là. Raison de plus pour qu'il nous trouve maintenant, avant le retour de Mlle Vickers. » Après avoir aidé Gwen à se relever, Sadie la conduisit à un chariot, rangé le long de celui qui masquait la tombe. Celui-là aussi était rempli de terreau.

« Je ne voulais pas que tu le voies. Mais il me semble qu'il est temps. » Tirant le chariot, Sadie révéla un deuxième trou, un rectangle creusé superficiellement dans le sol.

« C'est ma tombe, n'est-ce pas, Sadie ?

— Oui, rien n'est arrivé par hasard. Ce n'est pas par *inadvertance* qu'il m'a blessée, il voulait me buter.

— Dans ce cas, tuons-le », dit Gwen.

Rouge bifurqua et s'engagea dans l'allée. À quelques mètres de la maison, il freina brutalement, bouleversé. Il venait d'apercevoir un arbre de Noël illuminé dont les lampions diffusaient une clarté tremblante à travers les rideaux tirés des fenêtres de la façade.

Il alla garer la voiture sous le portique qui abritait les calèches autrefois. Et les décorations étincelantes lui sautèrent aux yeux. Les fenêtres du rez-de-chaussée resplendissaient sous l'éclat de lumières accrochées autour des châssis.

Il sortit de la voiture. Évitant le chemin dallé, il traversa la cour en martelant le sol de ses souliers. À peine la porte franchie, il se trouva devant un immense sapin de Norvège dressé au fond du vestibule qu'il dominait de toute sa hauteur.

En quinze ans, sa mère n'avait jamais fait d'arbre de Noël. La dernière fois qu'il en avait vu un dans la maison, c'était le matin où l'on avait retrouvé sa sœur jumelle. Il avait compris sa mort avant que les policiers ne viennent l'annoncer. Il se souvenait avoir regardé sa montre, afin de connaître, à la seconde près, l'heure où Susan avait cessé de vivre.

À la première lueur de l'aube, il avait descendu l'escalier pieds nus pour tomber sur sa mère assise près de l'arbre de Noël. Pour la première fois depuis la disparition de Susan, la peur n'envahissait pas les yeux d'Ellen. Elle était au-delà. Elle aussi savait.

À l'arrivée des policiers deux heures après, la mère et le fils avaient échangé un regard. Bradly Kendall avait fait rentrer les deux hommes, en larmes. En ce matin de Noël, cinq personnes s'étaient retrouvées devant l'arbre, et le père de Rouge fut le dernier à apprendre la mort de Susan.

Voilà que Rouge contemplait les mêmes décorations, les mêmes lampions. Se tournant, il vit sa mère assise au pied de la cheminée où crépitait un feu.

« C'est la veille de Noël, fit-elle observer pour répondre à son trouble. On vend les arbres à moitié prix. Quelle femme résisterait ? »

Les flammes lui illuminaient le visage. Elle se leva et traversa la pièce pour l'embrasser chaleureusement sur les deux joues. Et quand elle le serra dans ses bras, il aurait souhaité que l'étreinte ne s'arrête jamais. Sa mère lui avait tellement manqué. Beaucoup trop tôt, elle l'avait laissé livré à lui-même.

« Rouge, tu te rappelles Julian ? »

Installé de l'autre côté de l'âtre, le journaliste de Washington sirotait un petit cognac. Il n'y avait qu'une tasse à café à la place de sa mère. Rouge la vit sourire tandis qu'elle le surprenait en train de vérifier ce qu'elle buvait. Ses yeux brillèrent d'une lueur taquine — souvenir du temps jadis.

Salut, maman. Alors, t'es enfin revenue à la maison.

« Regarde ça, mon grand. » Elle tenait une carte de presse. « Julian me l'a procurée. Rien de plus utile que ce truc-là », fit-elle en lançant un sourire radieux au vieux monsieur.

Le chroniqueur se leva et prit la main de Rouge entre les siennes. « Toutes mes excuses de ne pas t'avoir reconnu au commissariat. Tu as dû me trouver grossier.

— Non, monsieur. Pas à...

— Mais si. » Julian s'adressa à Ellen : « Je mourais de honte face à ton fils. » Il donna une tape dans le dos de Rouge. « Mais c'était inutile de mettre la puce à l'oreille d'Arnie Pyle. Il n'a jamais appris à partager ses jouets ou ses amis, comprends-tu ? Bien sûr. Tu étais un enfant brillant. Je ne manquerai pas de suivre ta carrière avec le plus grand intérêt, Rouge. »

Le journaliste enfila son pardessus, tandis qu'Ellen lui tendait son écharpe :

« Julian rentre à Washington ce soir.

— J'aurais aimé rester plus longtemps, mais je suis en retard. »

Il serra la main de Rouge. « Fiston, t'as bien tourné. Avant de te voir au commissariat, je croyais que ta mère se vantait. » Puis il eut un geste élégant envers son hôtesse, l'esquisse d'un hommage.

« Ellen, j'espère que vous avez passé un moment fructueux. Je vous souhaite à tous les deux une bonne soirée. »

Rouge sentit qu'il s'était repris pour ne pas prononcer les vœux venant machinalement à l'esprit en cette période. Malgré l'arbre si joyeux, ils étaient à la veille d'un bien lugubre anniversaire, et Julian était un homme d'une infinie délicatesse. Or, il vit, éberlué, sa mère poser un baiser sur la joue du journaliste et lui souhaiter : « Joyeux Noël, Julian. »

Postées dans des coins différents, les petites filles observaient la porte en silence. On les eût dites en train d'attendre le lever de rideau au théâtre. Le chien n'était jamais resté aussi longtemps dans la position de Sitting Bull.

Tout dépendait de la synchronisation.

Oh ! pourquoi ne pas rester dans l'obscurité, parmi les arbres et les allées de champignons ? Gwen jeta un coup d'œil à Sadie éclairée par l'unique ampoule allumée, au-dessus de la porte de la pièce blanche — partout ailleurs, c'était le règne des ténèbres. Le plafond s'était éteint pour la nuit, les tables couvertes de champignons dessinaient des formes sombres et rigides. On entendait le seul chuintement du radiateur qui se remettait en marche au terme de ce jour artificiel.

Sadie tourna la tête. Aussi Gwen vit-elle son visage. Il n'exprimait aucune peur — comme à l'accoutumée. Sauf que Sadie ignorait le nombre de choses susceptibles de mal tourner. Le type allait être fou de rage. Bien sûr qu'il voudrait se venger. Quelle folie que tout ça ! Si seulement ça pouvait s'arrêter ! Et si elle prévenait le type, peut-être serait-il moins furieux.

Mais Sadie ne le comprendrait pas. Sadie se demanderait simplement où étaient passées les bonnes intentions de Gwen, qui avait promis de l'aider à tuer le type.

Gwen lança un nouveau regard à la porte. Peut-être qu'il n'allait pas venir. Peut-être qu'il la croyait perdue dans la forêt, morte de froid. Après tout, il s'était peut-être enfui.

Qu'est-ce que c'était ? La porte ? Gwen essaya de dissocier le bruit du chuintement du radiateur. Oui, la porte s'ouvrait. Il arrivait. Elle voyait la silhouette sombre se déplacer dans la cave.

Ne panique pas, pas encore !

Elle le regarda caler du pied la porte avec le bloc de béton.

Pas encore.

Il s'avançait sous les arbres. Sans broncher, le chien restait dans sa position, guettant le signal. Tout comme Sadie. Voilà que Gwen allumait la lampe de poche ; Sadie hurla : « Geronimo ! »

Le chien bondit. L'homme ne bougea pas. Puis ce fut trop tard ; le choc l'avait cloué sur place. Et le chien était pratiquement sur lui, se ramassant pour le saut. L'homme fit demi-tour, s'apprêtant à retourner vers la porte. Le chien avait ses pattes sur le dos de l'homme, il les tendait vers son cou.

Homme et chien tombèrent.

Alors, le monde entier explosa. Un grondement de tonnerre éclata dans le sous-sol. Le fracas se répercuta sur les murs, résonna dans la tête de Gwen qu'il envoya valdinguer loin des arbres. Elle se traîna pour retourner à sa cachette, posant la main sur sa blessure afin que la douleur la ramène au présent — l'empêche de penser à ce qui *pourrait* arriver.

Le chien était immobile. Après s'être remis debout, l'homme s'avança vers la porte, ridiculement plié en deux, une main appuyée sur sa jambe. Gwen arrivait à peine à distinguer le pistolet qu'il tenait dans l'autre. Il s'étala par terre. Peut-être qu'il était plus blessé qu'elle ne le croyait. Hélas, non ! Il se releva, se déplaçant dans la lumière qui filtrait de l'escalier derrière la porte — sans boiter. Son hypothèse la plus pessimiste se confirmait : à peine touché, l'homme ne souffrait que d'une blessure superficielle. Parfaitement silencieux, le chien ne remuait pas. Il pouvait tout à fait être mort. Qu'avaient-elles fait ?

Du pied, l'homme repoussa le bloc de béton. La porte se referma derrière lui. Respirant à peine, à l'affût, Gwen guetta le bruit du moteur de la voiture. L'ampoule qui pendait au-dessus de la porte de la pièce blanche s'éteignit, et elle se retrouva dans une nuit totale.

L'instant d'après, elle vit Sadie allumer la torche, à côté d'elle. La petite fille se braqua le faisceau sur le visage qui surgit de l'ombre, avant de le diriger vers la pièce : « L'ampoule était toute neuve. À mon avis, il a fait sauter les plombs. »

En silence, elles attendirent que le vrombissement de la voiture décroisse. Puis, rampant près des murs, elles gagnèrent l'allée des tables de champignons. Sadie, la première entrée dans la pièce blanche, essaya l'interrupteur.

Rien. Désormais, il ferait toujours nuit. Il avait tué la lumière.

« Ce n'est pas si grave, fit Sadie. Il y a une flopée de piles sous l'évier. On peut faire marcher la lampe de poche pour l'éternité. » À quatre pattes, elle se mit à fouiller dans les placards du bas. « Je suis désolée. Ça a foiré. Vraiment désolée. T'avais raison. »

Assise par terre au milieu de la pièce, Gwen se pelotonnait dans la pénombre : « Sadie, on a fait de notre mieux. » Pour la première fois, la petite fille se sentait calme sans les médicaments. Bien que le pire fût arrivé, elle était indemne, n'avait pas les os pulvérisés et n'inondait pas le sol de flots de sang. « Je me demande si le chien est mort.

— Aucune importance. Ce serait aussi bien. Tu sais, on lui a tiré dessus. Il n'est sans doute plus bon à rien. Un pistolet. Bon sang — un pistolet. Comment aurait-on pu le prévoir ? Tu veux que j'aille vérifier ?

— Non. Il ne faut pas t'approcher de lui maintenant. Il est si grièvement blessé qu'il est plus dangereux que jamais. » Gwen avait observé l'animal passer du repos à l'attaque en une fraction de seconde. Bon chien. Au moins, le type ne le bourrerait plus de coups. Il était exclu de le toucher — impossible de se fier à un animal blessé. Il allait mourir tout seul.

Après avoir ouvert un flacon de comprimés, Sadie remplit le pot à l'évier.

Gwen n'en prit qu'un ; Sadie lui en tendit un autre. « Pour t'aider à dormir. »

Comme si elle en était capable. Gwen refusa d'un geste. « Fichons le camp d'ici. Il fait si froid dans cette pièce. » Gwen dirigea la lampe de poche sur la bouche d'aération d'où sortait un courant d'air. « Comment se fait-il que le climatiseur marche et pas l'interrupteur pour la lumière ?

— Des plombs différents. Chez moi, dans la boîte à fusibles, tout a une étiquette. Il y en a même une uniquement pour le climatiseur. »

Elles sortirent sans tomber sur la grosse chaleur habituelle. La température avait chuté, les radiateurs ne chuintaient plus.

« Quel fumier ! » Sadie éclaira les radiateurs du mur du fond. « Il a aussi éteint la chaudière. » Elle baissa le faisceau jaune qui illumina ses pieds nus tout en proférant d'une voix blanche : « Je n'arrive pas à croire que la chaleur puisse tomber aussi vite.

— Non. La chaleur monte », la reprit Gwen. Prenant la lampe de poche des mains de Sadie, elle la braqua sur le haut plafond, derrière la cave aux champignons.

Et la température n'arrêtait pas de baisser.

Longtemps après le départ de Rouge, l'agent Pyle resta seul dans le bar, les mains à quelques centimètres du verre de bourbon. Il n'avait plus envie d'y toucher. Arnie n'éprouvait ce besoin de sobriété et de clarté d'esprit que parce qu'il se passionnait de plus en plus pour le mystère de l'inspecteur novice aux cheveux auburn.

De deux choses l'une : ou Rouge gaspillait son intelligence ou il s'en servait plutôt bien. Arnie pensait aux longues heures passées à végéter dans son minuscule appartement de Washington — à sa perpétuelle insatisfaction. Au fond, il pourrait revenir à Makers Village le jour où Rouge gérerait l'endroit et lui demander de l'embaucher.

Arnie regardait à travers la vitrine, au-dessus de l'inscription en lettres dorées, les adultes et les enfants qui faisaient leurs courses de dernière minute. De l'autre côté de la rue, des haut-parleurs se mirent à déverser de la musique — des chants de Noël d'une chorale de garçons. Les gens ralentirent le pas, et, tournant le visage vers la source de la musique, ils tendirent le cou afin de saisir les accords de *Douce Nuit*.

Deux enfants s'arrêtèrent sur le trottoir pour en torturer un troisième. Ils avaient piqué son chapeau au pauvre gosse qui courait de l'un à l'autre en les injuriant.

Quel endroit pour élever des enfants ! Pyle se demanda si Ali en voulait. Ma foi, elle risquait d'être obligée de se fourrer la tête dans un sac pendant qu'ils grandiraient pour éviter que son visage ne les traumatise.

Il secoua la tête.

Au contraire, les mômes tireraient une immense fierté de la cicatrice d'Ali.

Les gosses adoraient les choses de ce genre. Plus c'était effrayant, mieux c'était. En fait, il craignait surtout qu'elle ne confie l'origine de sa cicatrice aux enfants — jamais à lui.

Il n'arrivait pas à se débarrasser de l'inquiétante impression que son compagnon de bar de tout à l'heure savait ce qui était arrivé à Ali. Ah, Rouge, étrange garçon qui avait la subtilité de donner aux choses lui tenant à cœur l'allure de questions anodines — ce qu'elles étaient peut-être. Et si Rouge était au courant — sans avoir eu d'informations pour autant ? Vu ce que le jeune flic allait devoir...

Relevant brusquement la tête, Pyle contempla l'imbécile qui lui faisait face dans la glace. Il lui sembla soudain avoir résolu l'énigme. Alors, il posa la tête sur le zinc.

Oh, Ali, pas ça.

9

« N'y touche pas, Rouge. » Ellen Kendall se dirigeait à la hâte vers le téléphone de la cuisine. Il fallait une sonnerie supplémentaire pour déclencher le répondeur. « Laisse-le sonner jusqu'au bout. »

Rouge s'arrêta près du poste posé sur un guéridon du salon, demandant à sa mère qui lui tournait le dos : « Jusqu'au bout ?

— Pour le répondeur », cria Ellen qui avait oublié que son fils ignorait sa récente installation tout comme celle du fax branché dessus.

On entendit un bip. Plantée au-dessus du l'appareil, Ellen guettait : un message allait-il s'imprimer ou une voix retentir ? Faisant volte-face, elle aperçut son fils à la porte de la cuisine, qui balayait le désordre du regard. Le sol était jonché de liasses de feuilles de papier, de cahiers, de matériel électronique.

« Si tu décroches, tu risques d'interrompre un fax. » La machine se mit précisément à dévider du papier. « Le café est prêt, mon petit. Qu'est-ce qui t'arrive d'être debout aux aurores ? » Pour sa part, Ellen avait mis plus de temps que prévu à comprendre le fonctionnement des appareils et ne s'était pas encore couchée.

« J'ai des choses à faire avant de prendre mon service. » Rouge s'avança vers la cafetière électrique placée à côté de l'imprimante laser sur le plan de travail de la cuisine.

Ellen eut un sourire. Il devait chercher le grille-pain qui avait pourvu à ses petits déjeuners des années durant. D'un geste adroit, elle lui envoya un petit pain au son. Rouge le ramassa, le flairant d'un air dubitatif. Certes, c'était autrement nourrissant que les toasts à la cannelle dont il s'était contenté jour après jour depuis l'âge de dix ans. L'attention était celle d'une mère.

Pas de doute, les choses changeaient.

Après s'être servi du café, il prit place à table où il fit de la place pour son bol fumant en empilant le monceau de paperasses. Le portable lui sauta aux yeux.

« Un cadeau de Julian Garret, le fax aussi d'ailleurs. » Ellen exhiba sa carte de presse que le même homme lui avait offerte. « Le journal de Julian m'a fait une proposition de boulot — très sérieuse. Ta vieille mère reprend le collier. » À vrai dire, la nouvelle n'était plus de la première fraîcheur. Julian avait quitté la ville la veille au soir en emportant son premier article, le meilleur de sa carrière. Ellen ne tenait pas à ce que Rouge l'apprît déjà. Fût-il son fils, il n'en restait pas moins flic.

Chaussant ses lunettes, elle lut le fax à mesure qu'il sortait de l'appareil : « Joyeux Noël, Rouge. Je sais d'où vient la cicatrice d'Ali. Et Oz Almo est à l'évidence impliqué dans des affaires louches. Quel cadeau préfères-tu ouvrir en premier ?

— Oz. »

Sans détourner le regard du texte qui s'imprimait, Ellen lui indiqua la table. « Regarde dans la chemise rouge. Tout y est. L'historique complet des finances d'Oz. Des banques d'autres États n'arrêtent pas de lui faire des virements dont aucun ne correspond à une avance sur honoraires. Les dates n'ont pas de rapport avec celles qui figurent sur la liste de ses clients. »

Le jeune homme se mit à parcourir les feuilles du dossier. « Rita Anderson, qui est-ce ?

— Une bonne à tout faire. Premier indice : Oz la paie cinquante mille dollars par an pour faire le ménage une fois par semaine chez lui. Ensuite, ce sont des gens riches passant l'été dans des maisons au bord du lac qui sont à l'origine des virements. J'en ai contacté trois pour leur demander des références sur Rita. Elle est femme de ménage chez deux d'entre eux. La troisième, une vieille dame, m'a dit qu'elle lui administrait des soins médicaux à domicile.

— Ainsi, Rita dégote des renseignements compromettants sur ces gens qu'Almo fait chanter.

— Ça m'en a tout l'air, mon petit. » Ellen avait cependant mis du temps à découvrir ce chantage dont le pivot était une femme de ménage trop payée. « On progresse. Julian Garret a pris un pot avec le type qui lui a fourni les tuyaux. Lequel, cherchant à le détourner d'une autre affaire, a lâché le nom d'Almo comme intermédiaire entre la pègre et le sénateur Berman avant de lui raconter que ça s'était mal goupillé. Bon, Julian se rend toujours compte lorsqu'on cherche à l'embrouiller, mais il pense qu'il y a du vrai dans cette salade. Le type est du genre à fourvoyer les gens en leur racontant la vérité. Julian le prend donc au sérieux. Toujours d'après ce contact, Almo serait une planche pourrie qui se paie de mots, balance le nom du sénateur pour effrayer les pigeons et se donner une importance qu'il n'a pas.

— Et le bruit est parvenu aux oreilles des fédéraux qui ont mis Oz sur écoute. En cherchant un lien avec la mafia, ils sont tombés sur le chantage.

— Voyons, Rouge ! Ai-je parlé d'*écoute* ou de *fédéraux* ? Sans compter que le contact de Julian n'a pas évoqué le chantage. » Sauf qu'il y avait toutes les chances pour que le terme de *pigeon* fût synonyme d'arnaque.

Du coup, Rouge éplucha les feuilles, les lisant mot

à mot, avant de faire observer sans lever les yeux :
« Je suis sûr que tu connais l'identité du contact de
Julian. Donne-la-moi.

— Ma parole, c'est un interrogatoire de flic. Arrête,
n'oublie pas que je suis ta mère. »

Calé dans son fauteuil, Rouge but son café à petites
gorgées. « Dans ce cas, on n'a qu'à jouer aux devi-
nettes. Tu me signaleras quand je serai chaud ou
froid. »

Du Rouge tout craché ! Il avait une prédilection
pour ce jeu depuis qu'il savait parler. Ellen, qui perdait à chaque fois, n'en revenait toujours pas de la
façon dont il s'y prenait pour gagner. Tandis qu'elle
hésitait encore à courir ce risque, il commença.

« Le type est un agent fédéral, membre du détachement spécial chargé du grand banditisme. Il s'appelle
Arnie Pyle. »

L'expression de sa mère lui prouva qu'il était tombé
dans le mille. Il n'esquissa néanmoins qu'un vague
sourire. Enfant, il gagnait avec la même élégance, à
moins que ses victoires ne fussent trop faciles à rem-
porter.

« Rouge, il n'est pas question de le divulguer. Oz
Almo est un détail dans l'enquête du détachement spécial. Tu ne peux pas mettre en péril...

— Les tuyaux que Pyle a livrés à Julian ne sont
accessibles que sur les écoutes fédérales.

— Je dois beaucoup à Julian. Il est exclu de griller
l'un de ses contacts.

— Donc, Pyle comptait garder les preuves de chantage par-devers lui. » Rouge brandit les relevés de
compte. « Il y a deux virements d'une banque du New
Jersey. Toute malversation dépassant les frontières
d'un État est un crime du ressort de la justice fédé-
rale. Ce refus de les révéler n'a de sens que si la mise
sur écoute est illégale. Je présume que ce fut le cas.

— Non, Rouge, rien ne t'y autorise. Tiens-t'en aux
faits. La révélation d'une mise sur écoute compromet-

335

trait toute enquête légale. Si tu songes à asticoter le FBI, tu le prendras en pleine gueule », l'admonesta Ellen, du ton d'une mère mettant son fils en garde contre le feu. « Si tu menaces Pyle, Julian est fichu. Oh ! et moi aussi par la même occasion. Peu importe que tu sois mon fils, je ne te laisserai pas faire. On ne grille jamais ses sources, surtout quand il s'agit de sa mère. »

D'un air absent, Rouge hocha la tête tout en faisant courir le doigt sur la colonne des intérêts des relevés de compte. « Je ne vois pas de placements importants.

— Moi non plus, je n'en ai pas encore trouvé. Il n'y a que des obligations, des fonds communs de placement — rien qui sorte de l'ordinaire. Je ne crois pas Oz assez intelligent pour jouer à la bourse. D'autre part, ce n'est pas un propriétaire foncier, la maison sur le lac appartient à l'une de ses vieilles tantes qu'il a obligée à déménager dans une maison de retraite. L'argent de la rançon semble être une impasse, mon petit. Le fric laisse des traces, et mes sources de renseignements financiers sont fiables. S'ils ne le trouvent pas, c'est qu'il n'existe pas. D'autant qu'Oz n'a recours à aucun système de blanchiment d'argent. D'après les fédéraux, il n'est pas mouillé là-dedans.

— Papa a marqué les billets. Oz a peut-être eu peur de les dépenser.

— Je ne suis pas omnisciente, Rouge. J'ignore ce que ce petit fumier a caché sous son matelas. » Ellen déchira la longue feuille de papier que dévidait le fax. « Tiens, je t'ai gardé le meilleur pour la fin — la mystérieuse cicatrice. Petite fille, elle s'appelait Sally, pas Ali. Du reste, je l'ai appris hier en consultant les archives de baptême de l'église. »

Tandis qu'elle lui tendait la feuille, d'autres sortirent du fax. « Un vieil ami de ton père me fournit les informations sur les antécédents d'Ali. Il m'envoie des coupures de journaux et ses notes personnelles du bureau de son domicile où il prétend s'être barricadé pour se protéger de cinq enfants déchaînés. »

Ellen montra le début de la page que Rouge tenait à la main : « Tiens, regarde la date de cette dépêche d'un journal de Stamford. Voilà qui fiche en l'air tout rapport avec Susan, pour peu que tu en aies gardé l'espoir. Ali a eu un accident de voiture dans le Connecticut l'année du déménagement de ses parents. Deux adultes et trois autres enfants y ont trouvé la mort. C'est la seule rescapée. Ça te va ? » Elle se tourna vers le fax toujours en train de cracher des feuilles.

« Non. Je suis sûr qu'il y a autre chose. Aucun nom ne figure là-dessus. D'après ce que tu viens de dire, les deux adultes dans la voiture n'étaient pas ses parents, n'est-ce pas ?

— Bien vu. » Penchée sur le fax, elle remonta ses lunettes sur son nez. « Les flics ne divulguent jamais les noms avant d'avoir prévenu la famille. Bon, l'ami de ton père va envoyer les articles parus le lendemain de l'accident. Selon le canard du coin, ces gens s'appelaient Morrison, et habitaient à cinq cents mètres du lieu de l'accident. Leur voiture a dérapé sur la chaussée verglacée ; Ali se trouvait avec eux.

— Parce que tu crois les journaux, maman ? »

Ellen hésita à rafraîchir la mémoire de son fils. Du temps de sa jeunesse à Chicago, la journaliste qu'elle était avalait tout crus les flics dans son genre au petit déjeuner. « L'ami de ton père a écrit de sa main les notes qui arrivent maintenant. Tiens, tiens, les journaux n'y ont jamais fait allusion : la petite fille est restée dans le coma pendant deux semaines sans être identifiée. » Elle lui tendit la feuille et s'efforça de ne pas prendre un air suffisant — visant, en vain, une élégance qui lui était inaccessible. « J'ai beau ne pas être toubib, je crois que coma et blessure à la tête vont ensemble. La cicatrice qu'Ali a au visage...

— Voilà qui est intéressant. » Rouge prit le rouleau de pages qu'il parcourut rapidement. « Cinq personnes perdent la vie à cinq cents mètres de chez elle, et, pendant deux jours, la famille d'Ali n'entend pas parler de l'accident. Celle des Morrison a réclamé les corps au bout de combien de temps ?

— On ne le mentionne pas. Attends ! » fit Ellen qui continuait à lire les lignes à mesure qu'elles sortaient de l'appareil. « Il y a une notice nécrologique. La famille était juive. Comme le veut la tradition, on les a enterrés le lendemain. En d'autres termes, l'accident n'avait rien de louche et on n'a pas fait d'autopsie.

— Après tout ce temps, tu pourrais localiser la famille des Morrison ?

— Bien sûr. Il suffit de chercher — rien d'insurmontable. Veux-tu que je leur demande pourquoi les parents n'ont pas...

— Non, maman. Quand tu leur parleras, je parie qu'ils te diront qu'ils ignoraient l'identité de la petite fille qui était dans la voiture avec ceux dont ils ont réclamé les corps. »

Comment Rouge s'y prenait-il pour raisonner de la sorte ? « Tu penses que la môme faisait une fugue ? » Ellen sentait les effets de sa nuit blanche, qui, conjuguée à ses efforts pour suivre la vertigineuse intelligence de son fils, la menait aux portes de la rupture d'anévrisme.

« Aucune idée, maman. Je crois simplement qu'il y a autre chose.

— N'empêche qu'il est plausible que sa cicatrice soit la conséquence de l'accident. Le coma signifie qu'elle avait une sacrée blessure au crâne.

— Sauf qu'on ne trouve d'allusion à la cicatrice ni dans les journaux ni dans les notes de ton copain. Ce n'est donc pas un fait, tu es d'accord ? »

Rouge avait le don de lui renvoyer ses paroles au visage.

« Une fois de plus tu as raison. Vas-y, descends-moi. Je t'ai donné le jour, mais que cela ne te gêne surtout pas. Bon : des faits. Nous parlons de petits enfants en ce moment. Or, police et hôpitaux se refusent à tout commentaire sur des mineurs tant que les parents ne se sont pas manifestés. En revanche, l'accident était déjà de l'histoire ancienne pour les journaux au bout de deux jours.

— À moins qu'on ne l'ait passé sous silence pour d'autres raisons. À mon avis, cette cicatrice cache des choses plus intéressantes. » Repoussant les feuilles, Rouge mordit dans son petit pain.

Et dire qu'elle avait envisagé de lui préparer un jus d'orange pour le petit déjeuner. « D'accord, il se pourrait que l'histoire ne s'arrête pas là. Je vais m'y remettre. » Ellen débrancha la fiche électrique du fax pour la fixer à son portable en bougonnant « Ces flics ! » On eût dit qu'ils n'avaient cessé d'être le fléau de son existence. Par-dessus le marché, elle en avait élevé un qu'elle se mettait à chouchouter sur le tard.

« Merci, maman. Va dormir, je t'en prie.

— Ouais, c'est ça. Pauvre vieille maman. » Quand Rouge lui posa un baiser sur la tête, Ellen sourit. Depuis combien de temps n'avait-il pas eu ce geste ? « Quel gentil fils ! Au fait, le jour où tu m'expédieras en maison de retraite, n'oublie pas de me réserver une chambre avec vue, hein, mon petit ? » Ellen se demanda si sa génération — à l'avant-garde des drogues psychédéliques, du rock, de l'amour libre — impressionnait son fils. Manifestement pas. Il quitta la pièce en bâillant.

« Sales flics ! »

On sonna à la porte. Rouge hurla du couloir :

« J'y vais, maman. »

Déjà aux prises avec le mystère des moteurs de recherche d'Internet, Ellen cherchait à réduire leur champ d'investigation afin d'obtenir moins de mille réponses à chacune de ses questions. Tout en tournant les pages du manuel : *Internet pour les nuls,* Ellen entendit une voix inconnue derrière son dos. Pivotant sur sa chaise, elle vit un homme dans l'embrasure de la porte.

« Pardonnez-moi, madame Kendall, fit-il avec un sourire d'excuse. Je suis désolé de... Eh bien, j'attends Rouge qui n'a pas fini sa conversation au téléphone. Je suis un peu en avance. »

Mal à l'aise, il cherchait en vain une entrée en matière. Vu l'expression d'Ellen, il devait croire qu'elle le reconnaissait. Or, elle n'était frappée que par ses yeux qui lui semblaient familiers — à un point inquiétant. Nul doute que Rouge s'attendait à la venue de cet homme, il aurait pu la prévenir tout de même.

« Madame, nous sommes-nous...

— Non, on ne s'est jamais rencontrés. Quel superbe coquard ! » Entre ce que lui avait raconté son fils à propos de l'œil au beurre noir et la pittoresque description de Julian d'un gandin à l'élégance voyante, style Las Vegas, Ellen n'eut pas de mal à identifier l'homme qui se tenait dans sa cuisine. « Prenez une chaise, agent secret Pyle. »

Sans réagir au nom et au titre qu'elle lui décernait, bien qu'ils ne se soient pas présentés l'un à l'autre, Pyle s'installa à la table. L'agent fédéral, présumant que son fils l'avait avertie, ne donna pas le motif de sa visite. Son fils avait-il omis de lui dire autre chose ?

« Rouge n'était-il pas censé vous prendre à votre hôtel ?

— Si, madame. Mais j'étais en avance et ce n'est pas très loin. »

Bien vu. L'apparition inopinée de l'agent fédéral avait dû surprendre et mécontenter son fils. Quels que soient ses projets, il ne voulait pas que la presse en eût vent — surtout pas sa chère vieille maman. *Sale flic.* Il avait sûrement prié Pyle de patienter dans le vestibule. Attiré par le bruit des touches du clavier ou poussé par autre chose, l'homme du FBI n'avait pu s'empêcher de s'avancer dans le couloir.

Elle ne s'était pas trompée.

Car Arnie Pyle étalait une feuille de papier sur la table. On y voyait le gros titre, en lettres majuscules, de la presse du lendemain : LA DAME ET LES REQUINS, suivi d'un résumé du scandale politique de l'année.

C'était mieux que l'histoire de chantage suggérée par Julian Garret — et pire. L'introduction brossait le portrait de Marsha Hubble, femme à poigne, douée d'un instinct de survie hérité de quatre générations d'une famille new-yorkaise aussi en vue dans les cercles politiques que dans le carnet mondain. La dame était née dans l'arène. Avec ses relations, le chantage ne lui était pas nécessaire pour tenir à distance les politiciens de haut niveau qui voulaient sa démission. En outre, dotée d'un pouvoir de fraîche date dépassant les frontières de l'État, elle avait doublé le contingent de la PJ affecté d'ordinaire aux affaires, et ce grâce à ses ennemis, le sénateur Berman et son chouchou de gouverneur. Une question restait en suspens : comment ?

Lorsque Ellen l'avait contactée, la dévouée collaboratrice du vice-gouverneur, à bout de nerfs, s'était laissée aller au point de livrer les propos de sa patronne lors d'un récent entretien avec le sénateur. Sur le résumé que Pyle avait en main, on avait souligné les mots : « Oui, je le ferai, si c'est le prix à payer. Aidez-moi à retrouver Gwen et Sadie — ensuite, je donnerai ma démission. »

Arnie lui demanda l'autorisation de fumer. Ellen fit glisser une soucoupe sur la table en guise de cendrier. « Je vous en prie.

— Julian Garret a déposé cette bombe à mon hôtel hier soir. Un petit cadeau pour protéger mes arrières au FBI », expliqua Arnie, laissant échapper une volute de fumée du coin de sa bouche. « Vous savez vous y prendre pour démolir quelqu'un, madame.

— Rien ne vaut une tasse de café avec la cigarette du matin. » Tendant le bras, Ellen prit une tasse dans la collection accrochée au mur, au-dessus du plan de travail. « Je fumais autrefois. Maintenant, je vis par procuration. » L'agent tentait-il un coup de bluff ? Pyle aurait dû attribuer l'article, qui n'était pas signé, à Julian. Ellen lui servit une tasse de café qu'elle poussa devant lui avec un sourire. L'agent ne le lui rendit pas.

Il était au courant.

Pas son fils. Sinon, ulcéré par cette cachotterie, il s'en serait pris à elle. On avait dû lire la signature figurant sur les épreuves à Pyle. Ainsi, l'agent fédéral avait ses contacts dans ce journal de Washington, un type de l'équipe de nuit sans doute. Ellen pensa que Julian l'ignorait. Plus pour longtemps.

Après un coup d'œil au gros titre, Ellen secoua la tête d'un air triste. « Quel dommage que Julian ne vous en ait pas parlé avant votre œil au beurre noir ! » Posant la cafetière, elle ramassa un crayon, le menaçant de prendre des notes.

« Marsha Hubble vous a balancé un crochet du droit ? J'aime la précision.

— Elle est gauchère. » Il brandit le résumé. « Oh ! cela ne m'aurait pas empêché de poursuivre Marsha Hubble. Je suis persuadé que l'anecdote ne vaut rien. » Il fit une boulette de la feuille. « Un coup monté. Donnez-moi le nom de votre contact, et je vous le prouverai. Cela risquerait d'être gênant pour vous, si...

— Pyle, ça marche, d'habitude, ce petit jeu ?

— Avec les femmes ? Non, je n'ai jamais eu de chance avec elles, fit-il, montrant du doigt son œil. Vous l'aviez sans doute deviné. » Il empocha le papier froissé. « Il se peut que la fuite soit délibérée, que la dame nourrisse d'autres ambitions. Avec votre article, il est exclu que le gouverneur brigue un nouveau mandat. À moins que Marsha ne vise le poste du sénateur, qui n'a aucune chance d'être réélu après...

— Là, vous m'impressionnez, Pyle. Vous êtes encore plus blindé que moi.

— Merci, madame. Quel beau compliment de la part d'une journaliste ! »

Ellen comprit soudain l'affection qu'éprouvait Julian Garret pour cet homme dont il parlait avec la tendresse, les qualificatifs réservés d'ordinaire à son golden retriever. Le mouchard de l'agent n'était donc pas au parfum pour les bandes magnétiques. Béni soit Peter Hubble, son âme de paranoïaque et la pléthore d'équipements électroniques de sa demeure.

Cela étant, où Pyle et son fils allaient-ils ce matin ? Ils ne prenaient qu'une voiture. Une équipée loin de la ville ? Si elle ne se trompait pas sur cet homme, elle n'arriverait à rien en le prenant de front. « Vous avez eu raison de vous lever tôt tous les deux. C'est un long trajet, non ?

— Pas tellement ; environ quarante minutes — une heure au plus, si Rouge s'en tient à la vitesse réglementaire. Enfin, je n'ai pas encore rencontré de flic respectueux du code de la route à ce point. »

Tandis que l'agent buvait son café, Ellen fit ses petits calculs et estima que l'endroit se trouvait sur l'autoroute. Des dispositions de dernière minute ? Voilà qui expliquait l'interminable coup de fil de Rouge. Elle jeta un coup d'œil à la pendule suspendue au mur. On ne fermait pas, les jours de congé, dans de tels lieux — le standard avait répondu.

« Vous rendez visite à des parents, Pyle ? »

Il sourit, ne la prenant pas au sérieux. À l'évidence, c'était la prison. Pyle se doutait-il de ce que l'entrevue lui réservait ? Sans doute que non.

La veste sur le bras, Rouge se tenait sur le seuil de la pièce, très mécontent de l'atmosphère de douillette intimité qui y régnait. S'efforçant d'adopter une attitude maternelle, Ellen adressa un tendre sourire à son fils bien-aimé, l'orgueil de son existence. *Je t'ai eu, fiston, petit intrigant novice. Y a pas à dire, ta mère reste la reine incontestée de la perfidie.*

L'eau était chaude. Plongée dans un profond sommeil, Gwen voguait sur le fleuve dont le courant la berçait entre l'ombre et la lumière. Le long de la berge, un petit fantôme opalescent courait en agitant les bras : « Réveille-toi ! »

Gwen ouvrit les yeux. Ce n'était pas l'eau du fleuve mais la pluie qui ruisselait sur son visage. Les grosses gouttes s'étaient remises à tomber du plafond, crépitaient sur les feuilles et trempaient ses vêtements. Sadie l'aida à se mettre debout. Le faisceau de la torche jaillit près de Gwen qui s'écroula contre l'écorce rugueuse d'un arbre. La douleur de sa jambe la fit sursauter. Sadie la releva, lui prenant le bras pour la soutenir pendant cette lente traversée des ténèbres sous la pluie. Gwen traînait sa jambe inutile sur le chemin que la lampe faisait sortir de l'ombre.

« Le chien ?

— Je ne sais pas. Il n'a ni bougé ni grogné », répondit Sadie.

À leur arrivée dans la salle aux champignons, il avait cessé de pleuvoir. En revanche, les pompes au-dessus des tables continuaient à asperger de la vapeur froide.

« Il est quelle heure ? »

Sadie ouvrit la porte de la pièce blanche et braqua la lampe sur l'horloge : « Huit heures et demie.

— D'habitude, il ne pleut pas le soir.

— Du matin, Gwen. »

Le climatiseur soufflait sur elles. Sadie éclaira le tiroir des médicaments, où elle prit des flacons dont elle lut les étiquettes jusqu'à en trouver un à sa convenance.

« Enlève ta parka, elle est mouillée. »

Gwen retira le duvet rouge. Quand la température avait commencé de baisser, elles se l'étaient partagé. Après l'avoir suspendu au dossier de la chaise, Gwen accepta le bocal et le comprimé de la main de Sadie.

« Il n'y a pas d'autre endroit sec dans la cave, mais je n'arrive pas à boucher le climatiseur. » Sadie couvrit les épaules de Gwen de plusieurs serviettes. « Les bouches d'aération sont trop hautes. Bien que le système de vaporisation marche encore dans l'autre pièce, la terre sous les tables ne devrait pas être humide. On va...

— Ah non, ne compte pas sur moi pour retourner dans la fosse ! Je ne peux pas. Je ne veux pas. » Gwen leva la torche pour que Sadie lui change son pansement. L'enflure n'avait pas diminué, et la plaie suintait un pus verdâtre qui dégageait une odeur fétide. La peau avait encore noirci. Gwen détourna son visage. Si le comprimé atténuait déjà la douleur, la climatisation abolissait la chaleur de la fièvre. Elle était transie jusqu'aux os.

Une fois le pansement refait, Sadie força Gwen à se lever de la chaise. « On doit retourner sous la table ; on y sera au sec.

— Non, je ne...

— Tu verras, tu vas t'y sentir mieux maintenant. C'est très intime. » Entourant d'un bras la taille de son amie, Sadie l'aida à se frayer un chemin dans l'allée, vers la table aux champignons qui masquait le trou. On avait remis le chariot à sa place. Sadie darda le rayon de la lampe sur la tombe garnie de plastique et de revues, en guise d'isolation. Dans un coin, une flopée de piles électriques s'entassaient sur la pile de cahiers.

« Tu vois ? Tu pourras lire tant que t'en as envie. Ce n'est pas si affreux à présent, hein ? » Sadie installa son amie dans le trou, avant d'y descendre et de s'allonger près d'elle. S'emparant d'un journal, elle lui demanda : « Tu me le lis ? »

Gwen éclaira les pages du cahier. « Mlle Vickers a écrit ce passage il y a longtemps, après avoir découvert que les arbres n'avaient pas assez de lumière pour être normaux. "Plus jamais je ne douterai qu'il existe

345

une justice dans l'univers. Avec mes mains noueuses, mes doigts déformés, je ressemble à mes pauvres arbres — juste châtiment pour les avoir confinés dans un environnement artificiel qui les courbe, les torture, les empêche de s'épanouir. L'aggravation de mes rhumatismes atténue ma culpabilité. La douleur est ma pénitence. Comme je regrette !" »

La tête posée sur l'oreiller de son bras, Sadie avait les yeux clos. Jouet de la nuit trompeuse instaurée par la panne d'électricité, elle s'était endormie.

Penchée entre la table et le chariot, Gwen balaya du rayon de la torche les chênes, qui lui firent pitié. Elle se représentait la panique dont ils étaient la proie en ce premier matin privé de l'éclat des soleils factices. Faute de moyens d'expression, ils n'avaient d'autre choix que de subir cette incompréhensible épreuve dans la peur et le silence. Gwen éteignit la torche. Assise dans l'obscurité profonde, elle écouta le souffle régulier de Sadie en s'efforçant de suivre l'exemple des chênes.

La nouvelle de la visite en dehors des heures habituelles étonna le prêtre. La plupart de ceux qui s'étaient présentés au fil des ans appartenaient à la police ou au FBI, et posaient des questions bien prévisibles. Mais un jour de congé ? À n'en pas douter, c'était lié à la disparition des enfants.

Assis, enchaîné, derrière la table, Paul Marie s'apprêtait à passer un moment tranquille et sans surprise. Tandis que le gardien attachait ses jambes à la chaise, on fit entrer deux hommes dans la pièce. L'un d'eux, en complet, se mit à remplir des formulaires tout en discutant avec le gardien en faction près de la porte.

Le plus jeune prit place en face de lui. Il portait un jean délavé et une vieille veste doublée de mouton — tenue à tout le moins insolite pour un agent du FBI. Aussi devait-il être un officier de police. Paul

Marie le reconnut sans mal tant il ressemblait à Susan, surtout qu'il avait les cheveux auburn et les yeux noisette de son père.

Il y a des années, Bradly Kendall lui rendait visite toutes les semaines avec l'assiduité d'un amant. À chaque fois, la vue des ecchymoses — lèvre fendue ou coquard — meurtrissant le visage du prêtre réjouissait visiblement le père de Susan, déçu néanmoins qu'il ne fût *pas encore mort*.

Le prêtre fut sauvé grâce à son mois de réclusion au cachot. Si les autres détenus émergeaient de cet isolement ankylosés par le manque d'exercice, les intestins en marmelade à cause de la lavasse qui passait pour de la nourriture, Paul Marie, lui, en était sorti persuadé qu'avec un régime adéquat et un ennemi doté d'un visage, il survivrait.

Au cours des visites ultérieures, Kendall avait vu le prêtre se muscler, ses bras s'épaissir. Quelle épreuve pour le père éperdu de chagrin d'une enfant assassinée d'assister à la métamorphose de l'objet de sa vengeance alors que lui déclinait. Ayant fini par tomber malade, Kendall ne se montra plus.

Lorsque le magnat de la presse avait mis un terme à leurs entrevues, Paul Marie en avait éprouvé un sentiment d'abandon. À l'époque, il s'était demandé s'il regrettait la présence de Kendall ou le fait de détruire à petit feu cet homme, abasourdi de le voir prospérer dans un tel lieu. La nouvelle de sa mort l'ayant plongé dans une réelle tristesse, il avait compris la nature de sa perte — celle de la plus intense relation qu'il ait eue avec un autre être humain. Le seul homme qu'il eût vraiment pleuré était son ennemi.

Paul Marie perçut d'emblée la souffrance intime du jeune Kendall, membre de sa chorale autrefois. Rouge s'assit sur l'une des chaises libres de l'autre côté de la table, jaugeant le prêtre d'un calme regard qui troubla ce dernier.

Le deuxième visiteur s'attardait à la porte. L'homme,

svelte, signait des formulaires en lui tournant le dos. La couverture du bloc-notes que lui rendit le gardien portait le sigle bien connu du FBI.

Il s'agissait en effet de la procédure habituelle. Ils allaient lui demander de les aider à analyser le nouveau monstre de Makers Village. S'adossant à sa chaise, le prêtre attendit les inéluctables questions de...

Les yeux rivés sur le visage de Paul Marie, l'homme du FBI s'approchait de la table. Les deux hommes étaient aussi stupéfaits, désorientés l'un que l'autre de se trouver chacun face à son propre reflet.

Rouge était le seul à ne pas paraître frappé par la ressemblance. Le jeune homme avait-il l'esprit assez tordu pour avoir manigancé la confrontation ? Sûrement. Sa sœur avait une personnalité très complexe, et n'étaient-ils pas jumeaux ?

Si ce n'est que les petites fourberies dont usait Susan pour venir le voir faisaient partie du jeu innocent auquel ils s'amusaient.

Sans broncher, l'homme du FBI aux yeux familiers laissa Rouge le présenter comme l'agent secret Arnie Pyle. Au lieu de s'installer sur la troisième chaise, il resta debout. Arnie Pyle avait beau s'être ressaisi, il accusait encore le coup. On l'eût dit atteint d'une blessure susceptible de le faire s'écrouler à tout moment.

Lorsqu'il se décida à ouvrir la bouche, il prit un ton accusateur. « Quel genre de contact avez-vous eu avec Ali Cray ? »

Paul Marie n'avait pas prévu cette question. « Elle est passée il y a quelques jours pour m'interroger sur le meurtre de Susan Kendall. »

Rouge trouva-t-il sa réponse intéressante ? En tout cas, il resta impassible. Pyle posa les mains bien à plat sur la table, peut-être pour y trouver un appui.

« Avant la mort de Susan. Vous aviez un béguin pour Ali ? »

La conversation eut l'air de réveiller l'intérêt de Rouge, mais fugacement.

« J'ai connu Ali petite fille. Je suis ici depuis...

— Ça ne change rien à ma question, fils de pute ! »
Le visage rouge de fureur, Arnie Pyle se redressa.
« Vous vous en êtes pris à elle, hein ? » Tournant le
dos, il fit quelques pas vers la porte avant de rebrous-
ser chemin, comme incapable de contenir l'énergie qui
s'accumulait en lui. « Vous l'avez touchée, hein ?
s'écria-t-il. Et Susan Kendall aussi ! Espèce d'ordure,
d'infâme crapule ! La cicatrice, c'était vous ? »

Paul Marie conclut qu'il avait affaire à un proche
d'Ali — un homme qui l'aimait. « Vous avez
l'impression de lui avoir plu parce que vous me res-
semblez, n'est-ce pas ? Ma foi, vous n'avez sans doute
pas tort. »

D'un bond, Arnie Pyle s'élança au-dessus de la
table pour encercler de ses mains le cou du prêtre.
En dépit de ses chaînes, Paul Marie n'aurait eu aucun
mal à lui briser le dos. Néanmoins, il resta tranquillement assis tandis que Rouge écartait de force les
mains de l'agent. Rouge et le gardien encadrèrent
ensuite Pyle, l'entraînant à son corps défendant vers
la porte à l'autre bout de la pièce. Pyle était le seul à
faire face à Paul Marie, lorsque celui-ci déclara : « Il
se peut qu'elle ait cherché refuge auprès de vous, ainsi
que paix et réconfort. Les a-t-elle trouvés ? »

Bouleversé, Pyle cessa de se débattre. Bouche bée,
il eut le regard traversé d'une immense souffrance.
Les deux autres le relâchèrent, et il leva les mains
dans un geste d'impuissance. Le gardien était à l'interphone ; la porte s'ouvrit.

Le prêtre l'interpella : « Agent Pyle ? Ali a toujours
besoin de consolation. »

Une fois Pyle hors de la pièce, Rouge revint vers
la table d'un pas nonchalant. Le jeune homme avait
donc une autre question à lui poser. Doutant de son
aptitude à prévoir la suite des événements, le prêtre
se cala sur sa chaise. « Que puis-je faire pour vous ?

— Ma sœur possédait une chaîne avec un petit pendentif en or, gravée des lettres : *TDMP*. Je sais qu'elle perdait des trucs lors des répétitions de la chorale. Ma mère aimerait récupérer ce petit bijou qui a beaucoup de valeur à ses yeux. Êtes-vous tombé sur quelque chose de ce genre ? L'avez-vous vue dans la boîte des objets trouvés ?

— Non. Hormis son bracelet en argent, rien de ce qui appartenait à Susan n'a échoué dans la boîte. Elle revenait généralement après la répétition pour me dire ce qu'elle avait égaré, il s'agissait toujours d'un objet minuscule, difficile à trouver. Alors, nous fouillions le vestiaire ainsi que sous les bancs de l'église. Je me souviens très bien de l'avoir aidée à chercher un signet doré de la minceur d'une feuille de papier, illustré d'une belle gravure que vous lui aviez offert pour ses huit ans. Une autre fois, il s'agissait d'une bague en argent, cadeau de Noël de votre part. De toute façon, elle ne perdait que des objets que vous lui aviez donnés. C'était son entrée en matière. L'objet une fois récupéré, elle me remerciait de mon coup de main et m'expliquait qu'elle y tenait comme à la prunelle de ses yeux parce qu'il lui venait de vous. Vous étiez toujours dans ses pensées, c'est ce qu'elle disait. »

À la réaction de Rouge, Paul Marie comprit qu'il avait réveillé un vieux souvenir, très douloureux. Il poursuivit : « Je crois que de parler de vous l'aidait à supporter la souffrance de votre séparation. Comme elle manquait d'expérience en matière de confidences, elle avait inventé ce petit jeu. Il n'empêche que je n'ai jamais vu le collier que vous m'avez décrit. Je ne l'aurais pas oublié, croyez-moi.

— Ce n'était pas un collier mais un bracelet de cheville.

— Rien de ce genre non plus. Dites à votre mère que je regrette de ne pouvoir l'aider. Je n'y manquerais pas si...

— Quand avez-vous trouvé le bracelet en argent ?

— Quelques heures après la dernière répétition, dans la neige, au pied des marches de l'église.

— Vous attendiez-vous à ce que Susan vienne le chercher ?

— C'était le schéma. Bien que d'habitude elle perdît ses affaires à l'*intérieur* de l'église. En fait, je pensais qu'elle ne tarderait pas à se défaire de cette manie ou que vous reviendriez du prytanée. Alors, elle n'aurait plus besoin de moi. Quand elle ne s'est pas manifestée à l'église, j'en ai conclu que le bracelet n'était pas à elle et je l'ai mis dans la boîte des objets trouvés. Vous le lui aviez offert ?

— Non, c'était un cadeau de mon père.

— Dans ce cas, il ne faisait pas partie du jeu. Elle l'a peut-être laissé tomber par hasard.

— Il n'était pas dans votre chambre ? Oz Almo a déclaré sous serment que...

— Il a menti. »

Rouge le crut-il ? Rien dans ce beau visage ne l'exprima. Son jeune visiteur s'apprêtait à prendre congé sans un mot d'adieu.

Avec la courtoisie de tout hôte digne de ce nom, Paul Marie se leva dans un cliquetis de chaînes. Le policier était presque à la porte lorsque le prêtre l'interpella. « Rouge ? Le bracelet de cheville, c'était un cadeau de vous, n'est-ce pas ? »

Rouge garda le silence.

« Et les lettres *TDMP* voulaient dire *: Toujours dans mes pensées* ? »

Le jeune homme inclina, à peine, la tête.

Une fois les grilles de la prison franchies, Rouge vira sur l'autoroute. Durant une dizaine de kilomètres, son passager monologua.

« D'accord, j'ai tout foutu en l'air. Bon Dieu, t'aurais pu me prévenir ! Tu dois reconnaître que s'il a séduit Ali petite fille, le rapprochement ne manquait pas de pertinence. Les mômes, ça leur arrive de tourner autour de leur tortionnaire. Par peur — c'est une ruse pour survivre. Ils essaient de rester dans ses petits papiers. Tu n'es absolument pas convaincu, hein ? »

Haussant les épaules, Rouge promena le regard sur le bas-côté en cherchant l'embranchement. Il ne desserra pas les lèvres pendant une bonne partie du trajet sur l'autoroute, laissant l'autre homme radoter.

« Peut-être qu'enfant, Ali a eu un béguin pour le prêtre. Voilà l'explication. Et ta sœur ? Elle aussi ?

— Non, je ne crois pas. Ma sœur et moi n'avions pas d'amis ; nous nous suffisions à nous-mêmes. En mon absence, elle allait voir Paul Marie — pour qu'il la console. » Et pour se confesser ? Susan aurait pu confier à un prêtre combien elle en voulait à leur père de la séparation, de la perte de son jumeau. « Arnie, tu aurais dû être plus aimable avec le prêtre. Il n'est pas impossible qu'à *lui*, Ali ait raconté le secret de sa cicatrice.

— N'empêche que Paul Marie peut très bien être le pervers. Certains monstres opèrent de la sorte. » Comme galvanisé soudain, Pyle se redressa. « La plupart des pédophiles s'attaquent à des enfants sensibles, vulnérables — ils les entourent d'attentions qui les flattent. C'est une séduction...

— Le type qu'on recherche ne séduit pas les gosses, Arnie, il les vole. À mon avis, Ali a raison. L'assassin n'est qu'un horrible sadique.

— Paul Marie ferait toujours l'affaire. Que sais-tu de sa jeunesse ? A-t-il eu des démêlés avec la justice ? A-t-on porté plainte contre lui pour exhibitionnisme ou voyeurisme ou quelque chose d'approchant ? L'Église est un sacré repaire de satyres.

— Écoles et colonies de vacances aussi. Non, le prêtre est blanc comme neige. »

Ils approchaient du panneau indiquant Makers Village. Après un virage sur la petite route, ils dépassèrent le rideau d'arbres et une vaste perspective s'offrit à leur regard. Des collines hérissées de bosquets de conifères, marbrées de feuilles mortes tombées d'arbres dépouillés par la saison s'étageaient au-delà du lac bleu azur. Un voile de brume nimbait l'eau, estompant les contours du paysage qui s'étendait à l'horizon.

Arrêtant la voiture, Rouge désigna d'un geste la rive nébuleuse. « Il y a un certain Oz Almo qui crèche là-bas — un ancien inspecteur de la PJ. Sa maison est située au bord du lac en face de l'école, un peu en aval. Arnie, je dois y faire une perquisition. Tu pourrais obtenir un mandat ?

— Moi ? N'y compte pas. Depuis que Mme Green m'a damé le pion à propos de la demande de rançon et des sous-vêtements mauves, je n'ai plus beaucoup de pouvoir dans cette affaire. De toute façon les flics ont déjà passé toutes les baraques du bord du lac au peigne fin.

— Oz Almo est un ancien flic, un gradé des services de police de l'État. Bien sûr, il a donné son accord pour la fouille et signé le formulaire. N'empêche que cela a dû être un jeu d'enfant pour lui de berner les gendarmes. D'autant qu'ils étaient focalisés sur deux petites filles.

— Et *toi*, que cherches-tu, Rouge ?

— Après la disparition de Susan, on a fait une demande de rançon à mes parents. Oz Almo a remis le fric en personne. Les autres membres du détachement spécial n'étaient même pas au courant. Oz a convaincu mon père qu'il avait un moyen infaillible pour localiser le ravisseur. Après quoi, il a prétendu avoir perdu sa trace — à cause d'une défaillance de son équipement, a-t-il raconté à mon père. » Montrant la boîte à gants, Rouge ajouta : « Il y a là-dedans quelque chose susceptible de t'intéresser. »

Pyle l'ouvrit et en sortit une liasse de feuilles. À peine les eut-il parcourues qu'il laissa échapper un long sifflement. « Où est-ce que t'as dégoté ça ? Il faut

353

dévaliser une banque pour avoir ce genre de relevés de compte. »

Rouge garda la silence.

Arnie Pyle le comprit.

« Je devrais avoir les mêmes contacts que toi. Ça m'épargnerait des tonnes de paperasseries.

— As-tu remarqué les virements des banques en dehors des frontières de l'État ? En cas de chantage, on procède de la sorte. Cela suffit amplement pour obtenir un mandat de perquisition, non ? À propos, Oz a une associée. Tous ces gens employaient sa femme de ménage, Rita Anderson.

— En matière de preuve, c'est plutôt limite, mon vieux. Je ne peux pas avoir de mandat avec des relevés de compte détournés et une femme de ménage, fit Arnie, toujours plongé dans l'historique des finances d'Oz. Quel était le montant de la rançon pour ta sœur ?

— Deux millions, en grosses coupures.

— Bon Dieu ! » Arnie feuilleta les pages. « Je n'en vois aucune trace. Tu dois être passé à côté de quelque chose. Même s'il l'a dépensé en petites...

— À mon avis, il n'en a rien fait. Voilà pourquoi il a besoin du fric que lui procure le chantage. Il savait qu'on avait laissé des marques sur les billets dont mon père avait gardé des exemplaires. Papa n'avait rien dit de plus à Oz en qui il avait pourtant confiance. En fait, il se méfiait de tout le monde.

— Mais un flic aurait découvert les marques figurant sur les billets. Il n'y a rien de plus banal comme procédure.

— Oz voulait retrouver l'argent lui-même — sans faire de vagues. Il prétendait que si le service apprenait son échec à propos de la rançon, sa vie serait brisée. Quand il a demandé à voir un exemplaire des billets marqués, papa a refusé. Je crois qu'il s'était mis à le soupçonner, mais je n'en ai jamais eu la certitude. Il se peut que papa ait recruté quelqu'un pour surveiller Almo et...

— *Il se peut ?* Jusqu'à présent, tu n'as que des hypothèses, mon vieux, sacrément peu de faits et aucune preuve. Si personne ne connaît les marques des billets...

— J'ai aidé mon père. » Ils y avaient passé deux jours et une nuit. « Il y avait une date précise sur la demande de rançon. Papa n'avait pas le temps de marquer chaque coupure tout seul.

— Rouge, ce mec a eu quinze ans pour les examiner à la loupe, chercher le moindre trou d'épingle, la moindre trace de colorant — n'importe quoi. Maintenant qu'on a changé de billets...

— Il faut chercher un point au bout d'un trait. » Rouge sortit de son portefeuille un billet de cent dollars où une flèche rouge indiquait la modification.

« À l'encre d'imprimeur — c'est pratiquement invisible. On s'est servi de stylo à encre de Chine à pointe fine. Garde cet exemplaire, Arnie. Je n'ai pas envie qu'on m'accuse de fabriquer des pièces à conviction.

— Rouge, ce type est un ancien flic. Il sait qu'il y a très peu de chances de retrouver des billets marqués, même grossièrement. Alors, tu penses bien que s'il n'a pas repéré les marques de ton père, il n'a pas eu peur qu'une banque y arrive. » Arnie replia les feuilles de l'historique, les remit dans la boîte à gants qu'il ferma. Sa manière de signifier que le sujet était clos. Puis il regarda le billet de cent dollars qu'il tenait à la main. « Évidemment c'est plus risqué avec des grosses coupures. Mais l'eau a coulé sous les ponts, tu peux dire adieu à ta pièce à conviction », conclut Pyle en brandissant le billet.

Rouge refusa de le reprendre : « Oz n'a pas dépensé cet argent.

— Quelle présomption, mon vieux ! Tu ne sais pas...

— Arnie, y a-t-il au monde plus parano qu'un flic ?

Impliqué dans un meurtre par-dessus le marché. On a retrouvé le cadavre de Susan le lendemain de la demande de rançon bidon...

— Bidon ? Parce que maintenant tu présumes...

— Qu'Oz en est l'auteur ? Ouais. Tu veux bien suivre mon raisonnement quelques minutes ? Donc, Susan est morte. Le voilà mouillé dans le meurtre d'une petite fille. Il suffit qu'on associe ne serait-ce qu'un seul de ces billets à Oz, et il est foutu. L'idée l'a hanté pendant toutes ces années. Bon, il est malin, mais n'a rien d'un phénix. Je suis persuadé qu'il a caché le fric dans la maison — à portée de main. D'autant que sa cupidité le pousse à croire qu'on continue à chercher ces deux millions de dollars. Qui renoncerait à une telle somme ? Il est possible qu'Oz passe ses soirées à tenter de trouver la modification sur les billets. Il lui faut savoir en quoi elle consiste avant de mettre la moindre coupure en circulation. Ça le rend fou depuis quinze ans. Je t'assure qu'il n'a pas dépensé un sou. »

Les bips qu'ils avaient dans leurs poches résonnèrent en même temps. Arnie utilisa son téléphone portable. Lorsqu'il le referma, il annonça : « Il y a eu un accident. On vient de découvrir Buddy Sorrel dans le comté voisin. Il a encadré un arbre avec sa voiture. »

Cette partie de la route longeait un paysage aussi plat que désolé. À deux kilomètres de la frontière du comté, il n'y avait que trois maisons très éloignées les unes des autres, et aucun conifère n'interrompait la monotonie des branches nues lacérant l'étendue jonchée de roches. Rouge se gara sur un accotement qui menait à un canal d'irrigation. La grisaille du ciel matinal formait une toile de fond bien morne aux gyrophares écarlates d'une douzaine de véhicules arborant les sigles de la police municipale, du shérif du comté et des gendarmes. Une dépanneuse soulevait la voiture accidentée, et deux employés du médecin légiste ouvraient les portières arrière d'une fourgonnette. Un petit groupe de spectateurs disséminés restait à l'écart du périmètre de sécurité, tandis qu'un policier repoussait la circulation à l'extrémité de la chaussée.

Officiers de police, techniciens grouillaient autour de l'épave. Des éléments du moteur ainsi que d'autres pièces de la voiture jaillissaient du tas de chrome et d'acier bleuté. Le chauffeur de la dépanneuse arrimait ses chaînes à l'auto pour la dégager de l'arbre, pendant que le médecin légiste se penchait sur le sac qui contenait les restes du corps de l'inspecteur Buddy Sorrel.

Dépassant les voitures radio crépitant de parasites, Rouge et Arnie Pyle rejoignirent un groupe d'hommes et de femmes à l'air morose. Une femme en uniforme de gendarme montrait au commissaire Costello une bâtisse grise, battue par les intempéries, très en amont de la route.

« Le propriétaire de cette ferme l'a confirmé, monsieur. » Elle baissa les yeux sur son calepin. « Le fermier rentrait chez lui après avoir passé la soirée chez des voisins. Il avait sans doute un peu picolé — il n'en a rien dit. N'empêche qu'il lui aurait été difficile de ne pas remarquer une chose pareille. » D'un geste, elle désigna l'amas de tôle ondulée et de débris de verre éparpillés sur la chaussée. « Même défoncé, le fermier se serait rappelé avoir contourné une voiture en bouillie. J'ai vérifié auprès des autres membres de la soirée. Le fermier ne s'est pas trompé d'heure — donc, la voiture n'était pas là à minuit. Mais le médecin légiste affirme que la victime est morte environ cinq heures avant.

— C'est bien ma veine qu'une telle chose arrive pendant mon service », maugréa Costello.

Rouge ne décela aucune émotion sur le visage du

commissaire. On eût dit que ce décès représentait pour lui un inconvénient de taille, non une perte immense.

Tout en examinant le cadavre, le docteur Chainy acquiesçait aux propos du médecin légiste du comté. Ce dernier avait des droits de propriété sur le corps, qui relevait de sa juridiction.

Rouge scruta le visage du cadavre à la peau livide, aux yeux vitreux restés ouverts. On lui avait enlevé son manteau, et les manches retroussées révélaient les énormes bras de l'ancien marine.

« Aucune blessure aux avant-bras n'atteste qu'il se soit défendu, fit observer Howard Chainy à Costello, en se relevant. Pour moi, l'accident est une mise en scène. D'autant qu'il y a la trace d'un coup sur la nuque sans rapport avec les autres lésions. Le médecin légiste du comté a donné son accord, mes gars vont ramener le cadavre à mon labo. » Prêt à s'en aller, Chainy se détournait.

« Pas si vite, protesta Costello. D'après Hastings, ton assistant, tu as rencontré Sorrel une heure avant la fin de son service. Tu veux bien me dire à quel propos ?

— Oh, des vétilles qui n'ont rien à voir avec ça. »

Costello feuilletait un carnet relié de cuir que Rouge reconnut comme celui de Sorrel. Le commissaire leva les yeux sur le médecin légiste. « Howard, il avait noté ton nom et l'heure de votre rendez-vous. Il n'est pas passé tailler une bavette. On dirait que tu es le dernier à l'avoir vu.

— En tout cas, je ne l'ai pas tué. Il se trouve que j'avais de l'amitié pour cet enfant de salaud. » Sur ces mots, le docteur Howard Chainy tourna le dos au commissaire et s'avança d'un air digne vers la fourgonnette où son équipe attendait ses instructions.

« Prima donna de mes deux ! » maugréa Costello, cherchant un visage dans la foule. Lorsqu'il l'eut trouvé, il hurla : « Hastings, ramène ton cul par ici. »

L'assistant du docteur Chainy accourut.

« Oui, monsieur.

— Hastings, est-ce que tu étais dans la salle d'autopsie de la visite de Sorrel ? As-tu entendu la conversation ?

— Comme j'étais à l'autre bout de la pièce, je n'ai capté qu'un mot par-ci, par-là. Ils parlaient d'une autre affaire.

— Une autre affaire ? C'est fort peu probable. Je n'avais affecté Sorrel qu'à celle des gosses.

— Alors, j'ai compris de travers. Ils devaient plaisanter entre eux. Ouais, le docteur Chainy mettait Sorrel en boîte à propos de la grande chasse aux truffes. Quel rapport avec la disparition des gosses ? »

Une fois l'homme congédié, Costello s'adressa à Rouge : « Tu sais ce qu'il y a sur le bureau de Sorrel en ce moment ?

— Une liste de négociants en champignons rares, d'importateurs, des infos de la douane.

— Des photos aériennes ?

— Oui, aussi. Mais presque tout a été vérifié. À ce que je sais, il avait chargé une équipe de gendarmes de déterrer le noisetier de l'atrium du postier. J'ignore s'ils ont commencé. »

Costello observait le médecin légiste en train de discuter avec Ali Cray. « Qu'est-ce qu'elle fabrique ici ? » Puis, s'en désintéressant, il apostropha trois gendarmes qui creusaient l'accotement, derrière l'épave. « Ce pistolet, vous continuez à me le chercher. » Il se retourna vers Rouge : « Va demander à ce vieil imbécile de Chainy s'il aurait la bonté de jeter à nouveau un œil au cadavre. Qu'on en finisse ! »

Rouge se dirigea vers la fourgonnette où Ali s'entretenait avec le médecin légiste. En s'approchant, il se rendit compte que ses questions mettaient Howard Chainy autant à cran que celles de Costello tout à l'heure.

« Enfin, vous êtes au courant, non ? D'après Myles, William et vous êtes de vieux copains.

— Ce n'est pas la peine de me harceler, répondit Chainy. William Penny ne me confie jamais où il passe ses foutues vacances. S'il n'en dit rien à son frère, pourquoi me le raconterait-il ? »

Ali effleura la manche de son manteau : « Je vous en prie, supplia-t-elle, laissant courir sa main le long du bras du docteur. C'est très important, sinon je n'insisterais pas. Mon oncle a une maladie cardiaque, il me faut vraiment trouver William. »

Rouge attendit à une certaine distance. Chainy semblait sur le point de céder. Célibataire endurci, le docteur ne s'était jamais marié. À quand remontait son dernier contact physique avec une jeune femme ? Sans interrompre sa caresse, Ali eut un mouvement subtil et révéla un éclair de jambe nue dans la fente de sa jupe. Ce n'était pas par hasard, pensa Rouge.

« Vraiment je ne sais pas où va William, répéta comme à regret Chainy. En revanche, je suis sûr que ce n'est pas très loin de Makers Village. Il m'arrive de le croiser en ville à la tombée de la nuit. William a un boulot très éprouvant, Ali. Il a sans doute besoin d'un peu de solitude. Je n'ai jamais vu de chirurgien aussi recherché que lui.

— Il rôde en ville au crépuscule ? Vous ne...

— Mais non, voyons. Hier ou avant-hier, je l'ai aperçu en plein jour au bureau de tabac. Il se peut qu'il soit à quelques heures d'ici. Vous devriez aller à la station de villégiature, au nord de l'autoroute. Il est esclave d'un certain mélange de tabac à pipe. Je l'imagine très bien faisant des kilomètres pour se le procurer. »

Rouge s'approcha et tapa sur l'épaule du médecin légiste. « Monsieur, le commissaire a d'autres questions à vous poser sur le cadavre. » Il s'attarda avec Ali tandis que le docteur retournait vers le linceul. « Si tu fais chou blanc à la station, cherche dans les motels fréquentés par les hommes ou femmes mariés. Tu n'as qu'à demander la liste à l'un des flics du village — ceux qui ne sont pas célibataires. » Et Rouge s'apprêta à regagner le théâtre du crime.

Ali le rattrapa. « Mais William Perry n'est pas marié.

— Cela ne l'empêche pas de connaître une femme qui le soit. » Rouge fit quelques pas en compagnie d'Ali qui s'immobilisa brusquement.

« Attends. Rouge, sais-tu autre chose ? Est-ce qu'on enquête sur William ?

— Non. » Il trouva néanmoins sa question intéressante. « Ce n'est qu'une devinette. » Enlevant sa bague, il lui montra la cicatrice qu'il avait autour d'un doigt. « Tu te rappelles l'accident de patin ? William m'a opéré à chaud. Jusque-là, ma mère le croyait homosexuel. Personne ne l'avait jamais vu avec une femme. Sauf qu'il a dragué maman quand elle est venue me chercher à la clinique après l'opération. Peut-être est-il de ceux que les difficultés émoustillent.

— S'il ne court qu'après les femmes mariées, ça expliquerait bien des choses. Eh bien, merci, Rouge. »

Alors, pourquoi cet air déçu ?

Au moment où elle s'éloignait, il lui prit le bras. « Au fond, tu pourrais restreindre tes recherches aux épouses éperdues de reconnaissance — comme ma mère après que Penny m'eut recousu le doigt. » Rouge guetta sa réaction.

Ali fit preuve d'un regain d'intérêt : « Des parentes de malades, vulnérables ? Épouses, mères — le schéma de la victime. »

Rouge acquiesça. Pour peu que l'incident survenu à sa mère ne fût pas isolé, l'idée tenait la route. Ali n'aboutirait à cette conclusion que si elle jugeait William Penny capable du pire. À son lent hochement de tête, il conclut que c'était le cas. Allant plus loin, il se demanda si Ali associait le chirurgien à un autre scénario mettant en jeu des êtres plus vulnérables encore. Après qu'ils se furent quittés, le mot *victime* resta gravé en lui.

Rejoignant les autres sur le lieu du crime, il vit le commissaire Costello à genoux à côté du médecin légiste en train de regarder une blessure que Howard Chainy lui désignait.

« Tu vois ça, Leonard ?

— Bien entendu... » Ravalant une remarque, Costello fit signe que oui. « Allez, continue, Howard.

— Il n'y a pas de sang. » D'un air presque satisfait, le docteur Chainy introduisit une sonde en métal dans une plaie du torse. Il ne s'agissait plus d'un être humain : le cadavre était pièce à conviction.

Un autre médecin légiste avait-il procédé ainsi avec Susan ? se demanda Rouge. Et, après avoir exploré ses blessures, le même sourire suffisant lui barrait-il le visage ? À en croire le compte rendu du procès, William Penny s'était chargé de l'autopsie.

« La peau a été perforée par l'impact d'un morceau de métal. Pas de perte de sang. Son cœur avait déjà cessé de battre. » Chainy tira l'épaule du cadavre. « Donne-moi un coup de main, s'il te plaît. »

Costello l'aida à retourner le corps jusqu'à ce que Buddy Sorrel eût la tête dans la poussière.

« Tu vois ça, Leonard ? » Le médecin légiste indiquait les touffes de cheveux noirs ensanglantés, la peau bleuie de la nuque ainsi que le col de chemise, le manteau maculés de sang desséché. « Voici la blessure qui l'a tué. À mon avis, la mort a été quasi instantanée — quelques minutes tout au plus.

— Donc, on l'a frappé par surprise, constata Costello en hochant la tête.

— Il me semble. »

Un officier de haute taille sortit du caniveau longeant la route, tandis que Howard Chainey, montrant la blessure, insistait : « Tu vois ça, Leonard ? »

Au même moment, le gendarme appela : « Commissaire ? » Il tenait entre le pouce et l'index de sa grosse main une minuscule paire de chaussettes mauves. Alors, le commissaire Costello se boucha les yeux.

Il en avait assez vu.

Ali frôlait le siège du pouvoir — celui de la corpulente secrétaire Marge Jonas, qui, penchée sur l'épaule du gendarme affecté à la radio, lui susurrait : « T'as besoin d'une pause, mon grand. Va prendre un café. Je surveille le tableau. »

Dès que le gendarme les eut laissées, Marge s'assit au standard. Les écouteurs du casque massacrèrent les boucles de sa blonde perruque, alors qu'elle se branchait sur l'unique voiture de police de la ville et les deux officiers en patrouille. « Hé, les gars... Ouais, ne quittez pas. » Puis elle contacta le chef Croft, au volant de sa voiture personnelle ce jour-là. « Charlie ? Il faut que je trouve quelqu'un pour le docteur Cray... Ouais, c'est en rapport avec la disparition des gamines... Génial... Hé ! les mecs, est-ce que l'un de vous peut m'indiquer l'hôtel où vos femmes iraient vous tromper ? »

Des grivoiseries bon enfant circulèrent sur les ondes en même temps que les noms et des adresses. Courte, la liste comprenait cinq motels à quelques heures de route. Marge se fit passer pour un agent fédéral à chaque coup de fil, prévenant les réceptionnistes de ne pas s'approcher du suspect susceptible d'être dangereux, avant de donner une description de William Penny. « C'est un type efféminé, très élégant, aux cheveux teints et au nez mal refait. Il frise la soixantaine mais il ne fait pas son âge. On lui a enlevé toutes ses rides. »

En dix minutes, Marge localisa l'homme dans un petit motel de mauvaise réputation, repaire de magouilles financières. Situé à proximité de la frontière du comté, il n'était qu'à une heure de route. Tout sourire, Marge sortit un jeu de clés de son sac.

« D'après le réceptionniste, c'est un habitué. Il s'y

terre une dizaine de jours par an, à la même période. Viens, mon chou. On prend ma voiture. »

Marge eût-elle respecté la limitation de vitesse qu'elle aurait mis plus de quarante-cinq minutes sur l'autoroute pour parvenir à destination. Quand elles entrèrent dans le parking, deux flics municipaux encadraient William Penny qu'ils faisaient sortir par la porte de l'un des bungalows du motel. Marge se tourna vers Ali : « C'est lui ?

— Oui.

— En route, les gars », fit Marge à voix basse. Ouvrant la vitre, elle donna le feu vert aux policiers.

« Ils ne vont pas l'arrêter ?

— Nenni, l'interroger simplement. C'est un suspect, non ? Charlie Croft l'exige. Il a hâte d'en finir pour flanquer les membres de la police de l'État à la porte de son commissariat. »

Les flics du village escortèrent William Penny vers la voiture de police garée au parking. Les menottes aux mains, le docteur avait enfilé un peignoir en tissu éponge blanc sur un pantalon gris aux plis impeccables. L'instant d'après, on vit apparaître à la même porte une femme qu'on emmena à la voiture personnelle de Charlie Croft. À travers son manteau qui battait au vent, Ali aperçut un corsage de rayonne bon marché et un pantalon en polyester à peine fermé. Quant à ses cheveux, ils formaient un fouillis de longues mèches emmêlées, teintes au henné, aux racines gris souris.

Ali leva les yeux sur Charlie Croft, venu les rejoindre. Avec un sourire, il se pencha à la fenêtre ouverte.

« Je n'aimerais pas vous causer des ennuis », déclara Ali. Bien que patron de la police de Makers Village, il était provisoirement sous les ordres du commissaire Costello. « Vous êtes sûr de ne pas en subir les conséquences ?

— C'est peu probable, madame. Cette femme vient

364

de Makers Village. » Il regarda le permis de conduire qu'il tenait à la main. « Rita Anderson a un mari invalide qui souffre de problèmes cardiaques depuis des lustres. Elle est persuadée que la découverte qu'elle s'envoie en l'air avec William le Dandy dans ce motel le tuerait. » Après un coup d'œil à la voiture de police garée de l'autre côté du parking, où était assis le chirurgien, il ajouta : « Au cas où le toubib ne serait pas notre homme, m'est avis que ni l'un ni l'autre n'ébruiteront l'affaire. »

Debout près de l'auto du chef Croft, Mme Anderson, affolée, apostrophait l'un des hommes en uniforme d'une voix perçante : « Non ! Vous n'avez pas le droit ! »

Ali sortit de la voiture de Marge et traversa le parking sur les talons de Charlie Croft. Ils s'approchèrent de la femme à bout de nerfs à qui l'officier déclarait : « Madame, si vous répondez à toutes les questions, on ne fera pas de rapport. Rien d'officiel. Ça vous va ?

— Mais je ne sais rien sur la disparition de ces gosses, moi. C'est la vérité, je le jure.

— Bien sûr. » Charlie Croft fit signe au policier de la faire monter. On ouvrit la portière pour qu'elle se glisse sur le siège du passager. Le chef prit place derrière le volant. « Allez, ma bonne dame. Ça a fait la une de la télévision nationale. Ne me racontez pas que vous avez passé tout ce temps sur une autre planète.

— Vous ne me croyez pas ? Vous n'avez qu'à vérifier le poste de télé. À chaque fois, c'est pareil : William le trafique pour qu'il tombe en panne. Ni journaux, ni radio — rien. Tous les ans, on se croirait sur Mars pendant dix jours. »

Penché à la vitre, le chef Croft s'adressa à son subordonné : « Va jeter un œil au poste. Profites-en pour voir s'il y a un journal ou une radio dans la chambre. » Puis il s'adressa à nouveau à la femme : « Eh bien, Rita, il ne faut pas être grand clerc pour deviner à quoi vous jouez. Tout de même, vous ne restez pas dans la chambre...

— Mais si ! C'est la vérité. Je n'en sors jamais. Si quelqu'un me voyait et allait le raconter à mon mari, il en mourrait. Et mes gosses alors ? Les allocations d'invalidité de mon mari me fileraient sous le nez. »

Ali s'interposa : « Donc, c'est William qui achète la nourriture, l'alcool... enfin, ce dont vous avez besoin.

— Ouais. Son foutu tabac aussi.

— C'est un peu étrange pour une mère de ne pas rester avec ses enfants le jour de Noël, non ? fit observer Ali.

— Madame, j'ai quatre fils bizarres. Des adolescents qui tiennent de mon vieux. Depuis dix ans, je suis transparente pour mon mari. Croyez-moi, je ne manque pas aux garçons le jour de Noël. Oh ! bien sûr, c'est un effort surhumain pour eux d'aller chercher une bière dans le frigo ! Je m'offre ces vacances pour Noël. »

Ali eut le sentiment que le cadeau laissait un goût d'amertume à cette femme que l'expérience ne comblait pas d'un bonheur sans nuages.

Charlie Croft, lui, sortit son calepin. « Des mineurs qui boivent de l'alcool ?

— Ah non, vous n'allez pas vous en prendre à moi à cause de ça. Maudits gamins. Dites voir, qui a de l'autorité sur les adolescents, hein ? Vous croyez que leur vieux est... » De guerre lasse, elle implora Ali : « Vous ne les laisserez pas le dire à mon mari, n'est-ce pas, madame ? Il en mourra s'il l'apprend. C'est pas de la blague, il clamsera vraiment.

— Madame Anderson, je crois comprendre que vous faites cela depuis bien longtemps ? Combien, dix ans ? l'interrogea Ali.

— Ouais. Après sa première opération, mon mari s'est imaginé qu'il risquait une autre attaque s'il me voyait à poil. Moi, je suis encore jeune. » Mais le rétroviseur lui renvoya le reflet de son visage dont la lumière du jour, impitoyable, soulignait les rides. « Enfin, je suis pas encore une vieille peau. » Du reste, elle était jolie autrefois. « Si jamais mon mari l'apprend... »

Charlie Croft l'interrompit : « Madame, vous prenez des vacances en solo depuis des lustres. Vous ne croyez pas que votre mari a une petite idée à ce propos ?

— Non, pourquoi ? Avec cette flopée de mômes, il faut bien qu'il y en ait un qui reste à la maison, n'est-ce pas ? C'est la loi ! Mon mari le comprend — pourquoi pas vous ? »

Le sourire aux lèvres, Charlie Croft s'écarta de l'auto. Il fit signe à Marge et à Ali de le suivre jusqu'à celle de la police, garée de l'autre côté du parking.

À la vue d'Ali se faufilant sur le siège avant, William Penny fut aux anges. « Dieu merci, te voilà. Dis à ces gens qui je suis.

— Je vais voir ce que je peux faire pour arranger les choses, William. Au fait, as-tu des informations à donner à la police sur Gwen Hubble ou Sadie Green ? Sais-tu où elles sont ?

— Bon Dieu, comment le saurais-je ?

— D'accord, William. Passons à la question suivante : as-tu jamais été un patient d'oncle Mortimer ?

— Mortimer est mon *patient*, Ali, je lui charcute le cœur, tu te souviens ? À quoi ça rime ? Crois-tu que j'aurais pu opérer un malade tout en entretenant avec lui une relation de ce genre ? Voyons, réfléchis. »

Ali s'y employait précisément. Elle, qui n'avait jamais aimé William, se demandait s'il était sadique. Dans ce cas, quel plaisir d'opérer son psychiatre piégé dans une situation effrayante par définition !

Et oncle Mortimer dans l'histoire ? Ali tenta de se le représenter se soumettant de plein gré au bistouri d'un chirurgien dont il connaissait l'ignominie. Elle conclut que c'était non seulement possible mais plus que probable. Le respect scrupuleux dont faisait preuve le psychiatre envers la déontologie lui aurait interdit de changer de médecin sous le prétexte que celui-ci était capable de le tuer. Pour rien au monde le vieil homme, inflexible, n'eût apporté de changement ou d'entorse à ses habitudes, susceptible d'attirer l'attention sur sa relation avec un patient. De toute façon, ne risquait-il pas sa vie tous les jours avec l'aggravation de son angoisse et sa culpabilité ? Mortimer Cray appelait peut-être de tous ses vœux un glissement de scalpel ou une mort subite sous anesthésie. Oui, voilà qui correspondait parfaitement au caractère de son oncle.

Le cours de ses pensées dévia du chirurgien sadique à la suggestion de Rouge. Ali se retourna du côté de la voiture où Mme Anderson, épouse d'un malade cardiaque, était installée. « Le mari de cette femme est l'un de tes malades ? »

William se croisa les bras, gardant un silence exaspéré qui ne niait ni ne confirmait la remarque. Il se doutait des confidences de Mme Anderson.

« William, je sais que tu lui as fait sa première opération il y a dix ans », mentit Ali.

Cette fois, le chirurgien eut l'air troublé, sans rien démentir pour autant. « Où cet interrogatoire est-il censé mener ? » D'un geste de la main, il indiqua à Ali d'en venir au fait.

Ainsi, elle avait raison. « Est-ce que Rita Anderson aimait son mari ? La première fois ne l'as-tu pas emmenée au lit *avant* l'opération ? »

William ne manifestait-il pas quelque effroi ? Et comment !

Il y avait une faille dans la thèse de Rouge Kendall. William avait fait des avances à sa mère après l'opération ; or, il pratiquait une forme infiniment plus ignoble de chantage affectif. S'il profitait de la reconnaissance à la moindre occasion, il exploitait la peur à fond.

Il était inconcevable qu'une assurance médicale minimale couvre les honoraires exorbitants d'un chirurgien de renom. À en juger par l'allure sordide de Rita, son mari était sûrement un malade pris en charge à cent pour cent. Ali se mit à la place de Rita à la veille de l'opération de son époux : quelle réaction avait-elle eue au moment de sa proposition ? Un refus outré qui l'aurait obligée à chercher un chirurgien moins éminent pour triturer le cœur de son mari, ou s'était-elle allongée sur le lit de William ?

Après tout, Rita aimait peut-être toujours son mari. M. Anderson était très malade et sa femme n'avait pas quitté la couche de William.

Outrée, Ali se pencha pour assener le coup de grâce à William le Dandy. « Au cas où les autres femmes se présentent... Oh ! navrée. Enfin, j'en connais au moins une, la mère d'un malade. Pour peu qu'elles témoignent toutes, tu n'auras plus le droit d'exercer, n'est-ce pas ? »

En plein dans le mille. Les autres existaient donc. Il s'agissait d'un scénario. D'ailleurs, si elle se fiait à sa capacité à déchiffrer les jeux de physionomie, le langage du corps, le docteur frisait l'incontinence.

Que montait-il comme autres scénarios ?

William le Dandy, serais-tu capable d'assassiner des petites filles ?

Il avait donné la preuve de son sadisme — facteur essentiel. En outre, il aimait les défis ainsi que les risques qu'ils impliquaient. Et ce n'était manifestement pas un être à la conscience tourmentée. Un opportuniste sadique pouvait tout à fait partager ses appétits entre des enfants et des femmes. Quant à ces dernières, il avait les moyens de leur clore le bec.

En revanche, il devait tuer les petites filles, non ?

Il ne réagit pas à son allusion aux petites filles. S'était-elle trompée sur son compte ? À moins que son insensibilité ne fût absolue ? Ou peut-être que le crime l'assurait du silence de ses victimes, incapables de témoigner contre lui. Bon Dieu, dans quel guêpier s'était-elle fourrée ?

Le commissaire Costello n'eut pas le choix. Arrivé trop tard pour arrêter Mortimer Cray, il ne lui resta plus qu'à contempler les flammes qui léchaient le couvercle de l'incinérateur du jardin. À l'évidence, le contenu des grandes boîtes en fer était réduit en cendres. « Voilà qui est radical, docteur Cray. Pourquoi ne pas avoir utilisé des cheminées de la maison ?

— Impossible d'y faire un vrai feu, elles sont trop petites », rétorqua le psychiatre, regardant le commissaire sans hostilité ni appréhension.

« Vous disposiez de bien peu de temps pour un si grand nombre de dossiers, constata Costello.

— Oui, il y en avait pas mal. Ah ! c'est vrai que les règlements municipaux interdisent de brûler les ordures à l'extérieur désormais. J'imagine que vous allez me dresser un procès-verbal.

— Je ne suis pas ici pour faire assaut de balivernes avec vous, monsieur. Nous avons retrouvé dans le comté voisin la petite paire de chaussettes mauves de Sadie.

— Mais rien appartenant à Gwen Hubble ?

— Non. À mon avis, le salaud se doute que nous approchons du but et tente de nous éloigner de la ville. Qu'en pensez-vous, toubib ?

— Qu'un enfant à moitié demeuré aurait abouti à la même conclusion. Voulez-vous me montrer votre mandat de perquisition ? »

Costello tendit le document au médecin qui se borna à le plier dans la poche de son gilet, sans y jeter un coup d'œil. Le commissaire en fut contrarié. Il lui avait fallu implorer le juge deux bonnes heures avant que ce dernier ne délivre un mandat sur la base de présomptions. En fait, le procureur général, le plus grand connard des cinq comtés, s'y était opposé. Seule l'ardeur de Costello, persuadé de l'imminence du danger couru par l'une des petites filles, avait fini par triompher des réticences du juge.

Déjà à l'œuvre dans le jardin, les gendarmes en uniforme rôdaient parmi les plantes tandis qu'un autre contingent pénétrait dans la maison. Deux molosses du corps des maîtres-chiens flairaient des sacs remplis de vêtements d'enfants. Armés de pelles et de sacs noirs, des hommes dans la cour guettaient un signal que le commissaire leur donna ; la fouille commença. Puis il s'adressa à deux techniciens debout à côté de lui : « Qu'on me prenne toutes les empreintes de son bureau personnel, c'est compris ?

— Je ne crois pas qu'ils trouveront grand-chose, intervint Mortimer. Ma gouvernante est une perle qui ne laisse pas un grain de poussière.

— Bon, les garçons, vous avez entendu. Au besoin, vérifiez le foutu plafond. Combien mesure votre gouvernante, docteur Cray ? » Tourné vers l'incinérateur en flammes, Costello eut un sourire qui lui vint comme après coup : « À propos, le moment est venu de vous indiquer que seul votre carnet de rendez-vous m'intéresse. Mon mandat ne me donne pas le droit d'accéder aux dossiers de vos patients. »

À son arrivée dans la serre, Ali trouva son oncle entouré de débris d'énormes jarres renversées. Jeunes arbres fruitiers, conifères taillés en formes arrondies gisaient sur le sol. On voyait les racines des fragiles orchidées arrachées à leurs pots. D'un bout à l'autre de la longue table à boutures, il y avait d'autres plantes éparpillées autour de mottes de terre. Enfin, l'un des membres de l'équipe, négligent, avait brisé un panneau de verre. La police n'y avait pas été de main morte pour exercer le maximum de pression sur le vieillard chenu — à force de harcèlements à la limite de la légalité.

Ali n'avait rien contre.

Debout devant sa table de travail, Mortimer remettait de la terre dans un petit récipient en céramique bleu vif. Sans avoir l'air le moins du monde pressé de sauver ses précieuses plantes, il remplissait le pot avec une spatule — à petites doses.

Du temps où, enfant transparente, Ali restait dans le sillage des invités qui faisaient le tour du propriétaire, elle avait assimilé les propos des grandes personnes sur la lignée, l'origine et le symbolisme de chaque espèce. Aujourd'hui, oncle Mortimer, loin de prêter attention aux hybrides rares, aux couleurs exubérantes qu'on avait saccagés, concentrait tous ses efforts sur un banal rosier nain à fleurs blanches — métaphore du silence.

La jeune femme se demanda si le massacre de ses plantes bien-aimées ne l'avait pas déstabilisé. À moins qu'il ne fût lent à la détente. « Je peux t'aider, oncle Mortimer ? »

Aucune réaction.

Ramassant un pot, Ali y planta une jeune orchidée délicate, aux pétales arachnéens. Avec soin, elle versa doucement de la terre, indifférente à ses ongles qui s'endeuillaient. « Il t'aurait suffi de leur donner un nom pour qu'ils l'arrêtent. »

Elle ne s'attendait pas à une réponse. Sous peu, il lui faudrait prévenir Charlie Croft de laisser partir William Penny. Il n'y avait aucune raison de le garder, aucune preuve — hormis sa conduite débauchée avec les épouses de malades fragiles. Aussi William le Dandy s'en sortirait-il. Croft, pour éviter les conséquences de son arrestation abusive et des perquisitions tant au domicile que dans la clinique de William, ne se servirait pas de l'information.

Après avoir tassé, rapidement, la terre autour de la tige de la plante, Ali en prit une autre. Toujours préoccupé par le même pot bleu, son oncle ne semblait pas remarquer qu'elle s'associait à son travail.

« Tu ne peux vraiment rien me dire pour sauver la

vie d'une enfant ? Tu sais qu'il en a tué une, mais l'autre ?

— Elle est déjà morte. » Le pot bleu n'était toujours qu'à moitié plein. « La petite princesse meurt toujours le matin de Noël — si l'on en croit tes recherches, Ali. Je doute que ce programme soit modifié. »

Aussi étrange que cela paraisse, Ali trouva la réflexion de son oncle positive, un signe d'ouverture. Il venait de confirmer le scénario. De crainte de perdre son sang-froid alors qu'il se montrait d'humeur loquace, elle s'empara d'un autre pot. « Pourquoi fait-il ça ? » Son oncle écoutait-il, au moins ? Il avait l'air tellement égaré. « Oncle Mortimer ? À quoi ça rime ?

— De quoi s'agit-il à chaque fois ? Un Dieu courroucé, exigeant, implacable, ne cesse de se profiler derrière ses actes. L'enfant n'est qu'un objet, un véhicule tout au plus, dont la peur, la douleur n'existent pas pour lui — il dirige son sadisme contre moi. Il veut me faire souffrir, et y réussit à merveille. Je n'ai jamais rien dominé. Il tire toutes les ficelles.

— Un fanatique religieux ? Est-ce cela que tu...

— Ali, il existe un phénomène qui provoque l'ascension des médiocres et la chute des gens extraordinaires. » Mortimer n'en finissait pas de mettre de la terre dans le pot, qui déborda. « Je suis sûr que tu te rappelles l'insignifiance du prêtre — pour peu que tu n'aies pas embelli les souvenirs que tu as de lui. Sans doute était-il une âme sœur pour la petite fille timide, effacée, transparente que tu étais — il te ressemblait. Tu as vu ce qu'il est devenu. » Il racla le bord du pot avec sa spatule avant de l'enfoncer maintes et maintes fois dans la terre.

« Tu n'es pas en train de me dire que le père Paul...

— C'est un homme exceptionnel à présent, non ? D'ailleurs il n'est pas le seul. La démesure règne dans l'univers, plane dans l'espace et imprègne la poussière cosmique.

— Quoi ? Explique-moi, oncle Mortimer. Je ne suis toujours pas la plus intelligente...

— Ali, toi aussi tu en fais partie. Regarde comme tu as réussi ta vie. Logiquement... » Après avoir examiné la spatule comme s'il la voyait pour la première fois, il la frotta sur la céramique qui crissa.

« Ma foi, la logique a disparu, non ? Au fond, il s'agit peut-être d'un souci de compensation, de proportion — une volonté de symétrie. Il attend la restauration de l'harmonie. Du reste, les choses changent déjà. Rouge Kendall a commencé son essor, il cherche sa place. Quant au prêtre, il sera bientôt sur le déclin.

— Et moi, oncle Mortimer ? Vais-je à nouveau me fondre aux murs, retourner à l'anonymat. D'abord, d'où tires-tu ces prophéties ? Tu ne crois pourtant pas aux médiums, et tu n'es pas un homme pieux. »

Feignant de l'ignorer, il contempla le jardin qui s'étendait derrière les parois vitrées. « Où donc est la neige, ma petite ? Fin décembre, il y en a toujours eu une couche de soixante centimètres en hiver. À cette altitude... Eh bien, où est passée la neige ?

— Excusez-moi. »

Ali se retourna : Rouge se tenait au bout de la table.

« Je suis navré de vous interrompre. Ali, il faut que je te parle en tête à tête. »

Avait-il découvert l'arrestation de William Penny ? C'était peu probable. Le schisme entre les polices — la municipale et celle de l'État — avait propulsé Rouge de l'autre côté de la frontière du domaine du chef Croft. Ce dernier, qui avait sûrement mis William Penny au secret dans une cellule à l'écart, faisait bon usage des clés de la demeure du docteur. Bien qu'Ali n'eût aucune envie de faire des cachotteries, le temps pressait. En outre, elle ne voulait pas que sa compassion coûtât son boulot au chef Croft.

Son oncle n'avait pas quitté le jardin des yeux lorsque Ali franchit la porte latérale à la suite de Rouge, avant de pénétrer dans le corps du logis. Pour une modeste maison de deux étages, le vestibule était immense. Coup de folie d'un architecte, un très haut plafond surplombait les spirales d'un imposant escalier. À l'étage, derrière la balustrade en bois de la galerie desservant les chambres, c'était un va-et-vient d'hommes et de femmes en uniforme.

« Je veux te montrer quelque chose. » Rouge l'emmena vers une petite porte encastrée dans l'énorme cage d'escalier. « Désolé pour la casse. Aucune des clés que nous a données le valet de chambre n'entre dans cette serrure. J'ai demandé à ton oncle, mais je crains qu'il ne m'ait pas entendu. »

Ali examina le métal cabossé et éraflé du verrou forcé.

Une main hésitante posée sur la poignée, Rouge s'expliqua : « Le soir de notre rencontre à la taverne de Dame, tu m'as parlé de l'athéisme de ton oncle. Et tu y as refait allusion dans la chambre d'hôpital en l'accusant d'utiliser le prêtre comme confesseur.

— La contradiction te chagrine ? Cette histoire de confession n'a rien à voir avec les idées de mon oncle en matière de religion. Sa déontologie ne lui interdit pas de se débarrasser du fardeau de ses lourds secrets dans l'oreille d'un prêtre. Ce n'est qu'un stratagème pour... »

Quand Rouge ouvrit la porte, Ali eut la parole et le souffle coupés. La pièce qui servait jadis de grand débarras où s'entassaient étagères, malles, boîtes, n'avait alors qu'une petite fenêtre percée dans le mur du fond. À présent, le désordre avait disparu tandis que les vitraux de la fenêtre, agrandie et cintrée, représentaient les emblèmes d'un personnage de la mythologie : Perséphone, déesse du printemps.

Quant aux murs, ils étaient couverts de symboles chrétiens — agneaux, colombes, métaphores de la Trinité. Une centaine de reproductions de la croix tapissaient la moindre parcelle vide. Enfin, des statues de faunes portant des flûtes ou d'autres animaux à caractéristiques humaines s'élançaient de leurs socles. Ali balaya du regard une fresque qui suivait la courbe majestueuse de la cage d'escalier sur le mur le plus long — l'œuvre d'un amateur dont elle reconnut le style. Du temps de sa jeunesse, son oncle était un peintre du dimanche. Aucune des toiles de lui que possédait le père d'Ali ne ressemblait cependant à ce qu'elle avait sous les yeux.

Au centre du mur envahi d'images de l'Ancien Testament se trouvait une copie du Dieu de la chapelle Sixtine défiguré par un courroux qui faisait écho au Dieu de son oncle Mortimer : un être terrible, vengeur, maltraitant les justes et transformant les enfants qui l'offensaient en statues de sel. Moïse, doté des cornes dont Michel-Ange l'avait pourvu, figurait parmi les serviteurs, tandis qu'une myriade de créatures cornues grouillaient dans la fournaise incandescente. Des allégories inspirées par le troisième panneau du *Jugement dernier,* le triptyque de Bosch, illustraient les souffrances des damnés, les tortures de la chair. Les scènes les plus infernales — manifestement les plus récentes — n'étaient pas terminées. On apercevait des traces de crayon sur le mur, les contours de silhouettes encore vierges de couleurs, d'ombre et de lumière.

Loin d'être un chef-d'œuvre, la peinture n'en était pas moins le fruit d'un travail titanesque qu'il avait mis des années à réaliser — Ali n'en doutait pas.

Parmi les figurines d'animaux, des statuettes d'une femme, bienveillante déesse de la renaissance, côtoyaient une divinité du chaos. La fresque murale éclipsait tous les éléments panthéistes.

Une odeur d'encens refroidi parvint aux narines d'Ali. Il ne restait plus que les morceaux consumés de la pléiade de bougies éparpillées dans la pièce. Enfin, un martinet en évidence sur l'autel, instrument d'autoflagellation, venait confirmer le rituel.

Rouge Kendal l'observait avec une infinie patience,

sans faire un bruit ni esquisser un geste susceptibles de la presser. Ali choisit ses mots avec soin. Sachant à qui elle s'adressait, elle se gardait de le sous-estimer.

« À mon sens, il a commencé à vouloir représenter la nature, telle la déesse du printemps. » Elle s'immobilisa devant le vitrail.

« Il y a de l'élégance dans cette expression, une fantaisie plutôt innocente — vu son amour pour les plantes. Cette pièce devait lui servir de lieu de méditation, loin du monde, pour réfléchir ou chercher la paix tout simplement. Il n'est guère surprenant qu'il ait besoin d'un refuge, étant donné les cas bizarres qu'il a traités de tout temps. »

Ali fit face au mur colossal et incurvé. « Ensuite, le Dieu de l'Ancien Testament est entré en scène, il a tout supplanté. Mon oncle l'a alors transformé en un sanctuaire garni d'un autel et de bougies. » Elle évita de regarder le fouet. « Et ce fut la victoire des ténèbres, de la violence qui ont vaincu la paix.

— Il est fou, n'est-ce pas, Ali ?

— Il exprime une crise de sa conception philosophique. » Surprise du calme de sa voix, Ali s'écarta de Rouge. « En outre, il y manifeste le tourment éprouvé à cacher le nom de l'assassin. Il se ne considère pas comme un complice docile, et ne voit pas dans sa souffrance le signe de sa forfaiture. Dans l'Ancien Testament, le châtiment s'abat aussi bien sur les justes que sur les pécheurs. Tu as remarqué les images de... »

Sachant qu'avec sa vive intelligence, Rouge avait déjà fait l'analyse de la pièce, Ali se demanda si la sienne lui arrivait à la cheville.

« Pousse un peu plus loin, Ali. Et si la souffrance représentait pour lui une punition et non une mise à l'épreuve de la foi ? Se prend-il pour un parangon de vertu ou pour un pécheur ?

— Tu le soupçonnes de... » Ali se remit à contempler le mur. Qu'est-ce que Rouge voyait d'autre dans la fresque ? « Il se juge d'une grande moralité. Voici ce que lui coûte le secret qu'il garde par déontologie. »

L'air sceptique, Rouge, debout près de l'autel, fixait le fouet aux multiples lanières — instrument de pénitence séculaire — tout en tirant ses conclusions.

Elle le rejoignit. « Il lui aurait été plus facile de le dire. Tu le comprends, non ? Non qu'il ne le souhaite pas, mais il est corseté dans son éthique. »

Rouge ne laissa rien paraître sur son visage. Même à l'époque de la chorale, elle était incapable de déchiffrer les pensées des jumeaux. Dans son esprit, celui qui avait survécu restait toujours l'étrange élève de Sainte-Ursule. Il ne cesserait de la subjuguer.

« Rouge ? Avant d'alerter les autres, tu veux bien me laisser en toucher un mot à mon oncle ? »

Sans desserrer les lèvres, il acquiesça, attendant néanmoins une réponse plus directe à la première question qu'il avait posée à leur entrée dans la pièce.

« Oui, fit-elle, il est fou. »

Ali alla retrouver son oncle dans la serre. Il retournait la terre du même pot, inlassablement.

Lorsqu'elle lui toucha l'épaule, très doucement, il se borna à lui indiquer d'un signe de tête qu'il était conscient de sa présence. « Oncle Mortimer, tu as dit qu'il voulait te faire souffrir. De qui s'agit-il, d'un malade ou de Dieu ? »

Il continuait à creuser sans s'apercevoir qu'il saccageait les délicates racines du rosier.

« Arrête, je t'en prie », le supplia-t-elle, posant la main sur la sienne. En vain. « Oncle Mortimer, nous devons parler. J'ai vu le sanctuaire. »

Le mouvement de la spatule et le grincement sur les bords du pot furent les seules réactions du psychiatre. Ali eut le sentiment d'être à nouveau la petite fille que personne ne remarquait.

« C'est capital pour moi. Si seulement tu pouvais me donner des éléments. N'importe quoi. Il se peut que Gwen Hubble soit encore en vie. »

Comme fasciné par le terreau de son pot, il s'obstina à ne pas lui prêter attention. Redevenue Sally la transparente, Ali comptait moins que n'importe quelle plante de la serre de son oncle Mortimer. Les grandes personnes de ses souvenirs ne cessaient de passer devant elle, plongées dans des conversations sibyllines tandis qu'elle rapetissait de plus en plus.

D'un doigt, elle effleura sa cicatrice avant d'avoir un geste de fureur et d'envoyer valdinguer le fameux pot bleu.

Mortimer posa sur sa nièce des yeux dépourvus de surprise. L'air seulement las, il regarda les fragments de céramique et la terre répandus sur les dalles, à ses pieds.

Baissant les yeux sur les tessons, Ali distingua un éclat d'or dans les mottes marron foncé. Elle s'agenouilla pour étaler la terre d'où elle exhuma une minuscule bague. Après l'avoir examinée à la lumière, Ali trouva les initiales qu'elle cherchait : *S.R.*

Ali murmura : « Sarah Ryan, dix ans. » Puis elle découvrit une médaille pieuse. « Mary Wyatt, dix ans. » À mesure qu'elle fouillait, d'autres minuscules bijoux apparurent sur lesquels elle put mettre un nom. Mais elle faillit rater la chaîne de cheville, si fine, attachée à une médaille ovale gravée des lettres : *TDMP.*

Il ne pleuvait plus. Les petites filles allèrent s'abriter sous les arbres, hors d'atteinte des gouttes du système de vaporisation. Gwen brandit la torche tandis que Sadie étendait le bras pour pousser légèrement le corps du chien avec le manche à balai. « Je crois qu'il est mort.

— Non. Tu t'en rendras compte quand ce sera le cas. » C'était la voix de l'expérience. Gwen avait élevé des générations de souris blanches et de hamsters. Un jour, à la vue d'une souris qui gisait sur le sol de sa cage, elle avait compris qu'il ne s'agissait pas de sommeil sans avoir jamais été confrontée à la mort auparavant. Il n'y avait pas de confusion possible. La mort ne correspondait pas au manque d'animation mais à une éradication de l'univers.

« Le chien est toujours ici, je le sais. » Gwen tira à elle la toile de plastique étalée sous l'arbre. À quatre pattes, elle s'approcha furtivement de l'animal. L'effet du dernier comprimé s'estompait, la douleur s'avivait.

« Gwen, non ! »

La petite fille s'immobilisa. Épuisée par ce petit effort, elle posa la tête sur ses bras. Sadie avait raison, bien sûr. Pour peu que le chien se ranime, elle serait incapable de lui échapper. L'animal était assez intelligent pour faire le mort en guettant le moment opportun.

Elle avait mal à la jambe, qui était de plus en plus inerte au fil des heures. Relevant la tête, Gwen dirigea la torche sur le molosse pour l'examiner à cette distance, hors de portée de sa chaîne. Il avait une petite blessure — rien qu'un trou sombre d'où suintait un filet de sang.

Comme le chien bougeait, Gwen laissa tomber la lampe. La ramassant, elle lui éclaira la gueule. Il poussa un cri à résonance humaine. Le chien devait énormément souffrir, lui aussi. « On pourrait lui donner des comprimés ? On les mélangerait à de la nourriture pour chien...

— Et puis lui faire un pansement, tant qu'on y est ? Je ne pense pas qu'il nous en remerciera, Gwen. Tu te rappelles la dernière fois que je me suis approchée ?

— Il souffre. Cet animal est en train de mourir. Il est plus terrifié que nous. » La dernière chose que le chien connaîtrait de la vie serait la peur — et l'isolement. Gwen n'avait pas de mal à imaginer la terrible épouvante de sa solitude. En comparaison, la douleur était peu de chose.

Sans crier gare, Sadie prit la torche des mains de Gwen et se précipita dans l'allée des tables aux champignons. À son retour, elle tenait un bocal de biscuits pour chiens trempés d'eau où se dissolvaient des comprimés blancs.

Sadie rendit la lampe à Gwen.

« Braque-la sur le chien », recommanda Sadie. Silhouette indistincte, Sadie gagna le cercle de la chaîne du chien avant de s'avancer vers le corps prostré sous le pinceau de lumière. S'il poussa un nouveau cri, il ne réussit pas à relever la tête.

Les yeux exorbités, Gwen vit Sadie accomplir l'inconcevable. Plongeant la main dans le bocal, elle en retira une boule pâteuse qu'elle tendit vers la gueule du chien, qui, laissant pendre une grosse langue rugueuse, se mit à lécher la nourriture sur les petits doigts blancs de Sadie. Gwen, l'amie des bêtes, n'aurait jamais osé ce geste.

Sadie resta à caresser le chien en fredonnant des petits mots sans suite. Et Gwen ne détecta plus de haine chez l'animal dont les yeux exprimaient amour, douleur, gratitude. Il continua de lécher la main de Sadie longtemps après avoir avalé le mélange.

Et il rendit son dernier soupir. Gwen avait senti le moment venir. En revanche, elle ne savait pas si la mort l'avait fauché en train d'inspirer ou d'expirer. La carcasse n'évoquait plus que l'image, l'idée d'un chien. Il avait quitté son corps. Seuls les vivants animent leur chair — enveloppe de l'âme. Le chien avait-il été surpris, ou, sentant sa fin approcher, avait-il prié la mort de s'emparer de lui ?

Sadie la rejoignit.

Gwen se serra les genoux. « Maintenant, je suis prête à retourner dans la fosse », déclara-t-elle, grelottant sous sa houppelande de serviettes. Sa parka n'était pas encore sèche. En dehors de la pièce blanche, le mercure n'en finissait pas de tomber. Il faisait cinq degrés. Une fois réinstallées dans la

381

tombe, Gwen demanda : « Tu crois que le chien a une âme ? Peut-être qu'il déambule toujours dans la cave comme Griffin de *L'Homme invisible*.

— Claude Rains, 1933. M. Caruthers avait tort de trouver que tu manquais d'imagination. Tu vois des tas de choses qui n'existent pas. »

La déclaration sonna le glas du chien. *Un vaillant animal.* Gwen balaya du regard le trou où elles étaient assises — enfin, la tombe pour employer le mot juste. « À ton avis, nos parents réagiraient comment s'ils nous voyaient ?

— Eh bien, *ma* mère considérerait que je suis dans mon élément, comme à chacun de mes décès. » Sadie se leva et se confectionna un parapluie avec un morceau de plastique. Agitant la torche d'avant en arrière, elle s'enfonça sous les arbres noirs et lança par-dessus son épaule : « Je reviens. » Puis la lumière disparut derrière l'un des épais troncs de chênes.

Gwen écoutait le crépitement de la pluie sur les feuilles. Elle avait l'impression que sa douleur s'atténuait. En réalité, la distinction entre l'obscurité de la cave et celle de ses yeux qui se fermaient s'estompait. Elle sombra dans l'inconscience.

À son réveil, une douleur lancinante lui vrillait la jambe et il ne pleuvait plus. Il régnait un profond silence. Gwen tendit l'oreille pour capter un bruit — n'importe lequel. En vain. Le silence, plus impressionnant que les arbres, l'accabla soudain. Était-elle seule ? Le silence planait au-dessus de sa tête. Plus immense que le ciel, il prenait toute la place. « Sadie ! » hurla-t-elle.

Sadie revint au pas de charge. Sous le faisceau de la torche, sa silhouette sortait de l'ombre par intermittence tandis qu'elle martelait le sol de la forêt. Sadie était couverte de terre.

— Qu'est-ce que tu fabriquais ?

— Je te le dirai après.

— T'étais en train de creuser un autre trou, hein ?

— Ouais. Tout près de l'arbre de Samuel. Pas profond. Rien que pour se cacher, d'accord ? Comme ça, on pourra en sortir à toute vitesse. Il n'aura jamais l'idée de nous chercher sous terre. Alors, pendant qu'il fouillera les bonnes planques au fond de la cave, et que la porte sera ouverte, coincée par la cale, on...

— Je refuse d'être enterrée. » Gwen pensa à la vermine grouillante, qui, antennes tendues, aux aguets, chercherait à s'infiltrer dans son corps. « Sadie, je ne peux pas. J'en suis incapable ! »

Sadie rejoignit Gwen dans le trou et l'enlaça. « *En ce moment,* tu y es sous terre. Tu n'en as pas sur les yeux — c'est la seule différence. »

De toutes ses forces, Gwen rejetait l'idée des tombes. En outre, une pensée la tracassait. « Il avait un pistolet. Pourquoi est-il parti comme ça ?

— La Mouche ? Tu as vu le chien le mordre.

— Il ne boitait même pas.

— Toi non plus. Pas sur-le-champ. Il est sans doute allé se soigner. Il va revenir.

— Sadie, il avait un pistolet. En plus, il t'a entendue hurler Geronimo. Pourquoi...

— Il ne m'a pas tiré dessus pour en finir ? Réfléchis, Gwen. Qu'a-t-il fait après ? Il a éteint les lumières et la chaudière, non ? » Sadie, qui éclaira le visage de son amie, se rendit compte qu'elle ne la suivait pas. « Question d'anticipation — c'est le clou du jeu, comme des bons films d'horreur du reste. Tu piges ? »

Inclinant la tête, Gwen murmura : « Il fait traîner les choses, il nous torture. Comme le chien. La façon dont il...

— Exactement. Le chien est mort. Nous sommes ses nouveaux toutous. »

Gwen prit la torche qu'elle braqua sur le cadavre de l'animal gisant sur le sol. « En tout cas, ce film d'horreur change tout le temps.

— Mais non, c'est toujours le même, Gwen. L'effet de surprise, voilà l'important.

— Sauf que, jusqu'à présent, ça n'a pas marché.

— Un simple détail.

— C'est Noël. Demain, Mlle Vickers sera de retour. Elle rentre toujours chez elle le lendemain...

— Gwen, arrête de te bourrer le mou. » Sadie reprit la lampe et balaya la pile de journaux intimes de son faisceau. Elle feuilleta celui de l'année en cours jusqu'au dernier passage. « Tu vois la ligne griffonnée ? Moi, je crois que Mlle Vickers a compris qu'elle allait mourir à ce moment-là.

— Tu n'en sais rien. Elle était fatiguée, un point c'est tout.

— Et les comprimés renversés par terre dans la pièce blanche, alors ? Est-ce que tu as remarqué d'autres choses en désordre ? Le gribouillis, c'était rien qu'un peu de fatigue ? » Sadie tourna les pages. « T'en vois d'autres, des signes de lassitude ? » Après avoir choisi un autre cahier, elle en ouvrit toutes les pages. « Y a-t-il d'autres lignes qui ressemblent à celle dont je te parle ? »

Sadie montra à Gwen les journaux les uns après les autres.

« Arrête !

— Gwen, elle ne reviendra pas. Si nous attendons...

— Arrête ! Bon, t'as gagné. Aucun secours n'est en route. » Gwen fit signe qu'elle se rendait.

« Enfin ! » Sadie gratifia sa plus mauvaise élève d'un sourire.

« N'empêche que je ne vais pas m'enterrer. » L'idée lui était insupportable. Gwen avait le sentiment de s'en aller, de disparaître du monde — petit à petit. « Une fois là-dessous, je serai incapable de ressortir.

— On va s'exercer.

— Tu sais que c'est vrai, Sadie. Je n'irai nulle part. Alors que toi, tu pourrais réussir. »

Sadie éclaira l'immense sourire qui lui fendait le

384

visage. À l'évidence, l'idée saugrenue de partir sans sa meilleure amie l'amusait.

Gwen recula pour dissimuler ses yeux ruisselants de larmes, le tremblement de ses lèvres dans l'obscurité. Surtout que Sadie ne se doute pas que si elle avait eu des jambes valides, elle l'aurait abandonnée ! De toutes ses forces, Gwen appuya sur sa plaie afin de la faire chanter, hurler de douleur.

10

Un sac de toile autour des épaules pour lutter contre le froid humide, Sadie finit de changer le pansement avant de baisser la jambe de pantalon en loques de Gwen.

« Prends ma parka. Je n'en ai pas besoin, lui proposa cette dernière.

— Non, mets-la, *toi*. »

Sadie s'enveloppa les pieds de tissu qu'elle s'attacha autour des chevilles avec de la ficelle. Il faisait trop froid pour marcher pieds nus. Une fois sa corvée terminée, elle marcha sous les arbres en ramassant tous les débris du mannequin. Après en avoir fait un tas, elle s'assit en tailleur et se mit à lacérer le chandail avec la lame des cisailles.

Adossée au tronc de l'arbre mort, celui de Samuel, Gwen l'observait. « Ma fièvre monte, un manteau ne me sert à rien.

— Eh bien, je n'en veux pas. » Retournant vers le mur de pierres, Sadie s'attela à la tâche moins brutale d'aiguiser sa lame. « Tu te souviens de la cassette vidéo qu'on a passée samedi dernier — les meurtres à la hache vraiment débiles ? Joan Crawford a exigé qu'il ne fasse pas plus d'une douzaine de degrés pendant le tournage, sous prétexte que ça l'aidait à se concentrer.

— Sadie, tu pèles sûrement de froid.

— Garde-la. Tu dois rester au chaud. T'as pas envie d'aller plus mal, n'est-ce pas ? »

Était-ce *possible* ? Gwen ouvrit la parka rouge et s'épongea le visage en sueur. Elle avait la peau brûlante. Le bruit du métal qui grinçait sur la pierre avait quelque chose d'impitoyable. « Pourquoi tu continues à faire ça ?

— Je prépare le plan B. » Sadie frottait d'avant en arrière l'outil de jardin sur un affleurement inégal. « La lame doit être plus affûtée. Comme il portera un manteau, il faut qu'elle transperce plusieurs épaisseurs de tissu. Une aberration des films d'horreur, c'est qu'on y voit les lames s'enfoncer dans les corps comme dans du beurre. C'est plus difficile dans la vie. Hé ! Gwen, regarde. » Laissant tomber le couteau, Sadie se mit à genoux. Les jambes cachées derrière elle, la petite fille s'avança sur les rotules. « Qui suis-je ?

— Blizzard, le cul-de-jatte du *Châtiment.* » Ne trouvant pas la date sur-le-champ, Gwen s'interrompit. « 1920 ?

— Oui, bravo. » Une fois debout, Sadie se croisa les mains derrière le dos. Hormis ses omoplates, on ne voyait plus ses bras. « Et maintenant, je suis qui ? »

Un jeu d'enfant : « Alonso, celui qui n'a pas de bras dans *L'Inconnu,* 1927. »

Sadie pivota sur elle-même, très lentement. Lorsque le visage de son amie revint dans son champ de vision, Gwen eut le souffle coupé. Sadie avait un sourire tout en dents tranchantes. Comment ? Du papier — elle avait rempli sa bouche de dessins de crocs à l'encre.

Gwen applaudit en riant. « T'es le vampire de *Londres après minuit,* sorti la même année. Un bon, celui-là. Tu m'as flanqué une trouille bleue. »

Sadie retira la feuille de sa bouche. « Je te blinde contre l'épouvante. » Ramassant la lame, elle s'attaqua à nouveau au torse et aux membres déchiquetés du mannequin.

Gwen fixa des yeux la demi-lune de dents en papier : « À ton avis, qu'est-ce qui rend un film d'horreur génial ? »

Sadie s'arrêta : « D'horreur ? Désolée — c'est trop évident. Je dois être fatiguée.

— Eh bien, pas les monstres, aussi horribles soient-ils. C'est la rupture du cours ordinaire des choses qui terrorise — tes dents en papier par exemple. Non — plutôt la barbe sanglante du père Noël.

— J'ai pigé. » Sadie s'accroupit, dirigeant la torche sur le corps privé de vie de son vieil ennemi le chien. Puis elle éclaira son visage barré d'un sourire innocent : « On pourrait le bouffer.

— Ce n'est pas drôle. » Gwen secoua la tête. À l'évidence, Sadie avait compris de travers. « Le chien n'est pas... » Sidérée, elle laissa la phrase en suspens et regarda son amie puiser du sang dans les plaies du chien pour s'en enduire la figure. Levant les yeux, Sadie lui montra qu'elle *avait* saisi — cinq sur cinq. Certes, ce n'était pas la meilleure façon de concrétiser l'idée et à mille lieues de ce que Gwen avait en tête. « Je ne crois pas qu'il sera effrayé par...

— Je parie qu'il n'a jamais affronté d'autres ennemis que des gosses. C'est un lâche. » La colère, inhabituelle, avec laquelle elle prononça ces paroles surprit Gwen. D'un ton adouci tout en laissant courir la main sur la fourrure de l'animal, Sadie ajouta : « Le chien était plus humain que lui.

— Il est trop grand, Sadie. Il va...

— Réfléchis. T'as eu une bonne idée : le sang sur la barbe du père Noël. Bien sûr que la Mouche est plus grande. Elle a le pouvoir, d'accord ? Du coup, lorsqu'*on* va s'en prendre à *lui*, il va perdre la boule. Il ne s'y attend pas du tout. » De son doigt ensanglanté, Sadie se dessina une ligne en dents de scie sur le visage. « Il en pissera dans son froc. Ça ressemble à un éclair ? »

Gwen fit signe que oui.

388

Sadie se mira dans la lame aiguisée de la demi-paire de cisailles ayant appartenu à Mlle Vickers. « Si seulement j'avais ma boîte de couleurs. Il y a moyen d'improviser avec le vrai sang, mais c'est pas pareil.

— Sadie, il est impossible de faire mal à ce type. On a essayé. Si le chien n'y a pas réussi, nous, on va se planter.

— Et *La Monstrueuse Parade* alors ? »

Bonne joueuse, Gwen lui concéda ce point, pas de tout cœur toutefois. Les personnages du film qu'évoquait Sadie, nains et gnomes, réussissaient à flanquer leur ennemi à stature d'adulte par terre, et le remettaient littéralement à sa place. Gwen faisait encore des cauchemars de ce classique du cinéma d'horreur — fleuron de la collection de Sadie.

« Tu sais ce que dirait M. Caruthers ? » Sadie caressait une barbe imaginaire, les yeux perdus dans le vague. « Du point de vue logique, la question est intéressante. » Redevenue elle-même, la fillette poursuivit : « Si on se contente de rester ici, il viendra nous tuer. » Elle planta la lame dans le mannequin. « Donc, c'est à nous d'agir. Il y a une heure, t'étais pour. »

Gwen se boucha les yeux, refusant d'assister au spectacle de Sadie plongeant les mains dans le sang du chien. Elle ne pouvait pas exliquer son revirement, enfin, pas de façon à se faire comprendre de sa meilleure amie — la reine de l'horreur. Le courage lui venait par intermittence. Gwen n'arrivait jamais à l'éprouver plus d'une heure d'affilée ni à prévoir le moment où il s'insufflerait à nouveau en elle. En dépit de la proximité du cadavre du chien, l'idée de meurtre était aussi distante d'elle que la lune.

C'était inconcevable, impossible, de tuer un *être humain*.

« Il est mal de supprimer une vie. » Trouvant aussi lamentable que plausible son travestissement de la vérité, Gwen se mit à regarder une araignée qui rampait à ses pieds. Les insectes la terrorisaient. L'arach-

nide avait pourtant l'air tout ce qu'il y a d'inoffensif.
Tendant ses huit pattes velues, elle se propulsait vers
un but précis, telle une créature affairée. « Le père
Domina dit que toute vie est sacrée. »

Au moindre sourire, la foudre imprimée sur les
joues de Sadie tressautait. « Ma parole, tu perds ton
sens de l'humour.

— La mort, as-tu vraiment conscience de ce que
c'est ? » Levant la main, très haut, Gwen réussit à
écrabouiller l'infortunée créature, malgré sa faiblesse.
Elle retourna la main : le corps visqueux de l'araignée
était étalé sur sa paume.

« Tiens, voici la mort. Elle est *irrévocable*. »

Les pattes de l'insecte se contractaient encore,
convulsivement. Fascinées, les petites filles l'obser-
vèrent jusqu'au spasme définitif.

« À la bonne heure, fit observer Sadie. T'as pris le
coup de main. »

En fait, c'était intéressant. Gwen jeta les fragments
de l'araignée par terre. Il ne demeurait qu'une infime
trace sur sa main de la pauvre bestiole innocente.

Eh bien, ce n'était pas si terrible que ça.

Sadie revint à la charge : « Il faut qu'on s'entraîne
pour qu'il ait le choc de sa vie ! Ma vue va lui faire
perdre la raison. » Elle s'illumina le visage avec la
torche. « Tu piges ? Comme des chiens qui rede-
viennent loups.

— À mon avis, il n'est pas né de la dernière pluie
en matière d'horreur », déclara Gwen. Après avoir
jaugé les traits déchiquetés, imprimés symétriquement
sur les joues sanglantes de son amie, elle balaya du
regard les chariots placés sous les tables aux champignons. Pourquoi avoir creusé les tombes au milieu de
la rangée ? Et non au début ou à la fin ? À moins
que certaines...

« D'accord. N'empêche qu'il reste l'effet de surprise. Il faut qu'on détourne son attention par un truc
vraiment abominable. Du coup, on pourra se poster

près de la porte, tu piges ? Bon, peut-être pas sous terre. Il n'y a qu'à s'en recouvrir — juste assez pour un camouflage. À peine entré, il distinguera quelque chose au fond de la cave. Au moment où il s'en approchera pour mieux voir, on filera dehors en l'enfermant à l'intérieur. Génial, non ? »

Gwen baissa la tête. « Ça ne marchera pas. » Une fois ensevelie, aussi légère que fût la couche de terre, elle ne se croyait pas capable de sortir de sa tombe. Enterrée vivante — une mort lente avec de la glaise plein les yeux, tandis que des bestioles lui ramperaient dans les oreilles, dans les narines et dans sa bouche qu'elle ne pourrait s'empêcher d'ouvrir pour hurler. Elle n'était pas de taille à lutter contre le plus minuscule des insectes.

Et Sadie l'imaginait à même de terrasser un homme adulte, en possession de tous ses moyens. *Impensable.*

« Tu sais que je ne peux pas courir.

— Mais si, je t'aiderai.

— Il vaut mieux se cacher.

— On n'y arrivera pas si tu refuses d'aller sous terre, insista Sadie. Mieux vaut agir que de ne rien faire...

— Bon, j'admets que Mlle Vickers ne reviendra pas. Mais nos parents ? La police ? Tu penses qu'ils ont renoncé aux recherches, hein ?

— Non, pas du tout. Sauf qu'ils risquent de mettre un temps fou à nous trouver. » S'agenouillant à côté de Gwen, Sadie lui toucha le visage. « T'es brûlante. Il faut que je nous sorte d'ici. »

Gwen s'allongea, posant la tête sur les genoux de Sadie. Quelle lutte pour garder les yeux ouverts ! « Même si tu me crois morte, ne me mets pas dans la terre. Tu me le promets ?

— Je te promets que tu ne vas pas mourir. » Sadie lui caressa tendrement le front de sa main fraîche.

Du coup, Gwen se dressa et braqua la torche sur le visage de son amie, voulant s'assurer qu'il ne s'agissait pas d'un mensonge consolant. « Tu ne feras pas ça — tu ne m'enterreras pas, hein ?

— C'est juré. Allez, oublie la mort. » Sadie sauta sur ses jambes. Elle s'approcha du cadavre du chien et le couvrit d'un sac-poubelle, afin que Gwen n'ait pas la mort sous les yeux.

Il restait néanmoins une puanteur funèbre. Sur la fin, le chien avait perdu le contrôle de ses tripes. L'odeur, associée à celle, putride, que dégageait sa plaie, amplifiait sa prise de conscience de la mort.

« Sadie, prends la parka. » Gwen, qui tentait d'enlever le duvet, n'arriva pas à se défaire des manches tant elle était faible. « Allez, prends-la ! Tu devras peut-être marcher longtemps avant de trouver du secours. C'est normal que l'une de nous... »

Sadie remit les bras de Gwen dans la parka, qu'elle referma en la grondant doucement. « Tu vas vraiment mal.

— Sadie, tant pis pour moi. Tente ta chance si elle se présente. *S'il te plaît ne me laisse pas toute seule.* Il a un pistolet. Ton couteau, c'est de la rigolade contre une balle. *Si tu m'abandonnes, je mourrai.* Tu peux pas lutter contre une grande personne. Il faut t'enfuir. *Ne t'en va pas.* »

Une petite fille alla se blottir contre l'autre, l'enlaça, pressant sa joue duveteuse comme un pétale contre celle de son amie. Une accalmie. Et Sadie murmura :

« Comment pourrais-je t'abandonner ? »

Arnie Pyle et Rouge Kendall étaient assis sur le canapé du bureau tandis qu'Ali faisait face à Costello, de l'autre côté de son pupitre. Marge Jonas, la seule personne debout, regardait par la fenêtre du premier étage donnant sur Cranberry Street. Un édredon de nuages avait fait la peau au soleil. Derrière son dos, Costello répondait aux questions d'Ali : « Non, votre oncle n'a pas sorti un traître mot. Ni aveux, ni démenti — rien du tout. » Le commissaire se cala dans son fauteuil, levant les yeux au plafond comme s'il n'arrivait pas à y croire. « Le docteur Cray a renoncé à ses droits de faire appel à un avocat, mais le procureur général a exigé qu'on convoque un médecin. »

Puis il s'adressa à l'imposante femme qui se tenait à la fenêtre : « À propos, Marge. Débrouille-toi pour trouver comment les flics du village s'y sont pris pour dénicher un chirurgien du cœur en deux temps, trois mouvements. J'ai parfois le sentiment de ne plus être le patron.

— Je vais chercher », répliqua Marge, sans se retourner. Costello la connaissait comme sa poche, il était exclu de lui montrer son visage alors qu'elle mentait. Les premiers flocons essaimèrent du ciel gris fer. Il était midi. Pourtant, si les nuages, s'écartant, lui avaient montré la lune, elle n'eût pas été étonnée. C'était une journée de ce genre.

Trois personnes s'immobilisèrent sur le trottoir. Bien qu'on eût l'impression qu'elles se retrouvaient, elles ne se saluèrent pas, ne nouèrent aucune conversation. De surcroît, aucun soleil ne projetait leur ombre. À l'unisson, l'étrange trio se retourna pour lever les yeux vers la fenêtre. Ayant soudain la sensation que la cruelle lumière du plafonnier la dénudait, Marge recula d'un pas.

Costello continuait de parler à Ali Cray. « Alors, le procureur général a dit : "Imagine que ce vieux toubib ait une nouvelle attaque, fatale. On n'a pas envie d'être mis au pilori au journal télé du soir. Fais venir un docteur." Du coup, il y a deux flics du village qui se ramènent avec ce salaud, ce... » Il jeta un regard sur son dossier. « Un certain docteur William Penny, en peignoir de bain. Ce mec, tu le connais, n'est-ce pas ? »

Lançant un coup d'œil par-dessus son épaule, Marge vit Ali Cray opiner du bonnet sans broncher. Le chef Croft avait vu juste. William Penny avait préféré garder l'arrestation abusive par-devers lui — ainsi que son aventure.

Il y avait davantage de personnes sur le trottoir, mais ce n'était pas une foule. Quelques visages pâles ou sombres se tendaient vers la fenêtre éclairée. Que voulaient-ils ? Ma foi, rien qui présentât un danger. Ils avaient l'air d'un petit groupe de touristes, égarés sur une étrange planète, en quête de renseignements.

Marge entendait Costello tapoter son crayon sur le pupitre — indice d'un orage imminent. À Ali encore, il demanda : « Ce William Penny, il se comporte toujours aussi mal avec les flics ? On dirait qu'il a déjà eu maille à partir avec la justice. »

Marge tressaillit.

« Je n'en ai aucune idée, répliqua Ali. C'est le médecin traitant de mon oncle. Je n'ai pas entendu parler de ses antécédents. Oncle Mortimer va bien ?

— Oh ! pour ça, il se porte comme un charme. Le bon vieux Willy, ce foutu spécialiste du cœur, a mis votre oncle sous sédatifs au bout de cinq minutes d'interrogatoire. Après quoi, ce connard de toubib m'a adressé le plus sardonique des sourires, comme s'il jubilait de me voir en pétard. L'avocat s'est pointé à ce moment-là. Je suis persuadé que le docteur Penny l'a appelé. Et l'avocat a fait jouer le piston pour qu'on renvoie votre oncle chez lui sous surveillance médicale.

— C'est insensé ! s'exclama Rouge, qui se leva furieux, n'en croyant pas ses oreilles. J'ai reconnu la chaîne de cheville qui appartenait à ma sœur.

— La pièce à conviction concerne, hélas, une affaire classée. Nous n'enquêtons pas sur ce meurtre-là, fit observer Costello.

— Mais il y a sûrement un rapport entre les deux. Tous ces... »

Costello leva les mains, lui donnant raison : « Hé ! Rouge. Ce sont les propos du procureur général — pas les miens. Mortimer Cray est allé voir Paul Marie en prison. On ignore si le prêtre lui a remis la chaîne. Sans preuves qu'il n'existait pas auparavant une relation de docteur à patient entre eux, cette visite fausse tout. »

Marge regardait les gens s'attrouper devant le commissariat, tandis que d'autres arrivaient sur le trottoir et de l'autre côté de la rue, en silence. La neige continuait de tomber. Elle n'avait pourtant pas le sentiment qu'un événement grave s'annonçait. Ils semblaient désarmés. Certains se donnaient la main pour s'encourager ou se réconforter de la lugubre obscurité du ciel en plein jour.

« Tout ce qu'on sait, poursuivit Costello, c'est que le psy collectionne des souvenirs de ses patients. Il se pourrait que cinq pervers différents aient contribué à son petit butin — argument qu'avance son avocat, d'ailleurs. La seule description dont on dispose sur les autres bijoux figure dans les notes d'Ali sur ces affaires. En plus, ce peigne-cul de procureur général considère que c'est insuffisant pour inculper Mortimer de meurtre, complicité ou obstruction au cours de la justice. Même si on prouve que chaque babiole correspond à une petite morte. »

Costello baissa les yeux sur la page étalée sur son pupitre. « Ce document vient du bureau du procureur général. Il est interdit d'obliger un psychiatre à déposer contre un patient pour un crime commis dans un autre État. Ça fiche tout à l'eau, assena-t-il en regardant Rouge. Ta sœur est un dossier classé. Les autres objets concernent des affaires étrangères à notre État. Certes, le code est flou là-dessus, et le procureur général du coin est un couillon. Remarque, il est tellement furieux que je l'aie provoqué pour ce mandat que ce papier n'est peut-être qu'une foutaise juridique. Sauf que ça relève de sa juridiction ; je n'ai pas le droit de chercher des chefs d'inculpation tous azimuts. » Le commissaire recula son siège. Se détournant de Rouge, il s'adressa à Ali : « À l'heure qu'il est, ces

395

petites filles sont mortes — toutes les deux. Vous le *savez*. Vous aviez raison sur toute la ligne. Joyeux Noël, sacré bon Dieu. »

S'affalant sur une chaise près de la fenêtre, Marge guetta les réactions d'Ali. Restait-il une chance de retrouver les petites en vie ? Non, manifestement. Les épaules d'Ali se voûtèrent tandis que la résignation embuait ses yeux d'une tristesse bien proche des larmes et qu'elle serrait les poings de rage.

Ainsi, les enfants n'étaient plus.

Marge lança un coup d'œil furtif au profil de Costello. Il ne s'était pas rasé ce matin — un mauvais signe. La pagaille qui régnait sur le bureau n'était pas de meilleur augure. Papiers d'emballage et récipients de plats tout prêts s'accumulaient sur les meubles, jonchaient le sol.

Retournant à la fenêtre, Marge contempla le ciel. Ces dernières minutes, le plafond de nuages s'était-il écroulé ? Allait-il tomber sous ses yeux ? *Oui, en effet, Chicken Little, la terre et le ciel, la nuit et le jour sont interchangeables.*

Mais c'est qu'il y avait *plus* de spectres sur le trottoir. Des transfuges d'une histoire complètement différente. Marge dénombra quinze personnes sous la fenêtre, le nez en l'air. Elle leva les yeux sur les tubes de néon qui sillonnaient le plafond.

Peut-être la lumière les attirait-elle.

« Je veux un mandat de perquisition pour fouiller la maison d'Oz Almo. » Furibond, Rouge Kendall se dirigeait vers la porte.

« Ne bouge pas, Rouge, ordonna Costello d'une voix autoritaire. C'est fini. Il ne manque que les corps des petites.

— Mortimer n'est pas passé aux aveux, n'est-ce pas ? » Revenant vers le bureau, Rouge posa les paumes sur le bureau et fixa Costello. « Sans compter que vous ne croyez pas le vieil homme coupable. » Ce n'était pas une question, mais une accusation. « Je veux perquisitionner chez Oz Almo. Si vous préférez, j'irai moi-même demander le mandat au juge Riley. »

Attrapant le regard du commissaire, Marge l'implora d'accéder à la requête de Rouge. *Je t'en prie, accorde-lui ça.*

Costello se déroba, apostrophant son novice d'inspecteur. « Non — pas aujourd'hui. Et que je n'aie pas à le répéter. Tu n'as pas de présomptions suffisantes pour un mandat. Tout ce que tu as, c'est une vieille rancœur, Rouge. Nous en sommes aussi conscients l'un que l'autre. Tant qu'on n'a pas trouvé les corps, personne ne va prendre la tangente. Je veux que tu examines toutes les paperasses qui traînent sur le bureau de Sorrel. Mais j'aimerais que tu files chez le médecin légiste avant. Essaie de lui tirer les vers du nez, je suis persuadé que Chainy me cache quelque chose. »

Rouge s'apprêta à lancer un autre argument à la tête du commissaire, qui le sentit venir. Marge aussi. Alors, Costello assena : « Pas de mandat, en aucun cas. Allez, en route. »

Arnie Pyle entraîna Rouge. Ali Cray suivit des yeux les deux hommes qui traversaient le QG pour gagner l'escalier. On eût dit une petite laissée-pour-compte à qui on refusait une place dans l'équipe de base-ball. D'un pas lent, Ali quitta le bureau dont elle referma doucement la porte.

Sous la fenêtre, la foule silencieuse avait doublé — non, triplé. Les voitures contournaient lentement les gens qui débordaient sur la chaussée. Peut-être devait-elle faire allusion à cet attroupement de mystérieux muets. Ah ! mais que dire ? *Excuse-moi, Leonard, les extraterrestres ont débarqué.* Le commissaire, qui avait vu ce genre de film, saurait certainement s'y prendre avec eux.

Marge lui fit face. « Veux-tu que je prévienne les

gendarmes de cesser de creuser sous le noisetier de l'atrium du postier ? C'est Noël, ils sont tous...

— Oui, libère-les.

— Est-ce que je leur explique pourquoi on leur a demandé de le faire ? Leur couillon de chef a refusé d'éclairer leur lanterne. Ils veulent...

— Non. Tu le gardes pour toi. Comme si j'avais besoin d'une nouvelle fuite dans la presse en ce moment ! J'espère que personne ne va être au courant pour les bijoux des mômes. Il y avait plein de gendarmes là-bas quand...

— Tu traites les flics comme des imbéciles.

— Je ne peux pas me permettre une fuite ! » De sa paume, il donna un coup brutal sur le sous-main. La vaisselle en plastique valsa contre les boîtes de repas tout prêts au bord du bureau. « J'ai ces salauds de journalistes sur le dos. Ils réclament quelque chose à mettre sous la dent de la presse à sensation. Du reste, les lecteurs de ces feuilles de chou ne valent guère mieux. Lie de la presse, lie du public — c'est du pareil au même.

— Malgré toutes ces preuves, tu es sûr que ce n'est pas le psy l'assassin ? Rouge a raison ?

— Ce garçon a un flair surprenant.

— Dans ce cas, pourquoi lui refuser ce mandat de merde ?

— Marge, Rouge veut régler son compte à Oz, tu le sais bien. À ce que j'ai entendu dire, ce vieux salopard a roulé les Kendall de main de maître. Devenu détective, il leur a piqué des sommes astronomiques, et Dieu seul sait ce qu'il leur a fait avant la fin du procès ! »

Levant les yeux sur Marge, il s'adoucit : « Libère les gars de leur corvée, mais pas un mot sur les champignons ni sur les truffes, d'accord ? »

Elle tourna les yeux du côté de la fenêtre. La neige ne tombait plus ; la foule avait grossi. Elle ne vit plus de retardataires. À présent, ils formaient une masse compacte. Bien sûr. Midi venait de sonner — l'heure de l'épreuve de force dans la tradition des westerns.

Et ce fut le commencement.

Une personne sortit la première bougie allumée, suivie d'une deuxième, puis d'une troisième. Certains avaient des briquets, d'autres des allumettes. Les flammes minuscules s'élancèrent, droites, sans vaciller, dans l'immobilité de l'air.

Ainsi, il s'agissait de cela. Ignoraient-ils que les veillées aux chandelles s'effectuaient à minuit ?

Sauf que le monde est sens dessus dessous de nos jours.

Les gens tirèrent des feuilles de leurs poches ou de leurs sacs qu'ils brandirent sous les bougies embrasées. Il s'agissait des affiches de Harry Green, les photos des petites filles. Fût-ce à cette distance, Marge n'avait pas de mal à déchiffrer les caractères gras de l'humble message, répété une centaine de fois.

Marge murmura à l'homme qui se tenait derrière elle : « À propos, tu évoquais la lie du peuple. La voici. »

Il la rejoignit à la fenêtre : « Mon Dieu ! »

Cessant de contempler la foule, elle fixa le visage flasque du commissaire. Si seulement ces gens avaient fait du chahut, scandé des slogans réclamant que justice soit faite ou hurlé leur colère, il aurait su les manier. En revanche, face à cette silencieuse supplique, il n'avait ni protocole ni règlement sur lesquels s'appuyer. Calmement, les habitants du village lui demandaient avec courtoisie de retrouver les deux enfants disparues et de les ramener chez elles.

Que pouvait faire le commissaire ? Il ferma les yeux.

« Au fond, tu renonces peut-être trop vite aux gosses.

— Marge, je t'en prie. » Il tourna le dos à la fenêtre avant d'ajouter d'une voix rauque : « J'aimerais que tu fasses encore quelque chose pour moi. » Il baissa

399

le store de la porte de son bureau : « Je vais prendre une horrible cuite. Si quelqu'un se présente, tu ne sais pas où me joindre, d'accord ? »

Acquiesçant, Marge quitta la pièce. La porte se ferma. Elle entendit le bruit du verrou.

Quand elle leva les yeux de son ordinateur, il était quinze heures. Il n'était pas prévu qu'elle travaille en ce jour de congé. La seule raison de sa présence gisait, ivre morte, de l'autre côté d'une porte verrouillée. À l'heure qu'il était, le commissaire devait être dans les choux — pour peu qu'elle fût à même d'estimer sa capacité de résistance à l'alcool — et c'était le cas. Marge ne connaissait aucune femme ni même d'enfants qui ne soient susceptibles de faire rouler Costello sous la table. Elle s'approcha de la porte du bureau. La main appuyée sur le chambranle, elle se pencha tout près de la vitre en murmurant : « Joyeux Noël. »

Après quoi, elle se mit à griffonner sur un bloc jaune les articles qu'elle ne devait pas oublier de prendre à l'épicerie fine de Harmon Street, la seule ouverte le jour de Noël. Oh ! il serait bien d'aller chercher une chemise propre et un rasoir à la villa du commissaire. Il en aurait besoin le lendemain matin. Grâce à leur liaison de dix ans, elle avait gagné un droit d'accès à son tiroir de sous-vêtements. Marge ajouta chaussettes, caleçon, T-shirt à sa liste composée d'un litre de lait et d'un pot de mayonnaise.

Arnie Pyle se tenait sur la grève, à l'écart des autres flics. S'ils avaient percé à jour son talent de menteur, ils risquaient de se méfier à nouveau de lui.

Il avait déniché un juge dans sa résidence secondaire : un négrier réputé pour son habitude de coller, à chaque congé, son équipe de juristes sur des cas sociaux. De son portable, Arnie exposa le tissu de mensonges de sa déclaration sous serment dans le magnétophone du juge, avant d'être livré au rythme infernal de polkas interprétées à l'accordéon, censées faire patienter les gens au téléphone.

Couvrant le combiné de la main pour étouffer la musique, il prêta l'oreille à la bacchanale de la nature, au clapotis du ressac sur les rochers, à la faune et à la flore du lac. Citadin de toujours, Arnie n'ignorait cependant pas que les canards n'auraient pas dû hanter les lieux en plein hiver. Il suffisait d'une tempête de neige pour que leurs queues soient prises dans les glaces. Levant les yeux, il vit un oiseau blanc se détacher des nuages gris. Ailes déployées, il prit son essor — encore un qui avait raté le dernier bus pour Miami.

Il avait le sentiment d'être dépourvu de sensibilité poétique. Car il lui aurait fallu avoir une âme. Et il avait bien trop souvent bradé la sienne au centuple de son prix, puisqu'elle ne lui appartenait plus depuis des années. Il venait d'ailleurs de la vendre une fois de plus à un juge naïf contre un mandat. À chaque troc de ce genre, il voyait le regard bleu de son pacifique de père posé sur ce fils tellement décevant — un Quaker armé d'un pistolet, menteur de surcroît. Arnie n'avait pas cessé de mentir pour autant, et pis encore. Oh ! que n'avait-il fait au nom de la vérité, de la justice et de petites filles de dix ans.

Le jeune juriste était à nouveau en ligne. Après l'avoir écouté quelques instants, Arnie se tourna du côté de la voiture de Rouge à qui il fit signe que tout baignait tout en regagnant la voie privée.

« Marché conclu, mon vieux. » Arnie ferma son téléphone et se glissa sur le siège du passager de la vieille Volvo. « T'as un mandat national — considère que tu l'as déjà en main. Si Almo a un fax chez lui, on peut recevoir la feuille directement du bureau du juge. »

Par le pare-brise de la voiture, la vue sur la grande demeure victorienne, le moutonnement des collines boisées et une bonne partie du lac était spectaculaire. En outre, on distinguait très bien, à la jumelle, le hangar à bateaux — théâtre du crime. « Rouge, si tu fais chou blanc, je suis dans la merde et tu perds tout. Au cas où je mette la main sur des preuves solides de chantage, on est sauvés. Sinon, le mandat de perquisition ne vaut pas un clou. Quoi que tu trouves, tu ne pourras de toute façon pas t'en servir au tribunal. »

À gauche de la porte d'entrée, un rideau s'écarta et un homme apparut. L'air anxieux, le crâne dégarni, avec son visage en forme de lune, Oz Almo ne quittait pas des yeux l'auto de Rouge ni les trois voitures à la queue leu leu, appartenant à des flics de Makers Village. Quatre autres véhicules arborant le sigle de la police d'État, bourrées de gendarmes, se trouvaient de l'autre côté de la voie privée. Les gyrophares couleur cerise tournoyaient, tandis que, sirène hurlante, une dernière voiture s'arrêtait dans un crissement de pneus.

L'agent Pyle compta quinze hommes derrière lui.

« Comment t'es-tu débrouillé pour réunir si vite cette cavalerie ?

— Costello les a libérés. Ils sont furieux, en mal d'action. Tous les flics du coin voulaient se ramener, mais l'un d'eux a dû se pointer pour patrouiller avec le chef Croft. »

Arnie posa la main sur la portière du passager : « Tu veux qu'on y aille ?

— Non, pas encore. Laisse Oz suer un peu.

— Pour qu'il ait le temps de détruire la rançon !

— Il est bien trop cupide pour ça. En revanche, il n'est pas exclu qu'il la change de place. J'y compte bien. On attend qu'il s'éloigne de la fenêtre, puis on lui accorde deux minutes de rab. »

Le rideau tomba. Arnie regarda la deuxième aiguille de sa montre faire deux fois le tour du cadran. « Ça y est ! »

Se précipitant hors de la voiture, ils grimpèrent quatre à quatre les marches de la véranda. Rouge tourna la poignée : elle était bloquée. Il tambourina à la porte. « Ouvre, Oz. Police ! »

À l'intérieur, une voix s'écria : « Une seconde, fiston. J'enfile mon pantalon. »

Les deux mains sur le bouton de cuivre, Rouge s'escrima en bandant les muscles. Le métal céda. La porte ne s'ouvrit pas, mais à cause de la serrure uniquement. Le jeune flic prit son élan et se mit à donner des coups de pied dans le panneau du milieu. Lentement, la porte tourna sur ses gonds. Rouge pénétra dans la maison, s'exclamant : « Oz, ta serrure, c'est de la merde. »

Une fois dans le vestibule, ils trouvèrent l'homme habillé de pied en cap au pied de l'escalier. Bouche bée, il vit la pièce se remplir en un éclair de grands types, vêtus de vestes en cuir noir, en uniforme et armés. Oz Almo souriait jaune. « Hé ! les gars. » Ses yeux passaient d'un gendarme à un agent de police municipal, d'un homme à l'autre, tandis qu'ils se déployaient telle une muraille humaine entre lui et la porte d'entrée.

Arnie ne fut pas le seul à remarquer qu'il avait les doigts enduits de suie. Rouge croisa le regard d'un autre flic, Phil Chanel, qui hocha la tête : « J'ai compté cinq cheminées sur le toit. On va toutes les vérifier. »

Quant à Arnie, il passa dans la pièce voisine : tanière encombrée de mobilier de bureau, de trophées de chasse, de pistolets exposés dans des vitrines, de meubles de rangements de dossiers. Il se posta près d'un buffet jusqu'à ce que le fax posé dessus crache le mandat. Retournant alors dans l'autre pièce, il montra la feuille à Oz en même temps que sa plaque d'identité. « Rien que quelques questions, monsieur — pendant que nous attendons. »

Deux flics du village montaient l'escalier, Almo les apostropha : « Hé ! les gars, où allez... », avant de

403

s'interrompre pour demander à Pyle : « Qu'est-ce que cela signifie ? »

Arnie s'installa confortablement sur le vieux bureau à cylindre trônant dans cette pièce dont les tiroirs débordaient d'un invraisemblable bric-à-brac. Dans le premier, il y avait des objets disparates mais du même genre. À l'évidence le bureau fonctionnel était celui de la tanière où Oz classait ses dossiers — ce meuble ancien ne lui servait qu'à mettre ses affaires à l'abri — en cas d'urgence. Arnie sortit un gros livre de comptabilité du dernier tiroir. La couverture constellée de cendres tombées des doigts sales d'Oz en disait long. Aux yeux du suspect, le cahier n'avait rien de compromettant. « Monsieur Almo, je crois comprendre que vous avez quitté le détachement spécial juste après la découverte de la mort de la petite Kendall. »

Oz, qui fit volte-face, découvrit un gendarme à genoux devant la cheminée en train d'introduire une barre de fer dans le conduit. Accroupi à côté de lui, un de ses collègues préconisait : « Allume un feu pour voir si quelque chose l'empêche de prendre. »

Oz leur cria dans le dos : « Bon sang, qu'est-ce que vous cherchez, les gars ? »

Calmement, Pyle répéta d'un ton uni, aimable : « La police de l'État, vous l'avez quittée après la découverte du corps de Susan ? Est-ce exact, monsieur ? »

Oz contemplait le plafond car des flics marchaient pesamment au-dessus de sa tête.

« Monsieur ? insista Arnie. À propos de l'enlèvement de la petite Kendall ?

— Ouais. J'ai démissionné après qu'on l'eut trouvée. » Il regarda l'agent tourner les pages du livre de comptabilité. « Qu'est-ce que vous...

— Donc, après avoir remis l'argent de la rançon ? » La remarque eut l'effet désiré : l'homme fixa des yeux apeurés sur Rouge qu'il supplia : « C'est pour ton vieux que j'ai fait ça. Il m'avait donné sa parole d'honneur...

— Oh ! à propos, continua Pyle. Il n'y a aucune allusion à la rançon dans le rapport de police ni, comme de juste, à votre rôle. Vous avez réussi à persuader Bradly Kendall que si vous ne faisiez pas cavalier seul, vous ne retrouveriez pas sa fille vivante. Après quoi, vous lui avez raconté que votre émetteur était tombé en panne. Est-ce un compte rendu fidèle de ce qui s'est passé ?

— Oui, oui. Ces foutus émetteurs vous lâchent une fois sur deux ! J'ai perdu la trace du salopard. » Oz suivait des yeux la fouille d'un de ses placards. « Allons bon, à quoi ça rime ?

— Oh ! des petits détails à régler. » Arnie tomba sur une page du livre de comptes qui lui plut beaucoup, et, d'un sourire, il fit comprendre à Rouge qu'il y avait de quoi justifier le mandat : une flopée de chiffres correspondant aux renseignements de Rouge sur l'historique financier d'Oz, écrits de la main de ce dernier. « J'ai appris que le détachement n'a pas fouillé toutes les pièces de cette maison. » Arnie s'adressa à un gendarme debout à la porte : « C'est vrai, Donaldson ?

— Oui, monsieur », répondit l'officier, dont le collègue, plus âgé, ayant plus d'expérience — enfin un peu —, confirma : « On n'a regardé que quelques pièces, monsieur. »

On aurait dit qu'Oz retenait son souffle tandis que son visage se perlait de sueur. Se balançant d'un pied sur l'autre, il émettait des aveux en morse en quelque sorte. Des journaux crépitaient dans la cheminée, il virevolta pour les regarder se consumer. « Je ne voulais pas faire perdre du temps au contingent. Il avait du pain sur la planche. Deux gosses avaient disparu. Le temps était... »

Rouge se tenait à côté de l'officier Donaldson : « Oz

a-t-il fait quelque chose de louche pour vous détourner de vos recherches ? »

Les deux hommes branlèrent du chef. « Il nous a mis des bâtons dans les roues, affirma Donaldson. Ensuite, il y a eu un appel radio et on a dû filer.

— N'empêche qu'on est revenus, s'empressa d'ajouter son collègue. Il a recommencé ses conneries. On l'a consigné sur nos tablettes — sans jamais y signaler que la perquisition était achevée. Un connard d'inspecteur a fini par la rayer de la liste, sous le prétexte qu'on avait perdu un temps précieux avec la deuxième virée. Qu'est-ce qu'on avait dans la tête ? qu'il nous a demandé. »

Le livre de comptabilité ouvert à la main, Arnie Pyle se leva et s'approcha d'Oz Almo. Il ne souriait plus.

Oz regarda son livre : « Vous n'avez pas le droit d'y fourrer votre nez. Je connais la loi. »

Affectant un air perplexe, Arnie Pyle jeta un coup d'œil sur le tiroir ouvert derrière lui. « Alors, vous n'avez pas lu le mandat ? Vous pensez aux restrictions dans le cas d'une perquisition par quartier. Le commissaire Costello a estimé obtenir un accord signé plus aisément en acceptant que les flics ne puissent jeter un œil aux sous-vêtements ni au courrier des gens. » Arnie brandit le grand livre, mettant l'homme au supplice. « Mais ce mandat me donne le droit de fouiner dans des coins inaccessibles à un gosse. Il n'y a pas de limites à la perquisition. On cherche des preuves de malversation. »

Oz posa les yeux sur Rouge : « Et toi, t'es avec eux ? Après tout le mal que je me suis donné pour ta famille, tu t'en prends à moi ? »

Faisant courir son doigt le long d'une colonne de chiffres, Arnie fixa Almo : « Je sais à quoi correspondent les virements bancaires d'autres États. Mais quelle explication avez-vous pour les sommes en argent liquide et la lettre *D* écrite à la suite de chaque montant ? »

L'un des policiers à genoux devant la cheminée fit observer :

« Elle tire bien, cette cheminée, Rouge. Il n'y a rien dans le conduit. » Comme les deux hommes s'apprêtaient à franchir la porte, un flic du village, le visage dégoûtant, descendit l'escalier au pas de charge. « Ça y est ! Je l'ai ! »

Quand le policier ouvrit la valise enrobée de suie, une cascade de liasses de billets, de coupures éparses se répandit sur le tapis.

« Il l'avait planquée dans le tuyau d'une cheminée. Y en a encore deux comme celle-là ! » Les yeux du jeune policier étincelaient dans son visage — masque gris foncé de raton laveur. Hors de lui, il palpitait, ivre d'une excitation que tous partageaient. Ce qui n'échappa pas à Oz Almo, terrassé par ce flot d'adrénaline dont la pièce exsudait. Si certains fixaient les billets, d'autres dévoraient Oz des yeux comme un quartier de viande fraîche — leur futur repas. Ils s'attroupaient autour du suspect, le frôlaient ; Arnie se demanda si Oz entendait les muscles se bander sous le cuir des vestes.

Arnie prit une loupe sur le bureau à cylindre, avant de s'agenouiller sur le tapis à côté de la valise. S'emparant d'une coupure, il mit du temps à la comparer à celle que Rouge lui avait donnée, faisant semblant de chercher à assortir les traits d'impression. Bien sûr, il faudrait qu'un expert fasse la vérification au regard d'un billet authentique. N'empêche qu'il s'agissait sûrement de la rançon, non ? Il hocha la tête : « Ça colle. »

Rouge fit signe aux gendarmes qui encadraient Oz : « Tu es en état d'arrestation. »

Les gendarmes tordirent les bras de l'homme derrière son dos afin de lui passer les menottes.

« Tu es accusé de complicité dans l'enlèvement et l'assassinat de Susan Kendall.

— Hé ! Rouge, t'oublies les malversations », lança Arnie, les yeux fixés sur le prisonnier qui se tortillait. « À ce qu'il me semble, on peut trouver d'autres chefs d'inculpation — tout un tas. À moins que le suspect n'accepte de collaborer avec le gouvernement fédéral, bien entendu. Alors, monsieur Almo, on joue ? »

Mortimer Cray se tenait sur le seuil de sa serre. Il trouvait la paix dans la verrière palpitante de vie. C'était son église.

Grâces soient rendues à Dodd ! En l'absence de son patron, le valet avait remis les jeunes arbres fruitiers dans leur pot et sauvé les plus précieuses orchidées. L'attention émut Mortimer, d'autant que le jardinage ne comptait pas au nombre des attributions du domestique.

L'effet des calmants se dissipait. Le comprimé supplémentaire qu'il avait avalé sous les yeux de William, Mortimer l'avait recraché dès le départ du docteur. Trop lucide à présent, il embrassa du regard les rangées de tables jonchées de terreau, de plantes saccagées impossibles à récupérer et d'autres susceptibles d'être sauvées. Le psychiatre enfilait ses gants de jardinage, lorsque Dodd entra, un téléphone à la main.

Mortimer fit un geste de refus. « Je n'ai le droit de parler à personne. Mon avocat dit...

— Mademoiselle Ali appelle depuis des heures, monsieur, l'interrompit Dodd, faisant une exceptionnelle entorse à l'étiquette. Le docteur Penny m'a interdit de vous déranger. Alors, j'ai promis à votre nièce que vous la rappelleriez dès son départ. » Dodd lui tendit à nouveau le téléphone. « Monsieur, je vous en prie. »

Compte tenu du sang-froid, de la réserve habituels du valet de chambre, son insistance exprimait une indéniable émotion. « Bien sûr. » Mortimer jeta ses

408

gants sur la table. Une fois que Dodd eut composé le numéro pour lui, il accepta le combiné et attendit que le préposé lui passe la ligne. Incarnation de la discrétion, son domestique quitta la pièce.

Le psychiatre, qui s'était rarement interrogé sur Dodd, son incomparable valet de chambre — automate dénué d'humeurs ou de sentiments, du moins à ses yeux —, perçut que la situation désespérée des petites filles le bouleversait autant que tout un chacun.

Ali était en ligne.

« Dodd m'a demandé de...

— Oncle Mortimer, comment vas-tu ?

— Il me semble qu'on pourrait s'épargner ces simagrées, Ali. Je suis au courant de tes manœuvres : tu as manigancé la consultation sur les truffes, n'est-ce pas ? Depuis le début, tu cherches à m'impliquer dans cette affaire, à augmenter la pression. Tu as très bien réussi ton coup, ma petite.

— Oncle Mortimer, reprit Ali d'une voix brisée de larmes. Je t'en supplie, où est cette petite fille ?

— C'est Noël, Ali. Elle est morte depuis le début de la matinée. Le scénario, tu l'as établi toi-même, et très...

— On a trouvé des vêtements de Sadie Green sur le lieu d'un accident ce matin. Bizarre, non ? Durant toutes ces années, il ne s'est jamais intéressé aux affaires de l'enfant servant d'appât. Son obsession tournait exclusivement autour de la petite princesse — sa principale cible. Gwen Hubble est toujours vivante, et tu le sais.

— Ali, tu extrapoles.

— Tu as demandé à Costello si l'on avait mis la main sur quelque chose appartenant à Gwen. Dans l'ensemble des cas que j'ai reconstitués depuis qu'il n'abandonne plus les cadavres sur la route, il continuait à laisser un habit de l'enfant décédée afin que la police ou les parents la trouvent le matin de Noël.

Il a mis en scène l'accident pour qu'on découvre les petites chaussettes mauves ce matin — preuve de la mort de Sadie, non de celle de Gwen. C'est une entorse au scénario. Il s'est passé quelque chose. Il n'a pas encore assassiné Gwen Hubble.

— Ali, tu n'en as pas parlé à la police, n'est-ce pas ? Costello n'a pas bronché quand je...

— Des vêtements ? Non. Les flics passent leur temps à se faire des cachotteries. Il m'est venu à l'esprit que le coupable était peut-être l'un d'eux. Je me trompe ? Vas-tu me dire au moins ça ? »

Silence. Il ne comptait ni ouvrir la bouche ni raccrocher.

« Oncle Mortimer, tu es trop impliqué. Ne te rends-tu pas compte du rôle que tu joues ? Essaie de comprendre la faille dans le schéma habituel. Pourquoi, à un moment, il ne lui a plus été indispensable que les parents découvrent le corps le matin de Noël ?

— Sur ce point, ta thèse m'a paru correcte. Il avait peur du risque, une conscience accrue de ce que les cadavres révéleraient à la police lors de l'autopsie.

— J'avais tort. Il n'en éprouve plus le besoin. Réfléchis-y, oncle Mortimer. Durant toutes ces années de thérapie, il puisait en toi absolument tout ce qui lui était nécessaire. Tu as abreuvé ce sadique pendant des lustres. Il a dû prendre un plaisir inouï à te remettre ces petites babioles ! »

Puis, croyant peut-être que son oncle allait protester, nier sa complicité avec le meurtrier, Ali se tut. Comme Mortimer ne disait mot, elle poursuivit : « Les réactions des parents, le spectacle des mères en larmes à la télé ne lui ont fait ni chaud ni froid. Avec toi sous la main — en chair et en os —, la gratification est instantanée. »

Voilà que sa voix se cassait, devenait inintelligible : Ali pleurait. Un long silence succéda. Ali dut se ressaisir, car elle lui assena son dernier coup avec un certain calme. « Bon, une dernière question. Est-il devenu ton patient après la mort de Susan Kendall, ou la petite fille vivait-elle encore lorsqu'il te faisait ses confidences ? »

La jeune femme, qui n'attendit pas la réaction de son oncle, ne reposa cependant pas le combiné avec la violence qu'il escomptait. Le déclic d'un téléphone coupé eût-il exprimé la profondeur du désespoir que Mortimer n'aurait pas eu de mal à percevoir l'état d'âme de sa nièce.

Au seuil de la pièce plongée dans la pénombre, Marge hésita. On avait éteint les plafonniers. Il ne restait qu'Ali Cray, dont la silhouette se détachait sur l'auréole lumineuse que projetait la lampe de bureau. Flics, agents, inspecteurs, tout le monde avait déserté le commissariat. De même que les gendarmes. Malgré le peu d'espoir d'aboutir, ils s'étaient tous lancés à la recherche des petites filles.

Marge comprenait.

Il était impossible à ces hommes et à ces femmes de rester à se tourner les pouces, les yeux rivés sur l'horloge, guettant la fin de ce jour de Noël qui se conjuguait dans leur esprit avec celle des enfants. Alors, ils roulaient à toute allure en ce moment. Elle se représenta l'escouade de flics sur la route, en quête d'espérance, voulant encore y croire. Ceux qui avaient renoncé, comme Costello, devaient verser bien des larmes dans l'intimité de leur voiture.

Et il y avait Ali Cray.

La jeune femme ne tenait probablement pas à passer une seconde de ce jour férié avec son oncle. Ali n'avait nulle part où aller.

« Viens chez moi, mon chou, proposa Marge. J'ai une dinde toute prête — il suffit de la réchauffer —, avec presque ce qu'il faut comme garniture. On n'aura qu'à s'arrêter à l'épicerie en chemin. »

Ali secoua la tête. Elle envoya valdinguer ses chaussures à talons et se pelotonna, bras serrés autour

411

d'elle, jambes repliées, posant ses pieds nus sur le coussin du fauteuil à la manière d'une gosse mal élevée. Puis, d'un geste rageur, elle balaya de sa main la pagaille de dossiers qui atterrit sur le sol.

La photo en couleurs sur papier glacé d'une petite fille gisait aux pieds de Marge qui n'eut besoin de personne pour reconnaître la sœur de Rouge Kendall. La ressemblance était troublante. Hormis les cheveux longs, il aurait pu s'agir d'un vieux cliché du jumeau rescapé.

Il faisait froid. Marge boutonna son manteau, s'apprêtant à laisser Ali Cray en paix — du moins l'espérait-elle. Car, la tête enfouie dans ses bras sur le bureau, la jeune femme avait les yeux qui se fermaient.

En sortant, Marge s'arrêta près du bureau que le chef Croft avait provisoirement récupéré pour mettre à jour le travail administratif du commissariat. Un téléphone à l'oreille, il appelait à cor et à cri le policier Billy Poor tout en cochant une liste sur son bloc-notes.

Quant aux vœux, Marge décida de s'abstenir. Elle n'était pas d'humeur à les souhaiter en ce réveillon de Noël solitaire, le premier depuis des années.

Elle vit Billy Poor se préciper hors des toilettes. C'est tout juste s'il avait fini de boucler la ceinture de son pantalon quand il se présenta devant Croft.

« Hé ! Billy, brailla le chef comme si le jeune flic était toujours aux toilettes. Personne n'a encore eu un entretien avec la famille de cette vieille dame ? J'ai une note ici... » Charlie Croft rapprocha la feuille de papier de ses yeux de myope. « Oh ! merde. C'est une note de Buddy Sorrel qui doit traîner depuis...

— De quelle vieille femme vous parlez, chef ?

— Tu sais, la *morte* qui habitait au bord du lac.

— Oh ! la dame aux *champignons*.

— Une minute ! » Marge fit volte-face et revint vers le jeune homme sanglé dans son uniforme bleu.

« Joyeux Noël, madame. » Poliment, Billy Poor souleva son chapeau.

« Joyeux Noël, mon cul ! fit-elle, posant brusquement son sac sur le bureau. Alors, cette dame aux champignons ? »

11

La fièvre l'aspirait. Gwen sombrait dans les eaux
fuligineuses d'une rivière au cours lent où elle flottait, dérivant entre le soleil et la lune. Sur une plage
de sable noir, une petite silhouette opalescente courait en l'appelant d'une voix à peine audible. Gwen
regarda la face du soleil — l'ampoule de la torche.
Sadie recommença à la secouer : « Ne t'endors pas.
   — Un titre de film ?
   — Si ça l'est pas, ça devrait. » Sadie l'obligea à
s'asseoir. « Allez, debout. À son arrivée, il faut qu'on
soit près de la porte.
   — Ce n'est pas la peine. Je ne peux plus marcher. »
La blessure transperçait Gwen de petits messages
envoyés par ses terminaisons nerveuses. Elle ne pleurait pas, au demeurant, car une sorte de lien se for-
geait entre la douleur et l'enfant. « C'était une bonne
idée, Sadie. C'était. Mais je ne réussirai jamais à aller
jusqu'à la porte. D'ailleurs, tu le sais.
   — Je vais te porter. On y arrivera.
   — *Toi,* oui. Toute seule.
   — Ça ne marchera que si je laisse la porte se refermer derrière moi. Il n'y a pas d'autre moyen de
vaincre un pistolet et des grandes guiboles.
   — Alors, prends la parka et file. Fonce, va chercher du secours.
   — En t'abandonnant ici, enfermée avec *lui* ? Jamais.

Allez, lève-toi, en route. Sinon, tu signes notre arrêt de mort.

— De toute façon, je suis en train de mourir, Sadie.

— Il n'en est pas question. Je ne le permettrai pas. »

Cette question de vie ou de mort dépassait sûrement les ressources de Sadie et de son arsenal de tours. La blessure de Gwen empestait, la boursouflure débordait la gaze blanche du pansement. Gwen s'efforça de bouger la jambe. En vain. Elle s'était ankylosée durant son sommeil. Des frissons remplacèrent la fièvre. Transie jusqu'à la moelle, la petite fille grelottait. La conscience accrue de son corps la ramenait, inexorablement, à l'image de la fosse, de la tombe. « Ne m'enterre pas. Même si tu me crois morte, il est possible que je ne sois qu'endormie, et alors...

— Comme Guy Carrel dans *L'Enterré vivant*.

— Ray Milland, 1962. Sadie, je ne le supporterais pas.

— Ou Lady Madeline dans *La Chute de la Maison Usher*.

— Marguerite Abel-Gance, 1928. Tu ne m'enterreras pas, c'est promis ?

— Oui. Mais je ne...

— Je voudrais que tu ailles me chercher quelque chose. » Gwen avait toute sa tête à présent. Apparemment, Joan Crawford, la manieuse de haches, n'avait pas tort de voir un rapport entre idées claires et frissons. « Il y a un flacon dans la pièce blanche.

— Tu veux un autre comprimé ?

— Non. Une poudre verte dans le placard du haut. » D'une main faible, elle serra le bras de Sadie : « Si j'avais réussi à sauter au bout de la corde de draps, à l'heure qu'il est, on serait chez nous, toutes les deux. Tu le sais, n'est-ce pas ?

— Bien sûr que non ! Tu te serais rompu le cou. Et moi, je croupirais toute seule ici. » Sadie étreignit son amie. « T'as très mal. Je vais te chercher un comprimé. » Elle se leva pour gagner la pièce blanche.

Gwen la rappela : « Non ! Pas de médicaments. Je ne veux que le bocal de poudre verte. »

Sadie s'éloigna des arbres tout en donnant des coups de pied aux feuilles mortes qui surgissaient sous le pinceau de la torche. Dès que la petite fille, parvenue au bout de l'allée des champignons, fut entrée dans la pièce blanche d'où elle ne la voyait ni ne l'entendait, Gwen murmura : « J'aurais *pu* faire ce saut, Sadie. Je regrette, je regrette tellement. Mais je sais quoi faire maintenant. »

Un sourire aimable aux lèvres, le chef Croft traversa sans hâte la grande pièce, avant de tirer une chaise à côté du bureau d'Ali. « Je crois comprendre que les champignons vous intéressent.

— Les truffes également — de première qualité. »

Les mains posées sur les épaules d'un jeune homme en uniforme, Marge Jonas se tenait devant la porte. « Voici Billy Poor. » Après l'avoir poussé pour qu'il la précède, elle passa devant les pupitres et les sièges vides d'un air majestueux. « Assieds-toi, mon grand. » Docile, il prit place devant le bureau. « Billy est tout nouveau », fit observer Marge.

Ali sourit. En effet, le jeune policier, l'air tout frais émoulu de l'école, avait les bonnes joues rouges d'un garçon qui venait de s'amuser dans la neige. Il était facile de deviner à son regard pur et innocent que Billy Poor ne s'était jamais aventuré à plus de cent kilomètres de chez lui.

Du ton qu'elle aurait pris pour tancer un chiot, Marge lui lança : « Allez, Billy, parle au docteur Cray de la dame aux champignons.

— C'étaient pas des vrais, madame. » Le jeune policier ôta son couvre-chef pour s'adresser à Ali. « Il n'y avait que des tas de dessins et des livres — des étagères croulant sous les bibelots —, ce genre de trucs. Même l'horloge de la cuisine avait la forme d'un champignon.

— Commence par le début, Billy, le reprit Marge.

— Alors on en a pour la journée », s'exclama le chef Croft. Il sortit un calepin de sa poche dont il parcourut la première page. « La vieille dame est décédée d'une mort naturelle. On a fouillé sa maison pour s'assurer que rien ne manquait. Et Howard Chainy — le médecin légiste — se faisait un sacré mouron. Passez-moi l'expression, madame. Il croyait que la femme de ménage avait mis les voiles en embarquant des objets de valeur de la vieille dame, et qu'elle n'avait pas signalé le décès à cause de ça. » Fermant son carnet, il indiqua d'un geste : *Rien de plus.*

Ali se demanda où tout cela la menait. La truffe trouvée dans la veste de l'enfant ne correspondait pas à la bizarre collection de champignons de la vieille dame. « Vous êtes passé dans toutes les pièces ?

— L'une après l'autre — de la cave au grenier.

— Le sous-sol était-il en terre battue ? » Ali posa la question pour la forme. Ayant perdu le fil des recherches en matière de fungus exotiques, elle venait de se rappeler que ces champignons se développaient non seulement sous terre mais sur des racines de chêne.

« Un sol en terre battue ? » Le chef Croft consulta derechef son carnet. « Un instant, madame. » Après avoir feuilleté plusieurs pages, il leva les yeux sur elle. « Moi, je me suis occupé du dernier étage. Billy, ici présent, et Phil Chapel ont passé le rez-de-chaussée ainsi que le sous-sol au peigne fin. » Il se tourna vers sa plus jeune recrue : « Lequel de vous deux a fouillé le sous-sol ?

— Moi, monsieur. Le sol était en ciment, j'en suis certain. Il n'y avait qu'une petite buanderie. Je me souviens de la machine à laver et du sèche-linge. »

Pivotant sur son siège, Charlie Croft se retrouva face au jeune homme. « Rien d'autre ? Sûrement que si.

— Une chaudière. Une grande. En fait, il n'y avait pas de place pour des caisses ou des choses de ce genre. On était vraiment à l'étroit là-dedans. »

Frôlant l'oreille de Billy, Marge lui susurra à la manière d'un souffleur de théâtre : « Alors, la maison est vraiment petite ?

— Non, madame, au contraire. Elle a bien quinze pièces. »

Le chef Croft opinait du bonnet. « Cette maudite baraque est tentaculaire. Et tu prétends que le sous-sol est un mouchoir de poche ? » lança-t-il à l'adresse de Billy.

Les deux hommes se dévisagèrent longuement ; Charlie Croft finit par lâcher un *merde* retentissant.

« Je vous parle de ce que j'ai vu », déclara Billy, se tassant sur son siège. C'est alors qu'il remarqua l'assiette de frites froides posée au coin du bureau d'Ali. « Vous allez les finir, madame ?

— Servez-vous, Billy. » Ali poussa l'assiette vers lui. « Vous vous rappelez avoir vu une porte dans ce sous-sol ?

— Non, madame.

— T'en as cherché une ? demanda Charlie Croft.

— Non, monsieur. On faisait que vérifier s'il n'y avait pas eu un cambriolage. » Ayant fait un sort aux frites, Billy se mit à lorgner une boîte de beignets. « À mon avis, il n'y avait rien d'intéressant à voler.

— Ne t'en fais pas, mon petit. » Marge passa la main dans les cheveux de Billy, qui, tout en humant un beignet, faisait main basse sur celui d'à côté. Elle tendit à Ali la liste des perquisitions auxquelles on avait procédé dans le secteur du lac. « L'un des enquêteurs a rayé la maison de la vieille dame.

— Ben, on l'avait fouillée, non ? » Billy avait englouti les deux beignets au sucre à une vitesse hallucinante. Il en restait un dans la boîte — pour l'instant.

Charlie regarda Ali : « C'est de ma faute. » Il se tourna vers le jeune agent de police. « Tu peux t'en aller maintenant, Billy. On va se dépatouiller. »

La bouche pleine du dernier beignet, le policier était presque arrivé à la porte lorsque Marge l'interpella : « Billy ? T'as inspecté le réfrigérateur de la vieille dame, hein ?

— Pour sûr, madame.

— Je m'en doutais ; on se demande bien pourquoi... s'exclama Marge avec un grand sourire.

— Bravo, fit Ali. Alors, Billy, il n'y avait pas de champignons ni quoi que ce soit de bizarre, hein ?

— Non, madame, rien du tout. Il était vide. À mon avis, la vieille dame s'apprêtait à partir en voyage. »

Après le départ de Billy Poor, Charlie se carra dans son siège, les yeux au ciel. « Marge, si tu me promets de ne pas raconter ce cafouillage à Costello, je vais passer vérifier cette histoire de sous-sol.

— Faites-moi confiance. » Marge lui serra le bras, lui assurant ainsi qu'elle était fidèle à celui qui signait ses chèques, non au chef du campement provisoire de la police d'État.

« Voyez-vous une objection à ce que je vous accompagne ? » demanda Ali. Mieux valait agir ce soir, fût-ce en tournant en rond.

« Au contraire. Enchanté de votre compagnie. » Charlie s'était remis à feuilleter son calepin. « J'ai l'impression qu'il y avait encore autre chose d'étrange dans cette baraque, mais j'ai un trou de mémoire à ce sujet. »

Dommage que l'avocat d'Oz Almo ait regardé à la dépense en matière de postiche ! On aurait dit que le toupet brun couronnant ses tempes grisonnantes s'y était juché de lui-même. Le juriste l'avait-il baptisé

419

et doté d'un collier antipuces ? s'interrogeait Arnie Pyle.

Calé dans son fauteuil, Arnie alluma une cigarette malgré l'absence de cendrier. L'avocat d'Almo eut aussitôt le réflexe d'écarter du bras une fumée encore à mille lieues de lui : son premier geste depuis qu'ils avaient poliment entamé les négociations. Il se tenait obstinément de profil, et son œil rond au regard fixe fascinait l'agent du FBI.

Arnie tira une interminable bouffée — il s'agissait d'obtenir une énorme cendre, avant de sourire à l'avocat qu'il avait affublé d'un sobriquet : Œil de poisson.

« Selon ces livres de comptabilité... » Il s'interrompit pour en ouvrir un, bien épais. « Oz a de nombreux bailleurs de fonds différents, et seulement deux clients officiels. Intéressant, non ? Certains relevés font état de virements de banques d'autres États. Enfin, celui qui retient surtout mon attention semble provenir d'un homme de la région. Après la mention de chacun de ses versements, il y a la lettre *D*. Il s'agit toujours de la même somme, tous les mois, dont j'ai retrouvé la trace sur une période d'au moins dix ans. »

Il referma le livre avec un claquement sonore. Œil de poisson sursauta. Le sourire d'Arnie s'agrandit. Un avocat qui perdait son sang-froid, c'était bon signe. « On dirait que votre client fait du chantage.

— Vous n'en avez pas la preuve.

— Je n'ai pas interrogé les pigeons, si c'est là votre question. Du reste, maître, vous ne le souhaitez pas. Car, dans ce cas, je devrais faire un rapport. Vous croyez que je me fais mousser ? » Conciliant, Arnie haussa les épaules. « Bon, je vais vous donner un nom : Rita Anderson. »

L'avocat se tourna vers son client, assis au bord du canapé, menottes aux mains derrière son dos. À son expression, il comprit que la menace était sérieuse.

Rouge avait vu juste à propos des gains excessifs de la femme de ménage.

« On a de quoi inculper votre client pour chantage — entre autres », fit Arnie, posant le pied sur la valise couverte de suie.

L'allusion n'échappa pas à Œil de poisson. Pourtant, l'accusation de complicité dans le meurtre de Susan Kendall qui pesait aussi sur les épaules de son client ne paraissait pas l'inquiéter outre mesure. Quant aux deux petites filles en danger de mort en ce moment même, l'avocat, au courant, n'en avait apparemment cure. Il restait de marbre. À l'évidence, la mère d'Œil de poisson avait déposé ses œufs dans une mare gelée.

« La rançon, c'est de l'histoire ancienne, Pyle. À moins que vous ayez plus de...

— Voyons si je devine où vous voulez en venir. La prescription ? Elle commence le jour de la découverte, c'est-à-dire aujourd'hui.

— Non. J'allais évoquer l'homme condamné pour le meurtre de Susan Kendall — un détail.

— Bien sûr. Il semble néanmoins que le prêtre n'ait pas agi seul. On a pincé Oz pour complicité. » D'un air distrait, Arnie caressa la couverture du livre de comptabilité. « Moi, ce qui m'intéresse, c'est l'argent liquide versé par un mec du coin. »

L'avocat jeta un coup d'œil à la cendre, de plus en plus importante, de la cigarette d'Arnie. « M. Almo sera ravi d'aider la police dans l'enquête actuelle, sous certaines conditions. » Œil de poisson eut le toussotement discret du non-fumeur signalant qu'il fallait vraiment l'éteindre, cette cigarette.

Arnie secoua la tête. « Désolé, mon pote. Je peux vous appeler comme ça ? Non ? Eh bien, maître, Oz a intérêt à ce que les petites filles ne meurent pas pendant que vous me faites perdre mon temps. » Arnie tira une autre bouffée. La cendre menaça le bras du fauteuil, le tapis, et — comble du bonheur — l'ourlet du manteau en cachemire de l'avocat. « Avec ces virements entre États, le FBI a ce qu'il faut pour l'inculper de malversations. D'autre part, l'argent de la rançon donne le droit à la police de l'État de l'accuser d'avoir dissimulé un enlèvement et un meurtre — de quoi croupir en taule, même s'il échappe au verdict de meurtre au premier degré. En avouant que la demande de rançon est de sa main, il réduirait sa peine. »

Coupant l'herbe sous le pied à Œil de poisson qui avait une objection sur le bout de la langue, Arnie ajouta : « Ce matin, on a trouvé le cadavre d'un certain Sorrel, un inspecteur de la PJ. Sans doute est-ce lié à notre affaire. Fédéraux, police de l'État — ils sont tous à cran. »

L'avocat tendit à l'agent une coupe à cacahuètes en guise de cendrier. Arnie feignit de ne pas la voir ; elle resta en suspens entre eux. L'avocat laissa errer son œil de borgne, dilaté, sur les flics qui dansaient d'un pied sur l'autre, se contractaient et électrifiaient l'atmosphère.

La cendre finit par atterrir dans la coupe qu'Œil de poisson tenait toujours à la main.

« Je vais conseiller à mon client de collaborer.

— Voilà une recommandation avisée, maître.

— Mais je ne peux pas le pousser à se compromettre. » Avec une grimace de dégoût, Œil de poisson posa la coupe sur la table. « Vu l'état actuel des choses, je crois qu'en l'échange de son entière collaboration, il serait raisonnable de lui accorder une immunité de poursuites fédérales.

— Vous profitez du fait qu'il ne reste pas beaucoup de temps à vivre à ces deux petites filles. Marché conclu. Le gouvernement fédéral n'engagera pas de poursuites.

— Je suis content de voir que nous sommes d'accord là-dessus, monsieur Pyle. Il me faut néanmoins parler à l'un de vos supérieurs, quelqu'un d'*habilité* à conclure un marché.

— Impossible que les huiles ne me soutiennent pas. Vous connaissez le mode d'emploi, maître, la proposition est valable maintenant. Il y a urgence pour les mômes.

— Et alors ? Il y a le téléphone.

— C'est le jour de Noël. Vous...

— J'ai le téléphone d'un procureur fédéral. » Œil de poisson sortit une carte de visite de son portefeuille, au dos de laquelle figurait un numéro. « Nous jouons au golf ensemble. »

Bien qu'aucun réverbère n'éclairât l'avenue du lac en cette heure tardive, Charlie Croft roulait à vive allure. Les phares faisaient surgir de l'ombre les troncs d'arbres et les branches basses qui balayaient la chaussée.

« Comme je vous l'ai dit, madame, on perd sans doute notre temps.

— Appelez-moi Ali.

— Billy a peut-être raison à propos de la taille de la cave. Si je me souviens bien, on a agrandi la vieille baraque — mais pas en une seule fois. La façade est constituée d'un mur de briques qui se prolonge en un autre en pierre. À l'arrière, on a rajouté une partie en bois. Peut-être que la maison d'origine n'avait qu'une petite cave. En général, sur terrain plat, il y a des soupiraux sous les bâtiments, jamais de caves.

— Ce qui vous échappait tout à l'heure, est-ce que vous l'avez vu aux étages supérieurs ?

— Ma foi, non. Il n'y a pas grand-chose là-haut. On a l'impression que la vieille dame ne s'en servait pas. Aucun des lits des chambres n'était fait. Dans la plupart, il y a des housses. Comme elle a installé sa chambre à coucher dans un petit salon à l'arrière de la maison, j'ai pensé qu'elle voulait faire des économies en condamnant le reste de... Oh, merde ! Ça y est, je me rappelle : ce sont les factures d'eau et d'électricité que j'ai trouvées bizarres. Elles traînaient sur le bureau en désordre où Phil Chapel cherchait un carnet d'adresses. Même pour une baraque de cette taille, celle d'électricité était astronomique.

— Sans doute un chauffage électrique ?

— Non, madame... Ali. Toutes les pièces sont équipées de radiateurs à vapeur. La note d'eau aussi était salée. J'ai déjà vu ça une fois l'été, chez le locataire d'une maison au bord du lac : un hippie à la manque qui y plantait de la marijuana pour la revendre à des gosses du coin. Si la vieille dame n'avait pas habité seule, j'aurais cherché des graines ou regardé s'il n'y avait pas une serre près de sa maison. En temps normal, je l'aurais probablement fait. »

Quittant l'avenue du lac, ils bifurquèrent et s'engagèrent dans une petite route sans panneau de signalisation.

Rouge se tenait à la fenêtre dominant la voie privée. Flics et voitures avaient disparu, hormis Donaldson et son coéquipier qui attendaient que l'avocat ait terminé sa transaction illégale avec le procureur fédéral.

Après avoir raccroché, l'avocat d'Oz se tourna vers l'agent fédéral : « Bon, nous sommes bien d'accord ? Vous renoncez à votre enquête sur les virements bancaires entre États, et le gouvernement fédéral ne poursuivra pas M. Almo. En ce qui concerne les chefs d'accusation de la police locale, mon client fera passer la rançon pour de l'argent trouvé.

— Cela ne faisait pas partie du marché.

— Maintenant si, monsieur Pyle.

— D'accord, qu'on en finisse. » À la périphérie de son champ de vision, Arnie vit Rouge s'avancer vers eux. Manifestement, le jeune flic n'appréciait pas qu'Oz s'en tirât à si bon compte. Arnie lui lança un coup d'œil assorti d'un imperceptible hochement de tête pour lui indiquer qu'en échange de la vie de deux petites filles, la transaction valait son pesant d'or. Tout reposait sur le profil d'un homme du cru qu'avait établi Ali, sur sa certitude de l'innocence du prêtre et de l'implication d'Oz dans l'enlèvement. La piste, mince, du chantage perpétré sur une victime de la région risquait de ne rien donner, mais ils n'avaient pas d'autre marge de manœuvre. Le temps pressait — deux enfants attendaient.

Rouge rejoignit les deux gendarmes en train d'inspecter les sacs et les boîtes remplies de pièces à conviction. Il se mit à chercher des visages connus sur les photos des victimes de chantage. Il y avait comme une course de vitesse entre le jeune flic et l'avocat. Qui découvrirait l'homme le premier ?

S'en rendant soudain compte, Œil de poisson lança à son client : « D'accord, Oz, dis-leur à quoi correspond le *D*.

— À William Penny. Je l'ai fait chanter. C'est un docteur d'ici, un cardiologue. J'ai trouvé...

— Ça suffit, l'interrompit l'avocat, foudroyant Arnie du regard. Je propose qu'on tire le reste des chefs d'accusation au clair. Un coup de fil à...

— Pas si vite », protesta Arnie Pyle, les yeux fixés sur Rouge à qui le nom disait visiblement quelque chose. Bien sûr — il s'agissait du médecin traitant de Mortimer Cray. « On veut savoir à quoi s'en tenir, alors il nous faut des explications. En quoi consistait le chantage ? »

D'un geste, l'avocat imposa silence à son client. « Cela viendra après. Moi, je veux parler au procureur général de l'État. La même immunité pour l'accusation de complicité. J'ai le numéro de son domicile. D'abord, en signe de bonne foi, je suggère qu'on enlève les menottes à mon client. » Il fit signe aux gendarmes — des laquais, à ses yeux.

« Je crains que non », fit Rouge sans s'arrêter de

parafer la feuille attachée à un sac de pièces à conviction.

Œil de poisson parut tenté de réviser son opinion du jeune inspecteur de la PJ, de lui attribuer du pouvoir. Puis il rejeta l'idée.

Arnie se pencha. « Maître, deux petites filles sont en train de mourir.

— Raison de plus pour conclure le marché au plus vite. Je veux l'entendre de la bouche du procureur général. C'est à prendre ou à laisser.

— Pour ma part, je laisserais », déclara Rouge.

Œil de poisson fit face au jeune homme, lequel brandissait un sac en plastique à la lumière. L'avocat toisa Rouge, avant de le tancer comme un gamin ayant interrompu une conversation de grandes personnes. « Vous êtes inspecteur de la police de l'État, n'est-ce pas ? » Œil de poisson n'était manifestement pas impressionné.

Presque en aparté, Arnie susurra : « C'est le frère de Susan Kendall. Sa parole comptera pour le procureur général de la région, vous ne croyez pas ? » La main posée sur la sacoche, l'agent du FBI poursuivit : « Oz était censé acheter la vie de Susan avec ce fric. »

L'avocat eut un geste, comme pour chasser cette idée : « Il vous faut les informations au plus vite, non ?

— Si possible avant la découverte des cadavres des enfants, espèce de... »

S'interposant entre eux, Rouge lança à Arnie Pyle : « J'ai un autre témoin qui serait prêt à témoigner contre ses complices. »

Rouge avait-il Rita Anderson en tête ? En tout cas, Œil de poisson le crut. Il se leva de son fauteuil : « La question mérite d'être approfondie.

— Va te faire foutre. » Rouge lui tourna ensuite le dos, ratant le beau spectacle d'un avocat outragé. « Ce

426

salaud s'en tire avec seulement l'inculpation de mal-versations, c'est bien ça ?

— Oui, à condition qu'il collabore. Or, il s'y refuse, fit observer Arnie.

— Vous avez demandé un nom, monsieur Pyle, fit l'avocat derrière eux, haussant le ton pour la première fois. Il vous l'a donné, comme nous en étions conve-nus.

— Il y a du vrai dans sa remarque, mon vieux. Le procureur a conclu un marché à propos du livre de comptabilité. Sans garantie que cela nous mènerait quelque part.

— Et ça alors ? » Rouge ouvrit le sac de pièces à conviction d'où plusieurs revues carbonisées tom-bèrent sur la table basse. Parmi les feuilles de papier glacé à moitié brûlées, il y avait trois petits carrés de lettres et de mots découpés au ciseau. « Ton labo peut sans doute les comparer à la demande de rançon bidon pour Gwen et Sadie.

— Il y a une nouvelle donne », déclara Arnie sans prêter attention à l'avocat, les yeux fixés sur Oz Almo : « Alors, espèce de sac à merde à l'esprit aussi entreprenant que diversifié ! La prochaine fois que je fourrerai mon nez dans tes comptes, je trouverai les montants de rançon d'autres gosses, c'est ça ? »

Rouge ordonna aux gendarmes : « Embarquez-le », et congédia l'avocat.

Œil de poisson, qui révélait enfin son visage, avait l'air dans ses petits souliers. Ayant sous-estimé le jeune flic, il avait identifié le meneur de jeu trop tard.

Tandis qu'ils gagnaient la porte, Arnie fit le compte des chefs d'inculpation. Oz Almo n'était plus dans la fleur de l'âge, à l'évidence il ne verrait plus jamais le monde extérieur. Lorsque Arnie se glissa sur le siège avant de la Volvo, Rouge, au téléphone, deman-dait le numéro d'un juge de la région qu'il composa avant de mettre le contact. Passant les vitesses d'une main, le combiné dans l'autre, il en était déjà à extorquer deux mandats au juge. « Mais si, monsieur, je sais que c'est Noël... Vous n'avez qu'à appeler le procureur fédéral. C'est lui qui a négocié... Oui, monsieur... Sans problème. J'ai le numéro de son domicile. »

Arnie opina du bonnet. Rouge ne perdait pas de temps pour l'imiter. Quelle bonne idée, le numéro de téléphone personnel du procureur fédéral ! Le juge ne se donnerait sans doute pas le mal de le contacter. Pour un débutant, le gosse mentait rudement bien. N'empêche qu'il y avait un os : toutes les preuves condamnaient Oz Almo. William Penny, lui, n'était qu'un nom sur un livre de comptabilité — rien de concret. Ce jeune flic n'en comptait pas moins l'arrêter.

« Rouge, tu n'as rien contre Penny, rien à dire...

— Je me débrouillerai. » Alors qu'ayant quitté la voie privée, ils roulaient sur l'avenue du lac, Rouge avait déjà donné l'ordre à un détachement de gendarmes de fouiller la résidence du chirurgien.

L'agent du FBI le rappela à nouveau à l'ordre : « Tu n'as pas de présomptions suffisantes pour une perquisition de sa... »

Rouge se contenta de lui jeter un coup d'œil.

« Je sais, tu les auras. » Arnie essayait de se souvenir de sa derrière enquête menée à l'instinct. Certes, sa carrière alimenterait un sacré bûcher de lois enfreintes, de règles violées, de mensonges, mais quel bonheur de sentir la route filer sous les roues d'une voiture lancée à cent cinquante à l'heure ! Pour rien au monde, il ne donnerait un autre conseil susceptible de le priver d'une poursuite aussi exaltante.

« Peut-être qu'il se trouve chez Mortimer Cray, suggéra Arnie. Costello n'a-t-il pas dit que le psy était rentré à la maison sous la garde de son chirurgien ?

— C'est notre destination. J'ai appelé le gendarme qui surveille la maison. En fait, il est parti depuis belle lurette.

— Alors, t'as l'intention de harceler le psy ? Bonne idée. Costello a fait une erreur grossière lors de l'interrogatoire du docteur Cray à l'hôpital en cherchant à jouer les rôles du bon et du vilain flic à lui tout seul. Tandis que nous, on pourrait accélérer les choses avec le vieil homme...

— Mieux encore : on va jouer au vilain flic et au flic infernal. »

Arnie sortit la petite gargouille — cadeau de Becca Green pour qu'il n'oublie pas sa fille — de la poche de son manteau. Malgré le peu de chances de survie de Sadie, il se sentait incapable de renoncer à elle. Il posa son jouet macabre sur le tableau de bord, près du pare-brise. À la lumière que renvoyaient les phares, la petite silhouette sombre sautait et rebondissait sur son arrière-train de caoutchouc à chaque virage. Elle était animée.

Charlie Croft arrêta la voiture de police dans la voie privée de la vieille maison. Il prit le récepteur de radio. Ali prêta l'oreille aux parasites émaillés des propos incompréhensibles du contrôleur.

« Il y a sûrement une ligne à haute tension. La dernière fois que je suis venu ici, c'était pareil », fit observer Charlie Croft. Le récepteur collé à l'oreille, il ponctuait du doigt chaque mot élucidé. « On doit y aller, Ali. On dirait qu'ils l'ont chopé, ce salaud. » À la radio, il demanda : « C'est vrai ? » Puis il s'adressa à Ali : « Ils vont l'arrêter maintenant. » Au bout d'une minute de borborygmes, il interrogea la radio : « Qu'en est-il des gosses... Quoi ?... Répète... Est-ce que c'est... » Il finit par dire à Ali : « Ils ont besoin de renforts.

— Qui est-ce ?

— Je n'ai pas son nom, rien qu'une adresse. Tant que je n'aurai pas débarrassé la ligne de ces foutues interférences, je ne serai pas sûr d'avoir pigé. Je vous dépose en chemin.

— J'aimerais rester ici, Charlie. Je me débrouillerai. » Ali avait encore de l'espoir pour Gwen Hubble, mais elle ne voulait surtout pas être là au moment de la découverte du corps de Sadie. Bien que consciente de son insigne lâcheté, elle n'avait pas le courage de faire face à la douleur de Becca Green. Ali parcourut du regard l'eau opaque du lac. Ce soir, elle n'aspirait qu'à l'obscurité, à la solitude, au silence.

« Je n'ai pas envie de vous laisser toute seule ici, d'autant que ça ne rime plus à grand-chose.

— Donnez-moi les clés. Je ferai attention. » *Je ne peux pas affronter Becca.*

Il hésitait.

« Charlie, qu'est-ce que je risque ? Vos hommes ont attrapé le coupable. Il n'y a pas de place pour deux monstres à Makers Village. » *Et je suis lâche.*

« Gagné, Ali », fit-il avec un sourire. Il se laissait fléchir, ou plutôt il avait hâte de s'associer à la poursuite. « D'accord. Vous trouverez la clé au-dessus de la porte de service. Je l'ai laissée pour les employés du gaz et de l'électricité. Tenez, vous feriez mieux de prendre ça. » Il lui tendit sa torche. « Je ne sais pas si le courant est branché. » Et, désignant le mur illuminé par ses phares, il ajouta : « On dirait vraiment des stères de bois de chauffage. Ma lampe pourrait vous servir au cas où...

— Très bien. Ne vous en faites pas pour moi », le rassura Ali, déjà dehors et en train de fermer la portière.

« Je repasserai vous chercher plus tard. Ça ne devrait pas durer des heures. » Il embraya.

« Prenez votre temps, Charlie. » *Le plus longtemps possible, c'est tout ce que je souhaite.*

« On a sans doute coupé le téléphone. Vous avez un portable ?

— Aucun problème. » Ali sortit l'appareil de son sac pour le lui montrer.

« Marge assure la permanence au commissariat. Appelez-la si...

— Tout ira bien. »

Tandis qu'il faisait demi-tour pour se diriger vers la route nationale, Ali gagna la maison en s'éclairant à l'aide de la torche de Charlie. Elle explora le rebord au-dessus de la porte sans trouver la clé, sans doute embarquée par les employées de la compagnie d'électricité. Ma foi, c'était la cachette de Charlie. La propriétaire risquait d'avoir plus d'imagination pour planquer une clé de rechange.

Alors, mets-toi dans la peau de la vieille femme.

Charlie avait fait allusion aux mains noueuses du cadavre, il fallait donc que l'endroit fût accessible. Ali braqua le faisceau lumineux sur une vasque à oiseaux. Non, elle était trop lourde et difficile à faire basculer. Il y avait une grenouille fixée sur le cercle d'un cadran solaire, de l'autre côté de la porte. N'était la différence de nuance des patines, on aurait cru l'objet d'un seul tenant. Ali pencha la petite grenouille. La clé lui sauta aux yeux.

Elle entra dans la maison par la cuisine, moderne. La porte sculptée encastrée dans le mur du fond avait quelque chose de trop imposant pour cette pièce. À n'en pas douter, elle datait du temps où l'on n'avait pas encore agrandi la demeure à l'extérieur. Ali dirigea la torche sur une rangée de pots en cuivre, et repéra l'horloge en forme de champignon que Billy avait décrite. Au fond, le chef avait peut-être raison — elle perdait son temps.

Il faisait froid dans la maison. À peine eut-elle effleuré l'interrupteur du mur que le plafonnier inonda la cuisine d'une lumière jaune, chaleureuse. Il n'y avait que la chaudière d'éteinte. Ali trouva étrange qu'on ne puisse accéder à la cave de la cuisine. Certes, dans ce conglomérat d'éléments rajoutés, rien ne pouvait être à sa place. La pièce suivante était une salle à manger — le salon autrefois.

Fourrant la torche dans sa poche, Ali alluma les lampes de toutes les pièces qu'elle traversa. Dans cha-

431

cune, étagères et tables croulaient sous les collections de champignons en céramique tandis que des peintures de ces mêmes végétaux tapissaient les murs. En revanche, il n'y avait pas l'ombre de véritables fungus ni de truffes. La jeune femme ouvrit une porte donnant sur une étroite cage d'escalier.

La lampe au-dessus de sa tête ne s'éclaira pas quand Ali appuya sur le bouton. Torche à nouveau à la main, elle descendit les marches, puis franchit la porte de la cave, y trouvant bien la machine à laver et le sèche-linge. D'autre part, comme l'avait fait remarquer Billy, l'énorme chaudière prenait toute la place du réduit. À peine eut-elle fait quelques pas dans la pièce qu'elle frôla le métal froid des appareils tandis qu'elle braquait la torche sur un interstice entre la chaudière et les murs d'angle.

Une porte basse, entrebâillée, apparut. Rien de surprenant qu'elle ait échappé à Billy. Sans doute était-elle visible aussi bien qu'accessible à l'époque où la maison avait une chaudière d'une taille normale.

À la lumière de sa lampe de poche, Ali examina les poignées. Au-dessus du loquet, un bouton les coinçait à chaque fois que la porte se refermait. L'ayant débloqué, la jeune femme se retrouva en face d'un autre escalier.

Une deuxième cave ? Ali effleura un interrupteur, mais l'ampoule fixée au mur ne s'alluma pas non plus. Faisant volte-face, elle balaya les murs de la buanderie du pinceau lumineux, en quête de la boîte à fusibles.

Voilà que les vivants hantaient Mortimer Cray autant que les morts. Il évita de regarder le visage d'Arnie Pyle qui en témoignait. Car il y voyait les yeux glaçants, terrifiants du prêtre.

Dans sa chambre d'hôpital, il avait mis cette hallucination sur le compte des médicaments qu'il ne prenait plus ainsi que d'un excès d'angoisse. Mais comment expliquer leur présence ici, en ce moment même ? Il ne s'y risquerait pas. À quoi bon ? L'énigme prouvait que la raison n'était plus de saison. Sous peu, flammes et fumée jailliraient d'une fissure de l'écorce terrestre sans provoquer de surprise en lui.

À travers la paroi de verre, le psychiatre apercevait les hommes en uniforme en train de piétiner les plantes et les buissons de son jardin. Parmi le groupe de gendarmes et de policiers, figurait un autre revenant — le seul qui fût immobile. Dieu qu'il ressemblait à sa sœur ! Rouge ouvrit son portable dont il tira l'antenne.

L'instant d'après, Dodd surgit à la droite de Mortimer en apportant un téléphone sans fil : « Un patient, monsieur. Il dit que c'est urgent. »

Le psychiatre s'adressa à l'homme du FBI, sans lever les yeux sur lui : « Monsieur Pyle, peut-être est-ce grave. Vous n'y voyez pas d'objection ?

— À condition d'être bref et de ne pas lui promettre de visite chez lui. » L'agent s'éloigna au fond de la pièce pour observer le carnage d'une nouvelle rangée d'orchidées.

Mortimer se plaqua le combiné sur l'oreille. « Oui, qui est à l'appareil s'il vous plaît ?

— Approchez-vous de la vitre, docteur », articula une voix familière.

Mortimer s'exécuta et regarda par les carreaux.

« Sur votre gauche. »

Le psychiatre, qui se tourna, aperçut le jeune homme en train de lui parler de son portable dans le jardin.

« Bien, maintenant je vois votre visage. Nous sommes sur un pied d'intimité. »

Revenant sur ses pas, l'homme du FBI assena : « Coupez-lui la parole, toubib. C'est moi qui ai la priorité.

— J'ai entendu, chuchota Rouge. Ne l'écoutez pas,

433

il ne cherche qu'à vous désorienter. Vous n'êtes pas tenu de parler hors de la présence de votre avocat. »

Du coup, Mortimer s'insurgea. « Je dois prendre ce coup de fil, et j'exerce mon droit de garder le silence. »

Pyle, l'obligeant à se retourner, le plaqua contre le mur. « Je n'ai pas le temps de respecter vos droits, toubib. Deux petites filles sont à l'agonie — je suis aux pièces. »

D'une voix impersonnelle, Rouge proféra : « Vous avez tout le temps que vous voulez, docteur Cray.

— On a épinglé votre patient, reprit Pyle, reculant d'un pas. Il est bavard comme une pie.

— Pyle ment, affirma Rouge, d'un ton méprisant. Le FBI n'a rien de concret ; le docteur Penny n'est pas en état d'arrestation. Agents fédéraux, flics — autant d'imbéciles qui se font mousser. »

Les gendarmes quittaient le jardin pour entrer dans la maison. À l'ombre de la paroi de verre, Rouge gardait le psychiatre à sa merci. Ce dernier eut pourtant le sentiment qu'il était aussi proche qu'un amant, lorsqu'il lui murmura à l'oreille : « Vous avez dit à votre nièce que j'étais votre patient.

— Jamais. »

L'agent Pyle se mit à hurler. Les yeux du prêtre brillaient de colère. « Un vrai sadique votre malade, hein, toubib ? Mais vous le connaissez bien mieux que moi. »

Le vieillard ferma les paupières pour se dérober à Arnie Pyle — au regard de Paul Marie. Le téléphone faillit s'échapper de ses mains prises d'un tremblement soudain. Quand il ouvrit les yeux, l'agent prenait le large.

Rouge poursuivit : « Il cherche à donner le change. Il n'a que le portrait brossé par Ali comme élément. À propos, le docteur Penny n'a jamais été qu'un sadique. Mais vous étiez au courant, hein ? Vous avez parlé de moi à Ali — de nous.

— À personne, je n'ai soufflé mot que...

— Menteur. Le jour de son arrivée en ville, elle étudiait mon dossier. Elle sait quelque chose. Sans vous, comment serait-ce possible ?

— Que lui aurais-je confié ? C'est...

— Cessez de mentir. Le docteur Penny m'a promis que vous cacheriez mes babioles. Mais vous les avez données à la police.

— Il n'y a rien de vrai dans tout ça. » Mortimer regarda Rouge, qui, poing brandi, arpentait le jardin.

« Je vous ai vu traficoter dans ce grotesque petit pot bleu. Vous avez tout fait pour attirer l'attention sur moi.

— Je jure que je ne sais pas de quoi vous parlez.

— Vieil homme, vous me croyez vraiment taré, hein ? Vous avez remis aux flics ce qui m'appartenait — mon bien. Débrouillez-vous pour me le rendre. Penny n'est qu'une ordure ! Il commence par jouer au voyeur, puis il me pique mes trucs en prétendant que votre baraque est la planque idéale.

— Jamais je ne... »

Rouge haussa le ton : « J'étais là. Je vous ai vu avec ce damné pot bleu. Vous cherchiez ce qui est à moi — à moi tout seul.

— Non, je jure...

— Vous croyez avoir les mains propres parce que vous n'avez pas prononcé mon nom à voix haute ? Mais, la preuve, vous la leur avez mise sous le nez. Évidemment que vous en avez parlé à Ali — il n'est pas question que je la laisse tout raconter. Votre nièce n'a pas votre déontologie. Le docteur Penny va la buter, ce sera son premier meurtre en solo. Il va sans doute saboter le boulot. Enfin, je ne peux pas être partout, n'est-ce pas ?

— C'est l'heure, toubib. » Arnie Pyle, le frôlant presque, rappelait Mortimer à l'ordre. « Il me faut un nom, un lieu, quelque chose. Illico. Raccrochez-moi ce maudit téléphone ! »

Rouge chuchota à l'oreille de Mortimer « Il y a des chances pour que le docteur Penny enregistre les hurlements d'Ali. Vous aurez le loisir de les écouter à la prochaine séance.

— Non, je vous en prie. Elle... » Mortimer se dégagea de l'agent du FBI qui s'emparait du combiné.

« Comment, vous n'êtes pas puriste, docteur Cray ? L'assassinat des enfants des autres, ça ne pose pas de problèmes, mais votre précieuse nièce, voilà une autre paire de manches, hein ? »

Mortimer avait la sensation que la voix s'insinuait en lui, le pénétrait, le colonisait — c'était une sorte de viol.

« Contrairement à moi, le docteur Penny a toujours préféré les adultes comme victimes. Il a dû se contenter de petites filles, n'ayant rien de mieux sous la main. M'est avis que ce premier véritable assassinat indique une remarquable évolution personnelle, non ? Vous devez être fier ? Êtes-vous au parfum de la haine qu'il voue aux femmes ? Bien entendu. Par-dessus le marché, en tant que médecin, il connaît mieux la souffrance que quiconque. Tous ces instruments pointus...

— Vous ne pouvez pas le laisser faire !

— Pas si fort, fit Rouge avec une infinie douceur. Vous n'avez pas envie de clamer votre trahison à la terre entière. Après tous ces sacrifices. Ah ! j'oubliais — c'étaient ceux des autres, hein ? Au fond, le supplice d'Ali est peut-être le châtiment de vos péchés. Il va vous falloir le supporter, non ?

— Je vous en prie, arrêtez Myles avant...

— Myles ? » La ligne fut coupée. Dans le jardin, le jeune policier refermait son portable et le fourrait dans sa poche.

L'infime interrogation vibrant dans la voix de Rouge quand il avait prononcé à voix haute le nom de Myles avait alerté Mortimer. En un éclair, il comprit avec une implacable lucidité qu'il était à la fois traître et berné.

Arnie hurla : « Dites-moi seulement si le pervers vous a confié où il emmenait les gosses. Au moins ça, non ? Elles n'ont que dix ans. Vous croyez que le secret professionnel vous met à l'abri ? Eh bien, il n'est pas impossible que je change ce bon Dieu de code — rien que pour vous, toubib. »

Le chef Croft fit irruption dans la pièce, se dirigeant vers Arnie dont il essaya d'attirer l'attention.

L'agent le rembarra d'un geste, avant de se retourner vers Mortimer, un regain de fureur dans ses yeux... de prêtre. « Oz Almo a roulé le pervers, docteur Cray. Almo a fait chanter William Penny. Je sais ce que le docteur inflige aux petites filles. »

L'un des agents s'avança soudain d'un pas : « C'est pas pour ça qu'Oz faisait chanter le cardiologue. »

Le visage empreint d'une souffrance réelle, Arnie jeta : « Bon sang, mon vieux, tu vas la boucler ?

— Allez, Billy, viens. » Le chef Croft tirait son subordonné de la mêlée, l'obligeant à reculer vers le mur.

D'une voix qui résonna néanmoins dans la pièce, le jeune homme claironna : « Mais Rita Anderson a craqué, elle est passée aux aveux. Elle a aidé Oz à faire chanter le docteur Penny qu'elle hait. »

Le chef Croft posa la main sur l'épaule du jeune policier pour le conduire à la porte. « Rentre faire ton rapport au commissariat. Tu y seras plus au calme, mon garçon.

— Quand on a chopé le docteur Penny au motel, s'entêta l'agent, malgré le deuxième signal de son chef, Rita s'est imaginé qu'on en avait après elle, et s'est effondrée dans le parking. À présent, tous les voisins du motel savent que le docteur Penny se tape les femmes de ses malades. » La voix de Billy s'estompa dans le jardin. « Vous auriez dû voir la bouille du toubib pendant qu'on lui mettait les menottes. Rita n'en finissait pas de gueuler comme... »

Résigné, l'homme du FBI souffrait en silence — le regard vague, perdu dans le vide.

« Ne t'en fais pas, Arnie. » Rouge Kendall se tenait sur le seuil. « On s'est trompé de frère. C'est Myles, notre homme. Le docteur Cray l'a confirmé au téléphone. » Puis, il héla : « Donaldson ? » Un gendarme s'avança dans la pièce. « Du reste, Donaldson a écouté la conversation sur un autre poste. Il y a deux témoins. »

Rouge venait de pousser le vieux docteur dans l'abîme.

Avec le chef Croft revenu du jardin, à côté de lui, Rouge donnait des ordres à tous les policiers. « Harrison ? Appelle Marge pour qu'elle lance une voiture de police aux trousses de *Myles* Penny. Donaldson ? Le chef dit qu'il n'y a personne chez les Penny, passe à la clinique. »

Les yeux fixés sur son jardin déployé derrière la paroi transparente, Mortimer réfléchissait au dilemme de la trahison de sa déontologie. D'autres agents de police affluaient dans la serre. Le sombre reflet de la vitre lui renvoya l'image de Rouge qui levait la main pour imposer le silence.

« Je veux toutes les unités dehors. Vous cherchez le break de Myles Penny. Marge connaît son immatriculation et vous précisera les données. Vous allez sillonner les routes autour de la ville. Dès que vous repérer la bagnole, sachez que les enfants sont là. Allez, au boulot. »

Gendarmes et flics municipaux vidèrent les lieux en deux temps, trois mouvements. Rouge continua à discuter avec Charlie Croft au beau milieu de la pièce tandis que l'agent du FBI, un peu à l'écart, parlait dans son portable. Où se trouvait Ali ? Pourquoi n'assistait-elle pas à son triomphe ? Le vieil homme marcha sur les dalles d'un pas incertain. À son approche, Rouge fit volte-face.

« J'ai besoin de savoir, commença Mortimer. En ce

qui concerne Ali... » Puis, décidant qu'il préférait ignorer le rôle qu'elle avait joué dans son anéantissement, il baissa la tête et se borna à demander : « Où est ma nièce ?

— Ali inspecte une maison abandonnée au bord du lac. D'ailleurs, je lui ai dit... rétorqua Charlie Croft, jetant un coup d'œil à sa montre.

— Qu'est-ce qu'elle vérifie ? » Arnie Pyle surgit à côté du chef. « Qu'est-ce qu'Ali fabrique là-bas ?

— Elle cherche des truffes. »

Ali découvrait la cave : la pellicule de poussière des appareils électriques, le tas de serviettes au fond du panier d'osier au pied du toboggan de la buanderie, le cadran de la chaudière. En revanche, elle ne vit pas de boîte à fusibles. Peut-être la trouverait-elle dans la deuxième cave ?

La jeune femme se tourna vers le haut de l'escalier conduisant au salon, l'oreille tendue. Un lointain bruit de moteur trouait le silence. Ainsi, Charlie Croft était de retour. Elle hésita à l'attendre, avant de descendre les marches menant à la deuxième cave.

Arrivée en bas, elle trouva une porte qui s'ouvrit dès qu'elle en tourna la poignée — aucun bouton ne la bloquait. À présent, Ali distingua un rai de lumière que d'énormes troncs dérobaient par intermittence à sa vue. Incroyable — des arbres dans une maison ! Elle brandit sa torche le long des branches qui s'élançaient vers un plafond noyé dans la pénombre, sillonné de tuyaux et garni d'une myriade d'ampoules éteintes.

C'était époustouflant !

Laissant la porte, elle contourna un tronc d'arbre pour dénicher la deuxième source de lumière : une lampe de poche braquée sur une silhouette prostrée, emmitouflée dans une parka rouge, aux longs cheveux blonds. Comme Ali s'avançait vers le petit corps, la porte claqua derrière elle. Elle virevolta. Des doigts lui arrachèrent les cheveux — les ramures des branches basses.

Personne ne se tenait devant la porte.

Ali se dirigea vers la forme qui gisait sous un arbre au fond de la petite forêt. Tout en courant, elle enfonça ses talons aiguilles dans la terre et trébucha sur quelque chose qui se confondait avec l'obscurité. La lumière de sa lampe lui révéla une carcasse de chien crevé. Retombant sur ses pieds, la jeune femme s'approcha de l'enfant à la parka rouge : Gwen Hubble.

Ali tomba à genoux et éclaira le visage de l'enfant aux yeux clos, qu'on eût crue endormie. Son teint d'albâtre lumineux se détachait du sol noir tapissé de feuilles mortes, tandis que l'auréole de ses cheveux d'or nimbait sa petite tête d'un halo extraordinaire. Ali effleura le corps de l'enfant.

Il était comme celui du chien — glacé, rigide.

Une substance verte, aussi impalpable que de la poussière, s'échappait des mains serrées de la petite fille et maculait le plastron de sa veste rouge. S'humectant le doigt, Ali le trempa dans la poudre verte qu'elle goûta. Les quelques grains lui brûlèrent aussitôt la langue. Elle les recracha. La jeune femme se creusa la cervelle pour trouver un sens à ce qu'elle voyait. Les enfants ne se suicident pas d'ordinaire — du moins pas sur cette planète.

Voilà que les lampes s'allumaient. Il fit comme en plein jour. Ali fut aveuglée avant de s'abriter les yeux. Mettant du temps à ajuster sa vue, la jeune femme eut du mal à distinguer la silhouette qui se tenait dans l'étroite cage d'escalier, bloquant la porte d'une main.

« Charlie ? »

Bien qu'elle eût une vision plus claire, l'homme lui dérobait son visage tout en refermant la boîte à fusibles, encastrée dans une niche du mur de la cage d'escalier.

« Que la lumière soit », proféra une voix familière.

L'homme coinça la porte avec un parpaing de béton. Ali voyait chaque objet se détacher, flou, comme sur une pellicule de photo. Il s'approcha :

« Alors, tu as trouvé Gwen.

— Myles ? »

Planté devant le corps de l'enfant, il le poussa de la pointe de son soulier : « Petite garce ! » Le cadavre bougea d'un coup, comme une statue. « Raide morte. Quel gâchis ! »

Ali était foudroyée.

« Tu sembles étonnée, Ali. J'imagine que ce n'est pas grâce à moi que t'es remontée jusqu'ici. »

Ainsi, William n'était qu'un vulgaire opportuniste. Et elle n'avait tenu aucun compte des messages de Myles : le sadique de la famille. « Non, je ne le suis pas, Myles. » Enfin, plus. « La lumière m'a fait mal aux yeux. »

Il suffisait de jeter un regard en arrière pour que tout ce qui lui avait échappé lui saute aux yeux. L'épisode de la serre avec la discussion sur l'autopsie et la révélation de l'anatomie intime de Susan avait dû l'exciter jusqu'à l'orgasme. Oncle Mortimer en avait eu les mains tremblantes au point de renverser son vin, de perdre la tête.

« Tu ne savais pas que c'était moi », affirma-t-il d'un ton provocant. Pour lui, il était vital qu'Ali ne l'ait jamais soupçonné.

D'ailleurs, c'était vrai. « Tu te rappelles ma première soirée d'adulte, Myles ? L'année où je suis revenue sur la côte Est pour entrer à l'université. J'avais dix-huit ans. » Combien de temps allait mettre Charlie Croft à revenir.

« Comme si c'était hier ! » Myles jubilait.

Sans doute avait-il revécu ce moment des milliers de fois. Car il avait annoncé la mort de Susan Kendall à Ali avec un tel luxe de détails sur le crime que l'image du corps minuscule avait hanté la jeune

441

femme des années durant — Susan, transie, à l'agonie, gisant sur un talus enneigé.

« On t'en parlait pour la première fois, hein ? Cela
ne me surprend pas. » Mollement, il donna un coup
de pied au corps de Gwen Hubble dont des mèches
d'or chatoyèrent, donnant une illusion de vie. « On
n'a montré que celle-ci à la télévision. L'année en
question, tes parents t'ont embarquée dare-dare au
Nebraska. »

Ali acquiesça. Son oncle avait persuadé son père
d'accepter un poste dans le Middle West. Oncle Mortimer était allé jusqu'à proposer à ses parents de
vendre leur maison, de régler leurs affaires afin
d'accélérer leur déménagement. Personne n'avait
soufflé mot à Ali, hospitalisée des semaines durant,
de la disparition de Susan ni de la découverte ulté-
rieure de sa mort.

« As-tu compris pourquoi le vieil homme voulait
te faire quitter la ville ?

— Oncle Mortimer pensait que tu allais m'assassiner.

— Bravo, Ali. Pour lui, c'était l'ultime épreuve
infligée à sa déontologie, la torture la plus terrible que
je puisse inventer — le meurtre de la fille de son frère.
Il se prend pour le Job des temps modernes, l'imbécile ! Je te garantis que ce vieillard aux idées confuses
est incapable de décider si je suis Dieu ou Satan. Il a
dû crever de trouille à ton retour de la côte Est. Quel
bon moment ! » Le visage barré d'un sourire, Myles
se délectait. « Quant au soir de ce fameux dîner ? »
Il prit un air presque efféminé, évaporé. « En fait, je
t'ai donné des éléments qui ne figuraient pas dans les
journaux, que William ignorait alors qu'il avait fait
l'autopsie. »

Attendait-il un compliment pour avoir pris un risque
pareil ? Ali ne desserra pas les lèvres. Il était inutile
de l'encourager. Les monstres adorent parler de leurs
exploits. Bon sang, où était Charlie Croft ?

« Ce soir-là, as-tu deviné le rôle que jouait ton oncle ? Je me le suis toujours demandé.

— Me suis-je doutée qu'il traitait un assassin d'enfants ? » Il est vrai qu'oncle Mortimer avait eu un regard bien — désolé. Coupable ? Sûrement. Autant d'expressions qu'elle ne lui connaissait pas. D'ailleurs, ses premiers soupçons dataient de cette époque. Ali avait eu le sentiment que le vieillard avait déjà entendu les atroces détails avant la découverte du cadavre. « Oui.

— Mais tu n'as pas pigé que c'était moi. »

Comment l'aurais-je su, Myles ? Je n'avais que dix-huit ans. Je n'étais pas un adversaire à ta mesure, enfin, pas encore. Elle était passée à côté de tous les signes. « J'ai fini par te repérer.

— Menteuse !

— Pas à ce moment-là, Myles, pas ce soir-là. Quelles sensations fortes tu as dû éprouver à parler aussi franchement du meurtre ! Avec l'une de tes victimes par-dessus le marché. Ça me dépasse que la tension n'ait pas tué le vieil homme depuis des lustres. Son cœur...

— Maintenant, tu t'interroges sur les raisons qu'avait ton oncle de continuer à m'inviter à dîner ?

— Non, pas du tout. »

Myles n'apprécia pas la réponse, qui, cette fois, n'était pas un bobard. Cela se tenait. Les frères Penny venaient dîner une fois par semaine depuis toujours. Après la mort de Susan Kendall, il était exclu de mettre un terme au rite, voire de le modifier, sans attirer l'attention sur Myles. William aurait trouvé cela bizarre. Il aurait fallu répondre aux questions, mentir. Il était infiniment plus facile à l'oncle Mortimer d'avoir l'assassin à sa table que de justifier son absence.

Le silence persistant d'Ali parut vaguement décevoir Myles. Espérait-il qu'elle apporte de l'eau à son moulin ?

443

À l'hôpital, au cours de l'interrogatoire, Myles s'était repu de la terreur exsudant de l'oncle Mortimer quand Costello l'avait accusé d'avoir abrité un criminel. Assis à deux pas, le monstre s'était imprégné du moindre de leurs propos. Ensuite, il s'était payé le luxe de tourmenter Mortimer au point de lui faire admettre la relation avec ce patient. Et la crise de panique, l'angoisse avaient été des aliments supplémentaires pour le...

Monstre ?

Mais la créature qu'Ali avait sous les yeux était insignifiante, sans crocs ni griffes, débraillée — un inadapté social, jamais invité, sauf à la remorque de son frère jouissant de plus d'estime. Ali baissa les yeux sur le corps de la petite fille. Comme cet homme avait dû révulser Gwen ! Bien sûr qu'il lui fallait voler les enfants. Quelles chances avait-il de séduire quiconque, fût-ce une petite fille ?

« Quand bien même je t'aurais tuée, ton oncle ne m'aurait pas dénoncé. Ali, tu étais une enfant si quelconque que j'avais à peine conscience de ton existence. »

Le sourire de la jeune femme l'exaspéra. « Alors, je ne correspondais même pas aux critères d'un satyre ? » constata-t-elle en enlevant lentement ses chaussures à talons — un handicap, si elle tentait de se ruer vers la porte. « L'ultime rejet. » Le sourire persistant d'Ali contrariait de plus en plus Myles.

« C'était vrai à l'époque, Ali. Les choses changent.

— Oncle Mortimer t'a balancé, Myles. » Comment s'en sortirait-elle s'ils en venaient aux mains ? « Il a fini par craquer — il a donné tous tes petits trophées à la police. » Certes, Myles la dépassait en taille, mais elle était plus jeune, plus alerte. « Ils savent tout.

— Mortimer n'était même pas au courant...

— Il les a trouvés. » Fallait-il qu'elle coure ? « Il me les a montrés dans la serre. » Aurait-elle le dessus dans une bagarre ? « Il t'a trahi en présence de la

444

moitié des forces de police de l'univers. » Devait-elle attendre Charlie Croft ?

« Il n'a jamais dénoncé un patient.

— Quelle idée astucieuse de cacher tes trophées dans la serre. » Les avait-il planqués le jour du cocktail ? Discrètement, elle fit un pas de côté. Myles, qui ne bloquait plus le passage vers la porte, lui laissait le choix entre la lutte ou la fuite. « Un bon coup, Myles. Une fois rassuré, tu n'avais plus qu'à les récupérer. En plus, si la police tombait sur la planque, elle n'aurait pas établi de lien avec toi. C'était aussi malin que d'enfermer les enfants dans une maison qui ne t'appartient pas.

— Elle sera bientôt à moi. J'ai fait une proposition plus que généreuse au notaire. » Il mit la main dans sa poche. *À la recherche d'un scalpel, d'un couteau ?* Ali regarda la porte, si éloignée, et tenta de réchauffer ses pieds nus, gelés, en se balançant de l'un sur l'autre. Les feuilles craquèrent sur le sol glacé.

Quoi ?

La jeune femme n'en crut pas ses yeux. *Myles, avec un pistolet ?* Un sadique n'utilisait pas ce genre d'arme. À moins qu'elle ne fût à Sorrel, le défunt policier ? Myles saurait-il s'en servir ? Ma foi, on en fait la démonstration tous les soirs à la télévision. Il suffit d'appuyer sur la gâchette, et le sang gicle. Un jeu d'enfant. *Charlie Croft, où êtes-vous ?*

« Une dernière volonté, Ali ? Dont je puisse faire part à Mortimer lors de notre prochaine séance ? On dirait un coup monté. » Il braqua le flingue sur son visage. « Même après que je t'aurai tuée, ton oncle ne me balancera pas.

— Myles, je t'ai prévenu : il l'a déjà fait.

— Non, je ne le crois pas. Mortimer est deux fois plus monstrueux que moi. Lui, qui a une conscience, il ne l'écoute jamais. » Myles abaissa le pistolet de quelques centimètres. « Aussi étrange que cela paraisse, il prend cela pour de la grandeur d'âme. Pour

445

sauver cette gamine, un homme bien aurait sacrifié sa réputation, sa déontologie, quelle qu'elle soit. » Il dirigea le canon sur la jeune femme. « Mais pas un être aussi noble que Mortimer. La chose est morte par sa faute. »

La chose ?

« Myles, je n'ai pas menti. Réfléchis. Comment aurais-je connu la cachette de tes trophées ? » Grands dieux pourquoi arborait-il ce rictus ?

« Tu habites à Boston depuis trop longtemps, Ali. Tu as oublié ce qu'est la vie dans une petite ville. Tout le monde a entendu parler de la perquisition dans la serre de Mortimer. Il n'a pas livré les bijoux ; les flics les ont trouvés — c'est ce que je *voulais*. »

Il s'amusait avec elle au jeu du sadique, et ne raterait aucune occasion. Tout de même, elle trouva étrange d'en éprouver de l'humiliation.

« Oh ! et voilà qui va te plaire, Ali. À l'heure qu'il est, ils défoncent la serre de nouveau. Cette fois, ils vont dénicher un médaillon. » Myles baissa les yeux sur le petit cadavre. « Quelque chose que la mère reconnaîtra. En tout état de cause, je ne m'attends pas à ce que Mortimer vive assez longtemps pour passer en jugement.

— La police connaît cette baraque. »

Sur le point de s'esclaffer, Myles balaya la vaste pièce du regard : « Dans ce cas où sont les flics, leurs pelles ? Qu'est-ce qu'ils fichent chez Mortimer ? Pourquoi ne sont-il pas *ici*, en train de déterrer les petites tombes ? Enfin, le corps de la môme est toujours là, non ?

— Je les ai appelés dès que...

— Tu mens comme un pied, Ali. Tu fais pitié. »

Il n'avait pas tort. Mais il ne la croyait pas plus quand elle disait la vérité. « Je pensais que tu cherchais à te faire choper, Myles. N'as-tu pas laissé la parka mauve sur la route pour cette raison ? La première entorse au scénario. Tu souhaitais que la police la trouve — et toi en même temps.

— Un scénario ? Quelle idée saugrenue alors que c'est l'évidence même. Je voulais me débarrasser d'eux, les égarer. Il arrive que la vie soit simple. »

Ali perdit contenance, déroutée par son sourire condescendant. À l'évidence, elle ne distinguait guère mieux que Myles la vérité du mensonge. *Encore une tentative.* « Et la truffe que la police a découverte dans la doublure de la parka ? Voilà qui associe le meurtre à cet endroit. Tu ne cherchais pas à l'en éloigner mais à la faire venir, non ? Les truffes poussent sous terre, tu as dû les mettre...

— Des truffes ? Bon Dieu, non. Tu te goures. Ce maudit cabot avait tellement faim qu'il les déterrait. Elles pullulaient avant qu'il ne leur fasse un sort. Ton raisonnement, ton *analyse* de second ordre ne tiennent pas la route, Ali.

— La police sait où je suis. C'est un flic qui m'a déposée. Il risque d'être dehors. Pour peu qu'il entende le coup de feu...

— Faut-il que je me répète ? Les flics sont dans la serre de Mortimer. Je doute que *quiconque sache exactement* où tu te trouves. Pendant des années, la femme de ménage qui travaillait ici ignorait l'existence de cette pièce. Lors de ses départs en vacances, Evy Vickers donnait toujours à Rita de quoi mettre le chien au chenil. En fait, Rita gardait le fric, et William — qui couche avec elle — comptait sur moi pour nourrir ce maudit cabot, et...

— Rita Anderson ? Les frais médicaux de son mari la mettent sur la paille, hein ? Rita, elle, connaît cette pièce, Myles. Elle a dit...

— D'abord, tu calomnies Mortimer, puis Rita. » Il secoua la tête avec un sourire étonné. « Elle fait tellement mal le ménage qu'elle n'aurait jamais l'idée de balayer derrière une chaudière. D'ailleurs, si elle était tombée sur la porte ou les arbres, ne crois-tu pas

447

que tout le monde serait au parfum ? Tu raisonnes comme un manche, Ali. Cela ne m'étonne pas que tu n'aies pas été admise au collège Sainte-Ursule.

— Dans ce cas, comment suis-je au courant pour les frais médicaux de Rita...

— Oh ! qui n'en a pas entendu parler ? » Et, d'une voix de fausset, efféminée, il minauda : « *Mon mari est invalide* », avant de reprendre son ton normal : « Ce sont les premiers mots qui lui sont venus à la bouche, non ? Raté, ma pauvre Ali, décidément tu n'es toujours pas la lumière de la ville — un laideron qui n'a pas inventé la poudre. »

Ali s'empourpra. S'en rendit-il compte avec une joie mauvaise ?

« Tu sais que j'ai rencontré Rita. Elle m'a parlé de la porte dans la...

— T'as découvert cette pièce par hasard, comme moi. Enfin, sans doute pas de la même façon. Moi, c'est en rouant le clebs de coups derrière la chaudière que je l'ai vue. *Toi,* tu refaisais le boulot des flics — tu cherchais des corps —, ta seule bonne idée, d'ailleurs. Ils n'ont pas passé deux secondes dans la buanderie. J'en sais quelque chose puisque je les ai aidés à fouiller la maison. »

Levant alors le pistolet vers le visage de la jeune femme, il guetta les hurlements dont il allait se repaître. « Le chef Croft est sur...

— Oh ! laisse tomber, siffla-t-il, au comble de l'exaspération. Tu t'es bien gardée de raconter aux flics que tu venais vérifier leur travail. Allons, l'heure a sonné, Ali. Je regrette de ne pouvoir prolonger notre petite conversation. » Ce qu'il fit pourtant, tout en appprochant son arme, qu'il braqua sur l'œil gauche d'Ali. Les secondes s'étirèrent. Myles tenait à ce qu'Ali contemple le canon, imagine ce qui lui pendait au nez et ait le temps de prendre conscience de l'imminence de sa mort — en ce lieu. Enfin, baissant le pistolet, il la visa à la poitrine.

Ali entendit l'explosion du coup de feu. Incrédule, elle regarda l'auréole écarlate qui se dessinait autour du trou noir de son corsage avant de s'affaisser sur les genoux. L'espace d'un moment, absurde, elle fut stupéfaite. Sa mort ne correspondait pas à celle que la télévision l'avait conditionnée à se représenter. Le choc ne la fit pas basculer en arrière ; elle s'effondra, face contre terre.

Agenouillé près du corps de l'enfant, l'homme penchait la tête, si près que son haleine fétide balayait le petit visage livide. Il la frôlait presque lorsque Gwen, ouvrant brusquement les yeux, lui montra les dents et retroussa les babines à la manière du chien.

L'homme fut abasourdi. Non — mieux encore, elle le terrifia. Gwen poussa un grognement féroce. Le souffle coupé, il recula sans la voir lever le bras. Et Gwen balança l'engrais verdâtre dans les yeux agrandis de surprise de l'homme. Le pistolet s'échappa de ses mains. Il se griffa le visage, s'enfonça les doigts dans les orbites incendiés en hurlant de souffrance. Voilà qu'il se traînait à quatre pattes comme Blizzard, le cul-de-jatte.

Lon Chaney, 1920.

Gwen fut persuadée qu'il était aveugle. Il poussa un nouveau cri de douleur. Couvrant sa voix, Gwen beugla : « Geronimo ! »

Des feuilles mortes s'envolèrent, et, droite comme un piquet, Sadie surgit de la tombe. La terre dont elle s'était enduite ruissela sur le maquillage bestial de son visage. Si les sanglants zigzags n'eurent aucun effet sur l'homme, aveuglé, ils eurent le mérite de donner un peu de courage à Gwen. Sadie brandit la lame, tandis que l'homme se traînait à genoux, et la lui plongea dans la cuisse. Horriblement défiguré, il brailla sous le coup de cette nouvelle blessure en tendant le poing à l'aveuglette. L'homme atteignit la tempe de Sadie qu'il envoya valdinguer contre le mur.

Sadie ! Non ! Les choses ne devaient pas se passer comme ça.

Sadie s'écroulait au pied du mur de pierres saillantes ; l'homme fit volte-face pour regarder Gwen.

Tu peux voir.

Une matière verdâtre suintait de l'un de ses yeux en sang, mais l'autre, rouge vif, n'était que blessé. Il s'avança vers elle, les bras tendus.

À cause de la détonation, Gwen assimilait le pistolet qui gisait tout près d'elle à une bombe. Se dissociant de sa jambe, incapable de marcher, de courir, elle se réfugia dans les tréfonds de son être, embarquée par une spirale de hurlements de terreur. À la vue de son corps inerte, personne n'aurait deviné la crise de panique. Elle était à nouveau pétrifiée — yeux clos, bouche scellée, parfaitement silencieuse.

La lâcheté lui avait laissé l'usage d'une main.

Elle ouvrit les yeux. Sadie luttait en essayant de se relever. Gwen allongea le bras pour suivre les doigts crochus qui s'approchaient du pistolet. Elle sentit les muscles de son épaule se débloquer. Réussirait-elle à hisser l'arme ? D'un regard oblique, elle vit l'homme soulever Sadie de terre. Gwen referma la main sur le métal froid, distinguant seulement les pieds que Sadie agitait frénétiquement en l'air.

Voilà qu'une main couvrait la sienne. Médusée, la petite fille se retrouva face à un autre monstre au visage couturé d'une cicatrice aussi déchiquetée que celle que Sadie s'était dessinée avec le sang du chien — mais réelle. La femme avait une bouche écarlate, tordue d'un atroce sourire, un trou ruisselant de sang dans la poitrine et un visage bouleversé — terrifiant. Gwen n'avait jamais éprouvé un sentiment aussi proche de la haine. Il était exclu de regarder ces yeux très écartés. Le contact de la femme, qui lui retirait le métal de la main, la révulsa.

Appuyée sur les coudes, la femme levait le pistolet, visait sa cible. Une nouvelle déflagration assourdissante fit exploser la cave.

L'homme s'effondrait.

Sadie ! Où était Sadie ?

Gwen se figea : s'aidant de ses avant-bras, l'homme rampait dans sa direction. Elle était paralysée. La femme tira à nouveau, mais la détonation ne fut pas aussi forte. Comment était-ce possible ?

À moitié sourde, l'enfant vit des bouts de crâne de l'homme, ses cheveux et sa chair décoller de sa tête. Gwen, étrangement détachée, remarqua à peine la gerbe de sang que la dernière balle faisait gicler.

C'était irréel.

« Sadie ? »

Un profond silence envahit le monde. Dans un dernier sursaut d'énergie, Gwen tenta de se relever, mais elle ne réussit qu'à rouler sur le côté. Le visage enfoui dans la terre, elle avait un œil plongé dans l'obscurité, l'autre tourné vers la lumière.

Deux hommes se précipitaient dans la porte. L'un avait de grands yeux tristes, et les basques de son manteau battaient comme des ailes noires tandis qu'il courait vers elle. L'autre en veste marron, aux cheveux roux foncé, fut le premier à arriver près d'elle.

Gwen entendit d'innombrables piétinements dans l'escalier, avant de discerner les jambes des pantalons des autres personnes qui se ruaient dans la cave. Les voix, les pas se mêlaient aux borborygmes et aux parasites des radios ; autant de bruits qui semblaient provenir de très loin. Bien qu'immobile, Gwen eut le sentiment de prendre congé de ces gens, de la lumière, et de sombrer dans l'eau noire d'un fleuve qu'elle connaissait. Comment s'appelait-il, déjà ?

Un froid glacial l'accueillit à son retour ici-bas. Des bras puissants roulaient le poids mort de son corps en retournant son visage vers les lampes éblouissantes du plafond. L'homme aux cheveux roux la soulevait de terre, puis la serrait contre lui. Il l'emmitouflait

451

dans sa veste en peau de mouton, la réchauffant de sa fourrure et de la chaleur de son corps.

Et pendant ce temps-là, l'autre homme ne cessait de crier : « Ali, nom de Dieu, Ali ! »

Gwen n'eut plus conscience que de son obscure traversée du délire, de sa sensation de flotter, légère, sur le fleuve noir. Comme le courant berçait doucement sa nacelle capitonnée de fourrure, elle se tourna lentement vers l'autre enfant, minuscule et si grave, abandonnée sur la grève qui disparaissait — *abandonnée*.

12

Ali Cray avait perdu ses pantoufles en papier, la ceinture de la robe de chambre de l'hôpital se dénouait, tandis qu'elle courait dans le couloir de l'aile réservée aux enfants, se ruant vers la chambre de l'enfant qui hurlait.

Les médecins avaient beau lui avoir recommandé de marcher dès le lendemain de l'opération, elle n'en fut pas moins épuisée par cette petite course — plus de quinze jours après. Adossée au chambranle, elle reprenait son souffle en regardant deux adultes terroriser une petite fille encore incapable de marcher. Les tyrans, des parents pleins de bonnes intentions, lui inspiraient une certaine compassion au demeurant.

Penchée au-dessus de sa fille, Marsha Hubble l'admonestait :

« Gwen, nous en avons déjà parlé. Je sais que tu...

— Je t'interdis de le dire ! hurla Gwen en se bouchant les oreilles. Non, je ne veux pas t'entendre le *répéter* !

— Oh ! ma chérie, je t'en prie », implorait son père.

Tous deux se mirent à voleter autour de la petite fille, essayant de l'apaiser à coups de mots tendres, de gestes vains, tendant les bras pour la caresser. Gwen les repoussa. Elle se reboucha les oreilles, et entreprit d'étouffer leurs paroles par ses cris. La petite fille prenait ses parents pour des monstres, leur discours pour des divagations de cinglés. La moindre manifestation d'amour des Hubble était un coup de poignard dans le cœur de l'enfant à qui ils voulaient instiller leur vision des événements de la cave.

Les Hubble s'aperçurent de la présence d'Ali. L'enfant n'eût-elle pas été dans un tel état de détresse que la situation aurait eu un côté comique. Les parents se figèrent avant de s'écarter, bras ballants, du lit de la petite fille. Avaient-ils l'air penaud ? Oui. Tant mieux. La guérison est un lent processus. Si le corps d'un être jeune récupère vite, l'esprit, lui, a un rythme différent.

« Ce n'est pas ce dont nous étions convenus. » Ali montra la porte, congédiant les parents. « Je vous verrai dans quelques minutes. » *Après avoir réparé les dégâts.*

Marsha Hubble ne protesta pas. Ali, qui avait dû se bagarrer contre elle, avait fini par l'emporter. Sans un mot, elle suivit son mari dans le couloir. Ali ferma la porte. Elle les mettait dehors pour protéger Gwen d'un nouvel assaut de bonnes intentions, de la souffrance. Seul comptait le bien de l'enfant.

« Bonjour, ma chérie. » Ali rapprocha une chaise du lit, souriant à la petite fille en état de choc. « Je suis venue te dire au revoir. Aujourd'hui, je rentre chez moi. Un autre docteur passera te voir cet après-midi. Tu verras, elle te plaira. » En revanche, les parents ne l'apprécieraient guère. Le pédopsychiatre qu'Ali avait choisi était connu pour prendre le parti des enfants.

La petite fille lui entoura la main : « Avant ton départ...

— Je leur parlerai, Gwen. » L'idée de l'autonomie des enfants est toujours difficile à faire accepter. Les parents finiraient par reconnaître à leur fille le droit d'être fidèle au souvenir de Sadie Green. « Ils font

454

parfois des erreurs, mais ils t'aiment plus que tout au monde, Gwen.

— Je sais. Sauf qu'ils veulent me changer pour que je voie les choses à leur façon. C'est moi qui ai raison.

— Je le pense. » Ali en était persuadée, bien que les principes de base de sa profession en fussent ébranlés. Calée dans son siège, elle considérait cette petite fille qui accréditait la réputation d'originalité des élèves de Sainte-Ursule. À l'évidence, Gwen avait bien plus de personnalité que ses parents ne le concevaient. Ali ne partageait pas leur opinion sur Gwen qu'ils considéraient comme une enfant paniquée en permanence. La compréhension de la psyché est un art ; Ali en arrivait à admirer Gwen avec un œil d'artiste. Cette petite fille avait plus de présence au monde que la plupart des grandes personnes, et le courage de ses convictions.

« Bon, je file rattraper tes parents dans le couloir. Je vais les faire rentrer dans le rang, d'accord ? »

Gwen fit signe que oui sans pour autant lâcher la main d'Ali. « Toi, tu étais là. Tu sais ce qui s'est passé. Tu as vu.

— Non, ma belle. Crois bien que je le regrette. » Ali n'avait pas quitté le monstre des yeux — enfin, la Mouche, l'Insecte, pour reprendre l'expression de Sadie. Durant sa longue convalescence, Ali en avait beaucoup appris sur la défunte Sadie Green. Et elle acceptait le jugement de la courageuse petite fille sur Myles Penny : il y avait moins d'humanité en lui que dans le pauvre chien, martyrisé, gisant sous les chênes.

Ali n'avait pas vu le miracle de la cave. Elle n'arrivait pourtant pas à se débarrasser des images que Gwen avait gravées dans son esprit, si frappantes qu'au fil du temps, la vision d'Ali sur les événements de cette nuit de Noël finirait par se brouiller.

Il n'y avait pas beaucoup de choses à emballer, car il n'avait jamais songé à donner une touche humaine à ce lieu austère en le décorant de photos ou d'objets personnels. Debout derrière le prêtre, un gardien attendait. Il devait l'emmener signer les derniers papiers dans le bureau du directeur, avant qu'il ne franchisse définitivement les grilles de la prison. Un détenu aux cheveux blancs, jouissant d'un régime de faveur pour bonne conduite, trempait sa serpillière dans un seau d'eau savonneuse. On sentait qu'il avait hâte de récurer la cellule de Paul Marie.

Les portes blindées de ce vieux quartier de la prison n'étaient pas automatiques mais dotées de verrous ordinaires. Le gardien, qui faisait, nonchalamment, tourner une porte sur ses gonds, déclara : « T'aurais dû les poursuivre en justice, ces fumiers ! »

Tout en passant la serpillière sur les dalles, le vieux détenu approuva d'un vigoureux signe de tête.

Paul Marie préférait cependant de beaucoup être libéré ce matin plutôt que d'attendre un an pour un nouveau procès. Aussi douteux fût-il, il avait accepté le marché : la grâce du gouverneur contre la promesse de ne pas revenir sur ses quinze ans d'incarcération. D'autant qu'on l'accusait d'avoir agressé des détenus — sans tenir compte qu'il s'était agi d'autodéfense à chaque fois.

Ayant ouvert la porte, le gardien fit signe au prêtre de le suivre. Lorsqu'ils furent tous les deux dans le couloir, la porte claqua bruyamment, puis s'ouvrit à nouveau. « Ça alors ! C'est jamais arrivé », s'exclama le gardien, examinant les gonds et le verrou. Quand il referma la porte, le mur de barreaux retrouva son uniformité.

Dans la cellule, le détenu avait fini de laver le sol et enlevé les draps du lit, dont il s'apprêtait à retourner le matelas. Comme pour mettre sa foi à l'épreuve, Paul jeta un coup d'œil furtif à travers les barreaux à ce moment-là. À présent, il voyait en dessous du sommier.

Sa vieille compagne s'en était allée — l'ombre n'existait plus. Savon, eau et lumière matinale occupaient les lieux.

Une heure après, il sortit du bâtiment principal de la prison, en soutane et chaussé des mêmes souliers qu'il y a quinze ans. Il ne leva pas les yeux avant d'avoir franchi le haut portail. Depuis des années, il imaginait le premier regard qu'il jetterait sur un ciel ni borné par des murs ni masqué par des filets métalliques. Et lorsqu'il s'y risqua, au lieu d'être chaviré par l'infini de l'espace, il se heurta à un plafond de nuages gris bien peu conforme à son idée de la liberté.

Le père Domina l'accueillit avec un bon sourire. On eût dit que le jeune prêtre ne s'était absenté que quelques heures au cours d'une journée. Paul Marie eut la sensation que son corps s'allégeait. À chaque pas qui le rapprochait du vieil homme, fidèle gardien de sa vie d'autrefois et de son destin banal, il sentait la masse de ses muscles se résorber.

Tandis qu'ils roulaient vers le village dans une voiture de location, le vieillard psalmodiait la litanie de corvées domestiques et paroissiales — l'ordinaire de toute vie ecclésiastique. La prison se réduisit à un petit point gris dans le paysage plat qui déployait ses champs dégagés. Si le ciel couvert l'avait déçu, la terre, son espace, son horizon à perte de vue, l'exaltèrent.

Pourtant, il manquait quelque chose — irrémédiablement.

Le père Domina lui tapota la main en souriant. Aveugle aux manifestations de détresse du jeune homme — sourire figé, regard fixe, larmes —, il prenait son silence pour l'expression d'un bonheur ineffable.

Paul Marie chassa l'idée que l'ombre avait été tuée par la lumière ; elle s'était sauvée par la porte ouverte.

Arnie Pyle entra dans la chambre d'hôpital avant qu'elle n'eût fini de s'habiller. Il sourit, espérant qu'Ali ferait volte-face et le surprendrait en train de la reluquer comme un client de strip-tease. Ce fut le cas. La peau noirâtre, épaisse d'une ligne irrégulière de points de suture apparut dans l'échancrure du corsage déboutonné. Certes, on n'avait pas fait dans la dentelle. Mais, vu le calibre du pistolet, il n'y avait rien à dire. La jeune femme ne s'irrita pas de voir son regard posé sur ses seins et ne chercha pas à cacher sa nouvelle cicatrice.

Il eut le sifflement traditionnel — hommage rendu à une femme à moitié nue, blessée par balle. « Eh bien, c'est impressionnant, Ali. Dorénavant, tu ne dois plus porter que de profonds décolletés. Il faut la mettre en valeur.

— Espèce de dégénéré ! » Baissant la tête, elle boutonna sa blouse et cacha la cicatrice. « C'est affreux, hein ?

— La trace de balle ? Non, Ali. Comparée à ton visage, c'est de la rigolade. »

La perverse partit d'un éclat de rire auquel il s'attendait.

« J'aime ton visage. » Il caressa sa joue abîmée. « Il manque une certaine symétrie. Enfin, on ne peut pas tout avoir.

— Elle t'intrigue toujours, Arnie ?

— Naturellement. » Du bout des doigts, il effleura la bouche tordue de la jeune femme. « Si t'as deux sous de cervelle, ne me dis jamais comment c'est arrivé. Ainsi, tu m'asserviras pour le restant de mes jours, et je sombrerai tranquillement dans la folie. »

Ali ne repoussa pas sa main. Au bout du compte, il était en train de l'apprivoiser à nouveau ; un jour, il trouverait les mots justes — peut-être aujourd'hui. La jeune femme était l'une des rares parmi ses proches à ignorer combien il tenait à elle. Innombrables étaient les lampadaires, les barmen, qui, d'une côte du pays à l'autre, connaissaient la profondeur de son amour pour Ali Cray.

Comme elle finissait de fermer sa blouse, saisi d'une gêne confuse, ou d'une inexplicable galanterie, il se tourna vers la fenêtre.

« Alors, comment va la petite Hubble ? Elle a la jambe en un morceau ?

— Oui. Elle rentre chez elle dans une semaine. Il n'y a pas de complications opératoires.

— Mais ? » Il connaissait suffisamment Ali pour combler les blancs. Il lui fit face et la trouva assise au bord du lit, balançant ses talons hauts à un centimètre du sol. Quelle tristesse dans ses yeux !

« La gosse est toujours complètement braque, c'est ça ?

— Il lui faut du temps pour guérir, voilà tout. » Ali tenta un petit sourire courageux. « Tu as vu Rouge Kendall ?

— Ouais, il est venu me chercher à l'aéroport. Il attend à la cafétéria de l'hôpital, avec une gerbe de roses — à longues tiges —, qui te sont destinées. Il doit y en avoir au minimum deux douzaines.

— J'aurais préféré qu'il évite.

— Et moi donc ! J'ai l'air de quoi à côté de lui ? » Il est vrai qu'avec l'argent de la rançon Rouge pouvait se permettre d'offrir des roses mutantes aux tiges interminables. « Tu veux que j'aille le chercher ?

— Pas encore. Laisse-moi d'abord te raconter l'histoire de ma cicatrice.

— Tu n'y es pas obligée. » Pourquoi, après tout ce temps, n'avait-il plus envie de savoir ?

Le sourire d'Ali se fit ironique.

« Parce que tu crois avoir deviné, hein ?

— Comment le pourrais-je...

— Quand tu mens, je le sais avant que tu n'ouvres la bouche. » La jeune femme tapota le matelas pour

459

l'inviter à s'asseoir auprès d'elle. « Mes parents ne sont même pas au courant. »

Enfin, il allait connaître le secret ! Pyle avait néanmoins une sorte de pressentiment que cela risquait de lui coûter la dame dont la voix vibrait de fébrilité. Puis, se rendant compte que la même peur les taraudait, il s'installa au bord du lit d'hôpital surélevé. Ses jambes se mirent à se balancer d'elles-mêmes — comme par magie.

« Pour comprendre ce qui s'est passé, il faut que tu saches que j'étais une enfant transparente. Mes parents allaient passer quelque jours dans le Middle West où mon père avait un entretien d'embauche dans le Nebraska. Ils m'avaient déposée à l'église en allant à l'aéroport, me disant de me rendre chez oncle Mortimer après la répétition de la chorale. Sauf que les Dodd — la femme de charge et le valet de mon oncle — ne m'attendaient pas. Mon oncle avait oublié de les prévenir ou estimé que ce n'était pas la peine.

« Ce soir-là, oncle Mortimer rentra tard après que les Dodd furent couchés. Il partit tôt le lendemain matin pour un rendez-vous en ville. Je présume qu'il croyait que les Dodd allaient s'occuper de moi — à moins qu'il ne m'ait même pas accordé une pensée. Il a passé la nuit à son club de Manhattan. C'est l'après-midi du lendemain qu'il a reçu un coup de fil de son valet. Mes parents étaient venus me chercher chez lui. Où étais-je ? Eh bien, mon oncle n'en avait aucune idée. Et, dis-moi, par quel bout commencer les recherches d'une enfant transparente ?

— C'est vrai ? Pendant deux jours, personne ne savait où tu étais ?

— Je ne suis jamais arrivée à la porte de l'église. On m'a fourré la tête dans un sac. Il y avait une odeur douceâtre, sans doute de l'éther. Ensuite, j'ai perdu connaissance. À mon réveil, j'étais allongée par terre dans une voiture qui roulait à toute allure. Et le monstre conduisait, la tête recouverte d'une cagoule de ski, noire. Ce sont ses longues dents pointues qui sont restées gravées dans ma mémoire. Bizarre, non ? »

Arnie se souvint du masque retrouvé dans la cave, des points blancs de la bouche en feutre : une broderie de crocs.

Parfois, Myles Penny le couvrait de sarcasmes : « Si tu le gardes pour toi, la tension te tueras. » Mortimer Cray n'en avait pas pour autant estimé que son patient souhaitait qu'on l'empêchât de continuer. Certes, le psychiatre n'aurait su que faire de l'information tant était scrupuleuse son observation des commandements qu'il s'était édictés.

Mortimer leva les yeux sur le ciel tendu derrière l'invisible toit. L'hiver, tardif, s'était abattu sur sa maison de verre. Des rafales d'un vent glacial secouaient les fenêtres, tandis que la neige détruisait les feuilles des arbres, des plantes que la serre ne protégeait pas.

À la première douleur dans la poitrine, il pensa appeler Dodd. Mais l'idée de l'austère lit d'hôpital, immaculé, des tubes de perfusions qui lui traverseraient le corps, du ronron des appareils — en un mot, de la mécanisation de sa mort —, fit trembler sa main sur le bouton de l'interphone.

D'un pas traînant, il s'approcha d'une chaise où il s'assit avec difficulté. Tournant la tête avec raideur, il parcourut du regard le domaine de ses délicates orchidées, de ses violettes d'une extrême rareté. Soigneusement taillé, le bel if vert, couvert de bourgeons, s'élançait tel une idole. À proximité, de jeunes plantes poussaient dans les plates-bandes aménagées sur des tables. Grâce au refuge de sa serre, il avait donné naissance à une vie nouvelle, à contretemps — une hérésie pour un panthéiste dont Perséphone était la déesse de prédilection.

Il savait bien que le ciel ne blêmissait pas, que l'if ne devenait ni moins distinct ni plus sombre. L'univers de la verrière se muait en vagues silhouettes noires dont l'une s'avançait vers lui. Il se leva, en parfait gentilhomme, pour accueillir son invitée, sa déesse, la fiancée de la Mort.

Il sentit le rythme fou de son cœur tandis que la douleur se propageait dans sa poitrine. Sa chute fut instantanée. Il se tomba pas avec grâce dans des bras bienveillants, mais heurta les dalles, comme foudroyé par une force animée d'un terrible courroux.

Malgré la foule de convives qui allaient et venaient dans la cafétéria, le brouhaha de conversations multiples, Arnie n'eut pas de mal à repérer Rouge Kendall installé près de la fenêtre. La table d'angle disparaissait sous une profusion de fleurs enveloppées dans un rutilant emballage.

Debout près de la caisse de l'autre côté de la pièce, une jeune serveuse n'avait d'yeux que pour le bel agent de police, ignorant les autres clients. Plongé dans la page des sports d'un journal, Rouge ne remarquait pas la jeune fille en train de tomber amoureuse de lui. À l'approche d'Arnie, il leva les yeux, un sourire détendu aux lèvres. « Comment va Ali ?

— Oh ! ce n'est pas très brillant, répondit Arnie en s'asseyant. Elle me paraît un peu fragile. On la laisse malgré tout rentrer chez elle. »

La baie vitrée lui offrait une vue sur la colline descendant jusqu'aux rues bordées de maisons. La neige tourbillonnait sur les toits dont toutes les cheminées laissaient échapper de la fumée. À peine plus gros que des fourmis, des enfants tiraient des luges au sommet d'une pente que certains dévalaient déjà en poussant des cris. Arnie vit une petite fille en combinaison de ski rose pointer sa luge vers un garçon, à pied, sans défense. Il n'empêche qu'il avait toujours envie d'avoir des enfants.

Il venait de passer dix jours à Washington. La petite ville lui avait manqué à un point dont il prenait seulement conscience. Arnie regarda le conducteur de l'unique voiture s'arrêter au seul feu de la grande rue de Maker Village.

Rouge leva sa tasse en guise d'invite. Arnie refusa d'un geste.

« Rien pour moi, merci. Eh bien, à présent que tu es riche, j'imagine que tu vas partir d'ici.

— Je ne crois pas, Arnie. Je viens d'acheter un terrain de base-ball.

— Tu déconnes !

— T'excite pas. C'est un terrain vague à côté du commissariat. Si tu reviens au printemps, t'auras même le droit d'arracher quelques mauvaises herbes dans l'enclos des lanceurs.

— Marché conclu. » Arnie lança un coup d'œil aux longues tresses blondes de la ravissante serveuse. Dans quelques années, Gwen lui ressemblerait peut-être. Éclatante de santé, folle amoureuse des mecs, à se mettre du rouge à lèvres dans le reflet d'une caisse enregistreuse. La pensée de Sadie Green lui traversait rarement l'esprit. Il l'avait remisée dans un coin en compagnie des autres enfants qui n'étaient pas rentrés chez eux en vie.

« T'as les réponses à toutes tes questions, Arnie ?

— Oui, Ali a dissipé quelques obscurités.

— Il n'en restait pas tant que ça. On a identifié les derniers corps de la cave. Penny devait utiliser la maison Vickers depuis des années. » Ayant fini son café, Rouge fit signe à la serveuse de lui apporter sa note. « On a commencé à fouiller toutes les résidences secondaires qui ont des caves au sol en terre battue. Il se peut qu'on trouve le reste des gosses figurant sur la liste d'Ali. »

Affectant une assurance qu'elle n'éprouvait pas, la jeune serveuse traversa hardiment la pièce. C'était presque pénible de la voir fixer Rouge d'un regard étincelant avec ses lèvres avivées de rouge. Elle s'arrêta à leur table, offrant au beau policier ses petits seins — lequel se contenta de mettre quelques dollars dans sa main, avant de replier son journal.

Immobile, la main crispée sur les billets, la jeune fille resta plantée en face d'eux. Elle avait les joues embrasées, écarlates. On l'eût dit soudain nue devant tout le monde. Ce qu'elle était.

Dieu qu'elle était désarmée, sans refuge à sa portée !

Arnie tira une rose à longue tige du bouquet de Rouge. Il l'offrit en hommage à la jolie adolescente qui lui sourit, à peine déçue que ce ne fût pas un don de l'objet de son désir. Une conquête reste une conquête.

Et une rose reste une rose. Enfin, pas toujours. Arnie était persuadé que des femmes mûres déchiffraient les secrets des hommes — leurs véritables intentions — dans les fleurs. La jeune fille étant trop jeune pour le soupçonner de gentillesse, Arnie s'en tira.

« Ali a quelque chose à te dire. » Calé dans son siège, il regarda la serveuse s'éloigner, fuyant les yeux de Rouge. « Cela va être dur pour elle, alors...

— Ce n'est pas la peine. » Rouge ramassa le bouquet. « Je sais.

— Non, je ne le crois pas, mon vieux. T'as peut-être deviné pour la cicatrice, mais il y a plus. »

Rouge reposa les roses.

« La seule chose que j'ignore c'est s'il a balancé Ali dans le fossé *avant* ou *après* l'accident de voiture de la famille Morrison. »

Oh ! doux Jésus, il savait.

« Avant. Après l'avoir tailladée. Sans l'accident des Morrison, personne n'aurait retrouvé Ali à temps. La gosse avait perdu trop de sang. » Penny lui avait préparé une belle agonie bien lente.

« Sauf que maintenant...

— Ali n'avait que dix ans. Elle n'a pas d'excuse à fournir. »

Comment en arrivait-il à cette conclusion ?

Le jeune agent de police se pencha pour bien s'expliquer. Aucun malentendu ne devait subsister entre eux. « Ma mère commence une nouvelle vie à Washington. Je ne veux pas que cela la poursuive. C'est fini. »

Arnie leva les mains. « Pigé. Pas de rapport, d'accord ? Dis-moi simplement comment tu as compris. T'as le droit de sauter les évidences — comme les raisons qui ont poussé Ali à consacrer sa vie à traquer les pédophiles. »

D'un haussement d'épaules, Rouge lui signifia que c'était simple comme bonjour. « Elle associait ma sœur au scénario. » Il croyait Arnie capable de déduire tout seul qu'il fallait, donc, une deuxième petite fille. Mais Susan Kendall était morte seule — petit corps solitaire enfermé dans un sac.

« Il y a autre chose. La plupart des gens considèrent que les pédophiles sont *petits* », reprit Rouge.

Arnie acquiesça. Son expérience le confirmait à tous les niveaux. Rouge poursuivit : « Or, Ali — une experte en la matière — a toujours traité celui-ci de monstre. Le terme n'est ni technique, ni approprié, non ? Du coup, je me suis posé des questions. La dernière fois qu'elle l'a vu, le type était sans doute un monstre pour elle.

— C'était un adulte, et elle n'avait que dix ans.

— Tout à fait. En outre, il y a le rapport des *gosses* avec la *culpabilité*. Pourquoi ne pas avoir soufflé mot de sa rencontre avec lui ?

— Elle mourait de honte. » Les yeux fixés sur ses mains, Arnie reprit le raisonnement. D'après les notes d'Ali, l'enfant-appât ne subissait pas de sévices sexuels. Aussi Rouge savait-il qu'Ali n'avait pas honte de cela mais de ce qu'elle avait fait à Susan. Oh, Ali ! Le nombre de fois où il l'avait harcelée à propos de sa cicatrice...

« Un jeu d'enfant pour toi, hein ? » Arnie, son émotion maîtrisée, croisa les yeux noisette, si calmes du jeune homme. Rouge ferait-il preuve de la même tolérance s'il apprenait le *moyen* qu'avait utilisé Ali pour attirer sa sœur ? Le jeune flic avait tout sous la main pour le découvrir. En général, l'appât était la meilleure amie de la véritable cible, la petite princesse. Or, les jumeaux Kendall, se suffisant à eux-mêmes, n'avaient pas d'amis intimes. Susan n'aurait jamais accepté une invitation d'Ali, la petite fille transparente, passe-muraille.

Peut-être Rouge n'avait-il pas tout perçu du mensonge raconté à Susan. Comme quoi son frère s'était sauvé du prytanée et l'attendait à l'église. Voilà l'œuvre d'Ali. Seulement, que pouvait faire une petite fille pour qu'une grande personne s'arrête de lui taillader le visage à coups de couteau — pour mettre un terme au flot de sang, à la douleur, à la panique !

« Ali veut te voir. Elle doit...

— Non, ce n'est pas vrai. Tiens, prends ma bagnole. » Rouge poussa les clés de sa Volvo sur la table. « Une voiture de police passe me prendre dans quelques minutes.

— Il faut que tu y ailles, elle a besoin de t'en parler.

— Non, c'est ce qu'elle *veut,* et je m'y refuse. Arnie, c'est à toi de lui donner ce qui lui est nécessaire. » Rouge lui flanqua les roses dans les bras. « Offre-lui ce bouquet de ma part. »

Arnie contempla les fleurs. Elles avaient un sens qui lui était sorti de l'esprit. Il n'arrivait pas à se souvenir de l'expression des sentiments, bien que les roses fussent le thème de son poème de prédilection. Elles avaient un parfum grisant — eh oui, ses adjectifs préférés tournaient autour de l'alcool.

« Je lui ai acheté un cactus.

— Intéressant. Sauf que je suis certain qu'Ali a percé à jour ton mensonge », fit Rouge en souriant. Il avait l'air de connaître les dangers d'utiliser le langage des fleurs avec les femmes.

Arnie sortit de la cafétéria. Il emprunta l'escalier, trouvant l'ascenseur trop rapide. Lentement, il gravit les marches une à une en essayant de retrouver le texte correspondant à ces roses. Chez tous les fleuristes, il existe une liste bidon de fleurs et de couleurs appropriées à l'intention des hommes paumés, désireux de faire passer des messages au beau sexe : « Laisse-moi revenir à la maison. » À moins que ce ne soit : « Bonjour » ou « Au revoir » en changeant les coloris. Ali étant psychologue, il lui avait toujours offert des bouquets diversifiés pour la désorienter.

Arnie s'arrêta sur le palier. Peut-être qu'une seule rose de la gerbe de Rouge signifiait : « Je suis jaloux. » Non, ça ne collait pas. Dans ce cas : « Tous mes vœux de bonheur. » Impossible, Rouge était aux antipodes des clichés. Résolu à ne pas l'offrir à Ali avant d'en avoir décrypté le sens, Arnie ouvrit la porte de la cage d'escalier. S'il y découvrait quelque chose de subversif, il la flanquerait à la poubelle.

Une fois dans le couloir stérilisé de l'étage où se trouvait Ali, il traîna des pieds tout du long. « Soyons amis », fut sa dernière idée. Au moins était-ce un sentiment anodin qui ne la ferait pas souffrir. Soudain, il se rappela que les hommes étaient les seuls à lire ces conseils. Les femmes, elles, s'y retrouvaient sans manuel.

La porte de sa chambre était ouverte. Toujours assise au bord du lit, Ali laissait pendre ses pieds comme une petite fille juchée sur un meuble de grandes personnes. L'enfant à talons aiguilles se laissa glisser par terre, s'avança vers lui tout en regardant derrière son épaule. Elle mit du temps à comprendre que Rouge n'allait pas venir.

Arnie avait mal fait sa commission, la seule qu'elle lui eût jamais demandée. Que dire pour tempérer sa déception ? Il lui tendit le bouquet — séculaire béquille des hommes ne sachant s'y prendre avec les femmes. « De la part de Rouge. »

Acceptant les roses, Ali alla les regarder à la lumière de la fenêtre. Il l'y suivit, prêt à se précipiter sur elle au cas où elle tenterait de se jeter du balcon du troisième étage, ou si elle éclatait en sanglots. « Rouge m'a demandé de te remercier pour les fleurs que tu as déposées sur la tombe de Susan. Une jacinthe et une pivoine ? »

Ali fut médusée. Avait-il tout foutu en l'air ? Une autre signification lui avait-elle échappé ?

Tenant délicatement le bouquet dans un bras, elle enleva l'emballage et examina les fleurs. On eût dit que chacune représentait le terme d'un message essentiel.

Les femmes, et leur art occulte de déchiffrer le langage des fleurs !

Alors, le message des roses — dernière ligne de la liste bidon — lui revint en mémoire : « Il faut oublier. » La tête contre le carreau gelé de la fenêtre, Arnie se traita d'imbécile.

Bien sûr, ses tentatives de consolation maladroites étaient superflues. Ali avait appelé la souffrance de tous ses vœux, la voulant la plus intense possible en tant que terreau d'expiation. Et seul Rouge Kendall, rescapé du tandem anéanti, désuni, pouvait la lui infliger. Or, au lieu de la blesser, Rouge lui fait une offrande de beauté et de bonté. Ali avait les bras couleur du soleil à l'aurore, surgi de l'obscurité. Elle serrait contre elle les symboles de la purification par le feu — les roses, jaunes, de la miséricorde.

Guérie, comblée, la jeune femme souriait. Certes, sa cicatrice ne s'était pas effacée, sa bouche tordue non plus. Rouge avait beau être un homme bien, il n'était pas parfait. Il n'en restait pas moins que le jeune homme avait pressenti l'aspiration d'Ali et le moment où elle serait prête à recevoir son don.

Ma foi, comme ne cessaient de le répéter les autochtones : les élèves de Sainte-Ursule avaient quelque chose d'étrange.

ÉPILOGUE

L'hiver était encore en retard cette année. Il se pouvait que tout ne fût pas rentré dans l'ordre à Makers Village et que la poussière ne fût pas retombée dans toutes les cheminées. Il avait passé le mois de décembre à attendre un événement qu'il était incapable de nommer.

En ce matin de Noël, nouvel anniversaire de la mort de Susan Kendall, son ami de toujours déposa un bouquet de fleurs blanches comme neige sur sa tombe. Paul Marie se rendit ensuite auprès de la dalle nue du père Domina. Le vieux prêtre s'était attardé assez longtemps pour confier l'intendance de la paroisse au père Marie. Il n'avait jamais douté du consentement de ce dernier.

Le premier dimanche où il avait officié derrière l'autel, l'église était bondée — un record de participation. Un an après, il était sidéré du nombre persistant de fidèles. Ils avaient pourtant sûrement découvert son imposture, l'absence d'émotion et de foi de sa célébration. Paul Marie observa les tatouages de ses mains. Peut-être cette nouveauté intriguait-elle ses paroissiens. Il s'amusa à l'idée de broder un *D*, pour détenu, sur sa soutane.

Le prêtre récita une prière rituelle sur la tombe du père Domina. Comme ces quelques mots ne signifiaient rien pour lui, il laissa son esprit vagabonder en la prononçant. Que penserait le vieil homme s'il apprenait l'ambitieuse évolution de son adjoint, promu au rang d'hypocrite agnostique, hérétique de surcroît ? À la fin de l'oraison, le père Marie s'adressa au Seigneur, qui pouvait exister, dans les termes familiers de « Toi, le salaud ». Il lui arrivait aussi d'évoquer Dieu comme le Grand Assassin d'Enfants des cieux.

Paul Marie s'éloigna de la tombe du vieux prêtre. Il portait une autre brassée de fleurs aux couleurs vives d'une boîte de peinture pour enfant qu'il brandit pour que la mère de Sadie les voie à distance, depuis le chemin gravillonné.

« Oh ! elles sont magnifiques », s'exclama Becca Green tandis qu'il s'approchait. Assise sur un banc de pierre, elle avait un bouquet bizarre à la main : arrangement disparate d'immortelles empalées sur des fils de fer. N'étant pas encore prête à le déposer sur le sol, elle le serrait contre sa poitrine.

« Quelle étrange couleur pour des tournesols », fit observer Paul Marie avec un sourire, alors qu'il s'agenouillait près du vase en cuivre posé au pied de la tombe de Sadie.

« Gwen me les a offerts pour la dernière fête des mères — à la place de Sadie. Elle les a achetés faute de trouver quelque chose de mauve chez le fleuriste. Gwen est convaincue que Sadie m'aurait donné ces tournesols, si lumineux, si gais. Avant qu'elle ne les peigne, bien sûr. » Becca regarda les immortelles enchâssées dans des globes d'un mauve très sombre. « Moi, j'ai trouvé l'idée géniale, mais Harry a pleuré. » Une tige tomba par terre à l'insu de Becca.

« Ah ! Gwen, quel sens pratique elle a cette petite ! À mon avis, Sadie aurait mieux apprécié la plaisanterie que Harry. »

Bien que Gwen ne s'aventurât jamais dans les parages du cimetière, il la voyait tous les dimanches à l'église. Ces derniers temps elle marchait sans canne, et la meurtrissure de son regard s'estompait — signe de guérison pour le prêtre.

Il s'attarda aux pieds de Becca, près du monument : une dalle de marbre nuancée de mauve, sur laquelle on avait gravé une belle inscription dépouillée. Après avoir disposé ses fleurs dans le récipient de cuivre, il leva les yeux sur Becca : « David Shore ne vient plus ?

— Non, il a une nouvelle petite amie. Sadie avait un cœur d'or, je ne crois pas qu'elle aurait de la peine. »

Au cours de l'année qui venait de s'écouler, une étrange amitié s'était nouée entre le prêtre et Becca Green, qui se rencontraient au cimetière. S'il avait entendu les meilleures histoires de Sadie, c'était la première fois que sa mère faisait allusion à sa mort. Toutes leurs conversations précédentes avaient porté sur les exploits de cette enfant pleine de vie. En outre, Becca n'avait jamais apporté de fleurs auparavant. À ses yeux, le culte rendu aux morts démentait son refus d'accepter la mort de sa fille.

Après les obsèques de Sadie, la dalle de marbre avait disparu sous un amoncellement de fleurs des mois durant. Une famille avait même parcouru cent soixante kilomètres pour y déposer une couronne. Et il arrivait au prêtre de croiser des policiers serrant gauchement des brassées de violettes délicates dans leurs grosses paluches.

La pierre était nue aujourd'hui. Pour peu qu'elle le décide, Becca n'aurait pas de mal à lire les dates de naissance et de mort. Mais elle avait les yeux fixés sur ses mains, blanches et potelées, jointes autour des fleurs peinturlurées.

« Gwen est passée à la maison hier.

— En a-t-elle terminé avec le thérapeute ?

— Pas encore. Elle continue à avoir des tas d'idées bizarres.

« — Est-ce que ses visites vous perturbent ?

— Non, j'adore l'avoir à la maison. Oh ! j'ai failli oublier. »

Fouillant au fond de la poche de son manteau, Becca en extirpa une enveloppe : « Tenez, la dernière fournée de photos que Harry a prises du bébé. Gwen trouve qu'il a les traits de Sadie. »

Le prêtre s'installa sur le banc de pierre à côté de Becca pour regarder attentivement chaque cliché. Certes, il y avait quelque chose dans les grands yeux marron la bouche généreuse du petit bout. D'ailleurs, la mère ressemblait aussi aux innombrables photos d'identité de Sadie qui ne la quittaient pas.

Il se tourna vers Becca, qui, d'un air perplexe, pressait les tournesols mauves contre sa poitrine. « Si seulement je savais ce qui s'est passé dans cette cave ! »

Ainsi, Gwen avait à nouveau tenté de consoler la mère de sa meilleure amie. Croyant l'aider, elle la rendait folle.

Timidement, Becca articula comme si elle tournait les mots dans sa bouche : « La petite a des arguments qui se tiennent. Hier, Gwen... » Le reste des fleurs tomba à ses pieds. « Bon, elle m'a dit... que Sadie était la seule à connaître l'ordre auquel obéissait le chien. Je n'arrête pas de penser au mannequin retrouvé dans la cave, celui dont Gwen s'est servi pour dresser le chien. Tout s'est passé comme elle l'a décrit. Les trous dans le sol, le molosse mort — tout. L'animal l'a bien attaqué, ce salaud, non ? Et la blessure de couteau qu'il a — elle est réelle. Gwen ne pourrait jamais...

— Becca, renoncez. » Il n'était pas équipé pour aider cette femme bien mal en point. Dans le rôle d'avocat du diable prôné par l'Église, il aurait pu faire observer que les journaux intimes de la dame étaient sans doute la source des ordres donnés au chien, même si la presse ne les avait pas évoqués.

« Écoutez ! » Becca s'empara de son bras qu'elle serra très fort. « Il y a plus. Personne d'autre que Sadie n'a pu lui parler de ma grossesse. Moi-même, je n'en étais pas sûre jusqu'à l'après-midi de l'enlèvement. Le docteur a téléphoné pour donner les résultats du test juste avant le départ de Sadie. Je ne l'ai annoncé à Harry qu'après l'enterrement. Gwen l'a appris avant lui. Du reste, Marsha Hubble le confirme. »

À moins que Becca n'eût trahi son secret en s'attardant devant une vitrine pleine de berceaux et de vêtements de bébé sous les yeux de Sadie. Il restait une autre possibilité : « Peut-être Gwen a-t-elle parlé à Sadie avant sa mort.

— D'après Gwen, Sadie était évanouie dans le hangar à bateaux. Le médecin légiste, Chainy, m'a affirmé qu'elle avait rendu l'âme à ce moment-là. Il m'a montré le rapport. Le coup qui lui a fait perdre connaissance l'a tuée. La mort de Sadie date du jour où ce monstre me l'a volée, plus d'une semaine avant la découverte de Gwen.

— *Si* le docteur Chainy a raison. » Le domaine scientifique n'inspirait pas plus confiance à Paul Marie que le surnaturel.

Becca lui pressa à nouveau la main. « Alors, que s'est-il passé dans cette cave ? » Une rafale de vent souleva les fleurs peintes, les poussant vers la tombe. « Que dois-je croire ? L'histoire abracadabrante d'une petite fille ou le rapport d'un médecin légiste ?

— Il pourrait y avoir du vrai dans les deux. » Le prêtre haussa le ton pour proférer son mensonge afin de dominer le mugissement du vent. « Gwen est sûre que seule, elle n'aurait pas survécu. Aussi a-t-elle ressuscité son amie. Est-ce que l'endroit d'où a surgi Sadie compte — que ce soit de l'esprit de Gwen ou de cette tombe à peine creusée ? » Levant le visage de Becca vers lui, il tressaillit à la vue du fol espoir qui brillait dans ses yeux.

473

Non — c'est de la foi. Becca n'avait d'autre choix que de croire Sadie parcelle toujours vivante de la nature, avant de renoncer à son enfant. Gwen l'avait compris. Pourquoi pas lui ?

« Cela n'a pas d'importance, Becca. Elles étaient si liées qu'aucune ne pouvait abandonner l'autre... » Voulant modifier sa fable, il chercha ses mots. Les sornettes qu'il racontait à la paroisse auraient dû lui faciliter la tâche. Il n'en fut rien.

Becca Green ne fut pas consolée. En femme intelligente, elle savait reconnaître les mensonges. Il vit l'image d'une tombe grouillant de vermine dans ses yeux qu'on eût dit décomposés — autant de vers qui lui rongeaient l'âme. En la faisant douter d'une histoire de fantôme racontée par une enfant, il l'avait trahie.

Le visage tel un masque de douleur, elle ouvrit et ferma la bouche, comme si elle suffoquait et râlait. Alors, le prêtre l'enlaça dans une interminable étreinte. Il s'était mis à neiger. Les flocons qui tourbillonnaient sous les rafales de vent lui piquaient la peau. Il berça Becca en lui caressant tendrement les cheveux jusqu'à ce que le sol fût enseveli sous un linceul immaculé. Pour la énième fois, il lut les mots gravés sur le monument funéraire de Sadie : « À notre fille bien-aimée. » Une fois que la neige eut caché les lettres, le prêtre ferma les yeux.

« Sadie ne peut pas être morte », fit-elle d'une voix étouffée par le manteau de Paul Marie. Croyant qu'elle avait seulement froid, il la serra contre lui. La neige ne tombait plus, mais un vent mugissant se levait. Proie d'une terrible crise, Becca commença à frissonner, à trembler de tous ses membres, à pousser des hurlements qui le désespérèrent. C'était de sa faute. La souffrance cruelle qu'elle éprouvait s'abattait sur elle sans crier gare — trop rapidement. C'était insoutenable. Il n'avait aucun moyen de la soulager. Elle avait le corps agité de telles secousses qu'il craignait de la voir voler en éclats.

Lorsque le vent tomba, abruptement, elle resta contre sa poitrine, épuisée — femme vidée de son être. Un silence absolu enveloppait le monde. Elle leva son visage ruisselant des plis de son manteau.

« Comment Sadie pourrait-elle être morte ? » Haussant le ton, elle insista : « Comment, dites-le-moi ! » Elle s'écarta de lui et se passa la main, devenue griffe, dans les cheveux. « Chaque matin, je me réveille avec l'espoir qu'il ne s'agit que d'un cauchemar mensonger en priant pour que cela ne soit jamais arrivé, que cette maudite dalle de granit n'ait jamais existé. »

Elle brandit un poing furieux vers la pierre gravée, puis se tut. Accablée, elle tourna la tête avec lenteur et balaya les environs du regard avant de reposer les yeux sur la tombe de sa fille.

Leurs corps avaient fait écran au vent. Une fine couche de neige s'était amoncelée sur la dalle alors que les autres étaient balayées. On eût dit que la neige n'avait recouvert que la tombe de Sadie. Une illusion bien sûr, un tour joué par les éléments. L'explication rationnelle était à la portée de n'importe qui. Mais Becca, en extase, avait les yeux étincelants.

Ce ne fut pas pour prier que Paul Marie inclina la tête. La femme à côté de lui souriait tandis qu'il s'abîmait dans la douleur. Ainsi en était-il de ces deux personnes à la foi si différente — celle de Becca était immense, la sienne minuscule.

Il savait qu'elle peuplait la nature d'ombres, comme si l'infime nappe de flocons était un geste solennel. En dérobant la tombe à sa vue, en dissimulant la seule preuve concrète de la mort de Sadie, la neige permettait à la mère de garder son enfant en vie un jour de plus. Ce cadeau lui était destiné.

Contemplant son visage radieux, Paul Marie y trouva la paix. Il se garderait bien de la détromper.

Au fond, il se pouvait qu'un Dieu existât et qu'il ait appris l'humilité. Car, aux yeux du prêtre, l'extraordinaire supercherie de la neige était presque humaine dans sa fragilité.

"Retour dans le passé"

(Pocket n°10775)

Kathy Mallory revient dans la bourgade du Mississipi où sa mère a été assassinée dix-sept ans auparavant. Devenue inspectrice de police, cette ancienne gosse des rues est bien décidée à démasquer tous les coupables. Mais voilà que des morts inexplicables se succèdent dès son arrivée, rendant son enquête plus difficile que prévu…

Il y a toujours un Pocket à découvrir

"Un air de *déjà vu*"

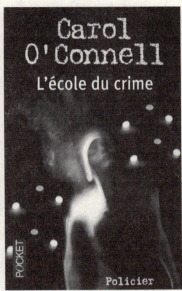

(pocket n°11762)

Kathy Mallory, enfant des rues devenue inspecteur de police criminelle, travaille à New York. Dans un appartement en flammes, le cadavre d'une ex-prostituée sauvagement assassinée vient d'être retrouvé à moitié scalpé, entouré de bougies rouges et d'un essaim de mouches mortes. Pour la commissaire de police, cela ne fait aucun doute : la victime, Sparrow, est une vieille connaissance et une affaire similaire non résolue s'est produite il y a plus de vingt ans…

Il y a toujours un Pocket à découvrir

Impression réalisée sur Presse Offset par

BRODARD & TAUPIN
GROUPE CPI

23282 – La Flèche (Sarthe), le 05-05-2004
Dépôt légal : janvier 2002
Suite du premier tirage : mai 2004

POCKET – 12, avenue d'Italie - 75627 Paris cedex 13
Tél. : 01.44.16.05.00

Imprimé en France